Als die rebellische Toni achtzehn Jahre alt ist, wird ihre jüngere Schwester Nicole unten am See ermordet. Man verurteilt Toni und ihren Freund Ryan dafür. Jahre später wird Toni auf Bewährung entlassen. Sie will nur eines: ein neues Leben beginnen. Doch was damals geschehen ist, ist noch lange nicht vorbei.

»Chevy Stevens in Hochform mit einer adrenalingeladenen Story, die zwei Zeitebenen verwebt – eine fesselnde emotionale Achterbahnfahrt.«
Jennifer McMahon

Bestseller-Spannung made in Canada:
die Thriller von Chevy Stevens bei FISCHER

»Kein Entkommen – Still Missing«
»Endlose Angst – Never Knowing«
»Blick in die Angst«
»Schuldig für immer – That Night«
»Those Girls – Was dich nicht tötet«
»Ich beobachte dich«
»Tief in den Wäldern«

Chevy Stevens ist die einzige Kanadierin unter den internationalen Top-Thrillerautor:innen. Sie lebt in Nanaimo auf Vancouver Island mit seiner beeindruckenden Natur. Ihre eindrücklichen Thriller um Frauen, die ums Überleben kämpfen, stehen weltweit auf den Bestsellerlisten. Chevy Stevens ist auf einer Ranch aufgewachsen und liebt Wandern, Paddeln und Zelten mit ihrem Mann, ihrer Tochter und ihren Hunden.

Weitere Informationen finden Sie auf www.fischerverlage.de

CHEVY STEVENS

SCHULDIG FÜR IMMER

THAT NIGHT

THRILLER

Aus dem amerikanischen Englisch
von Maria Poets

FISCHER
TASCHENBUCH

Neuausgabe
Erschienen bei FISCHER Taschenbuch
Frankfurt am Main, Dezember 2024

Die Originalausgabe erschien 2014 unter dem Titel
›That Night‹ im Verlag St. Martin's Press, New York

Satz: Pinkuin Satz und Datentechnik, Berlin
Druck und Bindung: CPI books GmbH, Leck
ISBN 978-3-596-71050-8

Für alle Menschen auf der Welt, die Tieren helfen – in Tierheimen, Tierschutzgruppen oder indem sie bedürftige Tiere aufnehmen. Danke.

1. Kapitel

Rockland Strafanstalt, Vancouver
März 2012

Ich folgte dem begleitenden Beamten zum Aufnahme- und Entlassungsbereich, den Pappkarton mit meinen Habseligkeiten unterm Arm – eine Jeans, ein paar abgetragene T-Shirts, die wenigen Dinge, die ich über die Jahre angesammelt hatte, heißgeliebte Bücher, meinen CD-Player. Der Rest, alles, was für mich aufbewahrt worden war, wartete auf mich. Ein Beamter ging die Formulare durch. Meine Hand zitterte, als ich die Entlassungspapiere unterschrieb, und die Worte verschwammen. Aber ich wusste, was sie bedeuteten.

»Okay, Murphy, dann sehen wir uns doch mal Ihren persönlichen Besitz an.« Die Wachen drinnen riefen einen immer beim Nachnamen, nie beim Vornamen. Immer nur beim Nachnamen oder einem Spitznamen.

Er leerte einen Karton mit den Gegenständen aus, mit denen ich ins Gefängnis gekommen war. Mit leiernder Stimme listete er sie auf und machte sich dazu auf seinem Klemmbrett Notizen. Ich starrte die Anzughose, die weiße Bluse und den Blazer an. Ich hatte sie so sorgfältig für den Prozess ausgesucht, weil ich dachte, ich würde mich darin stark fühlen. Jetzt konnte ich ihren Anblick nicht ertragen.

Die Hand des Beamten ruhte einen Moment auf meiner Unterwäsche.

»Eine weiße Unterhose, Größe S.«

Er schaute auf die Unterhose herunter, überprüfte das Etikett, befummelte den Stoff. Ich wurde rot. Er warf mir einen kurzen Blick zu, um meine Reaktion abzuschätzen. Er wartete darauf, dass ich austickte, damit er mich wieder zurückschicken konnte, doch ich ließ mir nichts anmerken.

Er öffnete einen Briefumschlag, spähte hinein, warf noch einmal einen prüfenden Blick auf sein Klemmbrett, ehe er den Inhalt des Umschlags in meine ausgestreckte Hand fallen ließ. Die versilberte Uhr, die meine Eltern mir zum achtzehnten Geburtstag geschenkt hatten. Sie glänzte immer noch, doch die Batterie war leer. Die Halskette, die ich von Ryan bekommen hatte. Der schwarze Onyx fühlte sich kühl an, und das Lederband war ganz weich geworden, weil ich es jeden Tag getragen hatte. Ich starrte den Anhänger an, spürte sein Gewicht in meiner Hand, dachte an damals. Dann schloss ich die Finger darum und stopfte die Kette sicher zurück in den Umschlag. Sie war das Einzige, das mir von ihm geblieben war.

»Sieht so aus, als wär's das.« Der Beamte hielt mir einen Stift hin. »Unterschreiben Sie hier.«

Ich unterschrieb das letzte Formular und verstaute meine Besitztümer wieder im Karton.

»Haben Sie irgendetwas zum Anziehen?«, fragte er.

»Nur das hier.«

Sein Blick huschte über meine Jeans und das T-Shirt. Manche Insassen bekamen von ihren Familien Klamotten zugeschickt, die sie an ihrem Entlassungstag anziehen konnten. Mir hatte niemand etwas geschickt.

»Sie können in der Anmeldung warten, bis Sie abgeholt

werden. Da ist auch ein Telefon, falls Sie jemanden anrufen müssen.«

Ich setzte mich auf eine der Bänke, die Kartons zu meinen Füßen, und wartete auf die ehrenamtliche Betreuerin, Linda. Sie würde mich abholen und mit mir zur Fähre und rüber nach Vancouver Island fahren. Um siebzehn Uhr musste ich im Freigängerhaus in Victoria sein. Linda war eine nette Lady in den Vierzigern, die in einer der Unterstützergruppen mitarbeitete. Ich hatte sie schon vorher kennengelernt, als sie mich für meine Hafturlaube auf die Insel gebracht hatte.

Ich hatte Hunger – heute Morgen war ich zu aufgeregt gewesen, um viel zu essen. Margaret, eine meiner Freundinnen drinnen, hatte mich dazu genötigt, etwas herunterzubringen, und jetzt lag mir der Haferbrei wie ein Klumpen im Magen. Ob Linda wohl irgendwo unterwegs anhalten konnte? Ich malte mir einen Big Mac und Pommes aus, vielleicht einen Milchshake dazu, und ich dachte wieder an Ryan und daran, wie wir unsere Burger immer zum Strand mitgenommen hatten. Um mich von der Erinnerung abzulenken, beobachtete ich, wie ein Beamter eine neue Insassin brachte. Eine junge Frau. Sie wirkte verängstigt und blass, ihr langes, braunes Haar war zerzaust, als sei sie die ganze Nacht wach gewesen. Sie sah kurz zu mir, ihr Blick wanderte von meinem Haar auf das Tattoo an meinem Oberarm. Ich hatte es mir nach und nach stechen lassen – schmale Tribals für jedes Jahr hinter Gittern, die zusammen ein dickeres, durchgehendes Band um meinen Bizeps bildeten und ihn umschlangen.

Der Beamte zerrte die Frau am Arm zur Aufnahme.

Ich rubbelte mir mit den Händen über den Kopf. Mein Haar war jetzt kurz, in der Mitte Iro-mäßig aufgerichtet, aber es war immer noch schwarz. Ich schloss die Augen und dachte daran, wie es auf der Highschool gewesen war. In langen Wellen war es mir bis auf den Rücken gefallen. Ryan hatte es geliebt, seine Hände darin zu vergraben. Im Gefängnis hatte ich es abgeschnitten, nachdem ich eines Tages in den Spiegel geschaut und Nicoles Haar darin gesehen hatte, klebrig von Blut, und mich daran erinnerte, wie ich ihren zerschlagenen Körper in den Armen gehalten hatte, als wir sie in jener Nacht fanden.

»Na, bereit, diesen Ort zu verlassen, Toni?«, fragte eine freundliche Frauenstimme.

Ich öffnete die Augen und blickte zu Linda auf. »Ich kann's kaum erwarten.«

Sie bückte sich und hob einen meiner Kartons auf, wobei sie leise stöhnte. Linda war eine kleine Frau, nicht sehr viel größer als ich, und ich war mit einem Meter zweiundfünfzig ziemlich kurz geraten. Margaret sagte immer, ein Mäusefurz könne mich umpusten. Aber Linda war fast so breit wie hoch. Sie hatte Dreadlocks, trug lange, fließende Kleider und Birkenstocks und schimpfte ständig über das Gefängnissystem. Ich folgte ihr hinaus zu ihrem Auto, meinen Karton in den Armen, während sie irgendwas vom Fährverkehr plapperte.

»Bis raus zur Horseshoe Bay war der Highway frei, wir werden also gut vorankommen. Wir sollten gegen Mittag da sein.«

Als wir davonfuhren, beobachtete ich, wie das Gefängnis in der Ferne immer kleiner wurde. Ich drehte mich wieder um. Linda kurbelte das Fenster herunter.

»Puh, echt heiß heute. Ehe man es sich versieht, ist der Sommer da.«

Ich zeichnete die Linien meines Tattoos nach, zählte die

Jahre und dachte zurück an jenen Sommer. Jetzt war ich vierunddreißig, und ich hatte seit meinem achtzehnten Lebensjahr in Gewahrsam verbracht, seit man Ryan und mich für den Mord an meiner Schwester verhaftet hatte. In jener Nacht waren wir mit ihr allein gewesen, aber wir hatten Nicole nicht schreien gehört. Wir hatten gar nichts gehört.

Ich umklammerte meinen Arm mit der Hand und drückte kräftig. Fast mein halbes Leben hatte ich hinter Gittern verbracht, für ein Verbrechen, das ich nicht begangen hatte.

Die Wut vergeht niemals.

2. Kapitel

Woodbridge Highschool, Campbell River
Januar 1996

Ich schwänzte die letzte Stunde und traf mich mit Ryan auf dem Parkplatz hinter der Schule, wo das coole Partyvolk herumhing. Neben dem Café in der Arena war es der einzige Ort auf dem Schulhofgelände, an dem wir rauchen konnten. Den nächsten Anwohnern gefiel es nicht, aber sie machten uns selten Ärger, solange niemand seinen Motor aufheulen ließ oder den Ghettoblaster voll aufdrehte. Dann kämen die Cops vorbei, um zu überprüfen, ob wir tranken oder kifften – was irgendwer eigentlich immer machte, aber ich nicht, jedenfalls nicht in der Schule.

Die Woodbridge High war alt und hätte eine gründliche Renovierung dringend nötig gehabt. Die Mauern waren von einem verwaschenen Blau, zumindest dort, wo sie nicht von Graffiti bedeckt waren, die der Hausmeister ständig wegzumachen versuchte. Mehr als fünfhundert Jugendliche besuchten die Schule von der achten bis zur zwölften Klasse. In meinem Abschlussjahrgang waren über hundertzwanzig Schüler, von denen mir neunundneunzig Prozent schnurzegal waren.

Heute waren wir nur wenige, grüppchenweise standen wir um unsere Autos herum. Die Mädchen mit ihren langen Haaren und hochtoupierten Ponys trugen zu viel dunkles

Make-up und die Lederjacken ihrer Freunde. Die Jungs mit ihren Kurt-Cobain-Frisuren und ihren Kapuzen hockten auf ihren Trucks und redeten über Vergaser und Hemi-Motoren. Die meisten von uns waren grungemäßig gekleidet mit Flanellhemden, zerrissenen Jeans, zerlumpten Pullovern, und alle trugen dunkle Farben.

Ryan lehnte an seinem Truck und unterhielt sich mit ein paar Freunden. Als er mich sah, lächelte er und gab mir seine Kippe. »Hey, Babe.«

Ich lächelte zurück und nahm einen Zug. »Hey.«

Seit letztem Juli war ich mit Ryan Walker zusammen, seit es in der Kiesgrube zwischen uns gefunkt hatte, dort, wo die Jungs am Wochenende immer mit ihren Geländewagen rumgurkten und Lagerfeuer machten. Er fuhr einen coolen Chevy-Truck, an dem er die ganze Zeit herumbastelte – das Einzige, worüber wir uns je stritten. Ich kannte ihn schon eine ganze Weile und hatte ihn schon immer süß gefunden mit dem braunen, zerzausten Haar und den dicken Brauen, den fast schwarzen Augen mit den langen Wimpern und einem umwerfenden Lächeln, bei dem sich nur die eine Hälfte vom Mund hob. Und dieser Blick, mit dem er einen unter dem Rand seiner Baseballkappe hervor ansah, war einfach supersexy. Ein paar Monate lang hatte er eine Freundin gehabt, eine blonde Tussi. Nachdem sie sich getrennt hatten, schien er sich für niemand anders zu interessieren, als würde er lieber sein eigenes Ding machen oder mit den Jungs abhängen. Er hatte den Ruf, ziemlich hart drauf zu sein, und das fand ich cool. Er prügelte sich nicht grundlos, aber wenn jemand den großen Macker raushängen ließ oder Mist über seinen Dad erzählte, der, seit Ryan klein war, immer wieder mal im Knast saß, machte er denjenigen fertig. Wenn er nicht mit mir zusammen war, verbrachte er seine

Zeit meistens mit seinen Freunden, schraubte mit ihnen zusammen an den Trucks herum, angelte oder raste mit dem Geländemotorrad oder Quad durch die Gegend.

Sehr viel mehr gab es auch nicht zu tun. Campbell River ist ein kleiner Küstenort am Nordende der Insel, keine Ahnung mit wie vielen Einwohnern. Ich war dort aufgewachsen, aber Ryans Familie war erst vor zwei Jahren aus dem Norden von British Columbia hierhergezogen. In Campbell River arbeitete man entweder als Holzfäller, in der Papiermühle, den Minen oder auf einem Fischerboot. Ryan jobbte stundenweise in einem der Läden für Outdoorbedarf. Früher war ich dort manchmal hingegangen und hatte getan, als sähe ich mich um, wobei ich vor allem versuchte, seinen Blick einzufangen. Doch er war immer damit beschäftigt, Kunden zu bedienen, so dass ich es schließlich aufgab.

Eines Abends im letzten Sommer war ich mit Freunden zusammen in der Kiesgrube gewesen, wir hatten abgehangen und einen Joint geraucht, als Ryan zu uns kam und anfing, sich mit mir zu unterhalten. Er fragte mich, wie mein Sommer so sei. Ich versuchte, cool zu bleiben, als wäre das gar nichts Besonderes, aber mein Herz pochte wie verrückt. Er sagte: »Hast du Lust, 'ne Runde mitzufahren?« Wir rasten die Kiesabhänge hoch, der Matsch spritzte hinter uns hoch, der Motor war genauso laut wie die Musik – AC/DC, *Back in Black*. Ich lachte, fühlte mich lebendig und erregt. Er sagte: »Du bist echt total cool.« Später am Lagerfeuer nippten wir zusammen am Southern Comfort, sein Arm ruhte warm an meinem Rücken, während wir über unsere Familien sprachen, über meine ständigen Streitereien mit meiner Mutter und seine Probleme mit seinem Dad. Seit dem Abend waren wir zusammen.

Ich inhalierte den Rauch. Ryan lehnte an seinem Truck,

beobachtete mich und lächelte sein träges Lächeln. Ein Auge war halb geschlossen, das Haar lugte unter der Baseballkappe hervor. Seine Freunde hatten sich verzogen. Es war die erste Januarwoche und kalt, aber er trug keine Jacke, nur einen dicken braunen Pullover, der seine Augen aussehen ließ wie dunkle Schokolade. Er schob die Finger in die vorderen Taschen meiner Jeans und zog mich näher heran, bis ich an ihm lehnte. Er trieb nicht oft Sport, aber er leistete viel körperliche Arbeit – sein Körper war fest, die Bauchmuskeln hart. Er war einen Meter achtzig groß, so dass ich mich strecken musste, um ihn zu küssen. Wir knutschten eine Weile, der rauchige, bittere Geschmack des Tabaks auf unseren Zungen vermischte sich, sein unrasiertes Kinn kratzte an meinem. Wir hörten auf, uns zu küssen, und ich legte mein Gesicht in seine warme Halsbeuge, roch seinen Körpergeruch, spürte einen Schmerz in meinem ganzen Körper und wünschte, es gäbe für immer nur uns beide, so wie jetzt.

»Kannst du heute Abend kommen?«, flüsterte er mir ins Ohr.

Ich lächelte an seiner Haut. »Vielleicht.«

Obwohl ich Ende Dezember achtzehn geworden war, musste ich unter der Woche abends pünktlich zu Hause sein. Am Wochenende waren meine Eltern nicht ganz so streng – ich musste nur anrufen, wo ich hinwollte, damit sie wussten, dass mit mir alles in Ordnung war, aber ich durfte nicht die ganze Nacht wegbleiben, es sei denn, ich schlief bei einer Freundin. Meine Mutter war echt ein harter Brocken und machte einen Riesenstress, wenn ich nur eine Minute zu spät kam. Ich versuchte, so viel Zeit wie möglich mit Ryan zu verbringen, wir fuhren durch die Gegend, trieben es in seinem Truck, seinem Keller und wo wir sonst noch allein sein konnten. Nachdem wir zwei Monate zusammen waren, hatten wir das volle Programm durchgezogen – er war der erste Junge, mit dem ich je geschlafen hatte. Sein Dad saß in der Kneipe, seine Mutter, eine Krankenschwester, arbeitete in der Spätschicht im Krankenhaus. Wir rauchten einen Joint, dann machten wir auf seinem Bett herum. Im Hintergrund lief leise Nirvana, süßer Kerzenduft vermischte sich mit dem des Marihuanas. Ich war aufgeregt, in meinem Kopf drehte sich alles vom Kiffen. Ich rieb meinen Körper an seinem, meine nackte Brust lag warm auf seiner. Die restliche Kleidung zogen wir ganz schüchtern unter der Decke aus. »Möchtest du, dass ich aufhöre?«, flüsterte er.

»Nein«, sagte ich und starrte bewundernd in sein Gesicht. Wie konnte ein Junge nur so schön und seine Art zu sprechen, seine Stimme, die weichen Lippen, dunklen Augen, einfach alles, nur so verdammt sexy sein? Und ich fühlte mich ebenfalls schön, als richtige Frau, so wie er mich ansah, als könnte er nicht glauben, dass ich da war, in seinem Bett. Ich war nervös und verlegen, doch dann übernahm einfach mein Körper das Kommando, drängte und zog und packte ihn. Er stöhnte mir in den Mund, und ich hielt den Atem an, um nicht vor Schmerz aufzuschreien. Unsere Blicke ließen einander nicht los. Ich spürte, wie er sich in mir bewegte, und wusste, dass er der einzige Junge war, mit dem ich zusammen sein wollte, mit dem ich das hier tun wollte.

Hinterher war er total lieb, fragte, ob es mir gutgehe, brachte mir ein Handtuch und ein Glas Wasser. Wir kuschelten uns aneinander, ich legte den Kopf auf seine Brust und zeichnete seine Rippen mit den Fingern nach. Der feine Schweißfilm glänzte im Kerzenlicht, ich küsste die Narbe an seiner Seite, die geblieben war, nachdem sein Dad ihn aus dem Truck gestoßen hatte. Schüchtern sagte er: »Ich liebe dich, Toni.«

Ich hörte Gelächter und schaute nach links. Shauna McKinney und ihre Mädels hockten auf der Heckklappe des Trucks von einem der Typen. Ich hasste es, wenn sie hier herumhingen. Kim, Rachel und Cathy waren nicht ganz so schlimm wie Shauna, aber zusammen waren sie ein Haufen fiese Zicken; die Sorte »Geht-mir-alles-wo-vorbei-und-du-vor-allem«-Zicken. Shauna mit ihrem langen, kastanienbraunen Haar und den großen blauen Augen war hübsch und beliebt, trieb viel Sport und hatte einen superathletischen Körper.

Sie schien immer das aktuellste technische Spielzeug und ständig neue Klamotten zu haben, und sie war die Erste in unserer Klasse, die ein anständiges Auto hatte, einen weißen Chevrolet-Sprint, den ihr Dad ihr gekauft hatte. Sie strotzte vor Selbstbewusstsein und hatte etwas an sich, als würde sie sich von niemandem einschüchtern lassen. Klug war sie auch noch und hatte richtig gute Noten, aber hinter dem Rücken der Lehrer zog sie über diese her, so dass die anderen Jugendlichen sie trotzdem total cool fanden.

Die meisten Mädchen in unserem Jahrgang hatten entweder Angst vor ihr oder wollten unbedingt ihre Freundin sein, was meiner Meinung nach auf dasselbe hinauslief. Rachel Banks war ihre treuste Anhängerin. Früher als kleines Kind war sie ziemlich pummelig gewesen und hatte eine Menge einstecken müssen, selbst nachdem sie in der Highschool abgenommen hatte, doch dann fing sie an, mit Shauna abzuhängen, und die Leute hörten auf, sie zu ärgern. Sie war immer noch rundlich, hatte dichtes, glattes braunes Haar und trug ständig Minikleider mit Strumpfhosen oder kurze Karo-Röcke und Kniestrümpfe.

Kim Gunderson war eine zierliche Balletttänzerin und etwa so groß wie ich. Sie trug oft schwarze Kleidung, Leggins mit übergroßen Pullovern und coolen Stiefeln, und sie redete unglaublich schnell. Ich hatte Gerüchte gehört, sie sei lesbisch, aber keiner wusste das mit Sicherheit. Cathy Schaeffer war fast so hübsch wie Shauna, hatte langes, weißblondes Haar, blassgrüne Augen und eine gewaltige Oberweite. Cathy war verrückt und witzig und trieb es auf Partys ziemlich wild. Sie rauchte ebenfalls, weshalb die Mädchen überhaupt hierherkamen.

Ich kannte sie alle, so lange ich denken konnte, ich war sogar einmal mit Shauna befreundet gewesen. Als wir zwölf oder dreizehn gewesen waren, hatte sie sich einen Spaß daraus gemacht, ein Mädchen anzurufen und sie zu uns einzuladen, um sie dann zwei Stunden vorher erneut anzurufen und zu sagen, wir wollten doch nicht mehr, dass sie käme. Manchmal waren wir einfach auch weggegangen, kurz bevor das Mädchen kam. Shauna war ziemlich gut darin, andere Leute nachzumachen – einmal hat sie mit der Stimme eines anderen Mädchens einen Jungen angerufen und gesagt, sie sei total in ihn verknallt.

Als ich Shauna sagte, ich wolle diese Spielchen nicht länger mitspielen, sprach sie eine ganze Woche nicht mehr mit mir. Ich war am Boden zerstört, vor allem, wenn sie und ihre Freundinnen im Korridor an mir vorbeigingen, als würde ich gar nicht existieren, und dabei flüsterten und die Augen verdrehten. Jeden Tag kam ich weinend nach Hause. Schließlich kam Shauna nach der Schule zu mir und sagte, ich würde ihr fehlen. Ich war so erleichtert, dass ich vergaß, wie der Streit überhaupt angefangen hatte, vergaß, dass es mir nicht gefiel, wie sie die Leute behandelte.

Shauna war die Tochter eines Cops, Frank McKinney. Jeder kannte ihn. Er trainierte Baseball- und Hockeyteams und solche Sachen. Als wir noch jünger waren, war McKinney, wie die meisten Leute ihn nannten, nicht oft zu Hause, normalerweise war er auf dem Polizeirevier. Shaunas Mutter war bei einem Autounfall ums Leben gekommen, als Shauna fünf war, und ihre Großmutter passte auf sie auf, aber sie war nicht sonderlich bei der Sache. Zum Geburtstag setzte sie uns Unmengen von Pommes und Hot Dogs vor, legte einen Film ein und verschwand für die nächsten Stunden in einem anderen Zimmer. Als Shauna zur Welt kam, waren Frank McKinney und seine Frau gerade achtzehn oder so. Er war ziemlich groß und breit, aber nicht fett, nur muskulös und hochgewachsen und stolzierte ziemlich selbstbewusst durch die Gegend. Er hatte einen Schnauzer wie Tom Selleck, eine tiefe Stimme, trug Sonnenbrillen und kaute Kaugummi, den er zwischen den Zähnen zerplatzen ließ. Selbst wenn er in Zivil war, merkte man ihm wegen seiner abgehackten Sprechweise den Cop an – er benutzte viele kurze Wörter und Abkürzungen und so was. Und man merkte, dass ihm sein Job echt wichtig war – er gab seine Uniform in die Reinigung, die Schuhe waren immer blankpoliert und der Streifenwagen immer sauber.

Manchmal hatte ich den Eindruck, er sei irgendwie einsam – er verbrachte viel Zeit allein, saß in der Küche und las ein Buch oder sah sich die Nachrichten an. Ich glaube nicht, dass er oft ausging, und mit den wenigen Frauen, die er kennenlernte, schien es nie lange gutzugehen. Uns allen tat es leid, dass Shauna keine Mutter hatte, und wir wussten, dass es sie ebenfalls bedrückte. Wir merkten es daran, wie sie mit unseren Müttern redete, wenn sie bei uns zu Hause war. Sie war höflich und liebenswürdig und half nach dem Abendessen beim Aufräumen, als wollte sie unbedingt, dass sie sie mochten.

Die meisten Jugendlichen hatten Angst vor McKinney,

aber ich nicht. Mir tat er einfach nur leid, obwohl ich mir nie sicher war, warum. Wann immer ich über ihn nachdachte, kam mir stets dieses eine Bild in den Sinn, wie er stundenlang in der Küche saß, die Zeitung oder ein Buch vor sich, daneben eine Tasse Kaffee. Ab und zu blickte er auf und schaute aus dem Fenster, als wünschte er, er wäre da draußen in seinem Wagen, unterwegs auf Streife. Als wünschte er, er wäre überall, nur nicht in diesem Haus.

Als wir in die Highschool kamen, wurde ich es allmählich leid, dass Shauna ständig versuchte, den Rest von uns gegeneinander auszuspielen, indem sie behauptete, eine von uns hätte schlecht über die andere geredet, jemanden bei einer Einladung überging oder gemeine Bemerkungen über unsere Klamotten und Haare machte, um dann nachzuschieben: »War doch nur ein Witz!« Am nächsten Tag erzählte sie dir, du wärst ihre beste Freundin und schenkte dir eines ihrer Lieblingskleidungsstücke, Schmuck oder eine CD, die sie nur für dich gebrannt hatte, woraufhin die anderen eifersüchtig wurden. Gefühlt jede Woche gab es einen Wutanfall, und irgendjemand war wieder traurig. Außerdem hatte ich es satt, nicht anziehen zu können, was ich wollte – Jeans und T-Shirt anstatt Rock und Bluse, die Shauna zu unserer Uniform auserkoren hatte.

In der neunten Klasse bemerkte ich eines Tages Shauna gegenüber, dass mir ein Junge namens Jason Leroy gefiel. Sie sagte, sie würde mir helfen. Sie gab eine Party bei sich zu Hause und lud ein paar Jungs ein. Ihr Dad arbeitete, und ihre Großmutter sollte eigentlich aufpassen, aber sie verschwand mit einem Glas irgendwas und einem vagen »Viel Spaß, Kinder« im Fernsehzimmer. Vor der Party hatte Shauna mir erzählt, sie habe gehört, Jason würde mich mögen, aber er stünde eher auf »echte Frauen«. Sie sagte, ich müsste ihm unbedingt einen blasen, sonst wäre ich ein Feigling – sie hätten es alle schon getan. Auf der Party war ich ziemlich nervös, aber Jason lächelte mich ständig an und fragte mich, ob ich mit ihm in eines der Schlafzimmer gehen wollte. Nachdem wir ein wenig herumgealbert hatten, ließ er beiläufig fallen, dass ich ihm einen blasen solle. Als ich mich zierte, sagte er, Shauna habe ihm versprochen, dass ich es machen würde und dass er nur deswegen mit seinen Freunden gekommen sei. Wenn ich es nicht machte, würde er jedem erzählen, er habe es zu dritt mit Shauna und mir getrieben.

Nach der Party erzählte ich Shauna, was er gesagt und zu was er mich gezwungen hatte. Sie wurde wütend. Sie rief Jason an und sagte, wenn er irgendjemandem erzählte, was passiert war, würde sie jedem an der Schule erzählen, er hätte einen winzigen Schwanz. Wir hörten nie wieder etwas von ihm, aber später am selben Abend fing Shauna an zu kichern und gestand, dass keines der anderen Mädchen schon einmal einem Jungen einen geblasen hatte – ich war die Erste.

Ich war echt sauer, weil ich in die Falle aus Shaunas Lügen getappt war, aber ich versuchte, es zu vergessen, weil sie sich ja auch für mich eingesetzt hatte. Zum Teil genoss ich sogar meine neue Rolle als das sexuell erfahrenste Mädchen der Gruppe. Doch einen Monat später verknallte Shauna sich in Brody, einen Jungen aus meinem Werkkurs. Wir blieben oft noch länger, um an einem Projekt zu arbeiten, und eines Tages kam sie vorbei, als wir gerade über irgendetwas lachten. Ich stand nicht auf Brody und wollte nichts von ihm, aber das zählte nicht. Nach der Schule taten alle Mädchen, als würde ich nicht existieren. Also fragte ich Shauna, was los sei.

»Du hast mit Brody geflirtet.«

»Hab ich nicht! Ich finde ihn nicht mal besonders süß.«

»Er ist *total* süß, und du bist schon seit Wochen in ihn verknallt.«

Alle Mädchen standen da und starrten mich an.

Ich wusste, was sie wollte. Ich sollte mich entschuldigen, dann würde sie mich eine Weile ignorieren, bis sie beschloss, mir zu vergeben. Aber ich hatte die Schnauze voll von Shauna, von ihren Machtspielchen und Intrigen. Ich hatte genug.

»Du kannst mich mal, Shauna. Glaub doch, was du willst, aber es nicht meine Schuld, das Brody dich nicht mag. Nicht jeder fährt total auf dich ab, weißt du.« Ich ging davon. Hinter mir hörte ich die anderen nach Luft schnappen, dann folgte wütendes Geflüster.

Ich wusste, dass sie sich rächen würde, aber ich wusste nicht, wie schlimm es werden würde, bis ich am nächsten Tag zur Schule kam. Wie sich herausstellte, hatte Shauna den ganzen Abend damit zugebracht, das Gerücht zu verbreiten, ich sei mit einem Penis geboren worden und hätte versucht, mich an sie heranzumachen. Außerdem erzählte sie jedem Einzelnen, was ich jemals Schlechtes über sie oder ihn gesagt hatte – obwohl ich das meiste davon gar nicht selbst gesagt hatte, sondern einfach nur Shauna zugestimmt hatte. Nachdem sie damit fertig war, hatte ich mehrere Monate lang keine Freunde mehr und musste ständiges Gewisper und Angestarrtwerden ertragen. Ich schämte mich so sehr über meinen Loser-Status, dass ich meiner Familie nichts davon erzählte, obwohl meine Mutter mich ständig fragte, warum die Mädchen nicht mehr anriefen. Nicole, die jünger als ich war, aber auf dieselbe Schule ging, wusste, dass irgendetwas passiert war, und fragte mich danach, aber selbst ihr erzählte ich nichts. Meine Schwester war die einzige Person, die in der Schule mit mir sprach, ohne sie wäre ich noch einsamer gewesen.

Schließlich ließ ich einmal nach dem Sportunterricht in der Mädchenumkleide meine Hose runter und forderte die anderen auf, genau hinzuschauen. Eines der Mädchen, Amy, fand das lustig. Sie war ziemlich cool und zog sich wie ich gerne jungenhaft an – seit Shauna mich fallengelassen hatte, trug ich, was ich wollte, Militaryhosen und enge, schwarze T-Shirts oder klobige Armeestiefel zu ausgeblichenen Jeans und dazu ein Arbeitshemd meines Vaters. Am nächsten Tag stellte Amy beim Mittagessen ihr Tablett neben meins und sagte: »Mädchen mit Schwänzen fand ich immer schon gut.« Seitdem waren wir beste Freundinnen, aber es fiel mir schwer, anderen Mädchen zu vertrauen, nach dem, wie Shauna mich behandelt hatte – mit Jungs fühlte ich mich wohler.

Nach dieser Geschichte suchte Shauna sich andere Zielscheiben, freundete sich mit Cathy, Kim und Rachel an – die umgehend auf der sozialen Leiter aufstiegen – und beachtete mich jahrelang gar nicht. Manchmal war sie sogar halbwegs freundlich, sagte hallo oder lächelte, wenn sie vorbeiging. Doch dann fing das mit Ryan und mir an. Erst später fand ich heraus, dass Shauna jedes Wochenende in die Kiesgrube gegangen war, in der Hoffnung, sich ihn angeln zu können. Er hatte sie einmal nach Hause gefahren, als sie megabetrunken gewesen war, aber da war nichts passiert, obwohl sie es versucht hatte. Am nächsten Wochenende kamen Ryan und ich zusammen. Seitdem hasste sie mich, noch mehr als damals, als ich ihr wegen Brody blöd gekommen war.

Seit ich nicht mehr mit Shauna befreundet war, war ich Frank McKinney nur ein paarmal über den Weg gelaufen.

Als er Ryan und mich eines Abends am See erwischte, hielt er uns eine gewaltige Predigt, aber schließlich beschlagnahmte er nur unseren Alkohol und befahl uns, nach Hause zu fahren. Im selben Sommer wurde Ryan dabei erwischt, wie er Benzin aus einem Holzlaster absaugte. McKinney nahm keine Anzeige auf, sondern ging nur mit ihm ins Gefängnis und führte ihn dort herum. Dann sagte er ihm, er solle zur Vernunft kommen und dass er ihn von nun an im Auge behalten würde. Und wir wussten, dass er das ernst meinte.

Ich war mir ziemlich sicher, dass McKinney nicht wusste, was Shauna nach dem Tod ihrer Großmutter in ihrer Freizeit trieb, wahrscheinlich glaubte er, sie würde zu Hause sitzen und lernen. Sie schien genug zu tun, um ihren Notendurchschnitt zu halten, obwohl sie sich zu meinem Ärger keine große Mühe zu geben brauchte, aber meistens hing sie mit ihren Freundinnen herum oder feierte.

Jetzt beobachteten mich die Mädchen von ihrem Platz auf dem anderen Truck, flüsterten miteinander und kicherten.

Ich schmiegte mich enger an Ryan und zog seinen Kopf für einen weiteren langen Kuss nach unten. Ich fuhr total darauf ab und schlang meine Arme fest um ihn. Ich liebte es, seine Hände an meinem Hintern zu spüren und lächelte unter seinen Lippen, als ich daran dachte, dass Shauna zuschaute.

Als ich wieder aufblickte, waren Shauna und die Mädchen verschwunden.

Am nächsten Tag stand ich nach der Schule auf dem Parkplatz und wartete rauchend neben seinem Truck auf Ryan, als ein Wagen so dicht neben mich fuhr, dass er mich beinahe streifte. Shauna in ihrem weißen Sprint.

»Hey, du Schlampe«, rief sie und stieg aus. Cathy und Kim kletterten vom Rücksitz, Rachel vom Beifahrersitz. Sie kreisten mich ein.

»Was hast du für ein Problem?«, fragte ich.

»Du bist mein Problem«, sagte Shauna.

Die Mädchen lachten. Ich musterte sie rasch. Rachel hatte einen fiesen, finsteren Blick aufgesetzt, und Cathy zeigte ihr breites, dümmliches Lächeln. Na klasse. Es gibt doch nichts Schöneres, als den Spielball für ein paar gehässige Zicken zu geben.

»Ich hab dir nichts getan«, sagte ich. »Ich kann nichts dafür, wenn Ryan keine billigen Tussen mag.«

Sie baute sich direkt vor mir auf, so nah, dass ich ihr Parfüm riechen konnte, irgendetwas Fruchtiges, wie Mandarine.

»Pass auf, was du sagst.«

»Sonst was?«

Sie hob die Arme und schubste mich. Ich stolperte gegen den Truck.

Ich ließ meine Zigarette fallen und schubste sie kräftig zurück. Und dann waren wir auch schon mittendrin, die Fäuste flogen, und wir zogen uns an den Haaren. Ich hörte andere Schüler schreien, als sie herbeirannten und uns anfeuerten. Die Mädchen schrien: »Mach sie fertig, Shauna!« Shauna war größer als ich und gewann rasch die Oberhand, aber ich schaffte es, mich zu befreien, und wollte sie gerade ins Gesicht schlagen, als sich ein Arm um meine Hüfte legte und mich hochhob.

»Hör auf damit«, hörte ich Ryans Stimme an meinem Ohr.

Ich war immer noch fuchsteufelswild und wischte mir die Haare aus dem Gesicht, als er mich wieder auf die Beine stellte. Ein anderer Typ zog Shauna fort. Ihre Freundinnen schrien mir Beleidigungen entgegen. Ryan schob mich in seinen Truck und warf meinen Rucksack auf den Rücksitz.

Er startete den Motor und versuchte zurückzusetzen. Shauna stand immer noch neben ihrem Auto.

»Was hängst du dich in Tonis Kämpfe rein?«, brüllte sie.

Er brüllte zurück: »Halt die Schnauze, Shauna.«

Sie zeigte ihm den Finger.

Wir fuhren zu Ryan nach Hause. Seine Mom arbeitete mal wieder Spätschicht, und sein Dad, Gary, wie ich ihn nennen sollte, saß übernächtigt vor dem Fernseher.

Als wir eintraten, blickte er auf. »Bring mir noch ein Bier, Ry.«

Ryan brachte es ihm. »Wir sind in meinem Zimmer.«

Sein Dad zwinkerte ihm zu. »Viel Spaß.«

Ich zuckte zusammen, aber es war nett, nicht schikaniert zu werden, was nicht heißen sollte, dass Ryans Dad seinem Sohn nicht oft genug das Leben schwermachte. Wenn Gary im Knast saß, dann meistens wegen Kneipenschlägereien oder weil er im Suff irgendetwas hatte mitgehen lassen. Ryan sagte, sein Vater habe keine langen Finger, sondern Whiskeyfinger. Wenn er richtig betrunken war, ging er ziemlich grob mit Ryan um. Im letzten Jahr hatten sie sich ein paarmal geprügelt – jetzt, wo Ryan größer und kräftiger war, schien sein Dad ihn noch häufiger fertigmachen zu wollen, als wolle er beweisen, dass er immer noch der Stärkere war. Gary arbeitete als Holzfäller, eine Saisonarbeit, doch Ryan erledigte alle Arbeiten rund ums Haus und half seiner Mom. Ich weiß nicht, warum sie Ryans Dad nicht schon längst verlassen hatte. Sie hieß Beth und schien eine nette Frau zu sein. Sie arbeitete viel, aber kümmerte sich immer noch um Ryan, strich ihm das Haar zurück und fragte ihn, ob er genug zu Abend gegessen habe oder mehr Geld für die Schule brauche. An der Art, wie sie über seine Witze lachte und ihn voll Stolz ansah, merkte man, dass sie ihren Sohn aufrichtig liebte.

Wir gingen in Ryans Zimmer, und ich warf mich aufs Bett, während er seinen Ghettoblaster einschaltete.

»Du darfst dich nicht von Shauna provozieren lassen«, sagte er.

»Sie hat angefangen.« Auf dem Heimweg hatte ich Ryan den Grund für den Kampf erklärt.

»Na und? Ignorier sie.«

»Klar, so wie *du* jemanden ignorierst, der dir das Leben schwermacht?«

»Bei Jungs ist das was anderes. Wenn bei uns jemand wen verprügelt, gibt der Verlierer danach Ruhe, aber Shauna fährt darauf ab, dich zur Weißglut zu reizen, und du gibst ihr genau das, was sie will. Wenn du sie ignorierst, machst du *sie* wütend.«

Ich starrte an die Decke und dachte über das nach, was er gesagt hatte. Es stimmte, je heftiger ich reagierte, desto mehr schien Shauna es zu genießen.

»Vielleicht hast du recht. Vielleicht verliert sie irgendwann die Lust.«

Er ließ sich neben mich fallen, drehte mit einem frechen Grinsen seine Baseballkappe zurück und begann, an meinem Hals zu schnuppern. Er schob sich auf mich und griff unter mein T-Shirt. Die rauen Hände fühlten sich kratzig auf der Haut an und schickten mir Schauder über den Rücken, so dass ich mich am liebsten ganz klein zusammengerollt hätte. Ich ließ mich vom harten Rhythmus der Heavy-Metal-Musik, seinen Berührungen, seinem warmen Mund davontragen. Ich würde nicht weiter an Shauna denken, würde sie nicht gewinnen lassen. Aber eine leise, zweifelnde Stimme konnte ich nicht zum Verstummen bringen. Würde *sie* mich jemals in Ruhe lassen?

3. Kapitel

Rockland Strafanstalt, Vancouver
März 1998

Der Transporter hielt vor dem Gefängnis an. Ich saß hinten drin, mit Handschellen und Fußfesseln, wie ein Tier in einem Metallkäfig gefangen. Die Türen des Vans wurden geöffnet, und die Wachen packten mit festen Griffen meine Oberarme und führten mich hinaus. Ich schlurfte vorwärts und starrte entsetzt auf das imposante Gebäude. Es bestand ganz und gar aus grauem Beton, und die Mauern waren mit breiten, schmutzigen Streifen bedeckt, als wären riesenhafte Tränen an den Blöcken heruntergelaufen. Nato-Draht sicherte den dreieinhalb Meter hohen Metallzaun, der das gesamte Gebäude umgab, und auf den Türmen standen Wachen in Uniformen und mit Maschinenpistolen.

Fünfzehn Jahre. Die Worte hallten in meinem Kopf nach, aber ich konnte sie nicht wirklich begreifen, konnte mir nicht vorstellen, was diese Zeitspanne wirklich bedeutete. Sobald ich die Worte des Richters gehört und gewusst hatte, dass alle Hoffnung verloren war, war irgendetwas in mir zerbrochen und tief in mir verschwunden. Ich hatte das Gefühl, neben dem Geschehen zu stehen, als sähe ich einen surrealen Film. Mit einem Flugzeug brachte man mich nach Vancouver, und ich dachte daran, wie Ryan und ich geplant hatten, durch die Welt zu reisen. Es schien eine Ewigkeit her zu sein, dass wir in seinem Truck gesessen und von unserer Zukunft geträumt hatten, von unserer großen Flucht. Wir wollten so dringend aus Campbell River weg, und jetzt hätte ich alles dafür gegeben, wieder dort zu sein, selbst wenn es bedeutet hätte, für immer dort zu bleiben.

Ich sah, wie die Münder der Beamten sich bewegten, aber ich konnte mich nicht auf das konzentrieren, was sie sagten, und sie mussten es wiederholen. Ich starrte auf meine Fußknöchel, als sie mich hineinführten. Schlurf, schlurf. Ich war mir bewusst, dass meine Hand- und Fußgelenke schmerzten, aber es war mir egal. Alles, was ich hören konnte, war das Rauschen meines Bluts und die Worte *fünfzehn Jahre*.

Man machte ein Foto von mir und gab mir eine Identitätsmarke. Anschließend stellte man mir ein Haufen Fragen, während einer der Beamten Formulare ausfüllte. »Denken Sie manchmal daran, sich selbst etwas anzutun?« »Nehmen Sie regelmäßig Medikamente?« Ich verneinte jede Frage, aber ich hörte nur halb zu und war nur halb anwesend. In einem weiteren Raum befahlen zwei Beamtinnen mir, mich auszuziehen. Ich starrte sie nur an. Die mit dem gemeinen Gesichtsausdruck und dem schlechten Haarschnitt sagte: »Ziehen Sie sich *aus*!«

Ich hatte das alles schon zuvor durchgemacht, im Untersuchungsgefängnis, in dem ich auf die Anhörung zur Festsetzung der Kaution gewartet hatte. Ich hatte die ganze Zeit geweint wie ein Baby und vor Scham geschluchzt, als sie mir ihre Befehle entgegenbellten: »Heben Sie die Haare hoch, strecken Sie die Zunge heraus, heben Sie die Brüste, beugen Sie sich vor und husten Sie.« Als ich jetzt die Schikane und die Abneigung im Gesicht der Beamtin sah, löste ich mich allmählich aus meiner Schockstarre und begriff endlich, dass das die Realität war. Meine Schwester würde nie wieder nach Hause kommen, und ich war im Gefängnis. Doch dann fand ich etwas, an das ich mich klammern konnte, etwas, das ich aus vollem Herzen spürte. Ich empfand Wut. Sie rauschte in meinem Blut, heiß, schwer und dick.

Ich zog mich aus. Ich spreizte die Beine. Ich hustete. Und ich hasste sie. Ich hasste jede Person an diesem Ort, die es als gegeben hinnahm, dass ich schuldig war, jede Person, die im Gerichtssaal gesessen und sich unseren Prozess angeschaut hatte, als sei er eine Show, und ich hasste jede Person, die im Zeugenstand gelogen hatte. Doch am meisten von allen hasste ich denjenigen, der meine Schwester getötet hatte, der sie unserer Familie weggenommen, ihr die Möglichkeit geraubt hatte, erwachsen zu werden und eine Zukunft zu haben. Ich klammerte mich an diesen Hass und hüllte mich darin ein wie in eine glühende Decke. Niemand würde mir meine Wut nehmen können. Niemand würde mich je wieder verletzen.

Nach einer Entlausungsdusche reichte man mir ein paar frische Klamotten: vier Jogginghosen, vier Sport-BHs, viermal Unterwäsche, vier graue T-Shirts, zwei Sweatshirts und ein Paar Turnschuhe. Außerdem bekam ich einen Sack mit Bettzeug und ein kleines Paket mit Hygieneartikeln. Es war spät am Abend, und die anderen Frauen waren bereits in ihren Zellen. Wir gingen einen kalten, zugigen Korridor entlang, der Boden war metallisch-grau gestrichen, die Luft roch staubig und abgestanden wie der Tod. Ich war angespannt wie eine Sprungfeder, hielt jedoch den Kopf gesenkt und blickte in keine der Zellen, an denen wir vorüberkamen. Ich hörte das neugierige Tuscheln der Frauen und spürte, wie sie mich anstarrten.

Meine Gedanken huschten zu Ryan, und ich empfand

einen scharfen Stich, einen Schmerz im Brustkorb, als ich mir vorstellte, welcher Horror ihm bevorstand. Er war ebenfalls in Rockland, aber im Männergefängnis auf der anderen Straßenseite. Wir durften einander nicht sehen, nicht einmal, sobald wir unter Auflagen draußen wären – was bedeutete, für den Rest unseres Lebens. Ich konnte die Vorstellung eines Lebens ohne Ryan kaum ertragen, konnte mir nicht ausmalen, wie ich das überleben sollte. Unsere einzige Hoffnung lag darin, unsere Unschuld zu beweisen. Der Anwalt hatte gesagt, er würde Berufung einlegen. Es konnte drei bis sechs Monate dauern, bis er auch nur einen Termin für eine Anhörung bekam, aber es gab vielleicht eine Chance. Ich hielt kurz den Atem an und pendelte von Hass zu Hoffnung.

Der Wachmann blieb vor einer Zelle stehen, steckte den Schlüssel ins Schloss und schob die Tür mit einem lauten Scheppern auf.

»Da sind wir, Murphy. Sie haben das obere Bett.« Ich trat ein, und er verschloss die Tür hinter mir mit einem weiteren lauten Scheppern.

Ich musterte meine Zelle. Sie war etwa drei mal vier Meter groß, mit einer Edelstahltoilette und einem Spiegel über einem kleinen Metallwaschbecken, alles völlig offen. Eine Wand war mit angeklebten Fotos bedeckt. Im unteren Bett lag eine spindeldürre Frau mit langen, glatten schwarzen Haaren und einem Buch in den Händen. Ihre Arme waren mit Narben und Tattoos bedeckt. Nie zuvor hatte ich so viele Tätowierungen bei einer Frau gesehen. Sie starrte mich an.

»Ich heiße Pinky«, sagte sie.

»Ich bin Toni.«

»Bist du dieses Mädchen aus dem Fernsehen? Die, die ihre Schwester umgebracht hat?«

Ich wurde rot und dachte an die Übertragungswagen der Nachrichtensender, die das Gericht belagert hatten, an die Kameras und Mikrophone, die man mir vor die Nase gehalten hatte.

Die Worte kamen ungewollt aus meinem Mund. »Ich bin unschuldig.«

Sie lachte, ein tiefes, rasselndes, verschleimtes Raucherlachen. »Hat dir noch niemand gesagt, dass wir hier drinnen alle unschuldig sind?«

Ich ignorierte Pinky, die immer noch lachte, als ich meine Bettwäsche aufzog. Dann kletterte ich hoch, rollte mich zu einer Kugel zusammen, die Tüte mit den Toilettenartikeln fest an den Bauch gepresst, für den Fall, dass sie versuchte, irgendetwas davon zu stehlen. Ich hätte mir gern das Gesicht gewaschen und die Zähne geputzt, aber ich war zu müde und hatte zu große Angst. Ich schloss die Augen und begann einzudämmern.

Pinkys Kopf tauchte auf, und sie packte mich am Arm. Ich versuchte, ihn zurückzureißen, doch sie hielt fest, mit Händen wie weiße Krallen mit langen Nägeln. Ihr mageres Gesicht sah im Dämmerlicht aus wie ein Schädel. Beinahe hätte ich laut aufgeschrien.

»Ich würde nicht herumlaufen und jedem erzählen, dass du unschuldig bist«, zischte sie. »Sie werden dich windelweich prügeln.«

Sie ließ mich los und verschwand wieder in der unteren Koje. Ich starrte zur Decke hinauf, mein Herz pochte, und ich spürte immer noch ihre Finger, die sich in mein Fleisch gebohrt hatten. Kurz darauf hörte ich sie schnarchen. Ich zog mir die dünne Decke über den Kopf, versuchte, das Geräusch auszublenden, versuchte, alles auszublenden.

In den ersten Tagen blieb ich für mich und versuchte, diese furchterregende neue Welt, in die man mich gestoßen hatte, zu durchschauen. Meine Stimmung schwankte zwischen hilflosem Zorn, bei dem ich am liebsten auf irgendetwas oder irgendwen eingetreten und eingeschlagen hätte, und Depression. Doch meistens empfand ich Angst, wann immer eine andere Insassin mich ansah, wann immer ich daran dachte, wie lange ich an diesem Ort würde bleiben müssen.

Das Gefängnis war alt und laut und beherbergte mehr als hundertachtzig Frauen in verschiedenen Sicherheitsstufen. Die Luft war miserabel, die Korridore und Treppen düster und eng. Alles, was man anfasste, fühlte sich kalt an, die Wände, die Gitterstäbe unserer Zellen, der Fußboden. Das Gefängnis war in vier Bereiche unterteilt. In einem Flügel herrschten nur minimale Sicherheitsvorkehrungen, für Frauen, die das geringste Risiko darstellten. Auf meiner Gebäudeseite gab es zwei Bereiche. Ich war dem A-Bereich zugeteilt worden, was einer mittleren Sicherheitsstufe entsprach. Beide Bereiche bestanden aus langen Doppelreihen mit etwa sechzig Zellen, wobei der B-Bereich nur etwa halb so groß wie der A-Bereich war, denn dort galt die höchste Sicherheitsstufe. In der anderen Hälfte von B lagen die Zellen für den Schutzgewahrsam und die Isolationszellen.

Wie betäubt saß ich da und versuchte, mir alles zu merken, was man mir in einem Einführungskurs zur allgemeinen Orientierung erzählte. Ich bekam ein Handbuch mit Informationen über Dinge wie Besuch, Telefonanrufe und Insassenkonten. Während der nächsten neunzig Tage würde man mich begutachten, mein Bewährungshelfer würde einschätzen, wie gefährlich ich war und was ich brauchte. Anschließend würde man einen Resozialisierungsplan für mich entwerfen. Alle waren höflich, geschäftsmäßig und verbindlich, und ich versuchte, auf das zu achten, was sie sagten, aber ein Teil von mir schrie ständig in meinem Kopf: *Nein, ich bin nicht gemeint. Ich gehöre hier nicht her. Ich habe nichts falsch gemacht. Nicoles Mörder läuft immer noch draußen herum!*

Es gab keine festgelegten Besuchstage, aber ich musste Formulare an jeden schicken, den ich auf meiner Besucherliste haben wollte. Außerdem musste ich ein Formular ausfüllen, damit mir eine Liste mit Telefonnummern genehmigt wurde. Die Kosten eines Anrufs würde entweder der Empfänger tragen, wenn ich ein R-Gespräch anmeldete, oder ich müsste eine Telefonkarte benutzen. Man sagte mir, es könne Wochen dauern, bis meine Telefonnummern- und Besucherliste genehmigt seien. Ich durfte so vielen Leuten schreiben, wie ich wollte, auch Ryan, was eine große Erleichterung war, aber die gesamte Post wurde kontrolliert. Ich durfte auch Bücher haben, aber nur eine begrenzte Menge Papier, und in jeder Zelle gab es große Stauboxen, in denen die Gefangenen ihre Habseligkeiten aufbewahren konnten. Jede Woche bekam man eine gewisse Anzahl Gesundheits- und Hygieneartikel ausgehändigt – alles andere musste man in der Kantine kaufen. Ich durfte mir auch einen Fünfzehn-Zoll-Fernseher zulegen, einen CD-Player und ein paar Kleidungsstücke wie Unterwäsche, Socken oder Jeans. Insgesamt durften die persönlichen Besitztümer in meiner Zelle den Wert von fünfzehnhundert Dollar jedoch nicht übersteigen. Wenn ich irgendeine Regel brach, würde ich bestraft werden, entweder mit einer Geldstrafe oder dem Entzug von Privilegien. Und wenn ich etwas richtig Schlimmes anstellte, käme ich in Einzelhaft. Die Zellen anderer Gefangener durfte ich nicht betreten, und ich durfte auch keinen körperlichen Kontakt zu anderen Gefangenen haben. Zu diesem

Zeitpunkt war mir das völlig egal – es gab ohnehin niemanden, den ich hätte anfassen wollen. Es sollte Jahre dauern, bis ich feststellte, dass das Fehlen von Körperkontakt zu den Dingen gehörte, mit denen ich am schwersten fertigwurde.

Fürs Erste hatte ich Mühe, mich an die tägliche Routine und die ganzen Regeln zu gewöhnen. Die Wächter leuchteten mit ihren Taschenlampen spätabends und frühmorgens in die Zellen und weckten mich jedes Mal unsanft auf, nachdem ich endlich, unter der dünnen Decke zitternd, in einen unruhigen Schlaf gefallen war. Stündlich machten sie ihre Runden und förmliche Zählungen, die erste um fünf Uhr morgens. Dann wurden diejenigen, die in der Küche arbeiteten, nach unten geschickt, während der Rest von uns zu den Duschen hetzte. Nach dem Frühstück gingen die Frauen zur Arbeit und zu ihren Therapiegruppen oder lungerten in ihren Zellen und dem Gemeinschaftsbereich herum. Man bekam etwas Lohn für die Arbeit, fünf oder sieben Dollar am Tag. Solange sie nicht arbeiteten, blieben die Gefangenen mit der höchsten Sicherheitsstufe in ihren Zellen eingeschlossen, durften aber stündlich in den Gemeinschaftsbereich gehen. Wenn das Wetter es zuließ, durften wir nach dem Abendessen hinaus auf den Hof.

Es wurde von einem erwartet, dass man arbeitete oder an dem Therapieprogramm teilnahm, doch ich verbrachte den Großteil meiner Zeit damit, in meiner Zelle auf und ab zu laufen, zu schlafen, zu weinen oder Briefe an Ryan zu schreiben – man hatte mir ein paar Blatt Papier und einen winzigen Bleistiftstummel gegeben. Über ein Jahr lang hatten wir gar keinen Kontakt gehabt und dann nur beim Prozess, so dass ich unbedingt wissen musste, ob mit ihm alles in Ordnung war. Ich hatte noch keine Briefmarken und wartete darauf, dass die Kantine in ein paar Tagen wieder öffnete – ich hoffte, mein Dad hatte es geschafft, Geld zu schicken. Im Gefängnis schien alles immer eine Ewigkeit zu dauern.

Nach meiner Verhaftung hatte ich meinen Eltern geschworen, dass ich unschuldig war, und ich war ziemlich sicher, dass mein Dad mir immer noch glaubte, aber bei meiner Mutter war das spätestens seit dem Prozess anders. Mein Dad durfte mir ein paar persönliche Dinge schicken wie CDs und einige Fotos, aber man hatte mich gewarnt, dass es eine Weile dauern würde, bis das Gefängnis sie genehmigte. Ich bat um Bilder von Ryan und unserer Familie, vor allem von Nicole. Am Telefon schwieg er, als ich ihn darum bat, dann stimmte er mit leiser Stimme zu. Nach dem Mord hatte Mom Stunden damit zugebracht, weinend unsere gesamten Fotoalben durchzublättern, doch ich hatte es vermieden, auch nur in die Nähe von Nicoles Fotos in unserem Haus zu kommen. Und ich hasste es, ihr Bild aus dem Jahrbuch in jeder Nachrichtensendung und jeder Zeitung zu sehen. Aber jetzt, anderthalb Jahre später, musste ich Bilder von ihr haben, musste mich in allen Einzelheiten an sie erinnern, wie sie lächelte, was sie mochte, was sie nicht mochte. Ich hatte Angst, sie könnte sonst meiner Erinnerung entgleiten, und musste sie irgendwie lebendig erhalten.

Mein Bewährungshelfer entschied, mich in das Antidrogenprogramm zu stecken, weil ich in der Nacht, in der Nicole ermordet wurde, stoned gewesen war. Aber ich bestand darauf, dass ich kein Drogenproblem hatte, und weigerte mich, daran teilzunehmen. Der Bewährungshelfer war ein kleiner Mann, nur ein paar Zentimeter größer als ich, und hatte zierliche Hände. Ich fragte mich, ob ihm wohl gefiel, dass er im Gefängnis Macht über Frauen hatte, während sie in der Welt draußen womöglich über ihn lachten.

»Das fließt mit in Ihre Beurteilung ein«, sagte er. »Wenn

Sie nicht an Ihrem Resozialisierungsplan mitarbeiten, werden Sie nie eine niedrigere Einstufung bekommen. Es könnte zudem einen Einfluss auf Ihre zukünftige Berechtigung zum Hafturlaub haben.«

»Ich bin unschuldig«, sagte ich. »Mein Anwalt hat Berufung eingelegt – ich bin hier bald wieder draußen.«

Mit undurchdringlicher Miene machte er sich eine Notiz.

Ich begann, abends endlos die Hofrunde zu gehen. Ich kam an anderen Frauen in ihren Gruppen vorbei oder an der seltsamen Frau, die immer für sich allein joggte. Eines Tages begann ich, ebenfalls zu laufen. Ich konzentrierte meine Aufmerksamkeit ganz auf das Gefühl, wenn meine Füße den Boden trafen, und mit jedem *Bumm, Bumm, Bumm* erstickte ich die ständigen Grübeleien, die endlose Verzweiflung in meinem Inneren. Ich versuchte, nicht daran zu denken, wie sehr ich Ryan und Nicole vermisste, versuchte, nicht an das leere Zimmer meiner Schwester zu denken, an ihre Sachen, die niemand mehr angerührt hatte. Nie zuvor hatte ich jemanden verloren, den ich liebte, nicht einmal ein Haustier, und es fiel mir schwer, den Tod zu begreifen, die Endgültigkeit, den niederschmetternden Gedanken, dass ich meine Schwester nie wieder sehen, nie wieder ihre Stimme hören würde. Dass sie nicht länger existierte. Ich hatte Mühe, an einen Himmel oder ein Leben nach dem Tod zu glauben, und konnte mir nicht vorstellen, wo sie jetzt vielleicht sein mochte. Ich konnte nicht begreifen, dass ein Mensch einfach *fort* sein konnte. Ich hatte auch noch nie zuvor echte Gewalt erlebt und verstand nicht, wie jemand meiner Schwester all diese furchtbaren Dinge hatte antun können. Unablässig stellte ich mir vor, wie groß ihre Angst gewesen sein musste, wie sehr es weh getan haben musste.

Jede Erinnerung war wie ein glühender Schlag, und die Trauer umhüllte mich so fest, dass ich kaum atmen konnte. Also rannte ich, immer und immer weiter.

Meine Zellengenossin und ich redeten nicht viel. Am Morgen, nachdem Pinky mich nachts am Arm gepackt hatte, klärte sie mich kurz über die Routine hier drinnen auf. Dann wurde ihre Miene verschlagen, die Augen wurden schmal.

»Hast du Eltern, die dir Geld schicken? Ich bräuchte ein paar Sachen aus der Kantine, nur bis mein Alter mir in zwei Wochen Geld schickt.«

»Ich kann dir nichts kaufen. Tut mir leid.«

Wir maßen einander mit Blicken, und ich merkte, dass sie versuchte, mich einzuschüchtern, aber sie war ziemlich nervös, ihr Blick huschte umher, ob irgendjemand uns gehört hatte. Niemand war im Gang, und die Frauen in der Zelle neben uns stritten sich lautstark. Ich hatte den Eindruck, dass sie bewusst diesen Zeitpunkt gewählt hatte, damit sie ihr Gesicht wahren konnte, falls ich ihr eine Abfuhr erteilte.

»Mir doch schnurz, wenn du unbedingt meinst.« Sie wandte sich wieder ihrem Bett zu und murmelte: »Aber räum gefälligst deinen Mist hier auf.«

Ich sprach mit keiner der anderen Insassinnen, sondern blieb für mich. Zu den Mahlzeiten saß ich in der Ecke und konzentrierte mich in der Schlange auf mein Tablett, doch mit verstohlenen Blicken musterte ich die anderen Frauen. Es waren großteils Weiße, dazu ein paar indianisch- und ein paar asiatischstämmige Frauen. Es gab welche, die sahen aus wie Männer, mit Kurzhaarfrisuren, breiten Schultern und einem ziemlich mackerhaften Auftreten. Manchmal fassten sie sich in den Schritt, was mich total irritierte. Und dann gab es noch ein paar Frauen, die richtig hart aussahen und Bikerinnen oder Junkies sein konnten – die machten mir am meisten Angst. Doch die größte Überraschung für mich war, wie normal viele der Frauen wirkten. Ein paar sahen sogar ziemlich hausbacken aus. Viele hatten Übergewicht, bleiche Haut und fleckige Zähne. Ich sah Unmengen von Tattoos, manche waren richtig exotisch und cool, andere dagegen grob und verblasst. Ich sah nicht viele Junge, nur ein paar Frauen waren vielleicht in den Zwanzigern.

Keine von ihnen beachtete mich, bis eines Tages eine große Frau mit grauen Haaren, die sie zu einem langen Zopf geflochten hatte, zu mir kam. Sie hielt den Kopf hoch, hatte breite Schultern und lief, als hoffe sie, irgendjemand würde ihr Ärger machen, doch alle Frauen gingen ihr aus dem Weg. Sie setzte sich neben mich.

»Du sitzt wegen Mord, Kleine?«

Am ganzen Körper angespannt, betrachtete ich ihre Hände. Jeder Knöchel trug das Tattoo eines Auges. Gehörte sie zu irgendeiner Gang? Ich warf ihr einen kurzen Blick zu, schaute wieder fort. Ich dachte an Pinkys Warnung, aber ich konnte mich einfach nicht bremsen und murmelte: »Ich war's nicht.«

Sie knuffte mich in die Rippen, ein harter Stoß mit dem Finger. Blut stieg mir ins Gesicht. Ich hielt nach den Wachleuten Ausschau, aber die sprachen gerade mit anderen Gefangenen.

»Hör zu, Kleine, ich werde dir sagen, wie es hier drin läuft.« Ich fing ihren wütenden Blick auf und stellte fest, dass an ihrer Unterlippe ein eingetrockneter Speicheltropfen hing. »Niemand hier gibt einen Scheiß drauf, was du draußen getan hast. Du bist jetzt im Knast. Halt deine Zelle sauber und halt dich selber sauber. Wenn du was zu besprechen hast, kommst du zu mir, nicht zu den Schließern. Ich schmeiß den Laden hier.«

Sie stand auf und ging davon. Ich starrte ihren breiten Rücken an und sah weg, als sie über die Schulter zurückschaute. Ich schob mein Tablett zur Seite, das bisschen Appetit, das ich noch hatte, war mir vergangen. Draußen hatte sich niemand darum geschert, dass ich unschuldig war, und hier drinnen scherte sich auch niemand darum.

Die Frau neben mir sagte: »Isst du das noch?«

Ich hatte gerade noch Zeit, den Kopf zu schütteln, als sie sich auch schon den Saftbecher von meinem Tablett schnappte und meinen Hamburger aufspießte. Ich spürte, dass mich jemand ansah, und blickte auf.

Die grauhaarige Frau beobachtete mich.

4. Kapitel

Woodbridge Highschool, Campbell River
Januar 1996

Als Ryan mich zu Hause absetzte, war es schon spät, und ich hatte das Abendessen verpasst. Ich kam durch den Seiteneingang und traf auf meinen Vater, der ein paar Angelschnüre in der Garage zusammenknüpfte. Früher waren wir oft zum Angeln gefahren, wir machten uns ein Lunchpaket fertig und verbrachten den ganzen Tag in unserem Kanu. Jetzt, wo ich den Großteil meiner Zeit mit Ryan verbrachte, zog ich nicht mehr so oft mit ihm los, obwohl ich immer noch gerne angelte. Ryan und ich hatten ein paar Lieblingsplätze am Fluss, doch die Hälfte der Zeit endete es damit, dass wir rumknutschten. Früher hatte Dad mich auch manchmal zur Arbeit mitgenommen, und ich hatte gern neben ihm gearbeitet. Als ich fünf war, kaufte er mir einen eigenen Werkzeuggürtel, und ich folgte ihm überallhin und hämmerte herum.

Den ganzen letzten Sommer hatte ich für ihn gearbeitet, um einen Teil des Autos abzubezahlen, das ich von meinen Eltern bekommen hatte – einen Honda, den meine Mom geerbt hatte, als meine Großeltern starben. Er war ziemlich ramponiert, doch sobald wir ein paar Sachen repariert und einen Satz neue Reifen besorgt hätten, würde er mir noch ein paar Jahre gute Dienste leisten. Ich hoffte, dass wir ihn bis zum Frühjahr fertig haben würden, damit ich ihn anmelden und einen richtigen Job annehmen konnte. Mit Dad zu arbeiten machte Spaß und war anstrengend – ich hatte kräftige Armmuskeln und einen flachen, harten Bauch davon bekommen, den Ryan liebte. Aber ich wollte etwas anderes ausprobieren, nicht immer nur im Familienbetrieb arbeiten.

Als ich durch die Seitentür hereinkam, blickte Dad auf.

»Hi, Spatz. Wo warst du?«

»Bei Ryan.«

Mein Dad sah müde aus, das Gesicht war blass, und unter den Augen hatte er Tränensäcke. Er hatte einen neuen Auftrag für eine Neubausiedlung und ging im Moment früh aus dem Haus und kam spät zurück. Er hatte wie Nicole und ich dunkle Haare – meine Mutter war als Einzige blond – und olivfarbene Haut, die bronzefarben wurde, sobald wir länger als fünf Minuten in der Sonne waren. Zumindest im Gesicht sahen wir ihm ähnlicher. Unsere Figur hatten wir von unserer Mom, sie war zierlich, hatte kleine Hände und Füße, schmale Hüften und Schultern. Sie war zwar klein, hatte aber muskulöse Arme, und ich war stolz, so eine scharfe, taffe Mom zu haben. Wenn sie ein Tanktop trug, konnte man ihre kräftigen Arme sehen, und die Männer drehten sich ständig nach ihr um. Dad erzählte den Leuten gerne, »Pam ist klein und drahtig wie ein Terrier«, und sie tat dann immer so, als würde sie ihm eine langen.

Dad war auch nicht besonders groß, vielleicht einen Meter fünfundsiebzig, aber er war muskulös und hatte von der schweren Arbeit eine gute Figur. Nacken und Arme waren immer dunkel gebräunt und die Hände rau, und seine Haut roch immer nach Holz, Zeder oder Fichte, saubere Gerüche von draußen. Mit seinem freundlichen Gesicht und der Brille sah Dad jedoch eher aus wie ein Lehrer als wie ein Mann, der eine Baufirma leitete.

»Deine Mom regt sich auf, weil du nicht angerufen hast.« Mahnend musterte er mich über den Rand seiner Brille hinweg.

»Ich habe ihr gestern gesagt, dass ich nach der Schule wahrscheinlich noch mit zu Ryan gehe.«

»Ich glaube, sie würde sich über eine Entschuldigung freuen.«

Und ich würde mich freuen, wenn sie mich nicht ständig nerven würde, aber das würde nicht passieren. Meine Eltern stritten sich oft meinetwegen. Mom glaubte, ich machte deswegen ständig Ärger, weil Dad mir zu viel durchgehen ließ. Doch der Grund, warum ich Ärger machte, war, dass sie immer so verdammt streng zu mir war. Wenn man das Gefühl hat, man könnte überhaupt nichts richtig machen, scheint es auch gar keinen Grund mehr zu geben, sich überhaupt anzustrengen. Dabei war ich ja gar nicht so schlimm. Ich erledigte die Hausarbeiten nur nicht so schnell, wie sie wollte, und ich hockte nicht stundenlang über den Hausaufgaben wie meine Schwester. Trotzdem waren meine Noten ganz in Ordnung – ich sah einfach nur keinen Sinn darin, in jedem kleinen Test eine Eins zu schreiben. Meine Klamotten gefielen Mom auch nicht, meine Rockband-T-Shirts, die zerfledderten Jeans und Flanellhemden oder mein Make-up, bei dem ich meine Augen mit rauchigen Schatten einrahmte.

Sie sagte: »Ich weiß, dass du nur versuchst, dich selbst auszudrücken, Toni, aber dir ist vielleicht nicht klar, was du anderen damit signalisierst. Wenn du dich wie eine Herumtreiberin kleidest, wirst du auch wie eine behandelt – als wärst du den Leuten unangenehm. Früher hast du dich immer so hübsch angezogen.«

Manchmal, wenn Amy mich besuchte, sah ich, wie Mom ihre Armyboots und den schwarzen Nagellack beäugte. Später fragte sie mich, ob ich in der letzten Zeit mal mit Shauna gesprochen hätte, ihre Stimme wurde vor Traurigkeit und Hoffnung ganz weich. »Shauna ist so ein nettes Mädchen.« Mom gefiel es *absolut* nicht, dass ich mit Ryan zusammen war, der, wie sie sagte, »sich noch gewaltigen Ärger einhandeln wird«.

Wenn ich versuchte, mit Dad darüber zu sprechen, dass Mom andauernd auf mir herumhackte, sagte er: »Sie macht sich Sorgen um dich.« Nein, sie hasste es einfach nur, dass sie mich nicht kontrollieren konnte, so wie sie ihn und Nicole kontrollierte.

Dad nahm alles locker, was manchmal ziemlich cool war, wenn ich ihm Sachen erzählen konnte und wusste, dass er nicht ausflippen würde, aber er hasste Streit. Wenn Mom und ich uns zofften, verließ er das Zimmer. Mom war streitsüchtig und ließ sich von niemandem etwas gefallen, was total peinlich war, wenn sie auf einen Verkäufer oder Lieferanten losging. Wir hatten uns schon immer ständig gekabbelt, aber als ich kleiner war, war es nicht ganz so schlimm gewesen. Sie konnte unglaublich witzig sein und hatte eine wahnsinnige Phantasie – sie konnte uns stundenlang Geschichten erzählen. Und sie dachte sich jedes Wochenende etwas Neues aus, wobei wir Spaß hatten, einen Ausflug nach Victoria zum Beispiel, um uns das Aquarium anzusehen, oder eine Wanderung auf einer der Bay-Inseln. Manchmal fuhren wir zu zweit herum und verteilten Werbezettel für Dads Firma, dann aßen wir irgendwo zu Mittag und unterhielten uns über die Häuser, die wir gesehen hatten, und malten uns aus, wer wohl darin wohnte. Ich mochte es, wenn sie von einer neuen Idee ganz aufgekratzt war und dass sie mich nach meiner Meinung fragte. Klug war sie auch, und man konnte gut mit ihr über Probleme reden, da sie einem auch Ratschläge gab – Dad erzählte einem nur, dass alles wieder gut werden würde. Aber sie wusste einfach nicht, wann es genug war.

Die ganze Zeit war sie total gluckenhaft, machte sich ständig Sorgen, dass irgendetwas schiefgehen und etwas Schreckliches passieren könnte. Sie traute mir nicht zu, irgendetwas selbst herauszufinden. Dad sagte, das liege an ihrer Kindheit – ihre Mom war überängstlich gewesen, schon fast agoraphobisch, und ihr Dad ein Alkoholiker, der oft tagelang wegblieb – und weil sie uns so sehr liebe. Ich versuchte, es zu verstehen, aber ich hasste es, ständig Millionen Fragen beantworten zu müssen, über meinen Tag, die Schule, Freunde, als müsste sie über jedes einzelne Detail meines Lebens Bescheid wissen. Ich hasste es, wie sie immer versuchte, mich dazu zu bringen, die Dinge so zu machen, wie sie es wollte.

Je älter ich wurde, desto schlimmer wurde es. Je mehr sie versuchte, mich zu kontrollieren, desto eher hatte ich das Gefühl, als würde sich eine Fessel immer enger um mich schlingen und alle Luft aus mir herauspressen, *mich* herauspressen, was nur dazu führte, dass ich das genaue Gegenteil von dem tat, was sie wollte. Doch am meisten beunruhigte es mich, als ich merkte, dass sie mich nicht mehr richtig mochte. Es fühlte sich an, als sei sie ständig von mir enttäuscht, als würde sie sich meiner schämen, aber vor allem, als sei sie wütend. Als würde es sie wahnsinnig machen, dass sie mich nicht dazu bringen konnte, das zu sein, was sie wollte. Manchmal fragte ich mich, ob sie mich überhaupt noch liebte.

Als ich hineinging, saß Mom im Büro über irgendwelchem Papierkram. Dad konnte gut mit Menschen umgehen und war ein begnadeter Handwerker, aber er hatte keinen Sinn für Zahlen. Also kümmerte Mom sich um das Kaufmännische. Sie hatte die Haare zu einem lockeren Pferdeschwanz hochgebunden, aus dem sich ein paar Strähnen gelöst hatten. Ohne jedes Make-up sah sie ebenfalls müde aus, und das schummrige Licht der Schreibtischlampe betonte ihre hohlen Wangen. Sie trug ein T-Shirt von meinem Dad und Jeans. Sie konnte sich hübsch zurechtmachen, wenn wir zum Abendessen oder so ausgingen, aber oft trug sie auch Arbeitsstiefel und redete mit den Männern auf den Baustellen. Das war einer der Gründe, weshalb es mich tierisch nervte, wenn sie mich wegen meiner Klamotten anmachte.

Ich versuchte, ohne ein Wort vorbeizugehen, aber sie hörte meine Schritte und drehte sich um.

»Wird ja auch Zeit, dass du nach Hause kommst. Danke für den Anruf.«

Ihre Worte waren bissig, aber sie wirkte besorgt. Ich fragte mich, ob ich wohl der Grund war, dass sie so müde war, und bekam ein schlechtes Gewissen. Ich war nicht sicher, was mich mehr ärgerte.

»Ich war bei Ryan. Das hab ich dir doch gesagt.«

»Du hast erwähnt, dass du vielleicht hingehen würdest, aber mir ist es lieber, wenn du tatsächlich anrufst und uns Bescheid sagst. Ich wusste nicht, wie viel ich zum Abendessen machen sollte.«

»Okay, wenn du meinst.« Ich ging den Flur hinunter. Sie kam aus dem Büro und folgte mir.

»Nein, es ist *nicht* okay. Du entschuldigst dich bei mir.«

Ich presste ein »Tut mir leid« heraus und setzte leise hinterher: »Dass du so ein Kontrollfreak bist.«

»Was hast du gerade gesagt?« Sie stieß meine Zimmertür auf, als ich gerade mein T-Shirt auszog.

»He, ein bisschen Privatsphäre wird ja wohl erlaubt sein!«

»Solange du in meinem Haus wohnst, hältst du dich an *meine* Regeln, Toni. Und wir haben dich ein ums andere Mal gebeten, anzurufen, wenn du später kommst.«

Erneut spürte ich Wut in mir aufsteigen. Sie nannte es immer *ihr* Haus, als hätten wir hier überhaupt nichts zu melden.

»Ich hab gesagt, es tut mir leid. Kannst du mich jetzt bitte damit in Ruhe lassen?«

»Ich weiß nicht, was ich mit dir machen soll, Toni.« Sie verschränkte die Arme vor der Brust. »Seit du mit Ryan zusammen bist, ist es noch schlimmer geworden.«

»Du hackst nur auf mir herum, weil du ihn nicht magst.«

Es nervte mich, dass meine Eltern nicht begriffen, wie gut Ryan war, wie gut er zu mir war. Er hatte gespart, um mir zum Geburtstag eine Halskette schenken zu können, einen schwarzen Onyx-Stern an dieser coolen Lederschnur. Sie sahen nicht die süßen Briefe, die er mir schrieb, und dass er nicht versuchte, so taff zu sein wie manche anderen Jungs. Es gab nichts, worüber wir nicht reden konnten, peinliche Geschichten, unsere Hoffnungen und Träume. Ryan gab mir das Gefühl, *normal* zu sein, besser als normal. Meine Eltern sahen nur, dass sein Vater ein Ex-Knacki war und dass Ryan einen großen, lauten Truck fuhr und Heavy Metal hörte.

»Ryan ist im Moment das einzig Gute in meinem Leben«, sagte ich.

Sie lehnte sich gegen den Türrahmen, holte tief Luft und setzte zu einer Dies-ist-nur-zu-deinem-eigenen-Besten-Lektion an.

»Genau das ist das Problem, Toni. Er sollte nicht das einzig Gute sein. Ich weiß, dass du dich sehr zu ihm hingezogen fühlst, aber ich mache mir Sorgen, dass du alles andere in deinem Leben vergisst. Was ist mit deinen Freundinnen?«

»Ich sehe meine Freundinnen immer noch, aber sie haben auch alle Freunde. Ryan und ich mögen dieselben Sachen. Was ist falsch daran, Zeit mit ihm zu verbringen? Du hasst ihn einfach.«

Ryan war nur selten hier. Auch wenn meine Mutter höflich war, blieb ich angespannt und fühlte mich unwohl – als würde sie das Silberbesteck nachzählen, sobald er wieder weg war. Dad und er unterhielten sich übers Angeln und Jagen, Männerkram eben. Aber eines Abends, nachdem Ryan mit uns zu Abend gegessen hatte, war Dad in mein Zimmer gekommen.

»Ryan scheint ein netter Junge zu sein, Toni«, sagte er, »aber du weißt, dass das bei seinem Vater anders ist. Es sind nicht gerade die besten Leute, mit denen du so viel Zeit verbringen solltest. Denk einfach mal darüber nach, ja?«

Ich war sicher, dass Mom ihn zu diesem Gespräch gedrängt hatte, es war einer dieser typischen Probier-mal-ob-du-sie-zur-Vernunft-bringen-kannst-Versuche, trotzdem fühlte ich mich verraten. Ich hatte gedacht, Dad würde Ryan so sehen, wie er wirklich war. Es war so unfair – Ryan war überhaupt nicht wie sein Vater. Eine Woche lang hatte ich nicht mit meinem Dad gesprochen, und danach hatten wir nie wieder über Ryan geredet, jedenfalls nicht so. Das überließ er meiner Mutter.

»Es geht nicht darum, ob ich ihn mag oder nicht«, sagte sie. »Ich möchte nur, dass du eine Zukunft hast.« Sie holte Luft und schwieg einen Moment. »Sieh mal, als ich in deinem Alter war, hatte ich auch meinen Spaß und bin mit den Bad Boys rumgezogen, und dann habe ich jung geheiratet und nie eine Ausbildung gemacht.« Ich wusste, dass meine Eltern geheiratet hatten, als beide Anfang zwanzig waren, aber ich hatte nicht gewusst, dass es meiner Mom zu schaffen machte. Rasch fügte sie hinzu: »Ich bereue es nicht, geheiratet zu haben, aber ich wünschte, ich hätte zuerst ein paar andere Sachen gemacht, aufs College gehen zum Beispiel, damit ich einen eigenen Beruf habe. Du hast noch so viel Zeit, um dich ernsthaft an jemanden zu binden.«

»Und solange es nicht jemand wie Ryan ist, stimmt's?«

»Ich sage nur, du solltest dir alle Optionen offenhalten.«

»Ich liebe *ihn.*« Ich war den Tränen nahe, was mich noch wütender machte. »Warum verstehst du das nicht? Willst du nicht, dass ich glücklich bin?«

»Du bist *achtzehn.*«

»Ich weiß trotzdem, was Liebe ist.«

»Dann geh weiter mit ihm aus, aber versuch auf jeden Fall, diesen Herbst aufs College zu kommen, beleg ein paar Kurse und überleg dir, was du werden willst. Aber gib nicht alles auf!«

Sie versuchte, so zu tun, als sei sie auf meiner Seite, aber ich wusste, dass sie mich nur auf dem College haben wollte, damit ich Ryan vergaß und irgendeinen Typen mit besseren Zukunftsaussichten kennenlernte, jedenfalls nach ihren eigenen blödsinnigen Maßstäben.

»Ich will nicht aufs College – ich bin nicht Nicole. Ich will eine Weile arbeiten, Geld sparen und dann reisen. Ich will die Welt sehen.«

»Schön und gut, aber du musst doch irgendeinen Plan haben.«

»Das *ist* mein Plan. Sobald ich mit der Highschool fertig bin und genug gespart habe, ziehe ich aus.«

»Du ziehst aus?« Entgeistert sah sie mich an.

»Ich dachte, du würdest dich darüber freuen.«

»Ich hoffe, du ziehst nicht mit Ryan zusammen.«

»Du hast es erfasst.«

»Wie …« Sie verstummte, den Mund immer noch geöffnet, als sei sie so wütend, dass ihr die Worte fehlten. »Und wie wollt ihr beide euch eine eigene Wohnung leisten? Du hast keine Ahnung, wie man sich sein Geld einteilt. Du *hast* kein Geld.«

Sie behandelte mich, als wäre ich fünf und hätte keine Ahnung vom Leben.

»Ich habe genug, um das Auto zu reparieren und es demnächst anmelden zu können. Mike vom Fish Shack sagt, ich kann bei ihm kellnern, im Frühjahr an den Wochenenden und im Sommer Vollzeit.«

»Im *Fish Shack*? Toni …« Sie schüttelte bereits den Kopf. »Du kannst dort nicht arbeiten.«

»Warum nicht?«

»Willst du wirklich Kellnerin werden? Hast du überhaupt eine Vorstellung, wie anstrengend das ist? Und du hasst es, Anweisungen von anderen Leuten entgegenzunehmen. Du wirst jedes Wochenende bis spät in die Nacht arbeiten, und dann wirst du die ganze Woche übermüdet in der Schule sitzen. Mir wäre es lieber, wenn du weiter für Dad arbeiten würdest.«

Wo sie mich im Auge behalten könnte, meinte sie. Es machte mich krank, wenn sie redete, als wüsste sie alles über mich und was das Beste für mich wäre.

»*Mir* ist es lieber, im Fish Shack zu arbeiten. Für meinen Lebenslauf brauche ich mehr Erfahrungen, Mom – ich kann nicht nur für meinen Vater arbeiten.« Damit hatte ich sie, und ich sah, wie es in ihr arbeitete und sie nach dem nächsten Argument suchte. Rasch fügte ich hinzu: »Ryan hat bereits einen Job im Outdoor-Laden, und ab dem Sommer bietet er geführte Touren an. Seine Mom legt schon ein paar Sachen für uns beiseite, Handtücher, Bettwäsche und Küchensachen und so. Am Anfang brauchen wir nicht viel.«

Ich lächelte sie an, weil ich mir etwas darauf einbildete, wie gut wir alles geplant hatten, und weil sie eifersüchtig aussah, weil ich Ryans Mutter erwähnt hatte.

»Seiner Mutter habt ihr es also schon erzählt? Und sie ist einverstanden?«

»Ja, sie freut sich für uns. Sie mag mich.« Ich bohrte das Messer noch ein wenig tiefer in die Wunde und wurde mit einem verräterischen Zusammenziehen der Brauen bei meiner Mom belohnt.

Sie probierte eine neue Taktik. »Selbst wenn du einen Job hast, kannst du nicht einfach kommen und gehen, wie es dir gefällt. Solange du hier wohnst, musst du uns sagen, wo du bist und wann du nach Hause kommst.« In dem Versuch, die Kontrolle zu behalten, klammerte sie sich daran fest.

»Also gut.« Ich schob mich an ihr vorbei und ging ins Badezimmer. »Sind wir fertig? Ich würde jetzt gerne duschen.«

Sie schüttelte den Kopf. »Mit dir kann man einfach nicht reden.«

»Ich weiß nicht, warum du es dann trotzdem versuchst.« Ich schloss die Tür.

»Verbrauch nicht das ganze heiße Wasser!«, schrie sie.

Als ich aus der Dusche kam, lernte Nicole in ihrem Zimmer, die Bücher ausgebreitet auf dem Bett. Unsere Zimmer lagen auf derselben Seite des Hauses, mit einem gemeinsamen Bad dazwischen. Moms Büro befand sich ebenfalls im Obergeschoss, aber das Schlafzimmer meiner Eltern lag im Erdgeschoss, auf der anderen Seite des Hauses. Die Wände meines Zimmers hatte ich mit Postern von Rockbands geschmückt: Nirvana, Soundgarden, Pearl Jam, Alice in Chains. Meine Tagesdecke war dunkellila, die Wände im dunkelsten Grau gestrichen, das meine Mom erlaubt hatte, und normalerweise lagen überall auf dem Boden Klamottenhaufen herum, Jeans, ein paar von Ryans T-Shirts, die ich gerne trug, eine seiner Jacken. Außerdem hatte ich eine kleine Sammlung Zettelchen und Briefe von ihm, Sachen, die er mir geschenkt hatte, kleine Andenken wie Kinokarten oder einen Aufkleber von seinem Motorrad. Ich bewahrte sie alle in einem alten Werkzeugkasten auf, den Dad mir geschenkt hatte, schloss ihn mit einem Vorhängeschloss ab und trug den Schlüssel um den Hals.

Über meinem Schreibtisch hing eine Pinnwand, die mit Fotos von Ryan und mir bedeckt war. Mein Lieblingsbild, das letzten Sommer am See aufgenommen worden war, stand auf dem Nachttisch. Wir saßen beide auf seiner Heckklappe und küssten uns. Manchmal, wenn ich nicht schlafen konnte, legte ich mir das Foto auf die Brust und spürte, dass Ryan bei mir war. Wir hatten noch nie eine ganze Nacht zusammen verbracht und konnten es kaum abwarten, bis wir eine eigene Wohnung hatten, wo wir unsere Ruhe hätten und ungestört tun könnten, was immer wir wollten.

Nicoles Zimmer war immer ordentlich – keine Klamotten auf dem Boden – und in einem hellen Butterblumengelb gestrichen, mit durchsichtigen Vorhängen und hübschen Kissen auf der salbeigrünen Tagesdecke. Ihr Zimmer wirkte frühlingsfrisch, was zu ihrem liebenswürdigen, munteren Wesen passte. Im Moment jedoch machte sie ein ernstes Gesicht und kaute beim Lernen auf dem Bleistift herum. Wahrscheinlich versuchte sie alles, um bei ihrem nächsten Test eine Eins plus zu bekommen – einmal hatte ich sie weinen sehen, weil sie nur eine Zwei bekommen hatte. So weit hatte sie es nie wieder kommen lassen. Ich ärgerte mich oft über sie, vor allem, weil ich wünschte, sie wäre nicht die ganze Zeit so perfekt. Und ich wünschte mir, sie hätte mehr Rückgrat und würde öfter für sich einstehen. Es nervte mich, dass sie alles tat, was Mom wollte, ihre Haushaltspflichten sofort erledigte, ihr immer genau sagte, wo sie war und was sie tat und mit wem sie zusammen war, eine Million Mal anrief und nie zu spät kam.

Sie war hübsch, meine Schwester, und als ich sie jetzt ansah, stellte ich fest, dass sie in den letzten Monaten sogar noch hübscher geworden war. Ihr Gesicht hatte die weiche, babyhafte Rundheit verloren und bekam Wangenknochen, die ihre Augen noch größer wirken ließen. Sie hatte Moms braune Augen, während ich Dads grüne hatte.

Allmählich begann sie auch, das Oberteil auszufüllen, als würde sie größere Brüste bekommen als ich, und ihre Hüften waren eindeutig kurviger. Aber sie kleidete sich immer noch eher kleinmädchenhaft mit viel Rosa, apricotfarbenen T-Shirts und ordentlichen Jeans. Nie zeigte sie zu viel nackte Haut, und sie schminkte sich selten, obwohl sie es gedurft hätte. Das höchste der Gefühle waren etwas Lipgloss und ein Hauch Wimperntusche. Sie hatte wie ich schwarze Haare, band sie aber normalerweise zu einem Pferdeschwanz zusammen, anstatt sie mit Haarspray zu toupieren. Wenn sie ihr Haar offen trug, sahen wir uns ähnlich, unsere Gesichtszüge, das Haar, die schmale Statur, doch bei genauerem Hinsehen waren wir ziemlich verschieden. Nicoles Gesicht war liebenswürdig, offen und einladend. Und ich? Mom sagte, ich sähe alle Welt an, als wolle ich jeden herausfordern, sich mit mir anzulegen.

Nicole war ein Bücherwurm. Ständig las sie irgendetwas und tauschte oft Bücher mit Mom. Sie versuchte, mich dazu zu bringen, ein paar ihrer Bücher zu lesen, V. C. Andrews, Anne Rice oder Jean M. Auel. »Versuch es, Toni«, sagte sie, »vielleicht gefällt es dir ja«, aber Lesen war einfach nicht mein Ding. Ich konnte mich nie lange genug konzentrieren.

Sie ließ ihr Buch sinken und lächelte. »Wie war dein Date?«

»Wir waren einfach nur bei Ryan. War nett.«

Ich wusste, dass sie ein bisschen für Ryan schwärmte. Er war noch nicht oft hier gewesen, aber wenn er kam, fand sie immer irgendeinen Grund, um in seiner Nähe zu sein, holte sich etwas aus der Küche oder dem Kühlschrank. Ryan war immer nett zu ihr, fragte sie nach der Schule oder etwas anderem, doch ich starrte sie finster an, bis sie den Wink endlich begriff und uns allein ließ.

»Was liest du da?«, fragte ich, immer noch in Nicoles Tür. Ich hatte ein schlechtes Gewissen, weil ich ihr am Abend zuvor, als sie mich fragte, ob sie sich etwas von meiner guten Haarspülung leihen könne, gesagt hatte, sie solle sich selbst eine kaufen. Normalerweise machte es mir nichts aus, hin und wieder zu teilen – ich hatte es nur gesagt, weil ich auf Mom sauer gewesen war. Wir hatten uns mal wieder gestritten, weil ich meine Klamotten zu oft wusch und das ganze Waschmittel verbrauchte. Mom zwang mich, mein eigenes Zeug zu kaufen, wenn ich vernünftige Seife, Shampoos und Schminksachen haben wollte – sie kontrollierte nicht nur mein Leben, sondern hatte auch die Familienfinanzen fest im Griff.

Überrascht von meinem Interesse blickte Nicole auf.

»Das ist ein Science-Fiction-Roman über ein paar Kinder,

die superschlau sind und die Erde vor Außerirdischen retten sollen. Es heißt *Das große Spiel.*«

Ich schaute kurz in den Flur, die Stimmen meiner Eltern hallten von unten herauf. Am Tonfall meiner Mutter merkte ich, dass sie sich mal wieder über mich beschwerte.

»Ich wünschte, jemand könnte mich vor Mom retten«, sagte ich.

»Vielleicht solltest du einfach nur ab und zu tun, was sie will, dann würdet ihr euch nicht so oft streiten. Es ist nicht so schwer, einmal kurz anzurufen.«

»Vielleicht sollte sie *mich* ab und zu machen lassen, was ich will.«

»Das wird sie nicht. So ist sie nicht, aber du bist bald mit der Highschool fertig. Kannst du es nicht wenigstens bis dahin versuchen?«

Nicole wirkte immer so klug oder zumindest reif für ihr Alter und so vernünftig. Im Gegensatz zu mir.

»Wahrscheinlich nicht.« Ich lachte.

»Du bist verrückt.« Sie schüttelte den Kopf. »Sie ist doch nur so, weil du ihr wichtig bist.«

»Nein, *du* bist ihr wichtig.«

»Dich liebt sie auch.«

»Aber nicht genauso.«

»Ich bin nur pflegeleichter.« Achselzuckend akzeptierte sie ihre Rolle in der Familie.

»Ja, das bist du.« Es war schwierig, Nicole nicht zu mögen, und die meisten Leute taten es. Lehrer, die Leute in der Schule, mein eigener verdammter Freund, was einer der Gründe war, weshalb ich sie manchmal triezte. Und sie war so liebenswürdig – sie gehörte zu den Menschen, die nie einen Geburtstag vergaßen und immer eine Glückwunschkarte schickten. Aber – und bei diesem Gedanken bekam ich immer ein schlechtes Gewissen –, sie war irgendwie auch langweilig. Niemals tat oder sagte sie irgendetwas Interessantes. Jedenfalls nicht zu mir.

Trotzdem war mir aufgefallen, dass sie sich in letzter Zeit verändert hatte. Wenn Mom arbeitete, hörte ich sie manchmal unten am Telefon kichern und flüstern, und wenn ich den Raum betrat, wechselte sie das Thema. Vermutlich sprach sie mit Darlene, ihrer besten Freundin, einer weiteren Musterschülerin, doch ich bezweifelte, dass sie irgendetwas Besonderes ausheckten. Was für Geheimnisse konnte meine Schwester schon haben?

»Du kannst meine Haarspülung benutzen, wenn du magst«, sagte ich.

»Wirklich?« Sie sprang vom Bett auf, rannte auf mich zu und umarmte mich. Ihr süßer Limonenduft hüllte mich ein. »Danke, danke!«

Ich erwiderte ihre Umarmung und wunderte mich, wieso sie wegen dieser dämlichen Spülung so aufgekratzt war. Seit wann kümmerte sie sich dermaßen um ihr Aussehen?

In der nächsten Woche lungerte Shauna in der Schule ständig im Flur vor meinem Spind herum oder wartete mit den anderen Mädchen auf dem Parkplatz. Wenn sie mich zusammen mit Ryan sahen, verschwanden sie, aber es war klar, dass sie versuchten, mich einzuschüchtern. Ryan sagte mir immer wieder, ich solle sie ignorieren, aber ich wusste nicht, wie viel länger ich das noch schaffen würde.

An diesem Freitagabend feierte einer von Ryans Freunden eine Party, seine Eltern waren nicht in der Stadt. Ryan holte mich ab, und auf dem Hinweg rauchten wir einen Joint. Meine Eltern wussten, dass ich Zigaretten rauchte, und ahnten vermutlich auch, dass ich kiffte. Einmal hatte

Mom Zigaretten in meiner Jackentasche gefunden, und ich musste ein paar Vorträge deswegen anhören. Ich erzählte ihnen, dass ich nicht viel rauchte, was stimmte, aber ich erzählte ihnen nicht, dass es mir gefiel, weil es ein Ritual war, das Ryan und ich teilten. Ich liebte es, mit ihm für einen Kaffee zu Tim Hortons zu gehen und dann am Strand zu sitzen und zusammen eine zu rauchen. Mit dem Kiffen fing ich im selben Jahr an. Ich fand es in Ordnung, solange ich mich von den harten Drogen fernhielt. Es gefiel mir, dass dadurch alles im Leben ein bisschen einfacher zu werden schien, irgendwie weicher, als wäre der ganze Kram einfach nicht mehr so wichtig. Wir taten niemandem weh oder stellten irgendwelchen Blödsinn an. Wir hatten einfach unseren Spaß.

Als wir ankamen, war die Party schon in vollem Gange. Die Jungs standen herum, rauchten und tranken Bier. Die Mädchen hatten die Sofas in Beschlag genommen oder tanzten im Wohnzimmer, wobei sie versuchten, für die Jungs möglichst sexy auszusehen.

Ich fühlte mich gut, saß in der Ecke auf Ryans Schoß, knutschte mit ihm und groovte zur Musik, als ich ein Gesicht entdeckte, mit dem ich nie gerechnet hatte.

Nicole.

Ich setzte mich auf. »Was zum Teufel macht sie denn hier?« Zu Hause hatte ich gesehen, wie sie sich zum Ausgehen schick gemacht hatte, aber Mom hatte sie erzählt, sie wolle mit Darlene ins Kino, ihre Freundin würde sie abholen.

Ryan drehte sich um und bemerkte Nicole. »Wow, sie sieht gut aus.«

Ich knuffte ihn. »Hey!«

»So meine ich das nicht«, sagte er. »Ich kenn sie einfach

nur nicht in Ausgehklamotten und so.« Er gab mir einen Kuss. »Ich hab nur Augen für dich, Babe.«

Ich wusste, dass hinter seiner Bemerkung über Nicole nichts weiter steckte, es war einfach nur eine Feststellung – und er hatte recht. Sie sah wirklich gut aus, richtig gut.

Ihr offenes Haar schimmerte schwarz, und sie hatte es mit Wicklern gestylt, so dass es in dichten Locken ihr Gesicht umrahmte und den Rücken herabfiel. Sie war stärker geschminkt als üblich, ihre Augen wirkten exotisch und geheimnisvoll, und die Lippen schimmerten vom Lipgloss. Es sah aus, als hätte sie sogar Make-up und Rouge aufgetragen, ihre Haut war glatt und die Wangenknochen wirkten unglaublich hoch.

Doch die echte Überraschung war ihr Outfit. Sie trug enge Jeans, ausgeblichen und tiefsitzend, dazu einen coolen braunen Gürtel, den ich nie zuvor gesehen hatte. Das enge, weiße T-Shirt rutschte hoch, sobald sie die Arme hob, und gab einen Streifen gebräunter Haut an ihrer Taille frei. Das Hemd hatte einen V-Ausschnitt und zeigte den Ansatz eines Dekolletés, von dem ich nicht gewusst hatte, dass meine Schwester es hatte, so dass ich überlegte, ob sie wohl einen Push-up trug. Sie sah älter aus – älter als ich. Und superscharf.

Ich löste mich von Ryan und ging zu Nicole, die zur Musik hin und her wippte, einen Plastikbecher in der Hand. Sie unterhielt sich mit Darlene, und alle beide schauten zu einer Gruppe Jungs hinüber. Einer von ihnen erwiderte ihren Blick. Ich tippte Nicole auf die Schulter, und sie wirbelte herum.

»Toni!«

Ihr Gesicht war gerötet, der Blick leicht glasig. Ich nahm ihr den Becher aus der Hand und nahm einen Schluck, prickelnd wie saurer Pfirsich. Eine Weinschorle. Ich gab ihr den Becher zurück.

»Was machst du hier?«, fragte ich.

»Nur so abhängen.« Sie war nervös, ihr Blick huschte zu Darlene, zur Jungsgruppe und wieder zu mir.

»Ich dachte, ihr wolltet ins Kino.«

»Und ich dachte, du wolltest zu Ryan.«

Es war das erste Mal, dass sie so etwas wie Aufmüpfigkeit zeigte, das Kinn vorstreckte und mich wütend ansah. Ich war überrascht, aber irgendwie auch beeindruckt.

»Mom wird ausflippen, dass du hier bist und Alkohol trinkst«, sagte ich.

Sie zögerte. »Lass mich in Ruhe, Toni«, sagte sie dann. »Wenn du's ihr sagst, petze ich auch.«

Was zur Hölle war bloß in meine Schwester gefahren? Ich war sauer und wollte sie zusammenstauchen, aber Mom würde durchdrehen, wenn sie erführe, dass wir bei jemandem zu Hause waren, dessen Eltern unterwegs waren. Wollte ich mich schon wieder mit ihr streiten, wegen einer bescheuerten Party?

»Du mich auch!« Ich schnappte mir Nicoles Weinschorle und ging davon.

Sie schrie mir hinterher: »Hör auf, mich ständig anzuzicken!«

Immer noch auf hundertachtzig ging ich zu Ryan zurück.

»Was ist los?«, fragte er.

»Ich weiß nicht, warum sie hier ist – aber sie führt irgendetwas im Schilde. Sie benimmt sich total komisch.«

»Sie will nur ihren Spaß haben, wie wir alle.«

»Vielleicht …«

Ich beobachtete meine Schwester, die gerade mit Darlene durch die Hintertür auf die Terrasse ging. Über die Schulter warf sie den Jungs einen weiteren Blick zu. Einer von ihnen unterbrach sein Gespräch und ging ebenfalls nach draußen. Ich konnte nicht viel von dem Kerl erkennen, nur dass er groß war und ein Eishockeyhemd trug. Vermutlich wollte er sich irgendwo mit Nicole treffen, wo ich die beiden nicht sehen konnte. Sollte ich nach ihr sehen? War der Typ ebenfalls betrunken? Er sah älter aus als sie. Dann dachte ich an meine Mom, wie sie mich ständig überwachte und tat, als sei ich zu dämlich, irgendwas selbst zu durchschauen.

Nicole war jetzt sechzehn – sie konnte selbst auf sich aufpassen.

Später tauchten noch Shauna und ihre Mädels auf. Alle waren wie aus dem Ei gepellt, mit perfekten Frisuren und Make-ups. Sie kamen vorbei und unterhielten sich mit ein paar Leuten, mit denen ich befreundet war, mit Amy, ihrem Freund Warren und ein paar seiner Freunde, von denen einer mehr oder weniger mit Cathy ging. Ich kuschelte mich an Ryan und unterhielt mich weiter mit Amy, als sähe ich nicht, dass Shauna danebenstand, doch ich spürte, wie sie mich beobachtete, meine Klamotten, meine Schuhe, mein Haar taxierte und versuchte, ihr Psychospielchen mit mir zu spielen. Ich stellte mein Bier auf dem Tresen ab, ging ins Badezimmer und starrte mich im Spiegel an. Ich legte etwas Lipgloss auf, schüttelte mein Haar auf. Als ich mich wieder ruhiger fühlte, ging ich zurück.

Shauna stand dicht neben einem der Jungs, einem Typ namens Cameron, der ganz in Ordnung aussah und ihr etwas ins Ohr flüsterte, während sie geziert lächelte. Gut, vielleicht war sie zu abgelenkt, um mich zu schikanieren.

Ich lehnte mich an Ryan, der lächelte und fragte: »Alles in Ordnung bei dir?«

»Jupp.« Ich erwiderte sein Lächeln, griff nach meinem Bier, nahm einen Schluck – und hatte sofort einen ekligen Geschmack im Mund. Ich spuckte aus und bespritzte ein paar Mädchen, die neben mir standen und alle zurücksprangen und »O mein Gott« oder »Igitt!« riefen.

Würgend und hustend wischte ich mir den Mund ab.

»Was ist los?«, fragte Ryan.

Ich würgte die Worte hervor. »Da ist was in meinem Bier«, und rannte wieder ins Badezimmer. Ich spülte den Mund mit Wasser aus, aber der eklige Geschmack blieb.

Als ich endlich wieder zur Gruppe zurückkehrte, sah ich mir die Bierflasche genauer an und entdeckte den verräterischen Rest eines Zigarettenstummels darin. Etwas Tabak schwamm immer noch an der Oberfläche und klebte an den Seiten. »Jemand hat seine Kippe in mein Bier geworfen!«

»Das ist echt mies«, sagte Ryan und spähte in die Flasche.

Ich blickte auf. Shauna, Kim und Rachel krümmten sich vor Lachen. Cathy grinste ebenfalls, aber ihre Wangen waren gerötet, und sie wich meinem Blick aus.

»Findet ihr das hier witzig?« Ich hielt die Flasche in der Hand, als wollte ich sie werfen. Wut marodierte durch meine Adern.

Shauna lachte. »Du hättest dein Gesicht sehen sollen!«

»Warst du das?« Ich trat vor. Ryan packte mich von hinten am T-Shirt.

Sie verdrehte die Augen. »O mein Gott. Bist du paranoid oder was? Ich bin nicht mal in die Nähe von deinem dämlichen Bier gekommen.«

Hatte eines der anderen Mädchen es getan? Ich stellte fest, dass Amy ebenfalls Mühe hatte, ein Lachen zu unterdrücken. »Sorry«, platzte sie heraus. »Aber es war einfach zu komisch, wie du geguckt hast.«

Mein Gesicht wurde ganz heiß, so wütend und verlegen war ich – und verletzt. Meine beste Freundin lachte mich aus. Es war, als wäre ich wieder in der neunten Klasse.

Ryans Freund Greg klopfte mir auf den Rücken. »Zigaretten soll man rauchen, nicht trinken.«

Erneut fingen alle an zu lachen. Sogar Ryan hinter mir lachte leise. Ich drehte mich um, bereit, ihn zur Schnecke zu machen, doch er flüsterte: »Mach einfach mit!«

Wütend, wie ich war, dauerte es einen Moment, bis ich kapierte, was er meinte. Ich begann zu lachen, als wäre es die lustigste Sache der Welt, einen Zigarettenstummel zu schlucken. Je lauter ich lachte, desto lauter lachten alle anderen mit mir. Shaunas Miene wechselte von boshafter Freude zu Wut und Zorn, ehe sie sich zusammenriss und so tat, als würde sie mit den anderen mitziehen.

»Lasst uns von hier verschwinden«, sagte sie zu ihrer Gang, als das Gelächter erstarb. »Die Party wird allmählich langweilig.«

An der Tür warf sie mir einen letzten Blick zu. Ich lächelte und winkte.

5. Kapitel

Rockland Strafanstalt, Vancouver
März 1998

Nachdem die Frau mit den grauen Haaren sich beim Mittagessen neben mich gesetzt hatte, erklärte mir Pinky, die von ihrem Arbeitsplatz in der Küche aus zugesehen hatte, ihr Name sei Janet.

»Leg dich besser nicht mit diesem Miststück an«, sagte sie. »Hör dir einfach an, was sie dir sagt, aber werde nicht zu freundlich.«

Ich begann, Janet beim Mittagessen zu beobachten, sorgsam darauf bedacht, sie niemals direkt anzusehen. Ein paar Frauen hielten sich ständig in ihrer Nähe auf. Eine von ihnen war ziemlich still und beobachtete alles aus eindringlichen, blauen Augen, die mich an einen Wolf erinnerten. Sie war klein und stämmig, und die anderen nannten sie Yoda. Eine jüngere Frau gehörte ebenfalls dazu, vielleicht Mitte zwanzig, die ziemlich arrogant herumstolzierte und deren Blick ständig von links nach rechts huschte, als sei sie ganz scharf auf einen Kampf. Sie sprach laut, gestikulierte wild und fluchte. Und dann war da noch Sugar, eher in Janets Alter, mit großen braunen Augen und einer leisen, zuckersüßen Stimme, die zu ihrem Spitznamen passte. Sie war Janets Partnerin, aber ich sah die beiden nie knutschen oder so. Pinky sagte, das sei vor den Augen der Wachen nicht erlaubt, aber die Lesben trieben es heimlich in den Duschen oder in ihren Zellen. Sugar und Janet trennten sich ständig, weil Janet sie betrog, aber am Ende vergab Sugar ihr doch. Draußen hatte Janet auch noch einen Ehemann, der ihr Geld schickte.

Als ich zwei Wochen dort war und immer noch darauf wartete, dass meine Telefon- und Besucherlisten genehmigt wurden, begann Janet, sich im Hof neben mich zu setzen, wenn ich mich nach dem Laufen abkühlte. Sie erklärte mir, wie die Dinge im Knast liefen, mit wem ich reden konnte und wem ich aus dem Weg gehen sollte. Ich wollte jedem aus dem Weg gehen, vor allem ihr, aber ich passte auf, neutral zu bleiben, wenn sie mir etwas erzählte, und nicht viel zu sagen. Manchmal sah ich, wie ihre jüngere Freundin mich beobachtete, diejenige, die so rauflustig aussah. Ihr Spitzname war Maus, weil sie ständig Cracker aus der Kantine knabberte. Wenn die alle waren, musste sie Limodosen oder Nudelpakete eintauschen, um mehr zu bekommen. Ich merkte, dass Maus eifersüchtig auf die Zeit war, die Janet mit mir verbrachte, und hoffte, dass sie sich zu sehr vor Janet fürchtete, um deswegen etwas zu unternehmen.

Janet und ein paar andere Frauen spielten jeden Tag im Gemeinschaftsbereich Karten, wo die meisten Insassinnen herumhingen, aber niemand lud mich ein, mich dazuzusetzen. Ich hatte immer noch keine Freundinnen hier drin – Pinky ignorierte mich außerhalb der Zelle. Aber das war mir recht. Ich sah mich nicht als eine von ihnen.

Ich fing an, in der Küche zu arbeiten, und schrubbte in der Nachmittagsschicht Töpfe und Pfannen. Um den Rest der Zeit herumzubringen, schlief ich meistens oder schrieb lange Briefe an Ryan. Als ich seinen ersten Brief las, weinte ich so heftig, dass Pinky tatsächlich ein besorgtes Gesicht machte und mich fragte, ob mit mir alles in Ordnung sei. Ich drehte mich um und wandte ihr den Rücken zu. Am nächsten Tag schlief ich stundenlang und machte mir nicht einmal die Mühe, zu duschen. Als ich den zweiten Tag nur im Bett verbrachte, schüttelte Pinky mich am Arm und sagte: »Besser, du reißt dich zusammen, sonst werfen sie dich wegen Selbstmordgefahr ins Loch.«

Danach quälte ich mich aus dem Bett, doch als ich nächste Woche wieder einen Brief bekam, stürzte ich zurück in die Depression, dachte an Nicole, an das, was ihr zugestoßen war, und an Ryan. Ob wir uns jemals wiedersehen würden? Er war immer so positiv, schrieb mir, wie es sein würde, wenn wir demnächst wieder frei wären, dass wir endlich zusammen sein würden. Sein Anwalt hatte einen Privatdetektiv engagiert, und Ryan war sicher, dass er herausfinden würde, wer Nicole umgebracht hatte. Aber es schien so lange her zu sein, schien schon so lange zu dauern, und ich wusste nicht, wie ich es schaffen sollte.

Ich las Ryans Briefe immer wieder. Ich durfte die Hoffnung nicht verlieren, musste mich darauf konzentrieren, wie sehr wir uns liebten. Doch allmählich schwanden mein Schock und mein Unglauben, und ich steigerte mich immer mehr in die Wut hinein, die mir geholfen hatte, meinen ersten Tag in Rockland zu überstehen. Ich wachte wütend auf. Ich ging wütend zu Bett. Wenn Pinky zur Arbeit in der Küche war, wachte ich auf und begann die Tage zu zählen, bis wir vielleicht etwas von der Berufungsverhandlung hörten. Ich sah, wie sich jeder Tag vor mir ausdehnte, eine lange Reihe endloser Leere, und Verzweiflung und Wut stauten sich in mir auf, bis ich sicher war, dass ich daran zerbrechen würde.

Endlich wurde die Liste mit meinen Telefonnummern genehmigt, und mit der Telefonkarte, die ich bekommen hatte, rief ich oft zu Hause an. Mom ging nie ans Telefon. Die Stimme meines Dads war die einzige Verbindung zur Welt draußen, ich musste unbedingt hören, dass er mich immer noch liebte und dass er mich immer lieben würde. Er erzählte mir, dass ich Mom gerade verpasst hätte, dass sie einkaufen sei oder gerade ein Nickerchen mache, aber ich wusste, dass er log. Sie brachte es einfach nicht über sich, mit mir zu sprechen, und konnte nicht aufhören, mich zu hassen. Sie würde es niemals sagen, aber ich hatte es an ihrem Blick gesehen, an der Art, wie ihre Hoffnung mit jeder Zeugenaussage vor Gericht weiter schwand, bis sie mich kaum noch anschauen konnte. Sie saß einfach nur da und unterdrückte die Schluchzer, Dads Arm im Rücken, der ihr mit niedergeschlagenem Gesicht über die Schultern strich. An den letzten Prozesstagen war sie nicht einmal mehr gekommen. Da wusste ich, dass sie mir nicht länger glaubte.

Mein Dad schrieb mir Briefe, sagte mir, ich solle stark sein und dass sie mich bald besuchen würden. Mom schrieb nie, sie unterschrieb nicht einmal Dads Briefe. Das war stets das Erste, was ich tat, ich blätterte bis zur letzten Seite und suchte nach ihrer Unterschrift, doch sie war nie da. Ich hoffte immer noch, dass sie auf ihr Herz hören und begreifen würde, dass ich es niemals hätte tun können. Nachdem ich einen Monat in Rockland war, kamen beide wie angekündigt zu Besuch.

Nachdem er den Sicherheitscheck hinter sich gebracht hatte, war Dads Gesicht gerötet, aber als er mich in der Gefängniskleidung sah, wurde er blass. Die Wachen beobachteten alle im Raum durch ein Fenster. Ich hasste die Vorstellung, dass meine Eltern durch den Metalldetektor gegangen waren, dass ihre Sachen durchleuchtet und in ein Schließfach gesperrt worden waren. Im Raum befanden sich sieben Tische mit je vier Stühlen. An zwei Tischen saßen noch andere Familien. Körperkontakt war verboten, dabei sehnte ich mich nach einer Umarmung von meinem Dad oder danach, auch nur seine Hand zu halten. Sie setzten sich auf die Stühle mir gegenüber.

Ich versuchte zu lächeln und kämpfte mühsam die Tränen zurück, die wie ein dicker Kloß in meinem Hals saßen. Ich wollte sie nicht ängstigen. Ich sah meine Mom an, suchte ihren Blick und überlegte, ob es ein gutes Zeichen war, dass sie gekommen war. Ihr Gesicht war sogar noch schmaler als beim letzten Mal, als ich sie gesehen hatte, so dass sie ganz hohlwangig aussah. Ihre Lippen waren blass, nur ein winziger Rest Lippenstift war übrig geblieben, als hätte sie die restliche Farbe abgekaut. Die Haare hatte sie fest zurückgebunden, die Strähnen im Pferdeschwanz wirkten struppig. An den Ansätzen waren sogar ein paar graue Haare zu erkennen, sie musste schon länger nicht mehr beim Friseur zum monatlichen Nachfärben gewesen sein. Die Falten um ihre Augen waren tiefer geworden, ihr Blick wirkte erschöpft und tief unglücklich, wie immer seit dem Mord.

»Alles okay bei dir, Spatz?« Dads Gesicht war so freundlich, seine Stimme so vertraut. Diese Stimme hatte ich spät in der Nacht gehört, als ich die Masern oder eine Grippe hatte oder nachdem ich vom Fahrrad gefallen war. Aber jetzt war da diese Sache, und die konnte nicht wieder in Ordnung gebracht werden.

»Es geht mir gut«, sagte ich und gab mir alle Mühe, zu lächeln. »Drei Mahlzeiten am Tag, und ich kann schlafen, so lange ich will. Was will man mehr?«

Dad versuchte, ebenfalls zu lächeln, doch Mom wirkte

im ersten Moment schockiert, Zorn blitzte in ihren Augen auf. *Wie kannst du Witze machen? Nach allem, was du getan hast?*

Wir verfielen in Schweigen. Dad sah Mom an, als warte er darauf, dass sie etwas sagte, doch ihr Blick huschte zu den anderen Gefangenen und ihren Familien, und sie war am ganzen Körper angespannt. Sie nestelte an den Ärmeln ihrer Bluse herum, ließ den Saum zwischen den Fingern hindurchlaufen, drehte an den Knöpfen. Einen Moment sah es aus, als würde sie einen abreißen oder laut schreiend aus dem Raum laufen. Ich wünschte, sie hätte es getan. Alles war besser als die fortgesetzte Quälerei, in der sie sich verfangen hatte. Ich wollte den Arm ausstrecken und ihre Hand nehmen, wollte sie festhalten, wollte ihr zum hundertsten Mal sagen, wie leid es mir tat, dass ich Nicole an jenem Abend mitgenommen hatte. Aber das hatte ich zuvor bereits gesagt, und sie hatte nur meinen Mund angestarrt und die Bewegungen meiner Lippen beobachtet. Sie konnte die Worte nicht verstehen, egal, wie oft ich sie sagte.

»Wie geht es dir, Mom?«, fragte ich.

Sie zog die Mundwinkel zu einem Lächeln zurück, aber es war verkrampft und ließ ihre Lippen nur noch blasser aussehen – blutleer.

»Gut. Im Geschäft gibt es viel zu tun. Endlich kommen wieder ein paar Aufträge rein.«

Ich hatte ihre geflüsterten Unterhaltungen im Büro gehört. *Wir bekommen keine Anfragen mehr. Ich weiß nicht, ob wir die Firma halten können, aber wir brauchen die Arbeit, bei den Rechnungen vom Rechtsanwalt, den ganzen Ausgaben.* Ein Teil von mir verging vor Gewissensbissen. Dad hatte mir immer wieder versichert, *mach dir um uns keine Sorgen, wir kommen zurecht.* Jetzt, wo in den Augen der Leute der

Gerechtigkeit Genüge getan war, hatten meine Eltern wieder Arbeit. Für alle ging das Leben weiter, nur für mich nicht.

Dad begann, über die neuen Häuser zu plaudern, die er baute, während Mom weiter an ihrer Bluse herumspielte, hin und wieder zustimmend nickte oder eine Information beitrug. Sie hätten auf einer Dinnerparty sein und sich mit einer Fremden unterhalten können. Aber ich war auch nicht besser. Ich erzählte ihnen, dass meine Zimmernachbarin ganz in Ordnung sei und ich mich langsam eingewöhnte. Ich hatte nicht die Absicht, irgendeine Therapie zu machen, doch ich erwähnte ein paar Programme, damit sie glaubten, ich würde mich auf die Zukunft konzentrieren. Endlich war ich die vernünftige Tochter, die sie sich immer gewünscht hatten. Ich versuchte, optimistisch und positiv zu klingen, alles nur, um die Last von den Schultern meines Dads zu nehmen, die er bis zum Hals hochgezogen hatte – so, wie er sie seit mehr als einem Jahr hochzog.

Am Automaten kaufte Dad Chips und Cola, die wir uns teilten, während wir redeten. Mom knabberte nur daran und nippte in winzigen Schlucken an ihrer Dose. Die Chips zerbröselten trocken in meinem Mund, das kohlensäurehaltige Getränk blieb mir in der Kehle stecken, und vom Zucker bekam ich Kopfschmerzen. Ich wünschte, ich hätte eine Zigarette gehabt.

Sie blieben nicht lange. Nach einiger Zeit sah Mom auf die Uhr und sagte: »Wir sollten aufbrechen … denk an den Fährverkehr, und du musst heute noch den Kostenvoranschlag fertig machen.« Sie blickte zu Dad, und irgendetwas ging zwischen ihnen vor, sie tauschten irgendein verstecktes Zeichen. Sie war Dad zuliebe hier, das begriff ich jetzt. Er hatte sie überredet, mitzukommen.

Ich sah meinem Dad in die Augen. »Ich hab euch lieb.

Danke für den Besuch – ich vermisse euch echt.« Die Tränen, die ich die ganze Zeit zurückgehalten hatte, liefen mir übers Gesicht. Hastig wischte ich sie fort, ehe die anderen Gefangenen merkten, dass ich mich nicht beherrschen konnte.

Dad sagte: »Wir lieben dich auch«, und wandte sich ab. Er blinzelte heftig, als hätte er Mühe, nicht zu weinen. Mom saß schweigend neben ihm, während er sich zusammenriss.

»Wir kommen wieder, so schnell wir können, hoffentlich in zwei Wochen«, sagte er. »Halt durch und bleib stark für uns, okay?«

»Mach ich.« Ich sah Mom an, und sie schenkte mir ein winziges Lächeln, so gezwungen, dass es aussah, als tue es ihr weh.

Als sie zum Ausgang gingen, griff Dad nach Moms Hand, aber sie hielt ihn nicht fest, ihre Hand lag nur schlaff in seiner. Ich dachte an ihre lauten Stimmen hinter geschlossenen Türen, nachdem Nicole umgebracht worden war, wie sie abrupt geschwiegen hatten, sobald ich den Raum betrat. Ich hatte gehofft, meine Abwesenheit würde ihrer Ehe guttun, doch anscheinend war ich immer noch der Keil, der sie auseinandertrieb. Ich konnte den Gedanken nicht ertragen, dass ich ihnen in jener Nacht noch etwas genommen hatte.

Als ich fast zwei Monate in Rockland war, setzte Janet sich eines Tages draußen neben mich. Ich hatte gerade einen weiteren Brief von Ryan bekommen, und mir war nicht nach Laufen zumute gewesen. Ich malte nur mit dem Finger immer wieder Kreise in den Sand.

»Pinky hat mir erzählt, dass du einen Freund drüben im Männerknast hast«, sagte Janet. »War er dein Mitangeklagter?«

»Ja.« Ich malte weiter meine Kreise.

»Mädel, du kannst es dir leichtmachen oder du kannst es dir schwermachen. Diese Briefe, die du immer schreibst, machen dich doch nur verrückt.«

»Ich brauche ihn.«

»Es wird hier drinnen wesentlich leichter für dich, wenn du draußen nichts mehr hast, was du vermisst. Das hier ist jetzt deine Welt, dein Zuhause.«

Mein Finger erstarrte. »Das hier ist nicht mein Zuhause.«

»Doch, das ist es, Mädel. Und wenn du glaubst, du wärst keine von uns und so tust, als ob, und darauf hoffst, dass die Schließer eines Tages deine Zelle öffnen und du hier einfach raustanzen kannst, machst du dir die Sache nur noch schwerer. Du wirst ziemlich lange nirgendwohin gehen. Und deinem Kerl tust du damit auch keinen Gefallen. Männer versuchen, immer alles wieder geradezubiegen, jeden Scheiß. Wenn du ihm was vorjammerst, wird er noch verrückt werden.«

»Bei uns ist das anders.«

»Frage dich doch einfach mal, ob du dich besser oder schlechter fühlst, wenn du einen Brief von ihm bekommen hast.« Sie stand auf. »Ihm geht es wahrscheinlich genauso.«

Als sie fort war, malte ich weiter Kreise in den Sand und dachte über das nach, was sie gesagt hatte. Hatte sie recht? Machte ich die Sache für Ryan nur noch schwerer? Ich dachte daran, wie hart es in den letzten anderthalb Jahren gewesen war, ihn nicht zu sehen, und wie viel härter es war, als ich ihn endlich beim Prozess sah, wo wir nicht unbefangen miteinander umgehen konnten. Jetzt konnten wir uns nur schreiben. Es war schmerzhaft, daran erinnert zu werden, wie sehr ich ihn liebte und vermisste, doch ich würde nicht damit aufhören. Ich brauchte es, dass er von unserer Zukunft sprach, wie es werden würde, wenn unsere Unschuld erwiesen wäre, wenn endlich Nicoles wahrer Mörder bestraft und ihr Gerechtigkeit widerfahren würde. Ich brauchte die Hoffnung, die er mir gab, damit ich die endlosen Tage überstand. Es war das Einzige, das mich weitermachen ließ. In nur einem Monat würde unsere Berufungsverhandlung stattfinden. Dreißig Tage. Ich konnte es noch weitere dreißig Tage schaffen. Ich hatte bereits sechzig geschafft.

Ich starrte hinunter auf die endlosen Kreise im Sand. *Das sind Ryan und ich, für ewig eins.*

Wenige Tage später besuchten mich meine Eltern erneut. Seit über einem Monat hatte ich sie nicht gesehen. Ich wusste, dass sie bereits einen Großteil ihrer Ersparnisse für das Anwaltshonorar verbraucht hatten und es sich nicht leisten konnten, jedes Wochenende zu kommen – die Fähre war teuer, und es ging immer ein ganzer Tag dabei drauf. Anderthalb Stunden von Campbell River nach Nanaimo zur Fähre, anderthalb Stunden Überfahrt, dann im dichten Verkehr quer durch Vancouver bis zum Gefängnis. Meine Mom wirkte bei diesem Besuch noch angespannter, und jedes Mal, wenn ich die Berufung oder den Anwalt erwähnte, zupfte sie an den Fingernägeln.

Schließlich sagte sie: »Wenn wir damit nicht durchkommen, können wir nicht vor das Oberste Gericht gehen. Wir können den Anwalt nicht länger bezahlen.«

Mein Dad ergriff ihre Hand, zog sie an sich und hielt sie fest, damit sie nicht mehr an ihren Nägeln zupfen konnte. »Das braucht Toni im Moment nicht zu wissen.«

»Ich denke, Toni muss es sehr wohl wissen.« Mom klang verbittert. »Wir sind fast pleite. Wir haben fast alles verloren.« Die Worte hingen in der Luft, Tränen sammelten sich in ihren Augen. Sie meinte nicht das Geld.

Ich spürte, wie mir ebenfalls Tränen in die Augen stiegen. »Es tut mir leid, Mom.«

Sie starrte hinunter auf Dads Hand, die ihre hielt, und ließ sich auf dem Stuhl zurücksinken, als hätte ihr Körper keine Kraft mehr. Dad streichelte ihre Hand mit dem Daumen. Ich dachte daran, wie lange ich keine tröstliche Berührung mehr gespürt hatte, und schüttelte beschämt den Anflug von Eifersucht ab.

»Mach dir keine Sorgen, Toni«, sagte Dad. »Alles wird wieder gut.«

Mom wandte ihm so schnell den Kopf zu, dass ihr Pferdeschwanz hin und her schwang. Ich erinnerte mich, wie sehr sie es gehasst hatte, als wir aufwuchsen und er sagte: »Es ist gut, macht euch keine Sorgen« oder »Alles wird gut«. Sie sagte dann immer: »Das kannst du nicht wissen, Chris.« Ich wusste genau, was sie jetzt dachte.

Nichts wird jemals wieder gut werden.

Sie stand auf. Ihre Stimme brach, als sie sagte: »Ich kann das nicht.« Sie zögerte, schaute zu mir herunter, als wolle sie noch etwas sagen, doch dann drehte sie sich um und eilte zum Ausgang, die Hand vor den Mund geschlagen, als wolle sie die Worte mit Gewalt zurückhalten. Dads Gesicht war gerötet, als er ihr nachsah, und er atmete schnell. Auf der Stirn glänzte Schweiß. Ich sorgte mich um seine Gesundheit. Mom trug ihren Stress nach außen, aber was machte all das mit meinem Vater?

Er sah mich an. »Deine Mutter ... ich sollte nachsehen, ob es ihr gutgeht. Es tut mir leid, Spatz. Sie hat es immer noch nicht verarbeitet.«

Aber das stimmte nicht. Sie war fertig mit mir, und wir wussten es beide.

Als er aufstand und davonging, hörte ich links von mir

ein Geräusch und schaute zum Nachbartisch. Maus saß dort mit ihrer Familie, ihre Mutter saß neben ihr. Sie unterhielten sich und lachten. Maus blickte zum Ausgang, durch den mein Vater gerade verschwand – meine Mutter war schon längst weg –, und schenkte mir ein schwerfälliges, gemeines Lächeln.

Nach diesem furchtbaren Besuch schickte mein Vater mir immer noch jede Woche Briefe, aber einen Besuch erwähnte er nie wieder – nur Neuigkeiten von der Arbeit, dem Haus, von Freunden. Meine Mom erwähnte er nur kurz – was sie im Garten gepflanzt hatte, dass sie den Zaun frisch gestrichen oder neue Terrassenmöbel gekauft hatte. Ich versuchte, zwischen den Zeilen zu lesen, versuchte mir einzureden, dass sie ihre Überzeugung vielleicht doch eines Tages ändern würde. Manchmal fragte ich mich, ob mein Vater mich jetzt auch für schuldig hielt, aber mich trotzdem noch liebte. Ich wusste nicht, welcher Gedanke mehr weh tat, und ich wusste, dass ich es niemals über mich brächte, ihn zu fragen.

Endlich bekam ich von meinem Dad das Päckchen mit den Fotos, um die ich ihn gebeten hatte, und Pinky machte widerwillig ein Stückchen der Wand frei. Ihre Seite war größtenteils mit Bildern von ihren Kindern bedeckt – sie hatte vier, und alle waren in Pflegefamilien untergebracht. Manchmal weinte sie, weil eins der Pflegeelternpaare ihr weder Briefe schickte noch das Kind zu einem Besuch herbrachte. Von den anderen bekam sie jede Woche Briefe oder kleine, handgemalte Karten. Ich klebte alle Fotos von Nicole und Ryan an die Wand, dann legte ich mich aufs Bett und starrte sie an, bis ich schließlich einschlief. Nicoles liebes Lächeln verfolgte mich bis in meine Träume.

Einen Monat später rief ich meinen Anwalt an, um zu erfahren, wie die Berufungsverhandlung ausgegangen war. Meine Hände zitterten am Telefon. Mit düsterer Stimme sagte er: »Ich habe keine guten Nachrichten.«

Ich hörte zu, mein Blut pulsierte laut in meinem Kopf. Die Richter am Berufungsgericht waren zu dem Schluss gekommen, dass das Gericht in meinem Fall richtig entschieden hatte. Der nächste Schritt wäre, vor das Oberste Gericht zu ziehen, aber das würde teuer werden, und ich merkte, dass der Anwalt es für zwecklos hielt. Mir fiel ein, was meine Mutter gesagt hatte, und wusste, dass ich meine Eltern unmöglich bitten konnte, die Sache weiter zu finanzieren.

»Was ist mit Prozesskostenhilfe?«, fragte ich.

»Ohne irgendwelche neuen Beweise oder Zeugen werden Sie Schwierigkeiten haben, jemanden zu finden, der Ihren Fall übernimmt.«

»Aber irgendjemand muss mir doch helfen können.« Ich fühlte Panik in mir aufsteigen, als mir die letzte Chance entglitt.

»Ich habe herumgefragt, aber niemand interessiert sich dafür.«

Schweigend saß ich da, seine Worte prasselten auf mich ein. *Niemand interessiert sich dafür.*

»Es tut mir wirklich leid, Toni.«

»Gibt es denn gar nichts, was wir tun können?«

»Vielleicht kommt in ein paar Jahren irgendetwas ans Licht.« Er schwieg einen Moment. »Aber für manche Leute ist es leichter, einfach ihre Zeit abzusitzen und zu lernen, eine Art Leben da drinnen zu führen. Sie werden immer noch eine junge Frau sein, wenn Sie entlassen werden.«

»Aber ich habe es nicht getan!« Wut schnürte mir die Kehle zu, so dass es mir schwerfiel, nachzudenken und zu sprechen. Ich sah mich um, nahm meine Umgebung wahr. Das war alles, was ich in den nächsten Jahren zu sehen bekommen würde: Beton und Metall. Der Anwalt sagte mir, ich solle loslassen. Die Hoffnung aufgeben. Und er hatte recht. Mir blieb nichts anderes übrig.

»Versuchen Sie, sich auf die Zukunft zu konzentrieren«, sagte er, »machen Sie eine Ausbildung.«

»Mein Leben ist vorbei.« Ich legte auf.

Ein paar Tage später besuchte mich Dad, allein. Mir fiel auf, wie grau seine Haare geworden waren, anscheinend über Nacht. Unter den Augen hatte er Ringe, und er sah aus, als hätte er abgenommen. Ich wollte gerade nach Mom fragen, als er hastig erklärte: »Deine Mom hat eine schwere Erkältung und konnte nicht kommen, aber es tat ihr leid, als sie das Urteil vom Berufungsgericht erfahren hat.«

Ich nickte und zwang mich zu lächeln, damit er nicht glaubte, ich wäre *zu* traurig. Es hätte mich nicht überraschen dürfen, dass sie nicht mitgekommen war, aber es versetzte mir trotzdem einen Stich. Wahrscheinlich sah sie in der Entscheidung des Gerichts einen weiteren Beweis für meine Schuld – sie hatte ja schon immer über mich Bescheid gewusst. Vermutlich hätte sie sich mehr darüber aufgeregt, wenn ich freigekommen und ungestraft für Nicoles Tod davongekommen wäre. Ich fragte mich, ob sie sich wohl meinetwegen stritten.

»Ist bei euch beiden alles in Ordnung?«, fragte ich.

»Uns geht es gut. Alles läuft gut.«

Ich wünschte, er wäre einmal aufrichtig und würde mir erzählen, wie es ihnen wirklich erging, aber ich wusste, dass er das nie tun würde. Genauso, wie ich ihm nicht erzählen würde, wie es hier drinnen wirklich für mich war. So lief es schon seit Jahren zwischen uns, seit mein Leben an der Highschool den Bach heruntergegangen war. Warum sollte sich jetzt etwas daran ändern?

Wir unterhielten uns eine Weile, doch ich konnte mich nicht in dem Geplauder verlieren. Was er mir von draußen erzählte, von einem neuen Haus, das sie bauten, von den Dingen, die in der Stadt passierten, frustrierte mich entweder oder machte mich traurig, weil ich nicht dazugehörte. Ich versuchte, den Schmerz auszublenden, den er in mir auslöste, den Lärm in meinem Schädel, doch dadurch wurde es nur noch schwerer, und ich wurde wütend, weil er über solche belanglosen Dinge reden konnte, während ich wahrscheinlich gerade meine letzte Chance verloren hatte, freizukommen, und Nicoles Mörder immer noch draußen herumlief. Wie konnte er einfach so weitermachen? Als ich in der Highschool gewesen war, hatte ich oft das Gefühl gehabt, wir lebten nicht in derselben Welt – jetzt fühlte es sich an, als befänden wir uns nicht einmal im selben Universum.

»Ich werde versuchen, nächsten Monat wiederzukommen, okay, Spatz?«, sagte er am Ende des Besuchs. »Deine Grandma will nächstes Mal mitkommen.«

Ich dachte an meine Grandma mit ihren schmerzenden Beinen und Krampfadern, die stundenlang fahren wollte, um ihre Enkelin im Knast zu besuchen. Sie war Dads Mutter und der einzige Großelternteil, den ich noch hatte. Als ich kleiner war, hatten wir uns sehr nahegestanden. Ich verbrachte oft das Wochenende bei ihr, und sie brachte mir bei, wie man Piroggen machte. Sie war zum Prozess gekommen, hatte bei jeder negativen Zeugenaussage mit entschlossener und wütender Miene den Kopf geschüttelt. Sie hatte mir gesagt, sie wisse, dass ich es nicht getan haben konnte, und hatte mir ein paarmal ins Gefängnis geschrieben. Aber ich hatte Angst, dass sie das jetzt anders sehen könnte.

»Das musst du nicht tun, Dad.«

»Was meinst du damit?«

»Es ist teuer, und es ist eine lange Anreise. Du arbeitest die ganze Woche hart – und Grandma wird alles weh tun, wenn sie den ganzen Tag im Auto sitzt. Ich möchte ihr das nicht antun.«

»Hey, mach dir um uns keine Sorgen, okay? Wir wollen dich auf jede mögliche Weise unterstützen, und wir vermissen dich.«

Ich stellte mir vor, wie er allein nach Hause fuhr, wie Mom und er zu Abend essen würden. Würden sie sich unterhalten? Oder würde sie ihn mit Schweigen bestrafen, weil er mich besucht und dadurch Nicole verraten hatte?

»Dad, es bedeutet mir sehr viel, wenn du kommst, aber es ist auch sehr schwer für mich – es erinnert mich an alles, verstehst du? Und ich bekomme Heimweh. Ich will eine Weile keine Besuche mehr haben, ich schaffe es nicht. Wir können uns schreiben und so, aber im Moment muss ich mich erst einmal an das Leben hier drinnen gewöhnen. In Ordnung?«

»In Ordnung.« Er nickte, aber er blinzelte ein paar Tränen fort. Ich weinte ebenfalls.

»Wein nicht, Dad. Es ist besser für uns, glaube ich – und für Mom.«

Er sah mich an und schenkte mir ein Lächeln. Dieses Mal wartete ich nicht, um ihn davongehen zu sehen. Ich stand auf und ging zu einer der Wachen, zurück in meine Zelle, zurück in die Hölle. Ich hatte es getan. Ich hatte das letzte Familienmitglied zurückgestoßen, dem ich noch etwas bedeutete.

6. Kapitel

Woodbridge Highschool, Campbell River
Januar 1996

Am Montag nach der Party ging ich in der Mittagspause raus auf den Parkplatz, um auf Ryan zu warten. Ein Auto mit ein paar Leuten, die ich aus der Schule kannte, fuhr an mir vorbei. Ich wollte ihnen gerade zuwinken, doch ich hatte meinen Arm gerade halb erhoben, als ich merkte, dass sie mich alle anstarrten und über irgendetwas lachten. Was hatten die denn? Ich zog den Kopf ein, ging weiter zu Ryans Truck und versuchte mir einzureden, dass ich mir das nur einbildete – wahrscheinlich hatten sie über etwas ganz anderes gelacht. Dann las ich, was jemand in den Dreck auf Ryans Heckklappe geschrieben hatte.

Meine Freundin ist eine dreckige Schlampe. In der neunten Klasse hat sie Jason Leroy einen geblasen.

Ich versuchte hektisch, es wegzuwischen, als Ryan herauskam.

»Scheiße«, sagte er, als er es sah.

»Es muss Shauna gewesen sein.« Besorgt beobachtete ich sein Gesicht. Schlimm genug, dass ich überhaupt mit Jason herumgemacht hatte, aber in den letzten zwei Jahren hatte er angefangen, Drogen zu nehmen, und war schon ein paarmal vom Unterricht suspendiert worden. Außerdem hing er immer mit den widerlichsten Mädchen herum.

Ryan war wütend, doch sein Zorn galt nicht mir.

»Wenn ich sie dabei erwische, dass sie so etwas noch einmal macht, bekommt sie es mit mir zu tun.«

»Was willst du machen?« Ich war erleichtert, aber immer noch erschüttert von Shaunas geschmacklosem Spruch.

»Mir wird schon etwas einfallen, um sie in Verlegenheit zu bringen. Ich kenne ein paar Typen, mit denen sie was hatte.« Er sah mich an, merkte, wie aufgewühlt ich war, und sagte: »Mach dir keine Sorgen deswegen, Babe. Wahrscheinlich hat es keiner gesehen.«

Er zog mich in einer Umarmung an sich. Aber ich *wusste*, dass andere es gesehen hatten. Über seine Schulter fiel mein Blick auf ein paar Jugendliche neben ihren Autos, die zu uns herübersahen und lachten. Ryan hörte sie und drehte sich um, das Kreuz durchgestreckt.

»Ist was, ihr Idioten?«

Sie verstummten, und einer der Jungs hielt die Hände in einer Hey-alles-cool-Geste in die Höhe. Doch es war egal, was Ryan sagte oder wem er drohte, es war bereits überall in der Schule rum – als ich zum Nachmittagsunterricht durch den Flur ging, flüsterten und kicherten die Leute. Ich versuchte, den Eindruck zu erwecken, das alles würde mir nichts ausmachen, aber meine Wangen glühten, und ich war den Tränen nahe.

Nach der Schule holten Ryan und ich uns einen Kaffee bei Tim Horton's und fuhren ein wenig durch die Gegend und durch ruhige Nebenstraßen. Wir schwiegen eine ganze Weile, hörten nur rauchend Musik, beide in Gedanken versunken, bis er schließlich fragte: »Stimmt das?«

»Stimmt was?«

»Das mit Jason. Hast du, du weißt schon …«

Mein Gesicht brannte. Ich hatte gehofft, er würde nicht

fragen. »Damals war er noch anders. Und Shauna …« Ich erzählte ihm die ganze Geschichte, wie sie mich hereingelegt und Jason mich unter Druck gesetzt hatte. Am Ende fragte ich: »Bist du jetzt sauer?«

»Auf dich? Nee. Ist doch schon lange her.«

Aber er klang irgendwie distanziert, und als ich seine Hand nahm, hielt er sie nicht so fest und sah auch nicht zu mir und lächelte wie sonst. Ich starrte aus dem Fenster und blinzelte die Tränen zurück. Ich konnte es kaum erwarten, bis ich mit der Highschool fertig war und diese bescheuerte Schule und Shauna endlich hinter mir lassen konnte.

Ryan brachte mich nach Hause. Wir küssten uns, und er sagte: »Ich sehe dich morgen in der Schule.« Ich schaute ihm nach und verspürte Angst, als er am Ende der Straße mit quietschenden Reifen davonschoss. Ich wusste, es war verrückt, aber ich machte mir einfach Sorgen, zum ersten Mal überhaupt, dass er mit mir Schluss machen könnte; dass diese Geschichte irgendetwas zwischen uns veränderte. Meine Mom trug gerade das Abendessen auf, doch ich sagte, ich fühlte mich nicht wohl, ignorierte ihren neugierigen Blick und ging direkt in mein Zimmer. Sie war die letzte Person, mit der ich über Probleme mit Ryan reden würde – zum Teufel, sie würde vermutlich eine Party organisieren und feiern. In der Sicherheit meines Zimmers legte ich Musik auf und legte mich ins Bett, die Hand auf dem Bauch, und versuchte, das Gefühl von Übelkeit zurückzudrängen. Ich sagte mir, alles würde wieder gut, Ryan würde schon darüber hinwegkommen. Anschließend wurde ich sauer. Wenn Ryan mich wegen etwas fallenlassen würde, dass ich vor drei Jahren getan hatte, war er ein Idiot. Er hatte ja schließlich auch nicht gerade wie ein Heiliger gelebt, bevor wir zusammenkamen. Trotzdem … mein Blick wanderte hinüber zu meinem Foto von uns.

Ich konnte mir mein Leben nicht ohne ihn vorstellen, konnte mir nicht vorstellen, die Schule durchzuhalten oder auch nur über den Flur zu gehen, wenn ich Ryan nicht hätte. Der Gedanke war so furchtbar, der Druck in meiner Brust so unglaublich. Ich ging ins Bad und stellte die Dusche an, dann stand ich unter dem heißen Strahl, bis ich mich etwas besser fühlte und die entsetzlichen Gefühle fortgespült waren. Alles würde gut werden. Es *musste* gut werden.

Eine Stunde später lag ich auf meinem Bett und schrieb Ryan einen Brief, als ich ein leises Klopfen am Fenster hörte. Es war Ryan. Er trug eine braune Strickmütze, die er fast bis zu den Augen heruntergezogen hatte, und eine alte Lederjacke über dem grauen Pullover. Seine Wangen waren von der Kälte gerötet. Ich bedeutete ihm, zu bleiben, wo er war, und vergewisserte mich, dass die Zimmertür abgeschlossen war. Ich konnte meine Eltern hören, die sich unten unterhielten, in der Küche klapperte Geschirr. Ich war ziemlich sicher, dass sie nichts mitbekommen würden, doch mein Fenster könnte laut werden, denn das Holz saß so fest, dass es immer quietschte, wenn ich es öffnete. Ich stellte die Musik lauter und öffnete rasch das Fenster.

»Was machst du hier? Meine Eltern sind unten.«

Er musste vom Baum hinterm Haus aus auf das Dach geklettert sein. An dem Baum waren Nicole und ich letzten Sommer immer heruntergeklettert, wenn wir uns zu einer späten Schwimmrunde zum Strand geschlichen hatten. Ausgekühlt und zitternd, aber auch aufgekratzt wegen unseres Mutes waren wir wieder nach Hause gekommen.

»Du hast mir gefehlt.« Er lächelte.

Ich lächelte nicht zurück, sondern ärgerte mich immer noch wegen heute Nachmittag. »Du hast nicht angerufen.«

Sein Lächeln verschwand. »Ich musste dich sehen. Es tut mir leid, Babe, wie ich nach der Schule gewesen bin. Der Gedanke, dass du mit jemand anders zusammen warst, gefällt mir nicht, und manchmal vergesse ich, dass es nicht immer nur dich und mich gegeben hat, verstehst du?«

»Mir geht es genauso, wenn ich deine Ex sehe.«

Er beugte sich durch das Fenster, packte eine Handvoll von meinem Haar und zog mich zu sich, bis wir uns in die Augen sahen. »Für sie habe ich nie das empfunden, was ich für dich empfinde. Das mit ihr war nichts. Was zwischen uns ist, ist echt und für immer. Okay?«

»Okay.«

Wir küssten uns lange. Er saß immer noch auf meinem Dach, die kalte Winterluft umhüllte uns und flutete in mein Zimmer. Meine Hände lagen auf seinem warmen Rücken unter seinem Pullover. Seine Hände berührten mein Gesicht, meine Haare, unsere Münder suchten einander, verzweifelt zeigten wir uns, wie viel wir einander bedeuteten und dass das alles war, was zählte.

Am nächsten Morgen kam Amy in der Schule zu meinem Spind und sagte: »O mein Gott, ich habe es gerade gehört. Ist mit dir und Ryan alles in Ordnung?« Tags zuvor war sie krank gewesen und hatte nicht gesehen, was Shauna getan hatte, aber sie hatte die Gerüchte gehört. Als ich ihr erzählte, was Shauna geschrieben hatte und dass Ryan und ich gestern Abend alles geklärt hatten, umarmte sie mich und riet mir, mir deswegen keine Sorgen zu machen, und dass Ryan ein feiner Kerl sei.

»Und mach dir keine Sorgen wegen Jason Leroy«, sagte

sie. »Ich hab's selbst schon mit ein paar ziemlichen Losern getrieben.« Ich lachte.

Zur Mittagszeit fuhr Shauna an Ryan und mir vorbei, als wir gerade auf dem Parkplatz rumknutschten. Ich erspähte sie aus den Augenwinkeln. Sie machte ein langes Gesicht, als sie uns sah, und es war offensichtlich, dass sie versuchte, uns nicht anzustarren, aber sie wirkte fassungslos. Auch von den anderen Mädchen lächelte keines. Ich küsste Ryan noch inniger.

Am nächsten Tag kam Amy morgens nicht zu meinem Spind, was ungewöhnlich war. Wir gingen immer zusammen zu unserer ersten Unterrichtsstunde – Ryans erste Stunde fand in einem anderen Gebäude statt. Ich dachte, sie könnte vielleicht wieder krank geworden sein, und ging zu ihrem Spind. Ein paar Leute im Flur warfen mir giftige Blicke zu. Mit einem der Mädchen, Tricia, hingen Amy und ich manchmal ab. Sie war wie wir auch ziemlich taff, lief immer in schwarzen Klamotten rum und hatte jede Menge Piercings. Als sie an mir vorbeikam, rempelte sie mich mit der Schulter an.

»Hey, was ist denn mit dir los?«

Sie drehte sich um und sagte: »Ich fasse es nicht, dass du Amy das antun konntest.«

»Was habe ich ihr angetan?« Mir wurde schlecht.

»Als ob du das nicht wüsstest.«

Dann sah ich Amy über den Flur auf mich zukommen, ein paar unserer Bekannten hinter sich. Sie sah wütend aus, schien aber auch geweint zu haben. Direkt vor mir blieb sie stehen. »Vielen Dank, Toni.«

»Wofür? Was ist überhaupt los?«

»Ich habe gehört, was du Warren erzählt hast. Er hat mit mir *Schluss* gemacht.«

»Blödsinn. Ich habe Warren gar nichts erzählt. Ich weiß nicht, wovon du redest.«

Die Mädchen hinter ihr schüttelten die Köpfe und verdrehten die Augen. Ich hörte eine von ihnen flüstern: »Was für eine verlogene Kuh.«

»Ich weiß, dass du ihn gestern Abend angerufen und ihm erzählt hast, ich hätte ihn Weihnachten mit Nathan betrogen.« Amy schaute sich um und sah, wie viele Leute zusahen. »Was total gelogen ist.«

Amy *hatte* mit Nathan herumgemacht, aber ich hatte nie irgendjemandem gegenüber ein Wort darüber verloren. Nicht viele Leute wussten überhaupt davon, nur Nathan und ein paar seiner Freunde. Einer davon war Cameron, der Typ, mit dem Shauna auf der Party herumgeschmust hatte. Ich konnte mir vorstellen, dass er es Shauna erzählt hatte – und Shauna musste Warren angerufen und sich als mich ausgegeben haben. Ich dachte daran, wie gut sie Leute nachahmen konnte, als wir noch jünger waren, wie genau sie den Tonfall und die Stimme imitieren konnte. Einmal hatte sie sogar für mich zu Hause angerufen und meine eigene Mutter zum Narren gehalten.

»Ich habe Warren nie angerufen, Amy. Es muss Shauna gewesen sein – sie ist sauer, weil sie Ryan und mich nicht auseinandergebracht hat. Warum sollte ich so etwas tun?«

»Warren hat *geschworen*, dass du es warst.« Amy hob die Stimme. Andere Schüler blieben im Flur stehen, um zuzuhören.

Ich war zu betäubt, um mich zu verteidigen. Ich konnte nur dastehen und es mir anhören. Mein Herz raste, doch Amy war jetzt so richtig in Fahrt.

»Warren hat mir noch mehr von dem gesagt, was du ihm erzählt hast, darüber, dass meine Eltern arm sind und er ohne mich besser dran wäre. Und dass ich mich anziehe wie eine Obdachlose.«

»Das würde ich *niemals* sagen.« Amy kaufte ihre ganzen Klamotten secondhand und versuchte, so zu tun, als sei es cool, aber ich wusste, dass sie lieber neue Klamotten gehabt hätte.

»O Mann, kannst du nicht endlich aufhören zu lügen?«

Mein Schock und meine Verwirrung ließen allmählich nach, und jetzt wurde ich ebenfalls sauer.

»Du bist bescheuert, wenn du irgendetwas von diesem Mist glaubst. Denk doch mal nach, Amy.«

Doch Amy dachte nicht mehr nach, wollte die Wahrheit nicht hören. »Du glaubst, deine Beziehung mit Ryan wäre sooo perfekt, als ob niemand sonst einen richtigen Freund hätte. Du redest ja über nichts anderes mehr als über ihn.«

Steckte *das* etwa hinter der ganzen Sache? War Amy eifersüchtig?

»Das ist nicht wahr«, sagte ich, »ich rufe dich immer noch an, um mich mit dir zu treffen.«

»O ja.« Sie schnaubte. »Wenn Ryan beschäftigt ist. Mit dir kann man doch gar nichts mehr anfangen!«

»Du kannst mich mal, Amy. *Du* lässt doch immer unsere Verabredungen platzen, weil du lieber Warren nachläufst – kein Wunder, dass er mit dir Schluss gemacht hat.«

Amy wurde rot, ihre Augen füllten sich mit Tränen. »Ich *hasse* dich.«

Sie machte auf dem Absatz kehrt und ging davon. Ein paar Leute folgten ihr, andere standen herum und warteten ab, was ich tun würde. Ich konnte mich kaum rühren und hielt immer noch meine Mappe umklammert. Mein Gesicht war glühend heiß. *Ryan, ich muss zu Ryan.*

Ich rannte den Flur entlang, fort von den anderen, und schwänzte die erste Stunde. Ich versteckte mich bei Ryans Truck und wartete darauf, dass er für eine Zigarettenpause herauskäme.

»Toni, was ist passiert?«, fragte er, sobald er mich sah. »Ist alles in Ordnung mit dir?«

»Ich hasse diese Schule und jeden, der darin ist.« Ich wischte mir die Zornestränen fort.

Er zog mich an sich und umarmte mich. Ich klammerte mich fest an ihn, und allmählich beruhigte sich mein rasendes Herz, als ich seine zuverlässige Wärme und seinen kräftigen Körper spürte.

Den Mund gegen mein Haar gepresst, murmelte er: »Wir haben es fast geschafft.«

Ich versuchte, mich auf seine Worte zu konzentrieren, aber ich hörte immer noch Amy sagen: »Ich *hasse* dich.« Nie zuvor hatte jemand das zu mir gesagt. Noch nie hatte ich das Gefühl gehabt, dass jemand es ernst meinte.

Die nächsten Wochen an der Schule, der ganze Rest des Januars und die erste Februarwoche waren grausam. Ryan und ein paar seiner Freunde waren die Einzigen, die mit mir redeten. Selbst die Freundinnen der Jungs zeigten mir die kalte Schulter, wenn die Jungs nicht in der Nähe waren. Meine Schulleistungen verschlechterten sich rapide. Meine Mom und ich hatten einen heftigen Streit, nachdem sie mir wieder einmal vorgeworfen hatte, ich würde zu viel Zeit mit Ryan verbringen, und meine Noten als Beleg heranzog. Ich antwortete, sie habe ja keine Ahnung, wovon sie rede. Sie versuchte es mit vernünftigen Argumenten, setzte sich zu mir ans Bett und sagte: »Dann rede mit mir und sag mir, was los ist. Keine deiner Freundinnen ruft an, deine Lehrer sagen, du seiest mürrisch und schwierig, du verbarrikadierst dich stundenlang in deinem Zimmer …«

Ich war so betroffen, zu hören, was aus meinem Leben geworden war, dass ich vollkommen ausflippte. »Vielleicht bist *du* das Problem. Hast du mal darüber nachgedacht?« Anschließend stürmte ich aus dem Haus und lief hinunter zum Fluss. Eine Stunde später kam mein Dad und holte mich.

»Ich weiß nicht, was los ist«, sagte er, »aber ich hoffe, du weißt, dass du immer mit uns reden kannst – egal, über was. Wenn es um Drogen geht …«

»Himmel Herrgott, Dad. Du bist genauso schlimm wie Mom.«

»Wir machen uns Sorgen um dich.«

»Das ist nicht nötig. Mir geht's gut.«

Doch es ging mir nicht gut, und er wusste es. Er legte mir eine Hand auf die Schulter und sagte nichts mehr. Auf eine merkwürdige Weise enttäuschte mich das. Ein Teil von mir wünschte sich, dass er nachbohrte und mir alles aus der Nase zog. Aber er hatte aufgegeben, und ich auch. Als wir nach Hause kamen, war Mom in ihrem Büro. Ich schloss meine Zimmertür und stellte die Musik an. Ich hörte Dad etwas zu ihr sagen, dann gingen beide fort.

Ein paarmal versuchte ich, Amy anzurufen, aber ihre Mom sagte, sie wolle nicht mit mir sprechen. So steif und kühl, wie sie sich anhörte, lag die Vermutung nahe, dass Amy sich ihr anvertraut hatte. Bei dem Gedanken, ihre Mom könnte glauben, dass ich all diese gemeinen Dinge wirklich gesagt hatte, fühlte ich mich noch schlechter. Sie war immer so nett zu mir gewesen.

Nicole hatte gehört, was passiert war, aber ich war zu fertig, um mit ihr zu reden. Ich wollte auch nicht, dass sie Mom alles erzählte, denn dann würde die sich einmischen und wahrscheinlich mit den Lehrern reden oder ähnlichen Schwachsinn anstellen. Ich erklärte Nicole, ein paar Mädchen hätten Lügen über mich verbreitet, und tat, als wäre mir das schnurzegal. Doch in meinem Innersten herrschte nichts als Chaos. Ich aß kaum noch und nahm ab.

Ryan machte mir regelrecht Vorwürfe deswegen. »Das ist eine bescheuerte Art, damit umzugehen. Du *musst* etwas essen.«

Eines Abends, als ich meinen Burger nicht schaffte und nicht einmal die Pommes angerührt hatte, stritten wir uns sogar deswegen. Ich versuchte zu erklären, dass ich einfach keinen Appetit hätte und das Essen sich mir im Magen umdrehe, doch er drängte mich immer weiter, noch einen Happen zu essen. Schließlich sagte ich: »O Mann, Ryan. Lass mich in Ruhe und hör auf, mich wie ein kleines Kind zu behandeln!« Ich schmiss mein Essen weg und ließ mich früh von ihm nach Hause bringen. Dann wälzte ich mich stundenlang herum, geplagt vom schlechten Gewissen, weil ich ihn so angeschnauzt hatte, obwohl ich wusste, dass er sich nur Sorgen um mich machte. Ich machte mir selbst Sorgen um mich.

Ich schloss die Augen und schickte Ryan eine telepathische Botschaft. Damit hatten wir vor zwei Monaten angefangen. Wenn einen von uns irgendetwas bedrückte, schlossen wir die Augen und erzählten dem anderen im Geiste von unserem Problem. Meine Streitereien mit Mom. Sein Stress mit seinem Dad und seine Sorgen um seine Mom, die die ganze Zeit arbeitete und oft so müde war, dass sie kaum noch nach Hause fahren konnte. Am nächsten Tag überprüften wir, ob der andere irgendetwas gespürt hatte, und das hatten wir immer, hatten immer gewusst, wenn den anderen irgendetwas quälte.

Gegen ein Uhr nachts kam Ryan an mein Fenster und klopfte leise. Ich öffnete es einen Spalt und lauschte mit angehaltenem Atem auf die Geräusche, die ich dabei machte.

»Was machst du denn hier? Meine Eltern …«

»Schlafen tief und fest. Das Schlafzimmerfenster ist offen, und ich habe sie schnarchen gehört.«

»Nicole könnte dich hören.« Sie hatte einen ziemlich festen Schlaf, aber man konnte nie wissen.

»Hör auf, dir so viele Sorgen zu machen. Lass uns eine Runde durch die Gegend fahren.«

»Jetzt?«

»Ja.« Lächelnd hielt er einen Joint in die Höhe.

Wenn ich erwischt werden würde, würde ich echten Ärger kriegen, aber mein Leben war gerade so verkorkst, dass das auch egal war.

Ryan und ich fuhren eine Stunde lang herum und rauchten den Joint. Der süßliche Duft des Marihuanas erfüllte den Truck, während Pearl Jam im Hintergrund lief. Wir redeten nichts Tiefschürfendes, bis wir am See parkten und auf das Wasser hinausblickten. Er drehte sich zu mir um.

»Tut mir leid, dass ich dich so gedrängt habe«, sagte er. »Aber es macht mir Angst, wenn du so wenig auf dich achtest.«

Mein Gesicht wurde heiß vor Scham, und ich starrte hinaus aufs Wasser. »Ich weiß. Du musst nicht mit mir zusammen sein, wenn du nicht willst.« Es war eine Provokation, die ich nicht wirklich ernst meinte, und er wusste es.

»Hör auf damit. Ich lasse dich nicht allein. Ich weiß, es liegt daran, dass es in der Schule gerade so ätzend ist, aber du musst durchhalten und dich durchbeißen.«

»Es ist mehr als ätzend. Ich habe niemanden.«

»Du hast mich.«

Ich drehte mich zu ihm um, Tränen liefen mir übers Gesicht.

»Amy fehlt mir.«

Obwohl ich im letzten Jahr mehr Zeit mit Ryan verbracht hatte, worüber Amy sich offensichtlich mehr geärgert hatte, als ich damals begriff, war sie immer noch meine beste Freundin gewesen. Ich vermisste ihren Humor, vermisste unsere Gespräche über Musik, unsere Freunde, die gegenseitige Hilfe bei den Hausaufgaben, das Tratschen, einfach alles.

»Ich hätte nicht sagen sollen, dass sie Warren überall hin nachläuft«, sagte ich. »Irgendwie hatte sie recht, ich hab sie nicht mehr so oft angerufen. Ich fühle mich echt mies.«

Er wischte eine Träne mit dem Daumen fort. »Ich weiß, Babe. Aber vergiss nicht, dass Amy auch sauer ist, weil sie aufgeflogen ist – es ist nicht deine Schuld, dass sie hinter Warrens Rücken mit einem anderen rumgemacht hat. Vielleicht vertragt ihr beide euch ja wieder.«

Ich holte Luft und sah ihn an. »Erzähl mir noch einmal, wie gut alles bald werden wird.«

Wir sprachen eine Weile über die Wohnung, die wir mieten würden, den Kram, den seine Mom uns gegeben hatte, wie viel Geld er gespart hatte und über all die Orte, an die wir reisen würden. Ich schloss die Augen und konzentrierte mich auf seine Worte, ließ den Kopf gegen die Rückenlehne sinken und das Gras seine Wirkung entfalten. Er hatte recht, letztendlich zählte dieser ganze Mist nicht. In ein paar Monaten war die Schule vorbei. Vergiss Amy, wenn sie nicht mehr meine Freundin sein wollte. Wenn sie bereit war, Shauna zu glauben, war sie einfach nur dämlich.

Ryan streckte sich auf dem Vordersitz aus, den Kopf auf meinem Schoß. Er hob meinen Pullover an und legte seine warme Wange einen Moment auf meinen Bauch, sein Bart sandte Schauer bis hinunter in meine Beine. Er küsste meinen Bauch.

Ich legte die Hand auf sein weiches Haar, fuhr mit den Fingern durch die Strähnen und zupfte daran.

Leise flüsterte er: »Ich werde immer für dich da sein.«

Inzwischen war es Mitte Februar geworden, und Ryan führte mich am Valentinstag schick zum Dinner aus – in ein nobles Restaurant, in dem man warmes Brot an den Tisch gebracht bekam. Ich schaffte es sogar, meinen Teller fast leerzuessen, so glücklich war ich, dass ihm das Rasierwasser gefiel, das ich ihm geschenkt hatte. In der Schule sprachen Amy und unsere Freundinnen immer noch nicht mit mir, aber die unverblümten Feindseligkeiten in den Fluren – Rempeleien, böse Blicke, hasserfüllte Kommentare – waren weniger geworden. Nur noch ignoriert zu werden war die reinste Wohltat. Shauna machte immer noch abfällige Bemerkungen, wenn ich in der Nähe war, doch da sie von ihr kamen, trafen sie mich nicht so sehr wie die von meinen Freunden. Oder besser Leuten, die ich für meine Freunde gehalten hatte.

Einmal in der Mittagspause spielte ich mit ein paar Leuten Hockey in der Turnhalle, während Ryan an seinem Truck herumschraubte, als Shauna beschloss, mitzuspielen. Natürlich gehörte sie zur gegnerischen Mannschaft. Rachel und Cathy sahen vom Spielfeldrand zu. Kim war vermutlich zur Theaterprobe – sie spielte in der Schulaufführung mit, und ich hatte sie in der letzten Zeit nicht mehr ganz so oft mit den anderen Mädchen gesehen. Sie war jetzt häufiger mit der Schülerin zusammen, die die Hauptrolle spielte, und ich fragte mich, ob sie versuchte, sich von Shauna zu lösen. Viel Glück dabei.

Zuerst verlief das Hockeyspiel ganz gut. Mir gelangen ein paar großartige Pässe, Shauna lockte meine kämpferische Seite hervor. Dann begann sie, dichter an mich heranzukommen und mich zu bedrängen. Ich versuchte, cool zu bleiben, leicht zurückzustoßen und mich nicht in die Ecke treiben zu lassen. Aber sie ging immer wieder auf mich los und versuchte, mich mit ihrem Schläger zu streifen. Schließlich traf sie meine Fingerknöchel. Es tat weh, und ich wirbelte herum und schlug ihr auf die Beine. Sie rempelte mich mit der Schulter an. Jetzt war ich richtig sauer. Ich ließ den Schläger fallen und setzte meinen gesamten Körper ein, um in sie hineinzurennen und sie zu Fall zu bringen. Dann sprang ich auf sie, setzte mich rittlings auf ihren Oberkörper und begann, sie zu ohrfeigen. Eines der Mädchen, Rachel oder Cathy, kreischte mir ins Ohr und riss mich am Haar. Aber ich hörte nicht auf, sondern schlug nur noch kräftiger zu. Die Jungs um uns herum feuerten uns an. Schließlich tauchte ein Lehrer auf und trennte uns. Er schleppte uns sofort in das Büro des Direktors, der uns in getrennte Räume setzte und unsere Eltern anrief.

Meine Mom und mein Dad kamen. Dad sah aus, als käme er gerade aus der Dusche, und ich hatte ein schlechtes Gewissen, weil ich wusste, dass er die Arbeit im Stich gelassen haben musste, um zur Schule zu kommen. Er drückte kurz meine Schulter, doch Mom starrte mich nur finster an. Ich versuchte, ihre Stimmung einzuschätzen. Wie wütend war sie? Ihre Wangen waren gerötet und ihre Haare ein wenig zerzaust, als hätte sie sie nur einmal hastig durchgebürstet. Sie war in der letzten Zeit ziemlich gestresst, weil meine Eltern ein paar neue Häuser gekauft hatten, die sie umbauen wollten, und mir fiel ein, dass Mom an diesem Nachmittag ein Treffen mit ihrem Makler hatte. Wahrscheinlich war sie auf hundertachtzig, weil mein Mist ihr dazwischenkam.

Der Direktor sagte: »Es tut mir leid, Sie herrufen zu müssen, aber Toni wurde dabei erwischt, wie sie sich auf dem Schulgelände prügelte, so dass wir sie für eine Woche der Schule verweisen müssen.«

»Das ist nicht fair!«, sagte ich. »Shauna hat angefangen – sie hat mir auf die Hände geschlagen.« Ich hatte diesen Direktor noch nie gemocht – und ich wusste, dass er mich auch nicht mochte. Er war schon älter, hatte graues Haar, einen Bierbauch und war angeblich mit irgendeiner reichen Schnepfe verheiratet – ihre Kinder gingen auf eine Privatschule, was ich schon immer für eine ziemliche Ironie gehalten hatte. Als sei unsere Schule nicht gut genug. Wir waren zuvor schon ein paarmal aneinandergeraten, meistens, weil ich einem Lehrer eine unverschämte Antwort gegeben hatte.

»Mit ihrem Vater werden wir ebenfalls reden«, sagte er, »aber Shauna sagt, du hättest den Streit angefangen, und sie hätte sich nur verteidigt. Ein paar Mädchen bestätigen ihre Version der Geschichte. Sie sagen außerdem, du hättest Shauna bedroht.«

»Das sind ihre *Freundinnen*. Sie lügen für sie. Die erzählen totalen Schwachsinn.« Es hätte mich nicht überraschen sollen – so lief es doch immer. Jeder glaubte Shauna, aber es verblüffte mich immer wieder, wie oft sie mit ihrer Masche durchkam.

Mom wandte sich an mich. »Toni, pass auf, was du sagst!« Sie sah wieder zum Direktor. »Es tut mir leid, dass es so weit kommen musste, aber ich hoffe, sie lernt ihre Lektion.« Kopfschüttelnd und als wäre ich gar nicht anwesend, fuhr sie fort: »Ich kann sie nicht mehr kontrollieren. Wir reden ihr ständig zu, aber wir dringen nicht zu ihr durch.«

Dad sagte: »Gibt es denn noch jemanden außer den Freundinnen dieses Mädchens, die gesehen haben, was passiert ist? Es wäre gut, eine weitere Stimme zu hören, die Zeuginnen scheinen mir etwas parteiisch zu sein …«

Ich lächelte ihm zu. *Danke, Dad.*

Der Direktor sagte: »Die anderen Schüler sind sich nicht sicher, was passiert ist, aber wir werden Shaunas Rolle bei dieser Auseinandersetzung untersuchen.«

Ich wusste bereits, wie das ablaufen würde. Die anderen würden sie entweder decken oder den Mund halten, weil niemand mit der ganzen Angelegenheit etwas zu tun haben wollte.

Mein Dad sah wütend aus, aber er sagte nichts mehr, sondern sah mich nur enttäuscht an. Er war nicht der Einzige.

Als ich meinen Spind ausräumte und meine Eltern im Truck warteten, sah ich Shauna mit ihrem Vater hineingehen. Shauna sah, dass ich sie beobachtete, und zeigte mir den Finger. Kurz darauf hörte ich Gelächter aus dem Büro des Direktors und dachte daran, dass Frank McKinney und der Direktor im selben Baseballteam spielten.

Später fand ich heraus, dass Shauna nur für zwei Tage suspendiert worden war.

An diesem Abend saß ich auf meinem Bett und blätterte in einer Zeitschrift, immer noch stinksauer über das, was in der Schule passiert war, als meine Mom in mein Zimmer kam. Sie klopfte nicht an, sondern stieß einfach die Tür auf und sah sich um.

»Ich will, dass du hier aufräumst.«

»Mach ich gleich.«

»Ich kenne dich, Toni. Du wirst es so lange nicht tun, bis

ich komme und erneut mit dir schimpfe. Leg die Zeitschrift weg und räum dein Zimmer auf. Es ist ekelerregend.«

Zugegeben, mein Zimmer sah ziemlich chaotisch aus. Wenn ich von der Schule nach Hause kam und nicht mit Ryan unterwegs war, verkoch ich mich in mein Zimmer, schlief oder hörte Musik und träumte von dem Tag, an dem wir unsere Abschlusszeugnisse bekämen – Aufräumen war mir viel zu anstrengend. Aber so heftig war es nun auch wieder nicht, nur ein paar Klamottenhaufen und Becher mit angeschimmelten Kaffeeresten. Ich war immer noch sauer, weil Mom nicht einmal nach meiner Version des Kampfes gefragt hatte. Auf dem Heimweg hatte ich versucht, es zu erklären, aber sie sagte, ich müsse lernen, meine Wut in den Griff zu bekommen, als wäre das alles meine Schuld.

»Ich lese diesen Artikel zu Ende, dann räume ich auf«, sagte ich.

Sie riss mir die Zeitschrift aus den Händen und schleuderte sie quer durchs Zimmer. Ich starrte sie an. Mom konnte manchmal die Beherrschung verlieren, aber meistens schrie und brüllte sie nur.

»Ich sagte *jetzt.*« Sie machte auf dem Absatz kehrt und knallte die Tür hinter sich zu.

Ich wartete, bis ich sie nach unten gehen hörte. Mein Herz pochte heftig, als ich die Zeitschrift aufhob. Zum Teufel mit ihr. Jetzt würde ich gar nichts von dem machen, was sie sagte. Mein Kinn war ganz verkrampft vor Zorn, die Worte auf der Seite vor mir verschwammen.

Nicole klopfte an die Tür und flüsterte: »Toni? Alles in Ordnung?« Ich ließ sie herein.

Sie lehnte sich an den Türrahmen. »Warum tust du nicht einfach, was sie sagt?«

Ich warf mich wieder aufs Bett. »Weil sie nicht fair ist – sie ist nur sauer auf mich wegen der Prügelei.«

Nach dem Essen hatte ich Nicole davon erzählt, sie wusste also, dass es nicht meine Schuld gewesen war. Sie hatte ziemlich cool reagiert, hatte mich in den Arm genommen und mir beim Abwasch geholfen.

Jetzt sagte sie: »Sie wird sich schon wieder beruhigen.«

»Vielleicht, aber garantiert nicht so schnell.«

»Na und? Wenn du einfach tust, was sie will, lässt sie dich schon in Ruhe.«

Sie hatte recht, aber darum ging es nicht, und es machte mich stinksauer, dass ihre Antwort auf alles Mögliche immer lautete, ich solle tun, was Mom wollte. Und was war mit dem, was *ich* wollte? Seit wir Kinder waren, hatte Nicole jedes Mal, wenn ich mich mit Mom gestritten hatte, anschließend nach mir gesehen, hatte mich umarmt oder versucht, mich irgendwie aufzumuntern, aber sie wollte stets, dass ich Schönwetter bei Mom machte und *ich* mich entschuldigen sollte. Früher hatte ich es manchmal getan, weil ich dachte, Nicole hätte vielleicht recht, aber ich hatte es satt, immer diejenige zu sein, die nachgab, wenn Mom mir nie zuhörte.

»Ich wünschte, *du* würdest *mich* einfach in Ruhe lassen.« Ich hob die Zeitschrift auf.

Sie schloss die Tür. Eine halbe Stunde später war meine Mom wieder da. Als sie sah, dass ich immer noch las, riss sie mir die Zeitschrift erneut aus der Hand, packte mich hart am Unterarm und zerrte mich vom Bett.

Zu schockiert, um irgendetwas zu sagen, riss ich mich los und hielt den Arm schützend hoch. Einen Moment glaubte ich, sie würde mich schlagen – die Hand hatte sie bereits erhoben, doch dann ließ sie sie sinken und sagte:

»Ich habe dir gesagt, du sollst dein verdammtes Zimmer aufräumen.«

Meine Angst verwandelte sich in Wut. »So dreckig ist es doch gar nicht!«, schrie ich. »Du bist doch nur ein verdammter Kontrollfreak!«

Sie brüllte zurück: »Ich habe deine Launen gründlich satt, Toni!«

Ich hielt meinen Arm und blinzelte die Tränen zurück, die sich in meinen Augen sammelten. Sie schnappte sich irgendwelches Zeug vom Boden und warf es durch die Gegend. »Du haust hier wie ein Tier.« Sie hob einen Klamottenstapel auf und warf ihn mir ins Gesicht. Ich zuckte zusammen, als eine Gürtelschnalle mich an der Schulter traf. Sie hob ein paar Schuhe auf und warf damit nach mir, während ich mich zusammenkrümmte.

»Räum das auf der Stelle auf, oder du kannst *verdammt nochmal aus meinem Haus verschwinden.*« Sie ging, und dieses Mal knallte sie die Tür so heftig hinter sich zu, dass mein Spiegel an der Wand wackelte.

Mittlerweile weinte ich und sammelte meine Schmutzwäsche ein. *Bald können Ryan und ich hier weg. Nur noch ein paar Monate. Dann können mich alle mal sonst wo.*

Später am Abend kam Mom noch einmal in mein Zimmer. Dieses Mal klopfte sie an, kam aber herein, ehe ich antworten konnte.

»Können wir reden?«, sagte sie.

Ich drehte mich um, das Gesicht zur Wand.

»Es tut mir leid, dass ich grob geworden bin«, sagte sie, »aber du kannst mich nicht einfach abblitzen lassen, wenn ich versuche, mit dir zu reden – das ist unhöflich, und du weißt, dass das nur zu Streit führt.« Ich sagte nichts. Sie seufzte. »Du und ich müssen irgendwie einen Weg finden, besser miteinander auszukommen. Ich würde es gerne versuchen, aber du musst mit mir zusammenarbeiten.«

Sie schwieg, wartete darauf, dass ich etwas sagte, aber ich hielt nur meinen pochenden Arm. Tränen liefen mir übers Gesicht. Sie ging und schloss die Tür mit einem leisen Klicken hinter sich, das sich endgültig anhörte – als hätte ich gerade irgendetwas beendet, ohne zu wissen, was.

Ich lag auf Ryans Bett und ging zum zehnten Mal den Stress mit meiner Familie durch. Eine Woche war seit dem großen Krach mit meiner Mom vergangen.

»Babe, du musst die Sache vergessen.«

»Du lässt dir doch auch von niemandem was gefallen.«

»Von meinem Dad lasse ich mir ständig alles Mögliche gefallen.«

»Meine Mom ist total bescheuert.«

»So übel ist sie gar nicht.«

Ich drehte mich um und starrte ihn mit offenem Mund an. »Hallo-ho? Sie ist total ausgerastet, nur weil ich mein *Zimmer* nicht aufgeräumt hab.«

»Nein, sie ist ausgeflippt, weil du sie ignoriert hast – du wusstest doch, dass sie das sauer macht. Darum hast du es doch getan. Du hast deine Wut an ihr ausgelassen.«

Ich drehte mich wieder von ihm fort. Er hatte recht. Ich war wütend auf Shauna und weil niemand mir geglaubt hatte, dass sie den Streit angefangen hatte. Ich konnte nichts davon beeinflussen, also tat ich das Einzige, was ich tun konnte, nämlich meine Mutter zur Weißglut treiben. Als ich sah, wie sie die Beherrschung verlor, hatte ich mich mächtig gefühlt. Trotzdem war ich nicht bereit zuzugeben, dass die Schuld zum Teil bei mir lag.

»Du solltest dich nicht auf ihre Seite stellen – sie hasst es, dass wir zusammen sind.« Ich hatte es nie zuvor so deutlich in Worte gefasst, doch Ryan hatte es offensichtlich schon selbst mitbekommen.

»Ich stelle mich auf die Seite von niemandem, so ein Blödsinn.« Er knuffte mich sanft. »Ich sage nur, wie es ist. Es wäre klasse, wenn sie mich mehr mögen würde, aber da habe ich keinen Einfluss drauf, warum soll ich also meine Energie vergeuden?«

Ryan gehörte zu den Leuten, die sich nie darum scherten, was andere Menschen von ihnen dachten. Er war nett, aber er war ganz gewiss niemand, der den Leuten in den Hintern kroch. Wenn seine Kumpels zu oft für lau bei ihm mitfuhren, verlangte er irgendwann Benzingeld von ihnen. Wenn sie keines hatten, nahm er sie nicht mehr mit, so einfach war das. Er half seinen Freunden, klar, schraubte an ihren Trucks herum und so, aber er erwartete stets eine Gegenleistung, und wenn jemand den Anschein erweckte, er wolle Ryan nur ausnutzen, traf er sich einfach nicht mehr mit ihm.

»Ich bin immer noch sauer«, sagte ich. »Diese Woche ist Moms Laune sogar noch schlechter, weil die Nachbarn weg sind und Dad jeden Tag rübergeht und ihre Pflanzen gießt und so. Sie findet, er tut zu viel für sie.«

»Sind das die Nachbarn, die die ganze Zeit Party machen?«

»Ja, sie haben ständig Besuch.«

Wir lebten außerhalb der Stadt auf dem Land, der Fluss war zu Fuß schnell zu erreichen. Alle Häuser dort waren neueren Datums – mein Dad hatte einige von ihnen gebaut – und standen auf riesigen Grundstücken. Viele unserer Nachbarn hatten Geld, die Auffahrten voller Autos, Boote und Wohnmobile. Die Andersons von nebenan schmissen die fettesten Nachbarschaftspartys. Meine Eltern gingen mit einer Flasche Wein hinüber und torkelten Stunden später lachend und rumblödelnd zurück. Ich fand es klasse, dass sie, obwohl sie so verschieden waren, so gut befreundet waren.

Nachdenklich blickte Ryan an die Zimmerdecke. Die Arme hatte er unter dem Kopf verschränkt, so dass das T-Shirt über dem Bizeps spannte. Er hatte einen endlosen Vorrat an Konzert-Shirts, und dieses war von Nirvana. Dabei hatte er nie eine Band live spielen gesehen. Wir sprachen immer davon, zusammen auf Konzerte zu gehen, sobald wir mehr Geld hatten.

Ich legte mein Kinn auf seine Brust. »Was ist?«

Er schenkte mir ein träges Lächeln. »Ich wette, sie haben jede Menge Alkohol da drüben.«

Ich lächelte zurück. »Wahrscheinlich, ja.« Ich fügte hinzu: »Meine Eltern fahren übers Wochenende zu meinem Onkel. Aber ich soll zu Hause hocken und darf niemanden einladen.«

»Weißt du, wo der Schlüssel für das Haus ist?«

»Hängt neben unserer Hintertür.« Ich schnippte mit den Fingern. »Und sie haben den Alarmcode auf die Liste mit den Anweisungen geschrieben, die sie meinem Dad dagelassen haben – sie liegt oben auf dem Kühlschrank.«

»Lust auf ein bisschen Spaß am Freitag?« Er grinste. »Meine Eltern sind beide zu Hause, so dass wir nicht hierher können. Dad trinkt in letzter Zeit ohnehin wieder mehr.«

Die frische Prellung an Ryans Arm war mir schon aufgefallen. Jetzt küsste ich die Stelle. Er packte mich mit kräftigem Griff und gab mir noch einen Kuss. Dann sagte er: »Ich finde, wir beide haben etwas Fun verdient.«

An diesem Freitag nahm Nicole das Telefon mit und unterhielt sich flüsternd hinter ihrer Zimmertür. Seit jener

Party benahm sie sich komisch, und ich hatte das Gefühl, sie würde sich mit diesem Typen treffen, obwohl er niemals bei uns zu Hause aufgetaucht war. Wir durften mit sechzehn ausgehen und uns mit Jungs verabreden, also musste sie einen bestimmten Grund haben, ihn zu verheimlichen. Ich argwöhnte immer noch, dass er älter war, aber aus meinem Jahrgang kannte ich ihn nicht. War er älter als ich? Vielleicht sogar schon mit der Highschool fertig? Mom würde das gar nicht gefallen. Eine halbe Stunde später dachte ich, Nicole sei fertig, und nahm unten den Hörer ab.

»Hey, ich telefoniere!«, sagte Nicole.

»Entschuldigung. Ich dachte, du seiest fertig. Wie lange brauchst du noch? Ich muss Ryan anrufen.«

»Ich bin mir nicht sicher. Wir …«

»Wir unterhalten uns, klar?« Eine junge, männliche Stimme, ziemlich abgehackt. »Warum wartest du nicht einfach, bis du dran bist?«

Empört fragte ich: »Wer bist du?«

»Das geht dich nichts an. Sieh zu, dass deine Schwester das Telefon freigibt, Nic.«

Jetzt machte der Typ mich richtig sauer. Warum nannte er sie Nic? Und verriet mir seinen Namen nicht? Was hatte das zu bedeuten?

»Hör zu, du kleiner Blöd–«

Nicole sagte: »Ich rufe dich zurück«, und legte auf.

Ich rannte hoch zu ihrem Zimmer und stieß die Tür auf. »Was ist mit dir los? Wer ist dieser Typ?«

»Du hattest kein Recht, so mit ihm zu reden.« Sie war völlig aufgelöst und den Tränen nahe. »Jetzt wird er sauer auf mich sein.«

»Beruhig dich. Was soll das Theater? Er war unhöflich zu *mir*. Ich muss nur kurz Ryan anrufen, dann kannst du diesen Kerl zurückrufen.« Sie wirkte immer noch aufgewühlt. »Wer war das überhaupt? Hat sich nach Idiot angehört.«

Sie schrie: »Raus aus meinem Zimmer!«

Ich schrie zurück: »Kein Problem!«, und knallte die Tür hinter mir zu. Doch das Benehmen meiner Schwester überraschte und erschütterte mich. Was zum Teufel war da los?

Ryan und ich warteten, bis es dunkel war. Nicole war immer noch in ihrem Zimmer. Ich klopfte und sagte: »Ich gehe weg«, doch sie antwortete nicht. Ich schnappte mir die Schlüssel und den Alarmcode und ging durch den hinteren Garten, wo Ryan bereits wartete. Seinen Truck hatte er im Schatten ein Stück die Straße hinunter geparkt. Das Nachbarhaus stand auf einem viertausend Quadratmeter großen Grundstück und lag weit abseits der Straße – perfekt. Keiner der Nachbarn konnte sehen, was dort vor sich ging, trotzdem benutzten wir für alle Fälle Taschenlampen und lachten in der Dunkelheit, als wir zum Haus pirschten. Ich schaltete die Alarmanlage aus.

Im Inneren des Hauses schlichen wir herum und brachen in hysterisches Gekicher aus, wenn wir gegeneinanderstießen. Wir zündeten ein paar Kerzen an, die Ryan mitgebracht hatte, fanden die Hausbar und holten Wodka, Southern Comfort und Whiskey heraus. In einem Schrank fand Ryan ein Jackett, das ihm passte, und zog es an. Ich entdeckte ein Paar High Heels, rollte meine Jeans hoch und stolzierte darin zu seinen Pfiffen durchs Zimmer.

»Wie sollten die Sachen zurücklegen«, sagte ich. »Ich will hier nichts kaputt machen.«

Er lachte, stimmte mir aber zu. Wir achteten darauf, nur am Fenster zu rauchen, und balancierten die Drinks auf unserem Schoß, während wir auf der Fensterbank saßen.

Es war kalt, doch wir fanden eine Decke und schalteten den Gasofen ein. Wir kuschelten uns aneinander, mein Kopf ruhte an seiner Brust, und die Wärme des Ofens machte uns schläfrig. Es war nett, so zu tun, als seien wir ein richtiges Paar in einem richtigen Haus.

»Vielleicht haben wir eines Tages auch so ein Haus«, sagte ich.

»Au ja, dann könnt ich's meinem Dad zeigen – er erzählt mir ständig, ich wäre ein Versager.«

»Das ist Unsinn, und das weißt du auch. Du bist superklug und ein phantastischer Mechaniker – und der beste Angler, den ich kenne.«

Ich hasste es, wenn sein Vater ihn so heruntermachte. Ich wusste, wie sehr er sich die Anerkennung seines Dads wünschte. Ständig versuchte Ryan, ihn dazu zu bewegen, sich seine Motocross-Rennen anzusehen. Doch an den Tagen betrank sich sein Dad jedes Mal und tauchte nie auf. Noch enttäuschter war ich, dass meine Eltern Ryan immer noch nicht akzeptierten – ich merkte doch, dass er meinen Dad mochte. Manchmal erzählte er mir voller Stolz, dass sein Mechanik-Lehrer ihn wegen seiner guten Arbeit gelobt hatte, und ich freute mich für ihn, aber es machte mich auch traurig, weil ich wusste, dass sein Vater ihm nie so etwas Nettes sagen würde.

»Sobald ich bei dir bin, fühle ich mich wieder besser«, sagte Ryan.

»Es ist ja nicht gerade so, als hätte ich selbst die besten Zukunftsaussichten, das weißt du doch. Wahrscheinlich werde ich für den Rest meines Lebens als Kellnerin arbeiten.«

»Das ist doch Unsinn. Du bist klug und könntest alles Mögliche machen. Du kannst richtig gut kochen.«

Ich lächelte ihn an und errötete leicht. Ich hatte nur ein paarmal etwas für ihn gemacht, so etwas wie Muffins oder Brownies, aber ihm hatte es immer geschmeckt. Von meiner Grandma hatte ich alle möglichen Rezepte bekommen. Manchmal, wenn Dad und ich allein waren, kochte ich uns etwas, und es machte mir riesigen Spaß, vor allem, wenn er sagte: »Das ist wirklich lecker, Schatz«, und um Nachschlag bat. Wenn Mom zu Hause war, kochte ich nicht, weil sie ständig Vorschläge machte, wie ich es besser machen könnte.

»Vielleicht werde ich ja Köchin.«

Ryan drehte sich um und ließ einen Finger hinunter zu meinem Bauchnabel wandern.

»Echt? Kochst du für mich, wenn wir eine eigene Wohnung haben?«

»Klar, aber nur, wenn du den Abwasch machst.«

Wir unterhielten uns noch eine ganze Weile darüber, wie klasse es sein würde, über das alte Sofa, das sein Onkel für uns hatte, dass wir lange aufbleiben und tun würden, was wir wollten. Wir würden ein Jahr arbeiten, dann für ein Jahr durch Europa reisen, dort vielleicht ein wenig jobben. Ryan wollte ein Motorrad leihen, mit dem wir durch Italien fahren konnten. Wir tranken noch etwas, kicherten, als etwas Wodka auf dem Boden und auf uns landete.

Schließlich liebten wir uns, langsam, zur Abwechslung einmal ohne das Gefühl, uns beeilen zu müssen, ohne uns Sorgen zu machen, irgendjemand könnte nach Hause kommen. Wir experimentierten herum, probierten ein paar neue Sachen aus, von denen wir gelesen hatten. Ich liebte es, weil ich mich mit Ryan mutig und ungezwungen fühlte, doch vor allem, weil er mir das Gefühl gab, schön zu sein. Als ich mich rittlings auf ihn setzte, hielt er den Atem an, hob die Arme und umfasste meine Wangen. Im glühenden Lichtschein des Ofens hatte seine Haut einen dunklen Schimmer bekommen. Ich bewegte mich langsam und sanft, unsere Blicke ließen einander die ganze Zeit nicht los, dann beugte ich mich vor und presste meinen Mund auf seinen. Wir küssten uns hart und sanft, bis unsere Körper klebrig vom Schweiß waren und wir beide keuchten: »Ich liebe dich, ich liebe dich.«

Wir schliefen ein, mein Kopf auf seiner Schulter, seine Hand spielte träge mit meinem Haar, seine Brust hob und senkte sich unter meiner Wange. Als wir ein paar Stunden später aufwachten, räumten wir auf, vergewisserten uns, dass der Alkohol wieder an den richtigen Stellen stand und wir keine Blätter oder Schmutz hereingeschleppt hatten. Ryan meinte, er könne jetzt noch fahren, er habe seinen Rausch ausgeschlafen, also fuhr er in seinem Truck davon, und ich ging zurück nach Hause.

Es war fast vier Uhr morgens, als ich durch die Vordertür hineinschlich und vorsichtig die Schlüssel zurück an ihren Platz legte. Ich versuchte, leise zu sein. Oben erschreckte ich Nicole auf dem Flur, als sie gerade aus dem Badezimmer kam. Sie quiekte leise auf, doch dann begriff sie, dass ich es war, und sagte: »Kommst du jetzt erst nach Hause?«

»Ja.«

Mehr sagte sie nicht, hielt nur den Kopf gesenkt und ging in ihr Zimmer. Später, als ich in mein Bett kroch, wurde mir klar, dass ihr Gesicht geglänzt hatte, als hätte sie es gerade gewaschen. Sie hatte nach Seife gerochen, und ihre Haare waren frisch gebürstet gewesen, nicht zerzaust, wie sonst, wenn sie geschlafen hatte. War sie ebenfalls gerade erst nach Hause gekommen? Als ich bei ihr angeklopft hatte, ehe ich am Abend gegangen war, hatte sie nicht geantwortet. War sie überhaupt da gewesen, oder hatte sie sich schon vorher davongestohlen? Und wenn ja, mit wem hatte sie sich getroffen? Mit diesem Jungen am Telefon? Ich überlegte, ob ich mit ihr reden und herausfinden sollte, was los war, aber sie war am Abend so abweisend gewesen, dass ich glaubte, sie würde mir jetzt auch nicht mehr erzählen. Und überhaupt, was hatte es für einen Zweck, mit ihr zu streiten? Sie war wohlbehalten zu Hause.

7. Kapitel

Rockland Strafanstalt, Vancouver
Juni 1998

Wenige Tage nach dem Besuch meines Vaters erhielt ich einen Brief von Ryan. Sein Anwalt hatte ihn ebenfalls über die Entscheidung des Berufungsgerichts informiert, trotzdem war sein Brief voller Hoffnung. Seine Eltern waren pleite, so dass seine Mutter versuchte, einen Rechtsanwalt zu finden, der Prozesskostenhilfe beantragen würde, um unseren Fall vor das Oberste Gericht zu bringen. Der Privatdetektiv hatte noch keine neuen Spuren entdeckt, doch Ryan glaubte immer noch, dass irgendwann etwas durchsickern würde. Der Detektiv hatte ihm von Zeugen erzählt, die sich manchmal erst Jahre später meldeten und von Fällen, in denen Menschen für ein anderes Verbrechen verhaftet wurden und Indizien sie mit einem ungelösten Mordfall in Verbindung brachten. Ryan war überzeugt, dass so etwas auch bei uns passieren würde. Ich hatte jede Menge darüber spekuliert, was in jener Nacht geschehen sein mochte, ob es ein Landstreicher auf der Durchreise gewesen war, ein wahlloser Fremder oder jemand, den wir kannten – jemand, den *sie* gekannt hatte.

Diese Mädchen.

Shauna und ihre Freundinnen hatten beim Prozess gelogen, das wusste ich mit Sicherheit, aber ich wusste immer noch nicht, *warum*, wusste nicht, ob sie in jener Nacht wirklich dort gewesen waren oder ob das nicht alles gelogen gewesen war. Natürlich dachte ich auch über den Jungen nach, mit dem Nicole ausgegangen war, und dass sie sich in der letzten Zeit vor ihrem Tod benommen hatte, als hätte sie Angst. Hatte er es womöglich getan? Gab es irgendeine Verbindung zwischen ihnen allen? Doch der Privatdetektiv fand nie mit Sicherheit heraus, ob Nicole überhaupt einen Freund gehabt hatte, sei es geheim oder nicht, und er entdeckte auch keine Schwachstellen in der Geschichte der Mädchen. Trotzdem wurde ich das Gefühl nicht los, dass sie etwas damit zu tun hatten.

Nach dem Mord an Nicole hatte ich natürlich der Polizei von dem Jungen erzählt und dass die Mädchen mich jahrelang drangsaliert und über die Ereignisse in jener Nacht gelogen hatten. Tagelang hatte ich gehofft, die Polizei würde den wahren Mörder finden. Doch dann begriff ich, dass sie nicht einmal nach ihm suchten, und ganz bestimmt suchten sie auch jetzt nicht.

Dieses Mal weinte ich nicht, nachdem ich Ryans Brief gelesen hatte. Ich starrte die Worte an. *Gib nicht auf. Es ist nur eine Frage der Zeit.* Ich fühlte mich kalt und hart. Seine Hoffnung machte mich wütend. Ich hatte die Nase voll davon, jedes Mal fix und alle zu sein, wenn wieder einmal einer unserer Anläufe gescheitert war, hatte es satt, immer wieder daran erinnert zu werden, wie viel ich verloren hatte. Sah er denn nicht, wo wir jetzt waren? Dass es nichts mehr gab, worauf wir noch hoffen konnten? Niemand würde sich mit neuen Beweisen melden. Der Mörder würde unentdeckt bleiben.

Ich dachte an das, was Janet gesagt hatte, dass man die Vergangenheit loslassen müsse, dass man alle da draußen vergessen müsse. Ich war jetzt im Gefängnis, und ich würde sehr, sehr lange hier bleiben. Ryan und ich durften nie wieder zusammen sein. Selbst wenn wir eines Tages freikamen, würden wir nach all den Jahren im Knast nicht mehr dieselben Menschen sein. Ich hatte mich verändert, und er würde sich ohne Zweifel ebenfalls verändern. Zu viel war bereits geschehen. Wir hatten nicht einmal mehr etwas, über das wir uns noch schreiben konnten. Alles, was wir hatten, waren Erinnerungen, und die würden verblassen. Genauso wie am Ende unsere Liebe. Die Vorstellung, dass alles Gute zwischen uns absterben würde, sich in Dunkelheit und Bitternis verwandeln würde, brachte mich mehr als alles andere beinahe um.

Dieses Mal schrieb ich nicht zurück. Und als mein Vater eine Woche später schrieb, ließ ich auch seinen Brief unbeantwortet. Ich nahm alle Fotos ab, die ich an meine Wand geklebt hatte, selbst diejenigen von Nicole, und legte sie in meine Box. Ich konnte nicht in ihr Gesicht blicken mit dem Wissen, dass ihr oder ihre Mörder immer noch frei herumliefen, konnte nicht aufhören, mir auszumalen, was für ein Leben sie hätte haben können, einen Mann, Kinder, Karriere, was für großartige Dinge sie hätte vollbringen können, und jetzt wurde ihr noch nicht einmal Gerechtigkeit zuteil. Alle hatten sie vergessen. Und ich musste alles und jeden dort draußen vergessen, oder ich würde verrückt werden. Doch das bedeutete nicht, dass ich mein neues Leben hier drin akzeptieren würde.

Zwei Wochen nach dem Gespräch mit meinem Anwalt ging ich durch den Gemeinschaftsbereich, als Janet vom Kartenspiel mit den anderen Frauen aufblickte.

»Hey, Mädel, komm her, setz dich zu uns.«

»Nein, danke«, sagte ich, »ich spiele nicht gerne Karten.«

Ich spürte, wie mich alle anstarrten, als ich weiterging. Ich hatte noch nie erlebt, dass irgendjemand Janet etwas ausgeschlagen hätte, und jetzt waren sie sauer, aber ich hatte keine Angst. Stattdessen empfand ich einen Schauder der Erregung, das Gefühl, die Dinge auf die Spitze zu treiben. Ich fühlte mich lebendig.

Eine Stunde später, als ich die Wäschekammer verließ, hörte ich links von mir ein Geräusch. Maus und Yoda standen in einer dunklen Ecke des Korridors, die von den Kameras nicht erfasst wurde. Maus lächelte ihr gemeines Lächeln und schlug klatschend mit der Faust in die offene Hand. Yodas Gesicht war ausdruckslos, aus ihren geisterhaft blauen Augen starrte sie mich an. Die beiden stürzten sich gleichzeitig auf mich. Yoda zerrte an meinen Haaren, packte mein Gesicht und schlug auf meinen Kopf ein, während Maus mit einer mit Batterien gefüllten Socke auf meinen Körper einprügelte.

Ich wehrte mich, traf und schlug auf jeden Teil, den ich erwischen konnte, biss sie in die Schultern und zog ihnen die Hemden über die Köpfe. Es fühlte sich gut an, zu kämpfen, unser Ächzen und Fluchen erfüllte die Luft. Der Schmerz der Schläge, die mich trafen, machte mich nur noch wütender. Doch dann landete Maus ein paar heftige Schläge auf meinem Schädel, und ich spürte, wie mir das Blut übers Gesicht lief. Um mich herum wurde es dunkel, in meinen Ohren rauschte es, während ich mich an die beiden klammerte, um nicht zu fallen. Dann schrie eine weitere Frauenstimme laut: »Wache!«

Die Schläge hörten auf. Ich sackte zu Boden und spuckte Blut. Bevor sie fortrannten, sagte Maus: »Wenn Janet dir etwas sagt, dann machst du's gefälligst.«

Man brachte mich zur Krankenstation. Ich wurde verarztet und in meine Zelle zurückgeschickt, wo ich meine schmerzenden Knochen auf mein Bett hievte und mir einen Plan zurechtlegte. Die Wachen hatten mich gefragt, was passiert sei, aber ich hatte nichts gesagt. Pinky hatte mich gewarnt, niemals jemanden zu verpfeifen, doch diese Warnung war nicht nötig gewesen – ich wollte schließlich überleben. Zu diesem Zeitpunkt war es mir egal, ob ich lebte oder nicht, aber ich wollte nicht, dass meine beiden Angreiferinnen im Loch oder der höchsten Sicherheitsstufe landeten. Schon allein, weil ich mich dann nicht würde rächen können.

Als ich am nächsten Tag im Gemeinschaftsbereich an Janet vorbeikam, forderte sie mich wieder auf, ich solle mich zu ihnen setzen. Und ich weigerte mich erneut.

Später spürten Yoda und Maus mich in der Küche auf, wo ich ein paar Töpfe abspülte. Die anderen Gefangenen machten, dass sie fortkamen. Doch dieses Mal wehrte ich mich mit meiner selbstgemachten Waffe – ich hatte herausgefunden, wie ich die Rasierklingen aus meinem Sicherheitsrasierer herausbekam, hatte sie anschließend in den Griff einer Zahnbürste eingeschmolzen und mir so ein »Haumesser« gebastelt. Mein Zorn – auf meine Familie, das System und besonders auf mich selbst – kochte über. Ich schlitzte Maus das Gesicht und Yoda den Arm auf und schaffte es zudem, Maus die Nase zu brechen, ehe ein Haufen Wachen mich schließlich fortzog.

Als sie mich zu Boden warfen und mir Handschellen anlegten, brüllte ich immer noch. »Ich sitze für Mord, ihr Schlampen! Legt euch bloß nicht noch einmal mit mir an!«

Zwanzig Tage verbrachte ich im Loch. Zwanzig Tage starrte ich die Wand an, lief auf und ab, weinte und versuchte, nicht an Ryan zu denken. Ich hatte aufgehört, ihm zu schreiben, aber ich konnte nicht aufhören, ihn gernzuhaben. Ich konnte es nicht fassen, dass es zwischen uns aus war, dass ich ihn in meinem ganzen Leben nie wieder sehen durfte. Es tat so weh! Der Schmerz stieg von ganz tief aus meinem Bauch auf und ließ mich in heftigen, gequälten Stößen aufschluchzen. Auch an Nicole dachte ich viel, quälte mich selbst mit Erinnerungen an die Zeit, als wir noch klein waren und sie mir überallhin folgte und mich anbettelte, mit ihr zu »spien«.

Gegen Ende der zwanzig Tage setzte ein Gefühl der Benommenheit ein. Ich verlor jedes Zeitgefühl, und manchmal bildete ich mir ein, meine Schwester sei bei mir. Ich sah Schatten und streckte die Hand nach ihnen aus, um sie zu berühren, doch sie tanzten immer aus meinem Sichtfeld. Ich redete mit ihr und mit Ryan und sagte ihnen, wie sehr sie mir fehlten. Dann wiederum schaukelte ich nur vor und zurück, die Arme um den Körper geschlungen, und machte Gedankenspiele, um wach zu bleiben. Ich buchstabierte Wörter laut oder sagte die Songtexte alter Lieder auf, um nicht den Verstand zu verlieren. Doch ich fürchtete, inzwischen zu kaputt und am Ende doch das geworden zu sein, was meine Mutter schon immer gedacht hatte – ein vergeudetes Stück Leben.

Endlich wurde ich zurück in den allgemeinen Zellentrakt verlegt. Nach dem letzten Kampf behandelte man mich anders. Maus hatte eine rote Narbe im Gesicht davongetragen und wandte den Blick ab, sobald ich sie anstarrte. Sie hatte jetzt Angst vor mir. Selbst Janet machte von nun an einen großen Bogen um mich. Anders als erwartet machte mich das jedoch nicht glücklich. Ich fühlte *nichts*, kein Mitleid, keinen Schmerz, keine Reue. Ich hatte es geschafft, endlich war ich innerlich tot.

Die meisten Gefangenen brachten mir Respekt entgegen, doch ich respektierte niemanden. Ich gab den Wachen unverschämte Antworten und weigerte mich weiterhin, an irgendeiner Therapie teilzunehmen. Häufig prügelte ich mich mit anderen Frauen, die mich zu lange angeschaut oder etwas geflüstert hatten, als ich vorbeiging. Als drei neue Frauen mich in der Dusche angriffen, um zu beweisen, wie taff sie waren, wartete ich, bis ich jede von ihnen allein erwischte, und zahlte es ihnen heim. Ich hinterließ schartige Narben auf ihren Brüsten. Eines Tages zog mir eine Frau einen Kissenbezug über den Kopf, als ich in meiner Zelle ein Nickerchen hielt, und versuchte, mich nach Strich und Faden zu verprügeln. Ich schaffte es, ihr die Schulter auszurenken. Ich wurde zu jemandem, den die anderen Gefangenen entweder fürchteten oder herausfordern wollten, damit sie sich selbst beweisen konnten.

Daran änderte sich auch in den nächsten drei Jahren nichts. Wenn ich nicht im Loch saß, weil ich mich mal wieder geprügelt hatte, arbeitete ich in der Küche, rannte jeden Abend meine Runden oder trainierte in meiner Zelle. Und wenn ich nicht arbeitete oder Sport trieb, schlief ich. Sobald ich aufgehört hatte zu antworten, waren auch die Briefe meines Dads immer seltener geworden. Zu meinem ersten Weihnachtsfest hinter Gittern kam er vorbei, aber ich war gerade tags zuvor wieder in Isolation gelandet. Danach überwies er mir nur noch alle paar Monate Geld auf mein Konto und schickte mir neue CDs, manchmal kam auch eine Karte mit einem kurzen Gruß. Ich fragte mich, ob auch damit eines Tages Schluss sein würde. Meine Großmutter war die einzige Angehörige, die mir immer noch jeden Monat schrieb, und die Einzige, der ich hin und wieder antwortete.

Pinky war immer noch meine Zellengenossin, und wir kamen gut miteinander klar. Wir wurden keine Freundinnen, waren aber auch nicht verfeindet. Andere Gefangene, die ebenfalls zu langen Haftstrafen verurteilt worden waren, versuchten manchmal, mit mir zu reden, und erzählten mir, ich müsse ruhiger werden, dass ich es mir nur noch schwerer mache, aber ich ignorierte sie alle. Ich hatte unzählige Gespräche mit meinem Bewährungshelfer und dem Gefängnispsychiater. Ich gab mir Mühe, sie alle zu verärgern, und ich hatte jedes Mal Erfolg. Niemand mochte mich.

Ryan schrieb immer noch, zuerst jede Woche, dann jeden Monat, bis schließlich Monate vergingen und ich schon dachte, er hätte endlich aufgegeben, doch dann schickte er wieder einen Brief. Ich las sie nicht, öffnete sie nicht einmal, obwohl das Verlangen manchmal so stark war, dass mir körperlich übel wurde und ich mich über unserer kleinen Metalltoilette krümmte, während Pinky kopfschüttelnd zusah. Manchmal wachte ich aus dem Tiefschlaf auf, Ryans Namen auf den Lippen, und wusste, dass er an mich dachte und nach mir rief. Bei jedem Brief zog ich mich in meine Zelle zurück und starrte die Wand an. Ich hörte auf zu essen. Sie steckten mich in einen Papieroverall und wieder in Einzelhaft. Ich wurde dünner – und zorniger. An manchen Tagen erkannte ich mich selbst nicht mehr.

Während meines fünften Jahrs in Rockland hockte ich eines Tages mal wieder im Loch, nachdem ich eine der Wachen angespuckt hatte, als sie den Gefängnispsycho zu mir schickten, damit er mit mir redete. Er war ein jüngerer Typ mit ernstem Gesicht und dicken Brillengläsern. Ich hatte das Gefühl, dass ihm sein Job wirklich wichtig war und er mir helfen wollte, doch ich hatte den Großteil unserer bisherigen Treffen damit zugebracht, ihn davon zu überzeugen, dass er mit mir seine Zeit verschwendete – und ich glaubte, ich hatte meine Sache ganz gut gemacht.

Dieses Mal sagte er: »Toni, Sie haben jetzt ein Drittel Ihrer Strafe abgesessen. Sie könnten hier rauskommen und ein Leben haben, aber Sie machen es sich selbst nur schwerer. Es ist, als *wollten* Sie gar nicht raus. Als hätten Sie Angst vor allem, was dort draußen auf Sie wartet.«

Als er weg war, dachte ich lange über das nach, was er gesagt hatte. Am Anfang, als ich in den Knast gekommen war, war mir meine Strafe ewig lang vorgekommen, doch jetzt gab es ein Licht am Ende des Tunnels. Die Vorstellung war furchteinflößend und berauschend zugleich. Hatte ich überhaupt ein Leben, in das ich zurückkehren konnte? Wenn ich so weitermachte wie bisher und mich nur gegen das System auflehnte, würde ich draußen als Versagerin oder Drogenabhängige enden. Wahrscheinlich wäre ich innerhalb einer Woche wieder drin – das hatte ich immer wieder erlebt. Ich dachte an das, was Janet mir gesagt hatte, dass ich mir das Leben hier schwerer oder leichter machen könne. Ich hatte angenommen, den Kontakt zu meiner Familie und zu Ryan abzubrechen würde es leichter für mich machen, aber ich hatte niemals wirklich akzeptiert, dass ich im Gefängnis saß, hatte nie versucht, mich anzupassen oder mir irgendeine Art Leben hier drin aufzubauen. Ich hatte andere Gefangene lachen sehen; sie liebten, lernten, erreichten etwas, aber ich hatte mich jeder Chance, Glück zu empfinden, beraubt.

Für mich wäre es einer Kapitulation gleichgekommen, im Knast irgendeine Form von Vergnügen zu empfinden, und es schien mir unfair Nicole gegenüber. Doch ich hatte niemandem irgendetwas bewiesen, außer vielleicht, dass sie alle die ganze Zeit recht gehabt hatten – ich war ein böses Kind. Ich war fünfundzwanzig Jahre alt und hatte nichts unternommen, um mich zu bessern, um mir selbst eine Chance zu geben, in der Gesellschaft zu bestehen, wenn ich es hier rausschaffte. Im Gegenteil, ich machte es mir nur noch schwerer, überhaupt auf Bewährung rauszukommen, sobald ich dazu berechtigt war. Und was, wenn durch ein kleines Wunder Ryans und meine Unschuld bewiesen würde? Was für eine Zukunft hätten wir dann, wenn ich mein Leben weiterhin so vermurkste? In diesem Jahr hatte er endlich aufgehört, mir zu schreiben, trotzdem fragte ich mich, ob er wohl immer noch dasselbe für mich empfand wie früher. Ob ich mich nicht vielleicht geirrt hatte und wir irgendwie eines Tages doch wieder zueinanderfinden könnten.

Danach traf ich mich häufig mit dem Psycho-Onkel. Ich fing an, ihm zuzuhören, fing an, seine Fragen zu beantworten, obwohl ich einige davon ziemlich dämlich fand. Ich erzählte ihm, ich sei unschuldig. Ich wusste nicht, ob er mir glaubte, aber er sagte, es gehe nicht darum, ob ich schuldig sei oder nicht, sondern darum, dass ich akzeptieren müsse, dass ich im Gefängnis saß und dass ich versuchen könnte, das Beste daraus zu machen. Zusätzlich begann ich, an diversen Therapieprogrammen teilzunehmen. Anfangs bildete ich mir noch ein, die Probleme der anderen Gefangenen gingen mich nichts an, schließlich nahm ich keine Drogen und war nicht süchtig. Aber als ich genauer zuhörte, hörte ich die Geschichten, die sich hinter den Worten verbargen. Dass sie nie irgendwo dazugehört hatten, dass sie nie mit ihren Familien zurechtgekommen waren, dass sie Drogen genommen hatten, um ihren Schmerz zu vergessen. Ich dachte an die vielen Male, bei denen Ryan und ich uns bekifft hatten, nur um mit dem Familienscheiß fertigzuwerden, und dass wir uns überhaupt nichts dabei gedacht hatten. Doch wenn ich in jener Nacht nicht bis zur Oberkante Unterlippe stoned gewesen wäre, hätte ich Nicole vielleicht beschützen können, hätte ihre Schreie vielleicht gehört. Nie wieder wollte ich trinken oder Drogen nehmen. Ich hörte sogar auf zu rauchen.

Ich machte weitere Therapien, folgte den Stufenplänen und las ein paar Selbsthilfebücher. Dann begann ich, andere Bücher zu lesen, Romane, von denen Nicole gesprochen hatte, ein paar Memoiren und Biographien – alles, was über Überlebende geschrieben worden war, über Menschen, die irgendein Unglück überwunden hatten. Schließlich wagte ich mich auch an die Klassiker heran, um die ich mich in der Schule stets gedrückt hatte: *Moby Dick, Jane Eyre, Große Erwartungen, Von Mäusen und Menschen.* Nach Jahren der Stagnation wollte mein Verstand wieder arbeiten, wollte lernen. Es gab nicht viele Kurse, die ich besuchen konnte, solange ich nicht die niedrigste Sicherheitsstufe hatte – wegen meiner ständigen Raufereien war ich in der höchsten gelandet –, aber ich versuchte jetzt, mich rauszuhalten, sobald es Ärger gab. Ich erzählte meinem Bewährungshelfer, was immer er hören wollte, dass ich bereuen würde, dass ich alles wiedergutmachen wolle, was ich im Laufe der Jahre anderen Menschen an Leid zugefügt hatte, meiner Familie, den Wachen, anderen. Ich wurde höflicher und respektvoller, und nach einem weiteren Jahr wurde ich in die mittlere Sicherheitsstufe versetzt.

Es war kein geradliniger Weg. Gelegentlich geriet ich immer noch mit einer anderen Gefangenen in eine Prügelei, doch ich lernte es immer besser, Kämpfen aus dem Weg zu gehen. Mit der Zeit öffnete ich mich auch dem Psycho-Onkel und sprach mit ihm über meine Schuldgefühle wegen Nicoles Tod, dass ich sie zwar nicht getötet hätte, aber trotzdem der Grund für ihren Tod sei. Und dass ich manchmal wütend auf sie gewesen sei, weil sie mir nicht anvertraut hatte, was in den Monaten vor ihrem Tod mit ihr passiert war und was möglicherweise etwas mit ihrem Tod zu tun hatte. Der Seelenklempner sprach viel von Vergebung, für mich selbst und für andere, und sagte: »Es hilft niemandem, wenn Sie sich selbst bestrafen, Toni.«

Doch ich war noch nicht so weit, mir selbst zu vergeben – oder Shauna und ihrer Truppe für die Dinge, die sie bei unserem Prozess ausgesagt hatten. Der Gedanke ließ mir keine Ruhe, dass sie irgendetwas damit zu tun haben mussten, dass sie *wussten*, was in jener Nacht wirklich geschehen war. Und sie alle liefen frei draußen herum. Mit den Jahren wurde mein Hass nur noch intensiver, doch diesen Teil erzählte ich dem Psycho-Onkel nicht, denn ich wollte, dass er meinem Bewährungshelfer nur gute Dinge über mich erzählte.

Zwei Jahre später, als ich achtundzwanzig war, wurde ich endlich der niedrigsten Sicherheitsstufe zugeteilt. Meinen Dad oder meine Mom hatte ich seit Jahren nicht mehr gesehen, aber zu Geburtstagen und zu Weihnachten schickten sie mir Geld. Mein Dad schrieb auch gelegentlich noch einmal eine Karte. Manchmal starrte ich die Karten an und wunderte mich, warum sie mir nicht mehr weh taten. Es fühlte sich an, als gehörten sie zu einem anderen Leben, einem, zu dem ich nie wieder gehören würde.

Ein Brief jedoch traf mich schwer. Dad schrieb mir, dass meine Grandma gestorben sei. Nie werde ich ihre witzigen Briefe mit der zittrigen Handschrift vergessen, in denen sie über ihren Arzt, ihre Freundinnen oder ihren neuen Freund gelästert hatte. Sie waren die einzigen Lichtblicke in den grauen Jahren gewesen. Ich durfte nicht zu ihrer Beerdigung und bedauerte, dass ich ihr nicht öfter geschrieben hatte, aber ich hatte mich zu sehr geschämt, hatte das Gefühl, sie so übel enttäuscht zu haben, und ich schämte mich, diesen Absender auf den Umschlag an sie zu schreiben.

Jetzt schrieb mir niemand mehr, bis auf gelegentliche Jurastudenten oder Reporter, die sagten, sie wollten sich meinen Fall gerne genauer ansehen. Ich antwortete ihnen nie.

Ich konnte mich kaum noch an die Welt draußen erinnern, die Gerüche und Geräusche der Welt verblassten in meiner Erinnerung, und ich dachte nicht mehr besonders häufig daran. Oder besser gesagt, ich ließ nicht zu, dass meine Gedanken dorthinwanderten. Manchmal redete ich mit den anderen Frauen darüber, was wir essen würden, wenn wir aus dem Knast draußen waren, wir malten uns Burger und Pommes und fette Milchshakes aus, träumten von riesigen Steaks und Ofenkartoffeln oder vielleicht einem Erdbeerkäsekuchen. Doch ich war stets diejenige, die dem Spiel als Erste ein Ende setzte. Es tat zu sehr weh.

Ich hatte ein paar gute Freundinnen gefunden, Amber, Brenda und Margaret. Wir sprachen nicht über unsere Verbrechen. Das fragte man niemals jemanden, aber normalerweise erfuhr man etwas über den Flurfunk, so dass man wusste, für was die anderen einsaßen. Amber saß für Totschlag, Brenda und Margaret waren ebenfalls wegen Mordes hier. Margaret saß am längsten von uns. Sie hatte ihren Mann und dessen Freund umgebracht, nachdem die beiden sie vergewaltigt hatten, als sie eines Abends alle besoffen gewesen waren. Die Geschworenen hatten entschieden, dass der Sex einvernehmlich gewesen sei und Margaret die Männer in trunkenem Zorn erschossen habe.

Ich hatte aufgehört, allen zu erzählen, ich sei unschuldig, und sprach nicht über Nicole oder meine Familie. Die meisten Frauen hatten ebenfalls keine Familie, und wir fingen an, uns gegenseitig zu unterstützen. Amber, eine zierliche Blondine, die einem ein Ohr abnagen konnte, wenn man sie ließ, war wie besessen von allem, was mit Country und Western zu tun hatte. Mit erst neunzehn Jahren war sie unsere kleine Schwester. Brenda, eine zähe Ex-Drogenabhängige, die sich wie ein Mann kleidete und den Kopf rasierte, war unser Bruder. Sie verliebte sich jede Woche in eine andere Frau und bot uns jede Menge Drama und Aufregung, während wir zusahen, wie sie versuchte, mit mehreren Beziehungen auf einmal zu jonglieren. Margaret war unsere Mutter.

Margaret war Ende fünfzig, mit wildem, lockigem blonden Haar, das ihr wie ein Heiligenschein vom Kopf abstand. Ständig versuchte sie, es zu bändigen, und kaufte verschiedene Tinkturen, doch binnen weniger Stunden krisselte es sich erneut. Sie leitete die Küche, und ich arbeitete als ihre Hilfsköchin. Anfangs hielt ich sie für ein derbes Fischweib und echt verrückt und war mir nicht sicher, warum alle sie mochten, doch dann begriff ich, dass man ihr drinnen eine Menge Respekt entgegenbrachte, weil sie sich von niemandem etwas gefallen ließ. Dabei musste sie niemals ihre Stimme erheben. Sie war wie eine herrische Mama. Sie hatte diesen Blick drauf, bei dem man den Wunsch verspürte, sich auf der Stelle zu entschuldigen, und sie behandelte alle Frauen, als wären es ihre Kinder – schlug ihnen mit dem Pfannenheber auf die Hand, wenn sie einen Keks mopsten, füllte einem aber eine Extraportion auf den Teller, wenn sie wusste, dass man einen schlechten Tag hatte. Außerdem brachte sie alle dazu, ihre Zellen zu Weihnachten oder anderen Feiertagen zu dekorieren, und wir veranstalteten Wettbewerbe – es ist echt unglaublich, auf was für Ideen ein Haufen weiblicher Gefangener kommt, nur mit farbigem Papier und etwas Schnickschnack. Wir schenkten einander selbstgebastelte Karten und Geburtstagstorten aus den Sachen, die wir in der Kantine bekamen. Zu Weihnachten tauschten wir immer Geschenke, vielleicht eine extra Dose Cola oder ein paar Päckchen Nudeln und Chips. Als ich zum ersten Mal eine Muttertagskarte für Margaret bastelte, hörte sie gar nicht mehr auf zu weinen. Später erzählte sie mir, dass sie draußen ein paar Kinder habe, doch als diese jünger waren, sei sie drogenabhängig gewesen, und die Kinder wollten nichts mit ihr zu tun haben.

Da erzählte ich ihr von meiner Familie und was in jener Nacht geschehen war. Margaret war cool, sie sagte, ich müsse mir selbst verzeihen, doch ich erklärte ihr, dass ich das nicht könne, noch nicht. Auch von Shauna und ihrer Gang erzählte ich ihr und dass meine Mutter mich hasste. Sie sagte, nachdem sie ins Gefängnis gekommen sei, sei ihr jüngster Sohn ums Leben gekommen, noch im Teenageralter. Er war betrunken und saß mit ein paar anderen betrunkenen Jugendlichen im Auto, als sie den Wagen an einen Telefonmast setzten. Ihr Sohn flog aus dem Wagen und brach sich das Genick. Sie habe sich lange Zeit dafür die Schuld gegeben, denn wenn sie eine bessere Mutter gewesen wäre, wäre ihr Kind in jener Nacht nicht unterwegs gewesen. Und dem Fahrer des Wagens habe sie auch die Schuld gegeben.

»Doch eines Tages erkannte ich, dass dieser ganze Hass, den ich mit mir herumtrug, niemandem etwas nützte. Menschen machen Fehler, und je stärker sie innerlich verletzt sind, desto mehr verletzen sie andere. Und deine Mom?«, fügte sie hinzu. »Ein Kind zu verlieren ist das Schlimmste, was einer Frau überhaupt zustoßen kann. Man dreht innerlich durch. Sie kann diese Trauer einfach noch nicht loslassen. Sie steckt darin fest.«

Ich dachte einen Moment darüber nach, dachte daran,

wie Mom mich in dem Jahr nach dem Mord an Nicole gezwungen hatte, alles, was in jener Nacht geschehen war, immer wieder durchzugehen, jedes quälende Detail, egal, wie schmerzhaft es war.

Margaret ergriff meine Hand. »Sie hasst dich nicht, Schätzchen. Es ist nur einfacher für sie, wütend auf dich anstatt auf sich selbst zu sein. Aber du solltest aufhören, dir selbst die Schuld zu geben für das, was passiert ist.«

Sie gab mir ein paar Bücher zu lesen, so Zeug über das Leben im Hier und Jetzt von einem Typen namens Eckhart Tolle und ein paar andere Bücher über Meditation, so spirituellen Kram eben. Ich belegte ein paar Kurse an der Fernuni, und sie bat mich, mir aus den Lehrbüchern vorzulesen, und dann diskutierten wir über verschiedene Abschnitte. Wenn ich eine gute Note bekam, prahlte sie herum und erzählte jedem in unserer Reichweite, ihre »Tochter« sei verdammt schlau.

Margaret fuhr total auf Yoga ab, was ziemlich komisch wirkte, weil sie eine seltsame Figur hatte, oben mit breiten Schultern und großen Brüsten und unten mit dürren Beinen wie ein Hühnchen. Trotzdem konnte sie sich in alle möglichen Positionen verbiegen, und sie konnte die meisten von uns dazu überreden, mit ihr im Gemeinschaftsbereich zu üben. Amber und Brenda grummelten die ganze Zeit über, doch für mich gehörte es zu den Dingen dort drin, die mir am meisten Spaß machten: zuzusehen, wie diese Frauen die Stellung des Kriegers oder des herabschauenden Hundes einnahmen. Ich war die Einzige, die mit Margaret mithielt und jeden Tag mit ihr zusammen die Übungen machte. Sie hatte schlimme Arthritis und knotige Hände und Füße, und sie sagte, Yoga und Meditation seien so ziemlich das Einzige, das ihr gegen den Schmerz helfe.

Eines Tages rieb sie sich die Hände und hatte schlechte Laune. Sie hatte sogar Amber zum Weinen gebracht, als wir zusammen fernsahen. »Dein Gelaber geht mir auf die Nerven«, sagte sie. »Halt die Klappe oder geh in deine Zelle.« Amber ging, und kurz darauf sagte Margaret: »Mist. Jetzt muss ich ihr ein paar von meinen Keksen abgeben.«

Ich lächelte sie an. »Amber wird drüber hinwegkommen. Aber ich kann dir die Füße rubbeln, wenn du magst.« Wir durften eigentlich keinen Körperkontakt haben, aber im Bereich mit der niedrigsten Sicherheitsstufe waren die Wachen etwas entspannter, und eine von ihnen, Theresa, mochte uns und drückte öfter mal ein Auge zu.

Danach ging ich häufiger zu Margaret in die Zelle, wenn sie einen schlechten Tag hatte, und rieb ihr die Hände und Füße. Manchmal gab ich ihr sogar eine Pediküre, und irgendwann wollten alle Frauen, dass ich ihnen die Füße machte, so dass ich bald im Ruf stand, die Kosmetikerin zu sein, was ich ziemlich witzig fand. Es gefiel mir, ihnen das Gefühl zu geben, hübsch zu sein. Besonders Margaret, wenn sie sich glückselig zurücklehnte und leise Seufzer ausstieß, während ich ihr die Füße rieb und massierte. Dann sagte sie: »Toni, du hast die Hände einer Wunderheilerin.«

Während dieser Pedikürestunden erzählten wir uns fast alles aus unseren früheren Leben. Ich redete über Ryan, erzählte ihr all die Dinge, die ich meiner Mom nie erzählt hatte. Sie ließ sich beschreiben, wie er aussah, und sagte: »Oh, der scheint aber süüüß zu sein.« Ich erzählte ihr ein wenig von den witzigen Sachen, die wir angestellt hatten, und dass wir uns immer rausgeschlichen hatten, um uns zu treffen. Es war nett, sich zu erinnern, aber dann sah ich sein Gesicht und sein Lächeln so deutlich vor mir, dass ich aufhören musste. Ich hatte meine Gefühle noch längst nicht verarbeitet.

Margaret wartete eine Weile. Schließlich fragte sie leise: »Glaubst du, dass ihr euch wiedersehen werdet, wenn ihr eines Tages rauskommt?«

»Ich würde meine Bewährung riskieren.«

»Danach habe ich nicht gefragt.« Sie grinste frech.

Ich dachte darüber nach, was sie gesagt hatte. »Manchmal frage ich mich, ob er versuchen wird, mich zu finden, aber es ist so lange her … Ich weiß nicht, ob er noch genauso empfindet.«

»Weißt du, ob er zur selben Zeit rauskommt?«

Ich schüttelte den Kopf. »Keine Ahnung. Wir haben schon vor Jahren aufgehört, uns zu schreiben.«

»Ich könnte meine Fühler für dich ausstrecken.«

Die Verlockung war groß. Doch dann sagte ich: »Ich habe zu große Angst herauszufinden, dass er sich verändert hat und nicht mehr derselbe ist.« Ich wusste, wie sehr das Gefängnis mich verändert hatte, und auf der Männerseite von Rockland war es noch schlimmer. In den letzten Jahren waren die Gefangenen häufig komplett weggesperrt worden, nach einer Revolte oder einem Kampf zwischen Insassen und Wachleuten oder weil irgendjemand dabei erwischt wurde, Drogen, Handys oder andere verbotene Waren zu schmuggeln. Nachdem im Jahr 2006 das Rauchen in Gefängnissen verboten worden war, waren Zigaretten ebenfalls zur heißen Ware geworden. Wenn Ryan das Gefängnis überlebt hatte, hatte es ihn wahrscheinlich in jemanden verwandelt, den ich nicht kennenlernen wollte.

»Wir können nie wieder zusammen sein«, sagte ich. »Das weiß ich, aber ich habe immer noch unsere Erinnerungen – sie sind das einzig Gute, das mir aus dieser Zeit geblieben ist. Wenn ich irgendetwas Schreckliches über ihn erfahren würde, wäre es, als würde das alles Gute auslöschen.«

Margaret seufzte. »Ich verstehe. Manche Dinge sollte man lieber auf sich beruhen lassen.« Dann erzählte sie mir von ihrem Mann, der alles andere als ein netter Kerl gewesen war. »Ich hätte gerne das gehabt, was ihr jungen Leute hattet, selbst wenn ihr es verloren habt. Ihr habt etwas ganz Besonderes geteilt, etwas, was die meisten Menschen niemals finden.«

Als die Jahre vergingen und mein Entlassungstag immer näher rückte, bedrückte es mich zunehmend, Margaret hier drin zurücklassen zu müssen. Wer würde sich um sie kümmern? Als ich mit ihr darüber sprach, erteilte sie mir eine Abfuhr. »Mach dir um mich keine Sorgen, Mädel. Pack bloß deinen Kram zusammen und verlass diesen Ort für uns mit.« An Tagen, wenn ihre Arthritis richtig übel war, erzählte sie mir, dass sie, wenn sie meditierte, sich vorstellte, frei zu sein und am Strand entlangzulaufen, die Vögel zu beobachten und nie wieder Schmerzen zu empfinden. Sie war es leid, dass ihr ständig irgendetwas weh tat. Sie sagte, es sei die Strafe dafür, »mein ganzes verdammtes Leben lang die falschen Männer geliebt zu haben«. Sie hörte mir gerne zu, wenn ich über Campbell River sprach, die Strände und den Ozean – sie kam aus dem Hinterland im Osten und war erst einmal in ihrem Leben am Strand gewesen.

Manchmal wurde sie melancholisch, nippte am Tee, und ihr Blick wurde leer. »Ich werde noch an diesem verdammten Ort sterben«, sagte sie dann. »Ich weiß es.« Dann schimpfte ich mit ihr, doch sie sagte: »Toni, Schätzchen, das hast du völlig falsch verstanden. Nicht der Tod ist der schwierige Teil, sondern das Leben.«

8. Kapitel

Woodbridge Highschool, Campbell River
Februar 1996

Ich war sicher, dass Ryan und ich sämtliche Spuren verwischt hatten, nachdem wir bei den Andersons eingestiegen waren, doch ein paar Tage später kam ich von der Schule nach Hause, und meine Eltern saßen beide am Tisch. Sie machten ernste Gesichter, vor ihnen standen Kaffeetassen – halb leer, nicht mehr dampfend, als würden sie schon eine ganze Weile warten und reden. Nicole saß ebenfalls am Tisch und kratzte sich nervös am Arm.

»Was ist los?«, fragte ich.

»Wir würden gerne mit dir reden«, sagte mein Dad.

Ich nahm Platz und sah Nicole an, doch sie schaute zur Seite. Kein gutes Zeichen.

»Hast du dich in Andersons Haus geschlichen?«, fragte Dad.

»Nein.« Mist. Wie viel wussten sie? Hatten wir irgendetwas dort vergessen?

»Lüg uns nicht an«, sagte mein Mom.

»Ich *lüge* nicht. Ich war nicht dort.«

»Irgendjemand war jedenfalls dort«, sagte Dad. »Die Alarmanlage der Andersons zeichnet es jedes Mal auf, wenn sie ausgeschaltet wird und mit welchem Code. Am späten Freitagabend hat jemand den Code benutzt, den die Andersons für mich eingespeichert haben, damit ich in ihr Haus komme. Weißt du irgendetwas darüber?«

Ich zuckte die Achseln, aber mein Herz raste. »Nicole war doch drüben, um die Pflanzen zu gießen, hat sie den Code nicht benutzt?«

»Das hier war später – Stunden, nachdem sie dort gewesen war.«

Mom mischte sich ein. »Nicole sagt, du bist am Freitag mit Ryan weg gewesen.«

Ich starrte Nicole finster an. *Was hast du ihnen noch erzählt?*

»Ja. Na und?«

»Und dass du erst nach vier Uhr morgens nach Hause gekommen bist.«

Nicole hatte mich also tatsächlich verpfiffen. Aber was sie konnte, konnte ich schon lange.

»Nicole war auch lange weg. Sie ist erst kurz vor mir nach Hause gekommen.«

Mom schaute schockiert, und Nicole wurde rot.

Nicole stammelte: »Das ist nicht wahr … ich kam nur gerade aus dem Badezimmer.«

Mom wandte sich wieder an mich. »Es ist schon schlimm genug, dass du uns belügst, Toni, aber zu versuchen, deiner Schwester die Schuld in die Schuhe zu schieben, ist einfach nur schäbig.«

»Ich schiebe niemandem die Schuld in die Schuhe. Ich sage nur, dass ich nicht die Einzige war, die unterwegs war.«

»Es geht hier nicht um deine Schwester.« Mom wirkte ganz durcheinander, als versuche sie, sich wieder zu berappeln. »Es geht darum, dass du im Haus unserer Nachbarn herumgeschnüffelt hast.«

Dad sagte: »Sie haben uns vertraut, Toni.«

Jetzt fühlte ich mich richtig mies. Ich hatte nicht gewollt, dass mein Dad Schwierigkeiten bekam. »Vielleicht ist die Alarmanlage kaputt und zeichnet die Zeit falsch auf oder so etwas.«

»Aus ihrer Bar fehlt ebenfalls etwas.« Dads Stimme wurde ganz weich, als er diese Ruhig-und-vernünftig-Schiene fuhr. »Wir wollen einfach nur die Wahrheit wissen.«

Ich schaute zu Mom und wusste, dass es einen Höllenärger geben würde, wenn sie die Wahrheit wüsste. Ich blieb bei meiner Story. »Ich *sage* die Wahrheit.«

Dad wirkte enttäuscht, Mom war wütend.

Sie sagte: »Du hast Hausarrest.«

»Wie bitte? Das könnt ihr nicht machen!«

»Einen Monat lang – und das schließt auch Telefonanrufe mit ein. An deinem Auto darfst du auch nicht arbeiten oder dich nach der Schule mit Ryan treffen. Wir wollen, dass du jeden Abend zu Hause bist.«

»Ihr *könnt* mir keinen Hausarrest geben – ich bin achtzehn.« Ich war stinksauer – noch eine Woche, und das Auto wäre fahrbereit. »Mitte März soll ich im Fish Shack anfangen.«

»Das hättest du dir vorher überlegen sollen.« Mom holte tief Luft, als wolle sie sich stärken, und fügte hinzu: »Wenn du dich nicht an unsere Regeln hältst, musst du dir einen anderen Platz zum Wohnen suchen.«

Blut stieg mir ins Gesicht. »Ihr schmeißt mich raus?«

Ich wusste, es war irgend so ein Scheiß von wegen liebevolle Strenge, den sie in einem ihrer bescheuerten Bücher gelesen hatte – ich hatte sie in ihrem Büro gesehen: *Wie Sie mit Ihrer Tochter im Teenageralter reden* und ähnlicher Mist. Trotzdem war ich vollkommen fassungslos. Ich hätte nicht gedacht, dass sie so weit gehen würden.

»Wir werfen dich nicht hinaus«, sagte Dad rasch. »Aber dein Benehmen gerät außer Kontrolle. Wir wissen nicht, was wir sonst noch tun sollen, Toni. Deine Mom hat recht. Wenn du unsere Regeln nicht respektierst, kannst du nicht länger hierbleiben.«

Er machte ein trauriges Gesicht, als er die letzten Worte sagte, und ich hatte den Eindruck, das sei eher Moms Idee gewesen als seine. Ich schaute zurück zu ihr, und sie wirkte ebenfalls traurig, aber eher auf nervöse oder ängstliche Art. Ihr Mund war schmal und die Augen rot gerändert. Wahrscheinlich hatte sie tierische Panik, dass ich tatsächlich gehen würde und sie dann überhaupt keine Kontrolle mehr über mich hätte. Ich spürte ebenfalls Panik in mir aufsteigen und versuchte mir darüber klarzuwerden, was ich als Nächstes tun sollte. Wo sollte ich hin? Bei Ryan ging es nicht. Seine Mom war cool, aber ich war mir ziemlich sicher, dass sie das nicht mitmachen würde. Amy und der Rest unserer Freunde sprachen immer noch nicht mit mir. Vielleicht konnte ich mich mit Verhandeln herauswinden.

»Und wenn ich mehr Aufgaben im Haus übernehme und während der Woche zu Hause bleibe?« Dann könnte ich den Job trotzdem antreten.

Dad schaute meine Mom an.

»Einen Monat«, sagte sie mit fester Stimme. »Das wird dir Zeit geben zu begreifen, dass du deinen Verstand ausschaltest, sobald du mit Ryan zusammen bist. Du musst lernen, dass dein Handeln Konsequenzen hat.«

In Wirklichkeit hoffte sie doch nur, wir würden uns deswegen trennen.

»Hältst du mich für so dumm?«, sagte ich. »Du willst doch sowieso nicht, dass ich im Fish Shack arbeite. Du versuchst doch nur, mir alles zu versauen.«

»Niemand hält dich für dumm«, sagte Dad, »und niemand versucht, dir irgendetwas zu verderben, aber wenn du mit Ryan zusammen bist, denkst du nicht richtig nach.«

Das tat weh. »Ich denke sehr wohl über alles nach.«

»Wir wollen nur nicht, dass du etwas tust, das du hinterher wirklich bereust. Es wird dir guttun, eine Zeit von ihm getrennt zu sein.«

Den Tränen nahe schaute ich über den Tisch zu Nicole, die hinunter auf den Boden starrte.

»Wieso fragt ihr eigentlich nicht Nicole, wieso sie nicht die Wahrheit sagt, wo sie gestern Nacht war? Oder über *ihren* Freund?«

Meine Eltern sahen beide Nicole an.

Sie wurde rot, als sie sagte: »Ich habe keinen Freund.«

»Klar.« Beinahe hätte ich die Party erwähnt, doch dann sah ich die Angst in ihrem Blick und ließ das Thema fallen. Wenn meine Eltern so blind sein wollten – von mir aus. Das würde mir gerade noch fehlen, dass Nicole sich womöglich rächte und noch mehr Öl ins Feuer goss. Ich hatte schon genug Ärger.

»Mit Nicole reden wir gleich«, sagte mein Dad.

»Sind wir dann fertig?«, fragte ich.

»Nein. Außerdem wirst du nächsten Monat einmal in der Woche bei den Andersons Rasen mähen.«

»Wollt ihr mich auf den *Arm* nehmen? Das mache ich nicht.«

»Du wirst es tun«, sagte meine Mom, »oder sie erwägen, Anzeige gegen dich und Ryan zu erstatten.«

Damit hatte ich nicht gerechnet. Ryan hatte bereits Ärger wegen dieser Sache mit dem Benzin, und dieses Mal würde McKinney ihn nicht so einfach davonkommen lassen. Ich empfand eine plötzliche Furcht. »Das ist nicht fair.«

»Sie sind mehr als fair«, sagte Mom.

Dad sagte: »Du kannst jetzt in dein Zimmer gehen.«

Ich war noch nicht ganz die Treppe hochgegangen, als ich hörte, wie sie Nicole ausfragten.

»Was hat Toni vorhin gemeint?«, wollte meine Mutter wissen. »Gehst du mit jemandem?«

»Aber Mom. Ich würde es dir doch erzählen, wenn ich einen Freund hätte.« Nicoles Stimme klang zuckersüß.

»Und was meinte sie damit, dass du Freitag spät nach Hause gekommen seiest?«, fragte Dad.

»Ich weiß es nicht. Vielleicht war sie durcheinander. Sie hat mich aus dem Badezimmer kommen sehen, aber ich war den ganzen Abend hier.« Nicole schaffte es zu klingen, als sei ihr die ganze Sache wirklich ein Rätsel. Aber ich war nicht durcheinander gewesen. Ich wusste genau, was ich gesehen hatte.

Ich ging in mein Zimmer, schaltete die Musik an und zog mir den Pullover über den Kopf. Wie sollte ich es überleben, Ryan einen ganzen Monat lang nur in der Schule sehen zu können?

Später, als Dad das Abendessen vorbereitete und Mom in ihrem Büro arbeitete, ging ich zu Nicole ins Zimmer. Sie schrieb etwas an ihrem Schreibtisch, versteckte es jedoch sofort, als ich eintrat.

»Schönen Dank auch«, sagte ich.

Sie wurde rot und machte ein schuldbewusstes Gesicht. »Ich wollte nicht lügen.«

Ich warf mich auf ihr Bett. »Du meinst, du wolltest nicht *meinetwegen* lügen, aber für deinen eigenen Mist hast du gelogen.«

»Ich hab keine Ahnung, wovon du redest.«

»Ich weiß, dass du ab und zu mit irgendeinem Jungen telefonierst und dass du Freitagabend vermutlich mit ihm aus warst. Mom kannst du vielleicht etwas vormachen, aber mir nicht. Warum verheimlichst du diesen Typen?«

Sie starrte auf ihren Schreibtisch, als würde sie nachdenken, und einen Moment lang dachte ich, sie würde mir die Wahrheit sagen. Doch dann sagte sie: »Das geht dich nichts an, Toni.«

»Es geht mich etwas an, wenn ich deinetwegen Hausarrest bekomme. Das war echt mies von dir.«

»Den Hausarrest hast du dir selbst zuzuschreiben, weil du bei den Andersons warst. Das war echt *dämlich* von dir.«

Lief es also darauf hinaus? Dass sie einfach schlauer war, was ihre Geheimnisse anging? Oder war sie dieses Mal dem Typen womöglich nicht gewachsen? Doch dann dachte ich an früher, wie wir als Kinder mit Moms Sachen spielten, obwohl wir das nicht durften. Nicole hatte immer daran gedacht, die Dinge hinterher perfekt zurückzulegen, während ich ausnahmslos irgendetwas durcheinanderbrachte oder vergaß. Nicole war zu klug, um richtig böse auf die Schnauze zu fallen oder sich in irgendeinen Idioten zu verlieben. Sie würde zurechtkommen.

»Ich habe eine Idee, von der wir beide etwas hätten«, sagte ich.

Sie schnaubte. »Deine Ideen bringen dich doch nur in Schwierigkeiten.«

»Willst du deinen Freund sehen oder nicht?«

Ihr Blick huschte zur Tür, dann wieder zu mir. »Ich habe keinen Freund.«

Natürlich nicht.

»Okay, sagen wir also, du willst ausgehen und dich mit diesem Freund treffen, den du nicht hast, und ich will mich mit meinem Freund treffen. Wir könnten uns gegenseitig decken.«

»Und wie?«

»Mein Fenster macht zu viel Krach – lass mich durch deins raus.«

»Hört sich an, als würdest du meine Hilfe brauchen, aber nicht anders herum.«

»Ich brauche nur eines Abends nach dir zu sehen und festzustellen, dass du nicht hier bist. Oder dir eines Abends folgen, wenn du angeblich bei Darlene bist …«

Sie starrte mich finster an, aber sie wusste, dass ich recht hatte.

»Gut, aber mehr Gefallen tue ich dir nicht. Und wenn du *jemals* irgendetwas zu Mom sagst, werde ich dafür sorgen, dass sie *alles* erfährt, was du planst.«

»Das Gleiche gilt für dich, Schwesterherz.«

Und so schaffte ich es, Ryan im nächsten Monat zu sehen. Wir schwänzten auch mal den Unterricht, damit wir eine Stunde zusammen verbringen konnten, und nach der Schule trödelten wir bis zum letzten Moment herum, wenn ich den Bus nach Hause nehmen musste. Ich vermisste es, mit Ryan nach Hause zu fahren, seine Hand auf meinem Bein zu spüren, die Straße herunterzubrettern und ihn zu beobachten, wie er die Gänge einlegte, ganz fasziniert davon, wie locker er den großen Truck handhabte. Besonders hasste ich es, in der Schlange für den Bus zu stehen, wenn Shauna feixend mit ihrem Wagen vorbeifuhr. Mindestens einmal in der Woche, normalerweise am Wochenende, schlich ich mich in Nicoles Zimmer und aus ihrem Fenster, um ein paar Stunden später zurückzukommen. Sie drehte sich um und sah mich an, dann schlief sie wieder ein. Nur einmal flüsterte sie: »Sei bloß leise, vor ein paar Minuten war unten jemand im Bad.«

Nicole schlich sich selbst davon, wenn auch nicht so häufig wie ich, und ich wusste immer noch nicht, mit wem sie sich traf. Aber manchmal hörte ich ihre Schritte auf dem Dach vor meinem Zimmer. Einmal kletterte ich durch das Fenster in ihr Zimmer, als sie noch nicht wieder da war, und erst eine Stunde später hörte ich ihre Schritte auf dem Dach. Eines Tages traf ich sie zufällig auf der Schultoilette. Sie stand vor dem Spiegel und tuschte sich gerade die Wimpern. Ihre Augen waren gerötet, das Gesicht fleckig, als hätte sie geweint.

Ich wartete, bis ein paar andere Mädchen die Toilette verlassen hatten. »Was ist passiert?«

»Das geht dich nichts an.« Sie warf die Wimperntusche in ihre Tasche und schob sich an mir vorbei.

Danach fragte ich nie wieder.

Mike vom Fish Shack hatte gesagt, er würde den Job für mich bis Ende März freihalten, und ich war aufgeregt darüber, am folgenden Wochenende mit der Arbeit anzufangen. Ich würde in diesem Sommer hart arbeiten müssen, um das Geld wieder reinzubekommen, das ich verloren hatte. Ryan versuchte ebenfalls, am Wochenende noch ein paar Extrajobs zu bekommen, er schlug Feuerholz, räumte den Garten für andere Leute auf, strich Zäune, solche Sachen. Ich musste diesen Scheiß nur noch ein paar Monate ertragen, dann hätte ich meinen Abschluss, und gegen Ende des Sommers konnten Ryan und ich dann hoffentlich zusammenziehen. Mom war nicht mehr ganz so streng mit mir, seit ich mehr zu Hause war, und nahm mich sogar ein paarmal mit, um Vorräte für Dad zu kaufen. Es machte Spaß, aber ich ahnte schon, dass sie wieder rumnerven würde, sobald ich anfing zu arbeiten.

Im letzten Monat hatte ich mich von Shauna ferngehalten. Wann immer sich unsere Wege kreuzten, warfen wir der anderen bitterböse Blicke zu, doch im Allgemeinen vermieden wir jede Begegnung. Doch es war zu schön, um wahr zu sein, und ich hatte das unbehagliche Gefühl, dass sie nur den richtigen Moment abwartete, bis meine Wachsamkeit nachließ.

Am Freitag, bevor mein neuer Job losging, ging ich durch den Park gegenüber der Schule, eine Abkürzung zum Café auf der anderen Seite, wo Ryan mich abholen würde, sobald er mit seinem Werkstattprojekt fertig war. Ich ging gerade einen Pfad entlang und dachte, wie schön es im Park war, als ich aus dem Augenwinkel links von mir eine Bewegung wahrnahm, das Aufblitzen kastanienbrauner Haare. Ich blieb stehen. Jemand versteckte sich hinter einem Baum. Shauna? Dann fiel mir ein, dass Ryan und ich uns im Flur unterhalten hatten, als eine Gruppe Jugendlicher hinter uns gestanden hatte, darunter Rachel und ihr Freund.

Ich schaute zurück auf den Pfad hinter mir. Wo waren die anderen Mädchen? Ich konnte sie nicht sehen, aber Shauna würde sich mir nicht allein entgegenstellen – das war nicht ihr Stil.

Shauna trat hinter dem Baum hervor. Wir starrten einander an. Ihre Augen waren schmal, das Gesicht voller Hass – und Schadenfreude.

Ich holte tief Luft, ließ meinen Rucksack fallen und trat vor.

»Wenn's unbedingt sein muss, dann los.«

Ich sah, wie sie jemandem ein Zeichen gab, und die anderen Mädchen kamen hinter den Bäumen hervor. Sie hatten auf mich gewartet. Rachel hielt etwas in der Hand, das sie an Shauna weiterreichte, die es sich in die Tasche stopfte. Im Sonnenlicht blitzte es kurz metallisch auf. Ein Messer? Verdammt – das veränderte die Spielregeln. Ich versuchte nachzudenken, aber jetzt geriet ich in Panik, meine Gedanken bewegten sich in verschiedene Richtungen. Ich hatte zwei Möglichkeiten: Ich könnte versuchen, mich hier rauszukämpfen, oder rennen, als ob der Teufel hinter mir her wäre.

Ich ballte die Fäuste, hielt sie in Kampfposition hoch, wie Ryan es mir gezeigt hatte, und versuchte, mich an ein paar Verteidigungstechniken zu erinnern, die er mir ebenfalls gezeigt hatte.

Shauna begann zu lachen. »Du siehst aus wie eine wütende kleine Katze.«

Die anderen Mädchen lachten ebenfalls.

»Und du siehst aus wie ein feiger Schisser, der Verstärkung braucht, weil du allein es nicht schaffst, mich fertigzumachen.«

Shaunas Lächeln verschwand. »Du Miststück.« Sie griff in ihre Tasche. Ich hielt den Atem an, spannte den Körper an. Jetzt ging es los.

Stimmen näherten sich uns von hinten auf dem Pfad. Erleichterung machte sich in mir breit.

Shauna nahm die Hand aus der Tasche. Ich drehte mich um. Ein älterer Mann und seine Frau, die mit einem kleinen weißen Pudel spazieren gingen. Misstrauisch sahen sie uns an.

Ich sagte: »Oh, ein Pudel! Ich liebe Pudel! Darf ich ihn streicheln?« Sie erzählten mir alles über Jinx, als ich einfach mit ihnen ging und Fragen über den Hund stellte, während wir den Pfad entlanggingen. Als ich mich noch einmal umdrehte, waren die Mädchen verschwunden. Trotzdem hielt ich mich dicht an das Paar, bis ich sicher im Café angekommen war.

Als Ryan mich abholte, erzählte ich ihm, was geschehen war.

»Verdammt, Toni, das gefällt mir gar nicht.« Er griff unter seinen Sitz, zog ein Schnappmesser hervor und reichte es mir mit den Worten: »Trag das immer bei dir.«

Warum hatte er ein Messer? Das hatte er mir nie zuvor gezeigt.

»Ich bekomme einen Haufen Ärger, wenn ich das mit zur Schule nehme.«

»Dann lass es niemanden sehen.«

Später am Abend spielte ich in meinem Zimmer mit dem Messer herum und fuhr mit dem Finger über die Klinge. Ich malte mir aus, Shauna würde auf mich losgehen, zerschlitzte die Luft und tat, als würde ich immer wieder auf sie einstechen.

Die Tür wurde aufgerissen. »Toni …« Nicole blieb wie angewurzelt stehen und starrte mich an.

»Mach die Tür zu!«

Sie schloss sie. »Wofür brauchst du *das* denn?« Ihre ängstlichen Augen waren weit aufgerissen.

»Zum Schutz, okay?«

Sie machte einen Schritt ins Zimmer und senkte die Stimme. »Vor wem?«

Ehe ich antworten konnte, klopfte es an der Tür.

»Das Abendessen ist fertig, Mädels.«

Ich rief laut: »Wir kommen gleich, Mom«, und stopfte das Messer unter mein Kissen. »Wehe, du erzählst jemandem davon«, zischte ich Nicole zu.

»Aber warum hast du es?«

Sie würde nur durchdrehen, wenn ich ihr von Shauna erzählte. Dann würden meine Eltern sich einmischen, und dann Shaunas Dad. Außerdem würden sie mir das Messer wegnehmen.

»Es gehört Ryan«, sagte ich. »Er hat es mir für die Tage gegeben, an denen ich lange arbeite – für den Fall, dass jemand mir nachts auf dem Parkplatz auflauert oder so.«

»Klingt sinnvoll.« Sie ging zur Tür, drehte sich aber noch einmal um. »Sei vorsichtig, ja?«

Genau deshalb hatte ich ja das Messer.

Am nächsten Tag trat ich meinen Job im Fish Shack an. Es war ein altes Restaurant, das wie ein Schiff eingerichtet war, mit Holzwänden und jeder Menge maritimem Krimskrams, Netzen an der Decke und alten, umflochtenen Glasschwimmern. Es lag unten am Wasser in der Nähe des Kais und bot einen umwerfenden Blick über den Yachthafen. Mike, mein neuer Boss, war echt nett. Er war ein großer, freundlicher Typ, der ständig eine nach hinten gedrehte Baseballkappe und Canucks-Eishockeytrikots trug. Er kannte jede Menge Leute in der Stadt, die vorbeikamen, um einen Kaffee mit ihm zu trinken. Sein Lachen dröhnte laut, während er eine Anekdote nach der anderen zum Besten gab. Mir gefiel die Stimmung in dem Restaurant, es war wie eine Familie. Auch mit den anderen Kellnerinnen kam ich gut aus. Die meisten von ihnen waren älter als ich, aber cool drauf, und in unseren Pausen saßen wir draußen, um eine zu rauchen. Endlich hatte ich das Gefühl, irgendwo dazuzugehören. Manchmal ging ich sogar an den Tagen ins Restaurant, an denen ich nicht arbeitete – im Moment arbeitete ich nur an den Wochenenden und Donnerstagabend. Dann kam Ryan oft mit, und wir bestellten Nachos oder Pommes. Anschließend erzählten mir die Kellnerinnen oft, wie süß und nett Ryan sei und dass ich echt Glück mit ihm hätte.

Dann fingen Shauna und ihre Mädels an, ins Restaurant zu kommen.

Es war Mitte April, und ich war seit zwei Wochen dort. Ich witzelte gerade mit ein paar Gästen herum, als ich die Türglocke hörte. Ich blickte auf. Furcht legte sich eng um meine Brust und presste unvermittelt den Atem aus mir heraus, als ich Shauna mit Cathy, Kim und Rachel sah. Das Fish Shack passte überhaupt nicht zu ihnen – sie hingen immer in den trendigen Cafés oder dem Fastfood-Restaurant in der Innenstadt herum. Es konnte also nur einen Grund geben, weshalb sie hier waren. Shauna winkte freundlich mit den Fingern. Die anderen Mädchen kicherten, versuchten aber, es zu unterdrücken. Mir wurde am ganzen Körper heiß, als würde ich jeden Moment in Schweiß ausbrechen. Während eine der Kellnerinnen die Mädchen begrüßte, nahm ich die Bestellungen meiner Gäste zu Ende auf, aber meine Hand zitterte.

Als ich in die Küche ging, um die Bestellung weiterzugeben, hörte ich Shauna laut sagen: »Wir möchten in Tonis Bereich sitzen. Wir sind Schulfreundinnen von ihr.«

Ich überlegte, ob ich die Kollegin bitten sollte, ihren Bereich mit mir zu tauschen, doch das wäre nicht professionell, und ich hatte ein paar Tische, die aussahen, als gäbe es dort gutes Trinkgeld. Ich würde nicht zulassen, dass Shauna mir das vermasselte. Ich holte tief Luft und hielt den Kopf hoch erhoben, als ich mit ein paar Speisekarten zu ihrem Tisch ging.

Ich stand vor ihnen und sagte freundlich: »Kann ich euch schon etwas zu trinken bringen?«

Shauna lächelte und fuhr sich kurz mit der Zunge über

die Lippen. Sie erinnerte mich an eine Schlange. Eine hochgiftige. »Wir würden gerne die Tageskarte hören.«

Ich beschrieb die Fischsuppe und das Sandwich des Tages.

Shauna sagte: »Tut mir leid, könntest du das wiederholen?«

Ich behielt ein freundliches Lächeln bei und betete die Tageskarte erneut herunter.

Dieses Mal sagte Rachel: »Kannst du mir sagen, woraus die Suppe ist? Zum Beispiel, was darin ist, verstehst du?«

Die Mädchen fingen an zu lachen. Ich spürte, wie mein Gesicht heiß wurde. An ein paar meiner Tische drehten sich die Gäste suchend nach mir um. Zum Glück hatte ich vorher aufgepasst, als der Koch über die Fischsuppe geredet hatte, und ich empfand eine gewisse Genugtuung bei Shaunas Miene, als ich Rachels Frage beantworten konnte. Doch dann sagte Cathy: »Was für ein Sandwich ist noch einmal dabei? Und was für ein Dressing hat der Salat? Kannst du das bitte alles noch mal aufzählen?«

Sie grinsten mit vor Aufregung glänzenden Augen und genossen ihre Macht über mich. Ich wollte weggehen, aber ich biss die Zähne zusammen und wiederholte ruhig, dass das Sandwich mit Shrimps und Avocados belegt sei, und zählte sämtliche Salatdressings auf.

»Kann ich euch jetzt schon etwas Wasser oder etwas anderes zu trinken bringen?«

Shauna reichte mir die Speisekarte. »Wir haben unsere Meinung geändert – nichts davon sieht besonders verlockend aus.« Sie sah mich eindringlich an, und mein Gesicht brannte noch heißer. »Wir wollen nur einen Kaffee, bitte.«

Ich nickte, mein Lächeln war jetzt so verkrampft, dass es weh tat. »Vier Kaffee, kommt sofort.«

Die ganze Zeit, in der sie dort waren, tranken sie nur Kaffee und ließen sich immer wieder nachschenken. Manchmal beschwerten sie sich, der Kaffee sei nicht heiß genug, dann war er wieder zu heiß. Als Nächstes sagten sie, er würde bitter und abgestanden schmecken, sie wollten einen frisch aufgebrühten haben. Wann immer ich auf dem Weg zu einem anderen Tisch an ihnen vorbeimusste, kicherten und lachten sie oder riefen: »Ach, *Fräulein*?«, bis ich sie am liebsten erwürgt hätte.

Endlich gingen sie.

Die andere Kellnerin sagte: »Was war denn an dem Tisch los? Ich dachte, das wären deine Freundinnen.«

»Wir sind keine Freundinnen.«

»Jedenfalls hast du deine Sache sehr gut gemacht.« Sie beugte sich vor. »Ich hatte genauso eine Gruppe Grazien, als ich in der Schule war. Ignorier sie einfach.«

Ich versuchte es, aber sie kamen jedes Wochenende, manchmal an zwei Tagen hintereinander. Meistens bestellten sie nur Kaffee, manchmal einen Teller Pommes, den sie sich teilten. Und sie machten Blödsinn, schraubten zum Beispiel die Deckel von den Salz- und Pfefferstreuern, so dass der Inhalt auskippte, wenn ich sie anhob. Die meisten Kellnerinnen wussten, dass die Mädchen mich schikanierten, und platzierten sie in einem anderen Bereich, aber manchmal war das Restaurant voll und es gab keine andere Möglichkeit. Wenn meine Seite voll war, stieß ich einen Seufzer der Erleichterung aus, aber ich wusste, dass sie einfach an einem anderen Tag wiederkommen würden.

Und dann, am ersten Samstag im Mai, kam Nicole mit ihnen herein.

Es schockierte mich, sie zu sehen, noch dazu zusammen mit *denen*. Mike stand am Empfang und hatte keine Ahnung, was ablief. Ich hatte ihn nicht mit hineinziehen wollen, da ich wusste, dass er ein Freund von Shaunas Vater war – Frank McKinney kam manchmal mit anderen Cops vorbei. Mike setzte sie in meinen Bereich.

Ich ging zu ihrem Tisch. »Was tust du hier?«, fragte ich Nicole.

Shauna sagte: »Hey, niemand spricht so mit meinen Freundinnen.«

Ich sah immer noch Nicole an. »Seit wann seid ihr Freundinnen?«

Ich hatte sie noch nie zusammen gesehen – ich hatte Shauna überhaupt noch nie mit jemand *Jüngerem* herumhängen sehen. Nicole blickte auf, und ich stellte fest, dass sie stark geschminkt war – Wimperntusche, Lidschatten, Eyeliner, Rouge und dunkelrosa Lippenstift. Seit der Party damals im Januar hatte ich sie nicht mehr mit so viel Make-up gesehen. Mindestens zwei Wochen lang hatte ich auch nicht mehr mitbekommen, dass sie sich aus dem Haus geschlichen hätte, vielleicht auch seit einem Monat. Hatte sie mit ihrem Freund Schluss gemacht und war auf der Suche nach einem neuen? Das mit dem Make-up hatte sie gut hinbekommen, aber es ließ sie älter aussehen, und ich empfand einen plötzlichen Anflug von Angst um meine kleine Schwester, die vielleicht gar nicht wusste, wie sexy sie aussah.

»Ich kann mich anfreunden, mit wem ich will«, sagte Nicole. Die Worte waren mutig, aber sie kamen zögerlich heraus, sie war es noch nicht gewohnt, sich gegen mich zu behaupten. Shauna schenkte ihr ein anerkennendes Lächeln, und Nicole richtete sich gerade auf und lächelte zurück.

Ich wollte noch mehr sagen, doch dann merkte ich, dass Mike von der Bar aus zuschaute.

»Möchtet ihr etwas bestellen?«, fragte ich.

Nicole bestellte Pommes, die anderen Mädchen Milchshakes. Als ich davonging, hörte ich sie kichern.

»Weiß sie denn nicht, wie furchtbar ihre Haare aussehen?«, sagte Shauna. »Ich meine, bürstet sie sie überhaupt? Igitt!«

Ich hasste mich selbst dafür, aber ich ging auf die Toilette, starrte mich im Spiegel an und versuchte, meine Haare zu bändigen. Ich frischte mein Make-up auf, nicht sicher, warum es mir so wichtig war, obwohl es mir zur gleichen Zeit auch peinlich war. Als ich wieder herauskam, beobachtete Nicole mich, aber sie wandte den Blick ab und lächelte über etwas, das eines der Mädchen sagte.

An diesem Abend stellte ich Nicole zur Rede.

»Wieso gibst du dich mit dieser Zicke ab?«

»Was geht dich das an?«

»Der einzige Grund, warum sie sich mit dir einlässt, ist, weil es mich sauer macht.«

»O Mann, jetzt reg dich ab, Toni. Sie ist witzig – und sie mag mich. Nur weil du sie hasst, muss ich es nicht auch tun.«

»Du wirst es nicht mehr so lustig finden, wenn sie beschließt, dass sie dich nicht mehr mag. Warum triffst du dich nicht mehr mit Darlene?«

Mir war aufgefallen, dass Darlene nicht mehr anrief, hatte aber bis jetzt nicht groß darüber nachgedacht.

Nicole zuckte die Achseln. »Wir sind keine Freundinnen mehr.«

Das war seltsam. Seit Kinderzeiten waren sie die besten Freundinnen gewesen. »Was ist passiert?« Darlene war in Ordnung, ein bisschen ruhig und langweilig und nicht so hübsch wie meine Schwester, mit sommersprossigem Gesicht und einer Himmelfahrtsnase, aber sie war nett.

»Ich will nicht darüber sprechen.« Nicole sah aus, als sei sie den Tränen nahe. »Wieso interessierst du dich überhaupt dafür? Du hast dich noch nie um meine Freunde gekümmert.«

»Ich versuche nur, dir zu helfen. Shauna wird dich schon bald fallenlassen, nicht ohne vorher dafür zu sorgen, dass niemand mehr mit dir redet.«

»Shauna hat mir erzählt, was zwischen euch vorgefallen ist, als ihr noch befreundet wart – du hättest nicht mit ihrem Freund flirten sollen.« Stirnrunzelnd sah Nicole mich an. »Sie war echt verletzt, weil du sie so verraten hast.«

»*Das* hat sie dir erzählt? Sie lügt, Nicole.« Ich setzte mich neben sie aufs Bett und hielt ihren Blick fest. »Hör zu. Brody und ich haben uns eines Tages nur unterhalten, und sie ist ausgeflippt. Über Nacht hat sie sich in eine fiese Megazicke verwandelt, und die Mädchen haben mir ein Jahr lang das Leben zur Hölle gemacht. Sie machen es mir *immer* noch zur Hölle.«

Nicole sah mich skeptisch an. »Aber zu mir ist sie echt nett. Alle Leute in meiner Klasse sind eifersüchtig.« Sie lächelte stolz.

Ich dachte daran, wie es war, zu Shaunas Kreis zu gehören, man fühlte sich obenauf, mächtig und cool. Doch ich wusste auch, wie weh es tat, wenn sie einen wieder fallenließ.

»Schön, dann finde es selbst heraus. Aber bleib aus dem Restaurant weg.«

Sie wandte sich wieder ihren Hausaufgaben zu. »Wie du meinst.«

9. Kapitel

Rockland Strafanstalt, Vancouver
März 2010

Seit zwölf Jahren saß ich jetzt im Gefängnis, und bald würde ich zum ersten Mal unter Aufsicht rausdürfen. Ich hatte Angst und war aufgeregt. Während des letzten Jahres hatte ich ein paar Kurse besucht, in denen wir auf das Leben draußen vorbereitet wurden und lernten, wie man ein Konto führt oder sich einen Job sucht, solche Dinge. Und Margaret hatte mir einiges über Lebensmitteleinkaufen, Finanzplanung und Wohnungssuche erklärt. Doch ich hatte einen Riesenbammel, dass ich es draußen nicht schaffen würde, dass ich es irgendwie vermasseln würde. Drinnen war es sicher. Ich hatte Freundinnen, ich kannte die Abläufe. Drinnen galt ich etwas. Draußen würde ich als Ex-Sträfling gebrandmarkt sein, als Mörderin. Ich konnte mich noch gut daran erinnern, wie grausam es gewesen war, als ich auf Kaution draußen war, an das Geflüster und die Scham.

Margaret und ich sprachen oft darüber. »Du wirst deine Sache gut machen«, sagte sie. »Verdammt richtig, es kann einem Angst machen – in zwölf Jahren hat sich eine Menge verändert. Aber du hältst einfach den Kopf oben, dann wirst du schon durchkommen. Du bist eine Überlebenskünstlerin.«

Sie hatte recht damit, dass sich eine Menge verändert hat

te. Wann immer wir fernsahen, musterte ich die Kleidung und den technischen Schnickschnack. Wir durften drinnen kein Internet und keine Handys haben, und ich machte mir Sorgen, wie ich einen Job finden sollte, wenn ich draußen war. Wer würde mich einstellen? Ich hatte vor, Computerkurse zu belegen, sobald ich Freigängerin war und im offenen Vollzug lebte. Doch ich würde eine Menge nachzuholen haben. Jetzt, wo meine Bewährung näher rückte und ich ein gutes Benehmen an den Tag legte, durfte ich an ein paar Berufsvorbereitungsprogrammen teilnehmen und hatte einiges gelernt. Man hatte mich in das Hundeprogramm gesteckt, wo ich alles über Hundebetreuung lernte. Ich liebte die Arbeit, auch wenn es hart war, die Hunde immer wieder gehen zu lassen. Aber ich schwor mir, dass ich eines Tages einen eigenen Hund haben würde.

Außerdem arbeitete ich täglich ein paar Stunden in der Gefängniswerkstatt. Mir gefiel es, mit den Händen zu arbeiten, ich mochte die körperliche Anstrengung. Der Ölgeruch erinnerte mich an Ryan und dass er früher immer an seinem Truck oder an Motorrädern herumgeschraubt hatte. Der Zeitpunkt, an dem er auf Bewährung rauskönnte, rückte ebenfalls näher, und ich fragte mich, wie es ihm ging und ob er ebenfalls demnächst entlassen werden würde. Ich machte mir Sorgen, dass er vielleicht Mist gebaut und sich seine Haftstrafe dadurch verlängert haben könnte.

Manchmal arbeiteten wir gruppenweise draußen, säuberten Parks und Straßen. Es war schön, die frische Luft und Sonne auf meinem Gesicht zu spüren. Ich wandte dem Wachpersonal und den anderen Frauen den Rücken zu und tat, als hätte ich irgendwo einen richtigen Job oder würde im Garten meines eigenen Hauses arbeiten. Doch wie immer ich mir die Welt da draußen ausmalte, ich wusste, dass es wahrscheinlich total überwältigend sein würde. Eine Ahnung, die sich bewahrheitete, als ich meinen ersten begleiteten Ausgang hatte.

Eine Ausführung, wie es offiziell hieß, dauerte nur vier Stunden, also ging ich zum Strand, setzte mich hin und starrte auf die Wellen. Der Justizbeamte blieb dicht hinter mir und beobachtete mich. Ich ging am Strand entlang und hielt die Hände in das kalte Wasser. Dann schluchzte ich, weil ich vergessen hatte, wie sich kaltes Salzwasser anfühlte, wie es roch. Ich warf den Kopf zurück, inhalierte die Luft, saugte sie in tiefen Zügen ein. Ich leckte mir sogar mit geschlossenen Augen die Hände ab und tat, als sei ich wieder in Campbell River. Ich fühlte mich so glücklich wie seit Jahren nicht mehr, doch als wir nach Rockland zurückkehrten und ich diese großen Eisentore sah und daran dachte, dass ich erst in ein paar Monaten wieder hindurchgehen würde, musste ich weinen.

Beim zweiten Mal bat ich darum, ein Einkaufszentrum zu besuchen. Zuerst war ich ganz aufgeregt, taumelig und quirlig, weil ich draußen war, mit normalen Menschen in der normalen Welt. Ich merkte, wie ein paar Leute mich anstarrten, und fragte mich, ob ich irgendwie seltsam aussah oder so, doch dann begriff ich, dass sie mir meine Aufregung und Freude ansahen. Ich spürte ein Kichern in meiner Kehle aufsteigen und das Verlangen, laut zu rufen »Ich bin frei!« Doch schon rasch wurden mir die Geräusche, die Stimmen, die hellen Farben und Lichter, die Düfte von Parfüm und Essen, die Leute, die mich anstießen und mir entgegenkamen, zu viel. Ich musste gehen.

Für die restliche Zeit bat ich den Beamten, mich herumzufahren. Ich saß auf der Rückbank und schaute mir die Welt an. Mit dem Glas und dem Metall zwischen uns fühlte ich mich sicherer. Ich bat den Beamten, an einem Park in der Nähe einer Highschool anzuhalten, wo ein paar Jugendliche zusammensaßen. Ich beobachtete die Mädchen, ihre Kleider und Frisuren, ihr ständiges Simsen, und erinnerte mich daran, wie es gewesen war, jung zu sein. Es fühlte sich an, als wäre es Millionen Jahre her. Ich sah ein junges Paar, das sich auf einer Bank küsste, der Junge hatte braune Haare wie Ryan, das Mädchen hatte lange schwarze wie ich. Ich hielt den Atem an, als ein schmerzhafter Stich sich in meine Rippen zu bohren schien. Schließlich löste sich das Paar voneinander. Es waren nicht Ryan und ich. Wir existierten nicht mehr, nicht so. Ich bat den Beamten, mich zurückzubringen.

Bei meiner dritten Ausführung war ich frustriert und ungeduldig, wütend, weil ich nur vier Stunden Freiheit hatte und mehr wollte. Ich stand immer noch draußen und betrachtete den Rest der Welt. Ich wollte ein *Teil* davon sein. Dieses Mal kaufte ich mir eine heiße Schokolade, setzte mich mitten im Einkaufszentrum auf eine Bank und zwang mich, das Chaos aufzunehmen. Mit aller Macht musste ich meine Beine ruhig halten und den Drang ignorieren, loszulaufen und nicht wieder stehen zu bleiben. Allmählich beruhigte sich mein Puls, ich entspannte mich ein wenig und begann, die Menschen zu beobachten. Ich dachte an die Weihnachtseinkaufstouren mit meinen Eltern, wie Nicole und ich gespart hatten, um das perfekte Shirt oder die perfekte Hose zu kaufen, weil wir glaubten, ohne sie sterben zu müssen. Ich sah ein paar junge Mädchen in einem Laden Kleider anprobieren und überlegte, ob sie sich schon für den Abschlussball ausstaffierten. Ich beobachtete, wie sie vor dem Spiegel herumstolzierten, und spürte die alte Wut in mir aufsteigen, die Erinnerung an die Dinge, die man uns gestohlen hatte.

Ich beobachtete Frauen, die etwa in meinem Alter waren, ihre Kleidung und wie sie sich gaben. Wenn ich nicht ins Gefängnis gekommen wäre, wäre ich dann wie sie? Würde ich in einer Bank oder irgendeinem Geschäft arbeiten? Oder hätten Ryan und ich geheiratet, hätten vielleicht sogar Kinder? Wären wir jetzt noch zusammen? Das war eine unmögliche Frage. Ich dachte wieder an Nicole. Wäre aus ihr eine Ehefrau und Mutter geworden? Meine Gedanken schweiften zu Shauna und ihren Freundinnen. Wo waren sie jetzt? Ich stellte sie mir alle verheiratet vor, glücklich mit Familien, und ein weiterer Stich heißen Zorns durchfuhr mich.

Der Beamte kam zu mir. »Murphy, die Zeit ist um.«

Ich warf meinen Becher in den Müll, der Geschmack der Schokolade klebte mir bitter im Mund.

Im darauffolgenden Jahr bekam ich Hafturlaub, das heißt, ich durfte ohne Begleitung raus. Ich musste im Freigängerhaus auf der Insel wohnen und durfte insgesamt viermal raus, jedes Mal für zweiundsiebzig Stunden. Das alles gehörte zum Stufenplan, mit dem die Gefangenen wieder in die Gesellschaft eingegliedert werden sollten. Beim ersten Hafturlaub musste ich komplett im Freigängerhaus bleiben und zusehen, wie die anderen kamen und gingen. Ich hasste den Geruch der frischen Luft, den sie mitbrachten. Doch danach durfte ich herumlaufen und die Stadt erkunden. Ich schaffte es noch nicht, mich nach einem Job umzusehen, aber ich stellte mich bei ein paar Tierheimen vor und besuchte ein paar kurze Kurse vom Arbeitsamt über Computergrundkenntnisse und die Abfassung eines Lebenslaufs. Das Internet war anfangs total überwältigend für mich, doch dann stellte ich fest, dass es Spaß brachte, von Seite zu Seite zu surfen. Ich widerstand allerdings der Versuchung, meinen Namen zu googeln oder nach irgendetwas, das mit Ryan und meiner Familie zu tun hatte.

Am besten gefiel es mir, in den Parks entlang des Ozeans spazieren zu gehen oder auf einer Bank zu sitzen und die Menschen zu beobachten oder ein Buch zu lesen. Ich versuchte, im Geiste Schnappschüsse von alldem zu machen, damit ich es meinen Freundinnen beschreiben konnte, wenn ich wieder in Rockland war. Ich dachte, sie würden es vielleicht nicht hören wollen, doch sie sagten, sie liebten meine Geschichten, so dass ich mir ganz detailliert merkte, was für Sachen ich gegessen hatte, wie Kürbis-Scone mit Käsecreme, oder was für merkwürdige Leute ich gesehen hatte. Margaret hörte am liebsten etwas übers Essen, Brenda über scharfe Tussis, und Amber wollte alles über Jungs wissen. Doch Männer sah ich niemals an, meine Angst war zu groß, jemanden zu entdecken, der mich an Ryan erinnerte.

Schließlich, Mitte März, wurde ich Freigängerin. Ich zog um in den offenen Vollzug ins Freigängerhaus. Wenn ich mich im kommenden Jahr gut hielt, gäbe es eine weitere Anhörung, und ich würde hoffentlich auf Bewährung rauskommen. In der Nacht vor meiner Entlassung war ich ganz zappelig; aufgeregt, weil ich fortging, und zugleich ängstlich, dass ich es irgendwie vermasseln würde. Und mir war bange, weil ich Margaret und meine Freundinnen verlassen musste und keine Ahnung hatte, was ich ohne sie tun sollte. Ich wusste, dass Margaret ebenfalls traurig war, denn die letzten beiden Wochen vor meiner Anhörung war sie unleidlich und schnauzte mich wegen jeder Kleinigkeit an. Ich war verletzt, als ich sah, dass sie mehr Zeit mit den anderen Frauen und einer neuen Gefangenen verbrachte, die erst frisch in unseren Zellenblock verlegt worden war. Doch dann dachte ich daran, wie zornig und hart ich hatte werden müssen, um Ryan loslassen zu können. Vielleicht erging es ihr jetzt genauso.

Ich war in meiner Zelle und nahm die Bilder aus Zeitschriften ab, mit denen ich die Wände geschmückt hatte – Hunde, die ich eines Tages haben wollte, Orte, die ich besuchen wollte, das Meer –, als sie alle auftauchten. Sie hatten witzige Hüte auf, die sie aus Pappkarton gebastelt hatten, und trugen eine Torte aus Twinkies. Ich brach in Tränen aus und weinte sogar noch heftiger, als Margaret mich in die Arme schloss und sagte: »Ich werde dich vermissen, Kleine.«

Ich schenkte Amber alle Süßigkeiten, die ich noch aus der Kantine hatte, Brenda und Margaret bekamen meine Musiksammlung. Außerdem schenkte ich Margaret meinen Fernseher und schrieb jeder von ihnen einen Brief. Am nächsten Morgen standen sie da und winkten mir nach, als ich dem Wachmann den Flur entlang folgte, meine Habseligkeiten in den Armen. Zuerst sah ich Margaret nirgends und war verletzt, doch dann bemerkte ich sie unten bei den Türen. Sie hielt mich lange Zeit fest.

»Pass da draußen auf dich auf, Schätzchen. Und denk daran, du musst es für uns alle schaffen, okay? Ich will dich nie wieder hier drin sehen.«

Wir trennten uns, beide mit Tränen in den Augen.

»Keine Sorge«, sagte ich. »Ich komme nicht zurück.«

10. Kapitel

Woodbridge Highschool, Campbell River
Mai 1996

Am nächsten Wochenende kam Nicole wieder ins Restaurant, bestellte endlose Tassen Kaffee und verdrehte zusammen mit Shauna und den Mädchen die Augen, wenn ich sie brachte.

»Das soll keine Beleidigung sein, Toni, aber diese Jeans steht dir echt *überhaupt* nicht«, sagte Shauna. »Wenn du läufst, siehst du aus wie ein Junge!«

Nicole wirkte peinlich berührt, ihr Blick huschte zu meinem Gesicht. Doch dann sah Shauna sie an, und sie lachte zusammen mit den anderen. Ich ließ mir nicht anmerken, dass die Worte mich verletzt hatten, doch ich verbrachte viel Zeit in der Küche und versuchte, mich zu beruhigen. Noch mehr verletzte es mich, dass meine eigene Schwester einfach dabeigesessen, zugehört und kein Wort gesagt hatte.

Ryan erklärte mir, dass Shauna Nicoles schon bald überdrüssig werden würde, doch Nicole verbrachte immer mehr Zeit mit ihnen, ging mit ihnen ins Kino und übernachtete einmal sogar am Wochenende bei Shauna. Sobald Shaunas Auto mit dröhnender Musik vor unserem Haus anhielt, verschwand ich in meinem Zimmer. Ich hasste den Klang von Shaunas Stimme, wenn sie sich in der Küche höflich mit Mom unterhielt. Einmal kam Mom sogar in mein Zimmer, um mir zu erzählen, Shauna habe sich für den Streit in der Schule entschuldigt und gesagt, dass sie keinen Groll mehr gegen mich hege.

»Ich bin froh, dass ihr das geklärt habt«, sagte Mom.

»Wir haben gar nichts geklärt, Mom. Das behauptet sie nur.«

»Jedenfalls ist sie dir nicht mehr böse. Aus ihr ist so ein nettes Mädchen geworden.«

Mir blieb die Luft weg, und ich starrte Mom an. »Sie schikanieren mich, in der Schule, bei der Arbeit, überall. Sie haben sogar meine Freundschaft mit Amy zerstört.«

»Ich habe gehört, Amy sei traurig, weil du deine ganze Zeit mit Ryan verbringst. Du kannst nicht nur wegen eines Jungen den Rest deines Lebens wegwerfen.«

»Wer hat dir das denn erzählt?«

»Das ist doch egal«, sagte sie rasch, und ich überlegte, ob es Nicole gewesen war. Wenn ja, dann hatte sie es von Shauna.

»Es ist *nicht* egal. Sie lügen. Shauna hat Amys Freund angerufen und ihm erzählt, dass Amy ihn betrogen hat – aber sie hat so getan, als wäre sie *ich*, damit Amy mir die Schuld gibt.«

Mom schwieg, als würde sie über das nachdenken, was ich gesagt hatte. Eine Minute lang hoffte ich tatsächlich, dass sie meine Seite sehen würde, vielleicht sogar um meinetwillen wütend werden würde.

»Ich kann mir nicht alles merken, was bei euch Mädels so passiert«, seufzte sie. »Wenn Shauna bei uns zu Hause ist, möchte ich, dass du zumindest höflich bist – sie ist eine Freundin deiner Schwester. Nicole sagt, du seiest ziemlich grob gewesen.«

Ich war kurz davor, ihr zu erzählen, wie sie mich im Restaurant behandelten, doch in diesem Moment klingelte das Telefon, und meine Mom lief hinaus. Beim Abendessen dachte ich erneut daran, das Thema zur Sprache zu bringen, doch dann entschied ich, dass es zwecklos war, noch irgendetwas zu sagen. Niemand, schon gar nicht meine Mom, würde glauben, dass Shauna andere terrorisierte und unverfroren log.

Bald darauf fingen die Mädchen an, Nicole zur Schule zu fahren. Ich brach früher auf, damit ich sie nicht sehen musste – manchmal nahm ich mein Auto, manchmal holte Ryan mich ab. Nirgendwo konnte ich ihnen entkommen. Zu Hause gingen Nicole und ich uns aus dem Weg. Wir sprachen nur miteinander, wenn unsere Eltern dabei waren, und selbst dann nur wenig. Morgens sah Nicole immer völlig normal aus – kaum geschminkt, T-Shirt und weite Jeans –, doch in der Schule verwandelte sie sich in eine von Shaunas Gang, das Haar fiel ihr offen über den Rücken, sie trug enge Jeans oder Röcke, war voll geschminkt und ging selbstbewusst den Flur entlang – ohne mir jemals in die Augen zu schauen.

Sie begann auch wieder, sich nachts aus dem Haus zu schleichen. Ich hörte, wie ihr Fenster geöffnet und wieder geschlossen wurde, und am nächsten Morgen saß sie in der Küche, redete und lachte mit Mom über irgendetwas und begrüßte mich mit einem fröhlichen: »Guten Morgen, Toni!« Und wenn ich nicht antwortete, seufzte sie. Als wäre ich das Problem.

Im Restaurant wurde es so schlimm, dass ich überlegte zu kündigen, doch egal, wohin ich ging, Shauna würde mich finden. Außerdem gefiel mir die Arbeit im Fish Shack, und ich bekam richtig fette Trinkgelder. Doch jedes Mal, wenn

Shauna und ihre Gang aufkreuzten, brachte ich eine Bestellung durcheinander oder vertat mich bei der Rechnung. Ich hatte Angst, Mike könnte mich rausschmeißen.

Eines Abends, als Nicole mal wieder mit Shauna unterwegs war, versuchte ich mit Dad darüber zu reden, während wir Curry kochten. Die Luft war warm und würzig. Ich schnappte mir ein paar Teller und deckte den Tisch.

»Wo ist Mom?« Ich wollte nicht, dass sie erfuhr, was los war. Sie würde es nur wieder irgendwie so hindrehen, dass alles mein Fehler war.

»Sie trifft sich mit dem Makler.« Meine Eltern hatten angefangen, Häuser zu kaufen und wieder zu verkaufen. Meine Mutter liebte Immobilien, brütete über Zeitschriften, sammelte Nummern, sprach am Telefon mit ihrem Makler und versuchte ständig, das beste Geschäft zu machen.

»Dad, ich muss mit dir reden.«

»Hm?« Er rührte weiter im Curry, während er ein Rezept durchlas.

»Diese Mädchen, mit denen Nicole immer zusammen ist, machen nur Ärger. Jedes Mal, wenn sie ins Restaurant kommen, legen sie sich mit mir an. Ich weiß nicht, was ich tun soll.«

Er hörte auf zu rühren und sah mich mit besorgter Miene an.

»Was machen sie?«

Er hörte zu, als ich es ihm erzählte, dann schüttelte er mitfühlend den Kopf, doch mein Gesicht wurde heiß, und ich fragte mich, ob er mich für eine Versagerin hielt, was ich im Moment auch irgendwie war.

»Hört sich an, als wären sie richtig fies«, sagte er. »Wie reagiert Nicole, wenn das passiert?«

»Sie macht einfach mit. Wusstest du, dass sie sich heim

lich in der Schule schminkt? Ihr solltet sehen, was sie dort anhat. Mom würde ausflippen.«

»Sie wird erwachsen, Toni. Sie ist genau wie du in dem Alter und fängt an auszuprobieren, wer sie ist. Aber sie treibt sich nicht herum, und ihre Noten sind gut.« Anders als bei mir.

Ich wollte ihm nicht erzählen, dass sie sich auch aus dem Haus schlich, teils aus Loyalität, teils, weil ich nicht die Aufmerksamkeit auf mich selbst lenken wollte. Solange ich zu Hause wohnte, musste ich zu einer vernünftigen Zeit zu Hause sein; also kam ich manchmal am Wochenende von der Arbeit nach Hause und schlich wieder raus, um Ryan zu sehen.

»Es ist furchtbar, Dad. Ich halte es nicht mehr aus.«

Er setzte sich an den Tisch und dachte einen Augenblick nach, seine Finger nestelten an der Serviette herum. »Ich rede mal mit Nicole, okay?«

Ich atmete aus. »Danke, Dad.«

»Denk dran, sie hat immer in vielerlei Hinsicht zu dir aufgeblickt. Ich glaube, sie bewundert deinen Mut und wünscht sich, etwas mehr wie du zu sein.«

Das traf mich unvorbereitet. Ich wusste, dass Nicole es mochte, wenn zu Hause Frieden herrschte, so dass ich nie in Erwägung gezogen hatte, sie könnte sich manchmal wünschen, etwas rebellischer zu sein.

Dad fuhr fort: »Wahrscheinlich fühlt sie sich geschmeichelt, dass die älteren Mädchen ihre Zeit mit ihr verbringen, und vielleicht ist sie zu schüchtern, um sie zur Rede stellen über die Art, wie sie dich behandeln. Aber sie wird sie schon noch früh genug als das sehen, was sie wirklich sind.«

Später, als ich auf meinem Bett lag und Musik hörte, dachte ich über seine Worte nach. Ich hoffte, er hatte recht, doch ich machte mir Sorgen, was passieren könnte, wenn Nicole versuchte, sich von der Gruppe zu lösen. Und was passieren könnte, wenn sie es nicht tat.

Dad redete mit Nicole, als sie nach Hause kam – Mom war immer noch unterwegs. Anschließend kamen sie zu mir, und Nicole sagte: »Es tut mir echt leid, dass ich dich im Restaurant geärgert habe. Ich tue es nicht wieder.« Unser Dad stand daneben. Ihre Worte klangen aufrichtig, doch ihre Augen blickten zornig. Sie war sauer, weil ich Dad mit hineingezogen hatte.

»Vielleicht sollten wir das für uns behalten«, sagte Dad. »Es gibt keinen Grund, eure Mutter zu beunruhigen.« Mit anderen Worten, er wollte sich nicht mit einer ausflippenden Mom auseinandersetzen müssen. Nicole und ich stimmten zu.

Ich hoffte, die Dinge würden sich jetzt ändern, doch gleich am nächsten Wochenende kam Nicole wieder mit den Mädchen ins Restaurant. Sie lachte nicht so laut über Shaunas Witze und sah mich kaum an, aber sie war dort, und meiner Meinung nach war das genug.

Eines Tages sah Mike, wie ich in der Küche die Tränen herunterwürgte – nach Shaunas Bemerkung, meine Brüste sähen aus wie Spiegeleier, wobei sie überall auf ihrem Teller Ketchup verteilte und die Flasche laut spritzen ließ. Mike fragte mich, was los sei. Ich warf den Lappen weg, mit dem ich die Arbeitsplatte abgewischt hatte, und erzählte ihm alles. Er ging hinüber zu Shaunas Tisch und winkte mir, mitzukommen. Er stützte beide Hände auf den Tisch, so dass sein großer Körper drohend über ihnen aufragte.

»Wenn ihr weiterhin kommen wollt, werdet ihr in Zukunft ordentliche Mahlzeiten bestellen. Und Toni wird euch nicht mehr bedienen. Wenn ihr noch *einmal* irgendeine meiner Kellnerinnen schikaniert, seid ihr hier nicht länger willkommen. Verstanden?«

Shauna lief rot an und machte ein wütendes Gesicht. Die anderen Mädchen schauten beschämt drein. Mike starrte Shauna streng an, die Augenbrauen erhoben. Schließlich nickte sie. Nicoles Augen waren groß und verängstigt. Ich dachte, Shauna würde noch eine freche Bemerkung machen, sobald Mike fort war, doch sie verließen umgehend das Restaurant. Mike sagte, wenn sie mir noch einmal Ärger machen würden, solle ich sofort zu ihm kommen – es sei ihm egal, dass Frank McKinney Shaunas Vater war. Ich liebte ihn dafür, dass er mir glaubte.

Danach tauchten die Mädchen nicht mehr auf. Doch Nicole ging fast jedes Wochenende zu Shauna, oft auch abends unter der Woche. Eines Nachmittags kam ich nach Hause, und sie saßen alle in unserem Wohnzimmer. Wie angewurzelt blieb ich stehen. Shauna saß neben meiner Mom und blätterte in einem unserer Fotoalben, während Mom auf ein Bild deutete, das uns als Babys zeigte.

»O mein Gott, wie niedlich!«, sagte sie, dann schaute sie zu mir. »Hi, Toni!«

Rachel, Kim und Cathy blickten ebenfalls lächelnd auf und sagten: »Hi, Toni«, als wären wir beste Freundinnen.

Nicole wirkte besorgt und schaute von einer zur anderen. Wie gelähmt starrte ich sie ein paar Sekunden an und versuchte, meinen Ärger mit den Augen auszudrücken. *Was zum Teufel habt ihr in meinem Haus zu suchen?* Meine Mom warf mir einen bösen Blick zu, also murmelte ich: »Hey.«

Shauna sagte: »Ich habe deiner Mom erzählt, wie schlecht ich mich fühle wegen dem, was in der Schule passiert ist, und wie froh ich bin, dass wir das geklärt haben.« Sie lächelte mich an.

So lief also das Spiel.

»Ja, ich auch.« Ich erwiderte ihr Lächeln. »Nett, dich zu sehen.«

Ich schnappte mir etwas aus dem Kühlschrank, versuchte, ganz locker zu wirken, obwohl mein Herz raste, und ging nach oben in mein Zimmer. Meine Zimmertür stand offen. Waren sie hier drin gewesen? Rasch sah ich mich um. Ein paar von meinen Sachen schienen bewegt worden zu sein. Ich schrieb kein Tagebuch und vermisste nichts, aber ich war sicher, dass sie in meinem Zimmer gewesen waren. Wonach hatten sie gesucht? Hatte Nicole ihnen von dem Messer erzählt? Das lag glücklicherweise in meinem Rucksack.

Ich wusste nicht, wonach sie gesucht oder ob sie es gefunden hatten, doch ich hasste den Gedanken, dass sie in meinem Zimmer gewesen waren, lachend und kichernd meine Sachen berührt hatten. Ich hasste es, daran zu denken, was sie wohl als Nächstes für mich planten.

Vielleicht ging es ihnen genau darum. Sie wollten, dass ich Angst bekam, wollten mich wissen lassen, dass es keinen Ort gab, nicht einmal in meinem eigenen Zuhause, an dem ich vor ihnen sicher war.

Für den Rest des Mais und bis in den Juni hinein entwickelte sich eine Art widerwillige Routine. Sie hielten sich vom Restaurant fern, und ich ging ihnen in der Schule aus dem Weg. Ich versuchte, mich auf den Schulabschluss zu konzentrieren, besorgte uns Roben und Hüte und probte meinen Auftritt. Nicole verbrachte immer noch jede freie Minute mit den Mädchen und schlich sich mindestens einmal am

Wochenende aus dem Haus. Weil sie sorgsam darauf achtete, unsere Eltern keinen Verdacht schöpfen zu lassen, kamen sie nie auf die Idee, nach ihr zu sehen. Ich wartete auf den großen Krach und dass sie sich mit den Mädchen stritt, doch die schienen sie zu bewundern und behandelten Nicole, als sei sie *deren* kleine Schwester, gingen mit ihr Arm in Arm spazieren, flochten ihr die Haare. Sie wirkte glücklich, glücklicher als seit einer ganzen Weile. Mir fiel auf, dass sie anfing, ständig Lovesongs in ihrem Zimmer zu hören. Manchmal sang sie leise mit. Ich sah sie nie mit irgendwelchen Jungs, weder in der Schule noch auf den Partys, auf denen ich sie ab und zu sah, wenn Shauna und die Mädchen sie mitbrachten. Trotzdem fragte ich mich, ob sie wieder mit diesem älteren Jungen zusammen war.

Da wir beide arbeiteten, hatten Ryan und ich an den Wochenenden nicht mehr so viel Zeit füreinander, doch wir hinterließen einander Nachrichten in unseren Schließfächern, und wir zählten die Tage, bis die Schule vorbei war. Dann konnten wir Vollzeit arbeiten und hoffentlich Ende des Sommers zusammenziehen. Wir sammelten bereits fleißig, stöberten auf Flohmärkten und kauften Geschirr und Handtücher, wenn es die irgendwo im Sonderangebot gab. Ich fühlte mich sehr erwachsen, wenn wir zusammen einkauften, Ryans Arm auf meiner Schulter, während wir den Einkaufswagen durch die Gänge schoben, Preise verglichen und darüber diskutierten, was wir brauchten. Ich sah, wie sich unser Leben vor uns ausbreitete, spürte, wie großartig es werden würde. Wir mussten nur noch den Sommer überstehen.

Endlich war es Ende Juni, und wir bekamen unsere Abschlusszeugnisse. Mom weinte die ganze Feier über, wobei ich ziemlich sicher war, dass sie vor Erleichterung weinte. Am nächsten Wochenende fand der offizielle Abschlussball statt, natürlich alkoholfrei, aber ich war nicht sicher, ob wir dorthin gehen oder lieber zum See fahren sollten, wo viele Jugendliche feiern würden. Ryan war dafür, erst zum Abschlussball und dann zur Party zu gehen – er sagte, er wolle mich zur Abwechslung mal im Kleid sehen und mit mir engtanzen. Doch ich machte mir Sorgen, was Shauna und ihre Freundinnen anstellen könnten – ein großer Schulball wäre der perfekte Rahmen, um mich ein letztes Mal zu demütigen.

Eine Woche vor der Abschlussfeier hatte Amy mich eines Abends angerufen. Ich war überrascht, als mein Dad mir das Telefon reichte und sagte, wer dran sei. Ich nahm das Telefon mit ins Wohnzimmer und sagte zurückhaltend: »Hallo?«

»Hi, Toni. Wie geht's?« Sie klang nervös.

»Gut.« Warum rief sie an? War das eine Falle? Ich wartete auf das verräterische Lachen im Hintergrund.

»Ich wollte nur sagen, dass es mir leidtut, wie ich dich behandelt habe. Fiona ist im Moment ziemlich sauer auf Shauna, weil die mit Max flirtet.« Früher hatten wir oft was mit Fiona zusammen gemacht, bis sie ein neues Auto und bessere Klamotten bekam und anfing, mit den beliebteren Leuten rumzuhängen. Fiona und Max gingen seit der neunten Klasse miteinander. »Also hat Fiona mir erzählt, dass Shauna ihr erzählt hat, *sie* habe damals in Wirklichkeit bei Warren angerufen.«

»Ich hab versucht, dir zu sagen, dass ich es nicht war.«

»Ich weiß.« Sie klang verlegen. »Er war einfach so überzeugt.«

»Ich war deine Freundin – du hättest mir glauben sollen.«

»Was Warren sagte, klang so logisch. Und dann noch

alles andere, von dem er sagte, du hättest es über meine Familie gesagt und so ... Ich war so sauer, dass ich nicht mehr klar denken konnte. Es tut mir leid, dass ich diese Dinge über Ryan und dich gesagt habe.«

Ich schwieg. Ich konnte mir vorstellen, wie überzeugend Shauna gewesen war, trotzdem tat es weh. Ich wusste nicht, ob ich Amy noch vertrauen konnte.

»Ein paar Sachen, die du gesagt hast, waren echt heftig«, sagte ich.

»Es tut mir *wirklich* leid.« Ihre Stimme klang belegt, die Nase verstopft, als würde sie weinen. »Aber du hast auch ein paar gemeine Sachen gesagt.«

»Ich weiß. Mir tut es auch leid.«

»Können wir wieder Freundinnen sein? Und zusammen zum Abschlussball gehen? Ich bin jetzt mit Chad zusammen, und er hängt manchmal mit Ryan in der Kiesgrube ab.«

»Ich weiß nicht. Es hat sich viel verändert.« Ich wollte ihr vergeben, trotzdem stiegen mir Tränen in die Augen, als ich daran dachte, wie fertig ich gewesen war, als sie mich fallengelassen hatte, wie gedemütigt ich mich gefühlt hatte, als ich im Flur stand und sie mich eine Lügnerin nannte.

Sie seufzte. »Okay, ich verstehe, aber denk einfach noch mal darüber nach, bitte. Du fehlst mir echt.«

Ich sprach mit Ryan darüber, und er fand, ich sollte Amy vergeben. Einerseits wollte ich immer noch wütend sein, doch andererseits wollte ich Shauna zeigen, dass sie mir nicht alles weggenommen hatte. Außerdem vermisste ich Amy sehr. Ich rief sie an, und wir trafen uns ein paarmal, aber es war anders als früher, und ich war mir nicht sicher, ob wir jemals wieder so eng befreundet sein würden. Ich war jetzt vorsichtig und hatte Angst, ihr irgendetwas Persönliches anzuvertrauen. Ich erzählte ihr, dass Nicole und ich nicht mehr miteinander klarkamen, und sie fand es ebenfalls merkwürdig, dass Shauna ihre Zeit mit jemandem verbrachte, der jünger war als sie.

»Ich meine, deine Schwester ist echt cool und beliebt und hübsch, aber Shauna mag normalerweise niemanden, der eine Konkurrenz für sie darstellen könnte. Ich frage mich, was wohl passiert, wenn sie ihren Abschluss haben. Ich habe gehört, dass sämtliche alten Freunde von Nicole sauer auf sie sind.«

»Ja, das habe ich auch gehört.« Ryan hatte mir von den Gerüchten erzählt. Ich verspürte einen stechenden Schmerz, weil meine Schwester so in Shaunas Welt gefangen war, dass sie nicht sah, wie viele Brücken sie hinter sich abbrach oder was Shauna und ihre Truppe ihr eines Tages antun könnten – wie grausam sie sein konnten, wenn sie beschlossen, dass jemand ihnen unrecht getan hatte. Dann dachte ich daran, wie sie fortgeschaut hatte, als die Mädchen im Restaurant gemeine Dinge zu mir gesagt hatten. Sie war jetzt eine von ihnen, und ich konnte nichts dagegen tun.

Am Ende beschloss ich, mit Amy und ihrem neuen Freund zum Abschlussball zu gehen. Ryan wollte echt gerne hin, und ich eigentlich auch. Ryan meinte, es sei dämlich, sich nur wegen Shauna etwas entgehen zu lassen. Als er mich aus seinen hoffnungsvollen braunen Augen ansah, die Hände unter mein Shirt schob und sagte, wir könnten für später am See eine Decke einpacken, musste ich einfach ja sagen.

In einem Secondhandladen entdeckte ich ein schlichtes, dunkelrotes Etuikleid, ein wenig im Stil des alten Hollywoodglamours der 1950er. Ich fand auch noch lange Handschuhe und eine perlenbestickte Clutch. Ich fühlte mich gut, als ich alles nach Hause trug, doch am Abend vor dem Abschlussball kamen mir doch Zweifel. Vielleicht war mein Outfit gar nicht glamourös, sondern nur verschroben und altmodisch. Ich bedauerte, dass ich Amys Angebot ausgeschlagen hatte, uns gemeinsam zurechtzumachen, doch ich hatte gedacht, es würde mich vielleicht zu sehr verwirren, und außerdem war ich ihr gegenüber noch immer etwas zurückhaltend.

Nicole kam ins Badezimmer, als ich mich selbst im Spiegel anstarrte. »Wow. Du siehst wunderschön aus – in dem Kleid hast du eine klasse Figur.«

Ich glaubte, sie meine es sarkastisch, und wirbelte herum, um sie zur Schnecke zu machen, aber sie wirkte aufrichtig, mit diesem irgendwie stolzen Lächeln im Gesicht. »Danke«, murmelte ich und wandte mich wieder dem Spiegel zu, hielt meine Haare hoch und versuchte zu entscheiden, was ich damit anfangen sollte.

»Brauchst du Hilfe? Ich könnte dich schminken«, sagte Nicole.

Ich wollte ihr sagen, sie solle sich verziehen, so, wie sie mich seit Monaten behandelte, doch sie klang, als meine sie ihr Angebot ernst – und sie konnte echt richtig gut schminken. Ich wollte an diesem Abend anders aussehen, eleganter, also sagte ich: »Okay. Danke.«

Nicole steckte meine Haare zu einem lockeren Knoten hoch und stellte mit Eyeliner, Lidschatten und Wimperntusche ein paar coole Sachen mit meinen Augen an. Als sie fertig war, fand sie, ich sähe aus wie eine dunkelhaarige Marilyn Monroe, und ich fühlte mich schön. Ich konnte es kaum abwarten, Ryans Gesicht zu sehen. Während Nicole an mir arbeitete, lachten und alberten wir zum ersten Mal seit langer Zeit ausgelassen herum. Es war so schön, dass ich alles vergaß, was wir durchgemacht hatten, bis meine Mom laut rief: »Telefon, Nicole. Es ist Shauna.« Sie rannte nach unten, nicht ohne mir vorher einen schuldbewussten Blick zugeworfen zu haben. Mir wurde schlecht, und ich fragte mich, ob sie für heute Abend etwas geplant hatten. Hatte Nicole mir deswegen geholfen? Nur damit Shauna mich später demütigen konnte? Ich starrte mich im Spiegel an, dieses Mädchen, das ich kaum wiedererkannte. Ich spielte kurz mit dem Gedanken, das ganze Make-up zu entfernen und mein Haar einfach offen zu tragen, doch da klingelte es schon an der Tür.

Ryan sah gut aus, wie er da mit Mom und Dad plauderte. Er trug den Smoking mit einer Souveränität, als hätte er sein Leben lang nichts anderes getragen. Beim Ausdruck auf seinem Gesicht, einer Mischung aus Verblüffung, Stolz und Ehrfurcht, war ich froh, dass ich Nicoles Mühen nicht zunichtegemacht hatte. Mit erhobenen Augenbrauen zeigte er auf sich selbst, ich streckte die Daumen in die Höhe, und er lachte. Im Nebenzimmer sah ich Nicole immer noch telefonieren. Sie lächelte, aber etwas in ihrer Miene gefiel mir gar nicht, sie zeigte eine Art nervöses Schuldgefühl. Dad machte Fotos von uns, und Mom rief laut: »Komm her, Nicole. Ich möchte ein Bild von euch beiden zusammen.«

Schließlich legte Nicole auf, und Dad fotografierte uns beide, doch ihre Körpersprache hatte sich verändert. Sie war angespannt, fast so, als meine sie, es grenze an Verrat, nett zu mir gewesen zu sein.

Beim Abschlussball blieb Shauna mit ihren Mädchen auf der einen Seite der Turnhalle, und ich blieb mit Ryan, Amy und ihrem Freund auf der anderen. Ich versuchte, mich zu entspannen und zu amüsieren, doch ich war verkrampft und wartete die ganze Zeit darauf, dass etwas geschah. Ich war sogar nervös, weil ich mit Amy zusammen dort war. Obwohl sie so war wie immer, vielleicht sogar ein wenig netter, und immer noch versuchte, den Streit wiedergutzumachen, fragte ich mich unwillkürlich, ob sie mir nicht nur etwas vorspielte. Shauna sah richtig hübsch aus mit ihrem engen weißen Satinkleid und den lockigen Haaren und schien sich gut mit ihrem Begleiter zu amüsieren, dem Kapitän der Eishockeymannschaft. Cathy und Rachel waren ebenfalls schön angezogen, obwohl Shauna natürlich dafür gesorgt hatte, dass sie das engste Kleid trug. Die beiden hatten ebenfalls einen Begleiter – andere Spieler des Eishockeyteams. Kim war mit einem der Typen aus der Theatergruppe gekommen.

Wann immer Ryan und ich tanzten, blieben wir aus dem Blickfeld von Shauna. Ich lehnte mein Gesicht an seine Halsbeuge und versuchte, mich von der Musik und der Berührung unserer Körper davontragen zu lassen, doch ich hielt immer wieder kurz Ausschau, um zu sehen, was Shauna trieb. Einmal tanzte sie an mir vorbei und formte mit den Lippen: »Ich krieg dich, du Schlampe!«

Ryan sagte, ich solle es vergessen, und wirbelte mich davon, doch danach war der Abend für mich gelaufen. Was hatte sie ausgeheckt? Wie würde sie mich dieses Mal fertigmachen? Gab es noch etwas, das sie über mich wusste, irgendwelche anderen Lügen, die sie sich ausdenken könnte?

Schließlich verkündeten die Lehrer das Ende des Abends. Ich beobachtete, wie Shauna und ihre Freunde hinausgingen, und war leicht verwirrt, weil sie nichts getan hatten. Ich erwartete halb, dass sie irgendetwas auf Ryans Truck geschrieben hatten, aber auch damit schien alles in Ordnung zu sein.

»Ich hab dir doch gesagt, dass sie nichts tun«, sagte Ryan.

»Da ist immer noch die Party.«

»Es wird nichts passieren.«

Ich wusste es zu schätzen, dass er versuchte, mich zu beruhigen, trotzdem dachte ich unwillkürlich: *Du kannst mich nicht immer beschützen. Nicht vor ihr.*

Auf den Vordersitzen des Trucks zogen wir uns um und schlüpften in Jeans und Tanktops, ich löste den Haarknoten, und wir fuhren raus zum See. Ich versuchte, mich auf die Party einzulassen, versuchte, das Lagerfeuer zu genießen, mit ein paar Freunden high zu werden und trank ein Bier nach dem anderen, doch ich wurde nur schwer betrunken. Meine Angst zog mich herunter und machte mich gereizt und unruhig. Ich merkte, dass Ryan allmählich schlechte Laune bekam, ständig erzählt er mir, ich solle mich entspannen. Doch ich konnte nicht, denn Shauna und die Mädchen waren mitsamt ihren Begleitern ebenfalls gekommen. Dieses Mal allerdings sah sie nicht einmal in meine Richtung, während sie mit den anderen lachte und zur Musik der Stereoanlage tanzte, die jemand auf einer Motorhaube aufgebaut hatte. Doch ich konnte nicht vergessen, dass sie dort war, konnte nicht aufhören, mich zu fragen, was sie vorhatte, konnte nicht aufhören, darauf zu warten, dass der Hammer niedersauste.

Gegen zwei Uhr morgens kamen ein paar Eltern, um ihre Kinder abzuholen, und auch einige Leute, die angeblich noch nüchtern waren, fuhren davon. Schließlich stiegen Shauna und Rachel samt Begleiter in einen Wagen. Sie brachen auf. Zum ersten Mal an diesem Abend hatte ich das Gefühl, Luft zu holen. Doch als sie an Ryan und mir vorbeifuhren, senkte sich das Fenster. Ich zuckte zurück, rechnete damit, dass sie mich mit etwas bewerfen würden. Ryan versuchte, mich hinter sich zu ziehen. Shauna steckte den Kopf durchs Fenster. »Ich hoffe, du hattest einen schönen Abend, du Loser.« Dann ließ sie sich zurücksinken, und alle lachten.

Ryan schleuderte seine Flasche gegen den Hinterreifen, und das Glas zersplitterte explosionsartig. Der Wagen blieb stehen, als wolle der Fahrer aussteigen und kämpfen, doch Ryan hob eine weitere Flasche, als wolle er sie werfen, und das Auto fuhr davon. Ryan nahm mich in den Arm.

»Es tut mir leid, Baby. Aber immerhin hat sie uns nicht den ganzen Abend verdorben.«

Da begriff ich, dass sie es doch getan hatte – oder eigentlich ich selbst. Genauso, wie sie es gewollt hatte.

Ryan fuhr hoch zur höchsten Klippe am See, und wir saßen im Truck, schauten hinaus aufs Wasser und rauchten noch einen Joint. Die Musik lief leise, wir hielten uns an den Händen, ich hatte den Kopf an Ryans Schulter gelegt. In der Ferne sahen wir die Scheinwerfer der anderen Trucks und Autos und das Leuchten der Lagerfeuer.

Ryan sagte: »Möchtest du noch mal zur Party?«

»Eigentlich nicht, aber wir können gerne, wenn du magst.«

Er zog mich eng an sich und flüsterte mir ins Ohr: »Du bist der einzige Mensch, mit dem ich zusammen sein möchte.«

Ich schloss die Augen, roch sein Rasierwasser, spürte die Hitze seines Körpers, die Festigkeit seiner Schulter unter meiner Wange und ließ Shauna und Nicole und meine Eltern und alles, was in diesem Jahr passiert war, von der Musik fortspülen. Wir hatten unseren Schulabschluss. Es war vorbei. Shauna war Vergangenheit.

11. Kapitel

Echo Beach Freigängerhaus, Victoria
März 2012

Das Freigängerhaus lag in einer ruhigen, baumgesäumten Straße, zwei Blocks vom Meer entfernt. Wann immer in der Nachbarschaft ein Verbrechen verübt wurde, klopfte die Polizei zuerst bei uns an. Das Haus war alt und zugig, aber mit seinen zwei Stockwerken groß genug, um fünfundzwanzig auf Bewährung entlassene Strafgefangene aufzunehmen. Das Wachpersonal hatte seine Büros im Erdgeschoss, und wir mussten uns beim Empfang an- und abmelden. Die Küche befand sich ebenfalls im Erdgeschoss, und wir waren selbst für unser Essen verantwortlich. Jeder hatte einen Satz Geschirr und Besteck und einen kleinen Schrank. Bis ich einen Job gefunden hatte, bekam ich ein kleines Taschengeld von 77 Dollar pro Woche. Sobald ich Arbeit hatte, würde ich eine kleine Miete zahlen müssen.

Als ich am Nachmittag ankam, fühlte ich mich erschöpft und schmutzig. Als Allererstes duschte ich. Zum ersten Mal seit Jahren war ich dabei allein, konnte die Tür abschließen und das ganze heiße Wasser verbrauchen. Ich musste nicht voller Anspannung die anderen um mich herum beobachten. Doch selbst jetzt hielt ich den Atem an, sobald ich eine Bewegung draußen auf dem Flur hörte. Ich stand ganz still und lauschte. Es war nichts, nur eine Frau, die in ihr Zimmer ging. Immer wieder seifte ich mich ein, hielt das Gesicht mit geschlossenen Augen in den Wasserstrahl, kostete den Moment aus und genoss es, dass der starke Strahl nicht nach fünf Minuten zu einem eiskalten Rinnsal wurde. Letztes Jahr, als ich Hafturlaub gehabt hatte, hatte ich es nicht geschafft, mich lange genug zu entspannen, um zu duschen, sondern hatte mich nur mit dem Schwamm am Waschbecken gewaschen – wenn das Wasser nicht lief, konnte ich besser hören.

Meine Haut, die vom Mangel an Sonnenlicht ganz bleich war, wurde rot und fleckig, also stellte ich die Dusche ab und trat hinaus. Beim Abtrocknen ließ ich mir Zeit und genoss sogar diesen Moment: ein ordentliches Handtuch, Ruhe und Frieden, ein Gefühl, wie es sein könnte, wenn ich endlich auf Bewährung draußen wäre und eine eigene Wohnung hätte. Ich überlegte, was ich mit diesem Tag noch anfangen sollte. Ich musste mir bald eine Arbeit suchen – dort waren auch die meisten anderen Freigängerinnen, denn das Haus war leer – und an ein paar Selbsthilfegruppen in der Stadt teilnehmen. Doch jetzt wollte ich erst einmal an den Strand oder vielleicht in ein Café.

Bei meinem letzten Hafturlaub hatte ich eines entdeckt, hatte mich angestellt und die Leute angestarrt, die ganz locker ihre Latte, ihren Espresso oder Cappuccino bestellten, während ich schon fast panisch die Tafel und die Angebote studierte. Ich hielt mich an einen schwarzen Kaffee, nur um prompt wieder aus dem Konzept gebracht zu werden, als die Tresenkraft fragte, welche Größe: large, middle oder small. Ich murmelte groß, doch dann fühlte ich mich von dem Mann in der Schlange hinter mir zu sehr bedrängt, stürmte aus der Schlange und auf die Toilette, wo ich mich so lange in einer Kabine versteckte, bis mein Herzschlag sich wieder beruhigt hatte. Ich ging, ohne meinen Kaffee mitzunehmen. Heute wollte ich es erneut versuchen und eines der Getränke mit Schlagsahne obendrauf bestellen.

Wieder in meinem Zimmer, lief ich, immer noch im Handtuch, herum und räumte meine Sachen ein. Die Zimmer waren gerade groß genug für zwei Kommoden mit Schubladen und zwei Einzelbetten, die Bettbezüge waren hellblau-beige gemustert und sahen aus, als wären sie schon tausendmal gewaschen worden. In der Zimmerecke standen zwei Spinde für persönliche Gegenstände. Meine neue Zimmergenossin war unterwegs, wahrscheinlich bei der Arbeit. Wir hatten uns noch nicht kennengelernt, und ich war nervös – eine falsche Mitbewohnerin konnte einem das Leben zur Hölle machen. Ich versuchte, mich auf das Ziel zu konzentrieren: Noch ein Jahr, und ich konnte einen Antrag auf Bewährung stellen. Ich musste mich nur aus Schwierigkeiten heraushalten.

Ich hatte gerade eine Jeans angezogen und stand in meinem vom Gefängnis zugeteilten Sport-BH da – ich musste mir so bald wie möglich ein paar Klamotten kaufen –, als die Zimmertür aufflog. Instinktiv schnappte ich mir einen Schuh vom Fußboden, für den Fall, dass ich eine Waffe brauchte. Eine Frau stürmte ins Zimmer und rannte zur Kommode auf der anderen Seite. Sie sah etwa so alt aus wie ich, war aber wahrscheinlich ein paar Jahre jünger. Gebleichtes, blondes Haar, zu viel Make-up und narbige Haut, als würde sie Drogen nehmen. Überrascht sah sie mich an, dann begann sie, hektisch in der obersten Schublade ihrer Kommode zu wühlen. Immer wieder wanderte ihr Blick zur offenen Tür.

»Scheiße, Scheiße, Scheiße.«

»Ist alles in Ordnung?«, fragte ich.

Sie schaute mich erneut an und sah aus, als wolle sie etwas sagen, da hörte ich schwere Schritte draußen auf dem Flur. Die Frau erstarrte, die Hand noch in der Schublade. Wir drehten uns beide zur Tür um.

Eine große Frau mit niederträchtigem, zornigem Gesicht stand auf dem Flur. Breitschultrig und mit riesigen Brüsten, die unter ihrem schwarzen T-Shirt tief herunterhingen, graumeliertem Bürstenhaarschnitt und einer schartigen, hellrosa Narbe, die seitlich an ihrem Kopf fast bis zum Ohr verlief. Sie trug Männerjeans mit einer Brieftaschenkette, und ihr Hals war fast gänzlich von Tattoos bedeckt, so dass sie eine Art Halsband bildeten. Meine Muskeln verspannten sich, und ich musterte die Tätowierungen, die ihre fleischigen Arme von oben bis unten bedeckten – Knaststil. Kam sie aus Rockland?

Eines der Tattoos stellte einen Namen dar, Helen, mit einem Messer durch das H und einer um den Griff geschlungenen Rose. Ihr Blick huschte zu mir. Jetzt fiel es mir wieder ein. Helen Rosanboch. Sie war letztes Jahr in Rockland gewesen, doch wir waren in verschiedenen Blocks untergebracht, so dass wir nicht viel Kontakt gehabt hatten. Sie galt als brutal, und ich hatte gehört, sie würde Drogen nehmen. Doch sie kam gut mit den Wachleuten aus, wusste, wie das Spiel lief, und hatte Freunde drinnen. Ich wusste nicht, warum Helen an meiner Tür stand, aber es konnte nichts Gutes bedeuten. Ich packte den Schuh fester.

»Wo ist mein verfluchtes Geld?«, sagte sie zu der blonden Frau.

Das war es also. Ein Streit um überfällige Schulden.

»Ich habe etwas – und den Rest bekomme ich Ende der Woche.« Die Stimme der Frau klang verängstigt, sie schien sich am liebsten in der Ecke verkriechen zu wollen.

Helen machte ein paar Schritte in den Raum hinein. »Wir hatten eine Abmachung, Angie.« Erneut schaute Helen zu mir. Es war eine Herausforderung, mich einzumischen.

Ich wandte mich wieder meinem Koffer zu, trotzdem behielt ich beide aus den Augenwinkeln im Blick. Ich ließ den Schuh aufs Bett fallen, wo ich ihn schnell erreichen konnte. Ich machte mir Sorgen, in unserem Zimmer könnte es zum Kampf kommen. Das konnte ich absolut nicht gebrauchen.

Angie sagte: »Ich bekomme es – schon bald, okay?« Sie kramte eine Socke aus der Schublade und zog ein paar zerknitterte Banknoten heraus.

»Willst du mich etwa hinhalten?« Helen kam noch weiter in den Raum, riss Angie das Geld aus der Hand und faltete die Geldscheine auseinander. Sie murmelte die Beträge beim Zählen und stopfte sich das Geld in den BH.

»Nein! Ich wollte nur warten, bis ich alles zusammenhabe. Kannst du mir nicht etwas Aufschub gewähren, Helen? Nur ein paar Tage. Du weißt doch, meine Kinder …«

»Deine Kinder scheren mich einen Dreck. Ich habe auch Kinder. Was ist mit meinen verdammten Kindern, Angie?« Helen klang aufgebracht, ihr Gesicht war puterrot. Sie versetzte Angie einen kräftigen Stoß. Angie stolperte gegen die Kommode und rutschte mit einem dumpfen Aufprall zu Boden. Helen beugte sich über sie. »Glaubst du, du kannst mich verarschen?«

Angie duckte sich und hielt einen Arm schützend über das Gesicht. »Nein! Ich schwöre!«

Mit rasendem Puls drehte ich mich wieder zu ihnen um. Sollte ich etwas tun?

»Ich habe dich gewarnt. Wenn ich mein Geld nicht pünktlich wiederkrieg, mach ich dich fertig.« Helen schlug Angie hart ins Gesicht, so dass sie mit dem Hinterkopf gegen die Seite der Kommode krachte. Angie keuchte auf.

Ich trat vor. »Hey, das reicht.«

»Halt dich da raus«, sagte Helen über ihre Schulter und schlug Angie noch einmal.

Angie versuchte, sich zu einer Kugel zusammenzurollen, und bedeckte Gesicht und Kopf mit den Armen.

»Hör auf, bitte. Es tut mir leid.« Aus Angies gedämpfter Stimme war die Angst herauszuhören.

Ich schaute zur Tür. Wo zum Teufel war das Wachpersonal? Hörte das denn niemand? Es gab auch keine Kameras in den Zimmern. Mist, ich wollte wirklich nicht hineingezogen werden, aber ich konnte nicht daneben stehen und zusehen, wie diese Frau verprügelt wurde.

Helen beugte sich vor, packte Angie am Schopf und zog sie vom Boden hoch. Angie schrie auf und tastete nach Helens Hand. Helen schleuderte sie herum und warf sie kopfüber aufs Bett. Die Knie in den Rücken gepresst, drückte sie Angies Gesicht ins Kissen. Angie schrie und flehte dann gedämpft um Gnade.

»Komm schon Helen, reg dich ab«, sagte ich.

Sie drehte sich um, das Knie immer noch in Angies Rücken gebohrt. »Was hast du da gesagt?«

Jetzt musste ich schlau sein, musste versuchen, die Sache ohne einen Kampf zu beenden. »Wenn du sie fertigmachst, kann sie dir das Geld erst recht nicht zurückzahlen, stimmt's?« Ich lächelte und versuchte zu signalisieren, dass wir uns alle vertrugen, dass ich auf ihrer Seite stand. Doch ich setzte mich auf mein Bett und schnappte mir meinen Schuh, als wolle ich die Schnürsenkel lösen und ihn anziehen. Falls sie sich auf mich stürzte, würde ich aufspringen und ihr meinen Kopf gegen das Kinn rammen.

»Das ist nicht dein Problem«, sagte Helen.

Ich löste den Schnürsenkel. »Wenn es in meinem Zimmer passiert, machst du es zu meinem Problem.«

Helen hob die Hand, die Angies Kopf festgehalten hatte. Angie drehte den Kopf zur Seite und schnappte nach Luft. Unsere Blicke trafen sich.

»Willst du dich mit mir anlegen?«, sagte Helen.

»Ich will nur mein Zeug auspacken und mir einen schönen Tag machen.« Ich sprach mit ruhiger Stimme. »Ich bin den ersten Tag draußen, du weißt doch, wie das ist.« Ich lächelte sie noch einmal unbekümmert an.

Helen ließ von Angie ab. Machte einen Schritt auf mich zu. Ihre Miene war berechnend, als versuche sie, mich einzuschätzen. Aus der Nähe war sie sogar noch größer und stämmiger, als ich gedacht hatte, und ich merkte, dass sie mich, falls ich versuchte, ihr den Kopf gegen das Kinn zu rammen, abblocken würde, ehe ich es auch nur bis zur Hälfte geschafft hatte. Ich stand auf, damit meine Chancen bei einem Kampf besser stünden. Den Schuh hielt ich immer noch in der Hand.

Sie kam zu mir, bis sie knapp einen Schritt vor mir stand. Ihr Blick strich über meinen Körper, meine kleinen Brüste, meine Tattoos. Der Blick war nicht sexuell abschätzend – er war bedrohlich.

»Ich erinnere mich an dich.« Sie lächelte, und zwar nicht freundlich. »Du warst doch immer mit Margaret und ihren Weibern zusammen. Ihr dachtet, eure Scheiße würde nicht stinken; dachtet, ihr wärt was Besseres. Hier schmeiß ich den Laden, und meine Leute laufen nicht rum und machen Ärger. Kapiert?«

»Kapiert.« Ich versuchte, ruhig zu bleiben, aber ihr schmutziges Gerede über meine Freundinnen und ihr fehlender Respekt Margaret gegenüber machten mich sauer. Sie war so nah, dass ich sie riechen konnte – Zwiebeln und etwas Moschusartiges, von Parfüm überdeckter Schweiß.

Sie kräuselte die Lippen. »Was, es gefällt dir nicht, wenn ich über deine Tussen rede? Ist eine von denen deine *Freundin* oder was?« Sie betonte das Wort Freundin und versuchte, es möglichst schmutzig klingen zu lassen.

Eine Stimme in meinem Hinterkopf sagte: *Toni, lass es bleiben, sie ist es nicht wert.* Aber etwas an der Art, wie sie dort stand, so selbstsicher, als würde sie mit allem durchkommen, weckte in mir den Wunsch, ihr einen Dämpfer zu verpassen.

»Pass auf, was du sagst!«, sagte ich.

Kaum hatte ich die Worte ausgesprochen und sah das gemeine Lächeln, das sich über ihr Gesicht legte, da bereute ich auch schon, überhaupt etwas gesagt zu haben. Ich hatte ihr genau das geliefert, was sie wollte – eine Kampfansage. Sie rückte noch näher, und ich wappnete mich. Würde sie auf mich losgehen?

»Dein Gehabe gefällt mir nicht«, sagte sie.

»Das beruht auf Gegenseitigkeit.«

»Bist du verdammt nochmal bescheuert?«, sagte Helen. Sie versetzte mir einen kräftigen Stoß.

Ich stolperte ein paar Schritte zurück, fast bis zur Bettkante. »Rühr mich noch einmal an, und ich breche dir die Hand.«

Sie stürzte sich auf mich und versuchte, mich zu umklammern. Ich hielt die Hände vor meine Stirn, die Arme eng an den Körper, stieß mit aller Kraft zu und brach ihren Griff. Ich streckte den Arm und klatschte ihr mit dem Schuh kräftig aufs Ohr. Ihr Blick zeigte Verblüffung, doch sie schüttelte den Schmerz ab wie ein Hund das Wasser und schlug mich hart in den Bauch, so dass ich zusammenklappte. Sie holte für einen weiteren Schlag aus. Ich rammte ihr die Ellenbogen in die Rippen, so dass ihr Atem pfeifend entwich, versetzte ihr einen Kniestoß an die Innenseite ihres Schenkels, dann an die Außenseite, dann in den Schritt. Rasche, harte Kicks. Sie ächzte, stürzte sich aber trotzdem mit rot verschwitztem Gesicht erneut auf mich. Sie erwischte meine Nieren, Rippen und Schenkel, überall dort, wo keine Spuren zurückblieben. Ich hob die Arme und bohrte meine Finger tief in die Mulde unterhalb ihrer Luftröhre, in die weichste Stelle des Halses. Sie keuchte auf und ging in die Knie. Ich drückte kräftiger.

Ein Geräusch hinter mir, die Tür öffnete sich, die Stimme einer anderen Frau.

»Was zum Teufel macht ihr da?«

Ich schrak zusammen, und einen Moment lang lockerte ich meinen Griff. Helen bäumte sich auf, rammte mir die Schulter in die Eingeweide, umklammerte meine Knie und warf mich auf den Rücken. Mit einem dumpfen Aufprall landete ich auf dem Boden. Sie drehte mich auf den Bauch, setzte sich mit ihrem massigen Körper auf mich und hielt meine Arme auf dem Rücken fest.

Ich wand mich und schnappte nach Luft, versuchte sie zu treten, doch sie musste mindestens hundert Kilo wiegen.

»Beeil dich lieber«, sagte die Frau. »Harley kommt schon die Treppe hoch.«

Harley gehörte zum Wachpersonal. Ich hoffte nur, Helen war nicht so blöd, wie sie niederträchtig war. Sie beugte sich näher, ihr Atem wehte heiß an mein Ohr. »Komm mir bloß nicht in die Quere!«

Schließlich verschwand das Gewicht von meinem Rücken. Ich blieb still liegen, versuchte, wieder zu Atem zu kommen und bewegte stöhnend meinen schmerzenden Arm nach vorne.

Helens Stimme sagte: »Eine Woche, Angie.« Schwere Schritte verließen den Raum. Die andere Frau folgte.

Ich drehte mich auf die Seite, dann richtete ich mich vorsichtig in eine sitzende Position auf. Ich zuckte zusammen, als ich mir die Seite hielt und versuchte, den Arm zu beugen. Ich schaute zu meiner Zimmergenossin. Behutsam rieb sie sich den Hinterkopf, mit dem sie gegen die Kommode geknallt war.

»Warum hast du das getan?«, fragte sie.

»Sie hat es verdient.« Langsam stand ich auf und holte zischend Luft, meine Seite tat verdammt weh.

Sie sah zur Tür, als erwarte sie, dass Helen jeden Moment hereinplatzte. »Jetzt ist sie auf dich auch sauer. Sie wird dir das Leben zur Hölle machen.«

Ich kroch auf mein Bett und leckte meine Wunden, die Warnung meiner Zimmergenossin hallte in meinen Ohren wider. Ich war so kurz davor, mein Leben endlich zurückzubekommen. Jetzt würde Helen alles vermasseln. Warum hatte ich mich von ihr provozieren lassen? Sie war doch überhaupt nicht wichtig.

Am nächsten Morgen stand ich früh auf und duschte, während meine Zimmergenossin und die meisten anderen Bewohner noch schliefen. Ein leichter Kaffeegeruch wehte aus der Küche herauf, und ich nahm an, dass einige Bewohnerinnen bereits zur Arbeit aufgebrochen waren. Eine ältere Frau mit kurzen dunklen Haaren und einer Narbe, die den Mundwinkel nach unten zog, saß in der Ecke und frühstückte. Sie nickte mir zu und sagte: »Guten Morgen.« Doch dann blickte sie auch schon wieder nach unten und machte klar, dass sie sich nicht unterhalten wollte. Vielleicht hatte sie bereits von meiner Prügelei mit Helen gehört.

Mit Einsamkeit konnte ich umgehen, das kannte ich. Trotzdem versetzte es mir einen Stich. Der Gedanke an meine Freundinnen drinnen schmerzte mich, die Erinnerung daran, wie nahe wir uns gestanden hatten. Ich hoffte, der Ärger mit Helen würde sich wieder legen und ich würde hier im Haus am Ende vielleicht sogar ein paar neue Freundinnen finden. Ich hatte den Angriff nicht gemeldet – das wäre der schnellste Weg, um erneut zusammengeschlagen zu werden. Außerdem ging das Wachpersonal immer davon aus, dass man irgendetwas getan haben musste, das den Streit erst ausgelöst hatte. Sie würden mich womöglich aus dem offenen Vollzug nehmen, bis sich die Lage beruhigt hatte, und das war das Letzte, was ich wollte. Ich musste irgendwie damit klarkommen.

In Rockland hatte ich mit dem Berater über meine Arbeitsmöglichkeiten als Freigängerin geredet, und ich hatte einen Lebenslauf geschrieben. Die Berater im Freigängerhaus boten ebenfalls Hilfestellungen an, und ein- oder zweimal pro Woche gab es im Haus Kurse zur praktischen Alltagsbewältigung. An diesem Morgen wollte ich zum Arbeitsamt gehen und mir die Jobangebote ansehen, anschließend plante ich, ein paar Bewerbungen in der Stadt abzugeben. Nachmittags hatte ich einen Termin bei meiner Bewährungshelferin, um mich bei ihr vorzustellen. Und am Abend würde ich zu einem Treffen der Anonymen Drogenabhängigen in der Stadt gehen – die Mitarbeiter im Freigangerhaus hatten mir bereits eine Liste der örtlichen Gruppen gegeben, und einen Abend in der Woche gab es auch ein Treffen im Haus. Ich glaubte immer noch nicht, dass ich ein Drogenproblem hatte, aber das war egal. Als meine Schwester ermordet wurde, war ich high gewesen, also lautete eine meiner Bewährungsauflagen, dass ich mich von Drogen und Alkohol fernzuhalten hatte. Damit hatte ich kein Problem. Ich wollte mich nie wieder so fühlen wie in der Nacht, in der Nicole getötet wurde, wollte nie wieder so blind sein.

Es gab noch weitere Hürden – wie fand ich heraus, wann der Bus fuhr, wie bekam ich meinen Führerschein wieder, wie beantragte ich einen Ausweis, damit ich ein Bankkonto eröffnen konnte? Ich beschloss, es ruhig angehen zu lassen und eins nach dem anderen zu erledigen. Ich nahm den Umschlag mit meinen Bewerbungen, zog meine beste Jeans und das beste T-Shirt an und ging raus. Zuerst suchte ich einen Secondhandladen, um ein paar Klamotten für Vorstellungsgespräche zu kaufen. Ich ging die Straße entlang, atmete die frische Luft ein, betrachtete die Schatten, die die riesigen Eichen auf die Straße warfen, betrachtete die ordentlichen Häuser mit den blumengefüllten Vorgärten. Trotz des Kampfes mit Helen gestern Abend war ich begeistert, Freigängerin zu sein.

Als ich jünger war, waren wir nicht oft in Victoria gewesen, weil es jedes Mal eine Fahrt von fast zweieinhalb Stunden war. Doch manchmal war Mom mit uns ins Museum oder zur Fishermen's Wharf gefahren, und wir liebten es, in der Stadt shoppen zu gehen. In Campbell River gab es nur ein altes Einkaufszentrum mit ein paar kleinen Geschäften, in Victoria dagegen gab es drei große Center und unzählige Boutiquen in der Innenstadt. Victoria war die älteste Stadt auf der Insel und lag ebenfalls am Meer, doch die Atmosphäre war völlig anders als in Campbell River. Es gab die Parlamentsgebäude, malerische viktorianische Häuser, Pferdekutschen, den Binnenhafen und jede Menge Touristen, die Bilder von den Wasserflugzeugen und Straßenkünstlern schossen. Auf der Strandpromenade blieb ich stehen und bewunderte ein paar Skizzen. Ich wünschte, ich hätte eine kaufen können, doch im Moment war Kleidung wichtiger.

In einem Secondhandladen fand ich ein paar Klamotten, eine schwarze Hose, Schuhe, eine schlichte weiße Bluse und einen kurzen, enggeschnittenen Blazer. Es sah aus wie das, was ich bei den Frauen im Fernsehen gesehen hatte. Wie gerne hätte ich es Margaret gezeigt! In Rockland hatten wir uns immer *Let's Dance* angeschaut und waren bei jedem knappen Kostüm in Ohs und Ahs ausgebrochen. Bei jeder Staffel schwärmte Margaret für einen der Kandidaten und bekam schlechte Laune, wenn er nicht gewann. Wir machten uns Knabberzeug selbst – bei dem Essen aus der Kantine wurde man richtig kreativ – und lümmelten uns auf dem alten Sofa. Mit den anderen Gefangenen herumzualbern war das Beste daran, vor allem, wenn Margaret verlangte, »dass jetzt mal alle den Rand halten«. Ich sah mir die Tänze gerne an, aber keiner der Typen gefiel mir so richtig, nicht wie bei Margaret, die sie alle liebte – und sogar Fanbriefe schrieb. Der Einzige, für den ich eine Schwäche hatte, war dieser Motocrossfahrer, der in einem Jahr mitmachte. Er erinnerte mich an Ryan. Manchmal, wenn er tanzte, ließ ich meinen Blick verschwimmen und stellte mir vor, es *sei* Ryan, aber dann wollte ich weinen, also hörte ich damit auf. Es war einfacher, sich nicht zu erinnern oder daran zu denken.

Doch jetzt stellte ich fest, dass meine Gedanken zu ihm abschweiften. War er im Freigängerhaus für Männer? Dachte er noch manchmal an mich?

Ich zog meine neuen Klamotten an und verbrachte den Nachmittag damit, herumzulaufen und Bewerbungen abzugeben, hatte aber kein Glück. Außerdem entdeckte ich einen Busfahrplan und fand heraus, wie man zum Tierheim kam. Als ich den Mitarbeitern dort sagte, ich hätte Zeit, Hunde auszuführen, sagten sie mir, ich könne jedes Wochenende vorbeikommen. Ich verbrachte einige Zeit bei den Tieren, steckte meine Finger durch die Gitterstäbe, rieb Schnauzen und redete mit den Hunden, sagte Dinge wie: »Hey, ich war auch mal eingesperrt.« Die Maschendrahtzäune, der Lärm, die Uniformen der Mitarbeiter erinnerten mich an Rockland, doch diese Vertrautheit hatte auch etwas Tröstliches. Die Welt draußen war jetzt der Ort, der mir mehr Angst machte.

Als ich zum Freigängerhaus zurückkam, roch es nach angebranntem Fleisch und Zwiebeln. Helen stand in der Küche, briet sich Hamburgerfrikadellen und unterhielt sich mit zwei Frauen, die am Tisch saßen. Ich hatte Hunger, aber ich wollte mein Abendessen nicht machen, solange sie dort war, also ging ich weiter. Als ich an der Küchentür vorbeikam, packte sie mich am Arm.

»Hey, Murphy, eine meiner Gabeln ist weg. Hast du meine Gabel genommen?«

Ich warf ihr einen grimmigen Blick zu. »Nein, und nimm deine Hand weg.«

Nervöses Gekicher vom Tisch, als Helen ihre Finger in meinen Arm bohrte und die Sehnen zusammenpresste. Ich versuchte, nicht zusammenzuzucken. Sie kam näher.

»Du hoffst besser, dass sie nicht in deinem Zimmer ist, oder du sitzt echt tief in der Scheiße, kapiert?«

Ich verstand nicht, wieso sie so ein Theater wegen einer Gabel machte. Im schlimmsten Fall bekäme ich eine Verwarnung vom Wachpersonal, weil ich aus Versehen etwas von einer anderen Frau genommen hatte. Was war ihr Problem? Oder suchte sie nur schon wieder Streit?

Ihre Finger bohrten sich noch tiefer. »Ich sagte, *kapiert*?«
»Ich habe verstanden.«

In unserem Zimmer lag Angie auf ihrem Bett und hörte Musik auf dem iPod. Am Abend zuvor hatten wir uns noch ein wenig unterhalten, nachdem Helen verschwunden war. Angie war sechsundzwanzig und hatte wegen Drogen und Prostitution gesessen, aber sie sagte, jetzt sei sie clean und versuche, ihr Leben zu regeln, damit sie ihre Kinder zurückbekäme. Sie habe sich von Helen Geld geliehen, damit sie ihrem Jüngsten ein Geburtstagsgeschenk kaufen konnte.

Ich ging in die Hocke, um unter mein Bett zu schauen, hob die Matratze an und tastete die Ränder nach irgendwelchen Einschnitten oder Rissen ab.

»Was machst du da?« Angie stellte die Musik aus.

»Helen vermisst eine Gabel.«

»Und du glaubst, die wär hier?« Sie klang verwirrt.

»*Irgendwas* ist hier. Harley wird jede Sekunde auftauchen.«

»O Mist.« Angie stand auf. »Wenn er Drogen findet, sind wir am Arsch.«

So schnell und leise wie möglich durchsuchten wir das Zimmer. Wir überprüften die Kissenbezüge, die Schubladen, die Fensterbank, die Lampen. Jedes Mal, wenn wir draußen im Flur Schritte oder ein Geräusch hörten, blieben wir wie angewurzelt stehen und starrten zur Tür. Erst wenn die Person weiterging, stießen wir den angehaltenen Atem wieder aus. Schließlich hörten wir es klopfen.

Ich versuchte, ganz ruhig zu wirken, als ich die Tür öffnete. »Was ist los, Harley?«

»Tut mir leid, meine Damen, aber ich muss Ihr Zimmer kontrollieren«, sagte er. »Stellen Sie sich bitte in den Flur.«

Angie und ich sahen vom Flur aus zu. Harley war ein hochgewachsener Kerl mit gelblichen Zähnen und rauchte zwei Päckchen Zigaretten am Tag. Seine Augen waren klein und gemein, und er hatte den Ruf, ein richtiger Arsch zu sein, wenn man sich mit ihm anlegte. Bisher hatte ich keinen Ärger mit ihm gehabt, und ich wollte ihn auch jetzt nicht bekommen. Jedes Mal, wenn er ein Buch anhob, die Taschen unserer Klamotten durchsuchte oder in unsere Schuhe griff, hielt ich den Atem an. Schließlich blieb er in der Mitte des Zimmers stehen und sah sich nachdenklich um.

In diesem Moment entdeckte ich einen Dreckkrümel auf der Fensterbank, neben dem Blumentopf mit dem Farn. Ich starrte auf die Stelle und versuchte mich zu erinnern, ob der Krümel vorher auch schon dort gewesen war. Ich schaute in Harleys Gesicht. War es ihm aufgefallen? Er ging auf das Fenster zu. Mir wurde am ganzen Körper heiß. Ich schaute zu Angie. Ihre Wangen waren ebenfalls rot, die Augen schimmerten, als würde sie gleich anfangen zu weinen. Harley griff nach der Pflanze.

Ich lehnte den Kopf gegen den Türrahmen und schloss die Augen. Mir war ebenfalls nach Weinen zumute. Ich war erledigt. Zwei Tage draußen, und ich würde wieder nach Rockland kommen.

»Ihr Fenster ist undicht«, sagte Harley. »Ich werde jemanden schicken, der sich das ansieht.«

Ich schlug die Augen auf. Verdammte Axt, er hatte den Krümel nicht bemerkt!

In der Tür sah er uns beide streng an. »Ich weiß nicht, was Sie mit dem Zeug angestellt haben, aber wir werden Sie im Auge behalten.«

Als wir seine Stiefel die Treppe herunterpoltern hörten, ging ich zum Fenster und tastete im Blumentopf herum.

Meine Finger stießen auf etwas Rundes, Weiches und zogen eine schmale Tüte Marihuana hervor. Wir starrten es beide an.

»Scheiße, sie hat es echt auf uns abgesehen«, sagte Angie.

Ich versteckte das Dope in meiner Shampooflasche. Als die Küche frei war und ich Stimmen hinten im Garten hörte, wo, wie Angie sagte, Helen und die Frauen gern rauchten, ging ich nach unten und machte mir etwas Suppe. Anschließend ging ich zum Meeting der Anonymen Drogenabhängigen und warf das Dope unterwegs in eine Mülltonne. Als ich später nach Hause kam, fühlte ich mich gut. Obwohl ich nicht drogenabhängig war, hatte ich die Unterstützung durch das 12-Punkte-Programm schätzen gelernt. In Rockland hatte ich über diesen Weg ein paar Freundinnen gefunden und eine Menge gelernt. Ich hoffte, dass es hier draußen genauso laufen würde.

Ich wollte gerade ins Bett gehen, als Helen in mein Zimmer kam.

»Schlampe, ich weiß, dass du meine Gabel hast.« Sie sah sich um, ihr Blick blieb an der Pflanze hängen. Ich hatte einen Smiley auf ein Stück Papier gemalt und es zwischen die Blätter geklemmt.

Sie drehte sich zu Angie um. »Findest du das witzig?«

Ich baute mich vor ihr auf. »Saukomisch.«

Finster starrte sie auf mich herunter. »Gib mir mein Dope zurück.«

»Wenn du noch einmal versuchst, eine von uns reinzureiten, wird Harley *dein* Zimmer durchsuchen. Und ich werde dafür sorgen, dass er etwas Interessantes findet.«

Sie packte mein T-Shirt und brachte ihr Gesicht dicht an meins. Ich sah ihr in die Augen und versuchte, nicht vor ihrem säuerlichen Atem zurückzuweichen.

»Du hast dich mit der Falschen angelegt«, sagte sie.
»Ich habe gerade erst angefangen.«
Sie ließ mich los. In der Tür drehte sie sich noch einmal um. »Das werde ich mir merken.«

12. Kapitel

Campbell River
Juli 1996

Nach dem Schulabschluss begann ich, Vollzeit im Fish Shack zu arbeiten. Nicole sah ich nicht oft, weil sie normalerweise mit Shauna und den Mädchen am Strand war. Manchmal, wenn ich das Haus verließ, um zur Arbeit zu fahren, warteten sie draußen auf sie. Dann lachten sie und warfen mir höhnische Bemerkungen zu, wenn ich zu meinem Auto ging, aber nur, wenn meine Eltern nicht zu Hause waren. Manchmal hingen sie auch in der Küche herum, benutzten unser Telefon und tranken unsere Limonade aus. Ihre schrillen Stimmen gingen mir durch und durch. Doch es fiel mir jetzt leichter, sie zu ignorieren, einfach nur zu lächeln und wegzugehen. Die Schule war vorbei, und Ryan und ich begannen unser neues Leben. Schon bald würden wir aus Campbell River rauskommen, und dann würde ich diese Zicken nie wiedersehen müssen.

Ab und zu bekamen wir Anrufe, bei denen sofort wieder aufgelegt wurde, aber nie, wenn meine Eltern zu Hause waren, nur wenn Nicole und ich allein waren. Sie wirkte nervös, wenn ich ans Telefon ging, sobald es klingelte, und ich fragte mich, ob dieser Junge sie wieder anrief. Wenn eines der Mädchen dran war, sagte sie irgendetwas Gemeines zu mir, und sie riefen oft an. Nicole verbrachte jetzt sogar noch mehr Zeit bei Shauna und blieb an den Wochenenden oft über Nacht.

Eines Abends läutete es an der Tür, und ich machte auf. Frank McKinney brachte Nicole nach Hause, mit einem Arm hielt er sie aufrecht. Sie konnte kaum stehen, ihr Blick war glasig, die Kleidung durcheinander, und sie stank nach Bier.

»Kann ich bitte mit deinen Eltern reden, Toni?«

Ich rief sie, und sie kamen zur Tür. Ich tat, als würde ich in mein Zimmer gehen, doch knapp außer Sichtweite oben auf der Treppe blieb ich stehen, damit ich mitbekam, was los war. McKinney entschuldigte sich bei meinen Eltern und erklärte, er sei von der Arbeit nach Hause gekommen und habe festgestellt, dass alle Mädchen etwas getrunken hatten. Sie hätten sich an seinem Bier bedient.

»Ich habe bereits mit Shauna geredet, es wird nicht wieder vorkommen.«

Meine Mom klang echt sauer, als sie sagte: »Bitte geh in dein Zimmer, Nicole, wir reden gleich.«

Mit wütender und betretener Miene stolperte Nicole an mir vorbei und verschwand in ihrem Zimmer.

Unten sagte Mom: »Es tut mir furchtbar leid, dass sie sich bei dir zu Hause so aufgeführt hat.«

»Es ist normal, dass Jugendliche in diesem Alter herumexperimentieren.« McKinneys Stimme war ganz ruhig. »Man darf ihnen nur nicht zu hart zusetzen, oder sie fangen an, es vor einem zu verbergen.«

Meine Mom nickte und musterte eindringlich McKinneys Gesicht, als wüsste er auf alles eine Antwort. »Töchter können manchmal eine ziemliche Herausforderung sein.«

»Auf jeden Fall.« Er lehnte sich an den Türrahmen, eine Hand am Gürtel, den Kopf schräg zur Seite gelegt, während er meine Mom anlächelte. »Aber ihr habt Glück mit eurer Tochter. Ich glaube nicht, dass ihr euch ihretwegen Sorgen machen müsst.«

»Normalerweise ist sie so vernünftig. Ich weiß gar nicht, was in sie gefahren ist ...« Meine Mutter schaute auf und entdeckte mich oben an der Treppe. »Was lungerst du da herum, Toni?«

Im Weggehen hörte ich sie sagen: »Was hatte ich gerade über Herausforderungen gesagt?«

Nachdem McKinney gegangen war, hörte ich meine Eltern mit Nicole in ihrem Zimmer reden. Sie klangen nicht besonders wütend, eher bestürzt und verlegen, weil ein Polizist ihre Tochter nach Hause gebracht hatte. Nicole entschuldigte sich und sagte: »Ich werde es nicht wieder tun. Ich wollte nur ein paarmal probieren und hab nicht gemerkt, wie viel ich schon getrunken hatte, bis ich mich plötzlich ganz komisch fühlte.« Meine Eltern predigten noch eine Weile vom verantwortungsvollen Umgang mit Alkohol, und Nicole sagte mit reuiger Stimme zu allem ja und amen.

Als ich eine Stunde später die Badezimmertür öffnete, starrte sie sich im Spiegel an. Sie trug nur ihren BH und einen Slip, ihr Blick war weich und verträumt, die Hand hielt sie an die Lippen gepresst, als koste sie etwas aus.

»Mensch, Toni, kannst du nicht anklopfen?«, sagte sie, als sie mich entdeckte, dann schloss sie rasch die Tür.

Ich überlegte, ob wohl ein Junge bei Shauna gewesen war, doch Nicole sprach nie über Jungs. Sie hatte nicht einmal Poster von Rockstars oder Schauspielern in ihrem Zimmer – wenn überhaupt, sprach sie eher von Frauen, die sie bewunderte. Manchmal fragte ich mich, ob sie vielleicht mit einem der Mädchen etwas hatte, ob das wohl das große Geheimnis war. Ich hatte Gerüchte gehört, dass die

Mädchen es manchmal miteinander trieben, normalerweise, um die Jungs zu ärgern. Ich dachte daran, dass Shauna mir beigebracht hatte, wie man küsste, dachte an ihre weichen, nach Kirschen schmeckenden Lippen, die sich an meine pressten. Kim wäre die naheliegende Wahl gewesen, aber mir war nie aufgefallen, dass Nicole und sie einander besonders zugeneigt gewesen wären. Ich hatte sogar überlegt, in Nicoles Zimmer herumzuschnüffeln, doch dann dachte ich daran, wie sehr ich es gehasst hatte, als Mom das einmal bei mir gemacht hatte. Seit dem Abend, an dem Nicole mich für den Abschlussball zurechtgemacht hatte, machte jede von uns ihr eigenes Ding, und wir kamen ganz gut klar. Ich hatte ein unbehagliches Gefühl, doch sobald ich anfinge, sie auszuspionieren, würde das nur einen neuen Krieg auslösen.

Nach dem Abend, an dem Nicole betrunken nach Hause gekommen war, begann sie, sich noch häufiger davonzustehlen und länger wegzubleiben – manchmal hörte ich ihre Schritte auf dem Dach nicht vor drei oder vier Uhr morgens. Eines Morgens klopfte ich gegen sieben an ihre Tür, um zu fragen, ob sie meine Sonnenbrille gesehen hatte. Normalerweise war sie um diese Zeit bereits wach, so dass ich, als sie nicht antwortete, misstrauisch wurde und die Tür einen Spalt öffnete. Ihr Bett war leer, doch sie hatte ein paar Kissen unter die Decke gestopft, so dass es aussah, als läge jemand darunter. Ich stand da und überlegte, was ich tun sollte, als meine Mom von unten rief.

»Soll ich dich immer noch zum Strand mitnehmen, Nicole?«

Ich zögerte, dann schrie ich nach unten: »Sie schläft noch.«

Ich hielt den Atem an, erwartete halb, dass Mom hochkommen würde, doch sie murmelte nur etwas über Teenager und verließ das Haus. Dad war bereits bei der Arbeit. Als Nicole eine halbe Stunde später durch die Hintertür hereingeschlichen kam, wartete ich bereits in der Küche auf sie.

Sie blieb stehen, als sie mich erblickte, die Augen weiteten sich. Ich sah, wie es in ihr arbeitete, wie sie sich Lügen ausdachte und sich fragte, ob ich wusste, dass sie gerade erst nach Hause kam.

»Wieso sitzt du hier?«, fragte sie.

»Wo warst du?«

»Ich war spazieren.«

»Ach ja? Du hast auch schon mal besser gelogen. Du hast noch das Make-up von gestern Abend drauf.« Es war verblasst und verschmiert, aber sie trug eindeutig Eyeliner, und ihre Klamotten, ein kurzer Jeansrock und weißes Tanktop, waren keine Kleidung, in der man spazieren ging.

Sie ließ das Theater bleiben. »Weiß Mom Bescheid?«

»Nein. Ich habe ihr gesagt, dass du noch schläfst.«

Sie wirkte erleichtert. »Danke.«

»Schon gut. Dabei sollte ich überhaupt nicht nett zu dir sein, nicht nach dem, wie du mich behandelt hast. Wo warst du die ganze Nacht?«

»Das geht dich nichts an«, sagte sie und versuchte, an mir vorbeizugehen.

Ich baute mich vor ihr auf. »Es geht mich sehr wohl etwas an, wenn du so lange wegbleibst und ich für dich lüge. Ich will es Mom und Dad nicht erzählen, aber wenn dir irgendwas passiert …«

»Mir passiert schon nichts.«

Wir maßen einander mit Blicken, ihre Augen waren groß und unschuldig. Ich erwog, das Thema fallenzulassen, doch ich hatte immer noch ein unbehagliches Gefühl. »Du benimmst dich komisch – schon seit Monaten.«

»Es ist alles in Ordnung, ich bin nur …« Sie verstummte.

»Du bist nur was?«

»Ich habe meinen Spaß, okay? Du schleichst dich auch andauernd weg.«

»Ich bin älter als du. Und aus Spaß kann manchmal ganz schnell Ärger werden.«

Sie verdrehte die Augen. »O Mann! Du hörst dich ja schon an wie Mom.«

Ich wurde rot. »Ich bin überhaupt nicht wie sie.«

Nicole schob sich an mir vorbei. »Dann benimm dich auch nicht wie sie.« Auf der Treppe schaute sie noch einmal zu mir zurück, ihre Stimme klang sanft. »Mach dir keine Sorgen um mich, Toni. Wirklich, mir geht es gut.«

Am nächsten Wochenende erklärte Nicole, sie wolle mit Shauna und den Mädchen zelten gehen. Rachels Eltern würden sie alle hinbringen und auch wieder abholen, während meine Eltern bei der Arbeit waren. Nicole hatte bereits ihre Ausrüstung zur Tür gebracht und wartete auf sie, während ich mir in der Küche einen Kaffee kochte.

»Müsstest du nicht schon längst im Restaurant sein?«, fragte sie.

Ich schaute sie an und stellte fest, wie nervös sie war. Irgendetwas war da faul. Ich war kurz davor, ihr zu sagen, dass ich in fünf Minuten aufbrechen würde, doch stattdessen sagte ich: »Ich muss erst in einer Stunde dort sein.«

Sie blinzelte überrascht, stand auf und schaute aus dem Fenster, dann wieder zu mir. Ihre Panik war offenkundig.

»Was ist los, Nicole?«

Sie versuchte, ganz entspannt auszusehen, hakte ihre Finger in die Gürtelschlaufen ihrer Shorts. »Nichts. Rachels Eltern kommen zu spät.«

Ich setzte mich auf die Couch. »Ich warte mit dir.«

»Schön.« Doch ich merkte, dass sie fast durchdrehte. Ein feiner Schweißfilm bedeckte bereits ihre Stirn. Sie schaute zum Telefon.

»Musst du noch jemanden anrufen?«, fragte ich.

Sie starrte mich finster an, doch ich konnte sehen, dass sie fieberhaft nachdachte. »Vielleicht sollte ich mal anrufen und nachfragen, ob alles in Ordnung ist.« Sie ging zum Telefon und wählte eine Nummer.

»Hi, ich bin's. Ich wollte nur wissen, ob deine Mom bald kommt.« Sie schwieg einen Moment, dann sagte sie: »Okay, ich warte hier mit meiner Schwester ... Nein, sie muss erst in einer Stunde bei der Arbeit sein ... Bis später!« Sie legte auf und kam zurück ins Wohnzimmer. »Sie sind ein wenig in Verzug.«

»Mit wem triffst du dich *wirklich*?«

»Ich hab's dir doch gesagt, Rachels Eltern holen mich ab.«

Ich ging mit dem Kaffee in die Küche und nahm das Telefon. »Dann wird ja einer von ihnen rangehen, wenn ich die Wahlwiederholung drücke, nicht wahr?«

Ehe ich irgendetwas tun konnte, stürzte sie sich auf mich und schubste mich so kräftig, dass ich gegen die Kante der Arbeitsfläche stieß. Ich war so überrascht, dass ich das Telefon fallen ließ. Wir griffen gleichzeitig danach und rangen miteinander auf dem Fußboden. Sie war stärker, als ich in Erinnerung hatte, doch schließlich schaffte ich es, mich rittlings auf sie zu setzen.

Ich hielt das Telefon in die Luft und begann nach der Wahlwiederholung zu tasten.

»Toni – bitte!«

Nicoles Gesicht zeigte solche Verzweiflung und Panik,

dass ich zögerte, das Telefon noch in der Hand. Ich wollte wirklich wissen, wen sie angerufen hatte, doch dann sah ich den diamantbesetzten Blumenanhänger, der in der Mulde ihrer Kehle lag. Ich hatte ihn nie zuvor bei ihr gesehen. Er muss ihr während unserer Rangelei unter der Bluse hervorgerutscht sein.

»Was ist bloß mit dir los?«, fragte ich.

Sie fing an zu weinen. »Es ist ein Geheimnis, okay?«

»Und du schleichst dich davon, um dich mit diesem Jungen zu treffen?« Ich deute auf den Anhänger. »Hat er dir das geschenkt?«

Sie nickte, Tränen liefen ihr übers Gesicht. »Ja, okay, ich habe einen Freund, aber er ist auf dem College, und Mom und Dad würden ihn nicht mögen. Wir wollen das ganze Wochenende zusammen verbringen. Das verstehst du doch, oder? Es ist wie bei dir und Ryan.«

Ich ließ mich zurücksinken, blieb aber auf ihr hocken. »Ich habe nie gelogen und behauptet, er wäre nicht mein Freund.« Nachdenklich zog ich die Brauen zusammen. »Was stimmt denn nicht mit ihm?«

Sie zögerte, dann sagte sie: »Er arbeitet für Dad.«

Ach du Hölle. Mom und Dad wären stinksauer, wenn sie wüssten, dass Nicole mit einem ihrer Angestellten was am Laufen hatte. Ich überlegte, welcher es sein könnte, doch es gab mehrere junge Männer, die auf verschiedenen Baustellen für Dad arbeiteten.

Ich reichte ihr das Telefon, dann stand ich auf und schaute auf die Uhr. »Ist es schon so spät? Ups, ich glaube, ich hab da was durcheinandergebracht. Ich muss sofort los zur Arbeit.«

Sie sprang auf, die Hände in die Hüften gestützt. »Blöde Kuh. Du hast mich reingelegt!«

»Das ist nicht witzig, was?« Ich schnappte mir meine Tasche und die Schlüssel. An der Tür blieb ich noch einmal stehen und sah sie an. »Bist du sicher, dass du mit diesem Typ losziehen willst? Ein paar von Dads Leuten sind ziemlich komisch.«

Sie nickte. »Es ist vollkommen sicher – wir wollen einfach nur allein sein.« Sie sah mich bittend an. »Erzähl Mom und Dad nichts. Ich liebe ihn, und sie würden uns zwingen, uns zu trennen.«

Ich dachte an meine eigene Beziehung zu Ryan, dass ich gedacht hatte, ich müsste sterben, als sie mir einen Monat Hausarrest aufbrummten und ich ihn nicht so oft sehen konnte.

»Ich sage nichts.«

Später im Restaurant fragte ich mich, ob ich hätte herausfinden sollen, wohin sie gingen. Was, wenn dieser Typ ihr etwas antat? Sollte ich meinen Eltern erzählen, was sie wirklich trieb? Sie würden ausflippen, und ich hätte Nicole gehasst, wenn sie *mich* verpfiffen hätte. Egal, wie beschissen sie sich diesen Sommer verhalten hatte, sie war immer noch meine Schwester.

Ein paar Tage später lag ich mit Amy am Strand und quatschte mit ihr über unsere Kerle. Ryan und ich hatten uns ein paar Wohnungen angeschaut und kamen uns sehr erwachsen vor, wenn wir über die Vor- und Nachteile der verschiedenen Häuser und Adressen diskutierten. Amy war neidisch, weil ihr Freund noch nicht mit ihr zusammenziehen wollte. Amy und ich waren uns wieder nähergekommen, je mehr ich meine Zurückhaltung aufgab, und an diesem Tag fühlte es sich fast an wie früher. Wir knabberten Pommes, lasen Zeitschriften und lachten.

Dann tauchten Shauna, Cathy und Nicole auf.

Ich wusste nicht, wo Rachel und Kim waren, aber die beiden hatten Ferienjobs. Kim wohnte jetzt bei Rachel. Im Juli war sie zu Hause rausgeflogen, doch niemand wusste mit Sicherheit, was passiert war. Ich glaubte, es hatte etwas damit zu tun, dass sie lesbisch war – ihre Mutter war angeblich eine religiöse Fanatikerin.

Amy und ich saßen auf unseren Decken und unterhielten uns, als sie vorbeikamen.

»Hi, Amy«, sagte Shauna.

Amy sagte »Hi«, und Shauna ging weiter.

Ich sah Amy böse an, und sie schaute mich entschuldigend an. »Das war nur ein Reflex«, flüsterte sie. Es nervte mich, dass sie immer so nervös war wegen Shauna – dass wir beide nervös waren.

Ein paar Meter von uns entfernt breiteten die anderen ihre Decken aus.

Ich sagte zu Amy: »Wir sollten von hier verschwinden.«

Wir standen auf und begannen, unsere Sachen zusammenzupacken. Ich trug einen neuen schwarzen Tankini – Ryan liebte ihn – und fühlte mich ziemlich schön darin, bis ich Shauna sagen hörte: »Sie hat immer noch *keine* Titten. Armer Ryan!«

Cathy lachte und sagte: »Vielleicht spart sie ja für eine Brustvergrößerung!«

Ich schaute zu ihnen rüber, bereit, es ihnen heimzuzahlen, doch ich wurde abgelenkt, als ich sah, dass Cathy sich etwas Weinschorle in ihren Plastikbecher goss. Ich stellte fest, dass alle drei helle Plastikbecher hatten, aus denen Strohhalme herausragten. Nicoles Augen hatten bereits einen verräterisch glasigen Schimmer, und als sie nach ihrer Sonnenmilch tastete, griff sie ein paarmal daneben.

Ich drehte mich zu Amy um. »Zum Teufel mit denen – die sind alle betrunken. Lass uns noch eine Weile bleiben.«

»Bist du sicher?« Erschrocken schaute sie zu den Mädchen, was mich noch wütender machte. Warum hatte sie so verdammt viel Angst vor ihnen?

»Ja. Ich laufe nicht vor ihr davon.« In Wahrheit wollte ich Nicole im Auge behalten. Es gefiel mir nicht, dass sie so betrunken war, besonders in aller Öffentlichkeit. Dabei war es gerade mal Mittag. Wann hatten sie angefangen zu trinken?

Wir setzten uns wieder. Ein paarmal ging ich zum Schwimmen ins Wasser, doch es kostete mich meine gesamte Kraft, selbstbewusst zu gehen, wenn ich das Geflüster und Gekicher aus Richtung der Mädchen hörte. Mir fiel auf, dass Nicole recht still war und fast deprimiert wirkte. Sie lachte zwar, aber es klang falsch, und ein paarmal bekam ich mit, wie Cathy und Shauna ihretwegen die Augen verdrehten. Fingen sie an, auf ihr herumzuhacken?

Ich ging noch einmal schwimmen, und als ich zu meinem Handtuch zurückkam, saß Amy mit versteinerter Miene da. »Ich will gehen. Sie sagen scheußliche Sachen über uns.«

»Okay.« Ich begann, meine Sachen zusammenzusuchen, und schüttelte mein Handtuch aus. Ich war es ohnehin leid, dass sie mich ständig finster anstarrten. Wir konnten genauso gut an einen anderen Strand gehen. Wenn Nicole eine Dummheit anstellte, war das ihr Problem. Trotzdem schaute ich prüfend zu ihr hinüber, ob sie noch betrunkener geworden war. Sie starrte zum Parkplatz, die Augen schmal, als versuche sie, irgendetwas besser zu erkennen.

Shauna drehte sich ebenfalls um. »Mist, was macht mein Dad denn hier?«

Jetzt sah ich den schwarzen Pick-up, der direkt an der Ecke parkte.

Nicole bedeckte ihren Drink. »Sollen wir die Becher versteck–«

»Ich kümmere mich darum.« Shauna ließ ihren Becher offen stehen und sagte zu Nicole und Cathy: »Bleibt hier und sagt kein Wort.«

Sie ging zum Parkplatz und sprach kurz durch das Fenster mit ihrem Dad. Er fuhr davon, und sie kam zurück.

»Er wollte nur fragen, ob er uns nach Hause fahren soll, aber ich habe gesagt, uns geht's gut.« Sie merkte, dass ich sie beobachtete. »Was glotzt du so?«

Sie war so selbstsicher, so überzeugt, dass sie mit allem durchkam, was sie wollte. Sie machte sich nicht einmal Sorgen, dass ihr Dad sie fast beim Trinken erwischt hätte. Womit würden sie noch durchkommen? In was würden sie Nicole noch mit hineinziehen?

Ich drehte mich um, nicht ehe ich Nicoles Blick aufgefangen hatte. Sie schaute hinunter auf ihren Becher und nahm einen tiefen Schluck.

Etwa ab Mitte August begann Nicole, sich zu Hause seltsam zu benehmen. Sie verbrachte Stunden in ihrem Zimmer, hörte Musik und verließ das Haus nur, wenn Mom und Dad sie förmlich hinausschleiften. Wenn Mom sie zum Abendessen nach unten rief, sagte sie, sie habe keinen Hunger. Tagsüber lag sie einfach nur auf der Couch, sah fern und zappte durch die Programme. An manchen Tagen duschte sie nicht einmal.

»Warum gehst du nicht mehr zu Shauna?«, fragte ich sie eines Tages, als sie wieder auf der Couch herumgammelte. Ich hoffte, sie hätten sich gestritten. Eines Abends hatte ich einen Wagen wie Shaunas vorbeifahren, wenden und noch einmal am Haus vorbeifahren sehen.

»Sie ist mit der Familie im Urlaub.« Vermutlich war es doch nicht Shauna gewesen. Aber es war ein weißes Auto gewesen, da war ich mir sicher. Vielleicht war es dieser Typ, mit dem sie zusammen war?

»Und was ist mit Cathy und den anderen?«

»Die sind alle beschäftigt. Haben Jobs und so.«

»Und was ist mit dir los? Du hockst hier die ganze Zeit depro herum.«

»Ich langweile mich einfach.« Aber sie sah aus, als würde sie gleich losheulen.

»Hast du dich von diesem Typen getrennt?«

Sie warf die Fernbedienung weg. »Warum kümmerst du dich nicht um deinen eigenen Kram?« Dann rannte sie hoch in ihr Zimmer und knallte die Tür hinter sich zu.

Als ich am nächsten Abend nach der Arbeit nach Hause kam, erwartete Mom mich am Küchentisch. Dad saß neben ihr. Beide machten ernste Gesichter.

»Was ist los?«, fragte ich.

»Das Oxycodon, das dein Vater nach seiner Operation bekommen hat, ist aus dem Medizinschrank verschwunden«, sagte Mom mit kalter, harter Stimme. »Die Flasche war noch fast voll.« Ich erinnerte mich, dass Dad Schmerzmittel bekommen hatte, als er letztes Jahr an der Schulter operiert worden war, doch seitdem hatte ich nicht mehr daran gedacht. Ich wusste nicht einmal, dass er noch welche übrig behalten hatte.

Jetzt war ich sauer. »Und ihr beschuldigt *mich*, es gestohlen zu haben?«

»Es wird ja wohl kaum allein zur Tür hinausspaziert sein.«

»Solche Drogen nehm ich nicht, Mom.«

»Wir wissen, dass du kiffst.«

»Na und? Die meisten Leute auf der Insel rauchen Gras.« *Und ich könnte im Moment ebenfalls gut etwas davon gebrauchen.*

Dad sagte: »Ryans Vater ist in der Vergangenheit für den Handel mit rezeptpflichtigen Medikamenten verhaftet worden, also haben wir uns gefragt, ob Ryan nicht vielleicht ...«

»Er hat sie nicht gestohlen – ich fass es nicht, dass ihr so was sagt!« Mein Gesicht war heiß, und ich war den Tränen nah. »Er hat nie irgendwas Falsches gemacht.«

»Ich bezweifle, dass du dich in jener Nacht ganz allein ins Haus der Andersons geschlichen hast«, sagte Mom. »Du hast uns früher schon angelogen.«

Frustriert schwieg ich und ärgerte mich über mich selbst, weil ich bei den Nachbarn eingebrochen war und ihnen damit etwas gegen mich in die Hand gegeben hatte. Ich wurde noch wütender, wenn ich daran dachte, wer die Tabletten wahrscheinlich genommen hatte.

»Nicole hat in diesem Sommer jedes Wochenende mit Shauna Party gemacht. Ich habe sie sogar am Strand trinken sehen. Warum fragt ihr *sie* nicht wegen eurer Pillen?«

Meine Eltern wechselten hastig ein paar Blicke, und Dad sagte: »Vielleicht sollten wir Nicole bitten, sich zu uns zu setzen.«

Er ging sie holen, während ich auf den Tisch starrte und mich weigerte, meine Mom anzusehen. Nicole kam die Treppe herunter. Ihr Blick huschte zu mir, dann zu Mom. Sie trug einen Pyjama – gerüschte Baumwollshorts und ein hellrosa Tanktop mit Kätzchen darauf. Sie sah jünger aus als sechzehn. Ich wurde mir meines engen, schwarzen Tops und meines dunklen Make-ups bewusst und sah mich mit den Augen meiner Eltern. Ihre Tochter, die ständig Ärger machte. Aber hatten sie eigentlich Nicole in der letzten Zeit einmal richtig angesehen? Sie war noch dünner geworden, so dass ihre Schlüsselbeine schon vorragten, und das Haar hing schlaff herunter, als hätte sie es seit Tagen nicht mehr gewaschen. Sie setzte sich an den Tisch, die Arme fest um den Körper geschlungen.

»Was ist los?«, fragte sie.

»Wir wollen nur kurz mit dir reden«, sagte Mom. Sie erzählte ihr von den fehlenden Tabletten, dann sagte sie sanft: »Geht es dir gut? Gibt es irgendetwas, das du uns erzählen möchtest? Ich weiß, dass du manchmal schlimme Krämpfe hast …«

»Ja klar«, sagte ich, »mich beschuldigt ihr, die Tabletten geklaut zu haben, aber …«

»Sei still, Toni. Wir reden mit Nicole.«

Ich saß da, hörte mir kopfschüttelnd den Mist an und starrte Nicole finster an. Sie sollte besser die verdammte Wahrheit sagen, oder ich würde sie nach Strich und Faden fertigmachen.

»Ich habe sie nicht genommen«, sagte sie, »aber gestern habe ich Toni in eurem Zimmer gesehen.«

»Du miese Kuh.« Die Worte platzten aus mir heraus. »Ich bring dich *um*!«

Mein Dad sagte: »Toni, das reicht!«

»Ich hab sie nicht genommen. Sie lügt.« Ich wandte mich an Nicole. »Erzähl ihnen die Wahrheit – du weißt, dass ich sie nicht angerührt habe.«

Sie starrte nur auf den Tisch, als sie murmelte: »Ich habe sie auch nicht genommen.«

Ich sagte: »Das wirst du mir büßen.«

»Wage es nicht, deiner Schwester zu drohen!«, sagte Mom.

»Sie lügt, dass sich die Balken biegen – aber euch ist das völlig egal.« Meine Stimme wurde spitz und spöttisch. »Ihr glaubt, sie sei *so* perfekt. Warum fragt ihr nicht Rachels Eltern, ob Nicole letzten Monat wirklich mit ihnen zelten war? Sie hat einen älteren Freund – er arbeitet für Dad. Sie hat sich heimlich mit ihm getroffen.«

Nicole schnappte nach Luft, Tränen stiegen ihr in die Augen. »Das ist nicht wahr. Ich war das ganze Wochenende mit Rachel und den anderen Mädchen zusammen – wir waren am Big Bear Ridge. Ihr könnt sie anrufen, Mom. Sie wird es dir bestätigen.« Sie schüttelte den Kopf, inzwischen weinte sie. »Ich habe keinen Freund. Ich weiß nicht, warum sie diese Lügen über mich erzählt.«

Mom schüttelte ebenfalls den Kopf, als sie wieder zu mir schaute. »Ich habe deine hasserfüllte Haltung satt, Toni. Wir haben getan, was wir konnten, um zu dir durchzudringen, aber nichts hat funktioniert. Wir wollten es nicht dazu kommen lassen, aber jetzt bist du zu einer Lügnerin und einer Diebin geworden – und lässt uns keine andere Wahl. Es wird Zeit, dass du ausziehst.«

Überrascht und verletzt starrte ich sie an, die Worte hallten in meinem Kopf wider.

»Auch gut«, sagte ich und schluckte die Tränen herunter. »Wir wollten ohnehin demnächst zusammenziehen. Wir haben eine Wohnung gefunden, aber wir können erst Ende des Monats rein.« Ich wünschte, ich hätte auf der Stelle verschwinden können, aber Ryans Dad war schon die ganze Woche besoffen – Ryan wohnte zurzeit bei einem Freund. Und Amy war mit ihrer Familie im Urlaub.

»Bis dahin kannst du bleiben.« Mom wirkte traurig, aber resigniert, als habe der Streit sie erschöpft. »Ich bin sehr enttäuscht von dir, Toni. Ich hoffe aufrichtig, dass du dein

Leben bald in den Griff bekommst, ehe du es völlig vergeudest.«

Mein Dad schenkte mir ein ebenfalls trauriges Lächeln. »Wenn ihr Hilfe beim Umzug braucht, sagt mir Bescheid.«

Aus tränenverschleierten Augen sah ich ihn an. »Ich habe es nicht getan, Dad.«

»Ich würde dir gerne glauben, Toni, aber du machst es einem schwer.«

»Dad …« Ich wollte mich verteidigen, wollte, dass dieser Ausdruck der Enttäuschung aus seinem Gesicht verschwand, doch ich bekam keinen Ton an dem dicken Klumpen in meiner Kehle vorbei.

Er wandte sich an Nicole. »Gibt es irgendetwas, das du uns erzählen möchtest? Deine Schwester sagte, sie habe dich am Strand trinken sehen.«

Sie zögerte. Ich dachte, sie würde es zugeben, sie bewegte sich kurz, als wolle sie die Arme ausstrecken, doch dann sackte sie wieder auf dem Stuhl zusammen.

»Das denkt sie sich nur aus, weil sie sauer ist, dass ich mit Shauna zusammen bin. Ich trinke nicht.«

Mein Dad sah sie zweifelnd an. »In den letzten Wochen gammelst du nur zu Hause herum und bläst Trübsal. Wenn du irgendetwas auf dem Herzen hast …«

»Mir geht es gut.« Jetzt klang sie verärgert, und rasch fügte sie hinzu: »Ich langweile mich nur. Alle sind weg. Kann ich jetzt wieder ins Bett? Ich bin echt müde.« Sie gähnte ausgiebig.

Ich merkte, dass mein Dad wusste, dass sie irgendwo gelogen hatte und sie weiter befragen wollte, doch meine Mom tätschelte bereits Nicoles Schulter. »Ich glaube, wir können alle etwas Schlaf gebrauchen«, sagte sie. »Lasst uns ins Bett gehen.«

Sie verließen das Zimmer und ließen mich am Tisch sitzen, weinend und voller Hass auf meine Schwester. Sie hatte gelogen, und das würde ich ihr heimzahlen.

13. Kapitel

Echo Beach Freigängerhaus, Victoria
Januar 2013

Nachdem ich Helen gedroht hatte, ihr etwas ins Zimmer zu schmuggeln, ließ sie mich in Ruhe, und wir gingen uns fast ein Jahr lang aus dem Weg. Ich mochte sie trotzdem nicht, und ich war verdammt sicher, dass sie mich auch nicht mochte, aber solange sie mich nicht nervte, war mir das egal.

Angie, meine Zimmergenossin, zog aus, und ich bekam eine neue, Joanne, die ganz in Ordnung war. Sie hielt ihre Zimmerhälfte sauber, aber sie war ziemlich aufgedreht und geschwätzig. Sie war jünger als ich, hatte braune, strähnige Haare, zusammengekniffene Augen, für die sie eigentlich eine Brille gebraucht hätte, und einen großen Mund. Sie sprach ständig beim Essen, was mich wahnsinnig machte. Sie hatte wegen Drogenhandels gesessen, und ich hatte den Eindruck, sie würde immer noch ein wenig nebenbei dealen. Manchmal, wenn ich nach Hause kam, sah ich sie und Helen mit einem zwielichtig aussehenden Typen im Park am Ende der Straße reden, die Köpfe verstohlen zusammengesteckt. Ich achtete darauf, nie die Miene zu verziehen und dadurch zu verraten, dass ich sie bemerkt hatte oder mich darum scheren würde. Und das tat ich auch nicht. Wenn sie sich ihre Bewährung vermasseln wollten, dann war das ihre

Sache. Ich hatte andere Pläne für mein Leben. Ich durfte nur nicht vom Kurs abweichen.

Ich hatte einen anständigen Job in einem Restaurant in der Stadt. Angefangen hatte ich damit, in der Küche die Töpfe zu schrubben, war dann zur Hilfsköchin aufgestiegen und durfte inzwischen hin und wieder eine Schicht am Grill übernehmen. Es war eine heiße, schmutzige Arbeit, und wenn ich nach Hause kam, stank ich nach Bratfett, aber das war mir egal. Ich war froh, dass ich endlich etwas Geld zurücklegen konnte. Wenn ich nicht arbeitete, traf ich mich mit meiner Bewährungshelferin, ging zu meinen Selbsthilfegruppen, wo ich ein paar Freundschaften schloss, und half als Hundeausführerin im Tierheim aus. Mein Leben war noch nicht geordnet genug, um selbst einen Hund zu haben, aber das war eines der ersten Dinge, um die ich mich kümmern würde, sobald ich eine eigene Wohnung in Campbell River hatte. Ich hatte beschlossen zurückzukehren, sobald ich endgültig auf Bewährung draußen war.

Ich wusste, dass es verrückt war – dort war der ganze Wahnsinn passiert, dort hassten mich die Leute immer noch, einschließlich meiner eigenen Mutter. Trotzdem, ich musste zurück, musste beweisen, dass ich nicht der schlechte Mensch war, für den sie mich hielten. Ich wusste allerdings nicht, ob ich mir das selbst beweisen wollte, *musste*, oder allen anderen Menschen in der Stadt. Aber ich musste dorthin und es zumindest versuchen.

Sobald ich Freigängerin geworden war, hatte ich meinem Dad geschrieben, dass ich jetzt in Victoria war. Meine Eltern wussten vermutlich bereits, dass ich bewährungsberechtigt war, denn als Opfer meines »Verbrechens« waren sie zur Anhörung über die Bewährung eingeladen worden, aber sie waren nicht gekommen. Dad schrieb zurück, er freue sich, dass ich draußen sei und es mir gutgehe. Er erwähnte nicht, dass er mich besuchen könnte, und ich sprach auch nicht davon.

Ich wusste nicht, wo Ryan war oder ob er ebenfalls Freigänger war, aber ich ging davon aus, dass er in diesem Fall in Vancouver geblieben war. Zu wissen, dass er ebenfalls draußen sein könnte, steigerte die Verlockung, zu versuchen, irgendwie mit ihm Kontakt aufzunehmen, aber wir durften einander immer noch nicht sehen. Meine Bewährungshelferin hatte mich mehrmals ausdrücklich auf diese Auflage hingewiesen, was meine Vermutung zu bestätigen schien, dass Ryan ebenfalls Freigänger war. Manchmal wachte ich mitten in der Nacht unvermittelt auf, weil ich meinte, ein leises Klopfen am Fenster gehört zu haben, und halb damit rechnete, Ryan draußen auf dem Dach zu sehen, doch natürlich war er niemals dort.

Inzwischen war es Ende Januar geworden, Mitte März sollte ich vor dem Bewährungsausschuss erscheinen. Ich musste zeigen, dass ich schon einen Job für die Zeit nach der endgültigen Entlassung hatte sowie einen Platz, wo ich nach dem Auszug aus dem Freigängerhaus wohnen konnte. Ich hatte einen langen Brief an Mike, meinen alten Chef in Campbell River, geschrieben. Ich erzählte ihm, dass ich in einem Restaurant in Victoria arbeitete, dass ich an Selbsthilfegruppen teilnahm und versuchte, mein Leben zu sortieren. Ich fragte, ob die Möglichkeit bestehe, dass ich wieder für ihn arbeite, und erklärte, wie schwer es für Exsträflinge sei, überhaupt etwas zu finden. Ich fügte einen Lebenslauf bei, in dem ich alle Jobs aufgelistet hatte, die ich im Gefängnis gehabt hatte, sowie einen netten Brief von meinem derzeitigen Chef, der sagte, dass ich gute Arbeit leistete. Ich wusste, dass es ein Schuss ins Blaue war, und so war ich ziemlich überrascht, als ich eine Woche später einen Brief von Mike bekam, in dem er meinte, er könnte ab März noch eine Köchin gebrauchen, wenn ich hoffentlich endgültig draußen sei. Außerdem schrieb er, ein Freund von ihm habe ein altes Boot im Yachthafen liegen, auf dem ich wohnen könnte, die Miete sei günstig. Ich war aufgeregt und erleichtert. Wenn alles so gut lief wie bisher, würde ich schon bald auf Bewährung draußen und wieder in Campbell River sein, um mir ein normales Leben aufzubauen.

Eines Tages, etwa in der zweiten Februarwoche, nahm ich die Abkürzung durch den Park, als mir eine blonde Frau auffiel, die neben einem der Bäume stand. Sie hatte eine alte Jeansjacke eng um sich gewickelt und hüpfte auf der Stelle, als versuche sie, sich warmzuhalten, doch ihre Bewegungen waren ruckartig und fahrig. Sie beobachtete den Pfad vor uns und bemerkte nicht, dass ich von hinten kam. In der Nähe der Stelle, wo sie stand, hatte ich schon oft Junkies im Unterholz dichtgedrängt zusammenstehen sehen, und ich nahm an, sie wartete auf ihren Dealer. Schließlich hörte sie meine Schritte und drehte sich um. Jetzt erkannte ich, dass sie tatsächlich auf Drogen war. Ihr Gesicht war mager und skelettartig, ihre zu stark gebleichten, langen Haare trocken und spröde, der Blick trüb. Ich wollte schon einen großen Bogen um sie machen, als sie leise, fast zögerlich flüsterte: »Toni?«

Ich blieb stehen und nahm die Frau genauer unter die Lupe. Sie kam mir bekannt vor, aber ich konnte sie nicht einordnen. Kannte ich sie aus Rockland?

Sie lachte nervös. »Wow, ich hätte nie gedacht, dass ich dir noch mal über den Weg laufe.«

Das Lachen brachte mich schließlich darauf. Dieses tiefe,

heisere Lachen, das alle Jungs auf der Highschool gemocht hatten. Die Drogensüchtige war Cathy Schaeffer.

Quälende Erinnerungen stürmten wie rasch aufeinanderfolgende Schnappschüsse auf mich ein: Cathy und die anderen Mädchen, die mich in der Schule auslachten, die mich mit Nicole im Restaurant piesackten, die miteinander flüsternd in meinem Prozess saßen. Schließlich riss ich mich zusammen. Es war bedenklich, dass ich hier mit ihr zusammenstand. Ich schaute mich rasch um, um mich zu vergewissern, dass niemand den Pfad entlangkam. Es würde gar nicht gut aussehen, wenn man mich dabei erwischte, wie ich mit einer der Hauptbelastungszeuginnen aus meinem Prozess sprach – mit einer Drogenabhängigen zusammen gesehen zu werden war schon schlimm genug.

Ich wollte gerade weitergehen, als sie sagte: »Bist du draußen? Ich meine, bist du jetzt frei?«

Ich wollte mich an ihr vorbeidrücken, wollte vergessen, dass ich sie überhaupt gesehen hatte, doch in ihrer Stimme schwang etwas mit, Nervosität vermischt mit Scham, das mich innehalten ließen. Ich traf ihren Blick, bemerkte ihre riesigen, dunklen Pupillen, die offenen Wunden im Gesicht und an den Händen, und fragte mich, was aus dem wilden Partygirl von der Highschool, das keinen Spaß ausließ, geworden war. Spuren ihrer früheren Schönheit waren noch zu erkennen – die hohen Wangenknochen, die vollen, geschwungenen Lippen, die tiefliegenden Augen, alles zerfressen vom jahrelangen Drogenmissbrauch.

»Ich bin Freigängerin«, sagte ich.

»Das ist gut, oder? Gehst du zurück nach Campbell River?« Wieder diese nervöse, fast flehentliche Stimme, als wolle sie, dass ich vergaß, welche Zerstörung ihre Lügen in meinem Leben hinterlassen hatten. Ich starrte sie an. Wusste sie, was in jener Nacht wirklich geschehen war? Hatte sie meine Schwester getötet? Wusste sie, wer es getan hatte? Mein Schweigen machte sie nur noch nervöser. Sie hüpfte von einem Fuß auf den anderen, zog die Jacke noch enger um sich und leckte sich die Lippen, als wären sie plötzlich ausgetrocknet.

»Ja, wahrscheinlich«, murmelte ich, ebenfalls mit rauer Stimme.

»Ich lebe immer noch da – bin nur für das Wochenende in der Stadt«, sagte sie. »Shauna lebt auch noch dort ... mit ihrem Mann.«

Ich wusste nicht, ob sie nur Konversation betrieb oder ob sie mich warnen wollte, aber bei diesem Namen zogen sich meine Eingeweide zusammen. Ich wusste nicht viel über das Leben der Mädchen nach dem Prozess und war erstaunt, dass Shauna immer noch verheiratet war. Noch in jenem September, bald nach Nicoles Tod, war sie mit einem älteren Mann zusammengekommen und war bereits verheiratet und hatte ein Kind, als sie beim Prozess gegen uns aussagte.

Cathy redete weiter, sie sprach schnell, entweder aus Nervosität oder wegen der Drogen. »Rachel hat jetzt auch eine Familie mit zwei Jungs. Sie arbeitet im Krankenhaus. Kim ist gleich nach deinem Prozess weggezogen. Wir haben keinen Kontakt mehr ...«

»Wie schön für sie.« Ich hörte die Wut in meiner Stimme, den bitteren Zorn.

Cathy hörte es ebenfalls, hörte einen Moment auf herumzuzappeln, ihr Blick registrierte Gefahr. Sie machte einen Schritt zurück. Ich spürte, wie sich meine Hände unwillkürlich ballten, und musste mich zwingen, die Frau vor mir nicht anzugreifen und zu Boden zu werfen. Beinahe hätte ich einen Schritt nach vorn gemacht, doch dann sagte sie diese vier Worte, die Worte, die mir den Atem verschlugen.

»Es tut mir leid.«

Reglos standen wir da, im Moment gefangen. Eine Windbö blies ihr eine Strähne ins Gesicht; irgendwo ging eine Autoalarmanlage los. Mein Herz raste, tausend Fragen stürmten auf meinen Verstand ein. Was meinte sie damit? Wollte sie mir irgendetwas beichten? Ich versuchte, mich zu beruhigen. Holte tief Luft. *Denk nach.*

Ich sprach ganz langsam. »Was tut dir leid, Cathy?«

»Ich hab bloß …« Doch sie zögerte zu lange, als würde sie erst jetzt über das nachdenken, was sie hatte sagen wollen. »Es tut mir einfach leid, du weißt schon, das mit dem Prozess und so, wie wir waren … in der Highschool …«

Ihre Stimme erstarb, als sie allmählich abdriftete und mit bleichem Gesicht von ihrem Drogentrip herunterkam. Sie stolperte zu einer Parkbank und sah verzweifelt den Pfad hinunter. Ihr Dealer würde jede Minute auftauchen. Ich setzte mich wieder in Bewegung.

»Bis dann, Toni«, murmelte Cathy, als wären wir nichts als zwei alte Freundinnen, die sich zufällig getroffen hatten.

Die letzte Meile zum Freigängerhaus rannte ich, in dem Versuch, davonzulaufen – meinen Gedanken, meinen Erinnerungen, der Angst, die immer noch da war. Und diesen Mädchen.

Eine Woche später war ich allmählich über meine Begegnung mit Cathy und die schmerzhaften Erinnerungen, die sie aufgewühlt hatte, hinweg, aber ich überlegte noch einmal gründlich, ob ich wirklich nach Campbell River zurückwollte – jetzt, da ich wusste, dass Shauna immer noch dort lebte. Am Ende beschloss ich, an meinem Schlachtplan festzuhalten und mich auf die Zukunft zu konzentrieren, die in fast greifbarer Nähe war.

Dann lauerte Helen mir auf.

Eines Morgens aß ich gerade meine Cornflakes in der Küche, als sie ihren schwerfälligen Körper auf den Platz mir gegenüber plumpsen ließ. Der Stuhl knackte unter ihrem Gewicht, als sie sich vorbeugte. »Hast du mit Harley über mich geredet?«

Verwirrt blickte ich auf – und stellte fest, dass Joanne im Flur herumlungerte, als würde sie Wache halten. Das war gar nicht gut.

Ich schluckte die Cornflakes, die ich noch im Mund hatte, herunter. »Wieso sollte ich?«

»Jemand hat ihm erzählt, ich würde dealen – sie haben mein Zimmer durchsucht.«

Und wegen meiner Drohung dachte sie, ich sei das gewesen. Offensichtlich hatte man nichts gefunden, sonst hätte man sie bereits zurück nach Rockland verfrachtet. Trotzdem war sie sauer. Ich schaute mich um und sah eine der anderen Freigängerinnen aus der Küche schleichen. Unsere Blicke trafen sich, doch sie schaute sofort weg. Sie hieß Dawn, und sie ging auf dem Heimweg ebenfalls oft durch den Park. Hatte sie Helen verpfiffen?

»Ich habe niemandem etwas gesagt«, sagte ich, »weil ich nichts weiß. Ich habe jahrelang für Mord gesessen. Glaubst du, ich wäre so dämlich, deinetwegen irgendwelche Probleme zu machen, wo ich so kurz vor der Entlassung stehe?«

Ich hatte den Mord ins Spiel gebracht, weil ich Helen daran erinnern wollte, dass sie sich vor mir in Acht nehmen sollte, aber sie wirkte kein bisschen eingeschüchtert.

»Ich habe dich gewarnt, dich nicht mit mir anzulegen, Murphy.«

Sie stand auf und ging hinaus.

Später durchsuchte ich mein Zimmer. Wenn das Wachpersonal in Helens Zimmer nichts gefunden hatte, musste sie es irgendwo anders gebunkert haben. Ich würde jeden Tag nachsehen müssen. Joannes Hälfte durchsuchte ich ebenfalls, aber nur oberflächlich, da ich ihren Kram nicht zu sehr herumschieben wollte. Ich entdeckte keine Drogen, aber sie *mussten* irgendwo sein. Als Joanne von der Arbeit kam, ignorierte ich sie, als ich mich zum Schlafengehen fertig machte. Vorher hatte ich kein Problem damit gehabt, dass sie ihre Zeit mit Helen verbrachte, aber jetzt hatte sie in meinen Augen eine Grenze überschritten. Joanne ignorierte mich ebenfalls, was mir ganz recht war. Am liebsten hätte ich sie verprügelt, aber ich hatte zu viel zu verlieren – nächsten Monat war meine Anhörung.

So blieb es die ganze nächste Woche: Joanne und ich ignorierten uns, Helen beobachtete mich. Es gab ein Café, das ich gern besuchte, nur um dort zu sitzen oder zu lesen, doch jetzt sah ich Helen und Joanne an meinem üblichen Platz sitzen, und ich musste mir meinen Kaffee zum Mitnehmen fertig machen lassen. Ich aß kaum etwas und war völlig übermüdet, weil ich in Erwartung eines Angriffs ständig aufwachte und zu Joanne hinüberspähte, sobald sie sich auch nur umdrehte. Ich dachte an Shauna und die Mädchen, erinnerte mich an das permanente Gefühl, dass irgendetwas Schreckliches passieren würde. Ich versuchte mir einzureden, dass das jetzt anders sei, ich war schließlich erwachsen, doch ich fühlte mich genauso hilflos und voller Zorn wie in der Highschool.

Helen begann, mich im Flur anzurempeln, einen Stoß hier, einen kleinen Schubser dort. Manche der anderen Frauen im Haus, mit denen ich mich angefreundet hatte, begannen mich zu ignorieren. Niemand wollte mit hineingezogen werden. Ich konnte auch nicht zum Wachpersonal gehen, denn bisher war nichts Schwerwiegendes passiert. Und selbst wenn – ich konnte nichts sagen, ohne meine Bewährung zu riskieren. Helen brauchte nur etwas in mein Zimmer zu schmuggeln, und ich wäre geliefert. Ich musste durchhalten, doch es fiel mir immer schwerer, nicht zurückzuschlagen. Es würde nicht mehr lange dauern, und sie würde den Einsatz erhöhen, das Rempeln und Stoßen würden ihr schon bald nicht mehr genügen. Ich wollte nicht mit dem Finger auf Dawn zeigen, denn sie hatte Kinder, außerdem würde es ohnehin nichts ändern. Schlägertypen wie Helen fühlten sich erst besser, wenn sie jemanden ernstlich verletzt hatten. Sie führte irgendetwas im Schilde, ich wusste nur nicht, wann es so weit sein würde.

Eine Woche später, Anfang März, hatte ich einen Nachmittag frei. Es war sonnig, aber immer noch kalt. Ich schnappte mir meinen dicken Kapuzenpullover, ein Buch und einen Kaffee und ging zum Park in der Nähe des Hauses, von dem aus man aufs Meer schauen konnte. Es war mein Lieblingsplatz, um abzuschalten. Manchmal las ich nicht einmal, sondern saß nur da und starrte aufs Wasser, auf diese unermessliche Fläche. Oft wanderten meine Gedanken zurück zu den Frauen in Rockland, und ich hoffte, dass es ihnen gutging. Normalerweise suchte ich mir eine Bank aus, die ganz offen stand, damit ich jeden sehen konnte, der kam oder ging. An diesem Tag jedoch saß ein älteres Paar an meiner üblichen Stelle, so dass ich mir eine andere Bank suchen musste, die versteckter hinter den Bäumen stand. Trotzdem fühlte ich mich sicher, da Helen und Joanne bei der Arbeit waren.

Ich hatte gerade eine Seite im Buch umgeblättert, neugierig auf die nächste Szene, als ich eine Bewegung hinter mir wahrnahm. Ehe ich reagieren konnte, legte sich ein Arm um meine Kehle, und ich wurde über die Banklehne gezerrt. Das Buch flog runter. Ich trat um mich und wehrte mich. Das harte Metall der Bank bohrte sich in meinen Rücken, als ich darübergezogen und auf den Boden geworfen wurde. Ich biss mir selbst auf die Zunge. Ich hatte gerade noch genügend Zeit festzustellen, dass es Helen war, mit Joanne hinter sich, als sie auch schon begannen, auf mein Gesicht einzuprügeln. Ich blockte die Schläge ab, krümmte und wand mich und spürte einen stechenden Schmerz, als Helen meinen Arm traf. Scheiße. Sie trugen Schlagringe. Dieses Mal wollten sie Spuren hinterlassen. Ich rollte mich zu einem Ball zusammen, schützte mein Gesicht und den Kopf und steckte einen Schlag nach dem anderen ein, gegen die Nieren, den Rücken, die Arme und Beine.

Plötzlich eine gedämpfte Stimme. Joanne. Endlich hörten die Schläge auf, Schritte, die sich rennend entfernten, lautes Atmen, das immer leiser wurde.

Dann eine neue Stimme. »O mein Gott, sind Sie verletzt?« Behutsame Hände an meinem Arm.

Ich nahm die Hände vom Gesicht, öffnete die Augen und versuchte, wieder Luft zu bekommen. Langsam und stöhnend streckte ich mich aus.

Eine Frau im Jogginganzug sagte: »Soll ich einen Krankenwagen rufen?«

Ich schüttelte den Kopf. »Es geht schon.«

Besorgt sah sie mich an, das Handy bereits in der Hand.

Mühsam kam ich auf die Beine, lehnte mich gegen die

Bank und hielt mich an der Rückenlehne fest, während schwarze Punkte vor meinen Augen tanzten. Meine Knie gaben beinahe nach, doch ich hielt durch.

Ich zwang mich zu einem Lächeln. »Es geht schon, wirklich. Ich werde selbst die Polizei rufen.«

Ich humpelte zur Parktoilette und versuchte, mich so gut es ging sauber zu machen. Überall an meinem Körper bildeten sich bereits Schwellungen, doch zumindest mein Gesicht war unverletzt geblieben. Als ich das Freigängerhaus betrat, hielt ich mich ganz gerade. Jeder Atemzug löste einen stechenden Schmerz aus, doch ich versuchte, mir nicht anmerken zu lassen, wie übel ich verletzt war. Helen stand am Empfang und unterhielt sich mit einem der Mitarbeiter. Ihr Blick wanderte von mir zum Wachmann und wieder zu mir, als warte sie darauf, dass ich etwas sagte.

»Wie geht's, Murphy?«, sagte sie, als ich mich eintrug.

»Klasse.« Ich nickte lächelnd. »Hab mich nie besser gefühlt.«

Ärger blitzte in ihren Augen auf, aber sie konnte nichts tun. Ich füllte die Anmeldung fertig aus und ging nach oben, ohne sie noch eines Blickes zu würdigen.

Joanne war in unserem Zimmer. Ich ging zu ihr, packte sie am T-Shirt und zog es an der Kehle ganz eng zusammen, so dass sie keuchend nach Luft schnappte. Ich hatte am ganzen Körper Schmerzen, aber ich biss die Zähne zusammen. Ihr Blick huschte zur Tür, ihr Mund war geöffnet, als wolle sie um Hilfe rufen. Ich presste ihr die Hand auf den Mund. Ich beugte mich vor, bis ich die roten Äderchen in ihren Augen erkennen konnte und den abgestandenen Zigarettenrauch und irgendetwas Chemisches roch, das ihre Haut verströmte, ein Geruch, der durch ihre Angst noch stechender wurde.

»Rühr mich noch einmal an, leg dich auch nur einmal mit mir an, und ich bring dich um. Verstanden?«

Sie nickte hektisch. Ich ließ sie los, und sie fiel wieder aufs Bett und rieb sich die Kehle.

»Bleib mir verdammt nochmal vom Leibe, oder ich schlitze dich auf wie ein Schwein.«

Sie sah mich an, in ihrem Blick lag sogar noch mehr Entsetzen als vorhin, als ich sie gepackt hatte. Sie wusste, dass ich keine leeren Drohungen ausstieß. Ich ging ins Bett, und dieses Mal schlief ich tief und fest.

Danach ging Joanne mir aus dem Weg. Helen beobachtete mich immer noch, und ich zweifelte nicht daran, dass sie, falls sie die Gelegenheit dazu bekäme, zu Ende führen würde, was sie angefangen hatte. Doch ich hatte nicht vor, ihr diese Gelegenheit zu bieten. Ich ging nicht mehr in den Park oder zum Tierheim, sondern nur noch zur Arbeit und zu meinen Selbsthilfegruppen, und zwar immer zusammen mit anderen Leuten, nie allein. Im Freigängerhaus mied ich sämtliche Gemeinschaftsbereiche und blieb die ganze Zeit in Sichtweite des Wachpersonals, bis es Zeit war, ins Bett zu gehen oder ich duschen musste. Selbst dann achtete ich darauf, immer etwas dabeizuhaben, wie einen Spiegel in der Hand, das ich zerbrechen und als Waffe benutzen konnte. Mein Kiefer schmerzte, weil ich die ganze Zeit die Zähne zusammenbiss, alle meine Muskeln waren kampfbereit. Ich nahm ab, da ich nur noch aß, wenn ich im Restaurant war, und mein Atem schien mir ständig in der Kehle stecken zu bleiben, aber die Tage vergingen ohne weitere Zwischenfälle.

Schließlich wurde ich zurück nach Rockland zu meiner Anhörung gefahren. Ich war nervös, auf meinem Kleid hatten sich unter den Achseln feuchte Flecken gebildet, und ich hasste es, Reue zeigen zu müssen, weil ich meine Schwester getötet hatte, obwohl ich wusste, dass ich unschuldig war, aber es musste sein. Damit meine Worte auch wirklich reuevoll und aufrichtig klangen, konzentrierte ich mich auf das Einzige, was ich an jener Nacht tatsächlich bereute. Ich dachte daran, wie sehr ich wünschte, Ryan und ich hätten andere Entscheidungen getroffen, daran, dass ich alles tun würde, um alles rückgängig zu machen. Einfacher war es, meine Beschämung auszudrücken, und noch einfacher, zu zeigen, wie sehr ich für den Rest meines Lebens das Richtige tun wollte.

Mir wurde volle Bewährung zugebilligt und gestattet, in Campbell River zu leben. Ich würde nach Hause gehen, an einen Ort, an dem niemand mich willkommen heißen würde.

Während ich im Freigängerhaus meine Habseligkeiten zusammenpackte, tauchte Helen in der Tür auf.

»Hab ein kleines Abschiedsgeschenk für dich, Murphy.« Sie warf eine Plastiktüte auf mein Bett, die neben meinem Koffer liegen blieb. Die Tüte hatte sich im Fallen leicht geöffnet, und ihr widerwärtiger Inhalt kippte teilweise auf mein Bett. Eine tote Ratte, das Symbol für Verräter.

Mir fiel ein, dass Harley vor zwei Tagen Fallen unter dem Haus aufgestellt hatte, und wie Helen gefeixt hatte, als ich vorbeigegangen war. Jetzt sah ich sie an.

»Bete besser darum, dass du mich nie wiedersiehst, du Schlampe«, sagte sie.

Ich drehte mich wieder zu meinem Koffer um und packte weiter. Sie blieb noch einen Moment stehen und beobachtete mich. Am liebsten hätte ich sie angeschrien, aber ich hielt den Mund, bis sie endlich wegging. Sie bedeutete nichts mehr. Ich war endlich frei.

14. Kapitel

Campbell River
August 1996

Nachdem Nicole wegen der Tabletten gelogen hatte, sprachen wir mehrere Tage nicht miteinander. Wir sahen uns nicht einmal an, wenn wir uns im Flur begegneten, und ich wartete, bis sie aus dem Badezimmer raus war, ehe ich mein Zimmer verließ. Einmal blieb sie vor meiner Zimmertür stehen, und ich dachte schon, sie würde anklopfen, doch dann ging sie weiter. Einmal klingelte spätabends das Telefon, und ich nahm an, es sei Ryan, doch als ich die Treppe herunterkam, legte Nicole gerade auf, mit blassem Gesicht und Tränen in den Augen. Sie stürmte an mir vorbei die Treppe hinauf und knallte die Tür hinter sich zu.

Am nächsten Tag erzählte ich Ryan von dem Anruf. »Ich glaube, irgendwelche Leute terrorisieren sie. Sie benimmt sich so merkwürdig. Ich weiß immer noch nicht, warum sie wegen der Tabletten gelogen hat.«

»Du glaubst doch nicht, dass sie irgendetwas damit zu tun hat, oder? Dass sie sich etwas antun will?«

Ich stockte, ein Angstschauder durchlief meinen Körper, doch dann dachte ich darüber nach.

»Nein, nicht Nicole. Sie macht sich viel zu große Sorgen um die Gefühle unserer Eltern und so. Shauna hat manchmal die Tabletten ihrer Großmutter zu Partys mitgebracht, damit wir damit herumexperimentieren konnten. Wahrscheinlich hat sie jetzt Nicole dazu überredet.«

»Jedenfalls ist es echt mies, dass sie es dir in die Schuhe geschoben hat.«

»Allerdings.« Ich war immer noch nicht darüber hinweg. Es war schon schlimm genug, dass sie mich das ganze Jahr lang schlecht behandelt hatte, aber mich regelrecht zu beschuldigen? Ich sah immer noch die Gesichter meiner Eltern vor mir, ihre Enttäuschung und Scham, dass ich ihre Tochter war. Wie sie mich seitdem behandelten, war sogar noch schlimmer, diese steife Höflichkeit, als versuchten sie nur, ja keinen Streit anzufangen, bis sie mich endlich los waren.

An diesem Freitagabend, dem vorletzten Wochenende im August, waren Mom und Dad zum Abendessen bei Freunden und wollten anschließend noch zu einem Open-Air-Konzert am Hafen. Ich packte ein paar Bücher für den Umzug ein, als Nicole an meiner Zimmertür auftauchte. Ich sah sie nicht einmal an.

»Toni, kann ich mit dir reden?«

»Ich habe dir nichts zu sagen.« Ich drehte mich immer noch nicht um.

»Es tut mir leid, was ich getan habe.« Ihre Stimme klang leise und zaghaft.

Jetzt sah ich sie an. Sie war nervös, nestelte am Träger ihres Tops herum, die Schultern waren sonnenverbrannt. Gestern hatte ich sie im Garten gesehen, wie sie auf der Liege lag, ohne zu lesen oder so etwas, sondern einfach nur den Zaun anstarrte.

»Was tut dir leid? Dass du mich für den Großteil des Jahres wie Dreck behandelt hast? Oder dafür, dass du mir die Schuld für etwas in die Schuhe geschoben hast, was du getan hast?«

Sie brach in Tränen aus, und die Schultern sackten nach unten, als sie die Hände vors Gesicht schlug. Ich wusste nicht, was ich sagen sollte. Ich war so daran gewöhnt zu streiten und hätte am liebsten geflucht und sie angebrüllt und angeschrien. Ihre Reaktion überraschte mich.

Ich setzte mich auf mein Bett und wartete, dass sie sich wieder beruhigte. Schließlich holte sie ein paarmal tief Luft und wischte sich das Gesicht mit der Hand ab.

»Ich weiß, dass ich unmöglich war. Ich kann kaum glauben, was ich getan habe.« Ihr entsetzter Blick legte nahe, dass sie von mehr sprach als nur davon, wie sie mich behandelt hatte.

»Was ist mit dir los?«, fragte ich. »Du hast dich absolut scheiße verhalten.«

»Ich ... ich kann es dir nicht sagen.«

Wütend schüttelte ich den Kopf und wollte wieder aufstehen.

Bittend streckte sie eine Hand aus. »Ich *will* es dir erzählen, wirklich, aber ich kann nicht. Es tut mir leid, Toni, ich kann einfach nicht.«

»Und warum bist du dann hier?«

»Ich möchte, dass du weißt, wie leid es mir tut, dass du dich meinetwegen so mies fühlst. Mir ist richtig schlecht davon.« Sie hielt sich den Bauch. »Ich werde Mom und Dad erzählen, dass ich die Tabletten genommen habe. Ich konnte nicht schlafen und dachte, sie würden helfen. Ich werde ihnen sogar sagen, wie gemein ich zu dir war.«

Sie klang aufrichtig, und sie sah wirklich traurig aus, so dass ich das Gefühl hatte, sie meine es ernst. Aber sie erzählte mir immer noch nicht alles.

»Warum kannst du nicht schlafen?«, fragte ich.

»Ich habe ... ich denke so viel nach.«

Ich sah sie eindringlich an, aber offensichtlich wollte sie nicht mehr verraten. »Ich ziehe sowieso aus«, sagte ich.

»Du gehst wirklich?« Sie sah aus, als würde sie erneut weinen.

»Was kümmert dich das? Du hast mich doch in den letzten Monaten wie Dreck behandelt.«

»Ich hab dir doch gesagt, dass es mir leidtut. Du bist meine Schwester, und die Vorstellung, dass du demnächst nicht mehr hier wohnst, ist merkwürdig. Die Schule fängt bald an, und zwei Jahre lang werde ich ganz alleine sein, und ...« Ihre Stimme brach, und sie holte schluchzend Luft.

»Ich dachte, das würde dir gefallen.«

»Nein.« Sie schüttelte den Kopf, sagte aber nichts mehr.

»Also gut, danke für die Entschuldigung.« Ich stand auf und begann weiterzupacken.

Sie blieb noch einen Moment stehen, dann kam sie langsam herüber und setzte sich auf mein Bett, am ganzen Körper angespannt, als warte sie nur darauf, dass ich sie hinauswarf. Das hätte ich auch am liebsten gemacht, verärgert, wie ich war, weil sie ständig abblockte, wenn ich sie fragte, was in ihrem Leben los war. Aber ich wollte auch wissen, ob sie vielleicht doch noch von allein mit irgendetwas herausrückte.

»Arbeitest du heute Abend?«, fragte sie.

»Nein, ich fahre mit Ryan zum See.« Wieso fragte sie? Ich argwöhnte, dass sie es Shauna erzählen würde oder so.

»Kann ich mitkommen? Wenn du ausgezogen bist, können wir so was vielleicht nicht mehr machen.«

Ich drehte mich um. »Hallo? Jetzt willst du plötzlich meine *Freundin* sein? Vergiss es.«

»Toni ...« Ihre Stimme klang rau und belegt. »Ich weiß, dass ich Mist gebaut hab. Diese Mädchen, sie sind so beliebt. Sie haben mir das Gefühl gegeben, auch cool zu sein, als stünde ich über den anderen, aber das ist falsch. Ich weiß, dass ich dich verletzt habe, ich hab einer Menge Leute weh getan.« Sie stand auf und ging zur Tür. »Ich verstehe es, wenn du mich hasst.«

Nachdenklich starrte ich auf ihren Rücken. Sie hatte von ihrer Freundschaft mit den Mädchen in der Vergangenheitsform gesprochen, und vielleicht sah sie die Dinge jetzt anders, jetzt, wo sie nicht mehr so oft mit ihnen zusammen war, aber ich hatte meine Zweifel. Mir fiel diese Redensart ein: *Kenne deine Freunde gut, aber deine Feinde noch besser.* Irgendetwas war bei ihr passiert, und ich wollte wissen, was.

»Meinetwegen kannst du mitkommen – wenn Ryan nichts dagegen hat.«

Sie drehte sich um, das Gesicht hoffnungsvoll und fast erleichtert. »Echt?«

»Ja.«

Doch kaum war das Wort über meine Lippen, da fragte ich mich, ob ich nicht gerade einen großen Fehler gemacht hatte.

An jenem Abend fuhren wir hinunter zum See. Ryan hatte eine Hand am Lenkrad seines Pick-ups, die andere lag auf meinem nackten Bein, mein Arm berührte seinen. Nicole saß rechts von mir. Ihre Haare kitzelten mich im Gesicht, als der Wind durchs offene Fenster hereinwehte. Die Sommerluft war noch heiß und roch nach Pinien. Wir trugen beide Shorts und Tanktops, unsere klebrige Haut duftete leicht nach Kokossonnenöl. Mit ernstem Gesicht starrte Nicole auf die dunkle Straße vor uns. Ich begriff immer noch nicht, warum sie mit uns kommen wollte, und traute ihr nicht.

Ryan und ich wären lieber allein gewesen, aber wir nahmen an, am See würden noch andere Leute sein, die sie kannte, zu denen sie sich setzen konnte.

Ryan rauchte eine Zigarette, zwischen den Beinen hatte er eine offene Flasche Bier. Wir machten uns keine Sorgen wegen der Cops, nicht auf der Nebenstrecke, die mitten durch die Einöde hinaus zum See führte. Manchmal errichteten sie eine Sperre an der Hauptstraße, aber sobald man einen bestimmten Punkt hinter sich gelassen hatte, hatte man freie Fahrt. Als wir den See erreichten, schaltete Ryan die Musik aus und fuhr langsamer, um zu sehen, wer noch alles da war. Mittlerweile war es nach zehn, und am Südufer des Sees standen nur noch ein paar Trucks. Ein Feuer brannte, und ein paar Jugendliche von der Highschool spielten plärrend ihre Musik ab. Wir nickten ihnen zu, und sie hoben zur Begrüßung ihr Bier. Ich war enttäuscht, dass keine Leute da waren, die Nicole kannte – jetzt würde sie den ganzen Abend an uns kleben bleiben. Ryan wendete den Truck so abrupt, dass er auf der rauen Piste zur Seite rutschte. Ich lachte, aber Nicole blieb still. Ich stieß ihr den Ellenbogen in die Seite. »O Mann, jetzt lach doch mal.« Sie versuchte ein Lächeln, aber es war gespielt. Ich wünschte, wir hätten sie nicht mitkommen lassen.

Wir fanden eine nette Stelle am Nordufer des Sees, saßen eine Weile da und hörten Musik. Die Scheinwerfer des Trucks strahlten das dunkle Wasser an. Ryan baute einen Joint, inhalierte tief und reichte ihn an mich weiter. Ich nahm einen Zug, hustete ein paarmal und bot den Joint Nicole an. Sie schüttelte den Kopf.

Ich zog die Brauen zusammen. »Wieso bist du überhaupt mit uns mitgekommen?«

»Ich hab's dir doch gesagt. Ich wollte noch Zeit mit dir

verbringen, bevor du ausziehst, und ich musste aus dem Haus raus.«

Nicoles Blick huschte zu mir, dann im dunklen Wald herum. Ihr ganzer Körper stand unter Spannung. Ich dachte daran, wie sie sich am Abend des Abschlussballs verhalten hatten, als wüsste sie, dass Shauna irgendetwas im Schilde führte.

»Wird Shauna heute Abend wieder über mich herfallen?«, fragte ich. »Hast du mich in die Falle gelockt?«

Sie wirkte bestürzt. »Nein – natürlich nicht! Der Wald ist nur so unheimlich.«

Nachts im Wald hatte sie schon immer Angst gehabt. Als wir Kinder waren, hatte sie Zelten gehasst. Ich entspannte mich ein wenig, reichte ihr eins von den Bieren, die zu meinen Füßen lagerten. Sie öffnete es, nippte kurz daran und sah sich wieder im Wald um.

Ich schaute zu Ryan, und er deutete mit dem Kopf zur Tür. Ich wusste, was er dachte – wir waren seit Tagen nicht allein gewesen.

»Ryan und ich gehen eine Runde spazieren«, sagte ich.

»Ihr lasst mich hier allein?« Sie klang entsetzt, ihre braunen Augen wirkten riesig. »Ich dachte, wir wollten was zusammen machen.«

»Machen wir auch – danach.«

Ryan schaltete die Scheinwerfer aus, ließ jedoch das Radio an und sprang aus dem Wagen. Ich folgte ihm. Er zerrte die Decke und einen Flachmann Southern Comfort hinterm Sitz hervor. Ich lachte und freute mich darauf, mit ihm zusammen zu sein, leicht benommen vom Bier und vom Kiffen.

Wir schlossen die Tür. Ryan beugte sich durch das offene Fenster und sagte: »Wir bleiben nicht lange weg.«

»Okay.« Nicole nickte, sah aber immer noch ängstlich aus.

Ich empfand einen Hauch von Schuldgefühl. »Wenn du so große Angst hast …«

»Nein, es geht schon. Viel Spaß.« Sie lächelte mich an.

Ich packte Ryans Hand. »Komm.«

Wir liefen in den Wald, Ryan vorweg. Ich drehte mich noch einmal um und sah, wie meine Schwester die Türen verriegelte und die Fenster hochkurbelte.

Ich schüttelte den Kopf. Was für ein Angsthase.

Zwei Trampelpfade später hatten Ryan und ich hinter einem der Felsvorsprünge eine gute Stelle gefunden. Er breitete die Decke auf einem vom Mond beschienenen Fleckchen aus und machte ein Feuer. Ich legte mich auf den Rücken, die Hände unterm Kopf, und blickte hinauf zu den Sternen. Ich wünschte, mein Leben könnte sich immer so frei anfühlen, nur Ryan und ich, ohne den Mist von irgendwelchen anderen Leuten.

Ryan baute noch einen Joint. Er nahm einen Zug und blies mir den Rauch in den Mund. Wir lachten, dann knutschten wir eine Weile, bis mein Körper sich ganz leicht und locker anfühlte. Ich schlang meine Beine um ihn, bis der Reißverschluss seiner Jeans mich kratzte. Er schälte mich aus dem T-Shirt, hakte den BH auf, und ich bekam in der kühlen Nachtluft Gänsehaut. Wir knutschten und nippten am Southern Comfort, bis meine Lippen brannten. Ich schmeckte die Süße in seinem Mund, in meinem Kopf drehte sich alles, und ich war herrlich stoned. Wir zogen uns aus und hatten Sex. Ich leckte seinen Hals, schmeckte Salz, seinen Körper, saubere Haare, von der Arbeit verschwitzte Haut. Über sein Stöhnen in meinem Ohr hinweg glaubte ich, ein Geräusch in der Ferne zu hören und hielt kurz inne. War das Nicole gewesen? Als ich nichts weiter hörte, schüttelte ich den Gedanken ab. Wir waren zu weit entfernt.

Anschließend kuschelten wir uns aneinander, deckten uns mit unseren Klamotten zu, vernichteten den restlichen Alkohol und den Rest vom Joint, den Ryan mir reichte. Schläfrig vom Sex, den Drogen und dem warmen Feuer schloss ich die Augen und hörte Ryan neben mir bereits schnarchen.

Unvermittelt wachte ich auf, erschreckt von der plötzlichen Dunkelheit, am ganzen Körper eiskalt. Das Feuer war heruntergebrannt, doch der Mond spendete genügend Licht, um zu erkennen, dass Ryan einen Arm übers Gesicht gelegt hatte, an den Handgelenken hatte er ein paar Kratzer. Ich versuchte, im Dunkeln einen Blick auf meine Uhr zu werfen. Fand Ryans Feuerzeug und machte es an. Es war ein Uhr morgens.

»Scheiße. Ryan, wach auf!«

Er schlug die Augen auf und sah sich orientierungslos um.

Ich war bereits auf den Beinen und sammelte mit einiger Mühe meine Klamotten zusammen. »Steh *auf*. Meine Mom bringt mich um.« Ich hatte zu Hause eine hastig hingekritzelte Nachricht hinterlassen, dass wir am See waren und um Mitternacht zu Hause sein würden, wenn Nicole zu Hause sein musste.

Wir rannten auf dem Trampelpfad zurück und suchten nach dem Hauptweg. Die schlagenden Zweige zerkratzten unsere Haut, ich fiel und schrammte mir Knie und Hände auf. Ryan half mir auf die Beine. Endlich stolperten wir auf die Lichtung. Die Musik war aus. Der Truck war still. Ich konnte Nicole nicht sehen. Hatte sie sich hingelegt?

Ryan öffnete die Tür und drehte sich mit verwirrtem Gesicht zu mir um. »Sie ist nicht da.«

»Bist du sicher?« Wir hatten keine Zeit für diesen Mist.

Er leuchtete mit seinem Feuerzeug hinein. Der Truck war leer.

Ich rief laut: »Nicole, wo bist du?«

Stille.

Ryan schrie: »Nicole, es tut uns leid, jetzt komm schon raus.«

Im Unterholz knackte es. Wir hielten den Atem an, Ryan machte das Feuerzeug aus, damit unsere Augen sich an die Dunkelheit gewöhnten. Wir starrten auf die Stelle und die Schatten. Trieb sie jetzt ihr Spielchen mit uns? Drehte den Spieß um? Allmählich wurde ich sauer.

»Vielleicht sucht sie uns«, sagte Ryan. »Ich starte den Truck. Wenn sie den Motor hört, kommt sie vielleicht zurück.«

»Okay.«

Ich blieb draußen stehen und blickte zu den dunklen Bäumen, während er den Motor startete und aufheulen ließ. Wir warteten einen Moment. Kein Zeichen von Nicole. Mein Ärger verwandelte sich in Furcht, dass meiner Schwester etwas zugestoßen sein könnte. Hatte sie sich im Dunkeln auf die Suche nach uns gemacht und sich verlaufen? Wir mussten sie finden.

»Wo kann sie hingegangen sein?«, überlegte ich. »Sollen wir herumfahren? Nach ihr suchen?«

»Ich weiß nicht.« Ryan sah ebenfalls besorgt aus. »Vielleicht ist sie zu den Leuten auf der anderen Seeseite gegangen. Steig ein, wir sehen da nach.«

Wenn sie mit den anderen zusammen Party machte, würde ich ihr gewaltig in den Hintern treten, weil sie mir so einen Schrecken eingejagt hatte. Ich ging vorne um den Truck herum und war einen Moment geblendet, als Ryan die Scheinwerfer einschaltete. Dann stieß er einen Schrei aus.

Ich wirbelte herum, mein Herz hämmerte in meiner Brust, als ich seine Angst hörte. Er war aus dem Truck gesprungen und rannte auf den See zu. Dann sah ich, was er gesehen hatte.

Den leblosen Körper meiner Schwester, der am Ufer im Wasser trieb, angestrahlt vom Licht der Scheinwerfer.

Wir stürzten beide ins Wasser. Ich brüllte: »Nicole! Nicole!«, und hörte Ryan schwer atmen.

Sie war nackt, ihre Haut eiskalt. Wir zogen sie ans Ufer und beugten uns über sie. Ich schob ihr die Haare zurück, um die Seite ihres Gesichts sehen zu können, und stellte fest, dass dieser Teil ihres Schädels eingeschlagen war, die Haare lagen lose in meiner Hand. Ich schaute auf das dunkle Blut, das meine Hand bedeckte, den Haarklumpen, dann wieder ins Gesicht meiner Schwester, das kaum noch zu erkennen war. Ich schrie, ein gellendes Heulen, das über dem See widerhallte.

Ryan tastete an ihrem Hals nach dem Puls. Er richtete sich auf, packte meine Schulter. »Hör auf, Toni. Sie ist tot. Wir müssen Hilfe holen.«

Tot. Das Wort raubte mir den Atem. Ich konzentrierte mich auf sein Gesicht, meine Zähne klapperten, ich schnappte nach Luft.

Er sagte: »Du musst dich beruhigen.« Doch sein Gesicht war weiß und entsetzt, seine Stimme ebenfalls hoch und erstickt.

»Sie kann nicht tot sein.« Ich sagte es wie eine Bitte, wie ein Flehen.

Er stand auf. »Komm.« Er nahm meinen Arm, versuchte mich hochzuziehen.

Ich beugte mich über meine Schwester, presste schluchzend mein Gesicht an ihre kalte Brust. »Nein, nein. O Gott, es tut mir so leid.« Ich umklammerte ihre Hand und stellte fest, dass ein Fingernagel abgerissen war. »Nicole, wach auf, bitte wach auf!« Vergeblich zog ich an ihrer Hand, versuchte, sie wieder zurück in diese Welt zu zerren.

Ryan kniete sich neben mich. Auch er weinte. Seine Stimme brach, als er sagte: »Wir müssen hier weg, Toni.«

»Ich kann sie nicht hierlassen. Ich kann nicht.«

»Wir wissen nicht, wer ihr das angetan hat – sie könnten immer noch hier sein.«

Ich schüttelte den Kopf. »Ich gehe nicht.«

Er hob mich unter meinen Armen hoch, während ich beißend und um mich tretend gegen ihn kämpfte. Er zerrte mich zum Truck und warf mich hinein. Beim Zurücksetzen spritzte der Kies auf, dann schoss er die Straße herunter. Nur am Rande nahm ich wahr, dass die anderen Feiernden verschwunden waren. Der vor uns liegende breite Highway, die gelbe Mittellinie, der Geruch von abgestandenem Marihuana, Alkohol, Seewasser und Angst überwältigten uns. Ryan drehte die Heizung auf, aber ich konnte nicht aufhören zu zittern, konnte nicht aufhören zu weinen.

Dann waren wir beim Polizeirevier. Das harte Neonlicht blendete. Ein Officer ging zu seinem Streifenwagen. Ryan und ich stiegen aus. Ich brach zusammen und schrie, dass meine Schwester Hilfe bräuchte. Ryan versuchte zu erklären, was geschehen war, aber der Cop starrte nur Ryans Truck an. Ich drehte mich um und sah die blutigen Fingerabdrücke, die die Seite verschmierten. Als hätte jemand versucht, wieder hineinzukommen.

15. Kapitel

Campbell River
Mai 2013

Ich wachte spät auf, verunsichert, was ich mit meinem freien Tag anfangen sollte. Ich hatte Mike gesagt, ich könnte eine Extraschicht arbeiten, falls er mich bräuchte – allmählich wurde es voller, jetzt, wo es Mitte Mai war und die Touristen kamen. Aber er hatte mir die Hölle heißgemacht und gemeint, ich bräuchte ein Privatleben. Wir wussten beide, dass das Restaurant mein Leben war, seit ich das Freigängerhaus verlassen hatte. Ich würde ihm für immer dankbar sein, dass er mir meinen Job zurückgegeben hatte. Natürlich musste ich jetzt in der Küche arbeiten, nicht vorn, wo die Gäste tuscheln und über die Frau Vermutungen anstellen würden, die ihre Schwester getötet hatte. Doch mir war der Trubel in der Küche ohnehin lieber. Außerdem war ein Job ein Job, und wenn man so einen Lebenslauf hatte wie ich, war es ziemlich schwer, einen zu bekommen.

Captain, mein graugescheckter Pitbull, lag noch bei mir im Bett. Dieser Faulpelz würde den ganzen Morgen schlafen, wenn ich ihn ließe, aber das war mir egal. Er war das Beste, was mir seit langer Zeit passiert war. Seit ich zurückgekommen war, half ich im Tierheim aus und ging mit den Hunden spazieren. Das Personal vom Tierheim war froh um die Unterstützung – und sie scherten sich nicht um meine Vergangenheit. Die Leiterin, Stephanie, war ziemlich taff, irgendwas Ende vierzig, hatte jede Menge Tattoos und Piercings. Wir hatten uns auf Anhieb gut verstanden. Sie stellte keine Fragen; wir unterhielten uns nur über die Hunde. Eines Tages kam dieser Pitbull mit dem traurigen Blick rein. Man hatte ihn geschlagen und hinter einem Truck hergeschleift. Im Tierheim wussten sie nicht, was sie mit ihm machen sollten, da er vermutlich schwer zu vermitteln sein würde mit seinen Narben und den verstümmelten Ohren, die man ohne Tierarzt zu kupieren versucht hatte. Falls ich jemals herausfinden sollte, wer das gewesen war, würde ich es demjenigen heimzahlen. Gleich am ersten Tag nahm ich ihn mit nach Hause. Er liebte es, auf einem Boot zu wohnen. Es war nur ein altes Segelboot, das nicht mehr seetüchtig war, aber ich hatte zum ersten Mal einen Platz für mich allein, und nach und nach kaufte ich Sachen dafür, neue Vorhänge, Kissenbezüge, eine kleine Mikrowelle.

Ich verließ mit Captain das Boot für den Morgenspaziergang auf dem Kai. Unterwegs grüßten ein paar Leute, die unten bei den Anlegern waren und den Tag vorbereiteten. Inzwischen hatten sie sich an mich gewöhnt, doch ich war sicher, dass sie mich mit Argwohn betrachteten, und wahrscheinlich redeten sie über mich, wenn ich nicht dabei war. Nachdem Captain fertig war, kochte ich mir einen Kaffee und machte das Boot sauber, was nicht lange dauerte. Ich setzte mich eine Weile aufs Oberdeck, genoss das Schaukeln des Bootes und beobachtete die Möwen, die über meinem Kopf kreisten. Captain lag, alle viere von sich gestreckt, auf dem warmen Boden. Ich konnte mich immer noch nicht daran gewöhnen, wie unglaublich die salzige Luft roch. Das war mir gleich als Erstes aufgefallen, als der Bus, der mich von Victoria hierhergebracht hatte, die Stadt erreicht hatte.

Am liebsten wäre ich von Fenster zu Fenster gelaufen, um alles in mich aufzusaugen.

Es hatte eine Weile gedauert, bis ich mich an die Umgebung und die Freiheit gewöhnt hatte, und manchmal machte es mich immer noch nervös. Ich war froh um das geschäftige Treiben im Yachthafen. Im Gefängnis gewöhnt man sich an den ständigen, niemals nachlassenden Lärm um einen herum. Selbst im Freigängerhaus hörte man immer irgendwelche Leute reden, essen, arbeiten, die Aufseher führten Zählungen durch, meine Zimmergenossin atmete oder drehte sich im Schlaf um. In meiner ersten Nacht auf dem Boot glaubte ich, von der Stille wahnsinnig zu werden. Zumindest half mir die geringe Größe des Bootes, mich sicher zu fühlen. Ich war es gewohnt, in engen Unterkünften zu leben.

Ich beschloss, mit Captain einen Spaziergang am Strand zu machen – ich lief jetzt jeden Tag meilenweit, manchmal hatte ich das Gefühl, ich könnte ewig einfach weiterlaufen. Anschließend wollte ich in die Stadt, ich brauchte ein paar neue Klamotten, obwohl ich Shopping hasste. All die Angebote verwirrten mich, so dass ich nur Jeans, Wanderstiefel, weiße T-Shirts, Flanellhemden oder, wenn es kalt war, Kapuzenpullover trug. Ich mochte immer noch keine Aufmerksamkeit auf mich ziehen.

Als ich zum Boot zurückkam, dämmerte es bereits. Ich stellte meinen Truck ab – ein Schnäppchen, das ich online für achthundert Dollar ergattert hatte und für das ich einen Großteil meiner Ersparnisse und meiner im Knast erworbenen Mechanikerkenntnisse gebraucht hatte. Im Freigängerhaus hatte ich mir bereits einen gebrauchten Laptop gekauft, und im Yachthafen hatte ich Wi-Fi. Ich ging gerade den Kai hinunter, als Captain in Alarmstellung stehen blieb und eines der anderen Fahrzeuge anstarrte. Ein tiefes Knurren stieg aus seiner Kehle auf. Ich blieb ebenfalls stehen, am ganzen Körper angespannt.

Ein Mann stieg aus dem Truck und lehnte sich an die Seite.

»Hey, Toni.« Er lächelte, die linke Seite seines Munds hob sich, als er seine Baseballkappe abnahm.

Es war Ryan.

Ich hielt den Atem an. War er es wirklich? Ich starrte sein Gesicht an, seine Augen, und versuchte, alles aufzunehmen, doch mein Herz schlug so schnell, dass ich keinen klaren Gedanken fassen konnte. Ich sah mich um. Beobachtete uns jemand? Auf dem Parkplatz war es ruhig. Ich schaute zurück zu Ryan, der mich anstarrte, den Kopf zur Seite geneigt. Das Lächeln war verschwunden, seine Miene war ernst. Warum war er hier? Ich packte Captains Leine fester und zog ihn zu mir. Ich hatte angenommen, Ryan sei in Vancouver geblieben und nicht so dämlich gewesen wie ich und nach Campbell River zurückgekehrt. Ich spürte seinen Blick auf meinem Gesicht ruhen. Das letzte Mal hatte ich ihn beim Prozess gesehen, als ich vom Sheriff fortgezerrt wurde, und jetzt standen wir einander auf einem Parkplatz gegenüber, mit sechs Metern und fünfzehn Jahren zwischen uns.

Er war jetzt fünfunddreißig und sah immer noch gut aus, aber auf eine härtere Art, auf gefährlichere Art. Seine Haare waren noch dunkelbraun, nicht grau, aber er hatte Falten im Gesicht, und eine Wange war vernarbt. Er trug ausgeblichene Jeans und ein enges weißes Hemd mit langen Ärmeln, die er bis zum Ellenbogen hochgeschoben hatte. Er war kräftiger geworden und sah aus, als würde er hart arbeiten, mit breiten Schultern und vorgewölbten Bizepsmuskeln. Seine Unterarme waren mit Tattoos bedeckt.

»Du siehst gut aus«, sagte er. »Du hast dich kaum verändert. Deine Haare gefallen mir.«

Früher hatte ich ganz leicht in seinem Gesicht lesen können, doch jetzt hatte ich keine Ahnung, was er empfand, ob er ebenfalls versuchte, sich an den Anblick von mir als erwachsene Frau zu gewöhnen. Ich sah besser aus als gleich nach meiner Entlassung. Seit ich mich gesünder ernährte, hatte ich etwas zugenommen, gerade genug, damit ich ein paar Kurven bekommen hatte. Manche Typen schienen mich immer noch süß zu finden, aber ein Blick von mir, und sie vergaßen die Sache. Ich hatte jedoch keine Ahnung, was Ryan erwartet hatte. Als er mich das letzte Mal gesehen hatte, war ich zwanzig Jahre alt gewesen.

»Was tust du hier?«, fragte ich.

»Wir müssen reden.« Seine Miene war immer noch ernst und unnahbar. Das Aussehen, das Gefangene nach Jahren im Knast bekamen, wo das Überleben davon abhing, dass man seine Gedanken verbarg.

»Du weißt, dass wir nicht miteinander sprechen dürfen.«

Er sah mich an, sein Blick wurde einen Moment traurig und enthüllte endlich einen Hinweis auf das, was in seinem Inneren vorgehen mochte. »Du hast aufgehört, mir zu schreiben.«

Er sagte es wie nebenbei, aber er wechselte in seine Harter-Kerl-Pose, breitbeinig, die Daumen in die Gürtelschlaufen gehakt – genauso hatte er in der Schule dagestanden, wenn er verbergen wollte, wie traurig oder verletzt er wegen irgendetwas war.

Immer noch schockiert, weil er vor mir stand, überlegte ich angestrengt, wie ich mich verständlich machen sollte.

»Es war der einzige Weg für mich, um zu überleben. Ich

musste nach vorn schauen und versuchen, alles – und jeden – zu vergessen. Es war ... einfacher so.«

Jetzt zeigte sein Gesicht die alte Wut, so wie damals, wenn jemand sagte, »Ich kenne deinen Vater, Junge«, und ihm in irgendeiner Sache eine Abfuhr erteilte.

»Für mich war es nicht einfacher«, sagte er.

Ich versuchte, auch etwas Wut in mir zu finden, irgendetwas, um mich zu verteidigen, doch ich war einfach nur traurig, als ich daran dachte, wie schwer es gewesen war, seine Briefe zu ignorieren, an dieses Gefühl, ihn im Stich zu lassen. »Nach unserer Verurteilung bin ich durchgedreht. Ich habe vollkommen dichtgemacht, habe niemanden an mich herangelassen. Ein paar Jahre bin ich da drin ziemlich ausgeflippt.«

Er wandte den Blick ab, schaute zum Wasser. »Ja, das verstehe ich. Ging mir genauso.«

Was er wohl durchgemacht hatte? Doch ich fragte ihn nicht, wusste nicht, ob ich es ertragen könnte, von seinem Schmerz zu hören, ohne zusammenzubrechen angesichts all dessen, was wir verloren hatten.

»Wie auch immer, es ist vorbei«, sagte ich.

»Und wenn nicht?«

In seiner Stimme schwang etwas mit, ein entschlossener Unterton, als wolle er eine Art Erklärung abgeben, die ich nicht bereit war anzuhören. Ich sah mich um. Der Parkplatz war immer noch leer. »Was redest du da?«

Jetzt wirkte er aufgeregt und hoffnungsvoll. Das machte mich nur noch nervöser. Hoffnung war eine gefährliche Sache.

»Erinnerst du dich an Cathy?«

»Natürlich.«

Seit wir uns in Victoria über den Weg gelaufen waren,

hatte ich sie ein paarmal draußen vor einer der Bars am Ufer gesehen, wenn ich spät nach Hause fuhr. Sie rauchte und klammerte sich immer an irgendeinen Kerl. Einmal hatte ich Mike im Restaurant über sie reden hören – sie hatte dort kurz gearbeitet, bevor ihre Drogensucht zum Problem wurde. Er kannte auch Cathys Mutter, die jetzt Cathys Kind großzog.

»Ich hab von ein paar Leuten gehört, dass sie in letzter Zeit auf Partys wegen jener Nacht damals rumheult und erzählt, sie wüsste, was wirklich passiert ist – und dass wir unschuldig sind. Ich bin mir jetzt sicher, dass Shauna und die Mädchen es getan haben.«

Ryan beobachtete mich mit festem Blick und wartete auf meine Reaktion. Doch ich war so überrascht und schockiert, dass ich nicht wusste, was ich tun sollte. In meinem Kopf drehte sich alles, Erinnerungen an jenes letzte Jahr und den Prozess stürmten auf mich ein.

Endlich fand ich meine Stimme wieder. »Vor ein paar Monaten habe ich sie in Victoria gesehen.« Ich erzählte ihm von meinem zufälligen Zusammentreffen mit Cathy.

»Vielleicht war das der Auslöser. Es war für sie leichter zu vergessen, als wir von der Bildfläche verschwunden waren, aber dann hat sie dich gesehen, und jetzt holen ihre Schuldgefühle sie ein.«

Ich dachte an Cathys nervöse Entschuldigung, an ihr bleiches Gesicht. Die ganzen Jahre über hatte ich das Gefühl gehabt, die Mädchen hätten etwas mit der Sache zu tun. Hatte ich womöglich recht gehabt?

»Sie hat sich ziemlich merkwürdig verhalten – und in der Schule waren sie damals echt grausam. Aber glaubst du wirklich, sie hätten Nicole tatsächlich *umbringen* können? Es war so brutal …« Ich dachte an Nicoles kalte Hand in meiner, an den abgerissenen Nagel. Sie musste sich heftig gewehrt haben.

»Sie *müssen* es gewesen sein«, sagte Ryan. »Sie haben nicht nur zum Spaß bei unserem Prozess gelogen.«

»Wenn Cathy tatsächlich etwas ausgeplaudert hätte, meinst du nicht, dass die Polizei ihr dann schon längst ein paar Fragen gestellt hätte?«

»Selbst wenn es jemand den Cops gemeldet hat, werden die der Sache nicht weiter nachgehen. Die wollen nicht, dass irgendjemand herausfindet, dass sie damals die Falschen erwischt haben.«

»Woher weißt du, dass sie nicht einfach stoned war und Schwachsinn geredet hat?«

»Ihr Bruder, der auch auf Crack ist, hat einem alten Kumpel von mir erzählt, Cathy habe ihm gebeichtet, sie wüsste, was wirklich mit Nicole passiert ist. Mehr hat sie nicht gesagt – sie hatte zu große Angst. Aber warum sollte sie so einen Mist erzählen, wenn sie nicht irgendwie mit drinhängen würde? Ich glaube, es brennt ihr schon lange auf den Nägeln, aber sie lässt es nur raus, wenn sie high ist. Sie hat sich bereiterklärt, sich diese Woche mit mir zu treffen.«

»Scheiße, Ryan.«

War das wahr? Hatten sie es wirklich getan? Aber warum sollten sie es auf Nicole abgesehen haben? Ich war diejenige gewesen, die sie hassten. Ich wollte Cathy selbst aufsuchen und sie zwingen, mir zu erzählen, was sie wusste, doch ich schreckte vor diesem Abgrund zurück. Nichts würde an den Fakten etwas ändern. Wir würden diese Jahre niemals zurückbekommen. Ohnehin würden wir es nie schaffen, irgendetwas von dem, was sie sagte, zu beweisen. Das Justizsystem hatte uns bereits einmal im Stich gelassen.

»Pass bloß auf«, sagte ich. »Wenn Suzanne das herausfindet, kann sie deine Bewährung aussetzen.« Ryan musste dieselbe Bewährungshelferin haben wie ich – sie war die einzige auf dem Nordende der Insel –, und mit einer Zeugin aus unserem Prozess zu reden war uns strikt untersagt. Wir könnten wegen Einschüchterung belangt werden. Es brauchte nicht viel, um zurückgeschickt zu werden.

»Cathy wird es niemandem erzählen. Sie fürchtet sich viel zu sehr vor Shauna.«

Ich stellte mir die Mädchen in jener Nacht vor, vielleicht hatten sie Jagd auf mich gemacht und Nicole allein im Truck entdeckt. Ich sah Nicoles Gesicht vor mir. Wut durchfuhr mich, als ich an die Brutalität des Überfalls dachte, und ich versuchte, die Bilder abzuschütteln. Ich musste gründlich darüber nachdenken, und ich musste vorsichtig sein. Wir wussten noch nicht mit Sicherheit, was Cathy wusste – falls sie überhaupt etwas wusste. Doch in einer Sache hatte Ryan recht. Wenn Cathy nichts damit zu tun hatte, warum gab sie dann jetzt zu, dass die Freundinnen damals gelogen hatten? Möglicherweise wollte sie damit Aufmerksamkeit erregen – im Knast hatte ich das häufig erlebt. Aber zu enthüllen, dass man die Wahrheit über einen alten Mord kannte, war ein gefährliches Spiel. Eines, in das ich mich nicht hineinziehen lassen durfte – nicht, wenn ich nicht wieder in den Knast wollte.

»Selbst wenn das stimmt, selbst wenn sie irgendetwas weiß, wird ihr niemand glauben. Das hat doch alles keinen Zweck. Halt dich einfach von ihnen fern, Ryan. Cathy ist bekannt dafür, dass sie Schwachsinn redet, wenn sie high ist. Du bist jetzt auf Bewährung draußen. Vermassel dir das nicht alles.«

»Willst du denn nicht, dass die wahren Mörder bezahlen sollen? Sie haben deine *Schwester* umgebracht – und uns

Jahre unseres Lebens gestohlen. Sie haben uns alles genommen.«

Er hielt meinen Blick fest, und ich sah darin die Worte, die er nicht aussprach: *Sie haben mir dich genommen.* Die Zeit dehnte sich, unsere Gefühle lagen bloß. Ich dachte an die Jugendlichen, die wir gewesen waren, dass ich immer zu ihm gehen und ihm die Arme um den Hals legen konnte, dass ich genau wusste, wie er roch und schmeckte. Und jetzt wusste ich nichts über ihn. Er war ein Fremder.

Winselnd zog Captain an der Leine und zerstörte den Moment, als er versuchte, mich hinunter zu den Anlegern zu zerren.

»Natürlich will ich, dass die richtige Person bestraft wird.« Ich wollte es so sehr, dass ich nicht einmal daran denken konnte. Und darunter lag noch ein weiteres Verlangen. Ich wollte mit Ryan zusammensitzen und reden. Ich wollte mit ihm durch die Gegend fahren, wollte einen Kaffee holen und alles mit ihm teilen, was im Laufe der Jahre geschehen war. Ich wollte ihn wieder kennenlernen, aber ich durfte nicht. *Wir* durften nicht. »Aber ich werde mir jetzt nicht mein Leben versauen. Tu, was du tun musst, aber lass mich da raus.«

»Toni …«

Ehe er noch etwas sagen konnte, ehe ich anfing zu weinen, drehte ich mich um und zog an Captains Leine. »Komm.«

Erst später fiel mir auf, dass Ryan nie gesagt hatte, dass die wahren Mörder gefasst werden sollten – er hatte gefragt, ob ich nicht wolle, dass sie dafür *bezahlten.*

16. Kapitel

Campbell River
August 1996

Nachdem Ryan und ich mit dem blutverschmierten Truck auf der Polizeiwache aufgetaucht waren, setzte uns ein Officer in ein Zimmer. Frank McKinney und Constable Doug Hicks kamen herein. Ich weinte, als ich McKinney sah, und würgte zwischen den Schluchzern hervor, dass »Nicole etwas Schreckliches« passiert sei. Sein Gesicht war bestürzt und ernst, als ich versuchte, ihm unsere Geschichte zu erzählen, stotternd und bisweilen unzusammenhängend. Ryan musste ein paarmal einspringen und meine Sätze beenden. Als sie sagten, sie müssten sich einzeln mit uns unterhalten, packte ich Ryans Arm und sagte: »Nein, ich brauche dich bei mir«, aber sie sagten, es würde helfen, die Sache schneller zu klären. Jemand brachte mir eine Decke und eine Tasse warmen Kaffee. McKinney drückte meine Schulter und sagte: »Ich weiß, dass du aufgeregt bist, Toni, aber versuch uns ganz genau zu erzählen, was am Abend passiert ist. Eins nach dem anderen. Ihr seid raus zum See gefahren?«

Ich erzählte ihm erneut, was passiert war, was wir gefunden hatten, als wir zum Truck zurückkamen, und bettelte: »Bitte, Sie müssen hinfahren und ihr helfen. Wir können sie nicht dort lassen.« Ich konnte es immer noch nicht begreifen, dass sie tot war und keine Hilfe mehr brauchte.

Der andere Officer, Hicks, sagte: »Wir haben jemanden hingeschickt, aber wir brauchen vielleicht Ihre Hilfe, um sie zu finden. Könnten Sie noch einmal mit uns zum See fahren, Toni?« Mir gefiel nicht, wie er meinen Namen sagte, in diesem vertraulichen Ton, als wären wir Freunde. Er kannte mich nicht. Ich wandte mich an McKinney und redete nur mit ihm.

»Ich komme mit, wenn Sie mich brauchen, aber …« Die Vorstellung, zurückzukehren, war furchteinflößend, trotzdem konnte ich den Gedanken nicht ertragen, dass Nicole immer noch ganz allein dort lag. Ich sagte: »Was ist mit meinen Eltern? Wer wird es ihnen sagen?« Die Gedanken, die mir durch den Kopf gingen, überwältigten mich. Ich konnte nicht aufhören, mit den Zähnen zu klappern, und ich zitterte am ganzen Leib. Meine Mom. Mein Dad. Ich wollte, dass sie hier bei mir waren, doch ich fürchtete ihren Schmerz, wenn sie herausfanden, was passiert war.

»Wir werden bald jemanden zu ihnen schicken«, sagte Hicks. »Wir müssen nur erst noch ein paar Dinge überprüfen.«

Sie stellten Fragen wie: »Habt ihr noch mehr Leute am See gesehen?« »Wie lange habt ihr sie allein gelassen?« »Wie viel habt ihr getrunken?« »Wie viele Drogen habt ihr genommen?« »Hattest du vorher schon einmal einen Blackout?«

Ich wusste nicht, warum irgendetwas davon wichtig sein sollte. Ich wollte einfach nur, dass sie Nicole halfen. Sie hörten mit der Befragung auf und gingen für eine Weile fort. Als sie wiederkamen, sagten sie, wir müssten mit ihnen kommen, sie könnten Nicole nicht finden. Sie holten Ryan, der ebenfalls bleich war und zitterte. Seine Augen waren blutunterlaufen, als hätte er geweint. In McKinneys

Wagen fuhren wir zum See hoch, dicht aneinandergedrängt hielten wir Hände, ohne ein Wort zu sagen. Die Markierungsstreifen auf der Straße verschwammen. Immer wieder verfiel ich in eine Art Schockzustand, manchmal war ich fast wie betäubt, dann wieder schluchzte ich so heftig, dass ich kaum noch Luft bekam. Einmal traf ich McKinneys Blick im Rückspiegel. Ich dachte daran, dass Nicole eine Freundin seiner Tochter war und er sie oft in seinem Haus gesehen hatte. Ich fragte mich, ob er wohl froh war, dass seine Tochter wohlbehalten zu Hause war und nicht tot am See lag.

Als wir den See erreichten, sah ich weitere Fahrzeuge, den Wagen des Coroners und noch mehr Polizeiautos. Ich konnte nicht mehr sprechen, mein ganzer Körper wurde von heftigen Schaudern durchgeschüttelt, und Ryan musste ihnen zeigen, wo wir geparkt hatten. Der Scheinwerfer eines der Autos streifte kurz über das Wasser, und ich sah Nicoles Leiche, immer noch am Ufer.

Ich begann zu schreien und konnte nicht mehr aufhören.

Alles, woran ich mich später erinnerte, war, dass Ryan versuchte, mich zu beruhigen, und dass Hicks sagte: »Bringt sie von hier fort.« Der Rest war ein verschwommenes Bild aus Stimmfetzen, Lichtblitzen und Uniformen. McKinney blieb am Tatort, und ein anderer Officer fuhr uns zurück zur Wache, wo wir erneut getrennt befragt wurden. Inzwischen hatte jemand meinen Eltern Bescheid gesagt, und sie wurden zum Leichenschauhaus gebracht, um Nicoles Leichnam zu identifizieren. Ryan willigte ein, dass die Polizei seinen Truck durchsuchte, der daraufhin beschlagnahmt wurde. Ryans Eltern tauchten auf, um ihn mit nach Hause zu nehmen. Er umarmte mich, ehe sie aufbrachen, und sah besorgt aus, als er mir ins Ohr flüsterte: »Pass auf, was du sagst.«

Dann war er verschwunden. Ich wurde in einem Raum mit einer Polizistin festgehalten, die mir ständig Fragen über meinen Job und die Schule stellte, doch ich konnte mich auf nichts von dem konzentrieren, was sie sagte. Ich wollte nur heim zu meinen Eltern.

Ein paar Stunden später fuhr die Polizistin mich nach Hause. Eine weitere Beamtin saß mit meinen Eltern im Wohnzimmer. Sie stand auf, als wir eintraten. Frank McKinney war ebenfalls dort, er saß neben meiner Mom auf der Couch. Mein Dad eilte zu mir, schloss mich in die Arme und hielt mich fest. Schluchzend sank ich zusammen und spürte, dass er ebenfalls am ganzen Leib zitterte. Über seine Schulter konnte ich meine Mom mit bleichem Gesicht auf der Couch sitzen sehen. Das Make-up hatte Streifen auf ihren Wangen hinterlassen, die Haut war rot und fleckig, ihre Augen waren voller Qual.

»Mom …« Ich wollte zu ihr laufen, wollte mich ihr in die Arme werfen.

Sie schrie mich an, den Mund weit aufgerissen und von Schmerzen gepeinigt. »Warum hast du sie mit da rausgenommen? *Warum?*« Dann begann sie zu schluchzen, die Hände vorm Gesicht.

»Mom, es tut mir leid …« Ich machte einen Schritt auf sie zu, doch McKinney bedeutete mir, stehen zu bleiben, und legte ihr einen Arm um die Schultern.

Mom nahm die Hände vom Gesicht und sah ihn hilflos an. »Frank, *warum*? Warum sollte jemand meinem Baby so etwas antun?«

»Ich weiß es nicht, Pam. Ich weiß es wirklich nicht.« Seine Stimme war belegt. »Aber wir werden alles tun, um sie zu finden. Jemand wird dafür bezahlen.« Jetzt klang seine Stimme rau und wütend, sein Gesichtsausdruck wirkte fast brutal. Ich fühlte mich bestärkt, fühlte mich sicherer. *Ja, sie werden denjenigen finden, der das getan hat.*

Zu dem Zeitpunkt wusste ich noch nicht, was Ryan bereits begriffen hatte: dass sie uns schon verdächtigten, schon jetzt unsere Reaktionen beobachteten, unsere Worte registrierten. Wir waren diejenigen, die dafür würden bezahlen müssen.

In der Woche nach dem Mord an Nicole verbrachte Dad den Großteil des Tages und des Abends draußen in der Garage oder saß im Wohnzimmer herum, das Gesicht unrasiert, dunkle Schatten unter den Augen, die ins Nichts starrten, selbst wenn der Fernseher lief. Das Zischen einer weiteren Bierdose, die geöffnet wurde, war das einzige Zeichen, dass er wach war. Viel Zeit verbrachte er auch damit, aus den Fenstern zu starren, anfangs auf die Übertragungswagen und Reporter. Einmal ging er sogar raus und schrie, sie sollten »verdammt nochmal von meinem Rasen verschwinden«. Später, als die Medienmeute allmählich kleiner wurde, starrte er nur noch hinaus in die dunkle Nacht, als warte er darauf, dass Nicole nach Hause käme. Mom wanderte benommen und blass herum, die Haare total zerzaust, und sah mich an, als wüsste sie nicht, wer ich war oder wie ich ins Haus gekommen war. Ich hörte sie am Telefon mit Freunden sprechen, weinend und flüsternd: »Ich weiß nicht, warum sie sie an dem Abend mit da rausgenommen haben. Ich begreife nicht, was passiert ist.«

Ich wusste, was sie eigentlich sagte. *Tom ist schuld, dass Nicole tot ist.*

Sie hatte recht. Wenn ich Nicole nicht mitgenommen hätte, wäre sie noch am Leben. Immer wieder spielte ich die Nacht in Gedanken durch. Versuchte, einen Sinn darin zu entdecken, aber nichts schien noch irgendeinen Sinn zu ergeben. Meine Schwester war tot.

Manchmal ging ich in ihr Zimmer, wenn meine Eltern schliefen – der Arzt hatte meiner Mom Tabletten gegeben, und sie ging früh ins Bett. Dad stolperte normalerweise gegen ein oder zwei Uhr morgens ins Bett, oder ich fand ihn auf der Couch. Eines Nachts hörte ich ihn unten weinen, und es brachte mich fast um, ihn wie einen kleinen Jungen schluchzen zu hören.

Ich hatte meine eigenen Rituale. Ich legte mich auf Nicoles Bett und umklammerte ihr Kopfkissen, das immer noch nach ihrer zitronenfrischen Sauberkeit roch. Ich holte ihre Sachen hervor, selbst die Schmutzwäsche aus dem Wäschepuff, und drückte mein Gesicht hinein, roch ihre Haut, ihren Körper, den Geruch eines Teenagermädchens. Ich konnte ihr Lachen in meinem Kopf hören, wenn sie aufgeregt war, weil sie ausging oder am Telefon mit einer Freundin sprach. Dann wieder sah ich ihr ängstliches Gesicht, weil wir sie im Truck allein ließen. Und ich sah, wie sie später ausgesehen hatte, als wir sie fanden, und mir blieb der Atem in der Kehle stecken.

Ständig hatte ich Albträume. Ich wachte abrupt auf, mein Herz pochte in der Dunkelheit. Einmal hörte ich ein Weinen in ihrem Zimmer, und einen entsetzlichen Moment lang dachte ich, es sei Nicoles Geist, doch dann hörte ich die tiefe Stimme meines Dads und begriff, dass es meine Mom war, die weinte, und mein Dad sie zu trösten versuchte. Ich weinte allein in meinem Bett und dachte an Ryan. Seit jener Nacht hatten wir uns nicht oft gesehen, aber wir versuchten, jeden Tag zu telefonieren. Er fragte mich, wie es mir ging, und ich fing an zu weinen, während er versuchte, mich zu trösten. Doch ich hörte auch die Angst in seiner Stimme und dieselbe Verwirrung, die auch ich empfand, dieselben Schuldgefühle.

Manchmal kam Mom in mein Zimmer und bat mich, ihr noch einmal alles zu erzählen, was an jenem Abend geschehen war. Ich hatte ihr erzählt, dass Nicole zu mir ins Zimmer gekommen war, dass sie sich entschuldigt hatte, dass sie mich gebeten hatte, mit mir und Ryan mitkommen zu dürfen. Mom unterbrach mich an verschiedenen Stellen, bat mich, etwas zu wiederholen, wollte jedes Detail wissen. »Was hatte sie an? Wo stand sie, als sie das sagte?« Als ich ihr erzählte, Nicole hätte gesagt, irgendetwas sei los, aber sie könne nicht mit mir darüber sprechen, versteifte Mom sich darauf und versuchte mich dazu zu bringen, an alles zu denken, was ich vergessen hatte. Sobald es um den Teil mit dem See ging, zögerte ich, ich hasste den Ausdruck auf Moms Gesicht, wenn ich ihr beschrieb, wie wir Nicole allein gelassen hatten. Wenn ich zu dem Teil kam, wie wir es im Unterholz miteinander getrieben hatten und eingeschlafen waren, während sie umgebracht wurde, weinte ich. Und wenn ich ihr schluchzend erzählte, wie wir Nicoles Leiche im Licht der Scheinwerfer entdeckt hatten, schaukelte sie stöhnend vor und zurück. Einmal beugte ich mich vor und legte ihr die Hand auf die Schulter, doch sie stand auf und verließ das Zimmer. Ich versuchte nicht noch einmal, sie zu berühren.

Wir hielten einen Gedenkgottesdienst für Nicole ab. Die meisten Leute von der Schule kamen, und wir mussten einen großen Saal anmieten. Freunde und Lehrer sprachen alle davon, was für ein wundervolles Mädchen sie gewesen war. Ein paar Freunde von ihr hatten eine Diashow mit Fotos von ihr vorbereitet. Shauna und ihre Mädchen waren ebenfalls gekommen, doch sie sagten nichts. Ich sah sie, alle in Schwarz gekleidet, als wir an ihnen vorbeigingen, um vorne ihm Saal beim Rest der Familie zu sitzen. Shaunas und Rachels Gesichter waren kalt, als sie mich anstarrten, Kim war tränenüberströmt, und Cathy wirkte völlig abwesend. Nach der Gedenkfeier gingen meine Eltern herum und dankten den Leuten, dass sie gekommen waren, doch Mom klang wie ein Roboter, ihre Antworten kamen mechanisch und gekünstelt. Enge Freunde und Familienangehörige wurden eingeladen, uns zu begleiten, wenn wir Nicoles Asche im Fluss in der Nähe unseres Hauses verstreuen würden, anschließend ging es zu uns nach Hause, wo es zu essen und zu trinken gab. Die Mädchen kamen mit zum Fluss, standen dichtgedrängt zusammen, dann fuhren sie mit Shaunas Wagen davon. Zu Hause füllte Mom sich ein ums andere Mal das Weinglas. Als mein Dad versuchte, es ihr wegzunehmen, sah sie ihn grimmig an und riss das Glas zurück, wobei sie etwas von dem Inhalt verschüttete. An jenem Abend, nachdem ich mit ein paar anderen Frauen geholfen hatte aufzuräumen, kam ich an ihrem Zimmer vorbei und sah Dad, wie er liebevoll versuchte, ihr den Pyjama zuzuknöpfen. Mom ließ den Kopf hängen wie eine kaputte Puppe. Ich wandte mich ab.

Ich blieb in diesen Tagen zu Hause, schlich mich nicht einmal davon, um Ryan zu sehen, aus Furcht, irgendetwas zu tun, was meine Eltern aufregen könnte. Ich räumte das Haus auf, bereitete die Mahlzeiten zu und war endlich die Tochter, die meine Mutter sich immer gewünscht hatte. Immer wieder sagte ich mir, dass die Polizei Nicoles Mörder bald finden würde, doch seit ihrem Tod waren bereits zwei Wochen vergangen, und eines Abends sagte Ryan am Telefon verstört: »Sie werden uns verhaften, Toni.«

»Warum sagst du so etwas?« Angst erfüllte mich. Hatte er recht? Glaubten sie, wir hätten es getan? Mein Dad telefonierte jeden Tag mit der Polizei, und sie sagten, sie würden Hinweisen nachgehen, aber sie erzählten uns nie, ob sie irgendwelche Verdächtigen hatten. Hatten sie es auf uns abgesehen, weil wir die Einzigen waren, die sie hatten?

»Weil es die Wahrheit ist.« Sein Tonfall hatte etwas Drängendes. »Bei meiner Vorgeschichte ... und wir beide zusammen hatten vorher auch schon Ärger mit den Cops. Das sieht nicht gut aus. Wir waren die Letzten, die mit ihr zusammen waren, Toni. Es gibt niemanden, dem sie sonst die Schuld geben könnten.«

»Du weißt ja nicht, was du da redest.« Zum ersten Mal überhaupt legte ich einfach auf. Mit pochendem Herzen blieb ich im Dunkeln sitzen.

Die Polizei kam am nächsten Nachmittag, einem Freitag. Sie waren zu zweit, ältere Männer in Uniform, ein Hochgewachsener mit grauen Haaren und ein kleinerer mit meliertem Haar und großem Schnauzer. Beide machten ernste Gesichter, als mein Vater die Tür öffnete. Ich erledigte gerade den Abwasch in der Küche, als ich den Streifenwagen vor dem Haus anhalten sah. Ich legte das Geschirrtuch weg und ging zu meinem Dad. Hatten sie den Mörder gefunden?

Der grauhaarige Officer sagte: »Ich bin Constable Brown. Wir würden gerne mit Ihrer Tochter sprechen.«

»Was ist los?«, sagte ich.

Der kleinere Officer stellte sich als Constable Ruttan vor. »Wir sind hier, um Sie, Toni Murphy, wegen dringenden Tatverdachts im Fall Ihrer Schwester, Nicole Murphy, festzunehmen. Bitte drehen Sie sich um und nehmen Sie die Hände auf den Rücken.«

Ich war wie gelähmt, unfähig zu sprechen oder mich zu rühren.

Dad ergriff meinen Arm und zog mich hinter sich. »Haben Sie einen Haftbefehl? Wo bringen Sie sie hin?«

»Sir, bitte treten Sie beiseite.« Mit strenger Miene trat der grauhaarige Officer näher.

Dad rührte sich nicht und hob die Stimme. »Wir wollen mit unserem Anwalt sprechen.«

Der Officer legte Dad die Hand auf die Schulter und versuchte, ihn zur Seite zu drängen und sich zwischen uns zu schieben. »Sir, ich weiß, dass es sehr verstörend für Sie sein muss, aber Sie müssen jetzt ganz ruhig bleiben.« Dad griff nach mir und versuchte, mich festzuhalten.

Der andere Officer stand plötzlich hinter mir. Kalte Metallhandschellen schlossen sich um meine Handgelenke. Ich flehte den Officer an. »Das ist ein Irrtum. Ich habe nichts getan!«

Dad brüllte: »Nehmen Sie die Hände von meiner Tochter!«

Der zweite Officer verstellte ihm den Weg und zwang ihn mit Gewalt, an seinem Platz zu bleiben. »Sir, wenn Sie sich nicht beruhigen, werden wir Sie ebenfalls festnehmen müssen.«

Dad wurde rot, man merkte ihm seine Wut an. Doch er ließ mich los und hob die Hände.

Der Officer wandte sich an mich. »Hören Sie mir gut zu. Es ist meine Pflicht, Sie darüber zu informieren, dass Sie das Recht haben, vertraulich und ohne Verzögerung einen Anwalt hinzuzuziehen. Sie dürfen jeden Anwalt anrufen, den Sie wollen. Es gibt eine Vierundzwanzig-Stunden-Hotline, die Ihnen einen Pflichtverteidiger vermitteln kann, der Sie vertraulich beraten kann. Diese Beratung ist kostenlos, und der Anwalt kann Ihnen das System der Prozesskostenhilfe erklären. Ich kann Ihnen die Telefonnummer geben. Haben Sie das verstanden?«

Meine Mom kam die Treppe heruntergerannt und stürzte auf uns zu. »Was ist hier los?«

»Sie verhaften Toni«, sagte Dad, als ich zu weinen begann. »Sie glauben, sie hätte Nicole umgebracht.«

Mit weitaufgerissenen Augen trat Mom vor uns und wandte sich an die Polizisten. »Warum tun Sie meiner Familie das an? Ich will mit Frank McKinney reden.«

»Ma'am, bitte bewahren Sie Ruhe«, sagte der Officer, dann wiederholte er an mich gewandt: »Haben Sie verstanden, was ich Ihnen erklärt habe?«

»Ja, aber Sie verhaften die Falsche. Ich habe nichts …«

Er unterbrach mich. »Möchten Sie einen Anwalt anrufen?«

Ich sah zu meinem Vater. »Dad …«

»Wir rufen sofort jemanden an. Hör einfach auf den Officer, Toni, und tu, was sie sagen. Sag nichts, zu niemandem, solange du nicht mit unserem Anwalt gesprochen hast.«

Noch nie zuvor hatte er so verstört geklungen. Mein Herz pochte heftig.

Der Officer sagte: »Toni Murphy, ich möchte, dass Sie wissen, dass Sie nicht verpflichtet sind, irgendetwas zu sagen, aber alles, was Sie sagen, könnte als Beweismittel verwendet werden. Verstehen Sie das?«

Ich stammelte: »Ja, ich glaube …«

Dann führten sie mich hinaus zum Streifenwagen. Die Nachbarn schauten aus ihren Häusern zu. Ein Auto wurde langsamer, als es an uns vorbeifuhr. Auf der Rückbank erkannte ich ein Mädchen aus der Schule. Mit offenem Mund glotzte sie mich an.

Draußen, in der Nähe des Streifenwagens, sagte der grauhaarige Officer: »Tragen Sie irgendwelche scharfen Gegenstände oder Waffen bei sich?«

»Was? Nein.«

Sachlich sagte er: »Wir müssen Sie kurz durchsuchen.« Sie tasteten mich am ganzen Körper ab. Hinter mir hörte ich Mom weinen. Ich konnte nicht denken, begriff nicht, was gerade geschah. Wo war Ryan? Wurde er ebenfalls gerade verhaftet?

»Alles wird gut«, rief mein Dad, als der Officer mich auf die Rückbank des Streifenwagens schob, eine Hand auf meinem Kopf. Die Tür wurde zugeknallt. Dad rannte herbei, seine Hände berührten das Fenster, sein Gesicht war tränenüberströmt. Ich weinte ebenfalls, harte, keuchende Schluchzer, und schrie: »Dad!«

Der Officer sagte: »Sir, bitte treten Sie vom Fahrzeug zurück.«

Dad machte einen Schritt zurück. Mom kam herausgerannt und stellte sich neben ihn, packte seinen Arm, das Gesicht voller Angst. Als die Polizisten davonfuhren, sah ich, wie Dad mit dem Mund formte: *Es wird alles gut.*

Aber es wurde nicht alles gut. Auf der Wache nahm man mir die Handschellen ab und machte Fotos von mir, fragte nach meinem Namen und Geburtstag und meiner Krankengeschichte, dann nahm man meine Fingerabdrücke. Ich versuchte, allem zu folgen, was man mir sagte, aber ich war außer mir vor Angst. Immer wieder fragte ich, warum man mich verhaftet hatte, aber niemand erklärte mir irgendetwas. Eine Beamtin führte mich in einen Durchsuchungsraum, in dem ich nur meinen Slip, meine Hose und das Hemd anbehalten durfte. Sie sagte, der Rest meiner Sachen – Schmuck, Schuhe, mein BH – würde in einem Schließfach für mich verwahrt. Anschließend sperrte man mich in eine Gefängniszelle, die bis auf ein Edelstahlwaschbecken, eine Toilette und ein Bett vollkommen nackt war. Ich bekam ein Kissen und Decken für das Bett. Nach ein paar Stunden brachte man mich in einen Raum, wo ich meinen Anwalt traf. Er hatte einen dicken Bauch und buschige Augenbrauen und sah aus wie ein dunkelhaariger Weihnachtsmann. Auf seiner Krawatte entdeckte ich einen Ketchupfleck. Er hieß Angus Reed, und ich erkannte in ihm einen in der Stadt bekannten Strafverteidiger.

»Ich möchte nicht, dass du mir jetzt schon irgendetwas erzählst«, sagte er. »Die Räume hier werden abgehört. Rede nicht mit irgendwelchen Zellengenossen, rede mit überhaupt niemandem. Okay?«

Ich nickte, mein Herz hämmerte bis in die Ohren. Seine gesetzte Stimme machte mir nur noch mehr Angst und verdeutlichte den Ernst der Lage, in der ich mich befand.

»Mein Job ist es, dir von jetzt an zu helfen«, sagte er. »Es ist mir egal, was du getan oder gesagt hast. Sei höflich zu den Polizisten, aber erzähl ihnen nichts, beschreib nichts, zeige auf nichts. Sie werden versuchen, erneut mit dir zu reden, sie werden lügen, und sie werden tun, was sie können, um dir ein Bein zu stellen. Ich möchte, dass du immer nur sagst: ›Auf Anraten meines Anwalts verweigere ich die Aussage.‹ Okay?«

Ich nickte erneut. »Ryan …«

»Er ist wahrscheinlich ebenfalls verhaftet worden. Es ist Freitag, so dass sie euch bis Montag hierbehalten und euch dann vor den Bezirksrichter bringen werden. Sie wollen euch mürbemachen. Noch einmal, sprich mit niemandem über *gar nichts*. Frag nicht nach Ryan, sag nichts über ihn. Hast du das verstanden?«

»Ja.« Aber ich verstand nicht, warum ich hier war oder was passieren würde. Ich wollte einfach nur nach Hause.

Am Abend verlegte man mich in eine andere Gefängniszelle, in der ich die Betrunkenen in ihren Zellen brüllen hörte. Mir war kalt, und ich hatte Angst. Ich konnte nicht schlafen und hockte zusammengekauert auf dem Bett, eingewickelt in die dünne Decke. Meine Gedanken rasten, ich dachte an alles, was die Polizei gesagt hatte. Ich konnte unmöglich glauben, dass ich verhaftet worden war, dass wir womöglich wegen Mordes ins Gefängnis mussten. Ein paarmal stand ich auf und ging auf die Toilette, wobei ich anfangs versuchte, den Sitz vorher mit dem rauen Klopapier zu säubern. Dann ging ich zurück zum Bett, starrte die Wände oder die Decke an, sorgte mich um Ryan und fragte mich, wie weit entfernt auf dieser Polizeiwache seine Zelle wohl lag. Ich redete mir zu, der wahre Mörder würde gefasst werden und wir kämen wieder frei. Trotzdem konnte ich nicht aufhören, an all diese Geschichten von Leuten zu denken, die fälschlicherweise verurteilt und jahrelang eingesperrt wurden. Ich betete, dass uns das nicht passieren würde.

Am nächsten Tag brachte mich ein Polizist in ein Vernehmungszimmer. Doug Hicks, der Constable, den ich bereits in der ersten Nacht kennengelernt hatte, wartete auf mich. Ich hatte ihn zuvor schon ab und zu in der Stadt gesehen. Anders als Frank McKinney, der einen oft mit einer Verwarnung davonkommen ließ, schien er Gefallen daran zu finden, Jugendliche festzunehmen. Er war jünger als McKinney, vielleicht Ende zwanzig, blond, mit fast weißen Wimpern und hellblauen Augen. Seine Wangen sahen immer aus, als seien sie vom Wind gerötet, und er ging, als halte er sich für einen total harten Kerl, die Schultern zurückgebogen und die Brust vorgestreckt. Wenn ich ihn vorher gesehen hatte, hatte ich ihn einfach nur für einen Idioten gehalten, aber jetzt hatte ich Angst vor ihm und fürchtete, dass er die Dinge verdrehen und mich fertigmachen würde. Ich hielt mich an das, was mein Anwalt gesagt hatte – ich musste ihnen gar nichts erzählen. Ich sah mich im Raum um und dachte daran, was er noch gesagt hatte, dass alles hier abgehört wurde.

Mit ruhiger Stimme bat Hicks mich erneut, ihm zu erzählen, was in jener Nacht geschehen war, doch dieses Mal sagte ich: »Auf Anraten meines Anwalts verweigere ich die Aussage.«

Er wirkte verärgert, seine Wangen wurden noch röter. »Sie müssen uns gar nichts sagen, aber es würde uns helfen, die Dinge wesentlich schneller aufzuklären, wenn wir noch einmal hören könnten, was Sie zu sagen haben. Vielleicht könnten wir Sie anschließend sogar gehen lassen.«

Jetzt wusste ich, dass er Schwachsinn redete. Wenn eine simple Erklärung mir diesen Scheiß hätte ersparen können, hätten sie mich gar nicht erst verhaftet.

Er wartete einen Moment, doch als ich offenkundig nichts sagen wollte, erklärte er: »Wir haben mit Ryan gesprochen.«

Ryan. Er war also hier. Mein Herz setzte kurz aus, mir stockte der Atem. Was hatte er gesagt? Was hatte er ihnen erzählt?

»Er sagt, Sie hätten es getan, Toni. Sie wollten, dass Ihre Schwester verschwindet, und es war Ihr Plan, sie am See zu töten.«

Wie bitte? Ich wusste, dass ich nichts sagen sollte, aber ich konnte einfach nicht. »So etwas würde Ryan *niemals* sagen – weil es nicht wahr ist. Außerdem liebt er mich.«

»Tut er das? Merkwürdige Dinge geschehen mit Menschen, die wegen Mordes verhaftet werden – sie werden wesentlich ehrlicher. Und laut Ryan war das alles Ihre Idee.

Aber wenn Sie mir Ihre Version erzählen möchten, bitte, ich höre Ihnen gerne zu.«

Ich sah ihm direkt in die Augen. »Auf Anraten meines Anwalts verweigere ich die Aussage.«

Er zeigte keine Reaktion, sondern schaute nur auf die Akte vor sich.

»Wir haben gehört, dass Sie ständig ein Messer bei sich hatten.«

Ich zuckte auf meinem Stuhl zurück. Woher wusste er das? Nicole musste es jemandem erzählt haben, aber wem? Shauna? Mein Gesicht wurde heiß, und ich kämpfte das Verlangen nieder, ihm zu erzählen, wie die Mädchen mich drangsaliert hatten. Er versuchte, mich reinzulegen und seine Psychospielchen mit mir zu treiben. Ein Messer hatte gar nichts zu bedeuten – Nicole war nicht einmal mit einem Messer umgebracht worden.

»Und wir wissen, dass Ihre Schwester Ihnen das Leben zur Hölle gemacht hat. Sie ist zu Ihnen auf die Arbeit gekommen, hat auf Partys mit Ihrem Freund geflirtet ...«

Mit jedem Wort, das aus seinem Mund kam, pochte mein Herz heftiger. Wer hatte ihnen das alles erzählt? Wovon redete er überhaupt – mit meinem Freund flirten? Ich wollte Fragen stellen, wollte erklären und mich verteidigen, aber ich hielt den Mund.

Hicks fuhr fort: »Wir wissen auch, dass Sie Ihre Eltern kürzlich angelogen, sich ins Haus Ihrer Nachbarn geschlichen und dort Alkohol gestohlen haben. Und das ist nicht das Einzige, was Sie in letzter Zeit gestohlen haben. Sie haben auch die Tabletten Ihres Vaters an sich genommen.«

Dieses Mal konnte ich nicht stumm bleiben. »Das habe ich nicht. Das war Nicole.« Hatten meine Eltern ihnen erzählt, ich hätte die Tabletten gestohlen? Mir wurde schlecht vor Angst und von dem Gefühl, verraten worden zu sein.

Er beugte sich vor, erregt, weil er mich provoziert hatte. »Sie haben sich über Nicole geärgert, weil sie Sie verraten hat, war es nicht so? Sie wollten ihr eine Lektion erteilen.«

Ich schüttelte den Kopf. »Nein, nein, nein.«

Er lehnte sich zurück, starrte mich an, schätzte mich ein, wartete. Der Druck wurde stärker. Er würde mir noch etwas an den Kopf werfen, etwas Großes. Ich spürte es.

»Es gibt Zeugen«, sagte er, »die gesehen haben, wie Sie sich in der Nacht, in der Ihre Schwester ermordet wurde, mit ihr gestritten haben.«

Die Wände kamen auf mich zu, und ich schnappte nach Luft. »Nein, das ist nicht wahr!«

»Wir haben vier Mädchen, die Sie mit Ryan am See gesehen haben, die beobachtet haben, wie Sie mit Nicole handgreiflich gestritten haben, bevor sie umgebracht wurde. Wir wissen, dass Sie es getan haben, Toni.«

Vier Mädchen. Das mussten Shauna und ihre Freundinnen sein. Aber warum sollten sie in so einer Sache lügen? In meinem Kopf drehte sich alles, als ich versuchte zu begreifen, was das bedeutete

Dieses Mal brach ich ein.

»Das denken die sich aus. Sie hassen mich – sie haben mir im letzten Jahr das Leben zur Hölle gemacht. Nicole hing die ganze Zeit mit ihnen zusammen rum, und sie schlich sich nachts aus dem Haus, um irgendeinen Typen zu treffen, aber ich weiß nicht, wie er heißt. Vielleicht wissen sie, wer wirklich …«

»Wir haben auch DNA-Spuren, von Ihnen und von Ryan. Sie hatten beide Kratzer an den Armen und Händen. Am Tatort fanden sich keine weiteren DNA-Spuren oder Blut von einer anderen Person, nicht an Nicoles Leiche, nicht am Truck. Sie waren die einzigen Menschen dort draußen.«

Ich versuchte, ruhig zu bleiben, aber ich hatte Mühe, die Tränen zurückzuhalten. Ich wusste, dass wir sie nicht getötet hatten. Es *musste* noch jemand anders dort gewesen sein. Ich wollte mit meinem Dad und meinem Anwalt reden. Ich wollte jemandem all das erklären. Was geschah hier mit uns?

Ich sah Hicks in die Augen. »Auf Anraten meines Anwalts verweigere ich die Aussage.«

Er probierte noch ein paar andere Tricks, behauptete, Ryan sitze genau jetzt im Nebenraum und spucke alles aus. Dass er nicht glaube, dass ich die tödlichen Schläge ausgeführt hätte – ich sei nicht kräftig genug –, aber dass ich ihnen erzählen müsse, was wirklich geschehen sei. Dass er wisse, dass ich auspacken wolle, dass ich meiner Familie die Qual eines langen Prozesses ersparen wolle. Er redete immer weiter. Im Raum war es heiß, und ich war durstig und erschöpft. Seine Stimme begann, mich einzulullen, und ich begann zu überlegen, ob er nicht vielleicht recht hatte, vielleicht war es leichter für alle, wenn ich einfach gestehen würde, doch dann riss ich mich zusammen. Ich hatte meine Schwester nicht getötet, und er erzählte Lügen über Ryan.

»Auf Anraten meines Anwalts verweigere ich die Aussage.«

Er lächelte mir kalt zu und stand auf. »Ich weiß, dass Sie es getan haben, Toni. Sie und Ihr Freund werden für eine sehr lange Zeit verschwinden.«

Ich starrte den Tisch vor mir an. Er irrte sich. Er *musste* sich irren.

17. Kapitel

Campbell River
Mai 2013

Einen Tag, nachdem Ryan mich am Yachthafen überrascht hatte, hatte ich einen Termin bei meiner Bewährungshelferin. Ihr Büro lag in Courtenay, etwa eine halbe Stunde von Campbell River entfernt, so dass sie entweder »für einen Spaziergangplausch« vorbeikam oder wir in einem Restaurant einen Kaffee tranken. Suzanne war in Ordnung. Ich mochte sie gern, was erstaunlich war, da ich Autoritätspersonen im Allgemeinen verabscheute. Sie war schon älter, irgendwas in den Fünfzigern, und dick – sie trank ständig Eiskaffee, lutschte Bonbons, knabberte Schokolade und erzählte mir, ich sei zu mager. Sie mochte Captain, und ich durfte ihn zu unseren Spaziergängen mitbringen, wo sie ihm Leckerchen zusteckte, mit komischer Stimme zu ihm redete und seinen großen, eckigen Kopf kraulte.

Anfangs war Suzanne allerdings ziemlich streng mit mir. Sie wollte, dass ich meine Sache ordentlich machte, und sagte, keiner ihrer Schützlinge sei jemals zurückgeschickt worden und sie habe vor, es auch weiterhin so zu halten. Aber ich merkte, dass mehr dahintersteckte. Sie kümmerte sich wirklich und achtete darauf, dass ich zu meinen Selbsthilfegruppen ging. Sie wusste, wie schwer ehemaligen Strafgefangenen der Übergang fiel, wie apathisch und unselbständig wir sein konnten. Angefangen hatten wir mit wöchentlichen Treffen und Telefonüberprüfungen. Jetzt trafen wir uns zweimal im Monat, und schließlich, wenn alles gut lief, würde es nur noch einmal im Monat sein.

An diesem Tag gingen wir die üblichen Fragen durch. Am Ende sagte sie: »Gibt es etwas, über das Sie reden möchten?«

»Nein. Mir geht's gut.«

Sie sah mich einen Moment streng an. Ich hielt den Atem an. Sie wusste irgendetwas. Hatte sie gehört, dass Ryan zum Yachthafen gekommen war? Hatte uns jemand gesehen?

»Ich möchte Sie nur an Ihre Bewährungsauflagen erinnern und dass Sie sich von bekannten Straftätern fernzuhalten haben.«

Okay. Sie wusste also nicht, dass er mich bereits besucht hatte, aber sie wusste, dass Ryan hier war, und stellte mich auf die Probe. Ich beschloss, zur Sache zu kommen.

»Falls Sie von Ryan sprechen, ich will nichts mit ihm zu tun haben.«

Sie musterte mich, die freundliche Miene plötzlich ganz geschäftsmäßig. Sie machte diesen Job seit Jahren. Sie roch eine Lüge binnen eines Herzschlags. Doch ich kannte das System ebenfalls seit Jahren. Ich wusste, wie ich meine Gefühle für mich behalten konnte.

Sie nickte zufrieden, fügte jedoch hinzu: »Seien Sie vorsichtig.«

»Natürlich.«

Es war das erste Mal, dass ich ihr etwas verheimlichte. Es machte mich nervös, aber ich wollte nicht, dass sie anfing, mich genauer im Auge zu behalten. Nur für den Fall, dass Ryan zurückkäme. Nur für den Fall, dass er etwas hatte, was ich hören wollte.

Ich erledigte auf dem Heimweg gerade meine Einkäufe, als ich im Laden meine Eltern sah. Ich blieb stehen, umklammerte den Einkaufswagen und beobachtete, wie sie zur Obst- und Gemüseabteilung gingen. Ich hatte sie beide seit Jahren nicht gesehen, nicht einmal auf Fotos. Die Schultern meines Vaters wirkten ein wenig gebeugt, und sein braunes Haar war mittlerweile fast vollständig ergraut, doch er war immer noch braungebrannt. Seit ich auf Bewährung draußen war, hatte ich seinen Truck ein paarmal in der Stadt gesehen – ich wusste also, dass er noch arbeitete, aber ich vermutete, dass er die Männer eher beaufsichtigte, als noch selbst den Hammer zu schwingen. Einige Male hatte ich das Verlangen zurückgedrängt, ihn auf einer der Baustellen mit seinem Firmenschild zu besuchen. Mom färbte sich die Haare jetzt in einem hellen Braunton, sie waren zu einem lockeren Pferdeschwanz zurückgebunden. Sie war immer noch gut in Form, genauso klein wie ich und wie Nicole gewesen war – zu klein, um sich gegen ihren Angreifer zu wehren. Aber Mom wirkte gesund, nicht ausgemergelt wie beim letzten Mal, als ich sie gesehen hatte. Sie trug ein hellblaues Shirt mit U-Ausschnitt, dazu Jeans und weiße Flip-Flops. Wenn ich meinen Blick einen Moment bewusst unscharf stellte, meinte ich fast, Nicole zu sehen.

Mein Vater ging gerade um ein Fass mit Maiskolben herum und winkte Mom, die gerade ein paar Äpfel in eine Tüte füllte. Ich stellte mir vor, dass sie Freunde zum Abendessen eingeladen hatten, vielleicht auch Kunden. Oder würden sie beide allein sein? Schweigend über ihrem Essen sitzen und an ihre Töchter denken? Mein Vater blickte auf und entdeckte mich. Ich hatte zu lange gegrübelt, und jetzt saß ich in der Falle. Meine Mutter sagte etwas zu ihm, doch als er nicht antwortete, folgte sie seinem Blick. Sie zuckte zusammen, ihre Wangen röteten sich, als sie mich erkannte. Ihr Blick schoss herum, um zu überprüfen, ob irgendjemand zusah, dann starrte sie wieder mich an. Sie sah nicht glücklich aus. Ich hätte weggehen sollen, doch Dad schob bereits den Wagen in meine Richtung. Mom zögerte, dann schaute er zu ihr zurück, und sie folgte ihm langsam, die Tüte mit den Äpfeln immer noch in der Hand.

»Toni, wie geht es dir?«, sagte Dad, als er näher kam. Zaghaft lächelte er mich an. Er hob die Hand leicht vom Einkaufswagen, als wolle er sie mir reichen, als wolle er mich berühren, doch dann ließ er sie wieder sinken.

»Mir geht's gut. Läuft alles prima.« Ich wollte sagen: *Ich habe Ryan gesehen. Er glaubt, er kann beweisen, dass wir unschuldig sind. Würdet ihr mir dann glauben? Oder würdet ihr mich weiterhin hassen?*

»Ich habe gehört, du arbeitest jetzt im Restaurant«, sagte Dad.

»Ja, Mike war großartig. Ein Boot habe ich jetzt auch, unten im Yachthafen.«

Mom wusste nicht, wohin sie schauen sollte. Sie sah zu mir, dann zu Dad, dann die anderen Kunden im Laden an.

Ich wandte mich an sie. »Mom, du siehst gut aus.«

Sie zuckte erneut zusammen, dann sagte sie zögernd, als überlege sie krampfhaft, was sie sagen sollte: »Du ... auch. Du siehst gut aus.« Ihr Blick huschte zu meinem Iro und den Tattoos. Und mich nannte sie Lügnerin.

Wir schwiegen. Der Moment dehnte sich aus, und ich ertrug kaum die starke Spannung, die in der Luft lag. Am liebsten hätte ich diese Leitung gekappt, selbst wenn ich damit einen Brand auslösen würde.

»Es wäre nett, euch beide ab und zu mal zu sehen.« Mein Gesicht wurde heiß. »Ich habe einen Hund, und ich helfe im

Tierheim aus.« Ich wusste, dass ich fast stammelte, meine Stimme war vor Aufregung belegt. Ich merkte, dass mein Dad mein Unbehagen spürte, dass er es mir leichter machen wollte, aber nicht wusste, wie. Mein Blick huschte zu meiner Mutter, ich redete weiter und versuchte, mir etwas einfallen zu lassen, damit sie mich ansah, mich *wirklich* ansah. »Und ich bin in einer Selbsthilfegruppe, wegen Drogen.« Endlich sah sie mich an, doch ich konnte nicht sagen, was sie dachte. Ich sagte: »Ich bin nicht mehr dieselbe wie früher. Ich habe mich geändert.«

Meine Mom ließ die Äpfel, die sie die ganze Zeit festgehalten hatte, mit einem dumpfen Aufprall in den Wagen fallen. Einen Moment starrte sie auf sie hinunter, während Dad und ich sie beobachteten. Ich wusste, dass sie etwas sagen würde, genau wie Dad. Er streckte die Hand nach ihr aus. »Pam …«

Sie schüttelte den Kopf. »Nein.« Sie hielt die Hand vor ihm in die Höhe, als wolle sie ihn wegstoßen. »Das mache ich nicht. Ich tue nicht so, als sei jetzt alles in Ordnung.« Sie sah mich wieder an. »Ich wünsche dir alles Gute, Toni, wirklich. Aber ich *kann* das nicht. Ich kann dich nicht sehen oder mit dir sprechen.« Sie legte die Hand ans Herz, ihre Stimme brach, als sie sagte: »Ich kann nicht vergessen, was du getan hast.« Dann schüttelte sie erneut den Kopf, rasche, gequälte Bewegungen, während sie die Tränen fortblinzelte.

Auch meine Augen füllten sich mit Tränen, meine Kehle wurde eng von den Worten, die ich nicht herausbekam, die ich nie würde sagen können. *Ich habe es nicht getan. Warum glaubst du mir nicht? Ich will doch nur, dass du mich liebst. Das ist alles, was ich jemals wollte.*

Mom drehte sich zu Dad um. »Ich hole die Milch«, dann eilte sie davon. Ich sah sie mit der Hand das Gesicht abwischen, um die Tränen auszulöschen, um mich auszulöschen. Dad und ich sahen ihr einen Moment nach, dann drehte er sich wieder um und sah mich an.

»Toni, es tut mir leid, aber sie … kann einfach nicht.«

»Ja. Das ist nicht zu übersehen.« Mein Schmerz verwandelte sich in Wut, meine Stimme klang bitter. »Sie hasst mich immer noch.«

»Nein.« Er lächelte traurig, musterte seine Hände am Einkaufswagen, dann ergriff er meine, hielt sie einen Moment fest und drückte sie kurz. Fast hätte ich die Hand weggerissen, überrascht von dem unerwarteten menschlichen Kontakt. »Sie hasst, was passiert ist, und du erinnerst sie zu sehr …« Er musste den Rest nicht sagen. Ich erinnerte sie an Nicole, ich erinnerte sie an alles, was in jener Nacht geschehen war.

Ich schaute auf die Hand meines Vaters auf meiner, sah das Alter, das seine Haut verriet, und fragte mich, wie viel Zeit wir noch hatten und ob ich je in der Lage sein würde, die Dinge richtigzustellen.

»Ich vermisse dich, Dad. Ich würde dich gerne ab und zu sehen, jetzt, wo ich draußen bin. Können wir …«

Ich hielt den Atem an, aus Furcht, er würde nein sagen wie meine Mutter oder dass er mich ihretwegen nicht treffen wollen würde. Er blickte in die Richtung, in die sie verschwunden war, und ich spürte, wie sich erneut Tränen in meiner Kehle ansammelten, als ich auf seine Zurückweisung wartete.

Er drehte sich wieder zu mir um. »Ich würde gerne ab und zu einen Kaffee mit dir trinken. Warum kommst du nicht einfach mal auf einer Baustelle vorbei? Du hast meine Handynummer gar nicht …« Er zückte seine Brieftasche, zog eine Visitenkarte heraus und reichte sie mir.

»Danke.« Ich starrte die Karte an, die Zahlen verschwammen vor meinen Augen. Bis jetzt hatte ich nicht einmal die Handynummer meines eigenen Vaters gewusst. Ich überlegte, ob ich ihm meine Nummer geben sollte, ob er mich anrufen würde, aber er sah schon wieder zurück, dorthin, wo meine Mutter verschwunden war. Ich erspähte einen Schimmer ihres Haares, als sie einen Gang entlangging.

»Ich gehe besser«, sagte er.

Ich nickte und versuchte ein Lächeln, doch ich musste wieder auf die Karte starren, damit ich beim Ausdruck der Traurigkeit auf seinem Gesicht nicht anfing zu weinen.

»Es ist wirklich schwer für sie, jetzt, wo der Jahrestag näher rückt«, sagte er leise. »Vielleicht versuchst du es in ein paar Monaten noch einmal.«

Für mich war es ebenfalls schwer. Diesen Sommer waren siebzehn Jahre vergangen, seit meine Schwester umgebracht worden war, siebzehn Jahre, seit jemand uns allen das Leben zerstört hatte, und ich wusste, dass Mom in ein paar Monaten ihre Meinung über nichts geändert haben würde. Doch ich schwieg, als mein Vater davonging. In der Fleischabteilung besorgte ich noch einen großen Knochen für Captain und wartete mit dem Weinen, bis ich zu Hause war.

Am Abend nach der Begegnung mit meinen Eltern hielt ich nach meiner Schicht im Restaurant auf dem Parkplatz an, Captain saß auf dem Sitz hinter mir. Mike erlaubte, dass ich Captain zu seinem eigenen Hund in den Garten seines Hauses brachte, das genau gegenüber vom Restaurant lag. In meinen Pausen ging ich rüber und besuchte ihn, obwohl ich merkte, dass es Mikes Frau, Patty, die mich nicht sonderlich mochte, ärgerte. Ich nahm an, es lag an meiner

Vergangenheit, und hoffte, dass sie mir mit der Zeit schon vertrauen würde.

Ich war müde und freute mich auf eine Dusche, so dass ich nicht besonders aufmerksam war, als ich den Truck abstellte. Gerade wollte ich aussteigen, als ich eine Bewegung hinter dem Müllcontainer wahrnahm. Ich starrte auf die Stelle. Was zum Teufel war das? Dann erhaschte ich einen Blick auf eine Baseballkappe. Es war wieder Ryan.

Ich ließ Captain raus. Er rannte zum Müllcontainer, den Körper angespannt, das Nackenfell gesträubt, und ein dunkles Knurren kam aus seiner Kehle. Ich wusste, dass er nichts tun würde, solange mich nicht jemand angriff, aber ich rief laut: »Captain. Es ist gut.«

Ryan ging in die Hocke und drehte seinen Körper zur Seite, ohne Captain in die Augen zu blicken, während er sich von ihm beschnüffeln ließ. Dann zog er langsam ein paar Hundekekse hervor, die Captain prompt herunterschlang. Ryan blickte zu mir auf und sagte: »Er ist ein richtiger Prachtkerl.« Er fing an, ihn zu kraulen, und Captain lehnte sich mit seinem breiten, mitleidsheischenden Lächeln gegen ihn, ließ die Zunge heraushängen und versuchte, noch mehr Kekse zu schnorren.

Ich sah mich auf dem Parkplatz und im Yachthafen um. Es war nach Mitternacht, niemand war zu sehen, trotzdem fühlte ich mich unbehaglich, mit Ryan in der Öffentlichkeit zu sprechen.

»Was tust du hier, Ryan?« Ich war wütend, vor allem auf meine unbewusste Reaktion, als ich ihn sah. Einen Moment lang war ich glücklich gewesen, sogar erregt, ehe mir wieder einfiel, dass es mich meine Freiheit kosten könnte, wenn ich mit ihm redete. Doch er sah gut aus in dem verwaschenen, schwarzen Jeanshemd, das er offen über einem enganliegenden, grauen T-Shirt trug. Um den Hals trug er eine Silberkette, die Baseballkappe hatte er tief ins Gesicht gezogen, so dass sie seine Augen fast verbarg.

»Ich habe mich mit Cathy getroffen«, sagte er. »Sie verheimlicht eindeutig etwas. Während wir geredet haben, hat sie die ganze Zeit ständig über die Schulter geschaut.«

»Wahrscheinlich hatte sie Angst, dass du ihr die Kehle aufschlitzt und ihr sämtliche Drogen klaust oder so ähnlich.«

»Sehr witzig.« Er lächelte über meinen Galgenhumor. Das hatten wir schon immer gemeinsam gehabt, die Fähigkeit, Witze über unsere beschissenen Familien und unser beschissenes Leben zu machen, aber dann wurde es zu beschissen. Ich hasste ihn dafür, dass er mich daran erinnerte, hasste es, wie sehr ich zurücklächeln wollte, dass ich ihn zum Lachen bringen wollte, ganz tief aus dem Bauch, so wie früher, als wir jung waren und er seinen Kopf zurückwarf, eine Hand am Herz, und der ganze Körper mitlachte. Das war eines der Dinge, die ich an ihm geliebt hatte: wie körperbetont er war, wie locker und entspannt und unverkrampft er mit seinem Körper umging.

Jetzt trat er einen Schritt vor, lehnte sich an den Müllcontainer und rieb sich das unrasierte Kinn. Sein Shirt rutschte ein Stückchen hoch, so dass der schwarze Gürtel in seiner Jeans zum Vorschein kam. Seine Taille war immer noch schmal. Ich erinnerte mich, wie ich die Arme um ihn geschlungen hatte, erinnerte mich an das Gefühl, wenn ich meine Hand in seine Hosentaschen gestopft und er sein Shirt ein wenig angehoben hatte, damit unsere nackten Bäuche sich berührten. Ich wurde rot und starrte hinunter zu Captain.

»Es war mehr als das«, sagte er. »Jedes Mal, wenn ich Shauna erwähnt hab, wurde sie nervös.«

Ich wollte da nicht mit hineingezogen werden, wollte nichts weiter über das jetzige Leben dieser Frauen wissen. Drei von ihnen lebten immer noch in der Stadt. Das war alles, was ich wissen musste. Trotzdem fragte ich: »Sind sie immer noch befreundet?«

»Ich bin mir nicht sicher, wie man das nennen soll. Hört sich an, als käme Shauna manchmal zu Cathy nach Hause, um dort aufzuräumen – und um sie dazu zu bringen, ebenfalls aufzuräumen. Sie bringt etwas zum Essen vorbei, Spielzeug für das Kind zu ihrer Mutter, solche Sachen.«

»Was macht Shauna heute? Cathy sagte, sie wäre verheiratet … Ist es immer noch derselbe?« Ich hasste es, aber ich wünschte mir, sie wäre fett geworden oder würde in dritter Ehe in vollkommenem Elend leben.

»Ja, dieser ältere Typ. Ihm gehört eine große Spedition, und sie haben ein schickes Haus und jede Menge Autos, aber offensichtlich ist er nicht oft zu Hause. Cathy schwafelte ziemlich rum.«

»Und was schwafelt sie?«

»Sie deutete an, dass sie noch ein paar andere Sachen über Shauna wüsste – im Grunde sagte sie, dass Shauna gar nicht so superklasse ist. Ich hatte den Eindruck, dass Cathy es Shauna irgendwie verübelt, dass sie sich um sie kümmert.«

»Es gefällt ihr, aber sie ärgert sich, dass sie es nötig hat.«

Er sah mich von unter dem Rand seiner Baseballkappe hervor an.

»Ja, genau. Ich wusste, dass du es verstehen würdest.«

Ich kämpfte gegen das Gefühl an, dass unsere alte Verbindung sich erneuerte, dass unser beider Verstand auf ganz ähnliche Weise funktionierte. »Und was sagt uns das jetzt?«

»Ich erzählte ihr, ich hätte Informationen über jene

Nacht, nur um sie zu provozieren. Ich sagte, es gäbe einen weiteren Zeugen, jemand, der gesehen hatte, wie Shaunas Wagen davongerast sei. Und dass sie, falls sie irgendetwas weiß, es besser jetzt ausspuckt, ehe es die anderen tun. Sie bekam richtig Angst – und wurde zappelig, als würde sie danach lechzen, zu reden. In dem Moment habe ich nicht mehr aus ihr herausbekommen, aber sie hat eingewilligt, sich morgen Abend wieder mit mir zu treffen.«

Ich war enttäuscht, aber was hatte ich erwartet? Ein Geständnis, und Jahre der Lüge wären plötzlich wie weggewischt? Wir brauchten wesentlich mehr als das, Details, harte Fakten.

»Hört sich nicht so an, als würde sie es uns leichtmachen«, sagte ich.

»Deshalb möchte ich, dass du mitkommst, wenn ich mit ihr rede.«

»Nein, kommt gar nicht in Frage.« Ich machte einen Schritt zurück und war kurz davor, davonzulaufen.

»Hör mir erst einmal zu.« Verteidigend hob er die Hand, mit den Augen bat er mich, zu warten. Genauso hatte er mich früher angesehen, wenn er mich überreden wollte, noch ein wenig länger zu bleiben. Ich spürte ein weiteres Ziehen in meinen Eingeweiden, versuchte jedoch, die alten Erinnerungen zu ignorieren, die auf mich einstürmten, versuchte mir zu sagen, wie gefährlich das alles war.

»Wenn sie dich sehen und mit dir über Nicole reden würde«, sagte Ryan, »würde es sie noch mehr aus der Bahn werfen. Sie hat dich einmal getroffen, und sieh dir an, was passiert ist. Sie ist kein schlechter Mensch. Sie war schon als Jugendliche verkorkst, und sie ist es noch immer, aber ich habe das Gefühl, dass sie im Grunde alles richtig machen will.«

»Alles, was sie will, ist der nächste Schuss. Hast du ihr Geld gegeben?«

Er wirkte verlegen und errötete, während er zur Seite blickte und Captain beobachtete, der im Gras am Rand des Parkplatzes herumschnüffelte.

»Du hast ihr Geld gegeben«, stellte ich fest, »und jetzt dehnt sie es endlos in die Länge. Sie erzählt dir nichts über nichts.«

Er schüttelte den Kopf. »Sie weiß etwas. Man sieht es in ihren Augen. Es frisst sie auf.« Er klang verärgert. »Wir hätten schon längst wieder draußen sein können.«

»Aber das ist nicht passiert, und das Einzige, was jetzt passieren wird, wenn ich mit dir irgendwohin gehe, ist, dass wir beide wieder im Gefängnis landen.«

»Verdammt, sie warten doch nur auf ihre Chance. Ich habe gesehen, dass Hicks mein Haus beobachtet.«

Das war bedenklich. Doug Hicks war mittlerweile Sergeant. Ich würde nie die Befragungen vergessen, die Dinge, die er sagte, seine unablässig dröhnende Stimme. *Wir wissen, dass Sie es getan haben, Toni. Sie können es uns genauso gut jetzt erzählen, dann wird es vor Gericht leichter für Sie. Wissen Sie, was im Gefängnis mit Ihnen passiert?* Ich hatte es nicht gewusst. Aber ich hatte es herausgefunden.

»Was zum Teufel tust du dann hier?« Erneut sah ich mich auf dem Parkplatz um.

»Entspann dich. Ich behalte ihn ebenfalls im Auge. Heute Nacht ist er bei seiner Familie.«

»Hast du keinen Job?«

»Ich hab ein paar Jobs und versuche, auf einem der Schleppboote anzuheuern.« Er reckte sein Kinn in die Höhe, so wie früher, wenn er unsicher war, als wünschte er, er hätte etwas Besseres, mit dem er mich beeindrucken konnte.

Es hatte mich nie gekümmert, was er tat, hatte es immer geliebt, dass er mit den Händen arbeitete und so stark war. Hatte es geliebt zu wissen, dass er alles in Ordnung bringen konnte, sogar mich. Aber das war vorbei.

»Konzentrier dich darauf«, sagte ich. »Vergiss Cathy.«

»Das werde ich nicht, Toni. Ich werde sie kleinkriegen, aber das geht schneller, wenn du dabei bist. Da bin ich mir ganz sicher.«

»Das werde *ich* nicht.«

»Warum gibst du so einfach auf?«

»Ich gebe nicht auf. Es ist nur …« Ich suchte nach Worten, um zu erklären, was ich empfand. Zu gerne würde ich unsere Unschuld beweisen, vor allem, nachdem ich meine Eltern im Laden getroffen hatte, aber ich hatte schreckliche Angst, das bisschen Freiheit zu verlieren, das ich endlich zurückbekommen hatte. Beim Gedanken, wieder ins Gefängnis zu gehen, wurde meine Brust eng, und ich spürte die Panik bis in die Zehenspitzen. *Nein, nie wieder.*

»Ich kann einfach nicht. Ich kann das nicht tun.« Ich verstummte, dachte wieder an meine Mutter, die fast genau dieselben Worte zu mir gesagt hat.

»Du gibst auf, Toni. So wie du uns aufgegeben hast.« Sein Blick hielt meinen fest, er wartete auf eine Antwort.

»Ich habe uns nicht aufgegeben. Wir waren im Gefängnis – unsere Beziehung war beendet.«

»Für mich war sie das nicht.«

Er sah mich immer noch an. Ich konnte den Blick nicht abwenden, konnte den Augenkontakt nicht unterbrechen. Ich wusste nicht, was ich sagen sollte, schüttelte nur den Kopf angesichts der Worte, die mir im Kopf herumschwirrten, der frustrierenden Gedanken und der Wut darüber, wie unser Leben verlaufen war, der Dinge, die er mich fühlen, sagen und denken ließ. »Meine Eltern, meine Mom, spricht nicht mit mir. Aber mit meinem Dad treffe ich mich vielleicht mal zum Kaffee. Ich will mir das nicht verderben. Ich will nicht, dass sie mit ansehen müssen, wie ich zurückgehe.«

»Und wie wird das wirklich ablaufen, Toni? Du sitzt mit deinem Dad da und weißt, dass er sich immer noch nicht sicher ist, ob du schuldig bist, und er denkt die ganze Zeit an Nicole.« Ich schnappte nach Luft, meine Augen brannten. Ryan hatte recht. Es würde quälend werden, wie die Gefängnisbesuche, immer wieder. Ich war naiv gewesen, zu glauben, die Dinge hätten sich geändert, nur weil ich auf Bewährung draußen war.

Ryan redete weiter. »Mein Dad ist tot. Ich hatte nie die Gelegenheit, ihm zu zeigen, dass ich kein Versager bin und deine Schwester nicht umgebracht habe, aber du kannst es deinen Eltern immer noch beweisen. Ich *weiß*, dass wir das können.«

Die Verlockung war groß. Doch dann dachte ich an Suzanne und ihre Warnung. Es würde lange dauern, bis wir Cathy dazu gebracht hätten, alles zu gestehen, und wahrscheinlich würden wir dabei erwischt werden. Ich würde wieder in Rockland landen, wo Helens Freundinnen ohne Zweifel schon auf mich warteten.

Ich schüttelte den Kopf, Tränen sammelten sich in meinen Augen. »Ich kann es nicht tun. Halt dich einfach von mir fern.«

Zum zweiten Mal ließ ich Ryan allein auf dem Parkplatz stehen.

An diesem Wochenende stellte Mike eine neue Kellnerin ein. Ich schälte gerade Karotten in der Küche, als sie nach hinten kam, um sich vorzustellen. Sie war etwa sechzehn Jahre alt, spindeldürr und blass. Das lange, schwarze Haar war rabenschwarz gefärbt, der abgerundete Pony endete knapp über ihren schwarzumrandeten Augen. Die Finger waren mit Silberringen, Totenköpfen und Kreuzen bedeckt. Dazu trug sie eine schwere Halskette mit einem Kreuz, schwarze Leggins und ein schwarzes, weites Hemd. Na klasse, noch ein Emo-Teenie, der glaubte, er sei total cool, nur weil er schwarze Klamotten anhatte.

»Hi, ich bin Ashley.« Sie streckte die Hand aus.

Ich schüttelte sie. »Willkommen an Bord.«

Ich dachte, das wär's gewesen, und wandte mich wieder meiner Arbeit zu, aber sie lungerte weiter in der Küche herum, sah sich um und spielte mit ein paar Gewürzen herum. Was machte sie da? Dann fing ich einen ihrer verstohlenen Seitenblicke auf. Sie wusste, wer ich war.

Ich setzte die Reibe ab und stützte die Hand in die Hüfte. »Kann ich dir helfen?«

»Tut mir leid.« Sie wurde rot. »Es ist nur … ich habe eine Fernsehsendung über deinen Fall gesehen. In dem Journalismus-Kurs, den ich letzten Sommer besucht habe.«

So war das also. Ich war sauer, aber ich musste auch ihren Mut bewundern. Nicht viele Leute hatten die Traute, geradeheraus solchen Mist zu erzählen. Normalerweise tun sie so, als wüssten sie nicht Bescheid, aber ich merkte immer, was sie dachten.

»Ich will nicht darüber reden.« Ich konnte genauso offen sein.

»Kein Problem. Ich meine, ich verstehe, wieso du nicht willst. Du versuchst, nach vorn zu schauen.« Sie schnappte sich eine Karotte und begann sie zu schälen. »Ich wollte hier arbeiten, weil ich Geld brauche – ich spare für die Filmschule. Meine Mom weiß noch nicht, dass ich einen Job habe. Sie will nicht, dass ich irgendetwas von dem tue, was ich wirklich will.«

Ihr bitterer Tonfall verriet, dass sie einen gewaltigen Groll gegen ihre Mutter hegte. Aber ich kapierte nicht, warum sie mir das alles erzählte. Abwartend starrte ich sie an.

Sie sah mich von der Seite an. »Außerdem wollte ich dich kennenlernen.«

Was sollte das denn? Gehörte sie zu den Leuten, die auf Verbrechen abfuhren? Die das cool fanden oder so?

»Wieso?«

Sie hörte auf zu schälen und sah mich eindringlich an. »Ich möchte einen Film über dich machen.«

Damit hatte ich nicht gerechnet. »Zum Teufel, wieso?«

»Eine Dokumentation. Ich möchte deine Seite der Geschichte erzählen. Was damals passiert ist, wie dein Leben jetzt ist, warum du zurückgekommen bist, solche Sachen.«

»Kleine, du bist verrückt, wenn du glaubst, ich würde mich von dir filmen lassen.«

»Echt?« Sie wirkte enttäuscht. »Ich dachte, es würde dir gefallen, wenn die Leute dich besser verstehen würden, wenn sie deine Sicht auf die Dinge kennen würden.«

»Die Leute werden mich niemals verstehen.«

»Du hast immer gesagt, du seiest unschuldig. Die Dokumentation könnte vielleicht einiges aufdecken, und vielleicht tauchen neue Zeugen oder Beweise auf. Ich bin echt gut in Recherchearbeit. Ich nehme jedes Jahr am Vancouver Film Festival teil.«

Wir sahen einander an. Dachte sie sich das alles nur aus? Behauptete sie, sie wolle mir helfen, damit sie mich filmen konnte, um mich anschließend zu bescheißen, wie die ganzen Reporter es getan hatten? Sie schien es ernst zu meinen, aber das konnte auch Taktik sein. Wie auch immer, ich wollte nichts mit ihr zu tun haben, und ganz bestimmt würde ich nicht ihr kleines Projekt werden.

Ich wandte mich wieder meinen Karotten zu. »Jetzt ist es zu spät, um mir zu helfen – ich war bereits im Gefängnis. Mike braucht dich wahrscheinlich vorne, und ich muss das hier fertigbekommen.«

»Denk einfach mal drüber nach, okay?« Sie reichte mir das Schälmesser.

»Da gibt es nichts nachzudenken.«

Mit ernster Miene beugte sie sich vor. »Ich habe die Interviews mit dir gelesen, jeden Zeitungsartikel, alles, was du und Ryan gesagt haben, wie sehr ihr euch geliebt habt. Ich weiß Bescheid, verstehst du? Du warst einfach sauer auf deine Schwester und deine Eltern, aber das bedeutet nicht, dass du sie umgebracht hast.«

Ich wusste nicht, ob ich sie zur Schnecke machen oder mir anhören wollte, was sie zu sagen hatte, doch schließlich fragte ich: »Und was denkst du, wer es getan hat, Ashley?«

Sie senkte den Blick und spielte mit den Karotten herum. »Ich weiß es nicht, aber die Polizei hat nur gegen euch beide ermittelt. Ich sehe mir immer diese Sendungen über alte Kriminalfälle an. Ich weiß, wie es läuft, wenn die Polizei sich sofort auf jemanden einschießt.«

»Manche der Cops sind immer noch ziemlich angesehen in der Stadt.«

Sie zögerte, in ihren Augen blitzte Angst auf. »Wenn man nach der Wahrheit sucht, muss man bereit sein, überall nachzusehen.«

Am liebsten hätte ich sie für ihre Naivität geohrfeigt, für ihre jugendlichen Ideale, doch ich sagte mir im Stillen: *Sei nett zu ihr, Toni. Sie ist erst sechzehn.*

»Vielen Dank, dass du mir helfen willst, aber ich werde

bei keinem Dokumentarfilm mitmachen. Es ist vorbei, und ich versuche, es zu vergessen.«

»Aber es kann doch niemals wirklich vorbei sein, oder? Was mit dir geschehen ist?«

Okay, sie hatte es nicht anders gewollt. »Weißt du eigentlich, dass du alles nur noch schlimmer machst? Darüber nachzudenken macht es schlimmer. Darüber zu reden macht es schlimmer. Teenager, die keinen Schimmer vom wahren Leben haben und Fragen darüber stellen, *das* macht es schlimmer.«

»Das ist mir vollkommen klar.« Sie nickte, versuchte immer noch, zu mir durchzudringen, meine Sprache zu sprechen und eine Verbindung herzustellen. Dieses Mädel gab einfach nicht auf. »Ich versuche doch nur zu sagen, dass ihr meiner Meinung nach nie eine faire Chance hattet. Und ich kann euch helfen.«

»Das Leben ist nicht fair. Das wirst du früh genug herausfinden.«

»Vielleicht liest du einfach mal das hier, wenn du dazu kommst.« Sie griff in die Seite ihrer Kampfstiefel und zog ein paar Papiere heraus, die sie dort hineingestopft hatte.

»Was ist das?«

»Ein Essay. Ich habe es letztes Semester geschrieben. Lies es einfach, bitte.« Sie verließ die Küche, die Tür schwang hinter ihr zu.

Ich schaute hinunter auf das Essay. Der Titel lautete »Jene Nacht«.

Als ich nach der Arbeit nach Hause kam, zog ich die Papiere aus meiner Tasche. Einen Moment lang war ich versucht, sie zu verbrennen oder wegzuwerfen. Was ging es mich an, was dieses Mädchen über mich schrieb? Aber ich war neugierig.

Natürlich hatte ich all die Jahre über Briefe von Leuten bekommen, die schrieben, sie glaubten an meine Unschuld, aber das waren alles Irre oder Ruhmsüchtige oder Jurastudenten, die sich selbst beweisen wollten – bis sie jemand anders mit einer interessanteren Geschichte fanden oder zu dem Schluss kamen, dass ich vielleicht *doch* schuldig war.

Ich setzte mich an meinen kleinen Tisch und starrte auf das Essay, dann dachte ich *ach, was soll's*, und begann zu lesen. Es war gut geschrieben, eine sorgfältige Betrachtung des ganzen Falls. Sie hatte mit einigen meiner alten Lehrer und Freunde gesprochen, mit den Kellnerinnen im Restaurant, sogar mit Nicoles Freundinnen, einschließlich Darlene Haynes. Meine Freundin Amy hatte ihr erzählt, wie Shauna und ihre Freundinnen mich gemobbt hatten. Es war nervtötend, wie erwachsen Ashley wirkte, wie sie in vielerlei Hinsicht tatsächlich verstanden zu haben schien, dass ich nur ein wütender Teenager war, der sich mit ihrer Schwester gestritten hatte, aber nie vorgehabt hatte, sie umzubringen. Sogar mit Ryans Vater hatte sie gesprochen. Sie hatte auch versucht, mit meinen Eltern zu reden, aber meine Mom hatte ihr die Tür vor der Nase zugeknallt.

Auch über den Prozess schrieb Ashley, dass die vernichtendsten Zeugenaussagen von Shauna und den anderen Mädchen gekommen waren – meinen bekannten Feindinnen. Sie waren beliebt, ich war die Außenseiterin. Sie referierte etwas Psychoblabla über Mädchen im Teenageralter, die aufeinander losgingen, über die Grausamkeit und Rudelmentalität, die immer stärker werden konnte, und darüber, wie Gerüchte in den Köpfen der Menschen zu Wahrheiten werden können. Sie führte ein paar Kriminalfälle an, bei denen sich im Nachhinein herausgestellt hatte, dass Menschen falsch gegen jemanden ausgesagt hatten, den sie nicht mochten, und sie warf sie die Frage auf, ob Shauna und ihre Freundinnen gelogen hatten. Ganz zum Schluss stellte sie auch noch Spekulationen über den wahren Mörder an und fragte, ob Ryan und ich unschuldig sein könnten. Sie schloss mit dem Satz: »Wer immer der Mörder ist, wo immer er ist, er hat in jener Nacht nicht nur einem Menschen das Leben genommen – sondern drei.«

Am nächsten Tag legte ich das Essay in Ashleys Tasche, zusammen mit einer kurzen Notiz. »Du schreibst gut, aber ich kann diesen Dokumentarfilm nicht machen. Tut mir leid.«

18. Kapitel

Campbell River
September 1996

Die Polizei versuchte an diesem Wochenende noch ein paarmal, mit mir zu reden. Sie holten mich aus der Zelle und setzten mich immer in denselben Raum, die Heizung voll aufgedreht, und boten mir Wasser oder eine Zigarette an, versuchten, sich anzubiedern. Ich nahm beides an und paffte die Zigarette, was mich nur noch nervöser machte. Frank McKinney sah ich nie wieder. Vor meiner Verhaftung hatte meine Mutter ihm mehrere Nachrichten hinterlassen, auf die er sich nicht meldete. Mom ging in der Küche auf und ab, das Telefon fest umklammert, und sagte: »Frank, ich muss einfach nur wissen, dass du denjenigen finden wirst, der das getan hat.«

Hicks war derjenige, der mich verhörte. Er erzählte mir erneut von all den Beweisen, die sie gegen uns gesammelt hätten, und wie viel einfacher es für mich wäre, wenn ich mit ihnen kooperieren würde. Ich hielt den Mund. Ich dachte an Ryan und wie es ihm wohl erging. Ich brauchte meine ganze Kraft, um mich nicht zu verteidigen und Hicks zu sagen, er könne mich mal sonst wo. Ryan, so dachte ich, kam vermutlich ganz gut mit den Verhören klar. Er war es gewohnt, dass Lehrer und andere Leute ihm hart zusetzten.

Endlich wurde es Montag, und man brachte mich zum

Bezirksgericht. Mein Anwalt sagte, dass Ryan wahrscheinlich nach mir drankäme. Meine Eltern waren im Gerichtssaal, mein Dad im Anzug und meine Mom in Businesshose und Bluse, das Haar zurückgebunden. Beide wirkten nervös, ihre Mienen waren angespannt. Ich dachte, ich würde an diesem Tag erfahren, wie hoch die Kaution war, doch jetzt erklärte mein Anwalt, was er mir am Freitag nicht hatte erzählen wollen. Dieser Termin war nur dazu da, um eine Kautionsverhandlung vor einem Richter des Obersten Gerichts festzulegen. Das würde noch einmal zwei Wochen dauern. Bis dahin würde ich im Untersuchungsgefängnis in Vancouver in Haft bleiben, in der Frauenabteilung. Ich würde ins Gefängnis kommen. Ich hörte zu, wie der Richter meinen Anwalt befragte und sie über Dinge wie Offenbarungsgehalt sprachen, doch ich begriff überhaupt nichts und musste unablässig an den Knast denken. Was würde dort geschehen? Würde man mich schlagen? Was war mit Ryan? Würde man ihm weh tun?

Sheriffs hatten mich am Morgen zum Gericht gebracht, und sie brachten mich anschließend auch in einem ihrer Transporter zum Flughafen. Ich sah zu, wie die Welt an mir vorbeizog, und fühlte mich bereits von ihr abgesondert, getrennt von den Menschen, die ihren Tag in Angriff nahmen, die zur Arbeit oder nach Hause gingen und mit ihrem Leben fortfuhren.

Ich komme in den Knast. Ich komme in den Knast, Knast, Knast.

Das Untersuchungsgefängnis war ein furchteinflößender Ort, ein alles erstickender Betonklotz. Aufgrund meines Alters wurde ich in Schutzgewahrsam genommen und in eine Zelle mit einer schweren Metalltür und einem kleinen Fenster gesteckt. Ich saß auf dem Bett und weinte so lange, bis ich mich erbrach. Später bekam ich etwas zu essen, trockenes, geschmackloses Zeugs, das ich nicht herunterbekam. An die nächsten Tage erinnerte ich mich später nur noch verschwommen. Die meiste Zeit hockte ich verängstigt in meiner Zelle, manchmal wagte ich mich hinaus in den Fernsehraum, verließ diesen jedoch, sobald die Nachrichten kamen. Einmal hörte ich einen Moderator über mich reden, im Hintergrund Bilder von meiner toten Schwester, ein Schnappschuss der gequälten Gesichter meiner Eltern, als sie den Gerichtssaal verließen, oder mein Highschoolfoto. Die anderen Frauen in der U-Haft sahen mich neugierig an, aber niemand sprach mich an. Sie flüsterten nur miteinander in ihren kleinen Grüppchen.

Zwei Wochen später brachte man mich vor den Richter des Obersten Gerichts. Angus, mein Anwalt, argumentierte, dass bei mir keine Fluchtgefahr bestünde, wies auf meine Eltern hin und sagte, dass ich nicht die Absicht habe, davonzulaufen, und auch nicht vorbestraft sei. Obwohl Angus dick war, sich ungeschickt bewegte und manchmal mitten im Satz den Faden zu verlieren schien, sprach er so leidenschaftlich und wortgewandt zu meinen Gunsten, dass ich Hoffnung schöpfte, alles käme vielleicht wieder in Ordnung und wir könnten den Prozess möglicherweise doch gewinnen.

Ich wurde auf Kaution entlassen, doch ich musste noch zwei weitere Tage im Haftraum des Gerichtsgebäudes verbringen, bis meine Eltern als Bürgen akzeptiert waren. Dann wurde ich erneut zum Richter gebracht und musste allen Bedingungen zustimmen. Ich musste mich wöchentlich beim Kautionsgericht melden, musste bei meinen Eltern wohnen bleiben, durfte nicht trinken und keine Drogen nehmen, musste abends zu Hause sein und meinen Reisepass abgeben und durfte den Zuständigkeitsbereich des Gerichts nicht verlassen. Doch das Schlimmste war, dass ich keinen »direkten oder indirekten« Kontakt zu »Mitangeklagten haben durfte, ausgenommen durch den Rechtsbeistand«. Als Angus mir später erklärte, das bedeute, dass ich mich bis zum Prozess nicht mit Ryan in Verbindung setzen dürfe, begann ich zu weinen, und ich weinte noch heftiger, als er sagte, es könnte bis zu zwei Jahre dauern, bis wir einen Termin bekämen. Meine einzige Hoffnung war, dass in der Zwischenzeit irgendetwas geschehen würde. Dann würde der Prozess abgesagt, und wir kämen frei.

»Angus ist der Beste«, sagte mein Vater auf der angespannten Heimfahrt von der Kautionsanhörung. »Der beste Anwalt auf der Insel.« Er sagte es gepresst, als versuchte er, sich selbst zu überzeugen. Meine Mom sah kurz zu ihm, schaute ihm ins Gesicht, dann wieder aus dem Fenster. Ich wusste nicht, was sie dachte. Ich sah, wie sie ein kleines Symbol in das Kondenswasser an der Fensterscheibe malte und dachte daran, wie sie und Nicole immer Tic Tac Toe am Fenster gespielt hatten, wenn wir mit dem Auto unterwegs gewesen waren.

An diesem Abend kamen sie nach dem Abendessen in mein Zimmer. Mein Dad war blass, und meine Mom sah aus, als hätte sie geweint. Dad setzte sich auf mein Bett, Mom an meinen Schreibtisch.

»Warum glaubt die Polizei, du hättest es getan, Toni?« Ihre Stimme klang gequält. »Was *hast* du getan?«

»Nichts! Shauna und ihre Freundinnen haben gelogen und behaupten, sie hätten uns mit Nicole kämpfen sehen. Aber das ist nicht wahr. Ich habe sie dort draußen nicht einmal *gesehen.*«

Mein Dad starrte mich an, als versuchte er, in meine Seele zu blicken.

Ich sah ihm in die Augen. »Dad, ich schwöre, dass wir das *nicht* getan haben. Ich hätte Nicole niemals so weh tun können. So wie sie starb …« Ich weinte und hasste die Angst in ihren Mienen, die Frage, ob ihre Tochter eine Mörderin war. »Die Mädchen lügen. Sie *hassen* mich – ich habe dir doch erzählt, dass sie ständig ins Restaurant gekommen sind.«

Ich merkte, dass er darüber nachdachte und sich daran erinnerte. Er lehnte sich zurück und wirkte erleichtert. »Dann wird sich alles aufklären. Angus wird das alles auseinandersortieren.«

Mom sagte: »Aber die Polizei muss doch einen Grund haben, wenn sie denken, Toni habe … habe …« Sie fing an zu weinen, die Hände zitterten, als sie versuchte, die Tränen wegzuwischen.

»Nein. Ich meine, sie reden von den Kratzern und den DNA-Spuren, aber das liegt doch nur daran, dass wir durchs Unterholz gelaufen sind und Nicole angefasst haben, um ihr zu helfen, aber wir haben ihr doch nichts getan.« Stammelnd redete ich verzweifelt drauflos, zwischen den Schluchzern klang meine Stimme flehend. »Bitte, *Mom*, du musst mir glauben.«

Mein Dad ergriff meine Hand. »Wir glauben dir, Spatz.« Er schaute zu meiner Mom. »Es wird alles wieder gut, Pam. Sie hat nichts Böses gemacht.«

Sie nickte, aber sie starrte gehetzt, fast ängstlich auf meinen ausgestreckten Arm, und ich wusste, dass sie an die Kratzer aus jener Nacht dachte.

»Mom, du glaubst mir doch, oder?«

Sie sah mir in die Augen und blinzelte ein paarmal. »Dein Vater hat recht. Es wird alles wieder gut. Wenn du nichts getan hast, gibt es keinen Grund, sich Sorgen zu machen.« Sie stand auf. »Ich muss ins Bett.«

Die nächsten Monate vergingen nur langsam. Ich dachte die ganze Zeit an Ryan und schrieb ihm ellenlange Briefe, die ich ihm nicht schicken oder sonst wie zukommen lassen durfte. Amy besuchte mich ein paarmal, doch dann hörte sie damit auf. Ihre Mom wollte nicht, dass sie kam und sagte, dass es ihre ganze Familie in ein schlechtes Licht rückte, wenn Amy mit mir in Zusammenhang gebracht würde. Amy sagte: »Es tut mir wirklich leid, Toni. Ich glaube absolut nicht, dass du und Ryan es getan habt, aber …« Ich erklärte ihr, ich würde sie verstehen, aber ich fühlte mich zu Hause von der Außenwelt abgeschnitten. Meine Eltern hatten immer noch mit ihrer eigenen Trauer zu kämpfen. Ich vermisste meine Schwester, vermisste meinen Freund. Ich hatte meinen Job verloren, da ich abends nicht arbeiten durfte. Mike hatte mir gesagt, ich solle mir deswegen keine Sorgen machen. »Wenn du wieder frei bist, kannst du zurückkommen, okay?« Ich liebte ihn dafür, dass er das sagte, aber soweit ich wusste, verfolgte die Polizei keine weiteren Spuren.

Drei Monate nach der Kautionsanhörung fand die Voruntersuchung statt, und wiederum einen Monat später entschied der Richter, dass die Beweise ausreichten, um uns den Prozess zu machen. Den ersten Termin legte er auf Ende Februar 1998, mehr als ein Jahr später, fest. Es fühlte sich an wie eine Ewigkeit. Ich traf mich häufig mit meinem Anwalt, und ich wusste, dass Ryan sich mit seinem traf. Meine Eltern hatten für hunderttausend Dollar gebürgt, damit ich auf Kaution freikam, und ich wusste, dass Ryans Familie die Summe ebenfalls aufgebracht hatte – ihr Haus war beinahe abbezahlt gewesen. Ich fühlte mich ganz elend, wenn ich an seine Mom dachte, die immer spät im Krankenhaus arbeitete. Ich belauschte meine Eltern, wenn sie sich wegen des Geldes stritten, aber sobald ich den Raum betrat, verstummten sie. Ich begann wieder, für meinen Dad zu arbeiten, und das waren die einzigen Momente, in denen ich mich halbwegs normal fühlte, wenn ich meine Wut an den Werkzeugen auslassen konnte. Doch dann sah ich, wie Dad mitten bei der Arbeit abdriftete, das Gesicht unvermittelt gepeinigt, als hätte jemand auf ihn eingestochen, und ich wusste, dass er an Nicole dachte und daran, dass sein einziges lebendes Kind wegen Mordes angeklagt worden war.

Das Schlimmste war, wenn ich Mom oder Dad dabei erwischte, wie sie mich beobachteten. Ihren Mienen war anzumerken, dass sie versuchten, aus mir schlau zu werden, und ich wusste, dass sie sich fragten, ob ich es nicht vielleicht doch getan hatte. Eines Tages stolperte Mom spät abends und nach Wein riechend in ihr Zimmer, während Dad noch im Wohnzimmer blieb. Ich saß neben ihm auf der Couch. Er sah zu mir und lächelte müde.

Ich holte tief Luft und sagte: »Du glaubst mir doch immer noch, oder, Dad?«

Einen Moment sah er verwirrt aus, dann nahm er meine Hand und drückte sie. »Natürlich. Ich weiß, dass du Nicole niemals hättest weh tun wollen.« Es quälte mich, dass er gesagt hatte, ich hätte ihr nicht weh tun *wollen*, und nicht, dass ich ihr nie weh getan *hätte*, aber ich hatte zu große Angst, noch weiter nachzufragen, und ließ das Thema fallen. Bei unserem Prozess würde er schon sehen.

Der Prozess dauerte zwei Wochen. Ich durfte neben Ryan auf der Anklagebank sitzen, und wir hielten uns ganz fest an den Händen. Als wir das erste Mal nebeneinandergesetzt wurden, wollte ich weinen, mit unseren Blicken suchten wir das Gesicht des anderen ab, versuchten, unsere Gefühle zu ergründen, sagten uns alles, ohne ein Wort zu sagen. *Ich liebe dich noch immer, du fehlst mir, ich habe Angst.* Und der Prozess *war* furchterregend. Ich fühlte mich hilflos, wenn ich den Menschen zuhörte, die über uns sprachen und jede unserer Handlungen analysierten. Wir standen nur vor einem Richter, nicht vor einer Jury – unsere Anwälte fanden, wir seien nicht sympathisch genug für eine Jury. Angus versuchte mich dazu zu bewegen, nicht so ein wütendes Gesicht zu machen. Er übte mit mir, mein Gesicht in eine glatte, neutrale Maske zu verwandeln, zeigte mir, wie ich sitzen und reden sollte, nämlich höflich und liebenswürdig, und riet mir, welche Kleidung ich tragen sollte. Trotzdem sagte er, ich sähe immer noch aus, als sei ich auf alle Welt sauer wie ein von Grund auf verdorbenes Mädchen. Genau das sah ich jetzt auch in Ryans Gesicht. Vorher hatte er den Eindruck erweckt, als würde er mit allem fertigwerden, als könnte ihn nichts umhauen, doch jetzt hatte er einen festen Zug um den Kiefer bekommen, und die Sehnen an seinem Hals standen vor Anspannung hervor. Ich ergriff seine Hand und entdeckte ein paar kleine, runde, rote Narben. Entsetzt starrte ich ihn an. Rasch drehte Ryan seine Hand um und entzog sie meinen Blicken, doch ich wusste, was ich gesehen hatte. Brandnarben von Zigaretten. Hatte er sie sich selbst beigefügt oder hatte sein Vater in den letzten eineinhalb Jahren seine Wut an ihm ausgelassen? Ich wusste nicht einmal, ob Ryan irgendwo gearbeitet hatte oder was er so trieb.

Ich hörte zu, als die Experten das mit der DNA erklärten, hörte Doug Hicks und Frank McKinney zu, als sie über die Nacht aussagten, in der wir in die Polizeiwache gestolpert kamen. McKinney sah mich kein einziges Mal an, während er sprach, seine Stimme war ruhig und kontrolliert, ganz der Cop. Nur wenige Male wurde er emotionaler, als er beschrieb, wie Nicole sich mit seiner Tochter angefreundet hatte, dass sie oft in seinem Haus gewesen war und dass er von ihren Problemen mit ihrer Schwester gewusst hatte. Etwas, das Shauna nur zu gerne bestätigte, als der Zeitpunkt gekommen war, dass sie ihre Zeugenaussage machen sollte.

Shauna sah an diesem Tag wunderschön aus. Ihr kastanienbraunes Haar glänzte auf ihrem eleganten schwarzen Kostüm, und ihre Augen hatten nie blauer geschimmert als in dem Moment, in dem sie Tränen verströmten, weil sie davon sprach, wie nahe Nicole und sie sich gestanden hatten. So nahe, dass Nicole ihr von dem Messer erzählt hatte, das ich immer bei mir trug. Ein Messer, von dem Shauna behauptete, ich hätte Nicole damit zu mehreren Gelegenheiten bedroht. Die Lügen gingen immer weiter.

Rachel sagte ebenfalls aus, bestätigte Shaunas Version in jedem Punkt und warf bei jeder Erklärung die Haare zurück. »Ich meine, wir wussten natürlich, dass Toni Nicole hasste, aber wir hätten nie gedacht, dass sie *das* tun würde, verstehen Sie?« Und Cathy weinte so heftig, dass die Anwälte einige Mühe hatten, alles aus ihr herauszubekommen. Sie schluchzte nur in ihre Taschentücher und sagte immer wieder: »Ich kann es nicht glauben, dass sie tot ist.«

Kim verhaspelte sich ein paarmal, als sie bestätigte, was die anderen Mädchen erzählt hatten, dass sie in jener Nacht draußen am See gewesen seien und mich »ganz deutlich« mit Nicole hätten kämpfen sehen und dass Ryan versucht habe, uns zu trennen. »Ich muss immer wieder an diesen Moment denken«, sagte Kim mit leerem Blick. »Wenn wir hingefahren wären und ihr geholfen hätten … aber wir wollten uns nicht einmischen. Wir hatten alle Angst vor Toni, vor allem, weil wir wussten, dass sie ein Messer mit sich herumträgt. Sie hatte Shauna schon ein paarmal in der Schule angegriffen …«

Obwohl Nicole durch stumpfe Gewalteinwirkung gestorben war, vermutlich beigefügt mit dem Montierhebel, der seitdem in Ryans Truck fehlte, sagte der Staatsanwalt, die Tatsache, dass ich ein Messer mit mir herumgetragen hatte, zeige meinen Vorsatz schon lange vor dem Mord, und wies darauf hin, auf wie grausame Weise sie umgebracht worden war. Diese Art von Raserei müsse persönlich motiviert gewesen sein! Ihre Kleidung war nie gefunden worden, und man nahm an, wir hätten uns ihrer auf dem Weg zur Polizeiwache entledigt.

Ryan und ich hatten die Gelegenheit, selbst zu sprechen, und ich versuchte, jeden kleinsten Beweis wegzuerklären, doch der Staatsanwalt stellte mir immer wieder ein Bein, bis ich mich nur noch an den Richter wenden konnte und sagte: »Bitte, Euer Ehren, Sie *müssen* mir glauben. Ich habe meine Schwester nicht getötet – ich habe sie geliebt.«

In seinem Anzug wirkte Ryan steif und unbehaglich, als er in den Zeugenstand trat. Er lief jedes Mal rot an, wenn der Staatsanwalt ihn unterbrach, weil er versuchte, mich oder meine Handlungen zu verteidigen. Wie ich versuchte er zu erklären, dass Shauna und die Mädchen logen, doch der Staatsanwalt sagte: »Welches mögliche Motiv könnten diese vier jungen Frauen, vorbildliche Studentinnen ohne jede Vorstrafen, haben, um in einer so ernsten Angelegenheit zu lügen? Eine von ihnen ist die Tochter eines Polizisten!«

Am letzten Prozesstag hielten die Anwälte ihre Schlussplädoyers. Ich hielt den Atem an, hörte zu, wie sie für uns sprachen, beobachtete das Gesicht des Richters, versuchte, aus seiner Miene zu lesen, was er dachte. Dieser eine Mann würde über unser Leben entscheiden. Mein Anwalt hatte mir erzählt, dass der Richter selbst drei Töchter hatte. Hoffentlich bedeutete das, dass er wusste, dass Schwestern sich stritten, dass das aber nicht hieß, dass sie einander umbrachten. Am Ende der Plädoyers sagte der Richter, er brauche ein paar Tage, um zu einer Entscheidung zu kommen.

Schließlich wurden wir erneut dem Richter vorgeführt. An diesem Tag waren meine Eltern beide im Gerichtssaal. In der ersten Woche hatte meine Mom den Raum ein paarmal verlassen, als der Leichenbeschauer aussagte oder als Fotos von Nicoles Leiche gezeigt wurden. Schließlich, als die Beweise gegen uns immer erdrückender wurden, kam sie überhaupt nicht mehr. Ich hatte ihr Gesicht gesehen, als Shauna aussagte, hatte ihren Schock gesehen, als sie von ihr zu mir und wieder zurückschaute. Zu Hause konnte sie mir nicht in die Augen schauen.

Ryan und ich hielten uns an den Händen, als der Richter sagte: »Das Problem in diesem Fall ist die Frage, wer Nicole Murphy getötet hat …« Er schwadronierte weiter, während ich versuchte, mich zu konzentrieren, doch ich atmete hektisch und brach am ganzen Körper in kalten Schweiß aus. Dann fielen die Worte: »Ich hege keinerlei Zweifel, dass Sie, Toni Murphy, den Tod von Nicole Murphy verursacht haben. Sie hatten ein Motiv, Sie neigten schon vorher zu Heimlichkeiten, und Sie haben es geplant …« Ich schnappte nach Luft und sah Ryan unter diesem Schlag zusammenzucken.

Aus dem Augenwinkel sah ich, wie mein Dad das Gesicht in den Händen vergrub. Seine Schultern zuckten. Der Richter sagte etwas über Ryan, aber ich konnte nichts verstehen, in meinem Kopf dröhnten nur die Worte *nein, nein, nein, nein*. Ich schaute zu Ryan. Mit bleichem Gesicht starrte er den Richter an. Bestürzt sah er mich an. Ich streckte die

Arme nach ihm aus, und wir umarmten uns, ich weinend, er mit vor Schock steifem Körper. Dann war mein Dad da, der mich fest umarmte, und Ryans schluchzende Mutter, die mit ihren Armen uns beide zu umschließen versuchte. Der Sheriff legte uns Handschellen an. Ich sah meine Mom, die immer noch auf einer der Bänke saß, die Hände vor dem Mund, den Blick voll Entsetzen.

»Ryan …« Meine Stimme klang ganz hilflos. Unsere Blicke trafen sich, und ich sah darin dieselbe panische Verzweiflung, die ich empfand. Die Endgültigkeit dieses Moments überwältigte mich, die Handschellen, die sich um meine Hände schlossen, der Sheriff, der meine Arme packte, als er mich aus dem Saal führte, seine knappen Befehle, mein letzter Blick auf Ryan. Über die Schultern seiner unaufhörlich schluchzenden Mutter sah er zu mir. Mit dem Mund formte er die Worte *Ich liebe dich*.

19. Kapitel

Campbell River
Juni 2013

Nachdem ich Ashley gesagt hatte, dass ich keinen Dokumentarfilm mit ihr machen würde, ließ sie mich in Ruhe. Bis sie mit der Schule fertig war, arbeitete sie nur am Wochenende, so dass wir uns nicht oft trafen, doch wann immer sie in die Küche kam, war sie freundlich zu mir. Als sie mich eines Abends mit Captain sah, fragte sie, ob sie ihn streicheln dürfe, und brachte am nächsten Tag Hundekekse für ihn mit. Ich wusste, dass sie versuchte, mein Vertrauen zu gewinnen, und blieb auf Distanz.

Eines Abends, als sie bereits seit ein paar Wochen im Restaurant arbeitete, ging ich zur Pause nach draußen in die Hintergasse, von wo man auf den Hafen blicken konnte – mein Versteck, falls es in der Küche zu hektisch wurde. Ich saß auf einer Milchkiste, atmete tief die kühle Luft ein und wischte mir den Schweiß aus dem Nacken.

Ashley folgte mir nach draußen. »Diese Pasta spezial von dir ist echt richtig gut.«

»Danke.« Ich scharrte mit den Füßen auf dem Pflaster und mied ihren Blick.

»Meine Mom ist ausgeflippt, weil ich hier arbeite«, sagte sie.

»Das glaub ich gern.«

»Es gefällt ihr nicht, dass ich spätabends arbeite. Sie glaubt, irgendjemand würde mich auf dem Parkplatz überfallen oder so einen Quatsch. Ich habe ihr gesagt, dass ich trotzdem bleibe.«

Ich erinnerte mich an einen Streit mit meiner eigenen Mutter. *Im Fish Shack, Toni?*

Als ich nichts sagte, fuhr Ashley fort: »Sie will immer wissen, was ich tue, jede Sekunde.« Ihre Stimme wurde bitter. »Sie kontrolliert ständig mein Facebookprofil, und ich darf mein Handy und meine E-Mails und so nicht mit einem Passwort verschlüsseln. Darum will ich woanders zur Schule gehen. Hier zu arbeiten ist so was wie der erste Schritt.«

Ich hatte keine Ahnung, wieso dieses Mädel mir all das erzählte, aber ich war betroffen, wie sehr es mich an meine eigene Mutter erinnerte, die auch über alles die Kontrolle behalten wollte. Ich verspürte einen schmerzhaften Stich und dachte, dass ich vielleicht mehr auf sie hätte hören sollen.

»Klingt, als müsstet ihr das untereinander klären«, sagte ich.

»Ja, ich weiß. Ich dachte nur, du würdest es verstehen.«

Offensichtlich hatte Ashley schon einen ganzen Charakter für mich geschaffen, basierend auf dem, was sie gelesen hatte. Wahrscheinlich stellte sie sich vor, es würde werden wie im Film: Wir würden uns anfreunden, sie löste meinen Fall und jeder lebte glücklich und zufrieden bis an sein Ende. Ich wollte nicht arrogant sein, aber ich wollte ihren Phantasien auch nicht weiterhin Futter geben. Ich starrte hinunter auf meine Füße und machte deutlich, dass ich nicht mehr darüber reden wollte.

Sie schaute auf die Uhr. »Ich schätze, ich sollte mal wieder an die Arbeit gehen.«

Am nächsten Tag war es im Restaurant rappelvoll. Später, als die meisten Küchenangestellten gegangen waren und ich noch den Grill saubermachte, kam Ashley zu mir.

»Wow, das war ja echt ein Trubel!« Sie lehnte sich an den Tresen und mopste sich eine Pommes aus der Tiefkühltruhe. »Immerhin habe ich gute Trinkgelder bekommen. Ich war mir nicht sicher, ob mir das Kellnern gefallen würde, aber es macht Spaß. Hat es dir gefallen, als du früher hier gearbeitet hast?«

»Meistens.« Außer, wenn Shauna und ihre Truppe mich triezten.

»Das ist cool.«

Wieso war das cool? Stellte sie sich vor, in meine Fußstapfen zu treten? Mein Leben nachzuleben? Zum Teufel, ich hoffte nicht. Meine Hände waren rutschig, und ich ließ die Grillbürste fallen, die halb unter den Ofen rutschte. Ich ging in die Hocke und griff danach. Als ich aufstand, stellte ich fest, dass Ashley meinen Bizeps anstarrte.

»Hast du die im Gefängnis bekommen?«, fragte sie.

»Die Tattoos?«

Sie nickte. »Was bedeuten sie?«

Überrascht von der Frage hielt ich inne. Sie war die erste Person, die jemals danach fragte. Ich betrachtete die Bürste in meiner Hand und überlegte, wie viel ich ihr erzählen sollte.

»Jeder Streifen steht für ein Jahr, das ich eingesperrt war«, sagte ich schließlich.

»Ich hatte auch gerne ein Tattoo, aber meine Mom würde mich umbringen. Sie findet jetzt schon, ich sehe zu …«, sie malte Anführungszeichen in die Luft, »… hart aus.«

»Was soll das heißen?«

»Ich bin ihr nicht hübsch genug – und sie hasst es, wie

ich mich anziehe. Sie sagt, ich sähe aus wie ein jämmerlicher Vampir, und dass sie sich meinetwegen schäme.« Sie zuckte die Achseln. »Es ist egal, was ich trage. Sie wünscht sich einfach nur, ich würde mehr wie sie aussehen, aber ich sehe meinem Dad ähnlich.«

Ich war schockiert von ihrer Offenheit und dem fehlenden Schmerz in ihrer Stimme, als spräche sie vom Wetter. Anscheinend hatte sie sich schon vor geraumer Zeit damit arrangiert. Erneut traf es mich, wie erwachsen sie wirkte.

»Meiner Mutter gefiel es auch nie, was ich anhatte«, sagte ich. »Sie fand, ich würde krampfhaft versuchen, taff auszusehen. Vielleicht hatte sie recht.«

»War das eine Möglichkeit für dich, es ihr heimzuzahlen?«

Möglicherweise versuchte sie immer noch, Informationen für ihren Dokumentarfilm zu bekommen, aber ich hatte das Gefühl, sie würde aus persönlichen Gründen fragen.

»Ich weiß es nicht, vielleicht. Sie mochte es nicht, dass ich mit Ryan zusammen war.«

Ashley wurde wütend. »Meine Mutter kann wegen so was auch total ätzend sein. Ich war eigentlich mit einem Typen verabredet, den ich echt mag, aber meine Mutter *hasst* ihn, weil er Mechaniker ist und früher mal Ärger mit den Cops hatte, also hatten wir einen Riesenstreit. Sie hat überhaupt nicht zugehört, wenn ich versucht habe, ihr etwas von ihm zu erzählen, sondern meinte nur, sie würde auf mich aufpassen.« Sie lachte. »Dabei geht es gar nicht um mich.«

Ich wollte nicht in ihr Leben und ihre Probleme hineingezogen werden, aber ich war neugierig. »Was hält dein Dad davon?«

»Er arbeitet ständig und lässt meine Mutter tun, was sie will.« Wieder dieser bittere Tonfall.

Ich hatte Mitleid mit ihr, aber die Sache ging mich nichts an. Die ganze Familie schien ziemlich verkorkst zu sein, und ihre Mutter war anscheinend ziemlich herrschsüchtig. Wahrscheinlich hatte sie keine Ahnung, was ihre Tochter wirklich für sie empfand. Ich machte mich wieder daran, den Grill zu schrubben, doch Ashley war noch nicht fertig.

»Was hat dein Dad von Ryan gehalten? Mochte er ihn?«

»Ich glaube. Er machte sich nur Sorgen, wie leichtsinnig wir …« Ich begriff, was ich beinahe ausgeplaudert hatte, dass ich dieses Mädel beinahe in meine Welt hereingelassen hätte, in meine Erinnerungen, in denen Ryan und ich in seinem Truck saßen, uns einen Joint teilten und er sagte: »Mach dir keine Sorgen wegen deiner Eltern. Wenn wir erst einmal zwanzig Jahre verheiratet sind, werden sie schon merken, dass wir es ernst meinen.« Und ich hatte gedacht, ich sei so taff und so rebellisch, dass ich meine Eltern nicht bräuchte. Ich hatte keine Ahnung.

Patty steckte den Kopf in die Küche, sah uns reden und warf mir einen bösen Blick zu.

Ich sagte zu Ashley: »Ich muss echt zu Ende saubermachen.«

Ashley wirkte enttäuscht, als sie merkte, dass sich eine Tür geschlossen hatte.

Am nächsten Wochenende folgte sie mir wieder nach draußen, als ich Pause machte. Ich setzte mich auf eine der Milchkisten und versuchte, sie zu ignorieren, indem ich mich auf meinen Eistee und die am Hafen vertäuten Schiffe konzentrierte, deren Lichter auf dem dunklen Ozean funkelten.

»Ich bin mit diesem Jungen aus der Schule ausgegangen«, sagte sie. »Er heißt Aiden.«

Ich schielte zu ihr hoch. »Ich dachte, du dürftest ihn nicht sehen.«

»Ich habe mich rausgeschlichen. Wir sind auf eine Party gegangen, aber ich war nervös, dass meine Mom es herausfinden würde, und konnte mich nicht richtig entspannen und amüsieren.« Sie wirkte verärgert. »Ich kann es gar nicht erwarten, bis ich auf eine andere Schule gehe und tun kann, was ich will.«

Ich nickte verständnisvoll. Aber ich fragte mich auch, wer dieser Junge sein mochte. Vielleicht war er überhaupt nicht gut für sie. Vielleicht hatte ihre Mom recht. Ich dachte zurück an meine Zeit mit Ryan und versuchte, sie durch die Augen meiner Mutter zu sehen. Wahrscheinlich hätte ich mir an ihrer Stelle ebenfalls Sorgen gemacht. Dann dachte ich an Nicole auf dieser einen Party, auf der sie sich hinten rausgeschlichen hatte, um sich mit einem Jungen zu treffen. Wo er jetzt wohl war? Ob er jemals an sie dachte? Nach ihrem Tod hatte ich die Kette gesucht, die er ihr geschenkt hatte, aber sie war nicht in ihrem Zimmer gewesen.

»War es für dich auch so?«, fragte Ashley. »Als du einfach nur mit Ryan zusammen sein wolltest und deine Eltern ihn nicht mochten? Ich meine, du wusstest, dass er ein guter Mensch ist. Nur weil er mal ein paar Schwierigkeiten hatte, hat ihn das doch nicht zu einem Bösewicht gemacht.«

»Aber manchmal bedeutet es *genau* das. Du musst vorsichtig sein. Als wir jung waren, war es anders. Die Drogen sind heute anderes, alles hat sich verändert.«

»Ich habe gehört, Ryan sei wieder in Campbell River.«

Wer hatte ihr das erzählt? Ich nippte an meinem Tee und ließ das Eis an meinen Zähnen klappern. Ignorierte ihre unausgesprochene Frage.

»Hast du ihn gesehen?« Ihr Tonfall klang zögerlicher, sie war neugierig, spürte aber, dass sie eine Grenze überschritt.

»Ich darf keinen Kontakt zu ihm haben.«

»O Gott, das muss hart sein.« Ihre Miene spiegelte wider, für welch eine Tragödie sie das hielt. »Ihr beide habt euch so geliebt.«

»Wir waren jung, fast noch Kinder. Wir wussten nicht, was Liebe ist.«

Sie wurde wütend. »Das meinst du doch nicht ernst. Genau so etwas könnte meine Mom sagen. Sie hasst meine Freunde und sagt immer, sie würden mich eines Tages verlassen, aber nicht alle Männer sind so. Sie will nur nicht, dass ich *sie* verlasse.«

»Ich muss die Küche weiter aufräumen.« Ich ging wieder hinein. Sie folgte mir.

»Ich helfe dir.«

»Das gehört nicht zu deinem Job.«

»Ich möchte es aber.« Sie schwieg kurz. »Es tut mir leid, wenn ich dich verärgert habe, aber ich finde es einfach nur so traurig, dass ihr beide euch nie wiedersehen dürft, nach allem, was ihr durchgemacht habt.«

Allmählich hatte ich das Gefühl, diesem Mädchen gefiel es, sich selbst mit schmerzlichen Gedanken zu quälen. Ich sagte: »Es war traurig, aber man kommt darüber hinweg. Man muss.«

»Ich glaube …« Sie fummelte am Putzschwamm herum, das Gesicht immer noch bekümmert.

Ich drückte ihr einen Topf in die Hand. »Hier, mach den sauber.«

Eine Zeitlang arbeiteten wir schweigend, die Musik leistete uns Gesellschaft. Ich stellte fest, dass sie wacher wurde, ihre Schultern hoben sich, während sie arbeitete, ein Fuß tappte mit der Musik mit. Ich vermutete, harte Arbeit half auch ihr. Während ich den Boden wischte, begann sie, von verschiedenen Dokumentarfilmen zu erzählen, die sie gesehen hatte, welche Techniken sie ausprobierte und dass sie für ihren letzten Film einen Zuschuss von der kanadischen Filmförderung erhalten hatte. Offensichtlich las sie viel – sie erzählte leidenschaftlich von der kanadischen Kunstwelt und bekannten kanadischen Filmemacherinnen wie Sarah Polley und Deepa Mehta. Außerdem wusste sie viel über Kameras und hatte eine ziemlich gute Ausrüstung, die ihr Großvater ihr gekauft hatte, von der ihre Mutter aber nichts wusste, weil sie so teuer gewesen war.

Sie erzählte mir gerade von ihrem Lieblingslehrer, der neben der Schule einen Fotoladen in der Stadt führte, als ich einen Schatten in der offenen Hintertür sah. Ich blickte auf, gerade als ich eine Frauenstimme sagen hörte: »Hier steckst du also!«

Ashley wirbelte herum. »Mom!«

Die Frau kam mir bekannt vor, als müsste ich sie kennen. Und dann begriff ich, dass ich sie tatsächlich kannte – es war Shauna McKinney.

Sie war ein wenig fülliger unterm Kinn und um die Hüften, aber immer noch attraktiv. Sie trug Shorts, und ihre Beine waren muskulös wie bei einer Läuferin. Ihr kastanienbraunes Haar war jetzt kürzer und fiel ihr in einem glatten Bob bis auf die Schultern. Sie trug ein gelbes Shirt, die Arme hatte sie vor der Brust verschränkt. Über der Schulter trug sie eine große, braune Lederhandtasche und hielt einen Schlüsselbund in der Hand, mit dem sie wütend klapperte. Sie musterte mich, während ich sie musterte, keine von uns sagte ein Wort.

Schließlich brach Ashley das Schweigen. »Ich wäre bald

nach Hause gekommen.« Sie klang richtig sauer, dass ihre Mom im Restaurant aufgetaucht war. Das war mir egal, aber ich war sauer, weil Ashley nie erwähnt hatte, wer ihre Mutter ist.

»Ich dachte, du seiest Kellnerin«, sagte Shauna, ohne mich aus den Augen zu lassen. »Warum bist du dann in der Küche? Ich habe mir Sorgen gemacht – du bist nicht an dein Handy gegangen.«

Ashley legte den Schwamm weg und entfernte sich einen Schritt vom Spülbecken. »Tut mir leid. Heute Abend war viel los, und ich habe Toni nur ein wenig geholfen.«

Was sollte der Mist? Gab sie mir etwa die Schuld? Ich drehte mich und sah sie an.

Errötend fügte sie hinzu: »Ich wollte noch bleiben und ihr helfen. Sie hat mich nicht darum gebeten.«

»Wird Zeit, dass wir gehen. Dein Dad ist heute Abend zu Hause und möchte dich sehen.«

»Megan holt mich ab.«

»Ruf sie an und sag ihr, dass du eine Mitfahrgelegenheit hast. Ich warte auf dem Parkplatz auf dich.«

Sie stellte klar, dass sie nicht die Absicht hatte, ihre Tochter eine Minute länger herumtrödeln zu lassen. Ashley war wütend und verlegen, als sie zurück zu mir schaute, doch sie verließ die Küche. Ich wischte weiter den Boden, sah nicht zu Shauna, sondern packte den Stiel fester, als ich mich an ihr Auftreten beim Prozess erinnerte. *Nicole erzählte immer, wie gemein Toni zu ihr war. Toni hasste sie, jeder wusste das.*

»Bleib von meiner Tochter weg«, sagte sie jetzt.

Ich hielt inne und lehnte mich auf den Wischmopp. »Ziemlich schwierig, wenn sie an meinem Arbeitsplatz einen Job hat. Ich wusste nicht, dass sie deine Tochter ist.«

»Dann wirst du dir wohl eine neue Arbeit suchen müssen.«

Sie hatte recht. Bis zu diesem Moment hatte ich mir nicht klargemacht, was das bedeutete. Wahrscheinlich musste ich mir tatsächlich einen anderen Job suchen. Was sollte ich jetzt tun?

»Ich will nicht, dass eine überführte Verbrecherin sich an meine Tochter heranmacht.«

»Ich habe mich an niemanden herangemacht.«

»Dann halte es auch weiter so.«

Sie ging, doch ein Hauch ihres Parfüms blieb in der Luft hängen. Irgendetwas Fruchtiges, wie Mandarine, das mich an die Highschool erinnerte. Nichts hatte sich verändert.

An diesem Abend wartete Ryan erneut am Yachthafen auf mich. Er trat aus dem Schatten, als er mich parken sah. Dieses Mal trug er eine schwarze Strickwollmütze, die er tief ins Gesicht gezogen hatte und unter der sein Haar hervorlugte, sowie ein braunes T-Shirt mit dem verblassten Logo irgendeiner Band. Es erinnerte mich an etwas, das er in der Highschool getragen hatte, aber jetzt, am Körper eines Mannes, sah es ganz anders aus. Mit achtzehn hatte er den harten Kerl gespielt, jetzt war er wirklich einer.

Ich knallte die Trucktür zu und sah ihn kaum an, als ich Captain vom Beifahrersitz scheuchte und mir die kleine Tüte mit den Einkäufen schnappte, die ich auf dem Heimweg besorgt hatte. Dieses Mal war er näher als zuvor, er stand neben der Motorhaube meines Trucks. Es machte mich nervös, dass er so nah war, so nah, dass ich die Tattoos auf seinem Unterarm sehen konnte. Was bedeuteten sie? Wer hatte sie ihm gestochen? Hatte er am restlichen Körper noch mehr, und erinnerte ihn eines davon an mich?

»Du kannst nicht ständig hierherkommen. Du schaffst es noch, dass ich zurückgeschickt werde.«

Er trat wieder zurück in den Schatten, darauf bedacht, kein Licht auf sein Gesicht fallen zu lassen, während er sich umschaute. »Ich bin nicht das Problem.«

Angst schoss mir in die Glieder. »Was ist los?«

»Cathy wird vermisst.«

Ich entspannte mich leicht. »Sie ist cracksüchtig. Wahrscheinlich liegt sie irgendwo stoned in der Ecke oder versteckt sich, weil sie nicht mit dir reden will.«

»Aber sie hat mit mir geredet, Toni.« Sein Blick und seine Miene waren ernst, aber er sah müde aus. »Sie war high, aber sie hat immer wieder weinend gesagt, es täte ihr leid. Ich fragte sie, was ihr leidtäte. Anfangs redete sie etwas um den heißen Brei herum, aber dann gab sie zu, beim Prozess gelogen zu haben. Sie wurde richtig nervös und sagte: ›Wir waren einfach nur sauer auf Nicole.‹«

»Sauer auf *Nicole*? Nicht auf mich?«

»Das hat sie gesagt.«

»Vielleicht war sie einfach nur breit und wusste nicht, was sie sagt.« Doch ich dachte daran, wie merkwürdig Nicole sich in der Woche vor ihrem Tod verhalten hatte. Hatte sie tatsächlich Streit mit den Mädchen gehabt? »Wir wussten doch bereits, dass sie beim Prozess gelogen haben – das ist keine neue Information.«

»Sie wusste genau, was sie sagte. Sie sagte immer wieder, dass ich niemandem erzählen dürfe, dass wir miteinander geredet hätten, und dass, wenn Shauna es herausfinden würde … sie hat nicht direkt gesagt, dass sie sich fürchtet, aber sie hatte eindeutig Angst. Sie kam langsam von ihrem Trip runter und sagte, sie müsse zu ihrem Dealer. Wir wollten uns gestern Abend wieder treffen, aber sie ist nicht aufgetaucht. Ich habe einen Freund von mir zu ihrer Wohnung geschickt, aber ihre Mitbewohnerin sagte, sie sei die ganze letzte Nacht nicht nach Hause gekommen – ihr ganzer Kram ist aber noch da.«

Mir begann sich der Magen umzudrehen. »Sie ist drogenabhängig, sie kann sonst wo sein.«

Er schüttelte den Kopf. »Irgendetwas ist ihr zugestoßen, Toni. Etwas Schlimmes.«

»Vielleicht hat Shauna sie aus der Stadt gebracht, irgendwo anders hin.«

»Sie könnte immer noch reden – es gibt nur eine Möglichkeit, jemanden für immer zum Schweigen zu bringen.«

»Bis zum Mord ist es ein ziemlicher Schritt.«

»Nicht für jemanden, der das schon einmal getan hat. Ich habe mit einigen meiner alten Kumpels geredet, und sie sagen alle, Shauna und ihre Combo hätten sich nach jener Nacht verändert – man hat sie nirgendwo mehr gesehen. Sie haben sich mit niemandem mehr getroffen, nur noch untereinander.«

»Die haben doch schon immer ständig zusammengegluckt.«

»Das war etwas anderes. Cathy war die Einzige, die noch auf Partys ging, und dann fing sie an, harte Drogen zu nehmen. Kim zog direkt nach unserem Prozess fort ...«

»Daran ist doch nichts merkwürdig. Ihre Mutter war durchgeknallt – wahrscheinlich konnte sie es kaum abwarten, aus der Stadt wegzukommen.«

»Aber das ist ja gerade das Merkwürdige. Ich hab gehört, sie sei gerade zurückgekommen.«

»Na und?«

»Um ihrer Mutter zu helfen, die gerade stirbt oder so ähnlich.«

»Das hat überhaupt nichts zu bedeuten, Ryan.« Ich hörte den Ärger in meiner Stimme und wunderte mich, warum ich so aufgewühlt war, warum ich ihm am liebsten gesagt hätte, er solle den Mund halten.

Ryan wurde ebenfalls sauer. »Wieso bist du so ein Dickkopf? Du machst alles nieder, was ich sage.«

»Ich spiele nur den Advocatus Diaboli.«

»Du hast Angst, weil du weißt, dass ich an etwas dran bin, und du nichts damit zu tun haben willst. Du weißt, dass ich recht habe.«

Das tat weh, aber hatte er tatsächlich recht? Wenn die Möglichkeit, dass die Mädchen Nicole – und jetzt Cathy – umgebracht hatten, mich so auf hundertachtzig brachte, dann *wollte* ich es nicht glauben. Denn dann würde ich mit hineingezogen werden und das aufs Spiel setzen, wofür ich so hart gekämpft hatte, um es zurückzubekommen, nicht zuletzt meine Freiheit. Immer noch wütend, gab ich keine Antwort.

Ryan fuhr fort: »So wie ich gehört habe, hat Kim seit dem Prozess keinen Fuß mehr nach Campbell River gesetzt. Sie hatte ein Tanzstudio und eine feste Freundin. Glaubst du wirklich, sie würde all das aufgeben, nur um ihrer Mom zu helfen, die sie als Teenager rausgeschmissen hat? Sie hat eine ältere Schwester, die immer noch in der Stadt lebt. Warum kümmert die sich nicht um die Mutter?«

»Und was glaubst du, warum Kim zurückgekommen ist?«

»Shauna muss sie angerufen haben. Sie müssen Wind davon bekommen haben, dass Cathy mit mir geredet hat, und haben beschlossen, sie verschwinden zu lassen. Shauna hat dafür gesorgt, dass alle Beteiligten wieder in der Stadt sind, damit sie sie im Auge behalten und uns in die Scheiße reiten kann.«

»Wieso sollte sie? Selbst wenn sie es getan haben, sie haben doch bereits dafür gesorgt, dass wir ins Gefängnis wandern.«

»Aber jetzt muss sie sicherstellen, dass die Wahrheit niemals ans Licht kommt. Wenn Cathy tot ist, was glaubst du, wen die Polizei sich als Erstes vornehmen wird, Toni?«

Ich wusste genau, wem man dafür die Schuld geben würde.

»Wann ist sie verschwunden?«

»Ich glaube, am Mittwoch, aber ich bin mir nicht sicher. Es könnte auch früher gewesen sein.«

Ich versuchte, nachzurechnen, dachte zurück, Panik grub sich in mein Blut. »An dem Abend war ich im Restaurant. Ich bin lange geblieben und hab noch die Küche saubergemacht.«

»Das ist gut. Und falls es in den letzten paar Tagen passiert ist, da war ich jede Nacht bei meiner Mom – ich wohne gerade dort und renoviere das Haus für sie. Aber sie würden uns trotzdem verhören, und du weißt, dass unsere Bewährung für die Dauer der Ermittlungen ausgesetzt wird, sobald es irgendwelchen Ärger gibt, ganz zu schweigen von Mord.«

Man würde mich zurück nach Rockland schicken. Wie viel Freundinnen hatte Helen dort? Wie lange würde es dauern, bis eine von ihnen mich erwischte? Was würde aus Captain werden? Selbst, wenn unsere Alibis rasch überprüft waren, könnte es Monate dauern, bis wir wieder draußen wären.

»Das ist doch Scheiße, Ryan.«

»Verdammt richtig. Deshalb wollte ich dir Bescheid sagen. Diese Frauen wollen nicht, dass wir draußen sind. Solange wir am Leben sind, sind wir eine Bedrohung für sie.«

»Wenn das, was du sagst, stimmt und Cathy tot ist, dann sind wir geliefert, Ryan. Sie war die einzige Person, die vielleicht bereit gewesen wäre, über das zu reden, was in jener Nacht wirklich passiert ist. Die anderen werden niemals zugeben, dass sie gelogen hatten.«

»Ich muss einfach weiterbohren. Sie genügend unter Druck setzen, bis irgendwo eine Sicherung durchbrennt.«

Eine Tür wurde zugeknallt, jemand war auf den Parkplatz gefahren. Ryan duckte sich hinter einen Wagen. Ich tat, als holte ich meinen Kram aus dem Truck.

»Guten Abend«, sagte ich zu dem alten Mann, als er hinunter zu seinem Boot ging. Er lächelte mir zu, doch mein Herz pochte immer noch in meiner Brust.

Als er verschwunden war, flüsterte ich über die Schulter. »Du solltest besser von hier verschwinden.« Keine Antwort. Ich drehte mich um. Ryan war bereits fort.

20. Kapitel

Campbell River
Juni 2013

Ich blieb noch stundenlang wach, trank heiße Schokolade, sah mich auf meinem Boot um und dachte daran, wie sehr es mir bereits ans Herz gewachsen war. Captains großer Kopf lag auf meinem Schoß, und er schnarchte im Schlaf. Wenn Ryan recht hatte und ich meine Bewährung verlieren würde, und sei es nur vorübergehend, würde er dann zurück ins Tierheim müssen? Die Frauen dort waren nett, vielleicht würde ihn eine von ihnen aufnehmen, aber die meisten hatten bereits mehrere Haustiere. Könnte ich meinen Dad überreden, ein paar Monate auf ihn aufzupassen? Ich hasste die Vorstellung, wie es für meine Eltern aussehen musste, wenn ich zu einem weiteren Mordfall befragt werden würde, wie es für jeden Menschen in der Stadt aussehen musste – alle würden mich umgehend schuldig sprechen. Ich würde niemals frei davon sein – oder von Shauna. Ich überlegte, ob ich Suzanne bitten sollte, in eine andere Stadt umziehen zu dürfen, aber das würde mindestens dreißig Tage dauern. Und wenn Cathy tot war, würde es mich erst recht schuldig aussehen lassen, wenn ich die Stadt verließ. Wieder dachte ich an meine Mom und meinen Dad, und daran, wie sicher Ryan sich war, dass er die Wahrheit herausfinden konnte. Ich beschloss, noch ein Weilchen durchzuhalten.

Am nächsten Morgen versuchte ich mir einzureden, dass Cathy schon wieder auftauchen würde – lebend. In der Zwischenzeit musste ich mich um ein dringenderes Problem kümmern. Ich rief Suzanne an und erzählte ihr von meiner Begegnung mit Shauna im Restaurant.

»Sie können dort nicht weiterarbeiten«, sagte sie.

»Aber ich bin da wirklich glücklich – und ich mache meine Sache gut. Ich muss nicht mit dem Mädchen reden. Ich sage ihr einfach, sie soll sich von mir fernhalten.« Ich wusste, dass es zwecklos war, aber ich konnte einfach nicht anders, obwohl ich mich für den flehenden Unterton in meiner Stimme hasste.

»Sie können auch an einem anderen Arbeitsplatz glücklich werden, aber Sie stecken in einer schwierigen Situation – vor allem, falls die Mutter des Mädchens weiterhin vorbeikommt. Sie können keinen Ärger gebrauchen, Toni. Sie müssen sich darauf konzentrieren, sich ein neues Leben aufzubauen.«

Genau das versuchte ich doch. Ich dachte daran, wie Shauna schon vor Jahren ins Restaurant gekommen war und mir das Leben zur Hölle gemacht hat. Und jetzt war es wieder so weit. Ich biss die Zähne zusammen, gegen die Wut.

Ich sagte: »Mike hat noch einen zweiten Laden in der Innenstadt.« Das Restaurant lag nicht am Wasser und war auch nicht so nett, aber es wäre ein Job. »Was, wenn ich ihn bitte, mich zu versetzen?«

Sie schwieg, und ich hielt mit gekreuzten Fingern den Atem an. »Wir können es versuchen, aber wenn Sie ihr noch einmal über den Weg laufen, müssen wir etwas anderes für Sie finden.«

Ich stieß den Atem aus. »Danke, Suzanne.«

Ich wollte gerade auflegen, als sie sagte: »Toni, wenn Sie Shauna McKinney noch einmal sehen, drehen Sie sich um und gehen in die andere Richtung.«

Nach dem Telefonat mit Suzanne rief ich Mike im Restaurant an und schilderte ihm das Problem.

»Verdammt, Toni, das tut mir leid. Ich hatte keine Ahnung, dass sie Shaunas Tochter ist.«

»Mir hat sie es auch nicht erzählt, aber ich habe überlegt, ob du sie nicht ins andere Restaurant versetzen könntest.« Wenn eine von uns beiden gehen musste, wäre es mir lieber, wenn sie das wäre.

»Ich würde gerne, aber im Laden am Hafen brauche ich vorne jede Hand.«

»Hättest du denn noch Platz für mich im Laden in der Innenstadt?« *Bitte, Bitte.*

Er dachte einen Moment nach. »Ja, aber nicht als Köchin – ich habe da schon einen guten Mann, und er will nicht am Hafen arbeiten. Du wärst dort die Hilfsköchin.«

Das war besser als nichts. »Ich nehme den Job.«

In den nächsten zwei Tagen gewöhnte ich mich im Lokal in der Innenstadt ein, lernte das Personal kennen und ignorierte die neugierigen Blicke und das Getuschel. Ich hasste es, wieder von vorn anfangen zu müssen, Salate vorbereiten, Kartoffeln waschen und dem Koch hinterherräumen musste, aber ich versuchte mich an der Tatsache festzuhalten, dass ich immer noch einen Job hatte. Das war alles, was zählte.

Ich war seit einer Woche dort, als Mike eines Abends nach der Spätschicht mit seiner Frau vorbeikam und mich bat, zu ihm nach vorne zu kommen, wenn ich fertig geputzt hatte. Er wirkte irgendwie ernst, so dass ich mir Sorgen machte, aber ich glaubte nicht, dass es etwas besonders Schwerwiegendes sein würde. Vielleicht musste er mir die Stunden kürzen oder so etwas.

Ich ging zu ihnen an den Tisch, und mein Magen zog sich vor Angst zusammen, als ich ihn und Patty einen Blick wechseln sah. Was ging hier vor? Als ich den Tisch erreicht hatte, stand sie auf und murmelte, dass sie uns besser allein lassen würde. Der Raum war leer und dunkel, die Stühle standen bereits umgedreht auf den anderen Tischen.

Ich setzte mich Mike gegenüber. »Was ist los?«

»Das wird nicht leicht, Toni.« Er holte Luft. »Patty hat heute Morgen die gestrigen Einnahmen vom Fish Shack überprüft, ehe sie zur Bank ging, und im Safe fehlte Geld.«

Jetzt wusste ich, worum es ging, und das war nichts Gutes. Ganz und gar nicht. Meine Hände unterm Tisch begannen zu zittern. »Und du fragst mich, ob ich es war?«

»Ich weiß, dass du sauer warst, weil du ins andere Lokal wechseln musstest.«

Meine Stimme war hart, als ich sagte: »Ich war es nicht, Mike. Ich habe bis Mitternacht hier gearbeitet, dann bin ich nach Hause gefahren. Warum sollte ich dich bestehlen?«

»Jemand hat heute Morgen angerufen. Der Anrufer hat eine Nachricht hinterlassen, dass er spätabends einen Truck gesehen habe, als alle weg waren, und an der Hintertür habe eine Person mit Kapuzenpullover herumgelungert. Der Anrufer sagte, er mache sich Sorgen.«

»Das ist totaler Unsinn. Wer ist der Zeuge?« Ein Name kam mir prompt in den Sinn. »War es Shauna McKinney?«

»Er hat keinen Namen hinterlassen, und wir konnten auch nicht heraushören, ob es ein Mann oder eine Frau war.«

Ich erinnerte mich an Shaunas Talent, ihre Stimme zu verstellen. Ich war bereit zu wetten, dass sie es gewesen war, aber es gab keine Möglichkeit, das zu beweisen.

»Warum fragst du nicht alle anderen, die gestern Abend gearbeitet haben? Ich wäre gar nicht ins Restaurant hineingekommen – ich habe nicht einmal einen Schlüssel.«

»Eine der Kellnerinnen hat ihren Satz vor ein paar Tagen verloren. Und du bist die einzige meiner Angestellten, die vorbestraft ist.«

»Das bedeutet nicht, dass ich eine Diebin bin …« Meine Stimme brach. Er sah mich an und errötete, als sei ihm die ganze Sache peinlich. Ich holte tief Luft und versuchte es erneut. »Mike, du weißt, dass ich diesen Job und diesen Laden liebe. Ich würde dich doch nicht auf diese Weise bescheißen. Was hätte ich davon?«

Er starrte hinunter in seinen Kaffee. »Wir mussten mit der Polizei reden und Anzeige erstatten. Sie werden wahrscheinlich ebenfalls mit dir reden.«

»Du weißt, dass dadurch womöglich meine Bewährung auf dem Spiel steht. Warum sollte ich so etwas Bescheuertes tun, wenn ich gerade erst rausgekommen bin?«

Endlich sah er mir in die Augen. »Ich habe es nicht allein entschieden, Toni. Es war Patty. Ihr war nie wohl bei dem Gedanken, dass du hier arbeitest. Aber jetzt, wo Ryan wieder hier ist, befürchtet sie, dass er vielleicht Geld brauchte und du ihm geholfen hast.«

»Komm schon. Du solltest mehr Vertrauen zu mir haben.«

»Die Sache ist die, Toni, der Ärger scheint dir nachzulaufen, und wir wollen nicht noch mehr Probleme.«

Darauf brauchte ich nicht zu antworten. Es war die Wahrheit. Seit ich als Jugendliche angefangen hatte, für ihn zu arbeiten, gab es meinetwegen ständig irgendwelches Theater.

»Du leistest gute Arbeit«, sagte Mike. »Du bist eine der Besten, die ich je hatte. Ich hasse es, das zu tun.«

Er würde mich feuern. Ich ging auf Abstand, akzeptierte den Schlag, der jetzt kommen würde. »Sag es einfach, Mike.«

»Wir müssen dich entlassen.«

Ich nickte einmal, zweimal, ließ die Worte sacken. »Das war's?«

»Ich bringe dir deinen letzten Gehaltsscheck vorbei.« Ich durfte die Restaurants also nicht einmal mehr betreten. Er fügte hinzu: »Patty hat auch deine Bewährungshelferin angerufen.«

»Mike, du weißt, dass meine Bewährungshelferin mich zurück ins Gefängnis schicken kann, wenn sie auch nur ein Wort von diesem Unsinn glaubt.«

»Es tut mir leid.« Ich sah, dass es ihm wirklich leidtat, aber das hatte jetzt nichts mehr zu bedeuten. Er ließ mich im Stich. Ich kämpfte die Tränen zurück, als ich aufstand. Ich wollte hocherhobenen Hauptes gehen, doch ich konnte nicht widerstehen, Patty eine spitze Bemerkung zuzumurmeln, als ich an der Tür an ihr vorbeikam. Sie wirkte ängstlich, als fürchte sie, ich könnte ihr etwas antun.

»Du irrst dich in mir«, sagte ich. »Ich werde *beweisen*, dass du dich irrst.« Ich holte Captain aus Mikes Garten ab, und nahm mir die Zeit, dem anderen Hund einen Abschiedskuss zu geben. Captain flippte vor Freude aus, als er mich sah, aber ich kämpfte mit den Tränen. Wer hatte das Geld gestohlen? War es Ashley gewesen? Ich war sicher, dass Shauna mir irgendwie eine Falle gestellt hatte. Ich betete nur, dass Suzanne Patty nicht glauben würde und sie keine weiteren Beweise außer diesem verdammten Anruf hatten, aber die ganze Sache fühlte sich einfach zu vertraut an. Dieses Gefühl, wahnsinnig zu werden, weil man weiß, dass man unschuldig ist, ohne es beweisen zu können; dieses beschämende Gefühl, irgendetwas Furchtbares getan zu haben, auch wenn man nichts getan hatte; das entsetzliche Gefühl, dass einem die Kontrolle über das eigene Leben vollkommen entgleitet.

Ich fuhr zurück zu meinem Boot, setzte mich an den Tisch, immer noch zittrig und mit den Nerven am Ende. Ich versuchte, mich aufs Praktische zu konzentrieren. Würde ich einen anderen Job finden? Wer würde einen Ex-Knacki einstellen, der gerade wegen Diebstahls gefeuert worden war? Das Beste war, sofort gegenzusteuern. Nach einer schlaflosen Nacht rief ich am nächsten Morgen gleich als Erstes Suzanne an.

»Ich habe das Geld nicht gestohlen, Suzanne.«

»Ich höre.«

»Ich würde doch nicht wegen ein paar Dollar riskieren, den Job zu verlieren, den ich liebe.«

»Es waren fast tausend Dollar.«

»Das Risiko würde sich trotzdem nicht lohnen.«

»Es könnte sich gelohnt haben, wenn Sie jemand anders geholfen hätten.« Es ging schon wieder um Ryan. Ich war so wütend, dass ich kein Wort herausbrachte. Sie fuhr fort: »Möglicherweise steckt er in Schwierigkeiten oder so etwas, aber tun Sie sich selbst einen Gefallen und sagen Sie die Wahrheit. Decken Sie ihn nicht schon wieder.«

Ich hakte bei ihrem Ausrutscher ein. »Ich habe ihn nie gedeckt, *niemals*, weil er nie etwas falsch gemacht hat.«

»Ich könnte Ihre Bewährung auf der Stelle aussetzen«, sagte sie hart, mittlerweile ebenfalls verärgert. »Es hängt an einem seidenen Faden, Toni. Sobald die Polizei auch nur den Hauch eines Beweises findet, dass Sie für diesen Diebstahl verantwortlich sind, war's das für Sie.«

»Ich würde gerne sagen, dass sie nichts finden werden, weil ich *nichts* getan habe, aber das hat mir beim ersten Mal auch nichts geholfen. Jemand will, dass ich verschwinde, Suzanne. Sie haben mir eine Falle gestellt, um mich schlecht dastehen zu lassen.«

Sie war eine Weile still, dann sagte sie: »Könnte schon sein, aber Sie müssen zu einer disziplinarischen Anhörung kommen, damit wir das klären können.«

Ich schloss die Augen. Verdammt. »Wann soll ich da sein?«

Als Nächstes rief die Polizei an, und ich musste zur Wache kommen. Der Officer war korrekt und höflich, aber ich war auf der Hut, als ich ihm haarklein erzählte, was ich am Abend des Diebstahls getan hatte. Am Ende sagte ich: »Sehen Sie, ich weiß, dass es einen Zeugen gibt, aber das ist nur jemand, der es auf mich abgesehen hat. Eine Menge Leute in dieser Stadt hassen mich für das, was ich ihrer Meinung nach meiner Schwester angetan habe. Aber sie werden in Zusammenhang mit diesem Diebstahl keine Kamera finden, die mich gesehen hat, keine andere Person und keinen Fingerabdruck am Safe. Ich habe meine Schicht in der Innenstadt beendet und bin nach Hause gefahren. Ich würde doch nicht wegen tausend Tacken meinen Job riskieren.«

Der Officer sagte lediglich: »Wir setzen uns mit Ihnen in Verbindung, sobald wir weitere Fragen haben.«

Draußen vor der Wache sah ich Frank McKinney aus seinem Streifenwagen steigen. Als er mich bemerkte, hielt er inne. Ich war wie gelähmt, die Zeit schien stehenzubleiben. Ich erinnerte mich daran, wie sehr ich ihn als Kind gemocht hatte und an seine Augen im Rückspiegel, als er mich in jener Nacht auf der Fahrt zum See beobachtet hatte. Ich dachte daran, wie er mich beim Prozess angesehen hatte. Noch jemand, der mich für eine Mörderin hielt und von mir enttäuscht war. Er hatte sich verändert, sah zwar immer noch gut aus, wirkte aber irgendwie aufgerieben. Sein Schnauzer war dunkel, mit nur wenigen Silbersträhnen, doch das Haar war fast vollständig ergraut. Er war noch nicht so alt, erst Anfang fünfzig, doch sein Gesicht hatte bereits tiefe Falten bekommen.

Er kam auf mich zu. »Toni.«

»McKinney.« Ich benutzte nur seinen Nachnamen, wollte ihm nicht mehr Respekt entgegenbringen als er mir.

»Ich hab gehört, dass du auf Bewährung draußen bist.« Er schaute zum Polizeirevier hinter mir, ohne Zweifel verwundert, was ich hier zu suchen hatte.

»Ja, und ich versuche, es auch zu bleiben, aber deine Tochter macht es mir schwer.« Ich hielt den Atem an, verärgert, weil ich meine Wut gezeigt hatte.

Er sah mich an. »Was ist los?«

»Frag sie. Und dabei kannst du ihr auch sagen, dass ich nirgendwohin gehen werde.«

Mit steifem Rücken und heißem Gesicht ging ich davon. Ich blieb einen Moment in meinem Truck sitzen und versuchte, mich zu beruhigen. Ich schaute zu McKinney. Er stand auf der Treppe und beobachtete mich. *Toni, das war echt bescheuert. So lenkst du nur die Aufmerksamkeit auf dich.* Langsam fuhr ich vom Parkplatz und betete, dass ich gerade keine Lawine losgetreten hatte.

Am Morgen traf ich mich mit Suzanne und ihrem Vorgesetzten. Ich erzählte noch einmal alles haarklein und achtete darauf, höflich zu bleiben, obwohl ich wütend war, dass ich überhaupt in dieser Situation war.

»Ich bin nicht wegen Diebstahl vorbestraft, und ich habe ein gutes Zeugnis aus dem Gefängnis. Es gibt keinen Beweis, dass ich das getan habe – nur einen Zeugen, der nicht einmal seinen Namen genannt hat. Und wenn es die Person ist, an die ich denke, dann hasst sie mich und wollte, dass ich gefeuert werde. Ich finde, ich habe bewiesen, dass ich versuche, mir ein neues Leben aufzubauen, und alle Bewährungsauflagen erfülle.«

Suzanne machte sich ein paar Notizen, dann sah sie mir in die Augen. Ihr Blick verriet nichts, als sie sagte: »Sie können jetzt gehen, Toni. Wir werden uns mit Ihnen in Verbindung setzen, falls wir noch etwas brauchen.«

Ich fuhr zurück nach Campbell River und fragte mich, ob's das für mich war, ob ich ins Gefängnis zurückgehen würde. Einen Moment lang war ich versucht, abzuhauen, zur Grenze oder hoch in den Norden zu fliehen und in den Wäldern unterzutauchen, wo niemand mich finden würde. Doch dann dachte ich an Captain, der darauf wartete, dass ich nach Hause kam. Ich musste es klaglos durchstehen und abwarten.

Ich war auf dem Boot und versuchte, eine Liste möglicher Arbeitgeber zu erstellen, vorausgesetzt, ich musste nicht ins Gefängnis zurück, als Suzanne anrief.

»Wir werden Ihre Bewährung im Moment noch nicht aussetzen, aber falls noch einmal irgendetwas passiert …«

Erleichterung durchströmte mich. »Nichts wird passieren, ich schwöre es.«

»Und Sie werden sich einen Job suchen müssen, bei dem Sie nicht in die Nähe von Bargeld gelangen.«

»Ist das Ihr Ernst? Das bedeutet, dass ich in keinem Restaurant arbeiten kann.«

»Es gibt genügend andere Jobs.«

Ich biss die Zähne zusammen. *Stimm einfach zu, widersprich nicht.* »Okay. Ich werde mir sofort etwas besorgen. Danke, Suzanne.«

»Halten Sie sich von Schwierigkeiten fern – und von jedem, der Sie in Schwierigkeiten bringen könnte.«

Leichter gesagt als getan.

Ich war sauer, weil ich nicht mehr als Köchin arbeiten konnte, aber ich versuchte, es positiv zu sehen. Wenn dieser ganze Irrsinn vorbei war und ich mich erneut bewährt hätte, könnte ich wieder am Grill arbeiten. Dann dachte ich an Cathy. Hatte man sie bereits gefunden? Waren meine Tage gezählt? Ich versuchte, solche furchteinflößende Gedanken beiseitezuschieben. Ich musste mich darauf konzentrieren, einen Job zu finden. Ich suchte im Internet nach irgendwelchen handwerklichen Tätigkeiten. Wenn ich nicht bald wieder Arbeit fände, würden meine Ersparnisse rasch dahinschmelzen, außerdem konnte ich mir nicht den Luxus erlauben, zu faulenzen, denn eine der Bewährungsauflagen lautete, dass man sich sichtlich um eine Arbeitsstelle bemühen musste. Ich feilte an meiner Bewerbung herum und beschloss, in die Stadt zu fahren, um ein paar Exemplare ausdrucken zu lassen. Jetzt, Mitte Juni, war es warm, also ließ ich Captain auf dem Boot.

Den restlichen Nachmittag verteilte ich Bewerbungen überall in der Stadt, aber niemand schien Leute einzustellen. Später, als ich wieder auf dem Boot war, überlegte ich, ob Ryan einen Job gefunden hatte. Was er wohl sonst noch so trieb? Ich dachte daran, dass wir früher, wenn einer von uns eine schlechte Phase hatte, zum See oder an den Kai oder sonst wohin gefahren waren und uns einfach nur deshalb besser fühlten, weil wir zusammen waren. Ich glaubte nicht, dass ich dieses Gefühl jemals wieder mit jemand anders erleben würde. Ich beugte mich vor und kraulte Captain – zumindest nicht mit einem Menschen. Mit wem Ryan wohl geredet hatte? Kam er der Wahrheit tatsächlich näher? Hatte Shauna deswegen dafür gesorgt, dass ich gefeuert wurde? Ganz offensichtlich hatte es ihr nicht gefallen, dass ich mit ihrer Tochter zusammengearbeitet hatte, und eine Möglichkeit, das Problem zu lösen, war, mich loszuwerden. Aber ich war sicher, dass sie noch ein gewichtigeres Motiv hatte. Ich dachte an Ryans Worte: *Shauna hat dafür gesorgt, dass alle Beteiligten wieder in der Stadt sind, damit sie sie im Auge behalten und uns in die Scheiße reiten kann.*

Ich hoffte, sie war damit zufrieden, dass ich meinen Job verloren hatte, und ließ mich ab jetzt in Ruhe. Doch wenn die Vergangenheit eines gezeigt hatte, dann, dass Shauna nicht so einfach aufgab.

21. Kapitel

Campbell River
Juni 2013

Ich lag auf dem Bett, Captains großer Kopf drückte meinen Arm nach unten. Ich wollte ihn nicht stören, also blätterte ich die Seiten meines Buches mit der anderen Hand um. Draußen auf dem Anleger hörte ich Schritte näherkommen. Ich setzte das Buch ab und lauschte. Captain hob ebenfalls den Kopf, die Ohren in Alarmstellung. Neben meinem Boot hielten die Schritte inne. Ich setzte mich auf und griff nach dem Baseballschläger, der neben dem Bett stand. Captain drehte sich um, den Körper angespannt, ein tiefes Knurren in der Kehle, dann ein Wuff. Mit einem Blick brachte ich ihn zur Ruhe. Er hielt inne, den Mund zu einem »O« geformt, bereit, loszubellen.

Ich hörte ein leises Klopfen. Captain bellte, lauter dieses Mal. Ich ließ ihn eine Weile, damit derjenige auf der anderen Seite begriff, dass es hier einen großen Hund gab. Dann brachte ich ihn zum Schweigen. »Captain, genug.« Er hörte auf zu bellen, den Blick aufmerksam auf mein Gesicht gerichtet. Auf Zehenspitzen schlich ich durch die Kombüse. Die Vorhänge waren geschlossen, so dass ich nicht sehen konnte, wer draußen war. Captain folgte mir, die Krallen scharrten auf dem Holzfußboden.

»Wer ist da?«, sagte ich an der Tür.

»Ashley.«

Wie bitte? Ich öffnete die Tür. Ashley stand auf dem Anleger, eine Kapuze über den Kopf gezogen. Sie kaute auf der Unterlippe, ihre Miene war angespannt und verkniffen. Ich blickte am Kai hin und her, um mich zu vergewissern, dass sie niemanden dabeihatte.

Captain drückte seinen Kopf durch die Tür, schnüffelte in der Luft, atmete sie mit großen Schnaufern ein. Er erkannte Ashleys Geruch und begann zu wedeln, bis sein ganzer Körper mitschwang und der Schwanz gegen den Tisch schlug.

»Was tust du hier?«, fragte ich.

»Ich muss mit dir reden.«

Ich öffnete die Tür und bedeutete ihr, hereinzukommen. »Pass auf deinen Kopf auf.

Sie duckte sich und betrat das Boot, schaute sich neugierig um und setzte sich schließlich an meinen kleinen Tisch. »Das ist ja schnuckelig.«

»Es ist ein Boot.«

»Es ist ein schnuckeliges Boot.«

Ich schnappte mir ein Sweatshirt vom Haken neben der Tür, zog es über mein Tanktop und setzte mich ihr gegenüber. Captain hatte den Kopf auf ihr Knie gelegt, die Augen geschlossen und ließ sich von ihr hinter den Ohren kraulen.

»Ich habe gehört, dass du gefeuert wurdest.« Ihre Stimme klang etwas schriller als normal, verunsichert, und sie musterte mich forschend, um zu sehen, wie es mir ging.

»Ich bin sicher, du hast alles Mögliche gehört.«

»Ich weiß, dass du es nicht getan hast«, sagte sie mitfühlend. Versuchte sie einfach nur, Loyalität zu demonstrieren, oder wusste sie irgendetwas? Wenn sie in dieser Nacht lange gearbeitet hatte …

»Was ist los, Ashley?«

Sie starrte einen Moment hinunter auf Captain, dann wieder zu mir. »Jeremy war in der Küche fertig, und Hannah wollte sich mit ihrem Freund treffen, also sagte er, er könne sie mitnehmen. Sie gingen, und ich machte noch die Abrechnung. Ich wollte gerade Aiden anrufen, damit er mich abholt, aber dann kam meine Mom vorbei …«

Shauna war in jener Nacht im Restaurant gewesen? Ich setzte mich aufrecht hin und drückte den Rücken durch.

»Sie sagte, sie habe sich Sorgen gemacht, weil ich noch nicht nach Hause gekommen war. Ich sagte ihr, sie dürfte nicht dort sein, aber sie meinte, sie würde mich nicht nachts allein in dem Gebäude lassen, das sei nicht sicher. Sie setzte sich an die Bar, während ich die Kasse abrechnete. Normalerweise bringe ich das Geld sofort nach hinten, aber wir unterhielten uns, so dass ich abgelenkt war und die Tasche auf dem Tresen liegen ließ, bis ich den Boden hinter der Bar gewischt hatte. Dann ging ich nach hinten und schüttete das Schmutzwasser aus.«

Sie hielt meinem Blick stand, vergewisserte sich, dass ich begriff, was sie sagte. Das tat ich – klar und deutlich. Shauna hatte vor dem Beutel mit dem Geld gesessen. Allein.

»Als ich zurückkam, legte ich die Tasche in den Safe. Ich war müde und wollte nach Hause, so dass mir nicht auffiel, dass das Bargeld verschwunden war. Ich schloss einfach ab. Als wir das Restaurant verließen, überprüfte ich, ob ich alle meine Schlüssel hatte – ich hatte Mom erzählt, dass eine andere Kellnerin ihre erst vor kurzem verloren hatte.«

Shauna hatte also von den fehlenden Schlüsseln gewusst, von denen man jetzt vielleicht dachte, sie seien gestohlen worden. »Ein Zeuge hat eine Nachricht hinterlassen, jemand, der aussah wie ich, habe spätnachts vor dem Restaurant herumgelungert.«

»Ich weiß nicht, wer angerufen hat.« Aber sie glaubte ebenfalls, dass es ihre Mutter gewesen war. Ihr Gesicht verriet es mir. Es zeigte ihre Angst, illoyal zu sein, als würde sie am Abgrund balancieren und irgendein geheimes Gesetz brechen. »Ich habe Mike und der Polizei erzählt, dass ich nicht glaube, dass du es warst, dass ich deinen Truck nicht draußen gesehen habe oder so.«

»Warum erzählst du mir das, Ashley?« Ich war überrascht, dass sie ihre Mutter verpfiff, selbst wenn sie um den heißen Brei herumredete. Was war ihr Motiv? Sie würde meinen Namen vom Vorwurf des Diebstahls reinwaschen, wenn ich sie dafür den Film über mich machen ließ? Oder ging es ihr um etwas anderes? Sie führte etwas im Schilde, dessen war ich mir sicher.

»Es ist nicht richtig, dass man dich gefeuert hat. Ich fühle mich schrecklich deswegen.« Sie sah wirklich mitgenommen aus und war den Tränen nahe. Ihr Gesicht war fleckig, als hätte sie zuvor schon geweint. »Heute Abend hatte ich einen Riesenkrach mit meiner Mom, weil ich gesagt habe, ich würde Mike erzählen, dass sie im Restaurant gewesen war. Sie meinte, das sei ja unglaublich, was ich da andeuten würde, und dass sie, wenn ich ihr nicht vertraue, mir vielleicht besser nicht helfen sollte, das Geld für das Vancouver Film Festival in diesem Jahr zusammenzukriegen. Und da ist noch etwas.«

»Was?«

Mit weitaufgerissenen Augen senkte sie die Stimme. »Ich habe sie am Telefon sprechen hören. Sie klang ziemlich wütend über jemanden, was nicht ungewöhnlich ist – sie meckert ständig wegen irgendetwas herum. Aber sie sagte, sie müssten dafür sorgen, dass die Person, über die sie sprachen, ihnen keine weiteren Probleme mehr machen kann.«

»Das kann alles Mögliche bedeuten.« Doch mein Puls

raste, meine Nerven waren in Alarmbereitschaft und zum Zerreißen gespannt. Dasselbe Gefühl kannte ich aus dem Knast, kurz bevor ein großer Kampf losging.

»Ich weiß, aber sie benimmt sich merkwürdig. Sie wusste nicht, dass ich zuhörte, trotzdem sprach sie ganz leise, schaute sich um und nannte keine Namen. Und sie schnauzt mich wegen nichts an. Sie und mein Dad haben sich total angeschrien.«

Ich schwieg und dachte gründlich über alles nach. Meine Befürchtungen trafen offensichtlich zu. Möglicherweise hatte Shauna sogar noch mehr für mich geplant als nur einen simplen Diebstahl. Erinnerungen an die Highschool blitzten auf, wie Shauna mein Leben zerstören wollte und wie es ihr gelungen war.

Als könnte Ashley meine Gedanken lesen, fragte sie: »Warum hasst sie dich so sehr?«

Sie wirkte ernst und verängstigt. Ich spürte, dass sie nicht sicher war, ob sie es wirklich wissen wollte, als sei sie sich bewusst, dass sie eine Tür öffnete, die sie möglicherweise nicht wieder würde schließen können. Aber sie konnte sich nicht bremsen und hatte sich bereits zu weit vorgewagt. Ich empfand es genauso. Ich wollte ihr sagen, sie solle gehen, aber sie war wie ein Schlüssel. Ich wusste vielleicht noch nicht, in welches Schloss sie passte, aber ich war auch nicht bereit, sie einfach fortzuschicken. Wir sahen uns an, das einzige Geräusch war das Ticken meiner Uhr und Captains Atmen.

Ich beschloss, Ashleys Beispiel zu folgen, und schoss direkt aus der Hüfte. »Es begann in der neunten Klasse. Sie war in einen Jungen verknallt, und als der sich eines Tages mit mir unterhielt, flippte sie aus. Sie machte mir das Leben zur Hölle, verbreitete Gerüchte über mich und sorgte dafür, dass ich keine Freunde mehr hatte. Danach vergaß sie mich für ein paar Jahre, bis sie anfing, für Ryan zu schwärmen, und er stattdessen mich wählte. Danach hat sie es sich zur Mission gemacht, mein Leben zu zerstören.«

Ashley nickte. »Meine Mom tut immer so taff, aber eigentlich ist sie total unsicher. Sie will – und braucht es –, dass jeder sie mag, und macht aus allem einen Konkurrenzkampf. Sie will zum Beispiel immer, dass meine Freundinnen sie für die coolste Mom halten. Vermutlich liegt es daran, dass mein Grandpa immer viel zu tun hatte, als sie ein Kind war, und jetzt verbringt er mehr Zeit mit mir. Aber das ist mir egal – sie sollte das nicht an mir auslassen.«

Eine überraschend einsichtige Bemerkung, aber mir war nicht klar, wie mir das in meiner Situation weiterhelfen sollte. Ich war müde und ausgelaugt. Ich hatte gedacht, die Dinge hätten sich geändert, hatte es tatsächlich gewagt zu glauben, dass ich endlich ein normales Leben würde führen können. Jetzt zog sich die Schlinge um meinen Hals erneut langsam zu, und Shauna zog am Seilende.

»Ich werde es tun«, sagte Ashley. »Ich werde Mike erzählen, dass Mom im Restaurant war.« Sie hatte fürchterliche Angst, man konnte es ihr im Gesicht ablesen, aber sie steckte auch voll leidenschaftlicher Energie, ganz high von der Vorstellung, das Richtige zu tun.

Ich dachte über ihre Ankündigung nach und fühlte mich zunächst erleichtert: Vielleicht würde Mike mich zurückkommen lassen, und Suzanne würde erkennen, dass ich die Wahrheit gesagt hatte. Doch dann fragte ich mich, was Shauna daraufhin unternehmen würde. Wenn sie es auf mich abgesehen hatte, wäre es vielleicht besser, sie in dem Glauben zu lassen, sie hätte gewonnen. Vielleicht zog sie sich etwas zurück und gab Ryan damit die Gelegenheit, mehr über jene Nacht am See herauszufinden.

»Tu es nicht«, sagte ich. »Ich möchte nicht, dass du dich mit deiner Mom anlegst, und Mike wird sauer sein, weil du sie hereingelassen hast. Du brauchst das Geld für die Schule.«

Sie wirkte schockiert. »Aber du wurdest *gefeuert*!«.

»Patty wollte mich sowieso weghaben. Sie hat nur auf einen Anlass gewartet.«

»Aber das ist nicht fair.«

Ich erinnerte mich daran, wie schockiert ich gewesen war, als man mich für den Mord an Nicole verhaftet hatte, dass ich dachte, wie unfair das sei, wie unfair sich *alles* angefühlt hatte, als ich ein Teenager war. Aber das System war einfach nicht perfekt, und die meisten Dinge im Leben waren nicht fair.

»Fair oder nicht, so ist es einfach. Pass auf, wenn die Kacke richtig am Dampfen ist und es so aussieht, dass man mich deswegen wieder ins Gefängnis stecken will, dann bitte ich dich vielleicht, dich doch zu melden, okay? In der Zwischenzeit lass uns einfach abwarten, wie sich die Dinge entwickeln.«

Sie nickte, erfreut, dass wir in dieser Sache zusammenstanden, dass wir ein kleines Geheimnis teilten. Ich hatte gewusst, dass ihr das gefallen würde, doch ich fragte mich immer noch, was ihr Motiv war. Wollte sie wirklich einfach nur das Richtige tun oder versuchte sie, ihrer Mutter irgendetwas heimzuzahlen?

Es klopfte erneut an der Tür. Ashley und ich fuhren zusammen. Captain begann, mit gesträubtem Nackenfell zu bellen. Ich bedeutete Ashley, still zu sein, und rief laut: »Wer ist da?«

»Shauna. Mach bitte die Tür auf. Ich weiß, dass meine Tochter da drin ist.«

Ashleys Augen weiteten sich. Wir standen gleichzeitig auf. Ich hielt Captain am Halsband fest, als ich die Tür öffnete. Wir gingen hinaus, und ich schloss die Tür hinter uns, um Captain den Weg zu versperren, der sofort angefangen hatte zu knurren, sobald er Shauna erblickte.

»Ich dachte, wir hätten eine Vereinbarung, Toni.« Ihre Stimme war eiskalt, ruhig und höflich. »Du solltest dich von meiner Tochter fernhalten.«

»Deine Tochter wird sofort gehen. Ich schlage vor, genau das tust du auch.«

»Komm schon, Mom, lass uns gehen.« Ashley zerrte ihre Mutter am Arm. Shauna ignorierte sie, die Miene immer noch beherrscht.

»Toni und ich müssen über ein paar Dinge reden«, sagte sie. »Steig ins Auto. Ich komme in einer Minute.« Doch Ashley gab nicht so klein bei. »Ich bin sechzehn – du kannst mich nicht so einfach herumkommandieren.«

»Zu deinem Pech bist du immer noch minderjährig und lebst unter meinem Dach.« Shaunas Stimme war ruhig, aber die steifen Schultern und der feste Griff, mit dem sie ihre Schlüssel umklammerte, verrieten, dass sie Mühe hatte, nicht die Beherrschung zu verlieren.

»Das bedeutet nicht, dass ich dein Eigentum bin.« Ashleys Gesicht war ganz rot geworden.

»Ich habe dein Auto auf dem Parkplatz gesehen. Du hast deinen Führerschein erst auf Probe. Was denkst du dir eigentlich dabei?«

Ich hatte nicht darüber nachgedacht, wie Ashley zum Yachthafen gekommen war. Jetzt sah ich die echte Besorgnis hinter Shaunas Wut.

»Für diese Nummer muss ich dir deine Schlüssel wegnehmen«, sagte sie.

»Ich habe es satt, dass du über mein Leben bestimmst, genau wie ich deine bescheuerten Drohungen satthabe«, sagte Ashley mit wutverzerrtem Gesicht. »Ich weiß, was du Toni angetan hast …«

»Geh schon, Ashley. Ich komm schon zurecht.« Das Letzte, was ich wollte, war, dass sie ihre Mutter des Diebstahls bezichtigte und sich selbst – und mich – nur noch tiefer in die Sache reinritt.

Mit bleichem Gesicht drehte Shauna sich um, doch ihre Stimme war immer noch ruhig, als sie sagte: »Vielen Dank, Toni, aber mit meiner Tochter komme ich allein zurecht.«

Ashley stand immer noch auf dem Anleger und beobachtete uns.

»Sie ist zu mir aufs Boot gekommen, *Shauna*. Ich bin nicht bei euch zu Hause aufgekreuzt. Vielleicht solltest du besser auf sie aufpassen.«

In der Kabine flippte Captain vollkommen aus, es klang, als würde er das Boot auseinandernehmen. Shaunas Blick bekam etwas Berechnendes, dann verwandelte sich ihre Miene in gespielte Besorgnis.

»Toni, ich mache mir Sorgen um dich. Kampfhunde wie er sind bekannt dafür, dass sie beißen. Bist du sicher, dass dir nichts passiert? Bist du sicher, dass *ihm* nichts passiert?«

Ich hielt den Atem an, als ich die Drohung in ihren Worten registrierte. »Worauf zum Teufel willst du hinaus, Shauna? Meinst du, du könntest mir auf diese Weise drohen?«

»Ich gebe dir nur einen freundlichen Rat. Du hast dich schon immer der schwersten Fälle angenommen, hast dich um fertige Gestalten gekümmert, die niemand sonst wollte.« Sie schwieg und ließ ihre Worte einwirken, bis ich verstand, was sie wirklich gesagt hatte.

Sie sprach von Ryan. Der Anleger neigte sich, als ein

Schlepper vorbeifuhr und Wellen in unsere Richtung aussandte. Ich konzentrierte mich einen Moment nur darauf, ordnete meine Gedanken, versuchte, mein Gleichgewicht wiederzufinden. Ich durfte nicht zulassen, dass sie mich aus dem Konzept brachte.

»Aber es gibt einen Grund, weshalb niemand sie haben will«, fuhr sie fort, »warum jemand anders sie ausgesetzt hat. Man weiß nie, ob sie sich nicht womöglich gegen ihren Besitzer wenden.«

Jetzt war ich richtig sauer. »Wenn du irgendetwas zu sagen hast, Shauna, dann …«

»Ich an deiner Stelle würde mich von Ryan Walker fernhalten«, sagte sie. »Er tut dir nicht gut, Toni. Sieh dir an, was letztes Mal passiert ist.«

Ich versuchte, meine Panik zu verbergen, versuchte, ein ausdrucksloses Gesicht zu machen. Wusste sie Bescheid? Hatte uns irgendjemand eines Abends miteinander reden sehen? Drohte sie damit, uns anzuzeigen?

»Du hast dich verdammt nochmal von *mir* fernzuhalten, Shauna. Wenn du noch einmal hierherkommst, rufe ich die Cops.«

»Nein, das wirst du nicht.« Sie drehte sich zu ihrer Tochter um. »Komm, Ashley.«

Sie gingen. Oben am Kai drehte Ashley sich um und versuchte mit dem Mund »Es tut mir leid« zu formen, doch ihre Mutter packte sie am Arm.

Ich ging hinein und umklammerte Captain, am ganzen Leib zitternd. Immer wieder hörte ich Shaunas Worte in meinem Kopf.

Sieh dir an, was letztes Mal passiert ist.

22. Kapitel

Campbell River
Juni 2013

An den nächsten zwei Tagen stand ich jeden Morgen früh auf, bevor es heiß wurde, fuhr herum und verteilte Bewerbungen, Captain immer auf dem Beifahrersitz. Ich hatte Angst, ihn allein zu lassen, für den Fall, dass Shauna irgendetwas im Schilde führte. Bis jetzt hatte ich noch keinen Job in Aussicht, aber ich hatte mit einer Frau im Tierheim gesprochen, die jemanden kannte, der tagsüber vielleicht auf Captain aufpassen würde, sobald ich etwas gefunden hatte. Eines Tages, nachdem ich die Hunde ausgeführt hatte, tranken Stephanie, die Leiterin des Tierheims, und ich einen Kaffee zusammen. Sie sagte, in ein paar Monaten könnte sie mich vielleicht einstellen, aber das half mir im Moment nicht weiter. Trotzdem war sie cool, und ich genoss den Besuch. Es war nett, mit jemandem zusammen zu sein, der nicht wegen meiner Vergangenheit durchdrehte.

Zu Hause verbrachte ich noch einige Zeit online, um die neuen Jobangebote durchzusehen, aber auch da hatte ich kein Glück. Erschöpft von den Niederlagen ging ich ins Bett und zog mein Buch heraus. Im Gefängnis hatte ich Geschmack an Steinbeck gefunden und las gerade zum dritten Mal *Jenseits von Eden*. Ich döste ein und wachte Stunden später auf, als jemand an meine Tür klopfte. Es war Nate, der Typ, der mir das Boot vermietet hatte.

»Hey, Nate. Was ist los?«

»Tut mir leid, Toni, aber du kannst hier nicht länger wohnen. Du musst sofort ausziehen.«

»Du kannst mich nicht einfach rauswerfen. Es gibt ein Mietgesetz und so was.«

»Wir haben nie einen richtigen Vertrag gemacht – es lief alles nur mündlich. Und ich habe eine Beschwerde erhalten, Captain würde die Leute belästigen.«

»Wer sollte …« Ich schwieg. Es musste Shauna gewesen sein. »Das ist nicht wahr. Er ist ein guter Hund – frag die Leute hier unten. Da hat es nur jemand auf mich abgesehen.«

»Ich habe auch gehört, was im Restaurant passiert ist. Ein paar von den anderen Leuten, die hier im Yachthafen wohnen, haben teure Ausrüstungen an Bord. Sie wollen kein Risiko eingehen, und ich will nicht, dass mir die Kunden davonlaufen.«

Darum ging es ihm also wirklich. Mein Hund war ihm schnurzegal. Niemand wollte eine Diebin bei sich in der Nähe wohnen haben.

»Morgen früh bin ich weg.«

Ich packte meine wenigen Habseligkeiten zusammen und brach noch in derselben Nacht im Dunkeln auf. Ich wollte nicht jedem begegnen, der morgens zu seinem Boot ging, wollte nicht das Urteil in ihren Blicken sehen. Ich hatte keinen Job, keine Wohnung und kaum noch Geld. Was zum Teufel sollte ich tun? Ein Hotel würde meine Ersparnisse in null Komma nichts aufbrauchen.

Dann fiel mir ein, dass es unten am Miracle Beach, fünfzehn Minuten südlich der Stadt, einen Campingplatz gab, mit älteren Hütten, die man mieten konnte. Die Hauptsaison stand kurz bevor, es war also nicht gerade die beste Jahreszeit, aber vielleicht hatten sie etwas für mich, und es wäre billiger als ein Hotel. Ich fuhr zum Campingplatz und stellte erleichtert fest, dass er nicht voll belegt zu sein schien. Die Touristensaison lief in diesem Jahr nur schleppend an, und es war nicht gerade ein Erste-Klasse-Platz. Im Pool war kein Wasser, der Boden war mit Schmutz und Blättern bedeckt, und der Spielplatz, auf dem die Hälfte der Schaukeln fehlte, hatte schon bessere Tage gesehen. Viele der Wohnwagen befanden sich in einem schlechten Zustand. Wahrscheinlich gehörten sie Leuten, die das ganze Jahr hier lebten – die Stellplatzgebühren waren günstiger als die Wohnungsmieten.

Der Mann im Büro stellte nicht viele Fragen, beäugte nur meinen Hund und fragte, ob er freundlich sei, dann erklärte er mir, dass eine der älteren Hütten ganz hinten leer stünde und ich sie billig anmieten könne. Was vermutlich bedeutete, dass es eine Bruchbude war – und ich hatte recht. Das Bett hing in der Mitte durch, alles roch alt und modrig, selbst die orangefarbenen Vorhänge an den Fenstern und die passende Tagesdecke auf dem Bett. Doch die Hütte war mit Töpfen, Pfannen und Geschirr ausgestattet, und am nächsten Tag könnte ich mir neues Bettzeug besorgen. In dieser Nacht kuschelten Captain und ich uns im Bett aneinander und wachten bei jedem Geräusch auf.

Am Morgen rief ich Suzanne an und informierte sie, wo ich untergekommen war und dass ich immer noch nach Arbeit suchte. Ich stöpselte meinen Laptop ein und checkte meine E-Mails, in der Hoffnung, eine Antwort auf eine meiner Bewerbungen erhalten zu haben, aber da war noch nichts. Ich ließ Captain in der Hütte und ging los, um noch mehr Ausdrucke von meinen Bewerbungen machen zu lassen und um Handtücher zu kaufen – die in der Hütte waren so fadenscheinig und klein, dass sich nicht einmal ein Frosch damit abtrocknen könnte.

Ich verteilte noch ein paar Bewerbungen, dann fuhr ich zum Tierheim, um Stephanie zu erzählen, was passiert war, für den Fall, dass sie eine falsche Beschwerde über Captain erhielt. Anschließend ging ich mit ein paar Hunden spazieren. Als Nächstes fuhr ich zu Walmart, kaufte eine Schaumstoffmatratze, Bettzeug, Handtücher und Reinigungsmittel. Ich hatte keinen Hunger, aber ich zwang mich, abends einen Salat zu essen, während Captain zwei Schüsseln Trockenfutter verschlang, dann machte ich mit ihm einen langen Spaziergang am Meer. Ich vermisste es bereits, auf dem Wasser zu leben und das sanfte Schaukeln der Wellen zu spüren.

Ich erinnerte mich daran, dass Ryan und ich immer an den anderen gedacht hatten, wenn wir einen schlechten Tag oder Streit mit den Eltern gehabt hatten. Ich setzte mich auf einen Holzklotz, schloss die Augen und erzählt ihm im Geiste, dass ich meinen Job und das Boot verloren hatte und jetzt auf einem heruntergekommenen Campingplatz wohnte. Ich stellte mir vor, wie ich sagte: *Es wird besser werden, nicht wahr?* Und er antworte mit seiner Teenagerstimme: *Natürlich, Babe. Wir haben immer noch uns beide.* Traurig öffnete ich die Augen. Wie unschuldig wir damals gewesen waren! Wir glaubten, unsere Beziehung sei alles, was zählte, sei alles, was wir brauchten, und dass es bedeutete, dass wir alles überleben könnten. Wir wussten nicht, dass sie uns auch das nehmen würden.

Ich machte mich gerade fertig fürs Bett und putzte die Zähne, als ich ein leises Klopfen an der Tür hörte.

Captain sprang auf und rannte mit einem warnenden Bellen zur Tür.

»Wer ist da?«, fragte ich.

»Ryan.«

Wie zum Teufel hatte er mich gefunden? Ich öffnete die Tür, hielt Captain zurück und vergaß einen Moment, dass ich nur Shorts und Tanktop anhatte.

»Was tust du hier?« Ich schaute mich um und vergewisserte mich, dass niemand zu sehen war.

»Ich hab gehört, dass du deinen Job und das Boot verloren hast. Wir müssen reden.«

»Woher wusstest du, dass ich hier bin?«

»Einer meiner Kumpel kennt Stephanie, die Leiterin des Tierheims – er hat ihre Tattoos gestochen. Sie hat sich heute mit ihm über dich unterhalten und erzählt, dass du Arbeit suchst und auf einem der Campingplätze wohnst. Ich bin herumgefahren und hab sie alle überprüft und nach deinem Truck gesucht. Vor einer Weile habe ich dich am Strand gesehen …«

Ich dachte an die Gedanken, die ich ihm auf dem Spaziergang geschickt hatte. Er hatte es gespürt. Ich wusste es. Unsere Blicke verfingen sich ineinander. Ich blickte zuerst fort. »Warte kurz.«

Ich schloss die Tür und zog einen Kapuzenpulli und Jeans an. Eines der Dinge, die mir an der Hütte gefielen, war, dass sie ganz hinten auf dem Campingplatz lag, umgeben von einer dichten Mauer aus Bäumen. Niemand konnte sie sehen, aber ich konnte die anderen Camper in der Ferne reden hören. Die Brise trug ihr Lachen zusammen mit dem rauchigen Duft ihrer Feuer herbei. Hier fühlte ich mich nicht unbehaglich, draußen mit Ryan zu reden.

Ich öffnete die Tür und winkte ihn herein. »Komm.«

Ryan setzte sich an den Tisch und sah sich um. »Nicht übel.«

»Es ist eine Bruchbude.« Ich setzte mich ihm gegenüber. So nah war ich ihm seit Jahren nicht gewesen, und mir wurde mulmig. Ich wurde befangen, als ich mir meiner zerzausten Haare, des ungemachten Betts und der über einem Stuhl hängenden Klamotten bewusst wurde. Wir waren niemals allein in meinem Zimmer zu Hause gewesen, und jetzt war er in meiner Wohnung. Er war ein Fremder und mir zugleich so vertraut – die Art, wie er sich bewegte, seine Stimme. Er sah gut aus, das Haar war feucht, als hätte er es gewaschen, bevor er hierherkam, doch er hatte sich nicht rasiert, und ein dunkler Schatten bedeckte sein Gesicht. Früher als Teenager musste er sich fast gar nicht rasieren. Er trug ausgeblichene Jeans und ein weißes, enges T-Shirt unter einem schwarzen Sweatshirt mit offenem Reißverschluss. Eines seiner Tattoos lugte unter dem Ärmel hervor. Eine Adlerkralle.

»Wir haben schon Schlimmeres gesehen«, sagte er.

»Ja.« Ich wollte nicht daran denken, was er womöglich durchgemacht hatte, wollte nicht über das Gefängnis reden. »Wo steht dein Truck?«

»Weiter unten an der Nebenstraße, hinter Büschen verborgen. Ich bin hierhergelaufen. Ich habe Arbeit auf einem der Schlepper, bei einem alten Kumpel von meinem Dad. Er hat auch ein Segelboot im Yachthafen und hat gehört, dass du rausgeschmissen wurdest.«

»Und über was wolltest du mit mir reden?«, fragte ich.

»Du riechst wie das Meer.«

Das traf mich unvorbereitet. Ein warmes Gefühl breitete sich in meinem Bauch aus. Ich wurde rot und ärgerte mich über meine Reaktion. »Deshalb bist du hierhergekommen, um mir das zu sagen?«

Unsere Blicke trafen sich erneut. Dieses Mal sah er als Erster fort. »Tut mir leid, dass du deinen Job und alles verloren hast.«

»Ich habe nicht alles verloren. Noch nicht.« Ich schaute zu Captain, der aus dem Fenster starrte. Seine Ohren zuckten bei einem Geräusch hier und da, wenn Hasen und Mäuse durch die Nacht huschten. Ich wandte mich wieder an Ryan.

»Ich bin mir ziemlich sicher, dass Shauna das eingefädelt hat. Sie ist sauer, weil ihre Tochter einen Narren an mir gefressen hat.« Ich erzählte ihm, was passiert war, von der Begegnung mit Shauna und dass sie mich gewarnt hatte, mich von ihm fernzuhalten.

»Ich bin mir so gut wie sicher, dass eins von diesen Miststücken Nicole umgebracht hat«, sagte er. Die tiefsitzende Wut in seiner Stimme und der Hass in seinen Augen trafen mich. Ich empfand genauso, doch es beunruhigte mich, und ich konnte meinen Zorn kaum bändigen. Was musste geschehen, damit Ryan explodierte? Er holte tief Luft, als versuche er, sich zu beruhigen.

»Sie haben Cathy heute gefunden. Sie ist tot.«

»Scheiße.« Ich setzte mich aufrecht hin, meine Gedanken rasten ineinander und verkeilten sich. Ich sah zur Tür, rechnete halb damit, dass die Cops sie aufbrachen und uns Befehle zubrüllten.

»Dieser Typ, der mit mir auf dem Schlepper arbeitet, war unten am Kai, als man ihre Leiche aus dem Wasser zog, und er hat die Cops belauscht. Sie sagten, das sei eine bekannte Drogenabhängige, Cathy Schaeffer.«

»Hat sie eine Überdosis genommen?«

»Das weiß ich noch nicht, aber es hörte sich an, als sei ein ganzer Haufen Cops da unten gewesen. Mein Kollege meinte, dass es Mord war und dass wir wohl bald davon hören würden.«

»Es muss eine Menge Leute gegeben haben, die auf sie sauer waren.« Ich konnte die Panik in meiner Stimme hören.

»Wahrscheinlich, aber wir sind die Einzigen, die schon einmal wegen Mordes verurteilt wurden.«

Er hatte recht. Wir waren geliefert. Ich lehnte mich auf dem Stuhl zurück, die harten Kanten bohrten sich in meine Waden und Schenkel. *Ich werde nicht zurückgehen. Niemals. Ich kann nicht zurück.*

»Schon vorher ist Hicks mir überallhin gefolgt«, sagte Ryan. »Dieses Arschloch ist sogar reinspaziert, als ich an der Tankstelle pinkelte. Er fragte mich, ob ich gerne auf der Herrentoilette abhänge, und sagte, er hoffe es, denn dann würde ich wieder ins Gefängnis wandern. Er hat mich provoziert und wollte mich dazu bringen, nach dem Köder zu schnappen.«

»Wieso kümmert ihn das?«

»Er hat mich noch nie gemocht. Meinen Dad hat er auch gehasst. Und ich sag dir, Toni, bisher hatte ich keine Angst vor ihm, aber jetzt. Ich habe das miese Gefühl, dass wir wieder reinkommen.«

Ich hatte ebenfalls ein ungutes Gefühl. »Im Freigängerhaus habe ich mir eine Feindin gemacht – sie hat noch Freundinnen drinnen, und die werden schon auf mich warten.« Ich erzählte ihm von Helen.

Er schwieg nachdenklich und besorgt. Er betastete die Narbe an seinem Arm, deren Ränder noch rot waren, als sei sie ganz frisch.

»Scheiße. Wirst du es schaffen? Hast du drinnen auch Freundinnen?«

»Ich habe ein paar Frauen. Aber du weißt doch, da

muss dich nur einmal jemand eine Minute lang allein erwischen.«

»Wenn Suzanne unsere Bewährung aussetzt, könnte sie uns für die vollen dreißig Tage drinlassen. Wenn sie die Aussetzung nicht zurücknimmt, würden wir noch länger sitzen. Du müsstest jede Sekunde darauf achten, was hinter deinem Rücken passiert.« Ryan hatte recht. Suzanne war befugt, unsere Bewährung für dreißig Tage auszusetzen, während die Polizei ermittelte, und wenn sie uns dann immer noch für ein Risiko hielt, konnte sie uns für eine nachträgliche Anhörung der Bewährungskommission vorstellen. Das konnte noch einmal neunzig Tage dauern.

»Was ist mit dir?«, fragte ich. »Wirst du zurechtkommen?«

»Ich schaffe das schon.« Doch er fingerte erneut an der Narbe herum, und ich fragte mich, ob er drinnen ebenfalls Feinde hatte. Eine Sekunde lang war es, als wären wir wieder jung und er würde mir einen weiteren blauen Fleck oder eine Wunde zeigen, die sein Dad ihm verpasst hatte. Beinahe hätte ich die Hand ausgestreckt, um die Narbe zu berühren, doch dann krümmte ich die Finger unter dem Tisch und bohrte sie in mein Bein.

Ryan sagte: »Die Cops werden dir Scheiße über mich erzählen und versuchen, uns gegeneinander auszuspielen, wie beim ersten Mal.« Wir hatten nie über unsere Verhöre gesprochen, über die Lügen, die die Cops uns erzählt hatten, aber offensichtlich hatten sie versucht, ihn ebenfalls zu manipulieren. Es war ein gutes Gefühl, zu wissen, dass keiner von uns den anderen den Wölfen vorgeworfen hatte. Wir waren loyal geblieben. »Es sieht schlecht aus, dass ich mit Cathy geredet habe, aber ich habe ihr nichts getan. Ich wollte sie lebend.«

»Ich weiß.« Das war die Wahrheit, auch wenn ich den Gedanken an seine wütende Miene und seinen Zorn nicht beiseiteschieben konnte. Ich wusste, wie sehr der Knast einen Menschen verändern kann. Wie sehr er mich verändert hatte.

»Ich will unsere Namen reinwaschen«, sagte er. »Es genügt nicht, dass wir draußen sind. Ich will frei sein, ohne irgendwelche verdammten Bewährungsauflagen.« Er schwieg und sah mich an. Er schätzte meine Reaktionen ab und stellte mich auf die Probe. »Ich will, dass es wieder so wird wie früher.«

Die Worte hingen in der Luft wie ein unsichtbares Band, das mich näher zu ihm zog. Ich hielt die Luft an. Ich wusste, was er wirklich meinte. Ich hatte das Gefühl, an einer Grenze zu stehen, wollte nachgeben und sie überschreiten, wollte aufstehen und um den Tisch herumgehen und mich wie früher auf seinen Schoß setzen. Doch etwas hielt mich zurück. Angst.

»In den Jahren hat sich viel verändert, Ryan. Wir sind erwachsen geworden.«

»Weißt du denn nicht«, er lächelte bitter, »dass niemand im Knast erwachsen wird?«

Ich kannte den Spruch. Ich hatte ihn oft gehört, doch für mich galt er nicht. Ich hatte das Gefühl, um tausend Jahre gealtert zu sein. Meine Haut schien mich nach unten zu ziehen. Ich stellte mir vor, wie sie auf den Tisch sackte und auf den Boden tropfte und wollte wieder hineinklettern wie in einen Schlafsack.

Ryans Stimme riss mich aus meinem Tagtraum. »Was, wenn wir *doch* die Zeit zurückdrehen könnten?«

»Wenn wir die Zeit zurückdrehen könnten, wäre ich niemals in jener Nacht zum See gefahren. Wenn wir Nicole nicht mitgenommen hätten, würde sie immer noch leben.« Es war eine harte, schmerzliche Wahrheit, mit der ich jeden verdammten Tag lebte und die wie ein zweites Herz in mir schlug.

Ryan nickte und seufzte, seine Schultern sackten nach unten, als er sich zurücklehnte. Nach einer Weile sagte er: »Ich habe mit ein paar Leuten geredet, mit denen wir zur Schule gegangen sind, und habe jemanden gefunden, der an dem Abend ebenfalls am See gewesen war, auf der Party, die wir weiter unten gesehen hatten. Ihr Name ist Allison – sie ist ein Jahr jünger als wir. Sie hat den Cops damals erzählt, dass sie kurz nach elf gesehen hat, dass ein weißes Auto wie das von Shauna von dort losgerast ist. Ich fragte sie, welchem Cop sie das erzählt hätte, und sie meinte, es sei Hicks gewesen. Er sagte ihr, sie sei keine vertrauenswürdige Zeugin, weil sie betrunken gewesen war. Dann fragte er sie allen möglichen Scheiß, bis sie sagte, sie sei nicht sicher, was sie gesehen hatte.«

Ich dachte an die Zeugenaussagen der Mädchen beim Prozess. Sie hatten erklärt, sie seien früher am See gewesen, hätten mich gegen zehn mit Nicole kämpfen sehen, nicht lange, nachdem wir dort angekommen waren, und seien vor halb elf aufgebrochen. Die Polizei hatte herausgefunden, dass Nicole gegen elf Uhr gestorben war. Wenn Allison also später noch ein weißes Auto gesehen hatte, untermauerte es die Theorie, dass die Mädchen etwas mit der Sache tun hatten.

Ryan sprach weiter. »Ich schätze mal, weil Shaunas Vater ein Cop war, haben sie nicht einmal in Erwägung gezogen, dass sie etwas damit zu tun haben könnten.«

Vielleicht waren die Mädchen auf der Suche nach mir gewesen oder hatten Ryans Truck gesehen und beschlossen, uns zu nerven? Und hatten dann im Dunkeln Nicole für mich gehalten? Wir hatten einander sehr ähnlich gesehen. Oder vielleicht war in den letzten Sommerwochen irgendetwas zwischen ihnen vorgefallen. Die Erinnerung an ein weißes Auto blitzte auf, das ein paar Tage vor Nicoles Tod vor unserem Haus das Tempo verlangsamt hatte. Nicole hatte gesagt, Shauna sei verreist. War das eine Lüge gewesen?

»Sie ist bereit, noch einmal eine Aussage zu machen, aber das reicht nicht«, sagte Ryan. »Hicks hatte recht – wenn sie betrunken war, ist sie keine vertrauenswürdige Zeugin. Sie werden einfach sagen, sie habe sich in der Uhrzeit geirrt.« Er schlug mit der Faust auf den Tisch. »Ich muss jemand anders finden, der bereit ist zu reden, ehe Shauna noch weitere Zeugen umbringt.«

Oder wir ins Gefängnis zurückgeschickt werden.

»Vielleicht sollten wir mit Suzanne reden, damit wir aus Campbell River wegkönnen«, sagte ich. »Wir hätten niemals zurückkommen dürfen.«

»Ich werde nirgendwo anders hingehen. Das ist doch kein Leben, ständig auf Bewährung. Wir sind immer noch absolut nicht frei. Ich will meinen Namen reinwaschen, ich will, dass meine Mom in dieser Stadt ihren Kopf wieder hochhalten kann, und ich will, dass Shauna den Druck spürt. Wenn sie es getan hat, wird sie sich nie sicher fühlen, solange wir draußen sind.« Entschlossen sah er mich an. »Es ist egal, wo wir hinziehen. Wir sind eine Bedrohung, solange wir am Leben sind – vor allem jetzt, wo sie weiß, dass wir nicht heimlich, still und leise verschwinden.«

Er hatte recht. Wir mochten vielleicht aus dem Gefängnis raus sein, aber wir würden niemals wirklich frei sein, solange unsere Unschuld nicht bewiesen war. Ich würde nie in der Lage sein, meinen Eltern in die Augen zu blicken und zu sehen, dass sie doch glaubten, ich hätte meiner Schwester diese schreckliche Sache angetan.

»Wie sieht dein Plan aus?«, fragte ich.

»Ich werde weiterhin mit Leuten reden und sehen, ob ich etwas Staub aufwirbeln kann. Irgendwann wird etwas durchsickern, aber es könnte eine Weile dauern.« Er hob den Kopf und sah sich um, als spüre er in der Luft liegende Gefahr. »Ich sollte gehen, nur für den Fall, dass jemand dich beobachtet.«

»Ich gehe vorne mit Captain raus, als würde ich noch eine Runde mit ihm drehen. Das hintere Fenster ist offen.«

Ich dachte an all die Nächte, in denen Ryan und ich aus Fenstern geklettert waren, um uns zu treffen. Ich wusste, dass er ebenfalls daran dachte, denn er lächelte wehmütig und sagte: »Und wir dachten damals, wir hätten es schwer, was?«

Dieses Mal überwältigten mich die Gefühle, ich berührte seine Hand und ließ meine Handfläche einen Moment auf seiner ruhen, spürte seine Wärme, seine Festigkeit. Ich dachte daran, wie viele Nächte ich wach in meiner Zelle gelegen, meine eigene Hand gehalten und mir vorgestellt hatte, es sei seine. Er zuckte zusammen, starrte hinunter auf unsere Hände, seine Miene eine Mischung aus Staunen, Angst und Bedauern. Der Moment schnürte mir die Kehle zu, bis ich es mit der Angst bekam. Ich zog meine Hand fort und stand auf. »Ich gehe besser mit Captain raus.«

Er nickte und stand ebenfalls auf. Ich leinte Captain an, während Ryan zum hinteren Bereich der Hütte ging. Im letzten Moment drehte er sich noch einmal um.

»Wenn wir verhört werden und unsere Bewährung ausgesetzt wird, bleib am Leben, okay? Denn wenn wir wieder rauskommen – und das werden wir –, werden wir jemandem gewaltig in den Arsch treten.«

Ich versuchte zu lächeln, doch ich dachte unwillkürlich, dass dies vielleicht das letzte Mal war, dass ich ihn sah. Ich dachte an einen ähnlichen Moment vor so vielen Jahren, als man mich nach dem Prozess von ihm fortgeführt hatte. Es hatte sich angefühlt, als würde man ein Stück aus meinem Körper herausreißen. Er sah es in meinem Blick, meine Zweifel und meine Angst, und schloss einen Moment selbst die Augen, blockte es ab, als könnte auch er es nicht ertragen, diesen Schmerz zu sehen. Rasch drehte er sich um und kletterte aus dem Fenster, ohne sich noch einmal umzublicken.

Ich ging mit Captain vorne hinaus und war mit den Gedanken bei Ryan, der sich seinen Weg durch den dunklen Wald bahnte, dann dachte ich an Cathy und atmete die Nachtluft ein. Wie lange würde ich noch draußen sein? Wie lange würde ich noch am Leben bleiben?

23. Kapitel

Campbell River
Juni 2013

Am nächsten Morgen rief die Polizei an. Sie hätten da ein paar Fragen und wollten, dass ich am Nachmittag auf die Wache kam. Ich befürchtete, dass es richtig scheiße werden könnte, und machte einen schwierigen Anruf bei meinem Dad. Ich versuchte zuerst, ihn auf dem Handy zu erreichen, doch als er nicht ranging, musste ich zu Hause anrufen. Meine Mutter ging ran.

»Hi, hier ist Toni. Kann ich bitte mit Dad sprechen?« Sie schwieg so lange, dass ich mir Sorgen machte, sie könnte einfach so auflegen. Mit angehaltenem Atem wartete ich auf den Klick.

»Moment.« Das Telefon wurde weitergereicht. Drängendes, wütendes Flüstern.

Endlich nahm mein Dad das Telefon. »Toni? Alles in Ordnung?« Es hatte keinen Zweck, es zu verbergen. Selbst wenn sie die Gerüchte noch nicht gehört hatten, irgendwann würden sie es. Dad schwieg, und ich fragte mich, ob er wohl an die Zeit dachte, als ich ein Teenager war, wie wir in das Haus der Nachbarn eingebrochen waren, an die gestohlenen Tabletten.

Ich sagte. »Jemand hat mir eine Falle gestellt, und möglicherweise versuchen diejenigen, mir noch mehr Ärger zu machen. Ich wollte nur … wollte nur sagen, dass, was immer ihr hört – es ist nicht wahr. Als Kind habe ich euch keinen Grund gegeben, mir zu vertrauen, aber ich bin kein schlechter Mensch, Dad. Ich versuche, alles richtig zu machen …« Überrascht merkte ich, wie mir Tränen übers Gesicht liefen. Ich wischte sie fort. Captain beobachtete mich vom Bett aus, den Kopf auf die Pfoten gelegt, die braunen Augen musterten mich traurig und besorgt.

»Ich weiß, dass du versuchst, dein Leben zu ändern«, sagte Dad. Er sprach leise und gedämpft, als wollte er nicht, dass man ihn belauschte.

Ich verdrängte den Schmerz. Ich musste mich auf mein Ziel konzentrieren. »Wenn meine Bewährung ausgesetzt wird, kannst du dann meinen Hund nehmen? Nur so lange, bis ich wieder draußen bin.«

»Bestimmt können wir …« Ich hörte Mom etwas im Hintergrund sagen. Dad antwortete, aber es klang noch gedämpfter, als würde er den Hörer zuhalten. Noch mehr Streit.

Mom kam wieder ans Telefon. »Tut mir leid, aber wir haben jetzt eine Katze. Du musst deinen Hund irgendwo anders unterbringen. Wir können ihn nicht nehmen.«

»Du meinst, du willst es nicht.« Ich hasste den bitteren Unterton in meiner Stimme, die Enttäuschung.

Sie antwortete nicht.

»Danke.« Ich legte auf.

Später rief ich Stephanie im Tierheim an und erklärte ihr, dass ich möglicherweise meine Bewährung verlieren würde, obwohl ich nichts getan hatte. Ich musste ein paarmal innehalten, um die Tränen zurückzukämpfen, und schämte mich. Ob sie wohl auch von dem Diebstahl im Restaurant gehört hatte? Ich kämpfte gegen die überwältigende Traurigkeit an, weil ich Captain möglicherweise abgeben musste. Zum Glück stellte Stephanie keine Fragen.

»Er kann hier im Tierheim bleiben, bis wir ein Zuhause für ihn finden«, sagte sie, »aber dann müsstest du ihn ganz zur Vermittlung freigeben.«

Ich wollte nicht, dass er im Tierheim lebte oder bei irgendwem anders, aber es war das Beste, worauf ich hoffen konnte. »Danke, Stephanie.«

Ich kletterte ins Bett, zog Captains Kopf an meine Brust und versuchte, nicht daran zu denken, dass er wieder zurück in diesen Käfig kam, obwohl ich versprochen hatte, für immer für ihn zu sorgen.

Auf dem Revier brachte man mich in dasselbe Verhörzimmer, in dem man mich schon nach Nicoles Tod befragt hatte. Ich dachte daran, wie ich damals völlig verängstigt unter einer Decke zusammengekauert gewartet hatte, und fragte mich, ob sie diesen Raum absichtlich ausgewählt hatten. Natürlich kam auch Doug Hicks jetzt wieder in den Raum marschiert. Er war älter geworden und musste inzwischen Anfang vierzig sein, war aber noch gut in Form. Sein weißblondes Haar und die blassen Wimpern machten mir immer noch Angst, und er sah immer noch aus wie ein Mann, der es für einen großen Spaß hielt, den Schlagstock zu schwingen, und für den es einfach zu seinem Job gehörte, Teenager in Angst und Schrecken zu versetzen. Als er mich mit seinen eisblauen Augen ansah, empfand ich auf der Stelle Furcht und Grauen. Ich merkte, dass er sich bereits entschieden hatte. Er hatte mir damals nicht geglaubt, und er würde mir auch jetzt nicht glauben.

Er zog den Stuhl heran und stützte sich auf den Tisch.

»Sieht so aus, als hätten wir ein Problem, Toni. Ich hoffe, Sie können mir ein paar Fragen beantworten, damit wir Sie als Verdächtige ausschließen können, aber Sie sind jederzeit frei zu gehen, okay?«

Ich wartete schweigend ab. Ich kannte die Masche. Ich war noch nicht verhaftet, also musste er sich absichern, dass ich wusste, dass man mich nicht daran hindern konnte zu gehen.

»Wahrscheinlich haben Sie schon gehört, dass man gestern Cathy Schaeffers Leiche gefunden hat«, sagte er. »Wie es aussieht, wurde sie ermordet.«

Ich wusste, dass das der Fall sein musste, sonst hätten sie mich nicht herbestellt, trotzdem traf mich die Nachricht hart. Ich dachte daran, wie Cathy beim Prozess geweint hatte, an die Lügen, die aus ihrem Mund gekommen waren. Ich hasste sie, aber ich hatte nie ihren Tod gewollt. »Tut mir leid, das zu hören.«

»Wirklich?«

»Natürlich.«

Er verengte die Augen und starrte mich unverwandt an. Im Gefängnis lernt man, den Wachen niemals in die Augen zu sehen, und ich brauchte jetzt meine ganze Kraft, um den Blick nicht abzuwenden.

»Ich dachte, Sie würden froh sein, dass sie tot ist – nach dem, wie sie bei Ihrem Prozess ausgesagt hat. Das muss Sie doch richtig sauer gemacht haben.«

Ich hielt den Mund.

Er beugte sich so weit vor, dass ich sein Mittagessen auf seiner Haut riechen konnte, irgendetwas Italienisches, mit Basilikum und Tomate. Ich konzentrierte mich darauf, nicht auf meine Angst.

»So wie sie starb, durch Schläge auf den Kopf, ist auch

Ihre Schwester gestorben«, sagte er. »Sieht so aus, als sei die Tatwaffe auch dieses Mal ein Montierhebel gewesen.«

Ich schmeckte Säure im Mund, mein Mageninhalt drohte in der Kehle aufzusteigen. Ich versuchte, die Erinnerung an Nicoles Leiche abzublocken, wie wir sie gefunden hatten, an ihren eingeschlagenen Schädel und das zerstörte Gesicht, doch ich konnte nicht verhindern, dass die Bilder blitzlichtartig auf mich einprasselten. Ein Montierhebel, der heruntersauste, Nicole, die versuchte, ihren Kopf zu schützen und sich entsetzt zusammenkauerte. Ich wollte nicht, dass Hicks wusste, welche Reaktion seine Worte bei mir auslösten, aber mir war heiß, und auf meiner Stirn bildeten sich Schweißperlen. Er musterte mich prüfend, sein Blick blieb an der Halsschlagader hängen, in der mein Blut heftig pochte.

»Wo waren Sie am letzten Mittwochabend?«, fragte er.

»Ich habe bis spät im Restaurant gearbeitet.« Ich stieß den Atem etwas aus. Ich war erleichtert, dass es dieser Tag gewesen war. Am Abend zuvor war ich ohne Alibi allein zu Hause gewesen.

»Wann sind Sie von dort weggegangen?«

»Um Mitternacht war ich fertig mit Aufräumen.«

Nachdenklich sah er mich an. Um welche Zeit war Cathy gestorben? Wussten sie das überhaupt?

»Wo waren Sie anschließend?«

Ich dachte nach. »Ich hielt an der Tankstelle an, um ein paar Hundekekse zu kaufen.«

»Haben Sie die Quittung noch?«

»Ich bin nicht sicher, vielleicht.« Verdammt, ich hoffte es.

»Erinnern Sie sich noch an den Angestellten?«

»Ein jüngerer Mann, blondes Haar, Kinnbart.« Wir hatten uns kurz über unsere Hunde unterhalten. Ich betete, dass er sich an mich erinnerte.

Hicks lehnte sich auf seinem Stuhl zurück. Er bedachte mich mit demselben Blick wie damals, als ich achtzehn war, als wüsste er genau, dass ich verdorben war, und nur herauszufinden versuchte, wie tief die Fäulnis reichte. »Ich nehme an, Sie wissen nicht, wo Ryan in jener Nacht war?«

Jetzt musste ich vorsichtig sein, durfte nicht einmal ein Aufflackern von Angst in meinen Augen zeigen.

»Keine Ahnung.«

»Haben Sie ihn gesehen, seit Sie draußen sind?«

»Wir dürfen keinen Kontakt haben.«

»Danach habe ich nicht gefragt.« Der Mistkerl war genauso smart, wie ich ihn in Erinnerung hatte.

»Nein, ich habe ihn nicht gesehen.«

»Ich hörte, er ist stinksauer auf die Mädchen, die beim Prozess ausgesagt haben.«

»Ich habe keine Ahnung, wie er sich fühlt.«

»Und wie fühlen Sie sich deswegen?«

Ich konnte einfach nicht anders. »Sie haben gelogen.«

»Das haben Sie damals auch schon gesagt.«

»Weil es die Wahrheit ist.«

»Dann müssen Sie ja erst recht sauer auf sie sein.«

Ich wiederholte, was ich geübt hatte, auf meinen Bewährungsanhörungen zu sagen. »Ich habe aus den Fehlern in meiner Vergangenheit gelernt und möchte einfach nur ein nützliches Mitglied der Gesellschaft werden.«

Er warf mir einen Blick zu, der verriet, dass er wusste, was ich ihm in Wirklichkeit gesagt hatte: *Sie können mich mal.* Ich war kurz davor, es laut auszusprechen und rollte die Worte bereits mit der Zunge im Mund hin und her, um sie auszukosten. Doch dann dachte ich an Captain und schluckte sie wieder herunter.

»Ich habe über Ihren Fall nachgedacht und was in jener

Nacht geschehen ist«, sagte er. »Ryan ist schon immer ein Raubein gewesen, aber bis Sie sich mit ihm zusammengetan haben, waren Sie ein ziemlich nettes Mädchen. Ich hasse den Gedanken, dass es noch einmal so weit kommen könnte.«

»Das wird es nicht.«

»Nur für den Fall, dass Sie Ihren alten Freund *doch* gesehen haben, interessiert es Sie vielleicht zu wissen, dass er sich im Knast einen ziemlichen Ruf als jähzorniger Raufbold erworben hat. Er hat ein paar Wachleute verprügelt und viel Zeit in Einzelhaft verbracht.«

Ich war überrascht. Ryan hatte immer versucht, Kämpfen aus dem Weg zu gehen, bis man ihn bis an die Grenze brachte. Wie schlimm war es für ihn im Knast gewesen? Ich wurde wütend, als ich mir ihn in Einzelhaft vorstellte, da ich genau wusste, wie es für mich gewesen war und weil keiner von uns das verdient hatte. Ich hielt den Mund.

»Ich hab mich mit ein paar Leuten unterhalten, mit denen Sie beide früher rumgehangen haben«, sagte Hicks. »Einer der Männer sagte, Ryan habe immer von Nicole geredet, wie scharf und sexy sie sei.« Er schüttelte den Kopf. »Offensichtlich hatte er davon geträumt, es einmal mit Ihnen beiden zusammen zu treiben.« Ich wusste, dass er nur versuchte, mich aus der Reserve zu locken, doch es war hart, sich seine Lügen anzuhören. Himmel Herrgott, meine Schwester war *tot*.

Er beugte sich noch weiter vor, bis sein Bein meines streifte. Seine Körpersprache sollte Vertrautheit signalisieren, als wären wir gute Freunde. Ich starrte die Wand an und weigerte mich, ihn anzusehen.

»Sie sagten damals, Sie seien in jener Nacht ziemlich weggetreten gewesen, aber woher wollen Sie wissen, dass Ihr

Freund Ryan genauso lange weggetreten war wie Sie? Woher wissen Sie, dass er nicht aufgewacht ist und beschlossen hat, sein Glück bei Nicole zu versuchen? Er hatte ein paar Kratzer an den Armen.«

Ich dachte kurz an das Bild von Ryans Hand über seinem Gesicht, als wir in jener Nacht aufwachten, an die blutigen Kratzer. Redete er davon?

»Die hatte er vom Unterholz. Er hätte meine Schwester *niemals* angerührt.«

Doch Hicks war noch nicht fertig. »Sind Sie sicher? Wussten Sie, dass er bei einer Party in jenem Sommer mit Nicole in einem der Schlafzimmer verschwunden ist? Sie sind über eine Stunde drin geblieben.«

Ich riss den Kopf zurück. Ich versuchte, mich rasch wieder zu fangen, doch Hicks hatte meine Überraschung bemerkt.

»Das wussten Sie nicht.«

»Weil es Schwachsinn ist.«

»Es gibt Zeugen.«

Ich lachte. »Klar, wahrscheinlich dieselben, die bei unserem Prozess gelogen haben.«

Er schüttelte den Kopf. »Ein paar Leute haben die beiden verschwinden sehen. Nicole ist den Zeugen zufolge extrem betrunken gewesen. Wer weiß, was da passiert ist.«

Ich starrte ihn an und dachte wieder an jenen Sommer. Welche Party? Hatte ich da gerade im Restaurant gearbeitet? Oder dachte Hicks sich das nur aus?

Er redete weiter. »Sehen Sie, Ryan fing gerade an, Probleme zu machen. Er stahl Benzin und überredete Sie, in das Haus Ihrer Nachbarn einzubrechen. Sein Dad war ein richtig übler Bursche. Ich weiß, dass er Ryan früher oft verprügelt hat, und Ryan schleppte jede Menge Wut mit sich herum. Solche Sachen kommen einfach irgendwann raus.

Vor siebzehn Jahren hatten wir ein totes Mädchen, und jetzt haben wir wieder eine Tote. Also frage ich mich, was haben diese beiden Frauen gemeinsam? Ryan Walker. Vielleicht haben Sie ihn damals geschützt, aber jetzt? Ich glaube nicht, dass Sie wieder ins Gefängnis zurückwollen. Wenn Sie also noch irgendetwas über Ihren Kerl wissen, dann sollten Sie jetzt lieber anfangen zu reden.«

Meine Stimme war ruhig und beherrscht, obwohl mein Blut laut in den Ohren rauschte und meinen gesunden Menschenverstand zu ertränken drohte. Ich unterdrückte den Wunsch, Hicks' Schädel auf dem Tisch zu zerschmettern.

»Ich weiß überhaupt nichts über Ryan, aber ich weiß, dass er nicht so dumm ist, eine Zeugin umzubringen und es genauso aussehen zu lassen wie den Mord an Nicole. Cathy war cracksüchtig. Wäre es da nicht sinnvoller gewesen, ihr eine Überdosis zu verpassen? Wir waren als Jugendliche schwierig, keine Frage, aber Sie können nicht behaupten, wir wären dumm. Und wir haben nie jemandem weh getan, der sich nicht zuerst mit uns angelegt hätte.«

»Genau darauf wollte ich hinaus, Toni.«

Ich hätte mich selbst in den Hintern treten können, weil ich so viel gesagt hatte, aber jetzt konnte ich nicht mehr zurück.

»Und ich will darauf hinaus, dass wir keine Mörder sind. Sie haben damals Mist gebaut. Der Mörder ist immer noch da draußen, und jemand will auf Teufel komm raus, dass wir wieder als die Schuldigen dastehen, um uns aus dem Weg zu schaffen. Während Sie also hier Ihre Zeit mit uns und Ihren dämlichen Fragen vertrödeln, lacht sich diese Person schlapp, wie einmalig dämlich die Cops sind.«

Er lief rot an. Dann lehnte er sich zurück, so dass ich endlich etwas Platz hatte.

»Ich versuche doch nur, Ihnen aus dieser Geschichte rauszuhelfen, Toni. Geben Sie sich selbst die Chance, endlich sauber zu werden. Da ist bereits diese Sache mit dem Diebstahl, die Ihnen anhängt, und jetzt das. Es sieht nicht gut aus.«

»Ich habe den Diebstahl nicht begangen, und ich habe auch mit dem Mord nichts zu tun. Sie versuchen nicht, mir zu helfen. Sie wissen genau, dass Sie, allein dadurch, dass Sie mit mir reden, meine Bewährung verkorkst haben.«

»Wenn wir feststellen, dass Sie etwas mit Cathys Tod zu tun haben, ist die Bewährung das geringste Ihrer Probleme.«

»Ich sage nichts mehr. Ihr Cops seht nur, was ihr sehen wollt. Was mich angeht, sind Sie taub und blind. Wenn Sie mir noch weitere Fragen stellen wollen, will ich meinen Anwalt dabeihaben, oder Sie verhaften mich besser.«

Er merkte, dass er mich bis an meine Grenze getrieben hatte, nickte und stand auf. »Danke, dass Sie heute gekommen sind, Toni. Wir bleiben in Kontakt.«

Er begleitete mich aus der Wache und bis zu meinem Truck, dann sah er mir nach, als ich davonfuhr. Mein Herzschlag beruhigte sich erst, als ich wieder auf dem Campingplatz war, dann schoss er noch einmal in die Höhe, als mir einfiel, dass ich sofort Suzanne anrufen musste.

Sie ging beim ersten Klingeln ran. »Hallo?«

»Hi, Suzanne, hier ist Toni. Ich wollte Ihnen nur sagen, dass die Cops mich für eine Befragung auf die Wache bestellt haben.«

»Warum?«

»Cathy Schaeffer, man hat ihre Leiche gefunden. Sie wurde ermordet. Sie glauben, sie wurde mit einem Montierhebel erschlagen.« Ohrenbetäubende Stille am anderen Ende der Leitung. »Ich habe ein Alibi für den in Frage kommenden

Abend – ich habe lange gearbeitet, und auf dem Heimweg habe ich an einem Laden angehalten und mit dem Angestellten geredet. Wenn die Cops das überprüfen, werden sie feststellen, dass ich nichts damit zu haben kann.«

»Das ist nicht gut, Toni.«

»Ich weiß, dass es nicht gut aussieht, aber ich habe nichts getan. Jemand versucht, uns was anzuhängen.«

»Uns?«

Verdammt. Beinahe hätte ich mich verplappert. Ich musste aufpassen, wie ich über Ryan redete.

»Der Cop hat mir einen Haufen Fragen über Ryan gestellt – aber ich habe ihn *nicht* gesehen oder mit ihm gesprochen.« Und ich betete, dass sein Alibi ebenfalls hieb- und stichfest war.

»Ich muss mit meinem Vorgesetzten reden, und wahrscheinlich müssen Sie für eine Überprüfung herkommen.« Eine Überprüfung. Der Klang dieses Wortes gefiel mir gar nicht.

»Sagen Sie es gleich, Suzanne. Werden Sie meine Bewährung aussetzen?«

»Kommen Sie einfach her, und dann reden wir.« Sie hielt sich an die Regeln und versuchte, mir keine Angst zu machen, was bedeutete, dass ich vermutlich geliefert war.

Ich ballte die Faust und unterdrückte den Wunsch, das Telefon quer durchs Zimmer zu schleudern. Bleib cool, Toni. Mach es nicht noch schlimmer. »Wann soll ich kommen?«

»Ich gebe Ihnen noch Bescheid.«

Sie legte auf.

Zu aufgewühlt, um in der Hütte herumzuhocken, zog ich los, um Milch zu kaufen und sah sofort die Zeitung. Wie gelähmt stand ich da und starrte auf die Schlagzeile: *Leiche einer Einheimischen gefunden.* Ich senkte den Blick, kaufte die Zeitung, setzte mich in den Truck und las jedes einzelne schreckliche Wort. Sie erwähnten den Mord an Nicole, dass Ryan und ich auf Bewährung draußen waren, den bevorstehenden Jahrestag von Nicoles Tod und dass Cathy eine der Hauptbelastungszeugen im Prozess gewesen war. Mit jedem Satz wurde angedeutet, dass Cathys Tod kein Zufall war. Ich dachte an meine Eltern und dass dieser Bericht für sie alles wieder aufreißen würde. Wahrscheinlich bekamen sie bereits Anrufe. In der Nacht lag ich stundenlang wach, Captain neben mir, versuchte, einen Plan zu machen, und ging noch einmal alles durch, was Hicks gesagt hatte. Ich konnte mir immer noch nicht vorstellen, auf welcher Party Ryan und Nicole zusammen gewesen sein könnten. Es musste eine Lüge sein.

Um ein Uhr morgens klopfte es am Fenster. Captain und ich fuhren beide zusammen, Captain bellte. Ich zog die Vorhänge zurück, es war Ryan. Ich schob das Fenster auf.

»Was zum Teufel tust du hier? Du weißt doch …«

»Ich muss mit dir reden.«

»Du hättest anrufen können.«

»Ich wollte dein Gesicht sehen. Haben sie dich gestern verhört?«

»Ja, und dich?«

»Ja. Ich habe ein Alibi. Ich war den ganzen Abend mit meiner Mom zu Hause und habe ihre Küche gestrichen. Sie haben mir trotzdem zugesetzt und meinten, Mom würde lügen, um mich zu schutzen, aber ihr Freund war vorbeigekommen und hat mich auch gesehen.«

Ich war seinetwegen erleichtert, aber immer noch wütend über die Situation, in der wir steckten und in die er mich gebracht hatte. »Ich habe gearbeitet und auf dem Heimweg noch an einem Laden angehalten, aber ich weiß nicht, um welche Zeit sie getötet wurde. Ich habe Suzanne angerufen. Sie will, dass ich zu einer Überprüfung komme.«

»Mich hat sie auch angerufen. Es wird mehr sein als eine Überprüfung, Toni. Diesen Mist erzählen sie nur, damit du nicht das Weite suchst. Sobald du da auftauchst, legen sie dir Handschellen an.«

Darauf war ich auch schon von selbst gekommen. »Du solltest nicht hier sein. Ich habe den Cops erzählt, dass ich dich nicht gesehen habe, aber wahrscheinlich behalten sie uns im Auge.«

Er musterte mich. Ich schaute hinunter und spielte mit meiner Decke herum, doch er bemerkte, dass sich etwas verändert hatte.

»Was hat Hicks noch erzählt?«

Ich sah ihn wieder an. »Dass du im Gefängnis ständig Ärger gemacht hast und dass er gehört hat, du seiest damals auf Nicole abgefahren.«

»Das ist eine verdammte Lüge – als hätte ich mit deiner kleinen Schwester rumgemacht. Du weißt, dass du das Einzige warst, was mir wichtig war.«

»Ich weiß. Er wollte mich nur provozieren. Er sagte auch, ihr zwei wärt auf irgendeiner Party in einem der Schlafzimmer verschwunden, aber ich weiß, dass das Unsinn ist.«

Doch dieses Mal wurde Ryan rot.

»Was zum Teufel hat das zu bedeuten, Ryan?«

Mit angespannter Miene sah er mir in die Augen. »Eines Abends hast du lange gearbeitet, so dass ich noch bei einer Party vorbeigeschaut habe. Ich wusste nicht, dass Nicole und die Mädchen ebenfalls dort waren. Sie war hackevoll und stolperte ständig über die eigenen Füße. Sie meinte, sie müsse gleich kotzen, also habe ich sie in eines der Schlafzimmer gebracht. Im dazugehörigen Badezimmer hat sie sich die Seele aus dem Leib gekotzt. Das war ihr total peinlich, also blieben wir, bis sie wieder etwas nüchterner war. Ich hab versucht, mit ihr übers Trinken zu reden und dass sie es nicht übertreiben soll …«

»Warum hast du mir nichts davon erzählt?« Ich war verunsichert und schockiert, weil er mir das nie gesagt hatte. Ich hatte gedacht, wir hätten keine Geheimnisse voreinander gehabt.

»Sie hat mich angefleht, nichts zu sagen, und ihr beide habt euch sowie schon ständig gestritten. Ich wollte dir nicht noch mehr Probleme und Stress machen.«

»Du hättest etwas sagen sollen.« Mein Gesicht war heiß vor Ärger und Verletztheit.

»Du hast recht. Das war mies von mir.«

Ich konnte ihn nicht ansehen, aus Angst, zu weinen. Unsere Beziehung war das Einzige gewesen, auf das ich damals zählen konnte, das einzig Aufrichtige in meinem Leben. Jetzt wusste ich nicht mehr, was ich denken sollte. Ich starrte hinunter auf den Tisch.

Er griff nach meiner Hand. »Hey, ich sage die Wahrheit, okay?«

Ich dachte an Shaunas Andeutungen an dem Abend, an dem sie zu mir aufs Boot gekommen war. Sie musste das mit der Party gewusst haben, aber war da noch mehr? Ich dachte daran, dass Nicole sich immer in unserer Nähe herumgedrückt hatte, wenn Ryan bei uns war, dass er auf der einen Party, auf der wir zusammen waren, gesagt hatte, sie sähe gut aus, und dass er sich immer für sie eingesetzt hatte.

Ich zog meine Hand fort. »Was verschweigst du mir noch?«

Er wurde ärgerlich. »Hör zu, ich weiß, dass du sauer bist,

aber es war nur eine blöde Lüge – ich war jung, und ich dachte, ich könnte dich beschützen. Du warst alles für mich, das zählte.«

Ich hielt seinem Blick stand, bis ich die Wahrheit in seinem Gesicht sah. Ich verspürte Erleichterung, dann Schuld und Scham. Warum hatte ich mich von Shauna und Hicks manipulieren lassen? »Ich glaube dir, okay? Aber du musst von hier verschwinden, Ryan. Es ist zu riskant.«

»Ich weiß.« Er seufzte. »Ich wollte dich nur vorwarnen, dass wir wieder in den Knast kommen. Ich fühle es, also erledige vorher alles, was du noch zu erledigen hast.«

Er beugte sich vor, packte meine Haare und zog mich für einen Kuss zu sich. Er presste die Lippen hart auf meinen Mund, sein unrasiertes Kinn war rau. Ich kostete seinen Geruch aus, seine Haut, seinen offenen, warmen Mund, seine Zunge, die sich in meinen Mund schob, vertraut, aber kräftiger als früher. Es war der Kuss eines Mannes. Ich öffnete den Mund weiter, meine Zunge spielte einen Moment mit seiner, ein Stöhnen stieg tief aus meiner Kehle auf. Das Geräusch erschreckte mich und riss mich raus. Ich stieß ihn fort. »Warum zum Teufel hast du das getan?« Captain stellte sich auf dem Bett auf, das Nackenfell gesträubt, und ließ ein tiefes Knurren hören. Ich gab ihm ein Zeichen, sich zurückzuhalten.

Ryan sah mich gequält an, sein Atem ging stoßweise, doch in seinem Blick lag auch ein Hauch Erleichterung. »Ich musste wissen, ob es noch da ist.« Dann verschwand er in der Dunkelheit.

Am nächsten Morgen machte ich einen langen Spaziergang mit Captain und versuchte, dabei nicht an den Kuss zu denken. Ich wollte mir einreden, dass das gar nichts zu bedeuten hatte, dass es gar nichts bedeuten *konnte*. Doch die Wahrheit war, dass es viel zu viel bedeutete. In diesen wenigen Augenblicken hatte ich etwas gespürt, das ich seit Jahren nicht gespürt hatte – Erregung, Glück und die Angst, sich wieder so gut zu fühlen. Aber es war egal, ob da zwischen uns noch etwas war, was konnten wir schon tun? Im Moment nichts, so viel war sicher. Ich durfte nicht zulassen, dass mich diese Sache durcheinanderbrachte, nicht jetzt. Ich hatte wichtigere Probleme, um die ich mich kümmern musste.

Ich packte Captains Hundedecke, seine Schüssel und sein gesamtes Spielzeug zusammen und fuhr mit ihm zum Tierheim. Es brachte mich um, wie sehr er sich freute, weil er dachte, wir würden einen tollen Ausflug machen, und den Kopf aus dem Fenster hängte. Als wir beim Tierheim ankamen, wedelte er immer noch mit dem Schwanz und suchte im Hof nach seinen Freunden. Ich fühlte mich etwas besser wegen dem, was ich tun musste. Stephanie kam aus ihrem Büro, als sie mich mit den anderen Frauen reden hörte.

»Hey, Toni.« Sie ging in die Hocke, um Captain einen Kuss zu geben, der die Geste begeistert erwiderte.

Ein paar Mitarbeiter sahen zu, also sagte ich: »Kann ich kurz mit dir in deinem Büro reden?« Niemand hatte den Zeitungsartikel erwähnt, und sie waren höflich gewesen, aber ich war sicher, dass sie ihn alle gelesen hatten.

»Klar doch.«

Wir gingen hinein. Sie hob einen kleinen, weißen Hund von meinem Stuhl und setzte sich auf die andere Seite ihres Schreibtischs, den Hund auf dem Schoß.

»Was ist los?« Ihr Gesicht verriet nichts, doch als mein Blick auf den Schreibtisch fiel, sah ich eine Ecke der Zeitung hervorschauen, als hätte sie rasch versucht, sie zu verstecken, als sie mich draußen gehört hatte. Eine Woge aus Enttäuschung und Traurigkeit überrollte mich. Ich mochte Stephanie sehr gerne, hatte mir sogar ausgemalt, wir könnten eines Tages Freundinnen sein, doch jetzt war ich mir sicher, dass sie nichts mit mir zu tun haben wollte. Ich hoffte nur, dass sie mir trotzdem half.

»Sieht ganz danach aus, als hätte ich recht gehabt. Vermutlich wird meine Bewährung demnächst ausgesetzt.« Ich war den Tränen nahe. »Die Cops haben mich wegen einer Sache verhört, und das reicht schon. Ich habe ein Alibi, ein *sicheres* Alibi, und ich habe nichts getan habe«, betonte ich und sah ihr gerade in die Augen. »Aber bis klar ist, dass ich wirklich nichts damit zu tun habe, schicken sie mich wahrscheinlich zurück.«

»Du musst Captain also abgeben?«

Ich nickte, hatte Mühe, die Worte auszusprechen. »Ich könnte gut ein paar Monate weg sein.« Jetzt liefen mir Tränen übers Gesicht.

Sie beugte sich vor. »Hör zu, wenn du ihn hierlässt, wird er vermutlich nicht sofort von jemandem mitgenommen, und ich könnte da noch ein wenig nachhelfen.«

Ich versuchte, durch meine Tränen zu lächeln. »Das hatte ich gehofft, aber ich hasse es, dass er glauben wird, ich würde ihn im Stich lassen.«

»Am Anfang wird er traurig sein, aber er hat viele Freunde hier, und er wird jeden Tag spazieren gehen. Hier ist er gut aufgehoben. Und wenn du wieder draußen bist und er dann noch hier ist, kannst du ihn wieder mitnehmen, okay? Wenn er vermittelt wird, sorge ich dafür, dass er ein tolles Zuhause bekommt.«

Ich holte tief Luft und versuchte daran zu denken, was das Beste für Captain war. »Muss ich irgendetwas unterschreiben?«

Nachdem wir mit dem Papierkram fertig waren, reichte ich Stephanie Captains Leine und bat sie, ihn nach hinten zu bringen, bevor ich seinen Kram hereinbrachte. Während er mit den anderen Hunden spielte, trug ich seine Hundedecke und sein Spielzeug hinein. Auch meinen Laptop gab ich Stephanie und bat sie, ihn für mich zu verwahren, da ich niemanden sonst hatte, dem ich vertraute. Sie versprach, ihn mit zu sich nach Hause zu nehmen. Dann ließ sie mich noch einmal in den Hof, damit ich Captain noch eine Weile zusehen konnte. Ich stand auf einem von der Sonne beschienenen Fleckchen und versuchte, mir dieses Bild zu bewahren: Captain hatte seinen Spaß, rannte herum und jagte die anderen Hunde. Als er einen Moment abgelenkt war, schlich ich mich davon.

Auf dem Parkplatz schaute ich zurück. Captain stand bellend und heulend am Maschendrahtzaun. Er hatte kapiert, dass ich ihn zurückließ. Ich drehte mich um, ging schnell zu meinem Truck und fuhr davon. Ein paar Meilen lang weinte ich harte, schmerzhafte Schluchzer, die mich am ganzen Körper durchschüttelten, dann machte ich dicht. Ich befahl mir, mich zusammenzureißen – er würde mich vergessen und ein besseres Zuhause finden.

Ich wischte mir übers Gesicht und holte ein paarmal stockend Atem. Ihm würde es gutgehen.

24. Kapitel

Rockland Strafanstalt, Vancouver
Juli 2013

Ich fuhr zurück zum Campingplatz, packte meinen Kram zusammen und stopfte alles in Pappkartons, die ich in einem Müllcontainer gefunden hatte. Ich ging systematisch vor und gestattete mir nicht, irgendetwas zu fühlen oder an Captain zu denken, selbst als ich über einen seiner Knochen stolperte. Ich wandte sämtliche Techniken an, die ich im Knast gelernt hatte, konzentrierte mich auf meine Aufgabe, blendete alles andere aus und trennte meine Gefühle von mir ab. Eine Stunde später erhielt ich eine SMS von Suzanne: *Bitte kommen Sie heute Nachmittag um 14:00 Uhr für ein Gespräch vorbei.*

Ich redete mit dem Typen vom Campingplatz, zahlte meine Rechnung und fragte ihn, ob er ein paar Sachen für mich aufbewahren könne.

Er sagte: »Ja, aber nicht für umsonst.«

Also zahlte ich eine kleine Summe und schleppte alles hinunter in seinen Lagerraum. Ich fuhr nach Courtenay, das Seitenfenster die ganze Zeit heruntergekurbelt, die Musik hart und laut, so dass das Armaturenbrett vibrierte, während ich versuchte, das letzte Fitzelchen frische Luft und Freiheit einzuatmen.

In Suzannes Büro öffnete der automatische Türöffner

summend die Tür, dann schloss sie sich hinter mir mit einem festen Klicken, das zugleich vertraut und furchterregend war. In ihrem Büro warteten bereits zwei Polizisten. Man las mir den Beschluss zur Aussetzung der Bewährung vor, dann befahlen sie mir, mich umzudrehen und die Hände auf den Rücken zu nehmen. Fest und kalt legten sich die Handschellen um meine Gelenke. Ich war darauf vorbereitet gewesen, trotzdem wurden mir vor Angst die Knie weich. In meine Erinnerung drängten sich die Bilder meiner ersten Verhaftung und wie es gewesen war, nach Rockland zu kommen, wo ich absolut keine Kontrolle über mein Leben hatte. Und jetzt passierte all das erneut.

Suzanne stand dabei und schaute zu. Ihre Miene war ausdruckslos, doch für eine Sekunde glaubte ich, ein leichtes Zögern in ihrem Blick zu bemerken.

Ich sagte: »Suzanne, ich habe nichts getan – und ich habe ein Alibi.«

»Es ist nur vorübergehend, Toni, bis die Polizei ihre Ermittlungen beendet hat und Sie als Täterin ausschließen kann. Es ist eine Frage der öffentlichen Sicherheit.«

»Und was ist mit *meiner* Sicherheit? Da drin gibt es Leute, die mir an die Gurgel wollen.«

»Wer?«

»Sie wissen, dass ich Ihnen das nicht sagen kann.« Sobald ich anfinge, Namen zu nennen, wäre mir eine gewaltige Abreibung so gut wie sicher.

»Dann kann ich Ihnen nicht helfen.«

Das wusste ich bereits. Niemand konnte mir jetzt helfen.

Ich wurde in den Fond eines Polizeiwagens verfrachtet, die Hände immer noch unbequem auf dem Rücken gefesselt. Ich starrte aus dem Fenster, fühlte mich bereits isoliert und getrennt von der Welt, von der ich gerade erst wieder ein Teil geworden war. An einer Ampel hielten wir an, und ich schaute hinaus aufs Meer. Gestern noch war ich mit Captain am Strand spazieren gegangen.

Auf der Wache nahm man meine Personalien auf, anschließend wurde ich nach Rockland geflogen, wo ich erneut die Aufnahmeprozedur über mich ergehen lassen musste. Ich versuchte, mir keine allzu großen Sorgen zu machen, was passieren würde, sobald ich im Zellentrakt war. Ich redete mir zu, wie gering die Wahrscheinlichkeit sei, dass Helen überhaupt von meinem Knastaufenthalt wusste. Inzwischen müsste sie ebenfalls auf Bewährung draußen sein, und sie hatte andere Probleme, um die sie sich kümmern musste, als um alte Feindinnen. Ich hatte ebenfalls ein paar alte Freundinnen drinnen, und wenn eine von Helens Mädels versuchte, sich mit mir anzulegen, würde sie ein Problem bekommen.

Man steckte mich in eine Einzelzelle in meinem alten Block. Zumindest würde ich mich nicht auch noch mit einer Zellengenossin herumschlagen müssen. Mittlerweile war es spät, und alles schlief bereits, also machte ich mein Bett und kletterte erschöpft hinein. Am Morgen war Margaret die erste Person, die ich in der Cafeteria sah. Sie lächelte mir zu, erfreut, mich zu sehen, doch ihre Augen verrieten mir, dass sie traurig war, weil ich wieder drin war. Als der Wachmann in die andere Richtung sah, umarmten wir uns kurz.

»Hab gehört, dass du wieder zurück bist, Schätzchen«, sagte sie, als wir uns voneinander lösten. »Ich hatte gehofft, es wäre nicht wahr, aber dann hab ich gestern Abend die Nachrichten gesehen.«

Ich hatte schon vermutet, die Medien würden bald spitzkriegen, dass meine Bewährung ausgesetzt worden war, aber die Vorstellung, dass meine Eltern und Mike und alle anderen diese Story hörten, machte mich krank und verlegen. Vermutlich waren schon in der ganzen Stadt Gerüchte im Umlauf, Ryan und ich hätten Cathy aus Rache getötet.

»Das ist alles total erfunden«, sagte ich.

Wir setzten uns in eine Ecke, und ich erzählte Margaret, was los war und was im Freigängerhaus mit Helen passiert war.

»Ich hoffe nur, dass ich nicht einer von ihren Freundinnen über den Weg laufe«, sagte ich.

»Ich werde die Augen für dich offen halten.«

Als Brenda und Amber sich in der Cafeteria zu uns gesellten, brachte ich sie ebenfalls auf den neuesten Stand, und sie schworen ebenfalls, mir den Rücken freizuhalten.

Die erste Woche war nicht allzu schlimm. Sobald ich den anfänglichen Schock überwunden hatte, gewöhnte ich mich rasch wieder an die Gefängnisroutine und klammerte mich an den Glauben, dass ich bald wieder draußen sein würde. Ich hatte Angus Reed angerufen, der immer noch eine Kanzlei in der Stadt hatte, obwohl er mittlerweile Ende sechzig war, und er machte ein paar Anrufe. Die Polizei sagte nichts, aber wie es aussah, hatten sie keine echten Beweise gegen Ryan oder mich. Suzanne kam nach Rockland, um mich zu befragen, und hörte sich meine Sicht der Dinge an, um einzuschätzen, was in mir vorging. Sie stellte mir einen Haufen Fragen über Shauna und die anderen. Ich erzählte ihr, dass Shauna zu mir zum Boot gekommen war, verriet aber nicht, dass ich Cathy im Park getroffen hatte. Suzanne erklärte, sie würde sich wieder melden. Ich hatte das Gefühl, sie würde mich die vollen dreißig Tage im Knast lassen, selbst wenn die Polizei mich als Verdächtige ausschloss, damit die Wogen sich glätteten. Ich hoffte nur, dass sie die Bewährung selbst ausgesetzt hatte und es nicht über den Bewährungsausschuss gegangen war, sonst würde ich monatelang hier festsitzen.

Es war schön, Margaret wiederzusehen, und mir wurde klar, wie sehr mir die Gute gefehlt hatte – wie sehr mir Freundinnen gefehlt hatten. Gleich am ersten Tag überredete sie mich, ihr eine Pediküre zu machen und die Füße zu massieren. Sie sagte, sie habe niemanden gefunden, der das ordentlich mache, doch ich wünschte mir die ganze Zeit, wir könnten draußen zusammen sein, wie normale Menschen. Ich erzählte ihr von Ryan und Captain und dass ich hoffte, dass es ihnen gutging.

»Du kommst bald wieder raus, Schätzchen«, sagte sie und stöhnte, als ich eine schmerzhafte Stelle erwischte. Sie starrte hinunter auf ihre Füße, musterte ihre knotigen Hände. »Ich weiß nicht, wie viele Jahre ich es hier drin noch mache. Das ist kein Leben hier, und ich habe ständig am ganzen Körper Schmerzen.«

»Das tut mir leid, Margaret.« Ich fühlte mich mies. Immerhin hatte ich die Chance, bald wieder rauszukommen. Margaret musste noch zehn Jahre warten, bis sie dazu berechtigt war.

»Da braucht dir nichts leidzutun.« Sie wackelte mit dem Fuß. »Jetzt mach dich wieder an die Arbeit.«

Margaret und ich spielten jeden Tag Karten, und ich begann wieder, meine Runden zu laufen, um die Zeit herumzukriegen. In der ersten Woche rief Suzanne mit weiteren Fragen an und ließ sich erneut von Shauna erzählen. Sie versuchte, den Grad meiner Wut einzuschätzen. Es war schwierig, meinen Frust für mich zu behalten, besonders weil sie mir keine klare Antwort gab, wie lange die Bewährung ausgesetzt bleiben würde, aber ich hielt den Mund.

Bis jetzt hatte ich keine Probleme mit anderen Gefangenen gehabt, bis auf einen Zusammenstoß mit einer Neuen, die meinte, sie könnte mich zwingen, ihr etwas aus der Kantine zu kaufen, doch ich rückte ihr direkt den Kopf zurecht. Ich musste nur noch ein Weilchen durchhalten.

Ein paar Tage später, als Margaret und ich im Gemeinschaftsbereich Karten spielten, kam eine Gefangene namens Josie, die ich nicht besonders gut kannte, angerannt und flüsterte Margaret etwas ins Ohr. Mit ängstlicher Miene schaute sie dabei zu mir.

»Was ist los?« Ich legte meine Karten ab.

Margaret bedeutete Josie, uns allein zu lassen, dann sagte sie zu mir: »Helens Bewährung wurde ausgesetzt – wegen Dealen. Sie ist wieder drin.«

»Scheiße. Das ist gar nicht gut.«

»Es kommt noch schlimmer, Toni. Sie erzählt allen, du hättest sie verpfiffen, als ihr beide im Freigängerhaus wart.«

»Das ist Blödsinn. Ich habe nie irgendwas über sie erzählt.«

»Das ist egal. Du weißt genauso gut wie ich, dass es hier drin keinen Prozess gibt, nur schuldig im Sinne der Anklage.«

»Und was sagen die Frauen?«

»Alle sind sauer auf dich – du hast jetzt mehr als nur ein paar Feindinnen.«

Als ich an diesem Tag zur Freistunde auf den Hof ging, spürte ich die in der Luft liegende Spannung. Ich versuchte, mich auf das Laufen zu konzentrieren, aber es war schwierig, ein gleichmäßiges Tempo beizubehalten, wenn ich ständig die anderen Frauen im Auge behalten musste, ob nicht irgendeine irgendetwas plante. Amber und Brenda waren in der Nähe und schlenderten an der Laufbahn herum, für den Fall, dass ich sie brauchte. Ein paar Frauen standen in Grüppchen zusammen und beobachteten mich. Viele von ihnen kannte ich und hatte nie zuvor ein Problem mit ihnen gehabt, aber das hatte nichts zu bedeuten. Sobald du von einer anderen Gefangenen als Verräterin etikettiert wirst, steckst du in Schwierigkeiten. Helen hatte ich noch nicht gesehen, aber ich wusste, dass es nur eine Frage der Zeit war. Einige der Wachen behielten mich und die anderen Frauen im Auge. Vermutlich hatten sie Gerüchte gehört, aber ich war mir nicht sicher, ob sie dazwischengehen würden, wenn jemand anfinge, mich zu schikanieren. Manchen von denen gefiel es, wenn die Kacke ordentlich am Dampfen war, damit sie uns in Einzelhaft stecken konnten.

Später setzte ich mich im Gemeinschaftsbereich neben Margaret an den Tisch, an dem sie mit ein paar Frauen Karten spielte. Die anderen Spielerinnen standen auf und gingen davon, nicht ohne mir vorher böse Blicke zugeworfen zu haben.

»Verdammt. Tut mir leid, Margaret.«

»Ist schon in Ordnung. Ich war ohnehin am Verlieren.« Sie lächelte, und ich musste lachen, obwohl es ein nervöses und angespanntes Lachen war. Sie sagte: »Komm schon. Lass uns eine Runde spielen.«

Margaret hatte gerade ausgeteilt, als ich sie aufblicken sah, den Körper angespannt, das Gesicht ernst. Helen ließ sich neben mich auf die Bank fallen, verdammt nah.

»Hey, Schlampe, ich hab deinen dürren Arsch vermisst.«

»Kann ich von dir nicht behaupten.« Mein Blick huschte zu einem der Wachleute, der mit einem anderen Officer redete. Keiner von ihnen bekam mit, was los war.

Helen lehnte sich dichter heran und schnüffelte in der

Luft. »Irgendetwas stinkt hier. Für mich riecht es nach Verräter. Nach einer elenden Ratte.«

»Ich hab dich nie verpfiffen, hör also auf, mich damit zu nerven. Wenn ich tatsächlich etwas hätte sagen wollen, hätte ich es gleich am Anfang im Freigängerhaus gesagt.«

Margaret sagte: »Warum verschwindest du nicht einfach, Helen?«

Helen sagte: »Das ist nicht dein Problem.«

»Du legst dich mit meiner Kleinen hier an, und deshalb ist es mein Problem.«

Wie aus dem Nichts tauchten Brenda und Amber hinter Margaret auf und starrten Helen finster an.

»Du lässt unsere Freundin besser in Ruhe«, sagte Brenda.

»Es ist schon in Ordnung«, sagte ich. »Helen und ich haben gerade nur ein paar alte Sachen geklärt. Stimmt's, Helen?«

Brenda konnte auf sich selbst achten, und Margaret war hoch angesehen – es würde mich überraschen, wenn Helen versuchen würde, gegen sie vorzugehen. Aber Amber war jung und zierlich, und ich hatte Angst um sie.

»Wir haben überhaupt nichts geklärt«, sagte Helen. »Ich weiß, dass du es warst. Und ich werde dich endgültig fertigmachen. Und wenn sich mir irgendwer von deinen Freundinnen in den Weg stellt …« Sie starrte Brenda und Amber an, bis ihr Blick mit einem bösartigen Grinsen an Amber hängenblieb. »Dann mach ich sie auch fertig.« Mit diesen Worten ging sie davon.

Gelassen drehte ich meine Karten offen um, versuchte, ruhig zu wirken, und sagte: »Full House.«

Anschließend sagte ich Brenda und Amber, sie sollten Helen aus dem Weg gehen. Ich wollte nicht, dass ihnen etwas zustieß. Sie wurden wütend und sagten, sie würden mich nicht ohne Schutz lassen, doch ich versuchte, für mich zu bleiben und mied sie, so gut es ging, damit sie nicht ins Kreuzfeuer gerieten. Ich arbeitete in der Küche, erledigte meine Aufgaben, blieb in meiner Zelle und behielt die Tür im Auge. Die meisten anderen Gefangenen ignorierten mich, was mir nur recht war. Ich sah meine Freundinnen nur zu den Mahlzeiten, wo wir alle angespannt aßen und Helen und ihre Gang dabei beobachteten, wie sie uns beobachteten. Ich bewegte mich vorsichtig im Gebäude, erinnerte mich an all die gefährlichen Stellen und versteckten Ecken. Die nächsten zwei Wochen verstrichen, während die Luft vor Anspannung mit jedem Tag dicker zu werden schien.

Schließlich erwischte sie mich.

Ich war in der Küche und bereitete das Abendessen vor, als ich merkte, wie die anderen Gefangenen, die hier arbeiteten, den Raum fluchtartig verließen. Ich drehte mich um – und ein Tablett voll Spaghetti landete in meinem Gesicht. Ich versuchte noch, die brennende Soße aus den Augen zu bekommen, als eine mit Batterien gefüllte Socke mich voll im Magen, an den Beinen und dem Rücken traf. Mit gesenktem Kopf stürzte ich mich auf meine Gegnerin, traf einen Bauch und hörte befriedigt ein sattes Grunzen. Inzwischen konnte ich gut genug sehen, um zu erkennen, dass es Helen war. Wir krachten gegen die Kücheneinrichtung, rissen Töpfe und Pfannen zu Boden. Ich packte eine Pfanne und schlug Helen so kräftig auf den Schädel, dass das Scheppern in der Luft nachhallte. Doch das hielt sie nicht auf. Sie schlug mich gegen die Brust. Betäubender Schmerz schoss durch meinen Körper und schickte mich in die Knie. Ich dachte, ich würde ohnmächtig werden, als ich endlich jemanden »Wachen!« brüllen hörte. Helen verpisste sich. Ich rappelte mich auf und versuchte, zu Atem zu kommen.

Der Wachmann sah mich an und musterte das Chaos um mich herum.

»Alles in Ordnung, Murphy?«

Es dauerte eine Minute, ehe ich etwas sagen konnte. »Ja, ich bin nur auf dem nassen Boden ausgerutscht und hab ein paar Töpfe mit runtergerissen.«

Er schnaubte, schaute sich noch einmal um, dann ging er davon. Er musste bemerkt haben, dass hier ein Kampf stattgefunden hatte, aber er hatte keinen Bock auf den Papierkram und wusste, dass ich ihm keine Einzelheiten nennen würde.

Ich humpelte in meine Zelle, wo Margaret mich später fand.

»Bist du verletzt, Schätzchen?«

Stöhnend drehte ich mich im Bett um. »Das wird schon wieder.«

»Ich hab dir ein paar Teebeutel mitgebracht.« Sie warf sie mir zu. Ich wusste, dass sie ihren Tee hütete wie einen Schatz – wir schenkten ihr ihn immer zu den Feiertagen.

»Hey, das musst du nicht tun.«

»Natürlich muss ich das.« Sie sah wütend aus. »Du bist meine Tochter, und Helen hat sich gerade mit der falschen Familie angelegt. Dafür wird sie bezahlen.«

Ich setzte mich auf. »Margaret, du machst gar nichts, okay? Ich komme damit schon klar.«

Sie wirkte hin- und hergerissen. Schließlich sagte sie: »Also gut. Aber wir lassen dich nicht mehr allein.«

In den nächsten Tagen ging ich allen und jedem aus dem Weg. Ich hätte darum bitten können, zu meinem Schutz in Einzelhaft verlegt zu werden, aber ich hasste das – dreiundzwanzig Stunden am Tag eingeschlossen, ohne ein Fenster und nur eine Stunde Hofgang. Ich passte einfach auf, dass ich nicht allein war, und nahm Brenda mit, wann immer ich meine Zelle verlassen musste – ich wusste, dass sie höllisch gut kämpfen konnte. Wenn Brenda arbeiten musste, nahm ich Margaret und Amber mit. Wir mussten nur meinen Hintern retten, bis die Aussetzung meiner Bewährung wieder zurückgenommen wurde. Ich sah Helen oft, wenn ich auf dem Hof oder im Gemeinschaftsbereich war, und sie warf mir ständig hasserfüllte Blicke zu, aber solange ich mit den anderen Frauen zusammen war, versuchte sie nicht, an mich ranzukommen.

Schließlich, als ich seit fast einem Monat drin war, kam Suzanne für eine weitere Befragung nach Rockland. Unsere Alibis waren überprüft worden, aber sie wollte einschätzen, wie groß meine Motivation war, mich wieder in die Gemeinschaft einzugliedern und ob ich meine Bewährungsauflagen erfüllen würde. Ich versicherte, ich wolle nur ein produktives Leben führen und mich von Schwierigkeiten fernhalten. Am Ende erklärte sie, sie würde die Aufhebung der Bewährung zurücknehmen, so dass ich am nächsten Tag entlassen werden würde. Als ich aus dem Zimmer kam, holte ich zum ersten Mal seit Wochen tief Luft. Margaret und die anderen freuten sich für mich. Es war für uns alle eine schwere Zeit gewesen, vor allem für Margaret, deren Arthritis sich bei Stress verschlimmerte. An jenem Abend mied ich die Cafeteria, die Duschen und den Hof. Ich packte meine Sachen und blieb in meiner Zelle. Die einzigen Menschen, mit denen ich sprach, waren Margaret und die anderen, die dafür sorgten, dass niemand in meine Nähe kam.

Anfang der Woche hatte ich über einen Kassiber, der über andere Gefangene zu mir gelangte, von Ryan gehört. *Bist du dabei?* Er wollte wissen, ob ich bereit war zu versuchen, unsere Namen reinzuwaschen. Seit einem Monat hatte ich an nichts anderes gedacht.

Ich wollte mich nicht für den Rest meines Lebens jeden Augenblick fragen, ob Shauna mich zurück ins Gefängnis schicken würde. Und Ryan hatte recht, auf Bewährung draußen zu sein war kein richtiges Leben – jeder hielt mich immer noch für schuldig. Die Leute würden immer einen Ex-Knacki in mir sehen, so wie in dem Moment, als ich wegen Diebstahls gefeuert worden war. Sobald ich hier raus war, würde ich herausfinden, was in jener Nacht wirklich passiert war, selbst wenn das bedeutete, mein Leben aufs Spiel zu setzen. Ich schickte ihm ein Kassiber zurück. *Aber so was von.*

Am Morgen ging ich mit meinen Freundinnen nach unten. Mitten im Gemeinschaftsbereich wartete Helen bereits auf uns. Als wir an ihr vorbeigingen, bildeten Brenda und Margaret einen Halbkreis um mich, und Helen rief laut: »Bis bald, Murphy.«

Ich drehte mich um, um sie anzusehen, aber sie war bereits in der Menge verschwunden.

25. Kapitel

Campbell River
Juli 2013

Zwei Tage, nachdem ich wieder draußen war, war ich zurück auf dem Campingplatz und versuchte, mich einzugewöhnen, aber ich hatte noch nicht richtig ausgepackt und nur ein paar Sachen eingekauft. Bei meinem ersten Treffen mit Suzanne erklärte ich ihr, dass ich mir sofort einen Job suchen würde, und passte auf, ja keine Verärgerung über das, was passiert war, zu zeigen. Aber ich war immer noch sauer, und sie war klug genug, um das zu wissen.

Kurz bevor sie davonfuhr, sagte sie: »Denken Sie daran, halten Sie sich von Ryan Walker und allen anderen fern, die mit Ihrem Fall zu tun haben.«

Ich sagte: »Natürlich.« Aber ich hatte nicht die Absicht, dieses Mal irgendeine meiner Bewährungsauflagen zu erfüllen. Ich checkte ein paar Jobangebote im Internet, allerdings nur pro forma. Ryan würde sich bald mit mir in Verbindung setzen, da war ich mir sicher. In der Zwischenzeit überlegte ich, wie unsere nächsten Schritte aussehen und wie wir die Wahrheit herausfinden könnten.

Auch an Captain dachte ich oft und hoffte, dass es ihm gutging, aber ich konnte ihn noch nicht aus dem Tierheim holen, nicht, solange ich nicht wusste, ob ich in Sicherheit war. Einmal rief ich beim Tierheim an. Stephanie ging ran.

»Hi, hier ist Toni. Geht es Captain gut?«

»Holst du ihn ab?«, fragte sie.

Am liebsten hätte ich vor Erleichterung geweint. Er war noch da.

»Das geht noch nicht. Ich muss erst noch ein paar Dinge erledigen. Kannst du mir noch etwas Zeit geben?« Ich schloss die Augen und betete.

Sie schwieg, und ich fragte mich, ob sie mir gleich sagen würde, ich könnte Leine ziehen und dass ich ihn nicht zurückbekäme. Der Moment zog sich in die Länge.

»Ruf mich an, wenn du so weit bist.«

»Danke, Stephanie. Das weiß ich echt zu schätzen. Ich komme bald vorbei, versprochen.«

Ich legte auf. Hoffentlich hatte ich gerade kein Versprechen gegeben, dass ich nicht halten konnte.

Am Abend nach meinem Treffen mit Suzanne war ich so weit, dass ich endlich Bewegung in die Sache bringen wollte, egal ob mit oder ohne Ryan, aber ich beschloss, ihm noch einen Tag zu geben, sich zu melden. Gegen Mitternacht klopfte er endlich an mein hinteres Fenster. Als ich ihn einließ, sah er sich um.

»Wo ist Captain?«

»Noch im Tierheim.«

Er sah mich an, und ich brauchte nichts weiter zu sagen.

Er ging in meiner Küche auf und ab. Mir fiel eine verblassende Prellung an der Wange auf. Hatte er die im Gefängnis bekommen? Ich dachte an Hicks' Warnung wegen Ryans Ruf im Knast. Heute Abend war er unruhig und wütend. Er sah genauso aus, wie ich mich fühlte.

Er sagte: »Ich gehe nicht noch einmal zurück.«

»Ich auch nicht.« Ich saß immer noch auf dem Bett, die Decken um mich gezogen.

Er sah mich erneut an, ein harter, prüfender Blick. »Meinst du es wirklich ernst? Egal, was es auch kostet?«

»Egal, was es auch kostet.«

Er holte tief Luft, endlich entspannte er sich ein wenig. »Ich habe über alles nachgedacht. Cathy hatte viele Freunde, vielleicht kann einer von ihnen ...«

»Wir müssen mit ihrem Dealer reden.«

Wir fuhren in der Stadt herum und schauten bei ein paar bekannten Crack-Häusern vorbei. Wir parkten den Truck immer außer Sichtweite und achteten darauf, die Köpfe gesenkt zu halten, wenn wir die Gebäude betraten – ich trug eine von Ryans Baseballkappen und eine alte Arbeitsjacke. Falls uns irgendjemand erkannte und es meldete, würde Suzanne unsere Bewährung auf der Stelle aussetzen. Zuerst wollte keiner mit uns reden, aber schließlich erkannte Ryan einen Typen, der öfter mit Cathy zusammen gewesen war. Er erzählte uns, Cathys Dealer, ein Typ namens Boomer, würde in einem alten weißen Haus in der Nähe des Bahnhofs leben. Wir fuhren in der Straße hin und her, unsicher, welches Haus es war. Ich wurde schon ungeduldig, als wir ein paar zwielichtige Gestalten aus einem der Häuser kommen sahen. Kurz darauf klopfte Ryan kräftig an die Tür. Ein magerer Mann, dessen Jeans ihm von der Hüfte rutschte, öffnete die Tür.

»Bist du Boomer?«, fragte Ryan.

»Wer will das wissen?«

»Wir wollen etwas Gras kaufen.«

Nach einem Blick auf die Straße winkte Boomer uns

herein. Im Haus setzte er sich auf die Couch, zog einen Beutel und eine Waage hervor und sagte: »Wie viel wollt ihr?«

Ryan verlangte ein Gramm, doch Boomer starrte uns nur an.

»Wer zum Teufel seid ihr?«, sagte er. »Niemand kauft so wenig Dope, es sei denn, er geht noch zur Schule.«

»Ich war im Gefängnis – ich bin nicht mehr auf dem Laufenden. Verkaufst du uns jetzt was oder nicht?«

»Seid ihr Bullen?«

Ryan lachte. »Klar doch.«

»Wir müssen mit dir reden«, sagte ich. »Über Cathy Schaeffer.«

»Was ist mit ihr?« Sein Blick huschte zur Tür, als erwarte er, dass sie jeden Moment aufspringen würde.

»Wir wissen, dass sie mit dir zusammen war, bevor sie starb«, sagte ich.

Der Typ stand auf. »Verpisst euch. Raus aus meinem Haus.«

Ryan sagte: »Ich werde nicht gehen, bis du uns gesagt hast, was wir wissen müssen.«

Boomer holte aus und schleuderte seine Bierflasche. Sie zersplitterte an der Wand hinter Ryan.

Ryan stürzte sich auf den Mann, packte ihn am Hals und drückte ihn mit dem Rücken gegen die Wand. »Hör zu, Arschloch, ich laber keinen Scheiß, kapiert?«

Der Typ nickte, Panik im Blick, das Gesicht gerötet. Ich trat näher an Ryan heran und sah, *wie* wütend er war. Er ließ den Dealer nicht los.

Verdammt, er würde ihn noch umbringen. »Hey, Ryan, beruhig dich.«

Langsam ließ er Boomer los, der auf dem Boden zusammensackte und sich die Kehle rieb. »Du bist ja total durchgeknallt, Mann«, brachte er krächzend heraus.

Ryan ging vor ihm in die Hocke. »Du hast recht. Ich bin durchgeknallt, also fängst du besser an zu reden.«

»Scheiße, Mann – ich weiß nur, dass sie hier mit ’nem Haufen Knete aufgetaucht ist und ’ne Riesenladung Dope gekauft hat. Cathy war verdammt happy, Mann, als hätte sie im Lotto gewonnen.« Er sah traurig aus. »Sie sagte, sie wollte zum Kai runtergehen. Ich wusste ja nicht, was ihr da passieren würde.«

»Weißt du, woher sie das Geld hatte?«, fragte ich.

»Keine Ahnung.«

Es musste von Shauna gewesen sein.

»Sonst noch was?«, fragte Ryan.

»Das ist alles, was ich weiß, Mann.«

Ryan packte den Kerl an seinen langen Haaren und zog fest daran. »Besser, du verarschst mich nicht, oder ich komme zurück.«

»Ich weiß echt nichts – verdammt, ich schwör’s!«

Ich berührte Ryan an der Schulter. »Lass uns von hier verschwinden.«

Wir fuhren schnell davon und hielten in einer Nebenstraße an, um zu reden. Mein Herz pochte vom Adrenalinrausch. Ryans Blick war konzentriert, als er aus dem Fenster starrte und sich immer wieder mit den Händen durchs Haar strich.

»Was war da drinnen gerade los?«, fragte ich. »Du hast die Kontrolle verloren.«

Überrascht sah er mich an. »Ich wusste genau, was ich tue.«

»Es sah aus, als würdest du ihn umbringen.«

»Was willst du damit sagen, Toni?«

»Nichts.« Ich starrte aus dem Fenster.

Er schwieg eine Weile, dann sagte er: »Wir haben im Knast beide üble Sachen gemacht, um zu überleben, wir mussten es tun. Es gab Zeiten, da hab ich mich gefragt, ob ich jemals wieder ein Mensch werde, aber ich kann mich immer noch kontrollieren. Ich wollte, dass er sich vor Angst in die Hosen macht, und es hat funktioniert.«

Als wir jung waren und er in Kämpfe verwickelt wurde, hatte ich gesehen, dass er durchaus brutal werden und jemanden richtig fertigmachen konnte, aber ich hatte nie das Gefühl gehabt, dass er zu weit gehen würde. Heute Abend war ich mir dessen nicht so sicher. Ich dachte wieder an Hicks' Warnung.

»Mir hat es auch Angst gemacht.«

»Nein, ich glaube, es kam dir bekannt vor. Du trägst die selbe Wut in dir, Toni. Du lässt sie nur noch nicht wieder raus. Aber du wirst.«

Im Gefängnis war ich ebenfalls gewalttätig gewesen, und sobald ich an Shauna und ihre Freundinnen dachte, verkrampfte ich mich am ganzen Körper, wurde fahrig und musste das starke Verlangen zurückdrängen, sie leiden zu lassen. Ich hatte es immer verdrängt, aber war das wirklich Selbstkontrolle oder nicht eher Angst vor dem, was geschähe, wenn ich diesem Zorn freien Lauf ließe? Vielleicht hatte Ryan recht, aber ich war nicht bereit, das laut zuzugeben.

Stattdessen sagte ich: »Als Nächstes sollten wir mit Kim reden – sie hat sich schon einmal von Shauna abgewandt, vielleicht ist sie bereit, es ein zweites Mal zu tun. Aber ich werde allein zu ihr gehen. Sie ist vielleicht offener, wenn ich allein bin.«

»Okay. Wie sieht dein Plan aus?«

»Ich bin mir noch nicht sicher. Ich muss noch darüber nachdenken.« Die Frage war, wie viel ich Ryan verraten wollte. Er hatte sich verändert, wir beide hatten das. Ich wusste noch nicht, was das bedeutete, aber irgendetwas riet mir, vorsichtig zu sein. Jetzt schaute ich ihn an. Sein Gesicht war im Dämmerlicht kaum zu erkennen, und ich erkannte einen Schatten des Jungens, der er früher einmal gewesen war. Er sah traurig aus, und ich fragte mich, ob er mein Misstrauen spürte oder ob er einfach nur dasselbe sah wie ich – wer wir einst gewesen waren.

»Hast du ein Handy?«, fragte er.

»Ja, aber die Cops können den Mist zurückverfolgen.«

»Ich rufe dich von einer Telefonzelle aus an, wenn ich dich erreichen muss, aber besorg dir eins von diesen Prepaid-Handys. Ich hole mir auch so eins.«

Wir tauschten unsere Handynummern und vereinbarten, so schnell wie möglich neue Telefone zu kaufen.

»Wie willst du Kim finden?«, fragte er.

»Ich nehme an, ihre Mom wohnt immer noch im selben Haus.« Einmal hatte sie dort eine Party veranstaltet, als wir in der Highschool waren und bevor sie anfing, mit Shauna rumzuhängen.

»Sei vorsichtig«, sagte er. »Diese Tussen haben Angst, sie werden sich nicht so schnell geschlagen geben.«

»Ich auch nicht. Sie sind uns lange genug blöd gekommen.«

Er lächelte, als er die alte taffe Toni hörte, und in seinem Blick lag Anerkennung. Er wusste, dass ich es dieses Mal ernst meinte. Wir sahen uns noch etwas länger an, und die Atmosphäre im Inneren des Trucks änderte sich, als ich mir seiner Gegenwart auch körperlich bewusst wurde. Seine Hände auf dem Lenkrad, die festen Arme, die engen Jeans an seinen Oberschenkeln, die Mulden und Schatten, die das Dämmerlicht auf sein Gesicht malte, das Kinn immer noch unrasiert. Ich wollte es erneut spüren, wollte, dass es an meinem Kinn kratzte. Ich dachte daran, wie wir als Teenager stundenlang rumgeknutscht hatten, während die Hände gierig nach dem anderen tasteten, und wie wir später manchmal in seinem Truck gevögelt hatten, meine Hände und Füße gegen das Armaturenbrett oder Fenster gepresst, alles, um ihm noch näher zu sein, ihn noch tiefer in mir zu spüren. Mein Gesicht wurde heiß, als ich errötete, und ich wandte den Blick ab. Ich spürte, wie er mein Profil betrachtete. Ich schaute wieder zu ihm.

»Seit dir war ich nie mehr mit jemandem zusammen«, sagte er.

Ich hielt den Atem an, hielt seine Worte einen Moment lang ganz fest und kostete ihre Bedeutung aus. »Ich auch nicht«, flüsterte ich.

In seinem Gesicht tauchte etwas Neues auf, Erleichterung, als sei er sich meiner Gefühle nicht sicher gewesen. Er zögerte eine Sekunde, dann verlagerte er sein Gewicht und beugte sich vor, bis sein Gesicht, leicht schräg, meinem ganz nahe war. Fragend sah er mich an. Ich hätte zurückweichen können, hätte aus dem Truck aussteigen können, aber meinen Körper zog es zu ihm. Unsere Lippen berührten sich, sanft und tastend am Anfang, als versuchten sie sich zu erinnern, was wir mochten, dann wurden wir selbstbewusster, und der Kuss wurde intensiver. Dieses Mal gab ich mich ihm hin, und Ryan stützte meinen Hinterkopf und presste sich enger an mich. Ich hob den Arm, schlang ihn um seinen Hals und massierte seine harten Schultermuskeln. Stöhnend und ohne sich von mir zu lösen, sagte er: »Toni.« Die Antwort war ein brennender Schmerz in meinem Körper, das Verlangen, ihm noch näher zu sein, Haut an Haut.

Er liebkoste meinen Rücken. Die kühle Sommerluft ließ

mich erschaudern, als er mein T-Shirt leicht anhob und die Hand über meine Rippen schob, bis er streichelnd meine Brust erreichte, den Daumen auf der Unterseite. Ich bekam überall Gänsehaut.

Ich verlagerte mein Gewicht, schob ihn zurück auf den Sitz und setzte mich rittlings auf ihn, schob meine Hüften vor und drückte mich an ihn. Erneut stöhnte er auf, die Lippen an meine gepresst, die warmen Hände um meine Taille. Er schob sie hoch und umfasste meine Brüste. Ich hielt den Atem an, packte das Haar an seinem Hinterkopf, zog seinen Kopf zurück, mein Kuss wurde wilder. Ich verspürte einen unvermittelten Zorn, das stürmische Verlangen meines Körpers. Auch Ryan griff nach meinen Haaren, zog meinen Kopf zur Seite, küsste meinen Hals und mein Ohr und flüsterte: »Gott, du hast mir so gefehlt.«

Wieder bedeckte ich seinen Mund mit den Lippen, wollte diesen Moment zärtlicher Nähe verscheuchen, doch die Worte hallten nach, und ich dachte an all die Jahre, die wir getrennt waren. Und dann waren da plötzlich Tränen, weil ich an das letzte Mal dachte, als wir zusammen gewesen waren, im Wald, während Nicole umgebracht wurde. Jetzt konnte ich die Tränen nicht mehr aufhalten und musste mich von ihm lösen, die Hände vorm Gesicht.

»Hey, was ist los?« Ryan bog meine Hände zur Seite, aber ich konnte ihn nicht ansehen.

»Ich muss an das letzte Mal denken …« Die restlichen Worte bekam ich nicht über die Lippen.

Zärtlich umfasste er meinen Kopf und zog mein Gesicht an seine Schulter. Ich gab den Schluchzern nach, gab mich dem Trost hin, sich an einen anderen Körper zu lehnen, fest und wahrhaftig. Seit siebzehn Jahren hatte mich niemand festgehalten. Eine Hand ruhte in meinem Nacken, den anderen Arm hatte er um meinen Rücken geschlungen und hielt mich fest, sicher und geborgen. Schließlich ließ mein Schluchzen nach, und Verlegenheit machte sich breit. Ich rutschte von seinem Schoß, und er ließ mich los, wenngleich nur langsam und widerstrebend. Ich setzte mich auf den Beifahrersitz und wischte mir das Gesicht mit den Ärmeln ab. Wir schwiegen beide eine Weile und starrten hinaus in die Dunkelheit.

»So will ich es nicht«, sagte er schließlich, »in einem Truck, als wären wir immer noch Teenager, die sich vor ihren Eltern verstecken.«

Ich sah ihn an, nicht sicher, worauf er hinauswollte.

Er sagte: »Wenn das alles vorbei ist, möchte ich richtig mit dir zusammen sein, ich will eine Beziehung mit dir.«

»Ich weiß nicht, Ryan, es ist so viel passiert. Vielleicht kommen wir nie darüber hinweg.«

»Wir können es, und wir werden es.«

Ich erinnerte mich, wie hoffnungsvoll er gewesen war, als wir das erste Mal ins Gefängnis mussten, und dass keine unserer Hoffnungen sich je für uns erfüllt hatte. Würde dieses Mal irgendetwas anders sein? Genau wie damals hatte ich Angst, mich auf diesen Gedanken einzulassen. Ich musste mich auf den Augenblick konzentrieren.

Ich schaute wieder aus dem Fenster, wandte mich von Ryan ab, versuchte dichtzumachen. »Ich muss zurück.«

Ein paar Augenblicke lang rührte er sich nicht, und ich dachte schon, er würde vielleicht noch etwas sagen, doch dann startete er den Truck. Keiner von uns sagte ein Wort, bis wir den Wald hinter meiner Hütte erreicht hatten. Ich sah ihm nicht in die Augen, bis ich aus dem Wagen kletterte.

»Es ist nicht aus zwischen uns«, sagte er. »Wenn es das ist, werden wir es selbst herausfinden, aber ich will nicht, dass es wegen *denen* aus ist zwischen uns.« Seine Stimme war wieder hart und zornig. »Sie werden mir nicht noch mal etwas wegnehmen.«

Ich sah ihm nach, als er davonfuhr, und hasste es, wie seine Stimme gerade geklungen hatte. Unwillkürlich musste ich dabei an seinen Gesichtsausdruck denken, als er dem Drogendealer an die Kehle gegangen war. Als wolle er immer weiter zudrücken.

26. Kapitel

Campbell River
Juli 2013

Am nächsten Tag besorgte ich mir ein Wegwerfhandy, anschließend fuhr ich zu Kims alter Adresse, parkte an der Straße und versuchte herauszufinden, ob das Haus immer noch ihrer Mutter gehörte. Der Vorgarten war zugewuchert, Gras und Unkraut wuchsen mehr als kniehoch. Es sah aus, als sei seit Jahren nicht mehr gegossen oder gemäht worden. Auch das Haus war abgewohnt, die Fassade war fleckig und die Fenster schmutzig. Doch auf der Fensterbank stand immer noch eine Jesusstatue und erinnerte mich daran, dass Kims Mutter eine religiöse Fanatikerin gewesen war. Soweit ich mich erinnerte, war sie auch ziemlich ordentlich gewesen, sie musste also schon seit einer ganzen Weile krank sein. In der Auffahrt stand ein Wagen, vermutlich gehörte er ihr. Als jemand aus der Tür trat, duckte ich mich tief und spähte zwischen dem Lenkrad hindurch.

Kim hatte immer noch langes Haar und den Körper einer Tänzerin, geschmeidig und durchtrainiert. Sie trug Caprihosen und ein enges Tanktop, das die sehnigen Muskeln ihrer Schultern zeigte, als sie nach der Zeitung auf der Türschwelle griff. Ich dachte an ihr anderes Leben mit ihrem Tanzstudio und ihrer Partnerin. Hatten sie Kinder? Waren sie verheiratet? Ich dachte an Kim beim Prozess, an ihren ausdruckslosen, leeren Blick. Sah so Schuld aus?

Nachdem sie hineingegangen war, überlegte ich, ob ich an der Tür klingeln sollte, aber ich beschloss, dass es besser war zu warten, bis es keine möglichen Zeugen gab. Kims Mom ging wahrscheinlich früh ins Bett, und wenn sie Schmerzmedikamente nahm, würde sie einen festen Schlaf haben.

Gegen halb zehn Uhr abends fuhr ich erneut zu Kim und behielt dabei die Straße hinter mir im Blick. Ich sah keine Cops, aber sie könnten auch Zivilwagen einsetzen. Ich bog häufig ab, hielt bei ein paar Läden an und sammelte Quittungen – das hatte ich mir angewöhnt, für den Fall, dass erneut jemand versuchte, mir etwas in die Schuhe zu schieben.

Als ich am Haus ankam, parkte ich weiter unten in der Straße, sah mich noch einmal um und ging die Einfahrt hoch zum Carport. Aus dem Inneren des Hauses hörte ich leise Fernsehgeräusche. Ich spähte durch das Seitenfenster. Kim hatte es sich auf der Couch gemütlich gemacht, ein offenes Buch im Schoß und ein gutgefülltes Glas Wein vor sich. Gähnend rieb sie sich die Stirn. Kein Anzeichen von ihrer Mutter.

Ich ging zur Tür und klopfte leise. Stille, dann unsichere, vorsichtige Schritte zur Tür.

Ein zögerliches Flüstern. »Wer ist da?«

»Eine alte Freundin. Ich habe ein paar Informationen, die dich interessieren könnten, über Shauna.«

Ich hatte fest damit gerechnet, dass sie mich nach meinem Namen fragen würde, aber sie öffnete die Haustür hinter der Fliegentür. Ihre Augen weiteten sich, als sie mich erkannte. Die entsetzte Miene wäre zum Lachen gewesen, wenn ich in der richtigen Stimmung gewesen wäre. Kim sah aus, als wüsste sie nicht, ob sie weglaufen oder die Tür zuknallen sollte. Sie sagte: »Ich kann die Polizei rufen.«

»Und ihnen was erzählen? Ich habe nichts getan.«

»Du hast unerlaubt ein fremdes Grundstück betreten – außerdem darfst du gar nicht mit mir reden. Das ist Belästigung.«

»Dann sag mir, dass ich verschwinden soll. Aber ich glaube, du möchtest dir anhören, was ich zu sagen habe.«

Sie schwieg, während sie darüber nachdachte. Schließlich sagte sie: »Meine Mom schläft«, und schaute über die Schulter zurück.

»Wir können uns im Garten treffen.« Jetzt blickte sie die Straße hinauf und hinunter, und ich fügte hinzu: »Niemand ist mir gefolgt. Dafür habe ich gesorgt.«

»Ich hol mir einen Pullover und treffe dich ganz hinten im Garten.«

Ich ging ums Haus herum, vorsichtig darauf bedacht, das Gartentor nicht quietschen zu lassen. Durch das Fenster sah ich Kim langsam durchs Haus gehen. Sie griff nicht nach dem Telefon. Wenn sie sich ernsthaft vor mir, einer verurteilten Mörderin, fürchten würde, hätte sie die Polizei gerufen. Aber sie fühlte sich sicher – wahrscheinlich, weil sie wusste, dass ich meine Schwester nicht umgebracht hatte. Sie rief auch weder Shauna noch jemand anders an, was bedeutete, dass sie hören wollte, was ich zu sagen hatte.

Sie trat durch die Seitentür, ging am Rand des Gartens entlang und hielt sich dabei im Schatten. Als sie mich erreicht hatte, musterte sie meine Arme und starrte mit großen Augen auf meine Tattoos.

Sie zog ein Päckchen Zigaretten aus der Tasche und bot mir eine an.

»Nein, danke«, sagte ich. Wann hatte sie angefangen zu rauchen?

Mit leicht zittrigen Fingern zündete sie sich eine an, ihr Gesicht war einen Moment von einem geisterhaften Lichtschimmer erhellt. »Im Haus kann ich nicht rauchen, meine Mutter ist an ein Sauerstoffgerät angeschlossen.«

»Ich habe gehört, du bist zurückgekommen, um ihr zu helfen.«

Sie nickte, nahm einen tiefen Zug von ihrer Zigarette und behielt den Rauch lange in den Lungen, ehe sie ihn wieder ausblies.

»Deine Mom ist schon eine ganze Weile krank. Warum bist du jetzt zurückgekommen?«

Sie drehte sich um und sah mich feindselig an. »Du sagtest, du hättest Informationen.«

»Und du willst sie hören, weil du weißt, dass Shauna ein Problem darstellt.«

»Ich habe keine Probleme mit Shauna, aber wenn jemand vor meiner Tür aufkreuzt und behauptet, sie wüsste etwas über eine Freundin von mir, dann will ich wissen, was los ist.«

»Ich hab gehört, ihr hättet seit Jahren keinen Kontakt mehr.«

»Manchmal verlieren Menschen sich aus den Augen, aber das bedeutet nicht, dass sie nicht mehr befreundet sind.« Sie nahm noch einen Zug, sog kräftig an der Zigarette und blies den Rauch hastig aus. »Also, worum geht's? Wenn du mir nicht erklärst, wieso du hier bist, gehe ich wieder rein.«

»Dich wird Shauna als Nächste aus dem Weg schaffen.«

Sie wich zurück, ihre Miene verriet nichts als Furcht, während sie unwillkürlich den Mund aufriss. Ich wartete darauf, dass sie etwas sagte.

»Was ... was redest du da?«

»Shauna hat Cathy umgebracht.«

»Das ist doch lächerlich. Ich gehe jetzt.« Sie rührte sich nicht von der Stelle.

»Du weißt, dass es stimmt. Egal, ob sie es zugegeben hat oder nicht, sie hat es getan.«

Kims Augen wurden schmal, Rauch zog um unsere Köpfe. »Wie ich hörte, haben die Cops dich und Ryan in Verdacht. Sie haben nur nicht genug, um euch anzuklagen.«

»Eine Menge Leute sagen gerne, wir hätten Dinge getan, die wir nicht getan haben.« Ich legte meinen herausfordernden Tonfall ab und versuchte, meine Worte weicher klingen zu lassen. »Ich weiß nicht, warum du beim Prozess gelogen hast, Kim, aber ich habe einen Großteil meines Lebens im Gefängnis verbracht – für ein Verbrechen, von dem du *weißt*, dass ich es nicht begangen habe. Wie schaffst du es, damit zu leben?«

Sie schwieg mit versteinertem Gesicht, aber ich spürte, dass jedes Wort sie wie ein Schlag getroffen hatte. Und ich hatte noch mehr für sie.

»Ich weiß nicht, was in der Nacht passiert ist, als Nicole ermordet wurde – aber du weißt es. Genau wie Cathy. Sie hat mit Leuten darüber geredet, die Geschichte kam allmählich raus, und jetzt ist sie tot. Wenn du glauben würdest, ich hätte sie umgebracht, stündest du jetzt nicht hier.«

»Du weißt nicht, ob es Shauna war.«

»Aber du weißt es, und sie wird dafür sorgen, dass niemand, der weiß, was Nicole zugestoßen ist, reden kann. Vielleicht fliegt eines Tages der Sauerstofftank deiner Mutter in die Luft oder du hast einen Autounfall. Es gibt viele Möglichkeiten, um jemanden aus dem Weg zu schaffen.«

»Shauna würde Cathy oder mich nicht umbringen.« Sie

ertappte sich und fügte hinzu: »Sie würde niemanden töten.«

»Das kannst du dir gerne weiter einreden, aber du weißt, zu was sie fähig ist. Das Einzige, das dich retten kann, ist, zuerst zur Polizei zu gehen.«

Der Wahrheitsgehalt meiner Worte drang langsam zu ihr durch, im Schummerlicht wurde ihr Gesicht bleich. Die Zigarette in ihrer Hand brannte bis zum Filter herunter. Entweder sie akzeptierte die Wahrheit und begann, ihre Optionen abzuwägen, oder sie lief davor davon.

»Verschwinde von meinem Grundstück.« Mit bebender Hand deutete sie zur Auffahrt. Ich hatte meine Antwort.

»Du machst dir selbst etwas vor, wenn du glaubst, du könntest Shauna vertrauen«, sagte ich. »Nicole war deine Freundin – sieh dir an, was mit ihr passiert ist.«

Ihre Gesichtszüge drohten zu entgleisen, doch dann bekam sie sich wieder in den Griff.

»Wegen Nicole bin ich zu Hause rausgeflogen. Und wenn du nicht in fünf Sekunden verschwunden bist, rufe ich die Polizei.«

Ich drehte mich um und ging. Sobald ich im Truck saß, fuhr ich schnell an ihrem Haus vorbei, damit sie sah, dass ich verschwand, doch dann kam ich zurück und parkte in einer Nebenstraße, von der aus ich das Haus beobachten konnte. Ich wartete und dachte über die Unterhaltung nach. Ihre Schuldgefühle waren offensichtlich gewesen. Und sie hatte gesagt, sie sei wegen Nicole zu Hause rausgeflogen. Was hatte sie damit gemeint?

Nach einer Stunde verließ sie das Haus und sah sich vorsichtig um, ehe sie in den Wagen ihrer Mutter stieg. Ich folgte ihr in einiger Entfernung.

Ich folgte ihr bis in einen Vorort. Sie wurde langsamer,

und schließlich leuchteten die Bremslichter auf, als würde sie demnächst anhalten. Ich wollte nicht zu nahe an sie heran, also parkte ich an der Straße und lief den Hügel hinauf. Ich entdeckte ihren Wagen in der Auffahrt eines großen Hauses mit einem kunstvoll gestalteten Garten, der allein ein Vermögen gekostet haben musste. Im hinteren Garten schien es einen Swimmingpool mit Blick auf den Ozean zu geben. Hier musste Shauna wohnen, aber ich sah nirgends Ashleys Auto. Dann bemerkte ich, dass Kim immer noch in ihrem Wagen saß – in letzter Sekunde erkannte ich ihr Gesicht im Lichtschimmer eines Handydisplays. Ich duckte mich hinter ein paar Büschen, dicht genug, um das Auto zu sehen. Sie schickte jemandem eine SMS. Kurz darauf kam Shauna aus dem Haus und setzte sich auf den Beifahrersitz. Kim kurbelte das Fenster herunter und zündete sich eine Zigarette an.

Sie unterhielten sich eine Weile. Ich konnte nicht viel erkennen, nur Kims Profil und Rauchwolken. Nach vielleicht zehn Minuten stieg Shauna aus dem Wagen, beugte sich zum Fenster herunter und sagte noch etwas. Sie ging fort, aber Kim blieb noch ein paar Minuten im Wagen sitzen, blies den Rauch aus dem Fenster und starrte zum Haus. Schließlich fuhr sie davon.

Ich stieg wieder in meinen Truck. Als ich die Straße entlangfuhr, sah ich im Schatten auf dem Randstreifen ein Mädchen stehen. Ashley. Wie lange hatte sie schon zugesehen? Als sie mich langsamer werden sah, versuchte sie ihr Gesicht wegzudrehen. Ich hielt neben ihr an und kurbelte das Fenster herunter.

»Was tust du hier, Ashley?«

»Dasselbe wie du.« Sie deute auf das Haus. »Ich habe Mom dabei beobachtet, wie sie mit Kim geredet hat. Ich bin gerade nach Hause gekommen, als ich sie in den Wagen steigen sah, und fand das ziemlich merkwürdig.«

Erst jetzt bemerkte ich die Videokamera in ihrer Hand. Das rote Licht leuchtete.

»Was soll das, zum Teufel? Filmst du mich etwa?«

»Ich habe *die beiden* gefilmt.« Sie schaltet das Lämpchen aus. »Deinen Truck habe ich erst später gesehen.«

»Ich würde mich wesentlich besser fühlen, wenn du mir die Speicherkarte geben würdest.«

»Geht nicht – ich hab's auf Festplatte aufgezeichnet, die kann ich nicht rausnehmen. Außerdem habe ich da noch andere Sachen drauf.«

Das war gar nicht gut, aber ich wollte das Mädchen nicht verärgern. Sie könnte mir und Ryan ganz gewaltigen Ärger machen. »Wenn die Aufnahmen in die falschen Hände gelangen und meinen Truck in der Nähe eueres Hauses zeigen, wandere ich zurück ins Gefängnis. Verstehst du das?«

»Ich werde es niemandem zeigen.«

»Ashley, mein *Leben* steht auf dem Spiel.«

Sie schaute von der Straße auf, auf ihr Haus, und kaute auf ihrer Unterlippe. Schließlich machte sie etwas an der Kamera, zeigte mir die Lösch-Taste und drückte sie.

»Es ist weg. Aber ich versuche doch nur, dir zu helfen.«

»Diese Geschichte geht dich nichts an.«

»O doch, sie ist meine Mutter.« Sie war wütend, aber nicht auf mich.

Dieses Mal schaute ich zurück zum Haus und fragte mich, wie es sein musste, mit einer Mutter wie Shauna aufzuwachsen. Ich wusste immer noch nicht, ob Ashley nur die Wahrheit herausfinden oder es ihrer Mutter für irgendetwas heimzahlen wollte.

»Wenn du mir helfen willst, dann halt dich einfach da raus. Ich will nicht, dass noch jemand in diesen Scheiß hineingezogen wird.«

Beim Haus neben uns sprang die Außenbeleuchtung an und warf ein helles Licht auf die Straße. Ich legte den Gang ein und fuhr davon. Im Rückspiegel beobachtete ich, wie Ashley auf ihr Haus zuging, den Kopf gesenkt, als sei sie tief in Gedanken versunken.

Am nächsten Tag fuhr ich in aller Frühe zum Krankenhaus, in der Hoffnung, Rachel abzupassen, wenn sie vom Parkplatz ins Gebäude ging oder es verließ – ich wollte nicht zu ihr nach Hause, weil ich wusste, dass sie eine Familie hatte. Ich hatte das Gefühl, es könnte eine lange Warterei werden und nahm mir ein paar Snacks und Wasser mit, doch nach ein paar Stunden im Truck waren meine Vorräte erschöpft. Ich war hungrig und musste dringend pinkeln, als ich endlich gegen Mittag Rachel mit einer Gruppe Krankenschwestern das Haus verlassen sah. Mist. Ich hatte gehofft, sie würde allein sein. Ich beschloss, abzuwarten.

Die Gruppe setzte sich an einen Picknicktisch unter einen Ahornbaum und verspeiste lachend ihre Sandwiches und Salate. Ich dachte an meine Freundinnen in Rockland und fragte mich, ob ich mit den Menschen hier draußen jemals wieder so ein Gefühl der Kameradschaft erleben würde. Ich war dem nahegekommen, im Restaurant oder im Tierheim, aber auch das hatte man mir wieder weggenommen. Wieder verspürte ich heftige Wut, was mich darin bestärkte, diese Sache ein für alle Mal zu klären.

Nachdem sie fertig gegessen hatten, gingen die anderen Schwestern wieder hinein und ließen Rachel allein zurück, die ihr Handy aufgeklappt hatte und jemandem eine SMS schrieb. Ich stieg aus dem Truck und ging in ihre Richtung. Vollauf mit ihrem Telefon beschäftigt, bemerkte sie mich nicht.

»Hi, Rachel.«

Sie blickte auf, ein verwirrtes Lächeln im Gesicht, das verschwand, sobald sie mich erkannte. Sie stand auf und schnappte sich ihre Sachen. »Bleib mir vom Leibe!«

»Ich habe ein paar Informationen, die du brauchst.«

»Von dir brauche ich gar nichts.« Sie schaute sich um, als sei sie kurz davor, um Hilfe zu schreien. Besorgt hielt ich nach dem Sicherheitspersonal Ausschau. Ich musste Rachels Aufmerksamkeit gewinnen.

»Es geht um Shauna und was sie mit dir machen wird.«

»Shauna wird gar nichts machen.« Aber sie ging nicht davon. Genau wie Kim wollte ein Teil von ihr unbedingt hören, was ich zu sagen hatte.

»Du hast jetzt eine Familie – Kinder.«

»Woher weißt du das?« Wut und Angst vermischten sich in ihrer Miene.

»Das hier ist eine kleine Stadt. Und ich weiß, dass du eine gute Mutter bist. Du willst nicht, dass deine Kinder leiden. Aber wenn ihr so weitermacht, wird man dich erwischen. Du weißt, dass Shauna Cathy umgebracht hat.«

»Das ist ja lächerlich.« Sie warf den Kopf zurück, was mich an die Rachel meiner Teenagerzeit erinnerte. Sie hatte Shaunas Anerkennung so sehr gewollt, dass sie alles für sie getan hätte. »Du und Ryan habt sie umgebracht – und das wird man schon bald beweisen.«

Einen Moment lang empfand ich Furcht und fragte mich, ob sie irgendetwas gehört hatte. Hatten die Cops neue Beweise? Ich musste mich an meinen Plan halten.

»Cathy hat angefangen zu erzählen, was in jener Nacht

wirklich passiert ist, dass ihr vier Nicole umgebracht habt. Sie wollte uns helfen zu beweisen, dass wir unschuldig sind. Warum hätten wir sie umbringen sollen?«

Rachel atmete heftig, ihr Gesicht war gerötet und verriet ihre Panik.

Ich legte noch einmal nach. »Sie hat mit einem Haufen Leute geredet. Es ist nur eine Frage der Zeit, bis einer von denen sich meldet. Dann wird die Polizei sich mal genauer ansehen, ob ihr vier etwas mit Cathys Tod zu tun habt. Ich wäre nicht überrascht, wenn Shauna dann mit dem Finger auf dich zeigen würde. Sie ist schon einmal mit einem Mord durchgekommen, indem sie die Schuld dafür jemand anders in die Schuhe geschoben hat. Was sollte sie daran hindern, es dieses Mal dir und Kim anzuhängen?«

»Wir haben nichts getan.« Sie klang verzweifelt.

»Aber früher habt ihr was getan, du *weißt* es. Und du weißt, dass Shauna Cathy umgebracht hat. Egal, ob sie es zugibt oder nicht, du *weißt* es. Du kannst dir sicher sein, dass sie ihren eigenen Arsch retten wird, wenn die Kacke am Dampfen ist. Aber wer wird dich beschützen?«

»Ich an deiner Stelle würde mir mehr Sorgen um mich selbst machen.« Jetzt war sie wütend, aus Furcht ging sie zum Angriff über. »Das ist Belästigung.«

»Es gibt einen Unterschied zwischen dir und mir, Rachel. Ich habe nichts mehr zu verlieren. Du schon.«

Sie schnappte nach Luft, die Augen weit aufgerissen und voller Angst, und eine Sekunde lang sah sie aus, als würde sie anfangen zu weinen. Ich trat näher.

»Es gibt bereits eine Zeugin, die Shaunas Wagen gegen Mitternacht draußen am See gesehen hat. Ich an deiner Stelle würde *jetzt* zur Polizei gehen und meine Seite der Geschichte erzählen, bevor Shauna mit dem Finger auf dich zeigt. Vielleicht warst du nur als Zeugin dabei, als Nicole starb, vielleicht weißt du nicht mit Sicherheit, was sie mit Cathy gemacht hat, aber du weißt, dass sie etwas damit zu tun hat. Wenn du jetzt redest, kannst du vielleicht noch Strafminderung rausschlagen und rechtzeitig genug wieder rauskommen, um deine Kinder aufwachsen zu sehen. Aber wenn du wartest, wird sie dich mit reinreißen.«

Ihr Gesicht war leichenblass, doch sie schnappte sich ihre Sachen und sagte: »Ich komme nicht ins Gefängnis, weil ich nichts getan habe.«

Sie wirbelte herum und eilte zurück ins Krankenhaus.

Ich war fast wieder beim Campingplatz, als ich feststellte, dass mir ein Polizeiauto folgte. Mein Herz begann verrücktzuspielen. Hatten Kim oder Rachel die Cops angerufen? Wenn ja, dann war ich geliefert. Ich checkte meine Geschwindigkeit, wurde etwas langsamer und hoffte, dass der Cop nur zufällig zur selben Zeit wie ich auf dieser Straße fuhr. Doch dann stellte er sein Blaulicht an und schloss dicht zu mir auf. Ich fuhr rechts ran und beobachtete im Seitenspiegel, wie der Mann ausstieg und zu meinem Truck schlenderte. Verdammt. Es war Doug Hicks.

Ich kurbelte das Fenster herunter und wartete, mein Herz pochte immer noch.

»Guten Tag, Toni.«

»Guten Tag, Officer.«

»Wo kommen Sie her?«

»Ich habe nur einen alten Freund besucht. Bin ich zu schnell gefahren?«

»Dieser Freund war nicht zufällig Ryan Walker, oder?«

Er wusste also vielleicht gar nichts von meinen Besuchen bei Kim und Rachel.

»Nein. Es würde gegen meine Bewährungsauflagen verstoßen, mit ihm zu sprechen.«

Er blickte den Highway entlang und wieder nach unten. Meine Nerven waren zum Zerreißen gespannt, mein Mund füllte sich mit Speichel. Was genau ging hier vor?

Er beugte sich näher heran. »Ich habe mit ein paar Leuten geredet.«

»Ach ja?« Ich musste mich gewaltig anstrengen, keine Miene zu verziehen.

»Möglicherweise hatten Sie recht. Vielleicht sollten wir uns den Mord an Ihrer Schwester noch einmal vornehmen. Das Problem ist nur, wenn Ihr Kerl, Ryan, ebenfalls mit den Leuten redet, bringt es das Gedächtnis der Zeugen durcheinander. Möglicherweise erinnern sie sich plötzlich anders an die Ereignisse. Das macht es schwer für uns, der Sache auf den Grund zu gehen.«

Ich starrte ihn an. »Wollen Sie damit sagen, Sie glauben uns jetzt?« Das musste eine Falle sein.

»Ich sage, wir können den Fall nicht neu aufrollen oder irgendeinen der Beweise neu bewerten, solange Sie beide rumrennen und jede Menge Staub aufwirbeln.«

Darum ging es also. Wir sollten uns zurückhalten, und er würde den Fall vielleicht neu aufrollen. Ich hasste es, in welche Position er mich dadurch brachte, hasste die Hoffnung, die seine Worte in mir weckten. Falls er es ernst meinte, wollte ich nicht alles vermasseln. Doch dann wurde mir klar, dass er wahrscheinlich nur Mist erzählte. Für ihn sprang nichts dabei heraus, für ihn gab es keinen Grund, sich einen Fall noch einmal genauer anzusehen, wenn er und die anderen beteiligten Cops hinterher wie Idioten dastünden. Das war nur wieder so ein Trick.

»Ich weiß nicht, was Ryan Walker macht, und es interessiert mich auch nicht«, sagte ich. »Ich halte mich aus jedem Ärger raus und versuche, einen Job zu finden, *Sir*.«

»Ich weiß, dass Sie mich nicht mögen, Toni. Aber im Moment bin ich die einzige Person, die Ihnen helfen kann, nicht wieder in den Knast zu kommen.«

»Mir kommt es eher so vor, als würden Sie mich liebend gern dorthin zurückschicken.«

»Ich will nur, dass Sie sich von Ryan fernhalten. Er macht nur Ärger, und das war schon immer so. Alles, was ich Ihnen erzählt habe, ist wahr. Ich glaube, Sie waren ein gutes Mädchen, das sich einfach nur mit dem falschen Kerl eingelassen hat. Mir behagt die Vorstellung nicht, dass Sie denselben Fehler noch einmal machen.«

Seine Arroganz machte mich stinksauer, seine Gewissheit, alles über Ryan zu wissen.

»Ist das alles? Stellen Sie mir jetzt einen Strafzettel aus?«

»Ich mache keinen Spaß, Toni. Wenn Sie wollen, dass wir den Fall neu aufrollen, müssen Sie sich von Ryan fernhalten.« Er klopfte auf das Wagendach, so dass ich zusammenzuckte. »Sie sind eine junge Frau und haben noch einige Jahre Leben vor sich. Sorgen Sie dafür, dass Sie draußen bleiben.«

Ich beobachtete ihn, als er zu seinem Wagen zurückging. Das Blut pulsierte immer noch heftig in meinen Adern, und meine Brust war wie zugeschnürt. Nachdem er sich in den fließenden Verkehr eingefädelt hatte, entspannte ich mich ein wenig, doch mein Körper vibrierte immer noch vor Nervosität. Was zum Teufel sollte ich machen? Hatte er tatsächlich nur Mist erzählt, als er meinte, er wolle den Fall neu aufrollen? Damit ich Ryan überredete, nicht mehr mit den Leuten zu sprechen, weil die Cops nicht wollten, dass die Sache rauskam? Aber was, wenn er die Wahrheit sagte? Ich wusste nicht, wem ich noch trauen konnte.

27. Kapitel

Campbell River
Juli 2013

Eine Stunde später, wieder auf dem Campingplatz, versuchte ich mich immer noch von der Begegnung mit Doug Hicks zu erholen, als mein Handy klingelte. Ich kannte die Nummer nicht, also antwortete ich mit einem vorsichtigen »Hallo?«.

»Toni, hey.« Es war Ryan.

»Ich rufe dich zurück.« Ich wusste, dass die Cops mein Telefon vermutlich nicht ohne einen richterlichen Beschluss abhören durften, trotzdem hatte ich Angst. Ich schnappte mir das Wegwerftelefon und wählte die Nummer, die mein Handydisplay anzeigte.

Als er ranging, sagte ich: »Doug Hicks hat mich heute angehalten, als ich nach einem Gespräch mit Rachel nach Hause fuhr. Er beobachtet mich.«

»Scheiße. Haben Rachel oder Kim dir die Bullen auf den Hals gehetzt?«

»Das ist es ja. Ich glaube nicht, dass sie es getan haben, es ist also ziemlich seltsam.«

»Was hat Hicks dann von dir gewollt?«

Ich erzählte ihm, was der Cop gesagt hatte, und schloss mit den Worten: »Wenn er recht hat, könnten wir alles vermasseln.«

»Komm schon, du glaubst ihm doch wohl nicht etwa?« Ryan war sauer. »Der wird sich unseren Fall doch nie und nimmer noch einmal ansehen. Warum sollte er wollen, dass jeder erfährt, dass er Mist gebaut hat und die falschen Leute in den Knast geschickt hat? Er will uns nicht helfen, sondern daran hindern, die Wahrheit herauszufinden. Was denkst du denn? Du willst ihm einfach nur glauben.«

Meine Gedanken waren in eine ähnliche Richtung gegangen, aber Ryans verärgerter Tonfall machte mich wütend. Ich war mir nicht sicher, über wen ich mich mehr ärgerte, über mich, weil ich Hicks glauben wollte, oder über Ryan, weil er die Sache schneller durchschaut hatte als ich.

»Ich glaube, dass irgendetwas im Gange ist«, sagte ich. Ich erzählte ihm, wie es mit Kim und Rachel gelaufen war. »So wie Shauna mit Kim im Wagen geredet hat? Kim war nervös, echt nervös. Ich mache mir Sorgen, dass da noch was kommt.«

»Was zum Beispiel?«

»Ich habe das Gefühl, sie würden etwas aushecken, um uns ein für alle Mal loszuwerden.«

»Sie werden uns nicht umbringen, Toni. Nicole war jung, sie haben sie überrascht, und Cathy hat Shauna vertraut. Das war ihr Fehler.«

»Und du bist so verdammt selbstsicher – das ist *dein* Fehler. Sie werden uns kriegen, so oder so. Zurück in den Knast – oder ins Leichenschauhaus.«

»Und was willst du jetzt machen?« Er klang so frustriert, wie ich mich fühlte. »Wie können wir diesen Scheiß zu Ende bringen?«

»Wir müssen uns unauffällig verhalten, müssen uns aus dem Weg gehen und abwarten, was die nächsten Tage bringen. Eine von ihnen wird aus der Deckung kommen, da bin ich mir sicher.«

»Du kannst tun, was immer du willst, Toni. Aber ich werde nicht stillhalten, ich werde weiterhin mit jedem reden, der in jener Nacht auf der Party war, mit jedem, der in den letzten Jahren mit Cathy gekokst hat, mit jedem, der irgendetwas weiß.«

»Das ist ein Fehler, Ryan. Im Moment müssen wir vorsichtig sein. Lass uns erst einmal abwarten, ob meine Unterhaltungen mit Kim und Rachel irgendetwas bewirken.«

»Ich habe es satt, vorsichtig zu sein. Es wird Zeit, dass wir diese Sache endlich aufdecken.«

»Ryan, das ist nicht …«

Er legte auf.

Immer noch verärgert und besorgt, was jetzt passieren würde, beschloss ich, einen Spaziergang am Strand zu machen. Ich hatte gerade meine Hütte verlassen und den Pfad zum Strand eingeschlagen, als mir Ashleys Wagen vor einem der Wohnwagen auffiel, aus dem laute Musik ertönte. Was machte sie hier? Ich blieb stehen, und in diesem Moment stolperte sie die Vordertreppe herunter. Die Tür hinter ihr wurde zugeknallt. Kichernd öffnete sie die Autotür und griff nach den Zigaretten im Wageninneren. Sie drehte sich um und versuchte, sich eine Kippe anzuzünden, ihre Wangen waren gerötet, der Blick glasig. Selbst dort, wo ich stand, konnte ich den Marihuanageruch riechen, der aus dem Wohnwagen drang.

Ashley fluchte, schüttelte ihr Feuerzeug und versuchte es noch einmal. Sie nahm einen tiefen Zug und blickte auf. Schließlich entdeckte sie mich.

»Toni, hey.« Sie kam auf mich zu. »Was machst du denn hier?«

»Ich wohne hier.« Ich dachte daran, wie sie vor dem Haus ihrer Mutter gestanden und sie beobachtet hatte. War sie mir irgendwann einmal gefolgt und wusste bereits, dass ich hier lebte? Hatte sie mich je mit ihrer Videokamera gefilmt? Der Gedanke war besorgniserregend – besonders, wenn sie Ryan hier gesehen hatte.

»Was ist mit dir? Ich dachte, du darfst noch nicht ohne einen Erwachsenen Auto fahren.«

»Darf ich auch nicht. Ich hab mich rausgeschlichen.« Mit einem Nicken deutete sie auf den Wohnwagen. »Da wohnt Aiden.«

Ich sah zu dem alten, schmuddeligen Trailer mit der angegrauten Verkleidung und der zerrissenen Markise. Plastikstühle standen im Kreis um eine Feuerstelle voller Bierdosen herum.

»Du triffst dich also immer noch mit ihm?«

»Ja.« Sie zog noch einmal an ihrer Zigarette und musterte mich unsicher von der Seite. »Tut mir leid, dass man dich zurückgeschickt hat.« Jetzt war sie vorsichtig. »Wie war es?«

»Nicht gerade prickelnd.«

»Bei mir lief es auch beschissen.«

Sie verglich ihr Leben mit *meinem*? Ich biss die Zähne zusammen und versuchte daran zu denken, dass sie noch ein Kind war.

»Wieso?«

»Mom ist total durchgeknallt, seit Cathy ermordet wurde.« Seufzend verzog sie den Mund zu einem traurigen Lächeln. »Ich weiß noch, wie Cathy war, als ich klein war. Sie war witzig und ist immer zu uns rübergekommen, aber dann hat sie Mist gebaut, und ich durfte sie nicht mehr sehen. Weißt du, es ist einfach unheimlich, daran zu denken, dass sie jetzt tot ist.«

Ich wusste, wie das war, und dachte daran, wie ich nach Nicoles Tod in ihrem Zimmer gesessen, ihre Sachen angestarrt und zu begreifen versucht hatte, dass sie niemals zurückkommen würde. Ich schwieg, da ich ahnte, dass Ashley um so mehr ausplaudern würde, je weniger ich sagte.

»Meine Mom und mein Dad streiten sich die ganze Zeit. Mom beobachtet mich ständig. Ich kann nichts machen. Wir streiten uns auch oft, über Aiden und dich.«

»Über mich?«

»Ich hab ihr erzählt, dass ich nicht glaube, dass du und Ryan Cathy umgebracht habt, weil das keinen Sinn ergibt. Sie hat gesagt, ich soll mich da raushalten und das der Polizei überlassen.«

»Gute Idee.«

»Aber irgendwas ist da im Busch. Sie verbringt die ganze Zeit mit Kim und Rachel, obwohl sie seit Jahren nicht mehr mit ihnen geredet hat. Und sie bekommt total viele Anrufe. Ich hab gesehen, dass sie die Anruferliste gelöscht hat, aber heute hat sie ihr Handy auf dem Tresen liegenlassen, und sie hatte eine SMS von Rachel, dass sie sich so schnell wie möglich treffen müssen.«

Nach meinem kleinen Besuch.

Ein junger Kerl kam aus dem Trailer und knallte die Tür hinter sich zu. Er war nicht sehr viel größer als Ashley und hatte einen ungepflegten Kinnbart. Er trug kein Hemd, nur Baggy-Jeans, unter der der Rand seiner Unterhose hervorschaute.

»Kommst du wieder rein, Ash?« Er warf mir einen merkwürdigen Blick zu, als überlege er, ob er mich schon einmal gesehen hatte.

»Ja, gleich. Ich unterhalte mich gerade mit einer Freundin.«

Er starrte mich eine Sekunde lang an, dann ging er wieder hinein.

»Ich darf eigentlich nicht mit dir reden«, sagte ich. »Wenn er irgendetwas sagt …«

»Das wird er nicht. Ich dachte nur, du solltest wissen, was mit meiner Mom los ist, damit du aufpassen kannst.«

»Sie ist deine Mutter, wieso erzählst du mir das alles?«

Sie starrte auf die Zigarette in ihrer Hand. »Ich hätte nie gedacht, dass ich einmal rauchen würde, hätte nicht gedacht, dass das in mir steckt. Aber dann hab ich eines Tages einfach angefangen, und jetzt gefällt es mir. Und jetzt frage ich mich, was sonst noch in mir steckt, ob ich nicht vielleicht noch alle möglichen Seiten habe, von denen ich nichts weiß.«

Ich versuchte immer noch, ihr zu folgen und zu verstehen, was sie damit meinte, als sie aufblickte und hastig sagte: »Ich glaube, meine Mom hat etwas Schlimmes getan, etwas *richtig* Schlimmes.«

Wir starrten einander an. Ich überlegte, was ich tun sollte, ob ich einfach ehrlich zu Ashley sein sollte. Schließlich sagte ich: »Sie hat bei meinem Prozess gelogen. Ich habe mich in jener Nacht nicht mit meiner Schwester gestritten und nicht mit ihr gekämpft. Ich habe mich oft mit ihr gestritten, aber nicht an diesem Abend. Shauna hat mich gehasst.«

»Es war also so, wie ich es in meinem Essay beschrieben habe? Sie hat andere tyrannisiert?«

»Deine Mom und ihre Freundinnen waren ziemlich fies zu mir, auch nachdem sie anfingen, meine Schwester mitzunehmen. Aber im Sommer hat sich irgendetwas verändert, in den Wochen vor Nicoles Tod. Ich bin mir nicht sicher, was zwischen ihnen vorgefallen ist, aber irgendetwas war da.«

Die Ader unter der blassen Haut von Ashleys Hals pulsierte heftig.

»Glaubst du … glaubst du, dass meine Mom es getan hat?«

»Ich weiß nicht, was in jener Nacht passiert ist, aber deine Mom und ihre Freundinnen kennen die Wahrheit. Cathy fing an, mit anderen Leuten darüber zu reden. Und jetzt ist sie tot.«

»Du meinst also, meine Mom hätte *Cathy* etwas angetan?« In ihrer Stimme lag Angst, die Cathys Namen fast schrill klingen ließ. »Nur weil sie andere Leute schikaniert, muss sie doch nicht automatisch eine Mörderin sein, oder? So wie du zwar wütend auf Nicole warst, was aber nicht heißt, dass du sie getötet hast.«

Sie wirkte fast verzweifelt, und ich fragte mich, ob sie diesen Dokumentarfilm nicht vielleicht allein deshalb machen wollte, um ihre Befürchtung zu widerlegen, ihre Mutter könnte eine Mörderin sein. Würde sie sie damit konfrontieren? Ich hatte keinerlei Grund, Shauna zu schützen, aber ich war mir immer noch nicht über Ashleys Motive im Klaren. Was, wenn sie irgendwie herausfand, dass wir mit dem Dealer geredet hatten, und es ihrer Mutter an den Kopf warf? Als Nächstes würde der dann vermisst werden. Besser, ich plauderte nicht noch mehr aus.

»Du solltest mit deiner Mom darüber reden.« Ich hätte zu gern Shaunas Gesicht gesehen, wenn Ashley die Bombe platzen ließ. Aus dem Augenwinkel nahm ich eine Bewegung wahr, im Fenster des Trailers flatterte ein Vorhang. Aiden beobachtete uns. Ob er schon darauf gekommen war, wer ich war? Hatte er die Polizei gerufen?

»Ich muss gehen«, sagte ich.

Als ich davonging, rief Ashley mir nach: »Es tut mir leid.«

Ich wusste nicht, was ihr leidtat, aber ich drehte mich nicht um. Später am Strand dachte ich darüber nach, was mit Ashley geschehen würde, wenn die Wahrheit ans Licht käme, dass ihre Mutter eine Mörderin war. Mir tat es auch leid.

Als ich zurückkam, war Ashleys Wagen verschwunden, und der Trailer ihres Freundes war dunkel. Ich hoffte, ich würde ihr nicht noch einmal über den Weg laufen, und überlegte, ob ich nicht irgendwo anders hinziehen sollte, doch ich hatte immer noch keine Arbeit, und mein Geld war fast alle.

Zurück in meiner Hütte fiel mir ein, dass Ashley ihren Essay erwähnt hatte. Das ließ mich an Darlene Haynes denken, die sich mit meiner Schwester verkracht hatte. Wie war es eigentlich dazu gekommen? Konnte sie irgendetwas wissen? Stephanie hatte immer noch meinen Laptop, also ging ich zum Büro des Campingplatzes, sah kurz im Gästecomputer nach und stellte erfreut fest, dass Darlene im städtischen Telefonverzeichnis stand. Entweder hatte sie nicht geheiratet, oder sie war geschieden, aber das war mir egal – beides kam mir nur zugute.

Die Sonne hatte sich hinter ein paar Wolken versteckt, so dass ich mir meine Jeansjacke schnappte und in den Truck sprang, den Zettel mit Darlenes Adresse auf dem Sitz neben mir. Ich fuhr langsam, nahm verschiedene Routen und vergewisserte mich, dass mir niemand folgte. Schließlich hielt ich vor Darlenes Haus auf der anderen Seite des Flusses an. Das Haus machte nicht besonders viel her, ein schlichter weißer, einstöckiger Kasten, aber es war ordentlich, und im Garten blühten überall Blumen.

Ich klopfte an die Tür. Eine Katze kam aus der nahegelegenen Hecke herbeigerannt und erschreckte mich, dann schlich sie schnurrend um meine Beine.

Ich glaubte nicht, dass ich Glück haben und Darlene tatsächlich zu Hause antreffen würde, aber dann wurde die Tür geöffnet. Ich erkannte sie auf der Stelle, obwohl ihr Haar jetzt kurz und blondiert war. In einem Ohr hatte sie zwei Ohrringe, und sie trug eine Art Uniform, als würde sie in einem Laden oder einer Apotheke arbeiten. Als sie mich sah, dauerte es einen Moment, bis sie mich einsortiert hatte, doch dann wirkte sie schockiert.

»Bist du …«

»Toni.«

»O Gott, du siehst aus wie deine Schwester.« Sie starrte mich an und versuchte, alles auf einmal zu erfassen. Ihr Blick wanderte zu meinen Tattoos, und ich sah ihre Angst, als sie daran dachte, dass ich im Gefängnis gewesen war. Ich wünschte, ich hätte meine Jeansjacke übergezogen.

»Darf ich reinkommen? Ich muss dich ein paar Sachen über Nicole fragen.«

Unbehaglich sah sie mich an. »Ich weiß nicht, ob das eine gute Idee ist.«

Sie hatte nicht als Zeugin beim Prozess ausgesagt, was ich schon immer merkwürdig gefunden hatte. Wenn irgendjemand über meine Beziehung zu meiner Schwester Bescheid gewusst hatte, dann Darlene. Sie waren jahrelang eng befreundet gewesen. Warum also hatte die Polizei nicht mit ihr gesprochen?

»Es dauert nicht lange«, sagte ich. »Ich muss nur ein paar Sachen abklären.« Sie starrte mich immer noch an, also tastete ich mich vorsichtig heran. »Ich weiß noch, dass du ständig bei uns zu Hause warst und wie nahe ihr euch gestanden habt, aber dann ist irgendetwas passiert. Nicole hat sich in jenem Jahr verändert, bevor jemand sie umgebracht hat. Ryan und ich waren es nicht, aber diese Person ist immer noch da draußen. Vielleicht weißt du irgendetwas, etwas, das alles ändern könnte.«

Jetzt wirkte sie verwirrt und überrascht, als hätte sie niemals in Erwägung gezogen, jemand anderes könnte der Mörder sein.

»Es ist lange her, und mein Gedächtnis …«

Endlich, eine winzige Öffnung. »Vielleicht brauche ich gar nicht viel, nur ein kleines Detail.«

Sie wirkte immer noch hin- und hergerissen, als wüsste sie nicht, was sie glauben sollte.

»Ich bin nicht hier, um deine Meinung über mich zu ändern, Darlene. Ich muss einfach nur wissen, was zwischen euch beiden vorgefallen ist, warum Nicole dich abserviert hat. Das muss weh getan haben.«

Ich hatte den richtigen Nerv getroffen. Sie wirkte wütend, als sie sagte: »Nicole hatte sich in diesem Jahr in eine totale Zicke verwandelt.«

Perfekt. Wut war gut, Wut würde sie dazu bringen, mir mehr erzählen zu wollen, damit sie sich im Recht fühlen konnte. »Magst du mir davon erzählen?«

Sie öffnete die Tür. »Ich hab nicht viel Zeit, bis ich zur Arbeit muss.«

»Das passt schon.« Die Katze schlich um meine Beine herum, flitzte ins Haus und rannte nach oben.

Wir setzten uns an ihren Küchentisch. Sie bot mir keinen Kaffee an, aber ich brauchte auch keinen. Ich war nervös, aufgeputscht von der Aufregung. Ich war ganz nah dran. Ich spürte es.

»Also, was war passiert?«, fragte ich.

»Sie hat sich mit einem Jungen getroffen, Dave. Damit hatten die Veränderungen angefangen.«

»Dave?« Das musste der Typ gewesen sein, mit dem ich am Telefon gesprochen hatte, derjenige, der gesagt hatte, sie solle sich aus dem Haus schleichen, um ihn zu treffen. »Ich wusste nicht, dass sie einen Freund hatte.«

»Niemand wusste es. Er war vier Jahre älter als wir und ging bereits aufs College. Wir hatten ihn vor Weihnachten im Shoppingcenter kennengelernt, und danach ist er manchmal zur Schule gekommen, um sich mit ihr zu unterhalten. Auf einer Party haben sie rumgemacht, und danach fing sie an, sich heimlich mit ihm zu treffen.«

Ich hatte also recht gehabt. »Warum habt ihr beide euch gestritten?«

»Sie wurde ganz geheimnistuerisch und wollte mir nichts mehr über ihn erzählen. Sie hörte auf, bestimmte Klamotten zu tragen, weil er die billig fand. Außerdem ging er oft auf Partys und betrank sich mit seinen Freunden. Ich fand, er war ein ziemliches Arschloch.« Sie schwieg und dachte an damals. »Einmal hab ich gehört, wie er Nicole am Telefon angeschrien hat.«

Ich erinnerte mich, wie Nicole auf der Mädchentoilette der Schule geweint hatte, und dachte an ihre Angst, als ich ans Telefon gegangen war. War er einfach nur ein arschiger Kontrollfreak gewesen oder richtig gefährlich?

»Hast du versucht, mit ihr darüber zu reden?«

»Ich hab ihr gesagt, sie soll mit ihm Schluss machen. Danach trafen wir uns ein paar Wochen lang gar nicht mehr, als sie die ganze Zeit mit diesen Mädchen zusammen war. Sie fing an, sexy Klamotten zu tragen und auf Partys zu gehen, so dass ich dachte, zwischen den beiden wäre es aus.«

Ich dachte zurück an jenen Mai. Gegen Ende des Monats

hatte Nicole wieder angefangen, sich nachts hinauszuschleichen. Entweder hatte sie doch nicht mit diesem Dave Schluss gemacht, oder sie ging mit den Mädchen auf Partys – oder sie traf sich mit jemand anders. Im Sommer hatte sie mir erzählt, sie habe sich in einen Angestellten unseres Vaters verliebt. In den Typen, der ihr die Halskette geschenkt hatte. Sie hatte gesagt, es sei der Typ von der Party gewesen, aber war das nur eine Lüge gewesen, um ihren echten Freund zu decken? Oder hatte sie sich vielleicht mit dem Freund von einem der Mädchen getroffen? Das hätte die fuchsteufelswild gemacht, aber ich glaubte nicht, dass meine Schwester zu so etwas fähig gewesen wäre. Aller Wahrscheinlichkeit nach war es dieser Typ gewesen.

»Warum hast du der Polizei nichts davon erzählt, als sie tot war?«

»Das habe ich, und sie sagten, sie würden sich das mal ansehen. Aber dann wurdest du verhaftet.«

»Und deshalb hast du angenommen, wir hätten es getan.«

»Ich wusste, dass du und Ryan andauernd Ärger hattet – und du hast ständig Drogen genommen und dich mit Nicole gestritten, und dann waren da ja auch Zeugen ...«

»Ich habe sie nicht umgebracht, Darlene. Ich weiß nicht, ob dieser Dave irgendetwas damit zu tun hat, aber es würde mich überraschen, wenn die Polizei je mit ihm geredet hätte.« Ich erzählte ihr von den Ermittlungen, dass die Polizei nie nach anderen Verdächtigen gesucht hatte und die Mädchen gelogen hatten.

Darlene wirkte bestürzt, wog die Möglichkeiten ab, war aber immer noch nicht bereit, mir uneingeschränkt zu glauben. »Vielleicht hatte Dave ein Alibi oder so etwas.«

»Könnte sein, aber ich würde mich gerne mal mit ihm unterhalten. Weißt du, ob er noch hier in der Gegend wohnt? Oder wie er mit Nachnamen heißt?«

Sie schwieg eine Weile, dann sagte sie: »Ich glaube, es war Johnson. Nein, Jorgensen, irgend so etwas, aber er ist fortgezogen.«

Der Name war ziemlich weit verbreitet, und es würde schwierig werden, ihn nach so vielen Jahren zu finden, aber trotzdem, es war eine winzige Chance.

Darlene sagte: »Wusstest du, dass sie nicht mehr befreundet waren?«

»Wer?«

Sie zögerte, als würde sie bereits bedauern, was sie gesagt hatte, doch dann fuhr sie zaghaft fort: »Shauna und ihre Gruppe und Nicole. Die Mädchen waren sauer auf sie, bevor sie starb. Als ich hörte, sie hätten ausgesagt, sie hätten sie am See zusammen mit dir gesehen, dachte ich, sie hätten dort selbst nach ihr gesucht.«

Die Wirkung des Adrenalins setzte ein, alles schien langsamer zu werden. »Und du hast niemandem etwas davon gesagt? Beim Prozess …« Das musste ich erst einmal verarbeiten.

Sie nickte. »Bei ihnen hörte es sich an, als wären sie die besten Freundinnen gewesen. Ich dachte, sie würden das nur erzählen, um sich wichtig zu machen.« Sie zuckte die Achseln, eine kleine, beiläufige Bewegung, die mich rasend machte. Diese Information hätte mein Leben verändern können. Ich holte ein paarmal tief Luft und presste die Hände unterm Tisch zusammen, bis ich mich beruhigt hatte.

»Worüber haben sie sich geärgert?«, fragte ich. »Und wie hast du davon erfahren?«

»Nicole rief mich eines Nachts weinend an. Sie sagte, Shauna wäre wütend auf sie und hätte den anderen Mädchen Lügengeschichten erzählt. Nicole hätte angeblich mit Rachels Freund geflirtet und Kims Mom erzählt, dass Kim lesbisch ist.«

Mir fiel ein, dass Cathy Ryan erzählt hatte, sie seien auf Nicole sauer gewesen, und Kim hatte gesagt, sie sei wegen Nicole zu Hause rausgeflogen. Endlich kam ich der Wahrheit ein Stückchen näher.

»Hat Nicole dir erzählt, weshalb Shauna so wütend war?«

»Nein, nur dass sie richtig heftig Mist gebaut und dass Shauna das herausbekommen hätte.«

Ich dachte über alles nach, dachte wieder an die Wochen, die der Nacht ihres Todes vorausgegangen waren. Ich erinnerte mich an den weißen Wagen, der vor dem Haus langsamer geworden war. Vielleicht war das doch Shauna gewesen. Was konnte Nicole Schlimmes getan haben, dass Shauna die anderen Mädchen gegen sie aufgehetzt hatte?

Darlene wirkte ebenfalls gedankenverloren, als sie die Katze anstarrte, die eine Fliege über den Boden jagte. Mit leiser, gequälter Stimme sagte sie: »Sie hat gefragt, ob wir wieder Freundinnen sein könnten, und hat gesagt, es täte ihr leid, wie sie mich behandelt hätte. Aber ich hab ihr gesagt, sie wäre eine blöde Zicke und dass ich nie wieder mit ihr reden wollte. Dann hat sie aufgelegt.« Sie sah mich an. »Das war das letzte Mal, dass ich mit ihr gesprochen habe.«

Eine Minute lang sagte keine von uns etwas. Schließlich seufzte sie schwer. »Ich muss jetzt zur Arbeit.«

»Ich weiß es sehr zu schätzen, dass du heute mit mir geredet hast.« Ich stand auf. »Wenn dir noch irgendetwas einfällt, egal was, bitte ruf mich an.« Ich gab ihr meine Nummer, die sie hastig auf ein Blatt Papier neben dem Telefon kritzelte.

Sie brachte mich zur Tür, die Arme eng um den Oberkörper geschlungen, als hätte die Unterhaltung ihr kalte Schauder über den Rücken gejagt.

Draußen auf der Vordertreppe sagte sie: »Diese Mädchen, ich hab's nie begriffen, warum Nicole sich ihnen angeschlossen hat.«

»Ich auch nicht.«

»Jeder hielt Nicole für so perfekt, aber sie war nur gut darin, so zu tun, als wäre sie es. Wir haben zusammen jede Menge Ärger bekommen. Manchmal haben wir darüber gelacht. Weil eure Mom zu dir immer so streng war, aber meistens keine Ahnung hatte, was Nicole wirklich trieb.«

»Sieht so aus, als hätte keiner von uns gewusst, wie ihr Leben wirklich war, zumindest nicht in den letzten Monaten.«

»Der Gedanke an ihren Tod ist immer noch beängstigend. Als Teenager denkt man, so was würde nie passieren, nicht jemandem, den man kennt. Die Leute haben aufgehört, zum See zu fahren, und wenn sie es taten, haben sie nur über den Mord geredet. Alle taten so, als wären sie mit Nicole befreundet gewesen oder als würden sie dich und Ryan kennen. Ich bin nie wieder dorthingefahren, hab nicht einmal mehr von ihr gesprochen, aber ich habe die ganze Zeit an sie gedacht. Ich hab einfach nicht verstanden, wie jemand sie so sehr gehasst haben kann.«

Sie sah mir in die Augen, und plötzlich wurde sie nervös, als fürchte sie, zu viel gesagt zu haben.

»Ich muss los«, sagte sie, trat zurück ins Haus und verriegelte die Tür hinter sich.

28. Kapitel

Campbell River
Juli 2013

Ich fuhr zurück zum Campingplatz und loggte mich in den Computer ein, um nachzusehen, ob ich E-Mails bekommen hatte. Eine Landschaftsgärtnerei, bei der ich mich vor einiger Zeit beworben hatte, fragte an, ob ich immer noch einen Job suchte. Ich mailte zurück, dass ich noch Interesse hätte und gern zu einem Bewerbungsgespräch vorbeikommen würde. Ich wusste nicht, ob ich noch sehr viel länger auf freiem Fuß sein würde, aber ich würde mich demnächst wieder mit Suzanne treffen, und da musste ich ihr zeigen, dass ich mich um Arbeit bemühte. Außerdem brauchte ich Geld. Ich rief bei Suzanne an, aber sie war nicht da. Ich hatte gehofft, einen Hinweis auf den Stand der Ermittlungen zu erhalten.

Als ich das erledigt hatte, suchte ich im Internet nach einem Dave Jorgensen. Leider war das ein ziemlich häufiger Name, und ich entdeckte niemanden, der der alte Freund meiner Schwester hätte gewesen sein können. Auf Facebook suchte ich ein paar Leute heraus, mit denen wir zur Schule gegangen waren, und ging deren Freundeslisten durch, aber auch dort fand ich niemanden mit dem passenden Namen.

Erschöpft von dem ganzen Stress der letzten Tage versuchte ich, ein Nickerchen zu machen, aber meine Gedanken kreisten ständig um das, was ich von Darlene über das letzte Jahr mit Nicole erfahren hatte. Laut Darlene hatte Nicole möglicherweise mit Dave Schluss gemacht, und zwar ein paar Wochen, bevor sie anfing, mit den Mädchen abzuhängen. Aber warum hatte sie sich dann immer noch aus dem Haus geschlichen? Hatten Dave und sie sich wieder versöhnt? Ich hatte angenommen, ihre Halskette sei in jener Nacht verlorengegangen, aber vielleicht hatte der Mörder sie auch mitgenommen. Aber wenn dieser Kerl der wahre Mörder war, warum hatten die Mädchen dann beim Prozess gelogen? Nur weil sie mich hassten?

Schon möglich, aber mein Bauchgefühl sagte mir, dass Shauna mehr mit Nicoles Tod zu tun hatte als die Lügerei vor Gericht, und das schien umso wahrscheinlicher, nachdem Darlene mir erzählt hatte, dass Shauna auf Nicole sauer gewesen war. War es möglich, dass Shauna ebenfalls etwas mit diesem Dave gehabt hatte? Soweit ich mich erinnerte, hatte sie im letzten Jahr an der Highschool keinen Freund gehabt. Irgendwas war da los gewesen. Aber was?

Ich hatte gehofft, ein Gespräch mit Darlene würde ein paar Dinge klären, doch jetzt hatte ich mehr Fragen als Antworten. Das Einzige, das ich mit Sicherheit wusste, war, dass meine Schwester ein Geheimnis gehabt hatte. Eines, das sie wahrscheinlich getötet hatte.

Am nächsten Morgen musste ich in die Stadt, um einzukaufen, aber als ich zum Einkaufszentrum kam, entdeckte ich Ashleys Wagen auf dem Parkplatz. Ihr Freund saß rauchend hinter dem Lenkrad, Ashley stand draußen neben dem Wagen. Shaunas Auto stand daneben, sie war ebenfalls ausgestiegen. Offensichtlich stritten sie sich wegen irgendetwas, ihre wütenden Gesichter verrieten es, und sie fuchtelten mit den Händen in der Luft herum, als sie ihre Standpunkte darlegten. Ich parkte in einer Ecke, von wo aus ich sie sehen konnte. Sie wechselten noch ein paar zornige Worte, dann stieg Ashley in ihren Wagen, während ihre Mutter immer noch redete, und knallte ihr die Tür vor der Nase zu. Ashley und Aiden fuhren davon, und Ashley wischte sich über die Wangen, als würde sie weinen. Shauna starrte ihnen nach, das Gesicht gerötet, der Mund eine zornig zusammengepresste Linie. Sie stieg in ihr Auto und rief jemanden über ihr Handy an. Worüber Shauna sich auch ärgern mochte, ich war sicher, dass es die Sache nicht besser gemacht hatte, dass Ashley sich von ihrem Freund hatte fahren lassen. Shauna legte das Telefon weg und fuhr um das Einkaufszentrum herum. Neugierig folgte ich ihr.

Dieses Mal hielt sie auf dem hinteren Parkplatz an. Ich blieb auf Distanz, sah sie jedoch erneut telefonieren. Kurz darauf öffnete ein Mann die Hintertür eines Ladens. Er war etwa in unserem Alter, hatte dunkle Haare und einen kleinen Bauchansatz, sah jedoch immer noch ganz gut aus. Shauna stieg aus, und sie unterhielten sich eine Weile. Ihre Körpersprache verriet, dass sie immer noch gereizt war, und ich hatte den Eindruck, sie würde sich über ihren Streit mit Ashley auskotzen. Wer war dieser Typ? Sie schauten sich um, ob irgendjemand sie beobachtete, und ich rutschte nach unten. Er zog sie an sich und umarmte sie, dann küsste er sie auf den Mund. Sie akzeptierte den Kuss, löste sich aber als Erste und schob seine Hände von ihrem Hintern. Er ließ sie durch die Hintertür ins Gebäude.

Ich fuhr wieder zur Vorderseite, um herauszufinden, welchen Laden sie betreten hatten. Einen Laden mit Foto- und Filmausrüstung. Hatte Shauna eine Affäre mit Ashleys *Lehrer*? Das war mal Anteilnahme am Leben der Tochter.

Ich kehrte zum Campingplatz zurück und versuchte, alles zu verarbeiten. Es gab neue Informationen, aber was nützten mir die? Ich überlegte, Ryan anzurufen, entschied aber, meine Erkenntnisse eine Weile für mich zu behalten. Ich wollte nicht, dass er irgendetwas überstürzte.

Erneut dachte ich über alles nach, was Darlene mir erzählt hatte. Die Mädchen mussten gewusst haben, dass Nicole sich mit einem Jungen traf. Sie würde es ihnen anvertraut haben – das hätte doch wie nichts anderes bewiesen, wie cool sie war. Vielleicht hatte ich ja recht, und Shauna hatte etwas mit diesem Dave am Laufen gehabt oder war mit ihm befreundet gewesen.

Möglicherweise lag ich aber auch völlig daneben. Was, wenn sie beim Prozess nicht ausgesagt hatten, um mich in die Scheiße zu reiten, sondern um jemand anders zu schützen?

Die einzige Person, die die ganze Geschichte kannte, war Shauna. Aber wie sollte ich sie aus ihr herausbekommen? Ich konnte es nicht riskieren, sie zu beschatten. Könnte ich sie irgendwie reizen, bis ihre Fassade Risse bekam? Was wäre die beste Möglichkeit, sie zur Weißglut zu treiben? Sie kontrollierte zwar jede Bewegung ihrer Tochter, doch es war offensichtlich, dass sie Ashley liebte oder zumindest wollte, dass Ashley *sie* liebte. Ich dachte daran, wie bedroht sie sich früher gefühlt hatte, wenn sie Angst hatte, jemanden zu verlieren. Was also würde sie empfinden, wenn ihre Tochter von ihrer Affäre erfahren würde?

Ich musste Shauna überzeugen, dass ich Informationen besaß, von denen sie nicht wollte, dass ihre Tochter oder sonst jemand davon erfuhr. Wenn ich sie dazu bringen könnte, sich irgendwo ungestört mit mir zu treffen, würden ihr Ego und ihr Hass vielleicht überhandnehmen und sie finge möglicherweise an zu reden. Ich hatte das im Gefängnis erlebt. Leute, die ihren Mund nicht halten konnten und über ihre Verbrechen redeten, weil sie so stolz auf das waren, was sie zuwege gebracht hatten, dass sie es irgendjemandem erzählen mussten. Möglicherweise gefiel Shauna die Vorstellung sogar, sie könnte mir ins Gesicht sagen, wie sie mein Leben versaut hatte. Und dass sie gewonnen hatte.

Ashley hatte ihre Mom dabei gefilmt, wie sie mit Kim geredet hatte. Das war keine schlechte Idee. Mein Handy hatte eine Aufnahmefunktion. Das würde Shauna nicht davon abhalten, mich anzugreifen, aber ich glaubte nicht, dass sie sich auf einen Kampf einlassen würde, solange sie allein war. Sie war hinterhältiger. Trotzdem hatte ich das Gefühl, dass sie sich mit mir treffen wollen würde, um herauszufinden, was ich wusste.

Aber ich war nicht dumm. Falls sie tatsächlich bereit war, sich mit mir zu treffen, würde ich auf jeden Fall ein Messer dabeihaben.

Doch zuerst musste ich mit ihr sprechen.

Ich suchte Shaunas Nummer heraus und hoffte, dass nicht Ashley ans Telefon gehen würde. Ich hatte Glück.

Shauna sagte: »Hallo?«

»Hier ist Toni. Ich denke, es ist Zeit, dass wir reden.«

Sie schwieg ziemlich lange. Ich sagte nichts mehr.

»Du dürftest mich gar nicht anrufen«, sagte sie schließlich.

»Und du dürftest nicht auf dem Parkplatz mit Ladenbesitzern rumknutschen.«

Sie schnappte nach Luft, dann gewann sie ihre Gelassenheit zurück. Mit ruhiger und beherrschter Stimme sagte sie: »Worum geht's?«

»Ich will mich persönlich mit dir treffen.«

»Du spinnst ja. Warum sollte ich mich mit dir treffen?«

»Weil ich gewisse Dinge weiß. Zum Beispiel, warum du meine Schwester umgebracht hast. Ich hatte gerade einen netten Plausch mit einer Schulfreundin von Nicole. Einer *guten* Freundin. Anscheinend hat meine Schwester vor ihrem Tod mit ihr gesprochen, über jemanden, mit dem sie sich heimlich traf. Aber ich glaube, für dich war das kein Geheimnis.«

Stille.

Ich musste vorsichtig sein. Ein Schritt in die falsche Richtung, und ich würde sie verlieren. Ich musste sie glauben machen, ich hätte Beweise oder so etwas. Dann hatte ich eine Idee.

»Nach Nicoles Tod haben meine Eltern ihrer Freundin eine Schachtel mit Krimskrams geschenkt, kitschiges Zeug von früher, als wir noch jünger waren. Das Tagebuch meiner Schwester zum Beispiel. Jetzt habe ich es, und irgendetwas sagt mir, dass du es gerne hättest.«

»Ich glaube dir nicht«, sagte sie entschieden, aber zu betont, als versuche sie vor allem, sich selbst zu überzeugen.

»Aber du weißt es nicht mit Sicherheit, nicht wahr? Und die einzige Möglichkeit, es herauszufinden, besteht darin, dass du dich morgen Abend mit mir am See triffst.«

»Ich werde mich nicht mit einer verurteilten Mörderin am See treffen.«

Ich fragte mich, ob sie sich erinnerte, dass sich bald Nicoles Todestag jährte. Kümmerte sie sich überhaupt darum oder hatte sie das Datum schon seit Jahren vergessen?

»Ich denke mal, ich gehe das größere Risiko ein, meinst du nicht? Du weißt, dass ich nie jemanden getötet habe, aber bei dir kann ich mir nicht so sicher sein.«

»Wenn du Informationen hast, warum gehst du dann nicht damit zur Polizei?«

Sie ließ sich in die Karten schauen und gestand indirekt ein, dass es etwas zu wissen und zu zeigen gab.

»Ich habe meine Zeit bereits abgesessen. Ich will nicht noch einen Prozess und eine lange Revision durchmachen. Ich will einfach nur mein Leben führen, und dafür musst du mich in Ruhe lassen. Wir werden uns treffen, und du wirst mir einen Haufen Bargeld für dieses Tagebuch geben. Dann werde ich dafür sorgen, dass ich von hier versetzt werde, und du wirst nie wieder von mir sehen oder hören.«

»Das ist alles, was du willst? Geld?« Durch das Telefon sah ich ihr spöttisches Grinsen.

»Dreißig Riesen. Danach siehst du mich nie wieder.«

»Was ist mit Ryan?«

Ich dachte rasch nach. »Er verschwindet auch – wir teilen uns das Geld.«

Sie schwieg und dachte ebenfalls nach. »Und wenn ich die Dreißigtausend nicht beschaffen kann?«

»Dann bekommt erst deine Tochter einen Anruf, dann dein Mann, dann die Polizei, und dann kannst du einen Anwalt anrufen.«

Sie schnappte erneut nach Luft, ein wütendes Zischen. »Also gut. Ich werde mich mit dir treffen.«

»Um elf Uhr morgen Abend. Am Nordufer des Sees, bei den Klippen.«

Ich legte auf und blieb mit pochendem Herzen in meiner dunklen Hütte sitzen. Alle Weichen waren gestellt. Das einzige fehlende Puzzlestück war Ryan. Vielleicht konnte er sich im Unterholz verstecken, für den Fall, dass ich Rückendeckung brauchte. Ich begann, seine Nummer zu wählen, doch dann zögerte ich. Ich wollte nicht, dass er Ärger bekam, wollte nicht riskieren, dass wir zusammen gesehen wurden. Falls irgendetwas schiefging, und das konnte sehr gut sein, wollte ich nicht, dass wir beide zurück ins Gefängnis mussten. Ich musste das allein durchziehen.

Am nächsten Tag verstrichen die Stunden wie in Zeitlupe. Ich machte einen Spaziergang am Meer, dachte an Captain, dachte an Ryan. Nach dem heutigen Abend würden die Dinge für uns besser oder schlechter stehen, aber ich war bereit dafür.

Kurz vor zehn schnappte ich mir mein Telefon, probierte ein paarmal die Aufnahmefunktion aus und schob das Messer, das ich tags zuvor gekauft hatte, in meine Hosentasche. Wenn ich damit erwischt wurde, würde ich meine Bewährung auf jeden Fall verlieren, aber das harte Metall in der Tasche fühlte sich fest und beruhigend an. Die Landschaftsgärtnerei hatte mir noch eine E-Mail geschickt und mich für den nächsten Tag zu einem Vorstellungsgespräch eingeladen. Einen Moment lang gestattete ich mir, mich zu freuen. Es klang großartig, den ganzen Tag draußen zu arbeiten. Dann schob ich den Gedanken beiseite, um mich nicht ablenken zu lassen. Ich wollte nicht an morgen oder den nächsten Tag oder irgendetwas anderes denken. Ich musste nur den heutigen Abend überstehen. Suzanne hatte ebenfalls angerufen, und mein Herz hatte die ganze Zeit bis in meine Kehle geklopft, aber sie hatte mir nur die üblichen Fragen gestellt.

Es bestand die nicht geringe Chance, dass Shauna nicht allein kommen, sondern Kim und Rachel mitbringen würde. Nur für alle Fälle schrieb ich einen Brief, in dem ich alles auflistete, was ich herausgefunden hatte und mit wem ich mich traf, und ließ ihn in der Hütte. Ich machte sogar mein

Testament, in dem ich den Rest meiner kläglichen Ersparnisse und Habseligkeiten Ryan hinterließ. Ich fügte noch eine Nachricht für ihn hinzu, er möge bitte Captain aufnehmen und ihm das gute Zuhause geben, das er verdient hatte.

Anschließend putzte ich noch rasch die Hütte, machte das Bett, suchte meine wenigen Besitztümer zusammen und versuchte mich vorzubereiten auf was auch immer mit mir geschehen würde.

29. Kapitel

Campbell River
Juli 2013

Am See war es ruhig – um diese Uhrzeit war niemand mehr hier draußen. Ich hatte das Seitenfenster heruntergekurbelt, und die Luft roch nach Kiefernnadeln und Seewasser. Es hatte sich verändert, seit ich vor siebzehn Jahren das letzte Mal hier gewesen war, alles war zugewuchert, die Bäume ragten über die alten Straßen und berührten einander fast in der Mitte. Ich wollte mich nicht mit Shauna an der Stelle treffen, an der Nicole gestorben war. Die Erinnerung daran, wie wir ihren nackten Körper aus dem Wasser gezogen hatten, quälte mich noch immer. Stattdessen hatte ich einen anderen Platz ausgesucht, hoch über dem See, wo die Jungs früher von den Klippen ins Wasser gesprungen waren, während die Mädchen vor Aufregung kreischten. Ich war fünfzehn Minuten zu früh, so dass ich mit eingeschaltetem Radio im Auto sitzen blieb und den dunklen Wald, die Konturen und Schatten um mich herum beobachtete. Ich dachte daran, wie Nicole sich in jener Nacht gefühlt haben musste. Allein und verängstigt hatte sie darauf gewartet, dass Ryan und ich zurückkamen, doch stattdessen war jemand anders aufgetaucht.

Dann dachte ich an die kurze Nachricht, die ich für Ryan in der Hütte zurückgelassen hatte. Wollte ich die Dinge wirklich so zwischen uns stehenlassen, falls mir etwas zustieß? Ich fingerte das Wegwerftelefon aus der Tasche. Sollte ich ihn anrufen? Ich wählte seine Nummer.

»Toni, bist du das?«

Es war ein Fehler. Ich hätte die Dinge auf sich beruhen lassen sollen.

»Toni? Ist alles in Ordnung?« Er klang besorgt.

»Ja, hey, ich hab gerade an dich gedacht und …« Ich verstummte. Meine Kehle war wie eingeschnürt.

»Wo bist du? Was ist los?«

»Nichts … ich hätte nicht anrufen sollen.«

Ich spürte, wie er nachdachte und eins und eins zusammenzählte.

»Bist du mit jemandem verabredet? Wo *bist* du?«

»Ich muss Schluss machen, ich ruf dich später an.« Ich legte auf. Verdammt.

Kurz nach elf krochen Shaunas Scheinwerfer den Hügel herauf. Auf der anderen Seite der Lichtung hielt sie an. Ich blendete die Scheinwerfer ab, damit wir uns sehen konnten, ohne geblendet zu werden. Sie tat dasselbe. Sie stieg auf der Beifahrerseite aus und hielt die Hände vor ihren Körper, um mir zu zeigen, dass sie unbewaffnet war.

Wer saß am Steuer? Es musste eine der Freundinnen sein. Ich drückte die Aufnahmetaste meines Telefons und schob es in die Tasche. Ich stieg aus dem Truck und hielt die Hände in die Höhe, obwohl ich mir des Messers in meiner hinteren Hosentasche nur zu bewusst war.

Ich machte ein paar Schritte vor, Shauna ebenfalls. Als wir nur noch wenige Schritte voneinander entfernt waren, blieben wir stehen. »Hattest du Angst, allein zu kommen, Shauna?«

»Wo ist das Tagebuch?«

»In meinem Truck.« Ich deutete hinter mich. »Zeig mir zuerst das Geld.« Ich musste sie dazu bringen, über das zu reden, was in jener Nacht geschehen war, aber ich war mir nicht sicher, wie ich das bewerkstelligen sollte, ohne zu verraten, dass ich das Tagebuch nie gelesen hatte – dass es nicht einmal existierte. Nur für den Fall, dass Shauna etwas sehen wollte, hatte ich in einem Ein-Dollar-Laden ein rosafarbenes Tagebuch gekauft und ein paar Seiten vollgeschrieben, aber das würde mir nicht viel bringen.

Sie ging zu ihrem Wagen, öffnete die hintere Tür, holte eine Reisetasche heraus und warf sie ein paar Schritte vor sich auf den Boden. »Komm und hol es dir.«

Es würde seltsam aussehen, wenn ich mir das Geld nicht ansehen würde. Ich trat vor und bückte mich nach der Tasche, als ich ein Rascheln hörte. Ich blickte auf. Shauna zielte mit einer Pistole auf mich. Ihr Arm war ausgestreckt, die Waffe war unverwandt auf mich gerichtet. Ich hob die Arme und stolperte ein paar Schritte zurück.

»Was soll der Scheiß?«

Die Fahrertür öffnete sich, und ein Mann stieg aus ihrem Wagen.

Es war Frank McKinney. Schockiert starrte ich ihn an.

»Shauna, hol das Tagebuch«, sagte er.

Was hatte er mit der Sache zu tun? Hatte er vor, mich zu töten? Mein Herz begann, wie verrückt zu rasen. Konnte ich entkommen? Ich sah mich um. Die Bäume waren zu weit entfernt. Sie würden mich erschießen, ehe ich auch nur ein paar Meter weit gekommen war. McKinneys Blick traf meinen.

»Was tun Sie hier?«, fragte ich.

»Als ob du das nicht wüsstest.«

Offensichtlich glaubte er, ich wüsste mehr, als der Fall war. Aber was?

McKinney verlagerte sein Gewicht, und ich erhaschte einen Blick auf das Holster an seinem Gürtel. Er schien eine kugelsichere Weste unter seinem Anorak zu tragen, so unförmig wirkte sein Körper. Ich dachte an das Telefon in meiner Tasche. Sollte ich versuchen, den Notruf zu wählen? Bevor ich irgendetwas tun konnte, bedeutete Shauna mir mit einer Handbewegung, vom Truck wegzugehen. Ich trat zur Seite, ohne McKinney aus den Augen zu lassen, dessen Hand neben seiner Waffe schwebte, während er mich beobachtete. Shauna suchte unter meinen Sitzen und im Handschuhfach. Sie fand das Tagebuch, blätterte die Seiten durch und lachte. Sie kletterte aus dem Truck und schleuderte das Tagebuch zu Boden.

»Es ist leer.«

»Das richtige Tagebuch ist nicht hier«, sagte ich. »Ich habe es an einen sicheren Ort gebracht.«

Shauna war wutentbrannt. »Was soll das heißen – es ist nicht *hier*?« Sie zielte erneut mit der Waffe auf mich. Im Schatten wirkte McKinney ebenfalls aufgebracht.

»Ich wusste, dass du so eine Show abziehen würdest«, sagte er und trat einen Schritt näher. McKinney ließ das Holster aufschnappen und zog seine Waffe. »Wo ist es?«

Ich konnte nicht aufhören, die Waffe anzustarren, die er ganz lässig hielt, den Daumen auf dem Sicherungshebel. Sie würden mich nicht von hier fortlassen, nicht jetzt. Ich versuchte, meine panischen Gedanken zu ordnen. Ich musste mir Zeit verschaffen, musste sie ablenken. Shauna drehte sich um, um ihren Vater anzusehen, und ich erhaschte einen Blick auf ihre aufblitzende silberne Halskette. Es erinnerte mich an etwas, etwas, das ich benutzen konnte.

»Ich sage es euch, wenn ihr mir sagt, wo die Halskette meiner Schwester ist. Sie hatte einen Diamantanhänger, der in der Nacht verschwand, in der sie starb. Als wollte jemand nicht, dass sie ihn noch weiter trug. Jemand, der sehr eifersüchtig war.«

»Sie hätte sie nie bekommen dürfen!« Shaunas Stimme war hoch und schrill. »Sie hatte kein Recht darauf!«

Mir stockte der Atem. Ich war der Wahrheit so nahe, und einen Moment lang wollte ich vor ihr davonlaufen, wollte sie gar nicht wissen.

»Was ist damit passiert?« Ich schaute durch die Dunkelheit zu McKinney, dessen Umrisse sich im Licht der Scheinwerfer abzeichneten, und fragte mich, ob er Shauna aufhalten würde, doch er schwieg.

»Ich habe sie genommen.« Ihre Stimme klang triumphierend.

McKinney ergriff das Wort. »Shauna ...« Er warnte sie nicht nur, den Mund zu halten, er klang auch verärgert. Als sei er erzürnt, dass sie sie genommen hatte – und überrascht. Was entging mir da?

Shauna wirbelte herum und sah ihren Vater an, die Stimme von Tränen ganz belegt. »Du hast gesagt, du hättest viel zu tun, immer so verdammt viel auf der Wache zu tun, aber das stimmte nicht, nicht in jenem Sommer – du warst mit *ihr* zusammen.«

Das Grauen packte mich, als ich endlich alle Puzzleteile zusammenfügte. Dieser Diamantanhänger war viel zu teuer gewesen für einen Freund im Teenageralter, viel zu elegant. Es musste ein Geschenk von jemand anders gewesen sein.

»Shauna, reiß dich zusammen!«

»*Ich* soll mich zusammenreißen? *Du* bist doch derjenige, der eine Minderjährige gevögelt hat.«

»Du hast sie *getötet*«, rief McKinney voller Zorn.

Das war's. Ich fühlte mich wie zerschlagen und in Millionen Teile zersprungen. Ich wollte mich auf Shauna stürzen, wollte auf sie einprügeln, so wie sie auf Nicole eingeprügelt hatte. Ich machte eine Bewegung in ihre Richtung, dann sah ich die Waffe in McKinneys Hand.

Shauna gab keine Ruhe. »Sie hatte es verdient. Kommt in unser Haus, tut so, als wäre sie meine Freundin ... Es war widerlich, Dad. Sie war jünger als *ich*.«

»So war es nicht.«

»Wie war es dann, Dad? Erzähl es mir!«

»Shauna ...«

»Gott, du hast meine Freundin gefickt! Das war krank und pervers und ...«

»Genug!« McKinneys Stimme schwoll zu einem Brüllen an. »Ich habe einen Fehler gemacht, und ich habe jeden verdammten Tag dafür bezahlt. Ich habe es satt, das Chaos aufzuräumen, das du hinterlässt.«

Der Rest des Bildes entfaltete sich vor meinen Augen.

»Sie haben es die ganze Zeit gewusst«, sagte ich. »Sie *wussten*, dass Shauna meine Schwester getötet hat, und haben ihr geholfen, es zu vertuschen.«

»Ich hatte keine andere Wahl«, sagte er mit versteinerter Stimme.

»Natürlich hatten Sie die, Sie Arschloch.« Meine Brust war eng vor Wut, ich hatte die Fäuste geballt. »Sie haben gelogen. Sie haben Ryan und mich ins Gefängnis gehen lassen – für *Jahre*!«

»Ihr beide wärt ohnehin irgendwann dort gelandet.«

»So haben Sie sich also vor sich selbst gerechtfertigt? Dass wir ohnehin nichts taugen?«

»Hör auf, unsere Zeit zu verschwenden! Wo ist das verfluchte Tagebuch?« Er hob den Arm, seine Waffe zielte genau auf mich.

Hinter uns hörte ich ein anderes Auto näherkommen. McKinney senkte den Arm. Ich wirbelte herum, eine Hand erhoben, um den Fahrer herbeizuwinken, hielt jedoch inne, als ich das rote Auto erkannte. Es war Ashley.

Der Wagen kam mit einem Ruck zum Stehen, und die Fahrertür flog auf. Ashley kletterte heraus, ihr Handy in der Hand. »Hört auf.« Ihre Stimme war schrill und panikerfüllt.

»Was tust du hier?«, wollte Shauna wissen.

Wie verwundet sah Ashley mich an, dann ihre Mutter. »Ich kann nicht zulassen, dass ihr Toni etwas antut.«

»Ashley, fahr nach Hause«, sagte McKinney.

»Ich weiß, was ihr vorhabt. Ich hab alles gefilmt. Und ich hab die 911 gerufen. Sie wissen, dass es ein Video gibt, aber ihr könnt es nicht finden – ich hab die Kamera versteckt.«

»Mach dich nicht lächerlich. Gib sie mir.« Shauna ging auf ihre Tochter zu.

Das war meine Chance.

Ich sprintete auf den See zu und machte einen Kopfsprung von den Klippen. Hinter mir ertönten Schüsse, als ich ins Wasser stürzte und die Kälte mir sämtliche Luft raubte. Prustend und orientierungslos tauchte ich in der Dunkelheit auf, dann sah ich den langen Strahl einer Taschenlampe von der Klippe herunterleuchten. Ich holte Luft und tauchte erneut unter, hörte weitere Schüsse und gedämpftes Knallen, als die Kugeln im Wasser um mich herum einschlugen.

Nach Luft schnappend, tauchte ich gerade rechtzeitig wieder auf, um zu sehen, wie Ashley nur wenige Meter vor mir ins Wasser stürzte, in der Nähe der alten Schwimminsel. Es wurde immer noch geschossen, eine Kugel schlug ziemlich in der Nähe ein. Ich hörte Ashley schreien, dann McKinneys Stimme.

»Shauna, hör auf! Ashley ist da unten!«

Ich schwamm zu ihr und flüsterte: »Ashley, bist du verletzt?«

»Ich bin angeschossen.« Ihr Atem ging keuchend. »Meine Schulter.«

»Schaffst du es bis zur Insel?« Dort hätten wir zumindest etwas Deckung.

»Vielleicht.« Ihre Stimme klang piepsig.

»Ich bin direkt hinter dir.«

Im Mondlicht sah ich, wie Ashley wie ein Hund mit einem Arm zu paddeln versuchte, doch sie ging immer wieder keuchend und prustend unter. Sie hatte die Insel fast erreicht. Der Strahl der Taschenlampe bewegte sich hüpfend den Hügel herunter.

»Wir sind fast da«, sagte ich zu ihr. »Du schaffst es.«

»Mein Arm ...«

Dann verstummte sie. Sie war untergegangen. Ich wartete eine Sekunde, aber sie tauchte nicht wieder auf. Ich holte tief Luft und tauchte an der Stelle, an der sie zuletzt gewesen war, und tastete in der Dunkelheit nach ihr. Nichts. Mit angehaltenem Atem tauchte ich tiefer, näher zur Insel, bis ich etwas Weiches fühlte. Ihren Arm? Sie entglitt mir. Ich griff erneut zu, erwischte ein Stück Stoff. Ich zog sie näher, packte ihren Arm und zog, aber sie hing irgendwo unter der Insel fest. Würde ich sie verletzen, wenn ich es erneut versuchte? Ich verstärkte meinen Griff und riss kräftig. Dieses Mal kam sie los.

Wir stiegen zur Wasseroberfläche auf. Ashley war völlig erschlafft. Ich schlang einen Arm unter ihr Kinn und schwamm mit kräftigen Stößen zum Ufer. Ich konnte Shauna oder McKinney nicht sehen, konnte gar nichts sehen. Sie konnten bereits auf mich warten. Aber ich musste es riskieren.

Meine Füße berührten den Kiesgrund, und mit schmerzenden Armen zerrte ich Ashley die letzten Schritte weiter. Ich schaute hinunter auf ihr bleiches Gesicht im Mondlicht. Die Schulter ihres T-Shirts war dunkel. Blut? Wie viel hatte sie verloren?

»Halt durch!«, flüsterte ich. Vorsichtig legte ich sie am Strand ab und kniete neben ihr, um ihren Puls zu ertasten. Meine Hände waren klamm, so dass es schwierig zu beurteilen war. Ich legte mein Ohr an ihren Mund, spürte jedoch keinen Atemzug. Mir war kalt, und ich keuchte, doch das Adrenalin floss immer noch in meinen Adern. Ich zog mein Hemd aus und presste es gegen ihre Schulter, dann begann ich mit der Herz-Lungen-Wiederbelebung, während ich hektisch zu überlegen versuchte, was ich als Nächstes tun sollte. Ich wollte nicht, dass Ashley starb, aber wenn ich versuchte, Shauna und Frank zu alarmieren, damit sie ihr halfen, würden sie mich wahrscheinlich umbringen. Ehe ich zu einer Entscheidung gekommen war, hörte ich es knacken.

Shauna brach durchs Unterholz. »Hände weg von meiner Tochter!«

»Sie ist verletzt«, sagte ich. »Ich versuche, ihr zu helf…«

Shauna stieß mich fort und zog Ashley in ihre Arme. »Ashley! O mein Gott!«

McKinney kam ebenfalls aus dem Unterholz, ließ sich neben Shauna auf die Knie sinken und tastete nach Ashleys Puls. »Sie atmet nicht. Leg sie hin.« Shauna begann, laut den Namen ihrer Tochter zu schreien. McKinney zog Ashley aus ihren Armen und legte sie auf den Rücken. Er begann, sie zu beatmen. Ich hätte davonlaufen können, aber ich war wie gelähmt von dem Bild vor mir: McKinney, der sich über die bleiche Ashley beugte.

McKinney keuchte, als sei er fast außer Atem, sagte zu

Shauna: »Du musst die Herzmassage machen.« Doch Shauna starrte nur weinend auf Ashley hinunter. Offensichtlich stand sie unter Schock. Ich schob Shauna beiseite und begann mit der Herzmassage, während McKinney sie beatmete.

»Komm schon, Ashley«, rief er. »Bleib bei uns.«

Ich weinte ebenfalls, mir klapperten die Zähne, und die Worte *Stirb nicht, du darfst nicht sterben!* hallten unablässig in meinem Kopf wider, während ich versuchte, mich auf meine Aufgabe zu konzentrieren. Neben mir schluchzte Shauna Ashleys Namen, doch dann schrie sie: »Geh von meiner Tochter weg!«, und wollte mich fortzerren. Ich schlug mit dem Ellenbogen zurück und erwischte sie am Bauch. Shauna grunzte von dem Stoß, dann folgte weiteres Stöhnen und Schluchzen.

Ich wusste nicht, wie lange McKinney und ich zusammenarbeiteten, aber endlich begann Ashley zu husten und spucken. McKinney drehte sie auf die Seite und klopfte ihr auf den Rücken, und sie spuckte noch mehr Wasser.

»Gott sei Dank«, sagte er.

Shauna stieß mich aus dem Weg, und dieses Mal ließ ich sie. Ich rappelte mich auf, während sie ihre Tochter an die Brust drückte und sie hin- und herwiegte. Wir waren alle mit Ashleys Blut bedeckt – meine Hände waren ganz klebrig davon. McKinney versuchte, seine Tochter zu trösten, und hatte ihr den Arm um den Rücken gelegt. Shauna sagte: »Ich wollte ihr nicht weh tun. Wirklich nicht. Sie hätte sich da raushalten sollen.«

In ihrer Stimme schwang etwas mit, ein seltsam entrückter Unterton, der mich rätseln ließ, von wem sie sprach – von Ashley oder von Nicole? McKinney starrte sie ebenfalls an. Ich machte einen Schritt zurück, bereit zur Flucht. Ich trat auf einen Zweig. Mit hasserfülltem Blick sah Shauna auf. »Das ist alles *deine* Schuld.«

Sie stand auf und zog ihre Waffe aus der Jacke. Ich machte einen Hechtsprung und umklammerte ihre Hüfte. Sie fiel, und ich kroch auf sie. Wir rangen um die Pistole und rollten im Sand hin und her. Schließlich spürte ich das kalte Metall in den Händen. Ich drehte Shauna auf den Rücken, presste sie mit einem Arm über der Kehle auf den Boden und hielt ihr die Waffe an den Kopf. Ich war rasend vor Wut, sie brüllte mir laut ins Ohr, schrie mir zu, sie zu töten. Dann ein kräftiger Schlag in meine Linke, als McKinney mich angriff. Ich wurde zu Boden geworfen, und die Pistole verschwand im Wasser. McKinney traf mich mit seiner Waffe an der Schläfe. Die Welt um mich verblasste für einen Moment. Dann hörte ich die Stimme eines anderen Mannes.

»Lass sie los!« Ryan.

Kampfgeräusche, männliche Grunzer, Fäuste, die auf Fleisch trafen. Ich drehte mich um, mein Blick war noch verschwommen, doch ich konnte Ryan und McKinney miteinander um die Waffe kämpfen sehen. Sie wälzten sich auf dem Boden herum, die Leiber eng umschlungen, fast wie in einer Umarmung. Shauna versuchte, Ryan wegzuziehen. Ich kam taumelnd auf die Beine, legte ihr den Arm um die Kehle und zerrte sie fort. Ein Schuss ging los. Ryan hielt sich stöhnend die Seite, schaffte es jedoch, McKinney den Kopf in die Nase zu rammen. McKinney brüllte los, als das Blut spritzte. Jetzt hielt Ryan die Waffe in der Hand. Er presste sie McKinney an die Stirn, während er sich rittlings auf seine Brust setzte, mit der anderen Hand packte er McKinney an der Kehle. McKinney rührte sich nicht und schaute verzweifelt und flehend zu Ryan hoch.

»Sie haben unser Leben ruiniert!«, sagte Ryan.

Ich brüllte: »Ryan, lass ihn los!«

Shauna schrie ebenfalls: »Nein!«

Ryan schaute nicht einmal in unsere Richtung. Die Hand, die die Waffe hielt, zitterte, sein Arm war angespannt und das Gesicht finster. Eine Seite seines Körpers war blutgetränkt, ein immer größer werdender dunkler Fleck. Er presste die Waffe fester an McKinneys Stirn, bis sie fast am Knochen rieb. McKinney schloss die Augen. Der Moment zog sich endlos in die Länge. Unvermittelt ließ Ryan die Hand sinken.

»Das bist du nicht wert, du Stück Scheiße.«

Taumelnd kam er auf die Beine, am ganzen Körper schwankend. Er presste eine Hand an die Seite, die Waffe hing schlaff in der anderen.

Sirenengeheul erfüllte die Luft. Im ersten Moment empfand ich Erleichterung, gefolgt von noch mehr Angst. Wem würden sie glauben? Wagen hielten an, Scheinwerfer blendeten, die Blaulichter blitzten auf. Stimmen brüllten Befehle, während Taschenlampen direkt in mein Gesicht leuchteten. »Runter auf den Boden! Sofort auf den Boden!«

Ich sank auf die Knie und legte die Hände an den Hinterkopf. Sie stürzten sich auf mich, zwangen mich zu Boden, pressten mein Gesicht in den Sand. Ich schluckte eine Ladung Kies und versuchte, ihn auszuspucken. Einer der Polizisten kniete auf meinem Rücken und drückte mir die Luft ab, als er meine Arme nach hinten bog und mir Handschellen anlegte. Dann wurde ich auf die Füße gehoben. Ich sah, wie sie sich auf Shauna und Ryan stürzten und ihnen befahlen, sich auf den Boden zu legen. Shauna wehrte sich und weigerte sich, ihre Tochter loszulassen.

Jemand tastete mich ab und entdeckte das Messer. Der Streifenwagen fuhr vor, und ich wurde auf die Rückbank verfrachtet. Ich hörte weitere Sirenen und sah Krankenwagen. Ich hoffte, Ryan würde Hilfe bekommen. Der Officer, der vorn saß, sprach in sein Funkgerät.

»Frank McKinney und seine Tochter haben mich angegriffen«, sagte ich. »Sie haben Ryan angeschossen – und Ashley.«

»Wir nehmen Sie mit zur Wache«, sagte der Officer über die Schulter. »Dort werden wir die Sache klären.«

»Ich will mit Sergeant Hicks reden.«

Der Officer antwortete nicht.

Auf der Polizeiwache steckte man mich in eine Arrestzelle. Ich zitterte immer noch, als mir endlich jemand einen Overall und eine Decke brachte. Ich weigerte mich, den Overall anzuziehen. Es war mir egal, wie nass ich war, ich würde dieses Ding nicht anziehen. Noch nicht. Stundenlang hockte ich da, und niemand beantwortete meine Fragen nach Ryan oder sagte mir, ob Ashley durchgekommen war. Schließlich brachte man mich in ein Vernehmungszimmer. Doug Hicks kam herein.

Ich musterte ihn argwöhnisch und fragte mich, was McKinney ihm wohl schon erzählt hatte. Ich hoffte, Ashley hatte wegen des Videos die Wahrheit gesagt. Ich hoffte, es ging ihr gut.

Hicks las mir noch einmal meine Rechte vor – ein anderer Officer hatte das bereits getan, sobald man mich auf die Wache gebracht hatte.

»Bringen wir es hinter uns«, sagte ich.

»Okay, Toni. Erzählen Sie mir, was letzte Nacht passiert ist.«

»Wie geht es Ryan und Ashley?«

»Ryan ist im Krankenhaus, aber es sieht aus, als würde

er es schaffen. Ashley wird ebenfalls wieder gesund werden. Was haben Sie dort draußen gemacht? Und warum hatten Sie ein Messer dabei?«

Ich hatte gegen unzählige Bewährungsauflagen verstoßen, aber wie es aussah, war ich ohnehin geliefert, also erzählte ich ihm alles. Wie ich entdeckt hatte, dass Nicole einen heimlichen Freund gehabt hatte, von Shaunas Affäre mit dem Ladenbesitzer und dass ich sicher war, sie und ihre Freundinnen hätten Nicole getötet, weil sie eine Affäre mit Frank McKinney gehabt hatte.

»Shauna sagt, Sie hätten sie erpresst.«

»Ich hab ihr erzählt, Nicole hätte ein Tagebuch hinterlassen, aber das war nur ein Trick, um sie dort rauszulocken. Ich habe alles, was passiert ist, mit meinem Handy aufgenommen.« Dann wurde mir klar, dass mein Handy wahrscheinlich irgendwo auf dem Grund des Sees lag. »Ashley sagte, sie habe ebenfalls gefilmt, was passiert ist, und …«

»Dazu kommen wir gleich. Ich möchte hören, was Sie sonst noch zu sagen haben.«

Ich erzählte ihm den Rest meiner Theorie, der mir erst am See klargeworden war – dass meine Schwester schon monatelang etwas mit McKinney gehabt haben musste. Ich erzählte ihm, dass McKinney sie eines Abends nach Hause gefahren hatte und wie sie sich danach öfter rausgeschlichen und ihr Verhalten sich geändert hatte. Ich erzählte ihm von der fehlenden Halskette, von der Shauna jetzt behauptete, sie genommen zu haben. Ich erklärte auch, dass Ryan sich auf McKinney gestürzt hatte, um mich zu beschützen, und dass McKinney auf ihn geschossen hatte.

Am Ende sagte ich: »Und was passiert jetzt? Bekommen wir wieder für alles die Schuld?«

»Sie sind allesamt vorläufig festgenommen. Wir werden

die Aussagen von allen Beteiligten aufnehmen, und wir sind dabei, das von Ashley aufgenommene Video auszuwerten. Aber Sie haben gegen mindestens drei Bewährungsauflagen verstoßen, so dass Ihnen Ihre Bewährung auf jeden Fall entzogen wird.«

»Ich gehe also zurück nach Rockland.« Meine Stimme klang ausdruckslos, als hätte ich mich mit meinem Schicksal abgefunden.

»Wenn alles, was Sie mir erzählt haben, wahr ist, können Sie aufgrund neuer Beweise eine Wiederaufnahme des Verfahrens beantragen.«

Ich lachte. »Wenn ich so lange am Leben bleibe. Jemand im Knast will mich tot sehen.«

»Wir könnten Sie in Schutzgewahrsam nehmen.«

»Ich würde lieber sterben. Was ist mit Ryan?«

»Er bleibt im Krankenhaus, bis er wieder gesund ist, dann geht er zurück nach Rockland. Wir wissen, dass Sie sich schon vor gestern Abend mehrmals getroffen haben, was ein direkter Verstoß gegen Ihre Bewährungsauflagen ist, und wir haben ein an seiner Wade festgeschnalltes Messer bei ihm gefunden.«

»Er hat versucht, *mich* zu beschützen. Das ist so ein verdammter Schwachsinn. Sie haben das Video gesehen, Sie wissen, dass wir unschuldig sind.« Hicks' Blick huschte zu meinen Armen, und ich schaute hinunter auf die Kratzer. Ich sah wieder zu ihm. In seiner Miene spiegelte sich Begreifen wider. Was dachte er gerade? Dann dämmerte es mir.

»Sehen Sie. Jetzt wissen Sie, woher Ryan in der Nacht, als Nicole starb, die Kratzer hatte – sie kamen daher, weil wir durchs Unterholz gelaufen waren. Ich habe es Ihnen *gesagt* …«

»Wir werden die Wahrheit herausfinden, und wenn Sie

und Ryan unschuldig sind, werden Sie zur gegebenen Zeit entlastet. Bis dahin müssen wir uns an das Gesetz halten, das Sie gebrochen haben, indem Sie eine verborgene Waffe bei sich hatten, als Sie sich mit einer Zeugin trafen.«

Ich hasste ihn für seine Sachlichkeit, dafür, Teil des Systems zu sein, das mich vor Jahren beschissen hatte.

»Wenn mir oder Ryan noch irgendetwas zustößt, geht das auf *Ihre* Kappe. Sie haben zwei Jugendliche, die nichts getan haben, in den Knast geschickt. Oder geht es genau darum? Haben Sie Ihrem Kumpel Frank McKinney geholfen, die Sache zu vertuschen?«

»Ich habe für niemanden etwas vertuscht.« Sein Gesicht wurde rot vor Ärger. Es war das erste Mal, dass ich überhaupt so eine heftige Reaktion bei ihm sah. Ich legte nach.

»Er war Ihr Freund. Sie waren in jener Nacht zusammen.«

»Er war mein Partner, aber das bedeutet nicht, dass ich ihn nicht wegsperren würde, wenn er das Gesetz gebrochen hat.« Hicks stand auf, doch bevor er ging, sagte er: »Wir *werden* die Wahrheit herausfinden – und die richtigen Personen werden bestraft werden.«

30. Kapitel

Rockland Strafanstalt, Vancouver
Juli 2013

Ich sah Doug Hicks nicht wieder. Ich verbrachte die Nacht in der Zelle auf der Wache und wurde am nächsten Nachmittag nach Rockland geflogen. Vor der Polizeistation säumten Reporter die Straße, die versuchten, ein Foto von mir zu bekommen, und mir Fragen zuriefen. »Toni, hat Shauna McKinney Ihre Schwester getötet?« »Sind Ryan und Sie wieder zusammen?« »Stimmt es, dass Sie unschuldig sind?« Die Sheriffs mussten mich von den Kameras abschirmen, als sie mich zum Van führten. Ich fragte mich, ob das, was am See passiert war, gestern schon in den Nachrichten gekommen war, ob die Frauen in Rockland schon gehört hatten, dass ich zurückkam, ob Helen bereits ihren Angriff auf mich plante.

Nachdem ich die Aufnahmeprozedur im Gefängnis hinter mich gebracht hatte, packte ich gerade meine Sachen aus, als Brenda und Amber auf dem Gang vor meiner Zelle auftauchten. »Hey, ihr beiden.« Keine von ihnen erwiderte mein Lächeln, ihre Gesichter waren ernst. Ich nahm an, sie hatten Neuigkeiten über Helen. »Was ist los?«

Brenda versuchte zu sprechen, musste aber mit Tränen in den Augen aufhören. Allmählich bekam ich ein richtig mieses Gefühl. Ich setzte mich aufs Bett.

»Wo ist Margaret?«, fragte ich.

Ambers Stimme klang schrill und ängstlich. »Helen und sie sind nicht miteinander ausgekommen, nicht nach dem, was passiert ist, als du das letzte Mal hier warst, und …«

»Aber es ist nicht deine Schuld«, unterbrach Brenda sie. »Margaret hat sie gehasst.«

»Was ist *passiert*?« Ich wartete entsetzt, mein Herz pochte hart in meiner Brust.

Ambers Worte sprudelten aus ihr heraus wie ein Sturzbach. »Sie haben gestern Nachmittag Nachrichten gesehen, und Helen fing damit an, wie sie dich fertigmachen würde, sobald du wieder hier bist. Margaret ist ihr aufs Dach gestiegen, und später sind sie im Hof aneinandergeraten – wir wussten nicht, dass Margaret vorhatte, sie anzugreifen, sonst hätten wir sie aufgehalten. Helen hatte ein selbstgebautes Messer …« Amber weinte so heftig, dass sie nicht weiterreden konnte.

»Hat sie Margaret damit verletzt? Ist sie auf der Krankenstation?«

Brenda schüttelte den Kopf, auch ihr liefen die Tränen übers Gesicht. »Sie hat es nicht geschafft.«

Ich begann zu weinen, tiefe, verzweifelte Schluchzer. Beide Frauen versuchten immer noch, ihre eigenen Tränen herunterzuschlucken, jede von uns sehnte sich nach einer tröstlichen Umarmung, doch die Kameras sahen zu. Als ich mich endlich wieder etwas im Griff hatte, hatte sich meine Trauer in pure Wut verwandelt.

»Wo ist Helen?« Ich würde sie ein für alle Mal fertigmachen.

»In Einzelhaft«, sagte Brenda. »Sie hat jetzt die höchste Sicherheitsstufe. Die kommt nie wieder aus Rockland raus.«

Das bedeutete, dass ich in Sicherheit war. Ich hätte erleichtert sein müssen, doch ich stand auf und lief in der Zelle auf und ab.

»Warum hat Margaret sie angegriffen? Sie hätte warten sollen, bis ich wieder hier bin.«

»Ich weiß es nicht«, sagte Brenda. »Sie hat uns immer gesagt, wir sollten Streitereien aus dem Weg gehen. Aber sie war in letzter Zeit immer so müde – und sie hatte Schmerzen. Es ergibt überhaupt keinen Sinn, dass sie allein auf Helen losgegangen ist.«

»Vor dem Kampf hat sie etwas für dich in ihrer Zelle zurückgelassen«, sagte Amber. »Ihre Zimmergenossin hat es uns gegeben.« Sie warf einen Blick auf die nächste Kamera. »Wir geben es dir später.«

Die Wachen riefen laut: »Durchzählen!«, und die beiden Frauen gingen zurück in ihre Zellen, nachdem wir einander versprochen hatten, uns am nächsten Morgen in der Kantine zu treffen.

Später, als das Licht aus war, dachte ich an Margaret und dass sie es die ganze Zeit im Gefängnis geschafft hatte, Kämpfen aus dem Weg zu gehen, bis auf diesen letzten. Dann dachte ich an das letzte Mal, als wir uns gesehen hatten, wie sie mich um eine Massage angebettelt und gesagt hatte, sie wisse nicht, wie lange sie hier drin noch leben könne, mit den ständigen Schmerzen überall. Hatte sie den Kampf mit Helen gesucht, weil sie wusste, dass sie verlieren würde? Und weil sie wusste, dass es der einzige Weg war, um sicherzustellen, dass Helen mir nie wieder etwas antun würde?

Die Vorstellung, dass sie sich womöglich für mich geopfert hatte, machte mich völlig fertig. Dann fiel mir noch etwas ein, was Margaret gesagt hatte, als wir über Nicole sprachen. »Du kannst dir selbst nicht die Schuld für etwas geben, das zu tun sich jemand anders entschieden hat. Du hast sie nicht gezwungen, in den Truck zu steigen, und du hast sie nicht getötet. Sich selbst die Schuld zu geben ist nur schwach, und es macht mich wütend, wenn ich höre, wie du dich selbst bestrafst, als hättest du es nicht verdient, jemals glücklich zu werden oder so. Ich will so einen Mist nie wieder aus deinem Mund hören.«

Und so versuchte ich jetzt, an Margaret zu denken, die keine Schmerzen mehr hatte, vielleicht mit einem tollen Mann tanzte und sich in einem langen, fließenden Kleid drehte, ein wunderschönes Lächeln auf dem Gesicht. Sie hatte mir einmal erklärt, nicht der Tod sei der schwerere Teil, sondern das Leben. Ich versuchte, Frieden darin zu finden, dass für sie der schwierige Teil vorbei war.

Am nächsten Morgen tauchte Amber vor meiner Zelle auf, in der Hand ein Stapel Papier, der zu einer Art Buch zusammengebunden war. Auf die Vorderseite hatte Margaret gekritzelt: »Für Toni.« Als Amber fort war, holte ich tief Luft und öffnete das Buch. Was war so wichtig, dass Margaret Wert darauf legte, es mir zu hinterlassen? An die erste Innenseite hatte sie eine Notiz geheftet:

> *Toni, wenn du dies hier liest, ist der Kampf vermutlich nicht so gut gelaufen. Ich hoffe nur, dass ich dieses Miststück mitgenommen habe!!! Ich hatte vor, dir das hier per Post zu schicken, hatte aber nicht mehr die Gelegenheit, es zu beenden. Du wirst deine Sache gut machen. Wir sehen uns auf der anderen Seite, Kleine.*
> *In Liebe, M.*

Meine Augen füllten sich mit Tränen. Ich blätterte durch die Seiten und weinte nur noch heftiger, als ich sah, was sie da zusammengetragen hatte. Sie hatte Rezepte notiert, Haushaltstipps, Alltagstipps, inspirierende Zitate, Witze und alles Mögliche, von dem sie meinte, es könnte mir helfen, draußen zu überleben. Alles, von dem sie glaubte, eine Mutter würde es ihrer Tochter erzählen.

In den nächsten Tagen verbrachte ich viel Zeit in meiner Zelle, dachte an Margaret und daran, wie viel sie mir bedeutet hatte. Brenda und Amber trauerten ebenfalls, und wir hielten im Hof eine improvisierte Trauerfeier für Margaret ab und erzählten uns Geschichten. Jetzt, wo Helen von der Bildfläche verschwunden war, wollte sich keine ihrer Freundinnen mehr mit mir anlegen, doch es lag immer noch eine gewisse Spannung in der Luft. Wie lange würde es dauern, bis mein Fall erneut vor dem Berufungsgericht verhandelt wurde? Angus versuchte, einen Termin für eine Anhörung zu bekommen, doch er sagte, das könne bis zu drei Monaten dauern.

Eines Tages, als ich fast eine Woche drin war, bekam ich Besuch. Er war nicht angekündigt, so dass ich staunte, als einer der Wachleute mich abholte. Noch mehr staunte ich, als ich feststellte, dass es sich bei meiner Besucherin um Suzanne handelte.

Sie musterte mich von der anderen Seite des Tisches, der mit Chipstüten, Schokoriegeln aus dem Automaten und zwei Dosen Coke bedeckt war. »Sie haben abgenommen.«

Ich zupfte an meinem Hemd und verzog das Gesicht. »Ich hatte in letzter Zeit etwas Stress.«

Sie schob mir einen Schokoriegel und eine Tüte Chips zu. »Hier. Essen Sie das.«

Sie sah mich erwartungsvoll an, und ich hatte das Gefühl, sie würde nichts sagen, ehe ich nicht etwas gegessen hatte, also wickelte ich den Schokoriegel aus und nahm einen kleinen Bissen. Von dem vielen Zucker wurde mir schlecht. Mein Anwalt hatte mir gesagt, unsere Chancen rauszukommen, stünden gut. Wusste Suzanne irgendetwas, das Angus nicht wusste?

Sie warf dem Wachmann, der im Raum aufpasste, einen Blick zu, und er nickte. Ich hatte das Gefühl, dass dies kein offizieller Besuch war. Suzanne schaute wieder zu mir.

Immer noch unsicher, was Sache war, hielt ich den Mund. Sie sagte: »Wie viel wissen Sie über die Ermittlungen?«

»Nicht viel. Sie lassen uns im Dunkeln.« Ich erzählte ihr, was ich wusste. Mein Anwalt hatte mir erzählt, dass Shauna und Frank McKinney eine Freilassung auf Kaution verweigert worden war und dass McKinney als Cop im Knast in Schutzgewahrsam genommen worden war. Sobald die Polizei Ashleys Video und die Aussagen von uns allen überprüft hatte, hatten sie Kim und Rachel zum Verhör einbestellt. »Wir wissen, dass man sie verhaftet hat«, sagte ich, »aber nicht, wie die Anklage lautet. Seitdem haben wir nichts mehr gehört.«

Suzanne nickte zu dem, was ich sagte. »Ich habe ein paar Freunde bei der Polizei. Sie haben mir erzählt, dass Kim sofort alles auf Shauna abgewälzt hat.«

»Wissen Sie, was in jener Nacht wirklich passiert ist? Waren sie alle daran beteiligt?«

Sie nickte erneut, ihr Blick war traurig. »Ich verstoße zwar gegen die Regeln, aber ich möchte, dass Sie es von mir erfahren.«

Ich holte eine ganze Lunge voll Luft, wappnete mich für das Kommende und fragte: »Wie haben sie sie aus dem Truck bekommen?«

»Kim sagt, sie seien fuchsteufelswild gewesen, nachdem Shauna ihnen erzählt hatte, Nicole habe mit Rachels Freund herumgemacht und Kims Mom erzählt, sie sei lesbisch. Shauna wollte es Nicole heimzahlen, und die Mädchen waren einverstanden.«

»Hatten sie vor, sie umzubringen?«

»Hört sich nicht so an. Sie wollten sie nur allein erwischen und sie demütigen, indem sie sie auszogen, Fotos von ihr machten und diese dann verteilten. Sie hatten Nicole die ganze Woche belästigt, hatten sie angerufen und ihr gedroht, dass sie sie erwischen würden.«

Ich dachte daran, wie mager Nicole in diesen letzten Wochen geworden war und dass sie die Tabletten gestohlen hatte, weil sie nicht schlafen konnte. Ich konnte mir gut vorstellen, wie groß ihre Angst gewesen sein musste, wie allein sie sich gefühlt haben musste, weil sie sich niemandem anvertrauen konnte, und warum sie an diesem Freitag nicht allein zu Hause bleiben wollte.

»Sie haben draußen vor Ihrem Haus gewartet. Als sie sahen, dass Sie zu dritt aufbrachen, sind sie Ihnen zum See gefolgt.«

Ich erinnerte mich an jenen Abend, an die Hitze, die durch die Fenster hereinkam, an Nicoles nacktes Bein, das gegen meins stieß, an ihre ernste Miene.

»Sie stellten den Wagen ab und schlichen sich zum Truck«, sagte Suzanne. »Als sie begriffen, dass Sie und Ryan Nicole allein gelassen hatten, nahmen sie an, Sie würden eine Weile wegbleiben. Sie schickten Cathy vor, um Nicole aus dem Truck zu locken.«

Cathy, die die nächsten siebzehn Jahre damit verbracht hatte, alles in ihrer Reichweite zu trinken und zu rauchen. Ich begann, an der Verpackung des Schokoriegels zu zupfen, riss eine Ecke ab und in winzige Fetzen. Es juckte mich in den Fingern, irgendjemanden, irgendetwas anzugreifen.

Suzannes Stimme wurde tiefer und ernster, ihr Blick wanderte zu meinen Händen. »Cathy sagte Nicole, sie sei auf der Party unten am See gewesen und habe sie vorbeifahren sehen. Sie wolle nur mit ihr reden, um reinen Tisch zu machen.«

Mir wurde schlecht. »Darum ist sie ausgestiegen. Sie dachte, sie könnte alles wieder geradebiegen …« Die heitere, liebenswürdige Nicole, die mit jedem gut Freund sein wollte.

Suzanne schwieg und wartete, bis ich mich gesammelt hatte, ehe sie fortfuhr. »Nachdem Nicole aus dem Truck ausgestiegen war, stürzten sich die anderen Mädchen auf sie und befahlen ihr, sich auszuziehen. Als sie sich weigerte, schlug Rachel sie. Kim sagt, Nicole habe versucht, sich zu wehren, aber dann sind Kim und Shauna gemeinsam auf sie losgegangen und haben sie zusammengeschlagen.«

Ich starrte auf das kleine Häufchen Plastikfetzen vor mir, und meine Augen füllten sich mit Tränen, als ich meine Schwester zu Boden gehen sah, mir ihr verzweifeltes Flehen vorstellte, ihren Blick, mit dem sie nach Ryan und mir suchte, und wie sie betete, dass wir zurückkämen und sie retteten.

Mit kaum hörbarer Stimme flüsterte ich: »Was noch? Was haben sie noch getan?«

Suzanne erzählte mir den Rest der furchtbaren Geschichte. Während Kim und Rachel auf Nicole einschlugen und sie traten, zog Shauna das Montiereisen hinter dem Fahrersitz des Trucks hervor. Die Mädchen hörten erschrocken auf, standen jedoch wie angewurzelt dabei, als Shauna mit einer rasenden Wut, die keine von ihnen nachvollziehen konnte, Nicole mehrere Male auf den Kopf und ins Gesicht schlug. Als sie sie endlich wegzogen, war Nicole bereits bewusstlos. Shauna erzählte ihnen, dass sie alle ins Gefängnis kommen würden, wenn Nicole am Leben blieb, so dass sie sie töten müssten. Sie brachte Rachel dazu, ebenfalls mit dem Montiereisen zuzuschlagen.

Ich hob meine Hand. »Geben Sie mir eine Minute.« Ich weinte heftig, wischte die Tränen mit dem Ärmel fort und kämpfte gegen die grausamen Bilder in meinem Kopf.

Suzanne sagte: »Vielleicht sollte ich nicht …«

»Nein.« Ich schüttelte den Kopf. »Ich muss es wissen. Erzählen Sie weiter.«

Cathy und Kim hatten sich geweigert, Nicole mit dem Eisen zu schlagen, doch als sie tot war, halfen sie, ihr die Kleidung auszuziehen und ihre Leiche ins Wasser zu zerren. Kim war zu diesem Zeitpunkt völlig hysterisch und wollte zur Polizei gehen, doch Shauna sagte, sie würde als Komplizin verhaftet werden. Sie schlichen sich alle zu Shauna nach Hause, da ihr Dad noch bei der Arbeit war. Sie duschten und hofften, dass niemand jemals etwas erfahren würde. Nach dem Prozess floh Kim aus der Stadt und hoffte, niemals zurückkehren zu müssen, doch dann spürte Shauna sie auf und befahl ihr, zurückzukommen und zu helfen, »hier aufzuräumen«.

Auch Rachel hatte gestanden und ausgesagt, Shauna habe am heftigsten zugeschlagen. Sie selbst habe Nicole nur auf den Körper geschlagen, niemals auf den Kopf, und außerdem habe sie Angst vor Shauna gehabt. Sie war ebenfalls des Mordes an Nicole angeklagt.

Die Polizei hatte Shaunas Haus durchsucht und in ihrem Schmuckkästchen Nicoles Halskette gefunden, an der immer noch verwertbare Spuren hafteten. Auf schreckliche Weise leuchtete es vollkommen ein, dass Shauna nicht fähig gewesen war, sich von dem Geschenk zu trennen. Es symbolisierte den Verrat ihres Vaters und war zugleich eine Trophäe ihres Sieges über Nicole.

Als Shauna mit den Beweisen und den Zeugenaussagen der anderen Frauen konfrontiert worden war, hatte sie alle Schuld auf ihren Vater geschoben. Sie habe erst in jenem Juli bemerkt, dass er es mit Nicole trieb, als er sich vor dem jährlichen Verwandtschaftsbesuch drückte und Shauna allein zu ihrer Tante und ihrem Onkel schickte. Eine Woche später kam sie früher als geplant nach Hause und erwischte ihren Vater mit Nicole im Bett. Sie stritten sich, und er schwor, er würde Schluss machen, doch das genügte Shauna nicht.

»Was ist mit Nicoles Kleidung passiert?«, fragte ich. »Und dem Montiereisen?«

»Sie lagen im Kofferraum von Shaunas Wagen – zusammen mit der blutigen Kleidung der Mädchen. Shauna sollte sie loswerden, doch als McKinney am Morgen nach Hause kam, nachdem die Mädchen gegangen waren, fiel ihm auf, dass an den Autoreifen Sand klebte.«

»Ihm war also klar, dass sie am See gewesen waren?«

Suzanne nickte. »Er stellte sie zur Rede, und sie erzählte ihm alles.«

Ich konnte mir diese Auseinandersetzung sehr gut vorstellen – Shauna, die versuchte, ihren Vater mit allen grausamen Einzelheiten zu verletzen, wie sie Nicole umgebracht hatte. »Er warf das Montiereisen ins Meer, verbrannte die Kleider, machte den Wagen sauber und sprach nie wieder darüber. Bis Shauna ihn anrief und sagte, dass Cathy anfing, über jene Nacht zu reden.«

»Hat Shauna sie umgebracht?«

»Sieht aus, als sei es Frank McKinney gewesen. Sie haben Haare und DNA-Spuren auf seiner Kleidung gefunden. Das reicht vielleicht noch nicht, aber ein Zeuge hat einen Mann gesehen, auf den seine Beschreibung passt, in der Nacht, als sie getötet wurde, unten am Kai.«

Ich dachte daran, wie Frank McKinney sich gerechtfertigt hatte, dass er uns in den Knast geschickt hatte. *Eines Tages wärt ihr beide ohnehin dort gelandet …* Hatte er so auch den Mord an Cathy gerechtfertigt? Dass sie ja ohnehin nur eine Drogenabhängige gewesen sei? Ich fragte mich, ob Cathy ihm bis zum Ende vertraut oder nur so dringend Geld für Drogen gebraucht hatte, dass sie jede Vorsicht in den Wind geschlagen hatte. Ich lehnte mich auf dem Stuhl zurück und dachte an Nicole, Cathy, Ryan, an all die ruinierten Leben. Ich dachte an Shaunas Hass und Eifersucht, die im Laufe der Jahre so viele Menschen zerstört hatten.

Suzanne sagte: »Ich weiß, das war jetzt ein ziemlicher Brocken für Sie.«

»Allerdings.« Mein Mund war wie ausgedörrt, in meinem Schädel hämmerte es. Ich schnappte mir eine der Getränkedosen, öffnete sie und nahm einen tiefen Schluck. Als ich die Dose absetzte, sah ich Suzanne über den Tisch hinweg an und dachte daran, wie streng sie immer mit mir gewesen war. Was ging jetzt in ihr vor? Hatte sie ein schlechtes Gewissen?

»Warum sind Sie wirklich hier, Suzanne?«

Sie sah sich nach den anderen Gefangenen und ihren Besuchern um, dann schaute sie wieder zu mir.

»Im Laufe der Jahre haben viele meiner Schützlinge behauptet, unschuldig zu sein …« Ich hielt die Luft an. »Sie waren die Erste, der ich geglaubt habe.«

Ich war froh, dass sie das sagte, aber es ärgerte mich, dass ich in einem System gefangen war, in dem es egal war, was Suzanne glaubte. Das Gesetz hatte entschieden, dass ich schuldig sei, und sie musste dafür sorgen, dass ich die Regeln befolgte. Doch da war noch etwas, was sie mir nicht sagte – ich merkte es an der Art, wie sie mich ansah, als warte sie darauf, dass ich eins und eins zusammenzählte. Ich dachte an all die Male, bei denen sie mich gedrängt hatte, mich von Ryan fernzuhalten und mich immer wieder daran erinnert hatte.

»Wussten Sie, dass Ryan und ich uns getroffen haben?«

»Natürlich nicht. Ich hätte umgehend Ihre Bewährung ausgesetzt.« Ihr Gesicht war ernst, aber sie sah mir einen Tick zu lange in die Augen.

Sie deutete auf den halb gegessenen Schokoriegel.

»Essen Sie den noch auf? Männer mögen keine mageren Klappergestelle.«

Ich lächelte sie an.

Eine Woche späte teilte Angus mir mit, dass Ryan sich hinreichend erholt hatte, um nach Rockland zurückgeschickt zu werden. Dieses Mal sandte ich ihm einen Brief, und wir begannen, einander zu schreiben. Zunächst waren wir etwas zögerlich und zurückhaltend in dem, was wir schrieben, doch allmählich wurden wir offener und lernten einander wieder kennen, während wir uns von unserem Leben drinnen erzählten. Er sprach ein wenig über die Dinge, die er in der Zukunft tun wollte, wie einen guten Job und eine eigene Wohnung suchen, aber er sagte eigentlich nicht viel über eine Zukunft mit mir, als sei er sich nicht sicher, wie ich dazu stand, und als wolle er abwarten, bis wir freikämen.

Ich dachte viel über mein Leben nach, ob ich in Campbell River bleiben – mit Ryan, wie ich hoffte – oder irgendwo anders hingehen und ganz neu anfangen sollte, besonders jetzt, wo sich die Medien so brennend für unseren Fall interessierten. Doch ich hatte in Campbell River noch etwas zu erledigen. Die Geschichte war noch nicht vorbei. Jedenfalls nicht für mich.

31. Kapitel

Campbell River
Oktober 2013

Drei Monate später waren die Urteile gegen uns aufgehoben und unsere Vorstrafen aus dem Register gestrichen. Vor dem Gefängnis warteten eine Menge Reporter auf mich, doch ich weigerte mich, auch nur eine Frage zu beantworten, und schob mich durch die Menge. Stephanie war gekommen, um mich abzuholen, zusammen mit Captain. Wie sich herausstellte, hatte sie ihn schon zu sich genommen, als meine Bewährung das erste Mal ausgesetzt worden war.

»Ich hatte das Gefühl, du kommst zurück, und ich wollte nicht, dass ihn jemand anders bekommt«, sagte sie.

Captain flippte fast aus vor Begeisterung, sprang über den Sitz, um mich zu begrüßen, und sein Schwanz peitschte gegen uns beide, als er versuchte, mit der Zunge jedes Fitzelchen meines Gesichts abzulecken. Ich lachte, dann weinte ich in sein Fell.

Wir fuhren zum Campingplatz. Die Medien hatten noch nicht herausgefunden, wo ich wohnte. Als ich das zweite Mal verhaftet und nach Rockland zurückgeschickt worden war, hatte ich Stephanie angerufen. Sie war zum Campingplatz gefahren und hatte meine Sachen beim Manager des Platzes abgeholt. Als sie erfuhr, dass man mich freilassen würde, hatte sie ihn dafür bezahlt, den Mund zu halten. Ich versuchte, ihr zu danken, aber sie sagte nur: »Keine Angst, ich sorge schon dafür, dass du es abarbeiten kannst.«

Ein paar Tage später machte ich mit Captain einen Spaziergang am Strand. Mir fielen die herabgefallenen Herbstblätter auf, und ich atmete die kühle Luft ein. Als ich zurückkam, wartete Ashley auf der Terrasse meiner Hütte.

Sie sah gut aus und hatte das Haar in einem natürlicheren Braunton gefärbt. Sie war immer noch schwarz gekleidet, aber sie hatte den Gothicschmuck abgenommen und trug nur noch eine silberne Halskette.

»Hey, wie geht es dir?«, fragte ich, als ich auf die Terrasse kam.

»Ging mir schon mal besser.«

»Kann ich mir vorstellen.« Ich setzte mich ihr gegenüber auf einen Stuhl und ließ Captain von der Leine. Er lief zu ihr und stupste sie mit der Schnauze an, bis sie ihn hinter den Ohren kraulte.

»Es ist ziemlich hart. Fühlt sich an, als hätte ich meine Mom und meinen Grandpa verloren, als wären sie echt tot oder so.«

Ich nickte verstehend und dachte an meine eigenen Eltern.

»Es ist, als wüsste ich gar nicht, wer sie sind. Mein Grandpa … es ist unheimlich zu hören, was alles passiert ist, was er getan hat. Ich habe ihn echt geliebt, verstehst du?«

»Viele Menschen haben zwei Gesichter. Vielleicht ist ihm alles aus dem Ruder gelaufen, und dann wusste er nicht mehr, wie er die Dinge aufhalten sollte, sobald sie sich einmal in Bewegung gesetzt hatten. Er hat die Kontrolle verloren.« Im Gefängnis hatte ich lange darüber nachgedacht und versucht, den Frank McKinney aus meiner Jugend mit dem Mann in Einklang zu bringen, der mit meiner Schwester geschlafen und geholfen hatte, den Mord an ihr zu vertuschen. Und der dann noch Cathy umgebracht hatte, um zu verhindern, dass sie den Mund aufmachte. Ich wusste, wie wichtig ihm seine Arbeit gewesen war und wie sehr er seine Tochter geliebt hatte, aber ich war immer noch schockiert, wie weit er gegangen war, um all das zu schützen.

»Vermutlich.« Sie schwieg eine Weile, dann sagte sie: »In gewisser Weise verstehe ich meine Mom jetzt besser. Zum Beispiel, warum sie meinen Dad so früh geheiratet hat, warum mein Grandpa sie ständig irgendwie von sich fernzuhalten schien, warum sie immer eifersüchtig war, wenn er Zeit mit mir verbrachte.«

»Sie hatten eine komplizierte Beziehung, voller Verbitterung.«

Ashley nickte. »Mein Dad und ich versuchen, ein paar Dinge aufzuarbeiten oder so. Zumindest reden wir jetzt mehr miteinander. Ich habe das erste Halbjahr in der Schule verpasst ... Er will nicht, dass ich hier herumhänge und mir den ganzen Klatsch anhöre, deshalb schickt er mich im Januar auf eine Privatschule. Da haben sie einen richtig guten Kunstbereich.«

»Das ist gut.«

»Ja.« Sie schaute zu Aidens Trailer. »Und ich habe mit Aiden Schluss gemacht. Ich glaube, meine Mom hatte recht mit ihm.«

Ich dachte an Margaret. »Manchmal haben Mütter recht.«

Sie sah mich wieder an, spielte mit Captains Halsband herum und rückte es für ihn gerade. »Was ist mit dir und Ryan? Glaubst du, ihr kommt wieder zusammen?«

Ich schaute hinunter auf die Leine in meiner Hand. »Während wir drin waren, ist viel passiert. Das Gefängnis verändert die Menschen. Es ist schwer, wieder zu dem zu werden, der du vorher warst.«

Am Abend nach unserer Freilassung hatte Ryans Mom eine Party zu unseren Ehren gegeben. Ryan und ich hatten uns zum ersten Mal seit Monaten gesehen und versucht, uns draußen ungestört zu unterhalten, aber wir waren ständig unterbrochen worden. Die Momente, in denen wir allein gewesen waren, hatten sich merkwürdig angefühlt, irgendwie verlegen, als wüssten wir jetzt, wo es uns freistand, zusammen zu sein, nicht mehr, was wir sagen oder wie wir uns verhalten sollen. Seine Mutter zog ihn weg, um mit ein paar Leuten zu reden, und ich verließ die Party frühzeitig. Seitdem hatte ich nichts mehr von ihm gehört, und ich fragte mich, ob es nicht doch zu spät für uns war. Wir hatten uns zu sehr verändert.

»Aber er ist der einzige andere Mensch, dem es genauso geht, oder? Der fast genau das Gleiche durchgemacht hat. Ich glaube, er liebt dich noch immer.«

»Wir müssen noch so einiges klären.«

Mit nachdenklicher Miene kratzte sie Captain an den Ohren. Nach einer Weile sagte sie: »Ich verstehe jetzt, warum du den Dokumentarfilm nicht machen wolltest. Was du durchgemacht hast, war echt. Ein Film kann das nicht einfangen.«

Ich dachte an ihr Video und dass es mir womöglich das Leben gerettet hatte. Dann dachte ich an all meine Freundinnen drinnen, die keine Stimme hatten und für die sich niemand einsetzte. Einige große Nachrichtensender hatten mir einen Haufen Geld für ein Interview angeboten, aber ich hatte sie alle abgewiesen. Doch dies hier, mit Ashley zu reden, fühlte sich anders an. *Sie* war anders.

»Nein, aber wir können es versuchen, wenn du möchtest.«

»Das wäre großartig.« Zum ersten Mal, seit ich sie vor meiner Tür gefunden hatte, sah ich sie lächeln.

Als ich am nächsten Morgen aufwachte, dachte ich an Ashleys Besuch. Was sie über ihre Beziehung zu ihrer Mom und ihrem Dad erzählt hatte, ließ mich an meine eigenen Eltern denken. Mein Dad hatte mir geschrieben, als ich wieder in Rockland war, hatte gefragt, ob er mich besuchen könne, und mir finanzielle Unterstützung für den Rechtsanwalt angeboten. Doch es kam keine Entschuldigung, weder von ihm noch von Mom, und ich spürte, wie meine alte Wut wieder hochkochte. Warum hatten sie mir all die Jahre über nicht geglaubt? Warum hatte er meine Mutter nicht erwähnt? Ich hatte ihm zurückgeschrieben, dass ich keine Hilfe bräuchte und dass ich mich melden würde, sobald ich draußen wäre, doch das hatte ich bisher nicht getan. An einem Haus, das in einem nahegelegenen Vorort gebaut wurde, hatte ich sein Firmenschild gesehen und beschloss, an diesem Morgen endlich dort anzuhalten und ihn zu besuchen. Ich wollte ihm in die Augen schauen und sehen, dass er an meine Unschuld glaubte – und wusste, dass er sich in mir geirrt hatte.

Als ich an der Baustelle anhielt, entdeckte ich ihn neben seinem Truck, ein paar Baupläne lagen ausgebreitet auf der Motorhaube. Er studierte sie aufmerksam und hörte mich nicht, als ich auf ihn zuging.

»Hey, Dad«, sagte ich, als ich ganz nahe war.

Mit bestürztem Gesicht wirbelte er herum. Er streckte die Hand aus, reckte sie einfach in die Luft, das Gesicht auf merkwürdige Weise erstaunt. Als könnte er nicht glauben, dass ich hier vor ihm stand. »Toni … ich …« Seine Stimme brach, und seine Augen füllten sich mit Tränen. »Es tut so gut, dich zu sehen.«

Ich wollte hart bleiben, wollte ihm sagen, wie schrecklich ich mich seinetwegen gefühlt hatte, wie sehr er mich im Stich gelassen hatte, doch jetzt konnte ich nichts sagen, brachte kein Wort hervor, mein Herz pochte, und meine Kehle war wie zugeschnürt. Dann stand er vor mir. Ich versuchte, zurückzuweichen, ihn zurückzustoßen, doch schon hatte er seine Arme um mich geschlungen und zitterte am ganzen Leib. »Es tut mir leid. O Gott, es tut mir so leid.«

Und ich weinte in den Armen meines Vaters.

Als wir uns schließlich voneinander gelöst hatten, lehnten wir uns an seinen Truck und unterhielten uns eine Weile darüber, wo ich jetzt wohnte, und über meine Pläne für die Zukunft. Dann, als ich es müde war zu reden, kam ich auf den Punkt.

»Ich habe euch gesagt, dass ich es nicht getan habe, Dad. Warum konntet ihr mir nicht glauben?«

»Ich wollte es, Toni, ich wollte es wirklich.« Er erklärte, dass er mich bis zum Prozess niemals für schuldig gehalten habe, doch dann seien die Beweise so zwingend gewesen, dass er nicht mehr gewusst habe, was er denken sollte. Er habe sich gesagt, *wenn* ich es getan hätte, dann müsse es an dem Alkohol und den Drogen gelegen haben – dass ich nicht gewusst haben konnte, was ich tat. Zögernd erzählte er mir, dass er und Mom sich oft meinetwegen gestritten und sich ein paar Jahre nach dem Mord beinahe hätten scheiden lassen.

Wir sprachen immer noch, als ein Fahrzeug neben Dads Truck anhielt. Dad wirkte nervös, sein Blick sprang von mir zu dem Wagen, als wüsste er nicht, was er tun soll. Dann stieg Mom aus. Sie kam zu uns herüber, in der Hand hielt sie eine Tüte von Tim Horton's, in der anderen balancierte sie ein Tablett mit Kaffeebechern. Als sie aufblickte und mich neben Dad stehen sah, blieb sie stocksteif stehen, die Augen weit aufgerissen.

»Hi, Mom.« Ich hielt den Atem an. Würde sie mich wie Dad in den Arm nehmen? Oder würde sie mich erneut zurückweisen?

»Was tust du hier?«, fragte sie. Ich wurde nicht schlau aus ihrem Tonfall, war nicht sicher, wie es ihr damit erging, mich zu sehen, aber sie wirkte nervös, beinahe beklommen.

Dad sagte: »Toni ist vorbeigekommen, um hallo zu sagen.«

Mom stellte die Tüte und das Tablett auf die Motorhaube des Trucks und schaute sich um, ob irgendwelche Arbeiter zusahen.

Ich dachte, sie erwarte womöglich, ich könnte sie wütend zur Rede stellen, also sagte ich: »Es ist schön, dich zu sehen. Du hast mir gefehlt.«

Jetzt starrte sie auf ihre Füße, schüttelte den Kopf hin und her. Weinte sie?

»Ich möchte, dass du weißt, dass ich nicht wütend bin – nicht mehr«, sagte ich. »Ich verstehe, wie die Dinge damals für dich aussahen, wie viel Ärger ich dir als Jugendliche gemacht habe. Es tat weh, sehr weh, aber ich würde gerne einen Neuanfang wagen, wenn wir es schaffen. Vielleicht können wir ab und zu mal zusammen …«

Endlich blickte Mom auf. Sie weinte nicht. Sie war nicht traurig. Sie war zornig.

»Es ist mir egal, was das Gericht sagt. *Du* hast sie mit dorthin genommen, *du* hast sie allein gelassen.« Jetzt hatte sie Tränen in den Augen, aber sie galten nicht mir – sie galten Nicole, immer nur Nicole. Sie atmete stoßweise und rang um Luft, ihre Trauer und ihre Wut ließen mich am ganzen Leib zittern.

»Du hast *gewusst*, dass sie sich hinausschlich, du hast *gewusst*, dass das monatelang so ging. Und du hast nichts gesagt. Sie ist deinetwegen umgekommen, und ich will dich nie wieder …«

»Hör auf!«, brüllte mein Dad. »Hör einfach auf!«

Mom starrte ihn an, während ihr die Tränen übers Gesicht liefen. »Und du, Chris, hast Toni alles durchgehen lassen. Wenn du damals strenger mit ihr gewesen wärst …«

»Hör auf«, wiederholte Dad. »Hör auf, allen anderen die Schuld zu geben. Sie ist tot, Pam.«

»Meinst du, ich wüsste das nicht?«

»Du kannst sie immer noch nicht loslassen.«

»Sie war meine *Tochter*!«

»Sie war auch *meine* Tochter, aber wir haben noch eine andere Tochter, und sie steht hier vor uns. Du musst akzeptieren, dass Nicole nie mehr zurückkommen wird.«

»Nein. Nein.« Sie schüttelte erneut den Kopf. »Du kannst machen, was du willst, aber ich werde ihr niemals vergeben.« Sie drehte sich um und sah mich an. »Hast du das verstanden? Ich werde dir *niemals* vergeben.«

Sie rannte zum Auto zurück, knallte die Tür hinter sich zu und raste mit durchdrehenden Reifen die Auffahrt hinunter.

Zu schockiert, um auch nur zu weinen, starrte ich ihr nach. Meine Beine zitterten, während ihre Worte in mir nachhallten. *Ich werde dir niemals vergeben.*

Dad legte mir eine Hand auf die Schulter, so dass ich zusammenzuckte.

»Es tut mir leid, Toni. Sie ist nie darüber hinweggekommen. Nicoles Zimmer ist immer noch so, wie es früher war, und sie lässt mich nichts davon wegräumen. Sie wird einfach nicht damit fertig. Der Therapeut sagt, die einzige Möglichkeit, wie deine Mom damit umgehen kann, ist, dass sie wütend bleibt und anderen die Schuld gibt, sonst müsste sie sich endlich der Tatsache stellen, dass Nicole tot ist.«

Ich wirbelte zu ihm herum. »Wie kannst du immer noch bei ihr bleiben?«

Er wirkte überrascht. »Ich liebe sie.«

»Aber sie liebt mich nicht.«

»Doch, aber sie kann einfach nicht aufhören, dir die Schuld zu geben. Andernfalls müsste sie anfangen, sich selbst die Schuld zu geben, weil sie nicht gemerkt hat, was in dem letzten Jahr mit Nicole passiert ist. Ich habe es genauso gemacht, aber ich habe die Sache aufgearbeitet, und ich möchte eine Beziehung zu dir haben.«

»Das wird ihr nicht gefallen.«

Er seufzte. »Ich weiß, aber damit werde ich klarkommen, selbst wenn es bedeutet, sie zu verlieren. Aber ich will dich nicht noch einmal verlieren. Du bist meine Tochter.«

Ich schaute zurück zur Straße, sah immer noch meine Mutter davonfahren, sah immer noch den Hass in ihren Augen und spürte, wie die Wut durch meinen Körper tobte. Sie war meine *Mutter*. Sie sollte mich bedingungslos lieben, und mein Vater hatte zugelassen, dass sie mich jahrelang wie Dreck behandelt hatte. Er hatte zugelassen, dass sie mich fortstieß.

Dann dachte ich an Shauna, wie sie über Ashley kauerte und in ihrem Hass auf mich nicht erkennen konnte, dass ich versuchte, ihre Tochter zu retten, dass sie nichts sehen konnte außer ihrer Wut. So wollte ich nicht sein. Ich wollte nicht wie meine Mutter sein. Ich wollte vergeben.

Ich drehte mich zu meinem Vater um. »Brauchst du Hilfe auf der Baustelle?«

An diesem Nachmittag arbeitete ich wieder Seite an Seite mit meinem Vater und schlug Nägel ein, und ein paar Tage später fing ich meinen neuen Job im Tierheim an – einer der

Festangestellten hatte aufgehört. Mike hatte angerufen, mir meinen alten Job angeboten und gesagt, Patty tue es leid, dass sie mir nicht geglaubt hatte, aber ich lehnte dankend ab. Ich brauchte einen Neuanfang. Auch sein Kumpel bot mir an, ich könne das Boot wieder mieten, aber ich war immer noch sauer, wie er mich rausgeschmissen hatte, so dass ich auch ihm absagte.

Es tut gut, im Tierheim zu arbeiten und mit den Hunden zusammen zu sein. Ich verdiene nicht viel Geld, aber was soll's. Mein Anwalt sagt, ich könnte wegen des Fehlurteils auf Schadensersatz klagen, aber es würde sich ziemlich lange hinziehen. In der Zwischenzeit mache ich einfach mein Ding. Dad schlug vor, ich könnte für ihn arbeiten, aber vorerst werde ich nur an den Wochenenden aushelfen, damit wir uns wieder besser kennenlernen.

Einmal kam Doug Hicks vorbei, als ich gerade mit Captain nach Hause kam. Ich erschrak, als ich den Polizeiwagen in der Auffahrt sah, und konnte nicht verhindern, dass mein Herz schneller schlug. Er stieg aus.

»Haben Sie es noch nicht gehört? Ich bin eine freie Frau«, sagte ich und ging an ihm vorbei.

»Deshalb bin ich hier. Ich möchte mich entschuldigen.«

»Wofür?« Ich ging auf meine Veranda und blockierte mit Captain an meiner Seite die Treppe, um klarzumachen, dass er hier nicht willkommen war.

Er setzte sich auf die Motorhaube seines Wagens. »Dafür, dass ich Ihnen vor siebzehn Jahren nicht geglaubt habe.«

»Und was ist mit Ryan?«

»Für ihn gilt dasselbe. Sie beide haben uns eine Menge Ärger gemacht.«

»Das bedeutete nicht, dass wir meine Schwester umgebracht haben.«

»Nein, aber bei den Zeugen, den Beweisen? Es sah nicht gut aus.«

Ich lehnte mich gegen das Geländer. »Ich weiß.«

Müde sagte er: »Ich habe zu Frank McKinney aufgeblickt, als ich anfing. Dachte, er wäre ein großartiger Kerl – ein echt guter Cop.«

»Jeder glaubte das.«

»Er hat angefangen auszupacken, jetzt, wo er weiß, dass es keinen Zweck mehr hat, irgendetwas zu verheimlichen. Er gibt zu, dass ihm die Sache mit Ihrer Schwester entglitten ist.«

Ich verspürte einen Stich der Wut. »Er hätte überhaupt gar nicht erst irgendetwas mit ihr anfangen sollen. Ich verstehe nicht, wie es überhaupt dazu gekommen ist.«

»Eines Abends hat er ihren Freund wegen Trunkenheit am Steuer angehalten. Nicole saß auf dem Beifahrersitz.«

»Dieser Dave?«

»Sieht so aus. Nicole wollte nicht, dass irgendjemand davon erfuhr, also verschwieg Frank es. Danach behielt er sie im Auge und sorgte dafür, dass sie sich von diesem Typen fernhielt. Irgendwie entwickelte sich eine Freundschaft zwischen ihnen. Sie fuhren durch die Gegend, anscheinend haben sie zuerst wirklich nur geredet. Dann haben eines Abends die Mädchen in seinem Haus gefeiert, er fuhr sie nach Hause, und die Dinge nahmen ihren Lauf. Er sagt, er habe sie geliebt.«

»Sie war sechzehn.«

»Dieser Job zehrt an uns allen. Manche Cops fangen an zu glauben, die Regeln würden für sie nicht mehr gelten. Und ich schätze, als Franks Frau starb, ist irgendetwas in ihm zerbrochen. Danach hat er sich nur noch um seinen Job gekümmert.«

Den Rest konnte ich mir ausmalen. Für Shauna war es schon schwer genug, dass ihr heißgeliebter Daddy ständig auf der Wache war. Als ihr klar wurde, dass er die wenige freie Zeit, die er hatte, mit Nicole verbrachte, einem Mädchen, das sogar noch jünger war als sie, rastete sie aus. Wahrscheinlich war es nicht schwierig gewesen, Rachel und Kim mit Hilfe von Lügen aufzustacheln und sie gegen Nicole zu hetzen, was schlussendlich zu ihrem Tod geführt hatte. Und es war auch nicht schwer zu erkennen, warum Nicole sich in McKinney verliebt haben sollte – damals hatte er so unglaublich stark gewirkt.

»Ich empfinde kein Mitleid mit ihm.«

Doug Hicks sah mir in die Augen. »Ich auch nicht. Es tut mir nur leid, dass all das passiert ist.«

»Das wird mir nicht Jahre meines Lebens zurückgeben.«

»Nein.« Er stand auf. »Aber Sie haben noch viele Jahre vor sich. Machen Sie das Beste draus.«

Er stieg in seinen Wagen und fuhr davon.

In dieser Nacht klopfte es an mein hinteres Fenster. Ich schreckte aus dem Schlaf auf, Captain neben mir bellte. Ich zog den Vorhang zurück. Es war Ryan. Er bedeutete mir, ich solle das Fenster öffnen. Ich befahl Captain, ruhig zu sein, und öffnete die Verriegelung. Ryan grinste mich an.

»Hast du Lust, 'ne Runde zu fahren?«

»Wohin?«

»Wohin wir wollen.«

Dank

Es scheint niemals genügend Worte zu geben, um auszudrücken, wie sehr ich den folgenden Personen danke, die alle ihren Teil beigetragen haben. Auch wenn es nur ein kleiner Teil war, für mich stellte er immer eine riesige Hilfe dar. Aber ich werde mein Bestes geben.

Ein Riesendank geht an meine Lektorin Jen Enderlin, die mir sagte, ich würde es schaffen, und mir dann dabei half, es tatsächlich zu schaffen. Ich habe mehr von Ihnen gelernt, als ich überhaupt anfange zu begreifen. Ihre Einblicke, Ihre Ermutigungen und Ratschläge haben mir geholfen, mit jedem meiner Bücher als Schriftstellerin zu wachsen.

Ich danke dem Team bei St. Martin's Press: Sally Richardson, Mathew Shear (der mir eine so wunderbare E-Mail geschrieben hat; ich werde sie für immer aufbewahren), Dori Weintraub, Lisa Senz, Nancy Trypuc, Kim Ludlam, Kelsey Lawrence, Laura Flavin, Elizabeth Catalano, Stephanie Hargadon, Caitlin Dareff und dem gesamten Vertrieb vom Broadway und der Fifth Avenue. Ebenso danke ich Dave Cole, der bereits drei meiner Bücher auf hervorragende Weise redigiert hat, und Ervin Seranno, der das Cover entworfen hat. Ich hoffe, Sie wissen alle, wie dankbar ich Ihnen bin.

Mein tiefster Dank gilt Mel Berger. Deine Unterstützung von Anfang an, dein Humor und deine Anleitungen waren mir in den vergangenen Jahren von unschätzbarem Wert.

Ich hätte mir keine bessere Agentin und Freundin wünschen können. Danke auch an Kathleen Breaux, Ashley Fox, Tracy Fisher, Laura Bonner, Raffaella DeAngelis, Annemarie Blumenhagen, Covey Crolius und den Rest des phantastischen Teams von William Morris Endeavor Entertainment in New York und L. A.

In Kanada danke ich Jamie Broadhurst, Fleur Matthewson und der gesamten Gruppe bei Raincoast Books. Ich habe Glück, solche wunderbaren Cheerleader in meiner Gegend zu haben. Ich möchte auch allen ausländischen Verlagen überall auf der Welt danken. Mit größtem Vergnügen höre ich von meinen ausländischen Fans.

Wie immer kann ich meiner lieben und klugen Schreibgruppen-Partnerin, Carla Buckley, gar nicht genug danken. Mit ihr kann ich stundenlang Ideen für Geschichten spinnen, sie versteht meine Verrücktheit und hat mich überzeugt, es mal mit Skype zu probieren. Wie haben wir eigentlich davor überlebt? Deine Freundschaft und dein Humor haben mir aus vielen dunklen Ecken und verwickelten Plots herausgeholfen.

Für ihren professionellen Rat danke ich in loser Reihenfolge: Bert King, Chris Lucas, Constable J. Moffat, Renni Browne, Shannon Roberts, Virginia Reimer, C. Saffron, M. L., Canadian Prison Consulting, Kim Brown, Lori Hall und Stephanie Paddle. Alle Fehler gehen auf meine Kappe.

Für ihre unablässige Unterstützung und Liebe danke ich meinem Mann Connel, der wirklich der beste Mann ist, den ich kenne; meiner Tochter Piper, die die meiste Zeit, in der ich an diesem Buch schrieb, wohlbehalten in meinem Bauch ruhte (und seit ihrer Ankunft unser Leben auf so vielfältige Weise glücklich macht); und der kleinen Oona, die mir jeden Tag im Büro Gesellschaft leistet.